张少康文集

第五卷

文心与书画乐论
朝华集

北京大学出版社
PEKING UNIVERSITY PRESS

图书在版编目(CIP)数据

张少康文集. 第五卷,文心与书画乐论 朝华集 / 张少康著. —北京:北京大学出版社,2024.5
ISBN 978-7-301-34594-8

Ⅰ. ①张… Ⅱ. ①张… Ⅲ. ①中国文学—文学研究—文集 Ⅳ. ①I-53

中国国家版本馆 CIP 数据核字(2023)第 212041 号

书　　　名	张少康文集·第五卷:文心与书画乐论　朝华集 ZHANG SHAOKANG WENJI·DI-WU JUAN:WENXIN YU SHUHUAYUELUN　　ZHAOHUAJI
著作责任者	张少康　著
责 任 编 辑	周　粟
标 准 书 号	ISBN 978-7-301-34594-8
出 版 发 行	北京大学出版社
地　　　址	北京市海淀区成府路 205 号　100871
网　　　址	http://www.pup.cn　新浪微博:@ 北京大学出版社
电 子 邮 箱	编辑部 dj@ pup.cn　　总编室 zpup@ pup.cn
电　　　话	邮购部 010-62752015　　发行部 010-62750672 编辑部 010-62756449
印 刷 者	涿州市星河印刷有限公司
经 销 者	新华书店
	650 毫米×980 毫米　16 开本　33.5 印张　500 千字 2024 年 5 月第 1 版　2024 年 5 月第 1 次印刷
定　　　价	160.00 元

未经许可,不得以任何方式复制或抄袭本书之部分或全部内容。
版权所有,侵权必究
举报电话: 010-62752024　电子邮箱: fd@ pup.cn
图书如有印装质量问题,请与出版部联系,电话: 010-62756370

第五卷说明

本卷收入2000年后重要学术论文集《文心与书画乐论》、以往未收入的学术论文集《朝华集》。

《文心与书画乐论》，北京大学出版社2006年出版繁体字本，本卷为简体字本。其中《〈司空图诗文集笺校〉序》一文已见于《司空图及其诗论研究》，此处删去。

《朝华集》为首次集结出版，内容包括自1958年发表第一篇学术论文至2020年六十二年间没有收入其他论文集的学术论文，附录少量随笔散文。

目 录

文心与书画乐论

刘勰的家世和生平
　　——有关刘勰身世几个问题的考辨／3
《文心雕龙》的理论渊源
　　——《文心雕龙》对陆机《文赋》的继承和发展／34
刘勰的文学观念
　　——兼论所谓杂文学观念／49
刘勰的佛学思想／64
《文心雕龙》的文体分类论
　　——和《昭明文选》文体分类的比较／75
《文心雕龙》的修辞方法论
　　——从《隐秀》《夸饰》篇说起／87
《文心雕龙》的继承创新论
　　——古典和现代："望今制奇,参古定法"／94
《文心雕龙》和中国古典诗学传统／101
中国古代诗论发展和乐论、画论和书论的关系
　　——中国文学批评史研究的一个新思考／123
论文艺创作中的心手相应／153
论中国古代文艺美学的民族传统／166
中国文学观念的演变和文学的自觉／185
南朝的佛教和文艺理论
　　——从宗炳、谢灵运和刘勰说起／204

阳明心学和王夫之的《姜斋诗话》/ 216
中国文学批评史研究中的几个问题/ 227
从古代文论的范畴研究谈学术研究的规范与方法/ 235

附　录

《文心雕龙》书评及文论书序/ 244
杨晦先生与北大的古代文论学科建设/ 268
杨松年先生的学术成就/ 274
后　记/ 279

朝华集——文学批评及其他

蔡琰《悲愤诗》本事质疑
　　——读余冠英先生《论蔡琰的〈悲愤诗〉》/ 283
谈谈诗歌的"理趣"/ 290
《论语》的文学观/ 296
漫谈老庄的文艺观和美学观/ 303
融合中西，承上启下
　　——读王国维《人间词话》/ 309
李卓吾的小说理论与《水浒传》的评点/ 315
金圣叹对《水浒传》的批评及其与传统美学思想之联系/ 328
"随物宛转""与心徘徊"
　　——关于修改《中国古代文学创作论》艺术构思部分的
　　　几点思考/ 345
古代文论研究的现状和发展问题/ 365
中国古典文论中的几个问题
　　——一九九五年五月在楚雄师专的学术报告/ 374
关于中国古代文论发展的历史分期和理论体系/ 381
再论《文心雕龙》和中国文化传统/ 389
荀学与《文心雕龙》/ 405

再论《刘子》是否为刘勰所作
　　——兼谈学术争论中的学风问题 / 420
祝贺《中国文学批评通史》的出版
　　——兼谈中国文学批评史编写的几个问题 / 429
祝贺《文心雕龙研究》创刊 / 432
书张健《〈诗家一指〉的产生时代与作者》后 / 434
一个"多余人"的典型
　　——谈谈奥勃罗摩夫这个人物 / 436
对新事物的既敏锐又深刻的反映
　　——读屠格涅夫的《处女地》 / 448
宏博精深
　　——读贻焮先生《论诗杂著》 / 459
宽厚仁慈的长者，广博精深的学者
　　——忆一新先生 / 464
元化先生和中国《文心雕龙》学会 / 471
两岸《文心雕龙》研究的交流和发展
　　——追忆我和王更生先生的深厚友谊 / 479
纪念"《文心雕龙》的功臣"
　　——牟世金的《文心雕龙》研究 / 486

附　录

书　序 / 492
开罗讲学追记 / 510
淡江访学记 / 514
与吕德申先生相处半世纪 / 519
牢记恩师教导，发扬杨晦先生科学创新的学术思想和文艺思想
　　——纪念杨晦先生诞辰 120 周年 / 525

文心与书画乐论

刘勰的家世和生平
——有关刘勰身世几个问题的考辨

刘勰和他的《文心雕龙》一直受到海内外学者的充分重视，近年来更成为一门显学，而有关刘勰的家庭和生平事迹资料，历史上遗留给我们的确实太少了。对刘勰的身世及有关问题，虽经学者们多方考证和研究，也还有许多地方没有研究清楚，各家分歧也较大，即以其生卒年而论，也还没有一个明确的结论。从目前的研究状况看，虽然不断有新的研究论著发表，然而，最为重要的还是杨明照先生的《梁书刘勰传笺注》①以及牟世金先生《刘勰年谱汇考》②一书。不过，他们两家在不少问题上意见并不一致。相比较而言，杨笺虽亦有个别失误和值得商榷之处，但持论比较稳妥谨慎；牟著收集了当时所能见到的海内外十多种研究刘勰身世的著作，参考了许多有关的研究论文，能够在总结各家研究成果基础上进一步提出自己新见解，应该说是一部研究刘勰身世的集大成之作，但因考订有明显失误之处，有些见解就离谱了，故不能尽如人意。近年来我们能比较全面地了解台湾地区有关的研究论著，除了王更生先生的《梁刘彦和先生年谱》、李曰刚先生的《刘彦和世系年谱》③外，有些牟世金先生当时没有看到的，如华仲麐先生的《刘彦和简谱》④、王金凌先生的《刘勰年谱》⑤等，我们都已经能够看到了。世金去世后，大陆学者也有不少研究刘勰和《文心雕龙》的新著问世，随着研究的深入，我们有可能在杨笺和《汇考》的基础上对刘勰的身世作进一步的深入论证。这里，我想仍然以《梁书·

---

① 杨笺最初发表于1941年《文学年报》第七期，后收入1958年《文心雕龙校注》。1979年作了重大修改，发表于《中华文史论丛》，后收入1982年《文心雕龙校注拾遗》，又有修订。
② 牟世金：《刘勰年谱汇考》，成都：巴蜀书社，1988年。
③ 王著见台北文史哲出版社1976年初版、1979年增订版《文心雕龙研究》，李著见台北编译馆中华丛书编审委员会1982年出版的《文心雕龙斠诠》。
④ 华仲麐：《刘彦和简谱》，《文心雕龙要义申说》，台湾学生书局，1998年。
⑤ 王金凌：《刘勰年谱》，台北嘉新水泥公司文化基金会研究论文，1976年。

刘勰传》的叙述为线索,对一些有分歧的和研究不够的问题作进一步考辨,并对杨笺和《汇考》以及其他研究刘勰身世著作中的某些失误加以驳正。

(一) 刘勰的籍贯和家族谱系

《梁书·刘勰传》云:"刘勰字彦和,东莞莒人。祖灵真,宋司空秀之弟也。父尚,越骑校尉。"对这里所说的"东莞莒人",有两种不同解释:一种认为是指刘勰祖籍山东东莞,如较早的霍衣仙《刘彦和评传》①说刘勰"初生地为京口(即今镇江),今山东日照刘三公庄,莒故里也"。杨明照《梁书刘勰传笺注》云"舍人一族","世居京口","夫侨立州县,本已不存桑梓;而史氏狃于习俗,仍取旧号"。一种认为是指南朝侨立的南东莞郡,在南徐州,镇京口,即今镇江。台湾的华仲麐、张严、王金凌、王更生先生均持此说。王金凌《刘勰年谱》认为杨旧笺依据《晋书·地理志》的记载,说"晋太康元年(280)置东莞郡"不妥,依据《宋书·州郡志》及《晋书·武帝纪》,分琅邪立东莞郡应在晋武帝泰始元年(265),时未领莒县,莒原属城阳郡。故批评杨说"莒,今山东莒县",而南东莞"史氏以为非其本土,故仍著旧贯"(按:王氏所引系杨明照1941年旧笺,文字与新笺不同),是不妥当的。且指出《梁书》列传中有许多例子可以说明,其记载籍贯虽指侨立郡县,但都不加"南"字。王更生的《梁刘彦和先生年谱》同意王金凌说,但又指出:"杨明照《笺注》并无错误,错就错在《晋书·地理志》的疏忽上。"不过,王金凌对杨笺的批评其实是不正确的,莒县原先虽属城阳郡,然在太康十年已划归东莞,此点杨旧笺已经指出。王金凌所说《梁书》记载王瞻、臧盾、范岫、王筠、颜协等人籍贯均指侨立郡县而不加"南"字也可商榷。《梁书》于侨立州郡大都加"南"字,如南徐州、南琅邪等,而《王瞻传》所说"琅邪临沂人",实指其祖籍山东琅邪,而非南琅邪。盖汉、晋两代,临沂本属琅邪。《王瞻传》云:"宋太保弘从孙也。祖抑,光禄大夫、东亭侯。"而《宋书·王弘传》云:"王弘字休元,琅邪临沂人也。曾祖导,晋丞相。"王导之祖为王览,王览是西晋初年王祥之弟。《晋书·

---

① 《南风》第十二卷,1936年。

王祥传》云:"王祥字休征,琅邪临沂人,汉谏议大夫吉之后也。"又如《梁书·臧盾传》云:"臧盾字宣卿,东莞莒人。高祖焘,宋左光禄大夫。"《宋书·臧焘传》云:"臧焘字德仁,东莞莒人,武敬皇后兄也。"《宋书·后妃传》云:"武敬臧皇后讳爱亲,东莞人也。"可见,《臧盾传》所说也是指山东东莞莒县,而非南东莞。又如《梁书·范岫传》云:"范岫字懋宾,济阳考城人也。高祖宣,晋征士。"《晋书·范宣传》云:"范宣字宣子,陈留人也。"济阳即属陈留。又如《梁书·王筠传》云:"王筠字元礼,一字德柔,琅邪临沂人。祖僧虔,齐司空简穆公。"《南齐书·王僧虔传》云:"王僧虔,琅邪临沂人也。祖珣,晋司徒。伯父太保弘,宋元嘉世为宰辅。"王弘就是王导的曾孙,王筠和王瞻是同一族。又《梁书·颜协传》云:"颜协字子和,琅邪临沂人也。七代祖含,晋侍中、国子祭酒、西平靖侯。"《晋书·颜含传》云:"颜含字弘都,琅邪莘人也。"中华书局标点本校勘记(八)云:"含,临沂人,李阐《颜含碑》及《颜真卿家庙碑》可证。按:《梁书》及《南史》之《颜协传》、《北齐书》及《北史》之《颜之推传》、《元和姓纂》并云,含,琅邪临沂人。"以上各例足可证实王金凌所说《梁书》记载籍贯虽指侨立郡县而不加"南"字之说是错误的。《梁书·刘勰传》所说也是刘勰祖籍,杨笺所说基本是正确的。但霍衣仙说"今山东日照刘三公庄,莒故里也",容易被误认为刘勰出生于山东日照。山东有些研究者也有此种说法,因为在三公庄发现一块清代乾隆时立的碑,碑文中间书:"梁通事舍人刘三公故里。"这显然是在刘勰出名后,当地人为光耀祖宗而编撰的。① 本传所记籍贯是否为祖籍,似乎不算什么重要问题,但它与刘勰是否"世居京口"是有关系的(详见下文),故有论证的必要。

关于刘勰的家属谱系,杨旧笺列有一表,王更生《年谱》在杨笺基础上略有增补,亦有差异,而杨新笺增订本又有补充,主要是根据王元化先生1978年为《刘勰身世与士庶区别问题》(此文原写于1961年)一文所写的《补记》,据《刘岱墓志简述》②补入了仲道祖父刘抚及刘岱与其一女二子。

---

① 有关这方面的情况,请参看拙文《刘勰晚年是否北归东莞——刘勰故乡莒县访问记》,原刊《北京大学学报(哲学社会科学版)》1997年第3期,后收入拙作《夕秀集》,北京:华文出版社,1999年。
② 陆九皋:《刘岱墓志简述》,《文物》1977年第6期。

王元化先生是最早把刘岱墓志铭和刘勰家谱联系起来,并说明刘岱墓志铭对研究刘勰身世意义的。现综合上述几家之说列表如下:

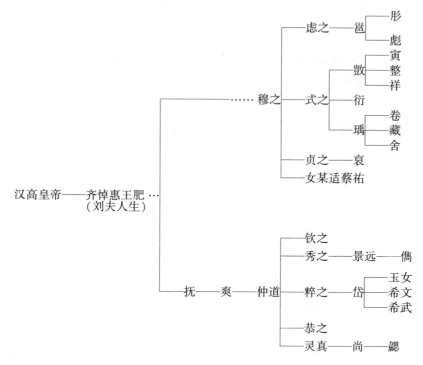

按:《宋书·颜延之传》云:"妹适东莞刘宪之,穆之子也。"中华书局标点本校勘记云:"洪颐煊《诸史考异》云:'案刘穆之传,穆之三子,长子虑之,中子式之,少子贞之,无名宪之者。'按宪(憲)虑(慮)形似,'宪之'或'虑之'之讹。""宪"与"虑"确有形近而讹之可能,但也不排除刘穆之还有一子宪之的可能。从这个家世系谱中,可以看出东莞刘氏系一大家族,由于刘岱墓志的出土,更证实了"抚—爽—仲道—粹之—岱"这一谱系是可靠的。在这个大家族中,像刘穆之、刘秀之在宋朝均曾为高官,死后赠列三公,食邑千户以上。这一谱系目前已为大多数学者所接受。但是,正像牟世金在《刘勰年谱汇考》及他去世后出版的《文心雕龙研究》①中所已经指出的,其中最大的一个疑点是刘勰的祖父刘灵真和刘秀之是否为亲兄弟,抑或仅仅是均出东莞刘氏而非同

---

① 牟世金:《文心雕龙研究》,北京:人民文学出版社,1995年。

宗一系。如或确属后者,则此谱系对研究刘勰身世的意义就不大了。对《梁书·刘勰传》中"祖灵真,宋司空秀之弟也"一说,首先提出怀疑的是范文澜《文心雕龙注》。他说:"秀之、粹之兄弟以'之'字为名,而彦和祖名灵真,殆非同父母兄弟,而同为京口人则无疑。"但是否以"之"字为名,还不能作为是否亲兄弟的根据。因为沈约在《宋书》的《自序》中说:"(沈戎)少子景,河间相,演之、庆之、昙庆、怀文其后也。"其兄弟也并不都以"之"字为名。据陈寅恪《天师道与滨海地域之关系》①一文所说,以"之""道""灵"等字为名,可能与信仰天师道有关。王元化先生也早就指出,刘勰一家和天师道的关系"确实值得研究"(参见《〈文心雕龙创作论〉第二版跋》,1983年)。不过,值得注意的是《宋书·刘秀之传》仅说兄钦之、弟粹之(秀之弟恭之因受海陵王事牵连,故秀之传中未提,事见《宋书·海陵王传》),包括刘岱墓志铭,均未提到有灵真。后来,王元化先生在《刘勰身世与士庶区别问题》②一文中指出:此谱系所说刘氏系汉齐悼(惠)王肥后代不可靠,认为在南朝"专重姓望门阀的社会中,为了抬高自己的身价,编造一个做过帝王将相的远祖是常见的事。因此,到了后出的《南史》,就把《宋书·刘穆之传》中'汉齐悼(惠)王肥后'一句话删掉了。这一删节并非随意省略,而是认为《宋书·刘穆之传》的说法是不可信的"。王元化先生在《补记》中还指出:"《晋书》于汉帝刘氏之后,多为之立传。"在《列传》五十一中说:"'刘胤为汉齐悼惠王肥后',但他的籍贯并非东莞莒县,而是东莱掖人。"③1981年,程天祜在《刘勰家世的一点质疑》④一文中提出:"《梁书·刘勰传》的'祖灵真,宋司空秀之弟也'这句话,在《南史·刘勰传》中,完全删去了。"他以为这就是《南史》作者"认为'失实''常欲改正'的地方"。又说:"按照《宋书》的体例,如果秀之真有一个弟弟灵真,是不可能不记的。"《南史》的删节有多种原因,可是,这句话是体现其家族身份的重要关键,按《南史》的编撰

---

① 陈寅恪:《天师道与滨海地域之关系》,《陈寅恪史学论文选集》,上海:上海古籍出版社,1992年。
② 王元化:《刘勰身世与士庶区别问题》,《文心雕龙讲疏》,上海:上海古籍出版社,1992年。
③ 王元化:《清园论学集》,上海:上海古籍出版社,1994年,第92页。
④ 程天祜:《刘勰家世的一点质疑》,中国《文心雕龙》学会选编:《文心雕龙研究论文集》,北京:人民文学出版社,1990年。

方法是不应该删的。牟世金《汇考》中充分肯定了王、程之说,他说:"王、程二说是。晚出之《南史》以家传为体例,以同族通宗者合为一传。如《梁书·文学传》共二十五人,《南史》将其中到沆等十四人合入家传,而不列《文学传》。穆之、秀之二人,《宋书》原分为两传,《南史》合为《刘穆之》一传,且将穆之子虑之、虑之子邕、邕之子彪,穆之子式之、式之子瑀、歊、歊子祥,穆之从子秀之等,均合入此传。其中不仅无虑之、式之、秀之兄弟灵真、灵真子尚、尚子勰,还列刘勰入《文学传》而删'祖灵真,宋司空秀之弟也'句,则灵真与穆之、秀之本非同宗可知。衡诸刘勰一生行事及其思想,亦于刘秀之一宗无涉。"我们从南朝史书记载看,凡记载刘穆之、刘秀之一系的各篇传记,都没有涉及刘勰一系。所以,牟世金这个论断是可信的。《南史》编撰方法的最大特点是按门阀世族谱系立传,它对《刘勰传》的处理,充分说明了《南史》作者认为刘勰一系和刘穆之、刘秀之一系是没有直接关系的。从这个角度看,删除这句话确实有程天祜所说之意。但说刘勰和刘秀之一宗完全"无涉"也不尽妥善,《南史》所删《梁书》的这句话,与删《宋书·刘穆之传》"汉齐悼(惠)王肥后"一句一样,认为都有攀附名门望族而并不真实之嫌疑,但这两句话性质不完全相同,"汉齐悼(惠)王肥后"是虚指,而"宋司空秀之弟也"是实指,因此,后者不一定完全都是凭空编造,在攀附名门望族之外,可能还是有某些根据的。因为刘勰和刘穆之、刘秀之同属东莞刘氏,从家族谱系上灵真和秀之可能属同一辈而年龄略小,系远房兄弟,故而说得那么确切。但从实际社会地位和家属关系上说,刘勰一系和刘穆之、刘秀之一系,并无什么紧密联系。而像王利器先生《文心雕龙校证》①中那样据刘穆之、刘秀之的情况来说明刘勰是高门士族出身,根据就不大充分了。何况,诚如王元化先生所已经指出的,实际上刘穆之、刘秀之死后位列三公,食邑千户,也没有被当时社会认为是高门士族,《南齐书·刘祥传》记载,刘穆之的曾孙刘祥就被人骂为"寒士",祥亦不以"寒士"为耻。刘秀之一宗的地位比刘穆之一宗要低,所以,刘穆之的孙子刘瑀对其族叔秀之就很看不起,直呼其为"黑面阿秀"(见《宋书·刘秀之传》)。不过,王元化先生认为刘勰出身于庶族的

---

① 王利器校笺:《文心雕龙校证》,上海:上海古籍出版社,1980年。

看法,我觉得似乎还可以再研究。这里的"寒士"并非就是指庶族,而是相对于王、谢等高门士族(甲族)来说社会地位比较低一些的士族,他们一般不能当一二品官。刘穆之、刘秀之生前的最高官职只有三品,死后才追赠一品,所以,他们这一族就属于这种情况。唐长孺先生在《魏晋南北朝隋唐史三论》①一书的第二章第一节"南朝士族的结构及其衰弱"中说:"高门大族是士族的最高层,中正品第,所谓'凡厥衣冠莫非二品'中的衣冠,就是指的这些高门。士族低层被称为'寒士''卑微士人''士人之末'等。他们显然也取得了士族最基本的特权即免役,但在门阀序列中仍受到高门的蔑视,在作为门户高低标志的婚、宦上不可能与高门等同。"此点日本学者中村圭尔所著《〈刘岱墓志铭〉考》一文中联系刘氏一族的姻亲情况,也有证据很充分的论述。② 他指出:"南朝时期,士庶的社会地位有很大的差别。士阶层的最上层称为甲族,寒士称为次门,次门位于甲族之下。但居于士阶层最底层的寒士又对于在他们之下的庶民阶层保持绝对的优势。'甲族—寒士(次门)—庶'这种层次分明的社会构成与不同通婚集团之间存在着有机联系。"高门甲族与一般士族是不通婚的。按:《新唐书·柳芳传》云:"过江则为侨姓,王、谢、袁、萧为大;东南则为吴姓,朱、张、顾、陆为大。"这是说的南朝后期情况,萧氏在南朝初期并不能和王、谢相并列。王、谢、袁、萧和朱、张、顾、陆都属于高门甲族,但他们之间也往往互相看不起。如《世说新语·方正》篇记载:"王丞相初在江左,欲结援吴人,请婚陆太尉。对曰:培塿无松柏,薰莸不同器。玩虽不才,义不为乱伦之始。"王导为北方南下的王、谢高门,陆玩为南方顾、陆高门,陆玩就看不起王导。又如萧氏称帝后,对南方大族就很看不起,《南史·侯景传》记载:"(侯景)又请娶于王、谢,(梁武)帝曰:'王、谢门高非偶,可于朱、张以下访之。'"至于南下的一般北方士族,如东莞刘氏、东海徐氏、高平檀氏、河东裴氏、东海王氏(琅邪王氏、太原王氏为甲族)等,则比北方来的高门甲族和南方当地的高门甲族都要低一等。所以,从刘岱墓志铭中可以看出,其姻亲均为高平檀氏、河东裴氏、东海王氏这一层次。刘勰一系属

---

① 唐长孺:《魏晋南北朝隋唐史三论》,武汉:武汉大学出版社,1992年,第160页。
② 〔日〕中村圭尔:《〈刘岱墓志铭〉考》,刘俊文主编:《日本中青年学者论中国史》"六朝隋唐"卷,上海:上海古籍出版社,1995年,第167页。

东莞刘氏,亦为层次较低的士族,因此,说他是地位低下的庶族出身恐怕不是很妥当。①

(二) 刘勰父亲刘尚及其任越骑校尉和去世的时间

《梁书·刘勰传》对刘勰父亲刘尚没有详细的叙述,只说他曾任越骑校尉,早死。但研究刘尚的情况对我们研究刘勰的身世是很重要的。上面已经说过,刘勰父祖一系可能和刘宋时代官场显赫的刘穆之、刘秀之一系并无直接关系,但他父亲刘尚为刘宋时代越骑校尉,系汉置五校尉之一,据《宋书·百官志》:"越骑掌越人来降,因以为骑也;一说取其材力超越也。""五营校尉,秩二千石。"(按:牟世金《文心雕龙研究》据《隋书》谓越骑校尉秩千石,盖误,秩千石乃陈制)属四品,说明也是一个不小的官职,决非贫寒人家。只是因其父早死,才家道中落。这也涉及刘勰为什么"不婚娶"的问题,过去研究者认为他是因为"家贫"或"信佛"才"不婚娶"的,但这都缺乏说服力,他虽入定林寺十余年但并未出家,他家道中落是事实,但还不至于穷到无钱婚娶。这个问题也许可以从上面说到的日本中村圭尔《〈刘岱墓志铭〉考》中对南朝士族联姻状况的考察得到一些启发。中村在他的文章中举出了很充分的例证,说明南朝不仅士庶之间不通婚,而且士族中不同层次之间一般也是不通婚的。刘勰由于父亲早死,到他应该成家的年龄,家境状况已远非昔比,四品官吏的门第和实际衰落的现状,形成了很大的矛盾,婚姻上已处于高不成低不就的矛盾之中。从这个意义上也可以说"不婚娶"是因为"家贫",但并非无钱婚娶。因此,他进入定林寺依靠僧祐,欲借僧祐的地位和影响,结交上层权贵,寻求仕途出路,也许是很自然的。②

研究刘尚的情况还涉及刘勰是否确实生于京口、世居京口的问题。

---

① 关于东莞刘氏和刘勰的出身问题,陶礼天博士在他的博士论文中有详细而周密的考证,中村的文章也是经他介绍、并复印给我的。陶礼天博士和我讨论过这个问题,我认为陶礼天博士肯定中村的观点是对的,我同意他关于刘勰出身较低层次士族的观点,因此我在此也修正了我在《文心雕龙新探》一书中有关刘勰出身庶族的说法。待陶礼天博士的论文出版后,大家将会对此有更深入的了解。

② 关于这个问题,我在《刘勰为什么要"依沙门僧祐"?——读〈梁书·刘勰传〉札记》一文中有详细论述,见《北京大学学报(哲学社会科学版)》1981年第6期。

因为《梁书·刘勰传》并没有说他"世居京口",杨明照先生在《梁书刘勰传笺注》中说刘勰"世居京口",是根据《宋书》的《刘穆之传》和《刘秀之传》,按照刘勰祖父刘灵真与刘秀之是亲兄弟关系来确定的。如果刘灵真和刘秀之并非同父母弟,只是远房辈分相同,那么就很难说刘勰也一定是"世居京口"了。当然,刘勰的祖先属东莞刘氏,南迁后居京口应该是没有问题的。然而,其后是否有变化则是值得探讨的问题。特别应当引起我们重视的是:刘勰父亲刘尚既为越骑校尉,当在京师供职,四品官的家眷很可能即在京师。他在刘勰年幼时去世,故刘勰也很可能出生于京师建康,一直居住在京师建康,而并非生于京口、居于京口。这与他后来入定林寺依僧祐也是有关系的,因为僧祐应萧子良邀请在京师宣讲佛法,声名大振,刘勰很可能因此受到影响。《南齐书·竟陵文宣王传》云:"(永明)五年,正位司徒。给班剑二十人,侍中如故。移居鸡笼山邸,集学士抄五经、百家,依《皇览》例为《四部要略》千卷。招致名僧,讲论佛法,造经呗新声,道俗之盛,江左未有也。"又慧皎《高僧传·僧祐传》云:"及年满具戒,执操坚明。初受业于沙门法颖。颖既一时名匠,为律学所宗。祐乃竭思钻求,无懈昏晓,遂大精律部,有迈先哲。齐竟陵文宣王每请讲律,听众常七八百人。"可见,僧祐在京师讲论佛法是在齐永明五年之后,既曰"每请",当不止一次。又《出三藏记集》卷十一《略成实论记》云:"齐永明七年十月,文宣王招集京师硕学名僧五百余人,请定林僧柔法师、谢寺慧次法师于普弘寺迭讲,欲使研核幽微,学通疑执。即座仍请祐及安乐智称法师,更集尼众二部名德七百余人,续讲《十诵律》,志令四众净业还白。"所说"仍请""续讲",也说明此前已请过多次。刘勰家在京师自然有机会多次听僧祐讲论佛法,也了解僧祐在当时社会上的重要地位,以及他和萧子良等南齐当政人物的密切关系。刘勰若是居于京口,又幼年丧父,家境衰落,如何能有机会到京师听僧祐讲论佛法、接近僧祐,并入定林寺依托僧祐,而又不出家呢?至于《高僧传》所记僧祐"永明中,敕入吴,试简五众,并宣讲十诵,更申受戒之法",则是在京师多次讲论佛法以后,时刘勰已入定林寺。而研究刘勰身世的不少学者,如杨明照、张严、王更生等先生,皆以为刘勰入定林寺是受僧祐入吴讲论佛法影响,其实这是错误的。此说最早是杨明照先生在1941年的《梁书刘勰传笺注》中提出的,他说："舍人依居僧祐,博通经论,别序部类,疑在齐永明中僧祐入吴试简五众,宣讲十通,造立经藏,抽校卷轴之时。"杨先生后来在修订后的新笺中对此没有改动。但杨说是比较笼统的,因为据《高僧传·僧祐传》记载:"永明中,敕入吴,试简五众,并宣讲十诵,更申受戒之法。凡获信施,悉以治定林、建初,及修缮诸寺,并建无遮大集舍身斋等,及造立经藏,搜校卷轴,使夫寺庙广开,法言无坠,咸其力也。"这里自"凡获信施"后,实际上都是在吴讲论佛法结束、回到京师以后之事,有相当长的时间。但杨说给人的印象是刘勰是在受到僧祐入吴讲论佛法以后,才去了定林寺,所以很多研究者就据杨说,明确把刘勰入定林寺定在僧祐入吴之后。然而牟世金《刘勰年谱汇考》已经指出,根据道宣《续高僧传·明彻传》"齐永明十年,竟陵王请沙门僧祐三吴讲律"记载,僧祐入吴是在永明十年,此年刘勰已为定林寺名僧超辩去世撰写碑文,显然早已入定林寺。但牟著又说:"据上引《略成实论记》,子良请祐讲律,'名德七百余人',既在永明七八年间,则敕之入吴,必在永明八年正月二十三日之后。由此推知,纵据僧祐入吴时间推算,刘勰依僧祐入定林寺,亦应在永明八年二月以后。"《略成实论记》所说"八年正月二十三日解座",不是指讲论佛法到此时结束,而是说僧柔、慧次等"抄比《成实》,简繁存要,略为九卷"到正月二十三日结束。牟著在这里似乎又给人以刘勰于僧祐入吴后才进入定林寺之印象。刘勰当时不管是住在京师还是京口,都不可能去吴中听僧祐宣讲佛法。他也不一定非要在永明八年二月以后才入定林寺,在目前尚不能确考的情况下,只能说他是受僧祐在京师讲论佛法的影响,大约在永明七、八年入定林寺。刘勰为什么"不婚娶"和是否"世居京口"这两个问题我以为是目前研究刘勰身世中论述得不充分和还没有注意到的问题,其原因是由于大家对刘勰父亲刘尚情况缺乏研究,也不够重视。

刘勰的父亲刘尚何时为刘宋越骑校尉,何时去世,去世原因,都缺少文献资料,已不可确考,但这与了解刘勰身世确是有关系的。台湾李曰刚、王更生、龚菱先生[①]以为是"病逝",没有任何佐证。牟世金《汇考》断

---

① 分别见王更生《文心雕龙研究》,李曰刚《文心雕龙斠诠》附《梁刘彦和年谱》(台湾中华丛书编审委员会 1982 年),龚菱《文心雕龙研究》附《梁刘彦和先生重要事略系年表》(台北文津出版社 1982 年)。

定是元徽二年战死于建康,亦为猜测之说,并无可靠根据。牟著《汇考》谓:"刘尚为越骑校尉,查《宋书·百官志》《南齐书·百官志》《隋书·百官志》,宋、齐、梁五校尉设官,均无定员。"按:此说不甚确切。晋、宋、齐、梁时期的职官皆依汉制,《隋书·百官志》说:"魏、晋继及,大抵略同,爰及宋、齐,亦无改作。梁武受终,多循齐旧。"凡有改变,均有所说明,《梁书》没有"百官志",但《隋书·百官志》中有所说明。至隋大业三年而始有较大变化。"炀帝嗣位,意存稽古,建官分职,率由旧章。大业三年,始行新令。于时三川定鼎,万国朝宗,衣冠文物,足为壮观。既而以人从欲,待下若雠,号令日改,官名月易。"越骑校尉属汉置五营校尉(屯骑、步兵、越骑、长水、射声)之一,据《后汉书·百官志》五营校尉均为一人。宋明帝泰始以前亦是如此。但《宋书·百官志》在叙述骁骑将军、游击将军、左军将军、右军将军、左中郎将、右中郎将、屯骑、步兵、越骑、长水、射声五校尉、虎贲中郎将、冗从仆射、羽林监、积射将军、强弩将军后,明确指出:"自骁骑至强弩将军,先并各置一人;宋太宗泰始以来,多以军功得此官,今并无复员。"可见,刘宋时代五营校尉等上述将校原只设一人,至泰始以后始按军功授予军衔,而并无严格定员,可以不止一人,一直到齐、梁均是如此。牟著《汇考》据《宋书·沈攸之传》所载萧道成讨沈攸之《尚书符征西府檄》谓:"其中同时派出五校尉中之屯骑校尉三人(按:指王宜与、崔慧景、曹虎头),是知刘宋时之五校尉,必非各置一人。"从《尚书符》中说明当时五营校尉"必非各置一人"是对的,因为沈攸之谋反是在升明元年十一月,已到刘宋末年。但这只能说明宋泰始以后,五营校尉等"并无复员",而不能说整个刘宋时期都"必非各置一人"。刘尚何时为越骑校尉,虽然史书没有记载,但是我们可以根据刘宋时代越骑校尉的任职情况,来做一些研究分析。

刘宋自公元420至479年,共计60年,据《宋书》《南齐书》提到过曾任越骑校尉一职的共十八人,其中大都有任职年代可考。现列表如下:

武帝永初(420—422)元年为刘荣祖①

---

① 《宋书》卷四十五《刘怀慎传》附《刘荣祖传》:"永初元年,除越骑校尉,寻转右军将军。"

少帝景平(423—424)二年为严纲(?)①

文帝元嘉(424—453)二十三年为张永②

孝武帝孝建(454—456)元年为王景文,不拜③

孝武帝大明(457—464)年间为刘秉,系刘义宗之子④

孝武帝大明(457—464)末年五月后为戴法兴⑤

废帝永光(465)元年八月越骑校尉戴法兴被赐死,改元景和

废帝景和、明帝泰始(465)之际严龙为越骑校尉⑥

明帝泰始(465—471)元年刘胡除越骑校尉⑦

明帝泰始(465—471)二年八月平晋安王子勋谋反后以萧赜为越骑校尉⑧

明帝泰始(465—471)泰始三年二月后王广之为越骑校尉⑨,三年九月前周宁民已为越骑校尉⑩

明帝泰始(465—471)四年邹嗣之战死,追赠越骑校尉⑪

明帝泰始(465—471)六年萧道成领越骑校尉,不拜⑫,七年九月前周

---

① 《宋书》卷五《文帝本纪》:七月少帝废,群臣上表中有"越骑校尉都亭侯臣纲"。
② 《宋书》卷五十三《张茂度传》附《张永传》:"二十三年,造华林园、玄武湖,并使永监统。凡诸制置,皆受则于永。徙为江夏王义恭太尉中兵参军、越骑校尉、振武将军、广陵南沛二郡太守。"
③ 《宋书》卷八十五《王景文传》:"元凶弑立,以为黄门侍郎,未及就,世祖入讨,景文遣间使归款。以父在都邑,不获送身,及事平,颇见嫌责,犹以旧恩,除南平王铄司空长史,不拜。出为东阳太守,入为御史中丞、秘书监、领越骑校尉,不拜,迁可徒左长史。"
④ 《宋书》卷五十一《长沙景王道怜传》附《刘秉传》:"秉字彦节,初为著作郎,历羽林监、越骑校尉、中书、黄门侍郎。太宗泰始初,为侍中,频徙左卫将军、丹阳尹、太子詹事、吏部尚书。"其为越骑校尉当在大明年间。
⑤ 《宋书》卷九十四《戴法兴传》:"世祖崩,前废帝即位,法兴迁越骑校尉。"
⑥ 《宋书》卷八十《松滋侯子房传》:"严龙,太祖元嘉中,已为中书舍人、南台御史,世祖又以为舍人,甚见委信。景和、泰始之际,至越骑校尉、右军将军。至是怀异端,故及于诛。"
⑦ 《宋书》卷八十四《邓琬传》附《刘胡传》:"(刘胡)太宗即位,除越骑校尉。"
⑧ 《南齐书》卷三《武帝本纪》:"事平,征为尚书库部郎、征北中兵参军、西阳县子,带南东莞太守、越骑校尉、正员郎。"
⑨ 《南齐书》卷二十九《王广之传》:"时明帝遣青州刺史明僧皓北征至三城,为沈文秀所攻。广之将步骑三千余人,缘海救之,俱引退。广之又进军袭文秀所置长广太守刘桃根,桃根弃城走。军还,封安蛮县子,三百户。寻改蒲坼。除建威将军、南阳太守,不之官。除越骑校尉、龙骧将军,锺离太守。"广之攻文秀在泰始二年,"三年二月,文秀归命请罪"(《宋书》卷八十八《沈文秀传》),广之为越骑校尉当在泰始三年二月后。
⑩ 《宋书》卷八《明帝本纪》:"(泰始三年)九月……乙卯,以越骑校尉周宁民为兖州刺史。"
⑪ 《宋书》卷五十四《羊玄保传》。
⑫ 据《南齐书》卷一《高帝本纪》:萧道成于泰始"六年,除黄门侍郎,领越骑校尉,不拜"。

宁民仍为越骑校尉①

明帝泰始(465—471)泰始末,李安民除越骑校尉②

苍梧王元徽(473—477)元年八月前柳世隆为越骑校尉③

苍梧王元徽(473—477)二年五月时张敬儿为越骑校尉④

苍梧王元徽(473—477)二年五月后王敬则为越骑校尉⑤

顺帝升明(477—479)中尹略为越骑校尉⑥

从上述表中可以看出,刘宋时代自永初元年(420)至大明八年(464)的四十五年中,越骑校尉之职可考者仅六人(即上表中自刘荣祖至戴法兴),而自景和、泰始之际(465)至升明三年(479)的十五年中,越骑校尉之可考者多达十二人,从泰始元年刘胡开始,诚如《宋书·百官志》所说确多以军功为此官,而并无确定的员额。虽然他们开始被授予军衔的时间不同,但不因又给别人授此衔而去职。我们还可以看到刘宋六十年中自大明八年(464)至升明三年(479)这十五年中,越骑校尉之职往往有同时在任者,如严龙和刘胡当是同时为越骑校尉,周甯民和王广之亦同时为越骑校尉;在周甯民为越骑校尉期间,又有邹嗣之战死追赠越骑校尉和萧道成授越骑校尉不拜之事。根据刘勰幼年丧父,并从三十岁后开始写《文心雕龙》、公元498年以后才完成的情况看,刘尚任越骑校尉也不大可能在大明八年以前或元徽三年之后。《梁书》未言刘尚任过其他职务,又

---

① 《宋书》卷八《明帝本纪》:"(泰始七年)九月辛未,以越骑校尉周宁民为徐州刺史。"
② 《南齐书》卷二十七《李安民传》:"泰始末,淮北民起义欲南归,以安民督前锋军事,又请援接,不克,还。除越骑校尉,复为宁朔将军、山阳太守。"
③ 《南齐书》卷二十四《柳世隆传》:"还为越骑校尉,转建平王镇北谘议参军,领南泰山太守,转司马、东海太守,入为通直散骑常侍。"按:建平王刘景素进号镇北将军在元徽元年八月。
④ 《宋书》卷九《后废帝本纪》:"越骑校尉张敬儿斩休范。"事在元徽二年五月。《南齐书》卷二十五《张敬儿传》:"南蛮动,复以敬儿为南阳太守。遭母丧还家,朝廷疑桂阳王休范,密为之备,乃起敬儿为宁朔将军、越骑校尉。"是张敬儿为越骑校尉当在元徽元年八月后。《南齐书》卷二十五《张敬儿传》:"敬儿夺取休范防身刀,斩休范首,休范左右数百人皆惊散,敬儿驰马持首归新亭。除骁骑将军,加辅国将军。"是张敬儿于平刘休范后升官。
⑤ 《南齐书》卷二十六《王敬则传》:"元徽二年,随太祖拒桂阳贼于新亭,敬则与羽林监陈显达、宁朔将军高道庆乘舸艒于江中迎战,大破贼水军,焚其舟舰。事宁,带南泰山太守、右侠毂主,转越骑校尉、安成王车骑参军。……升明元年,迁员外散骑常侍、辅国将军、骁骑将军、领临淮太守,增封为千三百户,知殿内宿卫兵事。"是其为越骑校尉最晚当止于升明元年。
⑥ 《南齐书》卷三十《尹略传》:"淮南人尹略,少伏事太祖,晚习骑射,以便捷见使为将。升明中,为虎贲中郎、越骑校尉。"

说"勰早孤",说明刘尚死得很早,而越骑校尉属四品,不是一开始为官就能当的,所以他当是死于越骑校尉任上。如果刘尚是在大明八年(464)以前任越骑校尉,则刘勰生年应在此前几年,最晚也在460年前后,则下距《文心雕龙》写成达四十余年,《文心雕龙》该不会写了近十年吧。如果刘尚是在元徽三年(475)后任越骑校尉,则刘勰生年最早也要到470年左右,下距《文心雕龙》开始写作不到三十年,这就不符合"齿在踰立"始"搦笔论文"之说。因此,刘尚之为越骑校尉及去世,当在泰始二年(466)之后至元徽二年(474)之间。明帝即位后,改元泰始,即发生晋安王子勋谋反事,而且有许多皇室子弟回应,内战近九个月,紧接着与北魏之间的战争也时有发生,不久又有桂阳王休范谋反。此一时期内乱外患,战事频繁,为此授予将校官衔者极多,诚如《资治通鉴》卷一百三十一(泰始二年)所说:"时以军功除官者众,版不能供,始用黄纸。"《宋书》所说"并无复员"当自此时开始。刘尚之为越骑校尉很可能就在"军功除官"频繁的泰始前期,而他去世当在元徽二年之前。由于没有名额限制,又无别的文献资料,刘尚任职及去世的具体时间难以确考。牟著《汇考》假设刘尚于元徽二年"战死"可能性不能说没有,但确无一条文献可证。因此,我们只能说刘尚之为越骑校尉及其去世,估计当是在上述这八九年之间。仅据现有记载,在此期间几乎每年都有授予越骑校尉之军衔者,不过,他们相互之间授职起始时间还是有一定间隔的,而有的人(如周甯民、张敬儿、王敬则等)在升迁之后,可能仍保留此虚衔,也可能不再任此职,情况是很复杂的。按照上述刘宋时代有关越骑校尉任职情况,并联系对刘勰生年的考证,以及《梁书·刘勰传》的"勰早孤"之说,我以为刘尚之任越骑校尉及去世,在明帝泰始四年(468)至泰始七年(471)之间的可能性比较大。因为这段时间内任越骑校尉的周甯民为兖州刺史,王广之为锺离太守,都离京师较远,越骑校尉仅为其虚衔,而邹嗣之系战死后追赠越骑校尉,萧道成则领越骑校尉而不拜,越骑校尉为京师五营校尉之一,而京师似无任越骑校尉者,故刘尚很有可能在此期间为越骑校尉,并死于任上。如定刘勰生于466年,则刘尚约死于他三岁至六岁之时,这是比较符合《梁书·刘勰传》"勰早孤"之说的。至于刘尚的死因则无法考证,亦不宜随意猜测。

研究刘尚为越骑校尉及其去世的时间,对我们考证刘勰的生年是有参考价值的。刘勰的生年史无明文,一般都是依据对《文心雕龙》成书年代的考订而推算出来的。因为《文心雕龙·序志》篇中有"齿在逾立,则尝夜梦执丹漆之礼器,随仲尼而南行;……于是搦笔和墨,乃始论文"之语,可见他开始酝酿写《文心雕龙》大约在三十岁刚过不久。但是,《文心雕龙》究竟写了多长时间、确切成书于何时,也颇难确考。对此,历来有不同看法。现存各种版本《文心雕龙》一般都题"梁刘勰撰",故也有人认为是成书于梁代。但是大多数学者还是同意清代刘毓崧《通义堂文集·书文心雕龙后》一文中的意见,认为书当成于南齐末年。刘毓崧的这个看法,论证比较充分,从目前来看仍是不可推翻的。其云:

> 《文心雕龙》一书,自来皆题梁刘勰著,而其著于何年,则多弗深考。予谓勰虽梁人,而此书之成,则不在梁时,而在南齐之末也。观于《时序》篇云"暨皇齐驭宝,运集休明,太祖以圣武膺箓,世祖以睿文纂业。文帝以贰离含章,高宗以上哲兴运,并文明自天,缉遐(原注:"遐,疑当作熙。")景祚。今圣历方兴,文思光被"云云。此篇所述,自唐虞以至刘宋,皆但举其代名,而特于"齐"上加一"皇"字,其证一也。魏晋之主,称谥号而不称庙号,至齐之四主,惟文帝以身后追尊,止称为帝,余并称祖称宗,其证二也。历朝君臣之文,有褒有贬,独于齐则竭力颂美,绝无规过之词,其证三也。东昏上高宗之庙号,系永泰元年八月事,据"高宗兴运"之语,则成书必在是月以后。梁武帝受和帝之禅位,系中兴二年四月事,据"皇齐驭宝"之语,则成书必在是月以前。

按永泰元年为公元498年,中兴二年为公元502年,其间相距不到四年。刘氏又指出:"所谓'今圣历方兴'者,虽未尝明有所指,然以史传核之,当是指和帝而非指东昏也。"刘氏的理由是《梁书·刘勰传》说刘勰《文心雕龙》书成之后,曾欲取定沈约,沈约时正值"贵盛"之际;而沈约的"贵盛",实自和帝时始。由此推定《文心雕龙》成书当在齐末,大约公元501年至502年之间。刘氏说《文心雕龙》成书于齐末是可信的,但"今圣历方兴"是否一定是指和帝而非东昏也很难说,因沈约"贵盛"也不能说就一定是始自和帝,至于周振甫先生在《文心雕龙注》中《梁书·刘勰传》注13说"今圣历方兴""疑专颂梁武",更属臆测,且与他《时序》篇注54说"圣历,指齐代国运"说相矛盾。但《文心雕龙》成书于永泰元年后,则可确认。据《梁书·刘勰传》"天监初,起家奉朝请"的记载,及498年后《时序》篇已经写完的情况看,《文心雕龙》成书不会在和帝时代,而应该是在东昏即位后不久,亦即公元499年左右。然而,像《文心雕龙》这样一部"体大思精"之作,涉及文类又这样广泛,刘勰由起草到写定,显然不可能是一朝一夕之功。但是,以刘勰的才学来看并非"覃思之人",不会像张衡那样"研《京》以十年",也不会如左思那样"练《都》以一纪",不过,他在定林寺还要帮助僧祐做很多整理佛经方面的工作,不可能集中全部精力去写《文心雕龙》,因此写了三五年,应该说是很正常的。也就是说刘勰开始写作《文心雕龙》约在公元496年,而"齿在踰立"当是刚过三十不久,按此上推三十一年,那么,刘勰之生年大约在公元466年。根据我们前面推测刘尚任越骑校尉时间,也为我们研究刘勰生年多了一个参照。由于刘勰在三至六岁之时丧父,故到他弱冠之年,其父已去世十四五年,家境自然一落千丈,一年不如一年,因而本传有"家贫不婚娶"之记载。

(三)刘勰入梁后的仕宦情况

刘勰于梁武帝天监初年即"起家奉朝请",但究竟在天监元年还是在天监二年,很难确定。王金凌先生《刘勰年谱》系在元年,王更生先生《梁刘彦和先生年谱》、牟世金《刘勰年谱汇考》均系在二年。相比较而言,后者更为合理一些。因梁武代齐在天监元年(即中兴二年)四月,初建新朝,诸事繁杂,以刘勰的社会地位,不可能即刻在朝廷受到重视。而至天监二年局面已经比较稳定的情况下提拔刘勰,似较为符合实际。刘勰任中军临川王记室当在天监三年,因是年萧宏进号中军将军,各家于此均无异议。但对刘勰何时为车骑仓曹参军,则说法很不一致。杨旧笺定在天监四年,然无据。王金凌年谱谓在天监六年,因本年四月梁武帝"以中军将军、扬州刺史临川王宏为骠骑将军、开府仪同三司",闰十月"以骠骑将军、开府仪同三司临川王宏为司徒、行太子太傅"(《梁书·武帝纪》),并云：“据《隋书·百官志上》所云，临川王宏于天监六年夏四月丁巳之后始能置官属，宏既以功升迁，则擢引彦和亦当在此时也。杨明照以为刘勰迁车骑仓曹参军在天监四年，证以《续高僧传·释僧旻传》'临川王记室东莞刘勰'一语，知其误矣。”王更生年谱谓杨明照、王金凌二说"未知孰是"，姑按杨说系于四年。按：后杨新笺改为天监八年，故王金凌对杨旧笺系于四年的批评是对的，但其谓刘勰任仓曹参军为临川王萧宏之仓曹参军，则大误矣。本传所云为"车骑仓曹参军"，是任车骑将军之仓曹参军，而萧宏并未担任过车骑将军。刘勰于天监七年曾参与梁武帝命释僧旻等于定林寺抄经，其时之身份仍为临川王记室，此据《续高僧传·释僧旻传》可证。隋代费长房《历代三宝记》谓此《众经要抄》八十八卷始自天监七年十一月。杨新笺谓："是天监七年十一月之前，舍人仍任职萧宏府中，故道宣称其衔也。"牟世金《刘勰年谱汇考》不同意杨新笺的看法，而同意王金凌、王更生年谱系年，谓刘勰迁车骑仓曹参军在天监四年，但认为刘勰系任当时车骑将军夏侯详之仓曹参军，说道宣《续高僧传·释僧旻传》记载有误，因天监四年以后刘勰已经不是临川王记室。其理由是：梁代中军将军府下所设记室仅一人，而丘迟于天监四年萧宏北伐时领记室，故刘勰当在此时离开萧宏记室位置转到夏侯详府中，其记室之职由丘迟代替。但他没有看到《隋书·百官志》虽说"梁武受命之初，官班多同宋、齐之旧"，但有些官吏设置人数则并不相同，而且明确记载梁代皇弟皇子府也都设有记室一人，萧宏既是皇弟又是中军将军，则记室本可不止一人。丘迟为随军北伐记室，刘勰也可能就是留守皇府记室。《汇考》又谓刘勰系任中军临川王记室，非萧宏升为骠骑将军、司徒后之记室，然本传所说是刘勰初任，故点明是在萧宏任中军将军之时，而道宣所说未加"中军"字样，只说"临川王记室"，正说明其时刘勰所任记室，已随萧宏之升迁而提高品位，是骠骑将军、司徒临川王宏记室，而非中军将军临川王宏之记室矣。故他到天监七年参加以僧旻为首之《众经要抄》编撰时身份仍是"临川王记室"。因此，其迁车骑仓曹参军当在天监八年以后，杨新笺所系是对的。王更生年谱据《释僧旻传》系刘勰参加抄经在天监六年，解释《续高僧传·宝唱传》系于天监七年云："疑与僧旻同为一时之事，或此次校经，于六年始功，七年完成，故各传分别记载，要不相悖。"王金凌年谱谓刘勰迁车骑仓曹参军在天监六年四月后,故抄经当在六年。然此二说皆误。如《汇考》所指出,《释僧旻传》所说:"天监六年,制《般若经》,以通大旨训,朝贵皆思宏厥典。又请京邑五大法师,于五寺首讲。以旻道居其右,乃眷帝情,深见悦可,因请为家僧,四事供给。又敕于慧轮殿讲《胜鬘经》,帝自临听。仍选才学道俗,释僧智、僧晃、临川王记室东莞刘勰等三十人,同集上定林寺,抄一切经论。以类相从,凡八十卷,皆令取衷于旻。"此段共记五事,未必皆在天监六年,故当以《宝唱传》所说为是,考隋代费长房《历代三宝记》谓此事始自天监七年十一月,至天监八年四月方了。据《梁书·武帝纪》,天监八年四月以"司徒、行太子太傅临川王宏为司空、扬州刺史,车骑将军、领太子詹事王茂即本号开府仪同三司"。王茂于天监七年正月进号车骑将军,八年四月接替萧宏开府仪同三司,刘勰当于此时为王茂之车骑仓曹参军。杨新笺虽未加论证,但其系年是对的。刘勰出为太末令当在其为车骑仓曹参军后不久,看来王茂并不太看重他,让他离开京师到浙江为官,其时当在天监八年秋冬。王更生年谱定刘勰出为太末令在七年,不妥。王金凌年谱定为八年是对的,但认为是在萧宏迁扬州刺史之时,则系误断。本传说刘勰在太末令任上"政有清绩",当有两年左右时间,然后转到萧绩府中任记室,这就比较顺理成章了。

刘勰"除仁威南康王记室"当在天监十年萧绩进号仁威将军之后,于此各家均无异说,但或系十年(如王更生年谱、王金凌年谱)或系十一年(如杨明照新笺),微有差别,此亦难以确切断定。刘勰兼东宫通事舍人时间,王更生年谱定在天监十六年,系据何融《萧统年表》天监十六年下云"刘勰时兼东宫通事舍人",何年表亦未明言刘勰何时起始为东宫通事舍人,故根据并不充分。王金凌年谱系于天监十年与任仁威南康王记室同时,后牟世金《汇考》亦持此说,并有详考,但说两职一定是同时领受,亦颇勉强。《隋书·百官志》谓梁东宫通事舍人"多以他官兼领"。按:天监十年仁威南康王萧绩年方七岁,刘勰为其记室当主要在萧绩王府,东宫通事舍人只是"兼领"。王更生年谱所系略嫌晚一些,当在除南康王记室后不久也。其离任南康王记室应在天监十六年,因是年萧绩"征为宣毅将军、领石头戍军事"(《梁书》卷二十九《萧绩传》)。刘勰当于此时入值东宫,专为昭明太子通事舍人。

刘勰迁步兵校尉当在上表陈二郊宜与七庙同用蔬果获准后，各家所说皆同。但刘勰上表在何时，则各家所说不同。杨旧笺在天监十八年正月后，因天监十六年天子祭天于南郊后，至天监十八年始又有祭南郊之记载。王金凌年谱同杨旧笺，并谓南北郊祭祀间岁进行，但梁采取合祭方式，故自天监十六年十月改用蔬果后，"二郊农社，犹有牺牲"当在天监十八年正月后，意谓十七年二郊不祭也。王更生年谱亦取杨旧笺及王金凌说。然此说有误，南郊祭天配帝，皇上亲自前往；北郊祭地配后，皇上并不参加。故史书本纪只记天子赴南郊祭祀，不记北郊祭祀事。梁代南北郊祭原为间岁进行，至普通二年四月起始改为南北郊合祭，刘勰上表时尚未合祭。王金凌年谱于此则未深察。故后来杨新笺改刘勰陈表在天监十七年八月后，已明"二郊"非仅指南郊，亦指北郊，本传所说"二郊农社，犹有牺牲"之"二郊"，应是指天监十七年正月之北郊祭祀。但对梁代何时起南北郊合祭则未加说明，而定十七年八月后谓正月祭北郊与春秋农社之祭也。牟世金《汇考》则取杨新笺刘勰陈表与僧祐等上启"如出一辙"说，谓僧祐等上启与刘勰上表均在十七年五月前，因僧祐死于五月也。是时正月北郊祭与农社春祭犹用牺牲，则刘勰之陈表当在天监十七年二月至五月间，这是比较符合实际的。但《汇考》因未见到王金凌《刘勰年谱》，故未能对"二郊"祭祀情况作出分析。刘勰迁升步兵校尉在陈表被梁武采纳之后，故应在天监十七年四、五月后。

（四）刘勰的卒年

刘勰的卒年，史无明文。范文澜注认为僧祐于天监十七年死后，其整理佛经工作尚未结束，故梁武命刘勰与慧震去定林寺撰经，完成其未竟之业。撰经约需一二年时间，故刘勰之卒应在普通元年或普通二年。王更生年谱定刘勰之卒在梁武帝普通三年，系刘勰受命与慧震在定林寺撰经在普通元年，乃依杨旧笺所说："舍人任步兵校尉，兼东宫通事舍人，在天监十八年。则此次奉敕，当在十八年或普通元年，惜慧震事迹，他不可考，故无从旁证。"王金凌系刘勰与慧震撰经于天监十八年，刘勰之死亦定在普通三年。牟世金《汇考》所定刘勰卒年与王更生、王金凌同，然谓撰经始自天监十八年，而完成于普通元年，燔发出家在普通二年。自范注到二王年谱,到《汇考》,对刘勰自迁步兵校尉至去世的基本认识是一致的,只在具体系年上有微小差别。然李庆甲在《刘勰卒年考》《再谈刘勰的卒年问题》①中,依据南宋释祖琇《隆兴佛教编年通论》、南宋释智磐《佛祖统记》、南宋释本觉《释氏通鉴》、元释念常《佛祖历代通载》、元释觉岸《释氏稽古略》之记载,谓刘勰卒于萧统死后,在中大通四年(532)。杨新笺谓舍人任步兵校尉在天监十七年八月后,而与慧震撰经时间则"遽难指实",亦依上述佛典因定刘勰之卒在萧统死后数年,约大同四、五年(538、539)间。盖因此五种佛典之说法不同:《隆兴佛教编年通论》谓萧统死及刘勰出家在"三年四月",书于"大同元年"条下,故杨新笺说刘勰出家在大同三年(但指出祖琇系萧统死于大同三年是错误的)。李庆甲说祖琇排列有问题,实际是指中大通三年,《佛祖历代通载》在吸收《通论》成果时对其排列作了调整,明确指出为"辛亥"(即中大通三年)。李庆甲的论说是正确的。《佛祖统记》把《通论》记载理解为是"大同三年",遂明确系萧统死于此年,刘勰出家在大同四年,均误。《释氏通鉴》《释氏稽古略》载萧统之死在中大通三年是对的,但说刘勰出家在大同二年则无据。李庆甲又按照正史合传以传主卒年为序的惯例,考证了《梁书·文学传》二十三个主要传主的排列与其卒年的关系,指出:"《刘勰》传排列于第十三位。刘勰前面的十二人中载明卒年的六人,时间都在萧统死去的中大通三年之先;未载明卒年的六人,粗看也可看出他们都死于萧统之先。刘勰后面的十人中载明卒年的五人,时间都在萧统去世之后;未载明卒年的五人,粗看也可看出他们都死于萧统之后,而明确记载死于'昭明太子薨'之后的何思澄、刘杳二人的传分别排列于第十五、十六位,与《刘勰传》靠的很近,中间只隔一个《王籍传》。这里,通过对《梁书·文学传》所载主要传主的卒年作鸟瞰式的查考,已初步看出祖琇的记载是具有一定的可靠性了。"杨明照先生也肯定《梁书·文学传》按卒年排列之说,但他和李庆甲对刘勰前面的谢几卿的卒年之考订很不同,所以得出的刘勰卒年差别就很大了。李庆甲据《谢几卿传》及其与萧绎的书信往还,考订其卒于

---

① 李庆甲:《刘勰卒年考》,《文学评论丛刊》第一辑,北京:中国社会科学出版社,1978年;《再谈刘勰的卒年问题》,《中国古典文学丛考》第一辑,上海:复旦大学出版社,1985年;后均收入其《文心识隅集》,上海:上海古籍出版社,1989年。

普通八年(527)或稍后。杨新笺据谢几卿免官后与庾仲容的来往,认为谢几卿当卒于大同四年,牟世金《汇考》亦肯定杨新笺的这方面考证。然细察《庾仲容传》,杨考颇有值得商榷之处。杨考引《庾仲容传》以下一段话:"迁安西武陵王谘议参军,除尚书左丞,坐推究不直免。……(按:删节号系杨文原有)唯与王籍、谢几卿情好相得。二人时亦不调,遂相追随,诞纵谋饮,不复持检操。"然后说:"武陵王纪以大同三年闰九月改授安西将军、益州刺史,仲容盖未随府;除尚书左丞不久,即坐事免归。其时疑在大同四年。几卿与之肆情诞纵,当亦不出是年之外。"按杨之引文作此引申是没有问题的,但因其引文截取不甚妥当,致使实情颠倒,造成系年之错误。据《梁书·文学传》原文,杨引"迁安西武陵王谘议参军,除尚书左丞,坐推究不直免"这段话,是《庾仲容传》叙述庾仲容一生经历的最后几句。下面另起一段是追述庾仲容之早年为人与处世情事,故紧接"坐推究不直免"下的原文是这样的:"仲容博学,少有盛名,颇任气使酒,好危言高论,士友以此少之。唯与王籍、谢几卿情好相得。二人时亦不调,遂相追随,诞纵谋饮,不复持检操。久之,复为谘议参军,出为县令。及太清乱,客游会稽,遇疾卒,时年七十四。"由此可见,其为安西武陵王谘议参军实在"与王籍、谢几卿情好相得"之后很久,而非在"与王籍、谢几卿情好相得"之前。杨新笺删去此段话前后文,并与上一段叙述生平经历的最后两句话相接,就变成庾仲容在"迁安西武陵王谘议参军,除尚书左丞,坐推究不直免"之后方"与王籍、谢几卿情好相得"云云,就完全把真实情况搞错乱了。其实,庾仲容之被免官并非只有在为尚书左丞后一次,这从《庾仲容传》中完全可以看出来。其云:"迁晋安功曹史。历为永康、钱唐、武康令,治县并无异绩,多被劾。久之,除安成王中记室。"他"治县并无异绩,多被劾",这以后显然被免无职,故下云"久之,除安成王中记室"。我们再以此和《梁书·文学传》中的《谢几卿传》对照就更清楚了:"普通六年,诏遣领军将军西昌侯萧渊藻督众军北伐,几卿启求行,擢为军师长史,加威戎将军。军至涡阳退败,几卿坐免官。居宅在白杨石井,朝中交好者载酒从之,宾客满坐。时左丞庾仲容亦免归,二人意志相得,并肆情诞纵,或乘露车历游郊野,既醉则执铎挽歌,不屑物议。湘东王在荆镇,与书慰勉。"谢几卿与庾仲容之"意志相得,并肆情诞纵",确是在普通六年或稍后,若按杨新笺在大同四年,则相去十四年,就无法理解《谢几卿传》的这番叙述了。诚如李庆甲所已经指出的,谢几卿免官是在普通六年,若萧绎在十四年后去书"慰勉",岂不成了笑话了吗?问题是在这段叙述中说到庾仲容时给他加的官衔"左丞"是不合适的,所以就使杨新笺发生了误解。其实,这里说的"左丞庾仲容",不是说庾仲容与谢几卿"意志相得,并肆情诞纵"时是左丞,而是《梁书》作者对他的尊称,古人都以其人最后官名称呼,但这里的称呼确是不妥的,容易使人误解。李庆甲在批评杨新笺此说时未能抓住要害,没有指出杨新笺引文时的错误,只强调《梁书》记载庾仲容为安西武陵王谘议参军及除尚书左丞有误,又未能举出有力佐证,所以,牟世金《汇考》就认为杨新笺考证"甚确"了,而实际上杨新笺考证此事确是错了。他所得出的谢几卿死于大同四年,故传列其后的刘勰当死于大同四年或以后的结论,自然也就不合适了。

李庆甲考证王籍、何思澄均死于大同二年(536)是可信的,对王籍死年的考订尤为确凿,但对何思澄卒年考订的说法有些不妥。李庆甲看出《梁书》叙述上的矛盾,本传说:"天监十五年,敕太子詹事徐勉举学士入华林撰《遍略》,勉举思澄等五人以应选。迁治书侍御史。……久之,迁秣陵令,入兼东宫通事舍人。除安西湘东王录事参军,兼舍人如故。时徐勉、周舍以才具当朝,并好思澄学,常递日招致之。昭明太子薨,出为黟县令。迁除宣惠武陵王中录事参军,卒官,时年五十四。"萧绎为安西将军在大同元年(535),而萧统死于中大通三年(531),怎么可能在萧统死前任萧绎安西将军的录事参军呢?李庆甲认为《梁书》把"除安西湘东王录事参军"和"除宣惠武陵王中录事参军"两句话的"位置互相弄错"了。他说:萧纪为宣惠将军、江州刺史始于中大通元年二月,至中大通四年二月为止,后即调任扬州刺史。何思澄既死在宣惠武陵王中录事参军任上,则最迟在532年二月前已死,怎么可能任萧绎的安西湘东王录事参军呢?他认为如果这两句话位置倒一下,就正合适了。可是,他没有注意到萧纪在任扬州刺史时仍然是宣惠将军,《梁书·武陵王传》:"出为宣惠将军、江州刺史。征为使持节、宣惠将军、都督扬南徐二州诸军事、扬州刺史。"至大同三年九月方"改授持节、都督益梁等十三州诸军事、安西将军、益州刺史",故何思澄为宣惠武陵王中录事参军,在531年萧统死后至537年内均有可能。而黟县属扬州新安郡，正归扬州刺史萧纪管辖。所以本传"昭明太子薨，出为黟县令。迁除宣惠武陵王中录事参军"的说法是不错的。他531年后任黟县令，两三年后升为宣惠武陵王中录事参军，死于任上，约为536年。问题是《梁书》"除安西湘东王录事参军"这句话显然有错误，因为那时不可能，萧绎在萧统生前还没有当安西将军。这里实际上应该是"除湘东王录事参军"，那时萧绎是丹阳尹（丹阳郡郡府在建康），正在京师，何思澄任其录事参军，同时可兼任东宫通事舍人，若是任萧绎镇荆州时的安西府录事参军，两地相去遥远，如何能兼任东宫通事舍人呢？因为萧绎曾长时间镇荆州，为安西将军，所以《梁书》作者无意中误加了"安西"两字。类似的错误，《梁书》中并不只有这一处，如前文说到的《庾仲容传》中的"左丞庾仲容"，也是这类错误。从以上考证中，说明《梁书·文学传》中次序以卒年先后排列是不错的，按此原则，刘勰之卒年当在527年至536年之间，元释念常《佛祖历代通载》的说法是有道理的。从现在研究的成果看，李庆甲所说刘勰死于中大通四年（532）还是比较有根据的。

不过，定刘勰卒年在中大通四年有一个问题还需要研究，这就是牟世金在《汇考》中提出的自刘勰任步兵校尉后至其去世的十余年中的活动踪迹无考，其实这和以下三个问题直接相关：一是刘勰任步兵校尉之时间，二是刘勰与慧震到定林寺撰经的时间，三是刘勰是否继续兼任东宫通事舍人，一直到萧统去世。

牟世金《汇考》对刘勰任步兵校尉时间作过考证，他据《隋书·百官志》谓刘勰任步兵校尉在天监十六、七年，其云："自天监元年（502）至中大通三年（531）萧统卒，正三十年。此期已知曾任步兵校尉者二十四人，平均一人十五月，其更易之频繁可知。则刘勰任期不能独长，最多延续到天监十八年前数月。及其受命入定林寺撰经，便由谢举领步兵校尉之职矣。按宋初置官，太子三校尉各有七人，如此，则刘勰与谢举，或可同时并任其职；然据《隋书·百官志》，梁世官制已改：'其屯骑、步兵、翊军三校尉各一人，谓之三校。'则步兵校尉之任，不可同时有二人以上。上举二十四校尉之次第，纵难绝对准确，然亦足以证'三校尉各一人'之制，不容同时有二人以上任同一校尉。"然牟说实有疏漏未察之处，按南朝官制，步兵校尉实有二：一为西省五营校尉中之步兵校尉，一为东宫太子三校尉之一之步兵校尉。前者为承汉制，屯骑、步兵校尉掌上林苑门屯兵；后者为宋永初二年五月设置，太子屯骑、步兵、翊军校尉各七人，至梁改为各一人。宋代五校为二千石，太子左右卫率为四百石，而排在左右卫率下面的太子三校尉，则未说明多少石，当不会高于左右卫率，而梁天监七年改九品为十八班时，"五校，东宫三校"均同属七班。《宋书》《南齐书》凡太子之三校尉，前面均标明"太子"二字，以示区别；《梁书》凡说到在宋、齐为太子步兵校尉者亦皆有"太子"二字。但《梁书》中记载在梁代任"步兵校尉"者甚多，约四十余人，而没有记载任"太子步兵校尉"者，于太子三校尉仅有一处说到任"太子翊军校尉"者（见《梁书》卷二十六《傅映传》）。按理说，若是太子步兵校尉应与太子翊军校尉一样加"太子"二字。那么，是否有这样一种可能：由于梁代五校与太子三校官阶同班，故记载"太子步兵校尉"时不再加"太子"二字，而翊军校尉因五营校尉中无此一职，才特别加"太子"二字呢？如果是这种情况，则对《梁书》中所说任步兵校尉者，就很难区别是五营中之步兵校尉还是太子步兵校尉了。但不管这种可能是否存在，因梁代五营校尉承宋泰始以后之制，并无定员限额，而太子三校尉则由宋代七人改为一人，故五营中之步兵校尉肯定比太子步兵校尉要多。《汇考》所说到的梁代有记载的任步兵校尉者四十余人，也决不可能都是太子步兵校尉，而绝大部分应当是五营校尉中之步兵校尉。牟者《汇考》未分清步兵校尉有五营校尉与太子三校尉之别，又忽略太子步兵校尉定员一人与五营校尉中之步兵校尉无定员限制两种不同情况，故其说梁代步兵校尉定员一人，"不容同时有二人以上任同一校尉"，是不正确的；而由此列表排出梁代天监元年（502）至中大通三年（531）萧统死前三十年先后任步兵校尉者为二十四人，并以此来考证刘勰任步兵校尉之时间，这就完全错了。且不说实际这三十年中任步兵校尉者并不止二十四人，尚有贺琛、萧藻、陆襄、臧盾等人。而就牟著《汇考》所列之何远、萧子恪均为天监元年为步兵校尉，王份、司马褧均为天监初为步兵校尉，这几人实际上是同时为步兵校尉，也正说明了他们都是五营校尉中之步兵校尉而非太子步兵校尉，故完全可以"有二人以上任同一校尉"。由于他们绝大多数不是太子步兵校尉，而是五营中的步兵校尉,所以刘勰和他们中的一些人同时为步兵校尉不仅是可能的,同时也是正常的。因此,《汇考》所说:步兵校尉"更易之频繁"以及"刘勰任期不能独长,最多延续到天监十八年前数月"之说,就无法成立了。由于南朝西省军校大都虚衔化了,成为一种荣誉,并不实际领兵,所以步兵校尉同时在任者甚多,而刘勰的任期自然也可能有很长的时间,甚至一直到萧统之死。根据《梁书·刘杳传》记载,刘杳:"大通元年,迁步兵校尉,兼舍人如故。昭明太子谓杳曰:'酒非卿所好,而为酒厨之职,政为不愧古人耳。'"按:"酒厨之职"即指阮籍为步兵校尉,《世说新语·任诞》:"步兵校尉缺,厨中有贮酒数百斛,阮籍乃求为步兵校尉。"阮籍之时尚无东宫太子三校尉,故知刘杳所任当为五营中之步兵校尉,他与刘勰同样是由东宫通事舍人迁步兵校尉,兼舍人如故,因此刘勰所任自然也是五营校尉中之步兵校尉。刘杳之为步兵校尉兼东宫通事舍人一直到萧统死后,在萧纲为太子时仍留任,达五六年以上,所以刘勰为步兵校尉时间也不会很短,而且刘勰自迁步兵校尉后,就没有再任别的官职,可能一直到他出家为止。《汇考》以刘勰任步兵校尉只到天监末来作为刘勰死于普通三年之旁证是缺乏说服力的。

刘勰和慧震到定林寺撰经的时间,因慧震无考而不易确认。但如果刘勰如王金凌和王更生的年谱及牟世金《汇考》等所定死于普通三年(522),则撰经必在天监十八年(519)至普通三年(522)间。王金凌定在天监十八年,王更生定在普通元年,牟世金亦定在十八年,各家均依杨旧笺所说,在僧祐死后为完成其未竟之业而到定林寺撰经。按:杨旧笺原说是天监十八年或普通元年,故上述各家所说略异,但杨新笺于此有很大改动,谓此次撰经时间"邃难指实",因将刘勰死年后推至大同四、五年,故谓撰经或在中大通三年四月萧统死后,与旧笺极不相同。可见,刘勰与慧震撰经的时间是与刘勰的卒年确定有直接关系的,据本传所言:"有敕,与慧震沙门于定林寺撰经。证功毕,遂启求出家,先燔发以自誓。敕许之。乃于寺变服,改名慧地。未期而卒。"刘勰在与慧震撰经完成之后即要求出家,并得到梁武帝的允许,其改名慧地,不知是否与慧震有关,而后不到一年即去世,也就是说刘勰之死即在与慧震撰经完成后的一年内。由于慧震事迹各种文献均无任何记载,①因此只能依据对刘勰卒年的研究来确定其时间。而刘勰卒年的考订,其关键在他究竟死于萧统生前还是萧统死后,这也涉及刘勰和萧统的关系问题。《梁书》本传说刘勰为东宫通事舍人,"昭明太子好文学,深爱接之",此亦为大家所接受,但牟世金《汇考》则认为昭明爱好文学之士是确切无疑的,但对刘勰不如其他人,他举出殷钧、明山宾、张率、刘孝绰、王筠、张缅等传中昭明太子对他们的夸奖和推崇,说萧统对刘勰"生无一言可志,别无一语相赠,死无一事相关。然则比诸上举数人,虽亦'爱接',实差之远矣。刘勰最后毅然出家,岂以昭明之卒使然"? 牟世金此说有值得我们思考的地方,因为据《梁书》的《昭明太子传》《刘孝绰传》《王筠传》等的记载,在昭明太子周围与其"游宴玄圃"、论诗作文的"文学之士"中,确实并没有刘勰。刘勰也没有参与《文选》的编撰(详见下文)。但牟著"虽亦'爱接',实差之远矣"之说则可商榷,因为刘勰在当时社会上并不是以擅长诗文写作出名的文人,虽然写了《文心雕龙》,但在当时"未为时流所称",他是以对佛学的精通和擅长写有关佛教的文章出名的,如本传所说:"勰为文长于佛理,京师寺塔及名僧碑志,必请勰制文。"凡当时梁武帝敕命整理佛经方面的事,都要叫刘勰参加。因此,对萧统来说,刘勰主要是他在佛学方面的顾问、参谋、秘书,而不是文学创作方面的顾问、参谋、秘书。《梁书》本传虽有"文集行于世"之说,但《隋书》就没有著录,也没有文学方面的诗文流传下来。我以为他的文集可能主要是"京师寺塔及名僧碑志"一类佛教方面的著作,这些我们现在还可以从文献记载中找到不少痕迹。《梁书》作者姚思廉继承父业,最后完成全书,时已在唐太宗贞观年间,上距刘勰去世已百余年,此时《文心雕龙》已经产生了较大影响,刘勰也因此名垂后世,他在当时人们心目中,早已不是佛学专家,而是文学批评家了。所以,《梁书》本传说"昭明太子好文

---

① 按:周绍恒先生在《刘勰卒年及北归问题辨》一文中认为慧震即梁刘之遴《吊震法师亡书》《与震兄李敬胤书》中所说的"震法师",然尚无直接证据,只能说是一种推测,需进一步研究。不过,我认为周绍恒先生的推测还是比较有道理的,应该说是有关刘勰身世研究方面的一个重要成果。但他由刘之遴的文章考证慧震离开京师时间,并推断刘勰卒年,则待商榷。见周绍恒:《〈文心雕龙〉散论及其他》,北京:学苑出版社,2000年,第40—53页。

学,深爱接之",是可以理解的,但"深爱接之"是事实,而其原因则主要还是因为昭明太子不仅爱好文学,也特别虔诚信佛,《梁书·昭明太子传》说:"高祖大弘佛教,亲自讲说;太子亦崇信三宝,遍览众经。乃于宫内别立慧义殿,专为法集之所。招引名僧,谈论不绝。太子自立二谛、法身义,并有新意。"萧统对其母极其孝顺,在他母亲病危期间,他"朝夕侍疾,衣不解带。及薨,步从丧还宫,至殡,水浆不入口,每哭辄恸绝"。而他母亲丁贵嫔又曾拜僧祐为师。刘勰任东宫通事舍人,后又迁步兵校尉,在昭明身边时间很长,他和昭明太子的关系是相当密切的,但主要是在佛学方面,而不在文学方面。① 但可以肯定地说,他们在文学方面也会有很多交流的。刘勰虽未参与《昭明文选》的编辑,《文心雕龙》与《昭明文选》在文体分类上也有不少差别,然而两书也有很多一致的地方。按常情说,萧统不会没有看过《文心雕龙》,由于他们在文学思想上并不完全相同,所以刘勰似乎没有介入萧统和刘孝绰等人的文学圈子的活动。至于刘勰受命与慧震撰经,是否一定是在萧统死后,则很难说,也无确切根据。不过,这与他任东宫通事舍人究竟有多长时间是有一定联系的。

　　刘勰在迁步兵校尉之后,本传说他"兼舍人如故",但如果说他一直到萧统死后才出家、去世,则在天监十七年至中大通四年的十多年中,是否始终为通事舍人呢?这确是值得研究的。牟世金《汇考》因主张刘勰死于普通三年,自然也就不存在这个问题。据《隋书·百官志》记载,梁代东宫通事舍人定员为二人。自天监末至萧统死时曾任东宫通事舍人者,除刘勰外尚有二人:一为刘杳。《梁书》本传云:"普通元年,复除建康正,迁尚书驾部郎,数月,徙署仪曹郎,仆射勉以台阁文议专委杳焉。出为余姚令,在县清洁,人有馈遗,一无所受,湘东王发教褒称之。还除宣惠湘东王记室参军,母忧去职。服阕,复为王府记室,兼东宫通事舍人。大通元

---

① 本文初稿写成后,正好傅刚博士赠我新出版的他的博士论文《〈昭明文选〉研究》,他在此书下编第三章第二节"《文选》与《诗品》《文心雕龙》及《文章缘起》的比较"中,对刘勰和昭明太子的关系之看法与我不约而同。他特别指出:"他(刘勰)的进入东宫,与其说是因为文学才能,不如说是因为他的佛学知识。梁武帝溺于佛是众所周知的,在他的带动下,上至太子,下至百官、庶民,无不尊崇释教,顶礼佛典。在这样的背景里,于东宫配置精研佛理的人,应该是必要,也是正常的。因此,我认为刘勰的进入东宫与他的佛学知识有关。"我以为傅刚博士的说法是符合当时实际的,也是很正确的。

年,迁步兵校尉,兼舍人如故。"自普通元年后,他曾任建康正、尚书驾部郎、仪曹郎,又出为余姚令,政绩也不错,应有两三年时间,又为宣惠湘东王记室参军,后又丁母忧三年①,故其复为王室记室、兼东宫通事舍人,当在普通七、八年间,一直到萧统去世,而且萧纲为太子时仍留任东宫通事舍人。一为何思澄。据前文引《梁书》本传,何思澄于天监十五年由徐勉推荐入华林撰《遍略》,迁治书侍御史,久之,又迁秣陵令,又入兼东宫通事舍人,当在天监末年、普通初年。但本传没有说他任东宫通事舍人至何时为止。所以,就有两种可能:一是他由普通初年任职至普通七、八年,后由刘杳接替;二是他一直任职至昭明太子去世,即到中大通三年。如果是前一种情况,则他和刘杳是先后为东宫通事舍人,另一人即是刘勰。那么,刘勰之为东宫通事舍人可能是由天监十年一直到萧统去世。不过,这种可能性很小,刘勰不大可能担任东宫通事舍人长达二十年之久。如果是后一种情况,则刘杳是接替刘勰任东宫通事舍人,故刘勰之为东宫通事

---

① 按:《梁书》卷五十《刘杳传》记载刘杳丁母忧时间本身有矛盾,本传记叙其经历云:"寻佐周舍撰国史。出为临津令,有善绩,秩满,县人三百余人诣阙请留,敕许焉。杳以疾陈解,还除云麾晋安王府参军。詹事徐勉举杳及顾协等五人入华林撰《遍略》,书成,以本官兼廷尉正,又以足疾解。因著《林庭赋》。王僧孺见之叹曰:'郊居以后,无复此作。'普通元年,复除建康正,迁尚书驾部郎,数月,徙署仪曹郎,仆射勉以台阁文议专委杳焉。出为余姚令,在县清洁,人有馈遗,一无所受,湘东王发敎褒称之。还除宣惠湘东王记室参军,母忧去职。服阕,复为王府记室,兼东宫通事舍人。大通元年,迁步兵校尉,兼舍人如故。"据上述引文他丁母忧明显是在普通元年以后,大通元年以前;但在叙述他生平后,于"大同二年,卒官,时年五十"后又说:"杳治身清俭,无所嗜好。为性不自伐,不论人短长,及睹释氏经教,常行慈恕。天监十七年,自居母忧,便长断腥膻,持斋蔬食。及临终,遗命敛以法服,载以露车,还葬旧墓,随得一地,容棺而已,不得设灵筵祭醑。其子遵行之。"则丁母忧在天监十七年。考徐勉为太子詹事举杳等入华林撰《遍略》在天监十五年。天监十八年徐勉为尚书右仆射,故"仆射勉以台阁文议专委杳焉",是不错的。而他为宣惠湘东王记室参军在普通元年至大通元年间也是不错的,因为自天监十七年至普通元年为晋安王萧纲为宣惠将军,《梁书》卷四《简文帝本纪》云:"十二年,入为宣惠将军,丹阳尹。十三年,出为使持节、都督荆雍梁南北秦益宁七州诸军事、南蛮校尉、荆州刺史,将军如故。十四年,徙为都督江州诸军事、云麾将军、江州刺史,持节如故。十七年,征为西中郎将,领石头戍军事,寻复为宣惠将军、丹阳尹,加侍中。普通元年,出为使持节、都督益宁雍梁南北秦沙七州诸军事、益州刺史;未拜,改授云麾将军、南徐州刺史。"若刘杳丁母忧自天监十七年(518)间始,时箫绎并非宣惠将军,何况刘杳自天监十七年至普通元年(520)复除建康正,才两年左右,尚不满三年,按礼还不能为官。若谓南朝不严格尊礼,提前"服阕"复官,则在迁尚书驾部郎,徙署仪曹郎,出为余姚令,还除宣惠湘东王记室参军之后,如何又有"母忧去职"之事?且"服阕,复为王府记室,兼东宫通事舍人"?可见,本传中"天监十七年"一句是不对的,疑为衍文,且从文字表达上看亦不顺,据文意应为"自天监十七年居母忧,便长断腥膻,持斋蔬食"。《南史》看到这个矛盾,所以就删去了"天监十七年"一句。为谨慎起见,也没有再讲他任湘东王记室参军期间丁母忧之事。

舍人只到普通七、八年为止。但无论是哪一种情况,都不能用萧统死时刘勰已不任东宫通事舍人来说明刘勰卒于普通三年。相反,倒可以说明至少在普通七、八年刘勰还在任东宫通事舍人。那么为什么刘勰会在普通七、八年离任东宫通事舍人之职呢?我以为其原因就是梁武帝敕命他与慧震到定林寺撰经。僧祐生前其门徒多达一万一千多人,他死后,他所主持的定林寺,以及他所修治的建初寺等等,自然还有他的许多学生,如宝唱、正度等等。他所未能做完的整理佛经工作,也不一定马上需要调刘勰、慧震去做,比较合理的解释是僧祐死后若干年,佛经整理工作进行得不太理想,所以梁武才决定让刘勰和慧震去主持这件工作。很多研究者认为刘勰和慧震到定林寺撰经,最多一两年即可完成,但这只是一种推测。实际上撰经工作并不是很容易的,诚如杨明照先生在新笺中所说,"撰经仅有二人,当非短期所能竣事",因此三五年也不算多。由普通末到中大通三年萧统死,也就是五年左右,这段时间刘勰很可能是在定林寺撰经,所以也就没有仕途任职情况的记载。这样,也就可以回答牟世金提出的"长达十年之内,已无刘勰踪迹可寻"之疑问:即前五年(普通末以前)尚在东宫通事舍人任内,后五年(大通元年后)则在定林寺与慧震撰经也。而刘勰之"燔发自誓,启求出家",可能是与萧统之死有关的。萧统因母亲去世,本已十分悲伤,又因其母墓地问题失宠于梁武帝,他的死和心情压抑有关。刘勰与萧统关系密切,自然也不会再受到梁武帝信任,东宫易主,他也不可能再回去,而且年岁也大了,政治上既已没有发展前途,所以就在定林寺出家了。

从对上面三方面情况的分析中,可以进一步说明李庆甲所说,按照元释念常《佛祖历代通载》记载,刘勰死于萧统死后,约在中大通四年(532),确实是比较可信的。

根据对上述几个问题的考辨,我们对刘勰的生平事迹,可以概括为以下这样一个简表:

宋泰始二年(466)

刘勰生。

宋泰始四年至七年(468—471)

刘勰父刘尚出任越骑校尉,并卒于任上。

齐永明七、八年(489—490)

刘勰入定林寺依沙门僧祐。

齐永元一、二年(499—500)

刘勰撰成《文心雕龙》。

梁天监二年(503)

刘勰离开定林寺,起家奉朝请。

梁天监三年(504)

刘勰为临川王萧宏记室。

梁天监七年(508)

刘勰仍为临川王萧宏记室,参与梁武帝命释僧旻等于定林寺抄经。

梁天监八年(509)四月

刘勰离任临川王记室,为车骑将军王茂之仓曹参军。

梁天监八年(509)秋冬

刘勰出为太末令。

梁天监十年(511)

刘勰为仁威南康王萧绩记室,兼领东宫通事舍人。

梁天监十六年(517)

刘勰离任仁威南康王萧绩记室,当于此时入值东宫,为通事舍人。

梁天监十七年(518)

刘勰上表言二郊宜与七庙同,改用蔬果祭祀,得到梁武帝采纳。

梁天监十七年(518)春天以后

刘勰迁太子步兵校尉,继续兼东宫通事舍人。

梁普通七、八年(526—527)

刘勰不再兼任东宫通事舍人,由刘杳代替。

梁大通元年前后(527)

刘勰奉敕与沙门慧震在定林寺撰经。

梁中大通三年(531)

刘勰与慧震完成撰经,时萧统已死,刘勰不可能再回东宫,遂燔发自誓,启求出家,经梁武帝允许,改名慧地。

梁中大通四年(532)

刘勰卒,是年刘勰六十七岁。

当然,我必须要在这里说明的是:由于文献资料的欠缺,我们不可能非常确切地撰写刘勰的年谱,而我在上述考辨中,有些论断的根据也并不是很充分的,也有推测的因素。关于刘勰佛学方面的著作及其写作时代,我拟在论述刘勰及其《文心雕龙》与佛教关系的文章中,再详细论述,故在此未涉及。我想我的主要方面还是对现有研究中有关刘勰生平事迹的一些失误进行驳正,这对我们进一步深入研究刘勰的身世可能是有帮助的。本文初稿写成后,曾打印数份征求部分同行朋友的意见,并根据这些意见和建议作了许多重要的修改。特别是南京大学中文系周勋初教授和北京大学历史系阎步克教授,帮我纠正了初稿中的一些疏漏失误之处,并提出了很好的修改意见。在此我谨向周勋初教授、阎步克教授和其他同行朋友表示衷心的感谢!

《文心雕龙》的理论渊源

——《文心雕龙》对陆机《文赋》的继承和发展

刘勰的《文心雕龙》博采众长,体大思精,在中国古代文论史上无有可与之相比拟者,但是《文心雕龙》并非凭空而降,它也是在总结前人成果的基础上发展起来的。其中对它影响最大的便是陆机《文赋》。虽然刘勰对陆机《文赋》的评价不高,有很多批评。如他在《序志》篇中说《文赋》"巧而碎乱",认为它和曹丕《典论·论文》等都是"各照隅隙,鲜观衢路"。在《总术》篇中说:"昔陆氏《文赋》,号为曲尽;然泛论纤悉,而实体未该。"在其他篇中也对《文赋》中的一些论述有所批评。从《文赋》所存在的不足来看,这些批评应该说都是有道理的。但从对陆机《文赋》的总体评价来说,无疑是过于片面了。所以,骆鸿凯在《文选学》中说刘勰这些批评"皆疑少过"。其实,刘勰对《文赋》在文学创作理论上的成就并不是没有看到,而是认真地吸取了的,只是他认为陆机的论述尚不够充分、不够深入,他的《文心雕龙》实际上是对《文赋》的全面继承和发展。对此,清代的章学诚在《文史通义·文德》篇中曾经指出:"刘勰氏出,本陆机氏说,而昌论文心。"程千帆先生在《文论要诠》中论《文赋》时也说过:"刘氏文心,与之笙磬同音。"如果我们对《文心雕龙》中的文学创作理论作一些细致分析的话,就可以看出它在基本方面和陆机《文赋》是完全一致的,都是在受到《文赋》的启发后所作的进一步发挥。当然刘勰的成就已经大大超出了陆机,但如果没有陆机的《文赋》,大概也就不会有《文心雕龙》。因此,我们必须充分认识《文赋》对《文心雕龙》的深刻影响,这样才能对刘勰《文心雕龙》在文论史上的地位和贡献作出正确的评价。

下面我们准备从五个方面来论述《文心雕龙》对《文赋》的继承和发展。

(一)关于文学创作的基本问题

刘勰在《文心雕龙·序志》篇中解释其书名时说:"夫文心者,言为文之用心也。"所谓"为文之用心",即是说的如何进行文学创作的问题,这和陆机在《文赋》小序中所说是一样的,他写作《文赋》的目的正是为了总结"才士"为文之"用心"。陆机认为总结"为文之用心",就是要解决"意不称物,文不逮意"的问题。"意"能否"称物"说的是构思过程中的意象能否正确表现现实事物,能不能把作家在生活中所感受到的内容充分体现出来,即指创作过程中"心"的活动;"文"能否"逮意"说的是具体写作过程中能否运用语言文字把构思中的意象充分表达出来,即指创作过程中"手"的技巧。意存乎心,文形于手,这实际上也就是庄子在《天道》篇中所说的"得之于手而应于心"的问题。不过,庄子认为如何做到"得之与手而应于心"是无法言喻的,关键在于创作主体能否进入"道"的境界,如果能做到"心"与"道"合,进入"道"的境界,则自然就可以做到"得之于手而应于心"。也就是说在心手关系上,庄子是重在"心",而不重在"手"。而陆机则认为"应心"虽然很重要,必须使创作主体在精神上进入"虚静"的状态,但"应心"未必一定能"得手","手"的技巧是否熟练也是非常重要的。也就是说在对待心手关系上,他是两者并重的。在"得心"的方面,陆机从儒道结合的角度发展了庄子的思想。《文赋》一开始论作家创作前的准备不仅要求"伫中区以玄览",而且要求"颐情志于典坟"。在重视庄子所说创作前必须进入"虚静"精神境界的同时,并不像庄子那样完全否定知识学问,而是充分肯定了积累知识学问的必要性。在这方面刘勰和陆机是一样的。刘勰在《文心雕龙·神思》篇中论创作前的准备,一方面指出"陶钧文思,贵在虚静,疏瀹五藏,澡雪精神",另一方面又强调要"积学以储宝,酌理以富才,研阅以穷照,驯致以怿辞",并把这两方面看作是"驭文之首术,谋篇之大端"。他比陆机进一步的地方,是清楚地指出了"虚静"的目的在于"疏瀹五藏,澡雪精神",特别对陆机的"积学"作了很大的发挥。陆机只是强调了学习前人书本知识,"咏世德之骏烈,颂先人之清芬。游文章之林府,嘉丽藻之彬彬"。而刘勰则提出了丰富知识学问、善于明辨事理、增加经验阅历、驾驭语言文字四个方面,不限于积累知识学问,还注意到了加强生活实践、提高理论分析能力和语言表达能力的重要性。陆机认为创作主体在有了"伫中区以玄览,颐情志于典坟"的准备后,在进入"心"的活动,也就是构思活动时,其主要特点是心与物,也就是内心和外境的融合。"悲落叶于劲秋,喜柔条于芳春"。而刘勰在《文心雕龙》中则专门有《物色》一篇论心与物的相互作用。陆机论心物关系,主要是依据《礼记·乐记》的物感说,偏重在外物对人的感发作用;而刘勰则不仅注意到了"情以物兴"的一面,也同时注意到了"物以情观"的方面,提出了心"随物以宛转"、物"与心而徘徊"的双向交流特点。在"得手"的方面,陆机是相当重视的,他在《文赋》的小序中说"意不称物,文不逮意"的问题,"非知之难,能之难也",说明他认为在心手关系中,"手"的表达难度更大。所以他花了大量的篇幅来论述"手"如何"应心"的方法和技巧。刘勰也是如此,他在《文心雕龙·神思》篇中说:"意翻空而易奇,言征实而难巧。"《文心雕龙》中大部分篇幅也是讲的"手"如何"应心"的问题。刘勰比陆机更进一步的地方是:陆机在论述"手"的技巧和方法时,虽然也提出了一些重要的理论问题,如文体、风格、剪裁、文质等,但讲得不够充分,有些问题则又过于琐碎。而刘勰则不仅对"手"如何"应心"提出了一个完整的理论体系,而且对每一个重要的理论问题都作了相当深入细致的分析。陆机和刘勰对心手关系的认识和魏晋南北朝时期思想史发展有密切关系。魏晋玄学的特点是以道为体、以儒为用,援儒入道。道家重天然,儒家重人为;道家提倡天工,儒家提倡人工。陆机、刘勰不仅在论创作前的准备时,体现了玄学融合儒道的思想影响,都要求有虚静的精神境界,同时又不排斥知识学问的积累,而且在心与手、天工与人工的关系上是心手并重,以天工之美为最高境界,而又主张通过人工努力来达到天工之美。这一点在刘勰的《文心雕龙》中尤为突出,他在《原道》篇中明确指出:"云霞雕色,有逾画工之妙;草木贲华,无待锦匠之奇。"他虽以化工之美为最高境界,但《文心雕龙》全书所论"为文之用心"基本上都是讲的文学创作中的人工技巧。

(二)关于文学创作的构思与艺术想象的特征

陆机在《文赋》中对文学创作的构思和艺术想象活动的特征曾作了非

常生动形象的描绘。他说:"其始也,皆收视反听,耽思傍讯,精骛八极,心游万仞。其致也,情瞳昽而弥鲜,物昭晰而互进。倾群言之沥液,漱六艺之芳润。浮天渊以安流,濯下泉而潜浸。于是沈辞怫悦,若游鱼衔钩而出重渊之深;浮藻联翩,若翰鸟缨缴而坠曾云之峻。"这里陆机提出了三个问题:一、在虚静精神状态下想象活动是不脱离具体的现实世界的,并具有超时空的特征,即所谓"精骛八极,心游万仞",而且是和人的感情活动紧密地联系在一起的,"思涉乐其必笑,方言哀而已叹";二、艺术想象活动的结果是凝聚成构思中的意象,即所谓"情瞳昽而弥鲜,物昭晰而互进";三、要寻求生动的语言把构思中的意象具体地表述出来,即所谓"倾群言之沥液,漱六艺之芳润"。陆机的这些论述对刘勰产生了极为深刻的影响,《文心雕龙》有关艺术构思的论述就是在陆机《文赋》的基础上发展起来的,但分析得更为全面系统,并从理论上作了重要概括,提出了一些很有深度的理论概念和美学范畴,如"神思""意象""神与物游""杼轴献功"等。他在《神思》篇中论艺术想象时说:"文之思也,其神远矣。故寂然凝虑,思接千载;悄焉动容,视通万里;吟咏之间,吐纳珠玉之声;眉睫之前,卷舒风云之色。其思理之致乎!故思理为妙,神与物游。"就是对陆机"精骛八极,心游万仞"说的发挥,也是讲的艺术思维超时空的特点,但是他突出了驰骋艺术想象过程中"神与物游"的特点,并指出这种神思活动是和作家的感情冲动密切相联系的,"登山则情满于山,观海则意溢于海"。刘勰还在陆机"情瞳昽而弥鲜,物昭晰而互进"说的基础上,进一步指出神思活动的结果是"意象"的形成,所谓"玄解之宰,寻声律而定墨;独照之匠,窥意象而运斤"。"意象"概念的提出,是刘勰的一个重大贡献。虽然他还没有自觉地把它作为一个重要的理论概念来对待,但它对后来的影响是十分深远的,因而比陆机更富有理论色彩和思想深度。

陆机把艺术构思和想象活动的开展归之于人力无法掌握的"天机",认为:"应感之会,通塞之纪,来不可遏,去不可止。藏若景灭,行犹响起。""虽兹物之在我,非余力之所勠。"而刘勰则认为"神思"的"通塞",主要在是否能"虚静""养气",作家并非不能把握,而是可以有办法解决的。他在论"神与物游"时还进一步提出了:"神居胸臆,而志气统其关键;物沿耳目,而辞令管其枢机。枢机方通,则物无隐貌;关键将塞,则神有遁心。"说明神思活动的顺利开展是和"志气""辞令"有密切关系的。"志气"是统率"神思"的关键,"辞令"是体现"物象"的"枢机",两者都是可以通过修养和学习来获得的。"志气"的含义研究者有很多不同的解释。周振甫在《文心雕龙注释》中释为"意志"和"气势",说"理直是志,气壮是气"。陆侃如、牟世金《文心雕龙译注》解释为"作者主观的情志、气质"。王元化同意陆、牟之说,又补充说:"在这里泛指思想感情。"(《文心雕龙创作论》)寇效信在《文心雕龙美学范畴研究》一书中则认为:"'志气'是人的生理机能和心理机能相结合的概念,是以人的注意、意志、情感、欲望等心理机能为主导,以人的生理机能所产生的生命活力为基础的一个心理和生理统一的概念。"他们说得都有一定道理,但又并不十分确切。"志气"在《文心雕龙》中凡三见,除《神思》篇外,《书记》篇说:"观史迁之报任安,东方之难公孙,杨恽之酬会宗,子云之答刘歆,志气盘桓,各含殊采。"《风骨》篇说:"诗总六义,风冠其首,斯乃化感之本源,志气之符契也。"都是指人的一种昂扬的精神状态,刘勰在《养气》篇中说得很清楚,"志"指"神志","气"指"精气"。他说:"凡童少鉴浅而志盛,长艾识坚而气衰,志盛者思锐以胜劳,气衰者虑密以伤神,斯实中人之常资,岁时之大较也。若夫器分有限,智用无涯;或惭凫企鹤,沥辞镌思;于是精气内销,有似尾闾之波;神志外伤,同乎牛山之木。""志气"确有生理基础,但它又表现为一种心理现象。有没有这种昂扬的精神状态,是神思活动能否顺利进行的关键。"神思"的特点是"神与物游",构思中的物象不能离开具体的语言,思维过程实际上也是一个构建语言符号体系的过程。因此有无丰富的"辞令",对神思活动的开展具有十分重要的意义。刘勰在《养气》篇中对"志气"的涵养曾作了详细的分析,他说:"夫耳目鼻口,生之役也;心虑言辞,神之用也。率志委和,则理融而情畅;钻砺过分,则神疲而气衰:此性情之数也。"又说:"夫学业在勤,故有锥股自厉;至于文也,则申写郁滞,故宜从容率情,优柔适会。若销铄精胆,蹙迫和气,秉牍以驱龄,洒翰以伐性,岂圣贤之素心,会文之直理哉!且夫思有利钝,时有通塞,沐则心覆,且或反常;神之方昏,再三愈黩。是以吐纳文艺,务在节宣,清和其心,调畅其气,烦而即舍,勿使壅滞,意得则舒怀以命笔,理伏则投笔以卷怀,逍遥以针劳,谈笑以药倦,常弄闲于才锋,贾余于文勇,使刃发如新,腠理无滞,虽非胎息之迈术,斯亦卫气之一也。"至于"辞令"的把握虽与作者的天资有关,但更在于后天的学习。对此,他在《事类》篇中说道:"夫姜桂因地,辛在本性,文章由学,能在天资。才自内发,学以外成,有学饱而才馁,有才富而学贫。学贫者,迍邅于事义;才馁者,劬劳于辞情:此内外之殊分也。是以属意立文,心与笔谋,才为盟主,学为辅佐;主佐合德,文采必霸,才学褊狭,虽美少功。""夫经典沉深,载籍浩瀚,实群言之奥区,而才思之神皋也。"虚静养气,可保神思畅通,浮想联翩;勤奋学习,自能文采斐然,物无隐貌。文学创作的构思是一个惨淡经营的过程,充满了种种纷纭复杂的情况。陆机在《文赋》中曾说:"或因枝以振叶,或沿波而讨源。或本隐以之显,或求易而得难。或虎变而兽扰,或龙见而鸟澜。或妥帖而易施,或岨峿而不安。罄澄心以凝思,妙众虑而为言。笼天地于形内,挫万物于笔端。"刘勰对这一点也深有体会,但是他比陆机更进了一步,他指出了这个过程是作者对现实生活中的素材进行综合概括、提炼加工、典型化的结果。他说:"若情数诡杂,体变迁贸,拙辞或孕于巧义,庸事或萌于新意;视布于麻,虽云未费,杼轴献功,焕然乃珍。"这里"拙辞或孕于巧义,庸事或萌于新意",是从陆机上面的论述中变化出来的,不过更强调了作家的创造力。"杼轴献功"之说也是受到陆机《文赋》启发的,诚如王元化所指出的:"用'杼轴'一词来表示文学的想象活动原出于陆机。《文赋》'虽杼轴于予怀,怵他人之我先'是刘勰所本。在这里'杼轴'具有组织经营的意思,指作家的构思活动而言。不过,陆机说的'虽杼轴于予怀,怵他人之我先',是把重点放在想象的独创性上面,而刘勰说的'视布于麻,虽云未费,杼轴献功,焕然乃珍',则把重点放在想象和现实的关系方面。"(《文心雕龙创作论》)布麻之说以浅近的比喻,非常准确地阐明了文学源于现实而又高于现实的道理,并可看出作家艺术构思的重要意义与价值。

(三)关于文学作品的风格及其形成原因

陆机在《文赋》中有关文学风格的论述是继承曹丕《典论·论文》而来的。曹丕《典论·论文》中分文章为八体四类,他说:"奏议宜雅,书论宜理,铭诔尚实,诗赋欲丽。"这是讲的不同文体有不同的风格。曹丕又说:"文以气为主,气之清浊有体,不可力强而致。"这里涉及作家个性不同而使文学风格产生差异的问题。陆机在《文赋》中对这两点都有所发展,他把文体分为十类,对每一类文体的风格特点作了更为详细和确切的分析。他说:"诗缘情而绮靡,赋体物而浏亮。碑披文以相质,诔缠绵而凄怆。铭博约而温润,箴顿挫而清壮。颂优游以彬蔚,论精微而朗畅。奏平彻以闲雅,说炜晔而谲诳。"大体上都兼顾到各类文体的内容和形式方面特点。关于作家个性和文体风格的关系,陆机在《文赋》中也有进一步的论述,他说:"夸目者尚奢,惬心者贵当。言穷者无隘,论达者唯旷。"他和曹丕不同的是偏重在说明作家的兴趣、爱好对文学风格的影响。此外,陆机对文学风格的论述还有很重要的一点是,他强调了文学风格的多样性和外界事物的丰富多彩有密切关系,这是曹丕所没有提到的。他说:"体有万殊,物无一量,纷纭挥霍,形难为状。""其为物也多姿,其为体也屡迁。"这两处所说的"体"都是指文体的风格,"物"则指外界的事物。陆机从上述三方面对文学风格形成原因的分析是比较全面的。在中国文学批评史上对文学风格问题论述得最全面、最充分、最深刻的当推刘勰,但他基本上是沿着陆机的思路向前发展的。

《文心雕龙》对文学体裁和风格特色关系的论述,集中表现在《定势》篇中。他说:"是以括囊杂体,功在铨别,宫商朱紫,随势各配。章表奏议,则准的乎典雅;赋颂歌诗,则羽仪乎清丽;符檄书移则楷式于明断;史论序注,则师范于核要;箴铭碑诔,则体制于弘深;连珠七辞,则从事于巧艳。此循体而成势,随变而立功者也。"从各种文体有不同风格的角度说,刘勰的思想和曹丕、陆机没有什么不同,但刘勰并没有停留在这一点上,他由此提出了一个非常重要的"势"的概念。他说:"夫情致异区,文变殊术,莫不因情立体,即体成势也。"文学创作过程是非常复杂而变化多端的,所谓"因情立体",是指文学创作要按照不同的内容来选择体裁,而体裁确定之后,必然要求有与之相适应的风格特色,这就是"即体成势"。"势"是一个重要的美学范畴,指的是事物本身的自然规律和态势,但在这里说的是不同体裁有不同风格特色这种规律,特别强调了它的客观性,也就是说,每一种体裁所具有的风格特色,是此种体裁本身的内容和形式所决定的,作者不能随意去改变它。所以,他说:"势者,乘利而为制也。如机发矢直,涧曲湍回,自然之趣也。圆者规体,其势也自转;方者矩形,其势也自安;文章体势,如斯而已。是以模经为式者,自入典雅之懿;效骚命篇者,必归艳逸之华;综意浅切者,类乏酝藉;断辞辨约者,率乖繁缛,譬激水不漪,槁木无阴,自然之势也。"这种"势"也表现在作家的个性、爱好和文学的风格之关系上,刘勰说:"桓谭称:'文家各有所慕,或好浮华而不知实核,或美众多而不见要约。'陈思亦云:'世之作者,或好烦文博采,深沉其旨者;或好离言辨句,分毫析厘者。所习不同,所务各异。'言势殊也。"

文学风格问题的要害是在作家的个性和爱好方面,在这一点上,曹丕、陆机只是提出了问题,而刘勰对此则作出了极其重大的发展。他在《体性》篇中对作家的个性之形成从四个方面作了分析,这就是:才、气、学、习。他指出文学创作从根本上说,是内在情理发见于外在言文的结果,"夫情动而言形,理发而文见;盖沿隐以至显,因内而符外者也"。所以,"辞理庸俊,莫能翻其才;风趣刚柔,宁或改其气;事义浅深,未闻乖其学;体式雅郑,鲜有反其习。各师成心,其异如面"。他认为构成作家个性的因素包括了天赋才能、气质禀性、学问教养、环境影响等不同方面。这就把曹丕、陆机提出的作家个性和文学风格关系问题大大引向深入了。他还把才、气、学、习四个方面区分为先天和后天两部分:"才有庸俊,气有刚柔,学有浅深,习有雅郑,并情性所铄,陶染所凝。"克服了曹丕论个性只讲天资禀赋,不讲后天学习教养的缺点。更为可贵的是,他认为人的才气虽然是先天形成而无法改变的,但后天的学习教养有着更为重要的意义,对人的个性之最后形成有决定性的作用。他说:"夫才由天资,学慎始习,斫梓染丝,功在初化,器成彩定,难可翻移。故童子雕琢,必先雅制,沿根讨叶,思转自圆。八体虽殊,会通合数,得其环中,则辐辏相成。"为此,他得出了"习亦凝真,功沿渐靡"的结论。

此外,刘勰还指出文学的风格尚有受时代风尚影响的一面,"文变染乎世情,而兴废系乎时序"。"故知歌谣文理,与世推移,风动于上,而波震于下者也。"(《时序》)他对战国和建安文学风格特色的分析,尤其可以清楚地看出这一点。他在讲到战国文学风格特点时说:"春秋以后,角战英雄,六经泥蟠,百家飙骇。方是时也,韩、魏力政,燕、赵任权;五蠹六虱,严于秦令;唯齐、楚两国,颇有文学。齐开庄衢之第,楚广兰台之宫,孟轲宾馆,荀卿宰邑,故稷下扇其清风,兰陵郁其茂俗,邹子以谈天飞誉,驺奭以雕龙驰响,屈平联藻于日月,宋玉交彩于风云。观其艳说,则笼罩雅颂,故知炜烨之奇意,出乎纵横之诡俗也。"孟、荀之散文,辩士之说辞,屈、宋之辞赋,其风格都受到当时政治、思想发展的影响。他对建安文学风格所受时代影响的分析,尤为大家所称道。他说:"观其时文,雅好慷慨,良由世积乱离,风衰俗怨,并志深而笔长,故梗概而多气也。"形成一个时代风尚的因素很多,政治、经济、文化、思想、民情风俗,乃至帝王的文艺政策、对文学的爱好与态度等,都可以对一个时代的文学风格产生某种影响。

曹丕、陆机只是从不同的文体来区分不同的风格类型,而刘勰则对总体的文学风格提出了八种基本类型,这是刘勰对文学风格理论的一个创造性发展。他之所以把文体的基本类型归为八类,我在《文心雕龙新探》一书中已经说过,乃是受《周易》八卦的启发之结果。因为八卦是象征宇宙间天、地、水、火、风、雷、山、泽等八类基本事物的符号,八卦可分为两两相对的四组,八卦又可演化为六十四卦、三百八十四爻,再加上互体变爻等,成为一个复杂的符号体系,它可以象征宇宙间纷纭复杂的种种事物。文学创作是"神与物游"的结果,文学风格的千变万化,也和文学创作所描写的宇宙间纷纭复杂的事物有极为密切的关系,所以他认为文学风格的基本类型也可以像易象那样归纳为八类四对,它们的组合变化,就会形成无数种不同特色的文学风格。刘勰的这种风格理论的思想基础就是陆机《文赋》中所说的"体有万殊,物无一量","其为物也多姿,其为体也屡迁"。

(四)关于文学创作的继承与创新

陆机在《文赋》中是非常重视文学的独创性的,这就是他所说的:"谢朝华于已披,启夕秀于未振。""或藻思绮合,清丽芊眠,炳若缛绣,凄若繁弦。必所拟之不殊,乃暗合乎曩篇。虽杼轴于予怀,怵他人之我先。"这里包括了构思中的意象和语言文字两方面。他认为不管文章写得多么好,如果是和前人有所"暗合",即使并非有意抄袭,也必须舍弃不要。如此注重文学的独创性,在中国古代文学思想发展上具有很突出的意义。按照儒家的传统,是强调要"述而不作"的,是不允许标新立异的。王充在

《论衡》中大胆肯定"不述而作",赞美"超奇"的"鸿儒",从正统儒家的观点看来,无疑是具有异端色彩的。魏晋之交,由于儒家思想的衰落,玄学思想的兴起,许多传统观念发生了变化。陆机虽然出身儒家门第,"服膺儒术,非礼不动",但实际上不能不受时代思潮的影响。所以,《文赋》中很多地方并不严格遵循儒家思想,而表现出了很多道家玄学思想的影响。陆机重视"虚静"的意义,认为言不能完全尽意,强调"天机"的作用,都可以看出他对儒家传统思想的突破。他对文学独创性的强调,也具有这方面的意义。陆机并不否定继承传统的重要性,《文赋》开篇第一段,他就说要"咏世德之骏烈,诵先人之清芬。游文章之林府,嘉丽藻之彬彬"。不过,这是指作家的修养而言的,在具体的构思创作过程中,他是坚决反对模拟因袭的。

刘勰在《文心雕龙》中对文学的继承和创新问题,也是沿着陆机的思路往前走的,在肯定继承的必要性同时,特别重视要有自己的独创性。不过,刘勰有关继承和创新的论述是非常全面、系统的,而且有相当的理论深度。他所提出的"通变"概念虽是从《易传》中移植过来的,但已经过了改造,赋予了文学理论的内容,这也是从《文赋》中得到启发的。刘勰所说的"通"有广义和狭义两种不同的含义。广义的"通"是指文学发展传统中的一些基本原则,是历代相传而不应该改变的。比如,他在《原道》《征圣》《宗经》三篇中所说的内容,都属于"通"的方面。至于"通"的狭义内容,则是指《通变》篇中所说每一类文体的基本特征。他说:"夫说文之体有常,变文之数无方。何以明其然耶?凡诗、赋、书、记,名理相因,此有常之体也;文辞气力,通变则久,此无方之数也。名理有常,体必资于故实;通变无方,数必酌于新声;故能骋无穷之路,饮不竭之源。"此所谓诗、赋、书、记等"名理相因"的"有常之体",就是指"通"的狭义内容。"变"也有广义与狭义之分,狭义的"变"即是指诗、赋、书、记等文体的"文辞气力"之"变文之数无方"。这种"变"的含义是和陆机在《文赋》中所说的文学作品的创作要善于"因宜适变"、能"达变而识次"的"变"是一致的。刘勰所说广义的"变"是指文学发展从总体上说必然是日新月异、不断发展变化的,不过,他认为这种"变"是有正确、不正确之区别的。他在全书前五篇"文之枢纽"中的《正纬》《辩骚》两篇,讲的就是这两种不同的"变"。

纬书违背了圣人经典真实、雅丽的原则,不是正确的"变",所以说是"事丰奇伟,辞富膏腴,无益经典而有助文章"。而《楚辞》则"观其骨鲠所树,肌肤所附,虽取镕经意,而自铸伟辞",是一种正确的"变"。因此,刘勰在对"通变"的认识上要比陆机的理解宽广得多。对"通变"的广义理解,刘勰在《文心雕龙》的前五篇和《时序》篇中有比较全面的体现。对"通变"的狭义理解,刘勰在《文心雕龙》上篇第六至二十五篇讲各类文体的发展时,都已贯穿于其中,而在《通变》一篇中则更从理论上作了概括性的说明。

从总的方面看,在对待文学创作的继承和创新的问题上,陆机讲的主要是在文学作品的艺术方面,也就是指意象的构想和文辞的表达,而刘勰则比较全面地考虑到了文学作品的思想和艺术两个方面,并且对继承和创新的关系作了比较科学的分析。他不仅重视和肯定"变",赞美独创性,同时也反对抛弃优秀的文学传统,片面地追求所谓"新奇"。他在《风骨》篇中说:"若夫镕铸经典之范,翔集子史之术,洞晓情变,曲昭文体,然后能孚甲新意,雕画奇辞。昭体故意新而不乱,晓变故辞奇而不黩。若骨采未圆,风辞未练,而跨略旧规,驰骛新作,虽获巧意,危败亦多;岂空结奇字,纰缪而成经矣。"他在《通变》篇的赞语中说:"文律运周,日新其业。变则堪久,通则不乏。趋时必果,乘机无怯。望今制奇,参古定法。"这个"望今制奇,参古定法"的原则,对我们今天文学创作和文学理论的发展,仍然具有十分重要的现实意义。

(五)关于文学创作的内容形式和表现技巧

陆机在《文赋》中对文学创作的表现方法和技巧曾用了相当大的篇幅来加以论述。在具体讲述这些表现方法和技巧时,陆机有一个总的原则就是要求它们为更好地表达作品内容服务:"理扶质以立干,文垂条而结繁。"他也曾明确反对"遗理以存异""寻虚而逐微"的不良创作倾向。在对待内容和形式关系上,他是强调以内容为主,内容和形式并重的。他在充分肯定内容主导作用的前提下,十分讲究文学作品的形式美,主张"其会意也尚巧,其遣言也贵妍,暨音声之迭代,若五色之相宣",并且提出了文学作品在艺术上应当具备应、和、悲、雅、艳之美。同时他还提出了定去留、立警策、戒雷同、济庸音等艺术表现的技巧与方法,这些和刘勰在《文心雕龙》中的看法都是一致的。刘勰不仅接受了陆机的这些思想,而且在此基础上作了重大的发展。陆机和刘勰都处在一个注重艺术形式美的时代,陆机是这一时代文艺思潮的开创者,而刘勰则是这一文艺思潮高峰时期在理论上的杰出代表。六朝时期对艺术形式美的重视,是中国古代文艺发展的一个进步。因为在两汉经学时代,文学成为经学的附庸,在儒家文艺思想占主导地位的情况下,对艺术形式美是比较忽视的。郑玄在解释《诗经》中的比、兴时,甚至把它和美、刺相等同,王逸虽然心里对《楚辞》的艺术很赞赏,但在具体评论中还是拿它和儒家经典相比附。所以,六朝时期对艺术形式美的提倡是应当充分肯定的,它对中国古代文学的发展是起了积极的推进作用的。当然,在拨乱反正过程中出现一些矫枉过正的现象(如片面追求形式美而忽略了内容的充实等)也是不奇怪的。然而,陆机和刘勰是坚持了正确的文学创作方向的,他们对当时文艺创作上的某些不良倾向都是进行了严肃批评的。

刘勰对内容和形式关系的认识和陆机是相同的。《情采》篇中说:"夫铅黛所以饰容,而盼倩生于淑姿;文采所以饰言,而辩丽本于情性。故情者,文之经,辞者,理之纬;经正而后纬成,理定而后辞畅,此立文之本源也。"内容在文学创作中起着决定性的主导作用,而文辞只是表达内容的工具,两者的主次地位是非常明确的。所以,刘勰提倡"为情而造文",反对"为文而造情"。但是刘勰也和陆机一样,并不认为形式是可有可无的,而是主张两者并重的。他比陆机更进一步的地方是非常明确地指出了内容和形式是互相依附而不可分离的。他说:"夫水性虚而沦漪结,木体实而花萼振,文附质也。虎豹无文,则鞟同犬羊;犀兕有皮,而色资丹漆:质待文也。"没有内容也就没有形式,没有形式也就没有内容,两者缺一不可。刘勰以人体的构成来比喻文学作品的构成,在《附会》篇中说:"情志为神明,事义为骨髓,辞采为肌肤,宫商为声气。"说明文学作品的内容是由主体的情志和客体的事义两方面的因素所构成的,文学作品的形式则是由语言和文字所构成的,所以有色彩之美和声音之美。对于人体的构成来说,神明、骨髓、肌肤、声气,都是不可缺少的;对于文学作品的构成来说,情志、事义、辞采、宫商,也都是不可缺少的。所以,不管是轻视内容还是轻视形式,都是不对的。这里特别值得我们注意的是,刘勰对文学作品的形式美是非常重视的。陆机所说的"其会意也尚巧,其遣言也贵妍,暨音声之迭代,若五色之相宣",刘勰都是很赞同的。他在《才略》篇中说:"陆机才欲窥深,辞务索广,故思能入巧,而不制繁。"就是指的陆机创作中的"会意尚巧",也就是指构思的巧妙,形成了奇特的意象。《风骨》篇中说的"虽获巧意",《定势》篇说:"然密会者以意新得巧,苟异者以失体成怪。"《神思》篇说:"拙辞或孕于巧义,庸事或萌于新意。"也都是此意。他还发展了陆机的"尚巧"之说,《总术》篇:"若夫善弈之文,则术有恒数,按部整伍,以待情会,因时顺机,动不失正。数逢其极,机入其巧,则义味腾跃而生,辞气丛杂而至。"这就是说的整体创作上的"巧"。《物色》篇说:"且诗骚所标,并据要害,故后进锐笔,怯于争锋。莫不因方以借巧,即势以会奇,善于适要,则虽旧弥新矣。"这是说的在继承和创新方面的"巧"。《神思》篇所说:"意翻空而易奇,言征实而难巧也。"则是指语言文字表达上的"巧"。《丽辞》篇说:"然契机者入巧,浮假者无功。""言对为美,贵在精巧。"讲的是对偶方面的"巧"。至于"遣言也贵妍",则刘勰在《情采》《镕裁》《章句》《丽辞》《事类》《练字》等篇中,可以说都是说的这方面的问题。而《声律》篇所论就是关于"音声之迭代",不过,由于永明声律派的兴起,文学作品的声律美已发展到了一个新阶段,远比陆机的时代要进步多了。刘勰在《声律》篇中所说:"是以声画妍蚩,寄在吟咏,滋味流于下句,风力穷于和韵。异音相从谓之和,同声相应谓之韵。韵气一定,则余声易遣;和体抑扬,故遗响难契。属笔易巧,选和至难,缀文难精,而作韵甚易,虽纤意曲变,非可缕言,然振其大纲,不出兹论。"正是对永明声律派从美学理论上所作的总结,他的"和""韵"之说虽是对语言音乐美的分析,同时也可以看到陆机的"应""和"之说对他的影响。至于刘勰所说的"圣文之雅丽",和陆机所提倡的"雅""艳"也是一致的,不过,刘勰是从总结圣人的文章中提炼出的观点,并不是从《文赋》中引发出来的。但是,这也可以说明他们的基本思想是相同的。尤其是关于"艳"的看法,刘勰是很明显地受到陆机的启发和影响的。他们都是从正面肯定"艳"的,刘勰在《辩骚》篇中就是以"艳"来赞扬其艺术美的。他说:"故《骚经》《九章》,朗丽以哀志;《九歌》《九辩》,绮靡以伤情,《远游》《天问》,瑰诡而慧巧,《招魂》《大招》,艳耀而采华;《卜居》标放言之致,《渔父》寄独往之才。故能气往轹古,辞来切今,惊采绝艳,难与并能矣。"其赞语又说:"不有屈原,岂见《离骚》。惊才风逸,壮采烟高。山川无极,情理实劳。金相玉式,艳溢锱毫。"《文心雕龙》中有些地方对"艳"也是有所批评的,但大都是指那种过分追求形式美、忽略内容充实的创作倾向而言的。在文学作品的表现方法和技巧方面,陆机对有关文学创作的结构剪裁是十分重视的,他说:"或仰逼于先条,或俯侵于后章,或辞害而理比,或言顺而义妨。离之则双美,合之则两伤。考殿最于锱铢,定去留于毫芒。苟铨衡之所裁,固应绳其必当。"这对刘勰《文心雕龙》中的《镕裁》篇也有明显的影响,他说:"规范本体谓之镕,剪截浮辞谓之裁。裁则芜秽不生,镕则纲领昭畅,譬绳墨之审分,斧斤之斫削矣。骈拇枝指,由侈于性;附赘悬疣,实侈于形。一意两出,义之骈枝也;同辞重句,文之疣赘也。"又说:"句有可削,足见其疏;字不得减,乃知其密。精论要语,极略之体;游心窜句,极繁之体。谓繁与略,随分所好。引而申之,则两句敷为一章,约以贯之,则一章删成两句。思赡者善敷,才核者善删。善删者字去而意留,善敷者辞殊而义显。字删而意阙,则短乏而非核;辞敷而言重,则芜秽而非赡。"其实,这都是讲的文章如何更好地"定去留"的问题,正是在陆机所论基础上的发展。不过,刘勰对剪裁问题作了更为全面系统的分析,并进一步提出了著名的"三准"论。对陆机的立警策之说,刘勰也是很肯定的。他在《隐秀》篇中提出作品中应有"秀句"之说,虽和陆机的"立警策"不完全相同,但显然也是受到陆机启发的结果。对陆机的"济庸音"之说,刘勰是不大赞同的,但他也没有责备陆机的意思。他在《镕裁》篇中说:"夫美锦制衣,修短有度,虽玩其采,不倍领袖,巧犹难繁,况在乎拙。而《文赋》以为'榛楛勿剪','庸音足曲',其识非不鉴,乃情苦芟繁也。"

综上所述,可以清楚地看出《文赋》对《文心雕龙》的影响确是十分深远的。刘勰的《文心雕龙》并非无本之木、无源之水,但他又在陆机所提出的一系列理论问题上作了极其重大的发展,把许多陆机只是简单地提到的问题给予了全面、系统、深入的发挥。从上面对陆机和刘勰在文学理论批评上的关系之分析,我们也可以更清楚地看到刘勰在文学理论批评史上所作出的创造性贡献。自然,刘勰的《文心雕龙》并不只是和陆机《文赋》有关系,也和他以前的许多其他文学理论批评家(如扬雄、班固、王充、王逸、曹丕、曹植、挚虞、李充、葛洪等)有关系,如果能对这些一一进行研究,也许会有助于我们更深入、更确切地了解刘勰及其《文心雕龙》。

刘勰的文学观念
——兼论所谓杂文学观念

研究中国古代人的文学观念及其历史演变情况,对于我们正确认识文学的本质和特征,以及研究文学和其他人文社会学科的区别,是非常必要的,也是有重要意义的。但是在讨论这个问题时,必须要对"文学"的含义有一个科学的界定,可这实际上又是很不容易的事。不过,有些基本思想也许是可以得到大家认同的。第一,文学作为人文社会科学中的一个方面,它和哲学、历史、政治、宗教、伦理等具有根本不同的性质。第二,文学是以语言为工具的艺术,具有审美的特性。文学作为一种艺术,它和一般理论文章、应用文章的性质也是不同的。第三,文学是人的感情的体现,它对自然和社会的描写不可能脱离人的感情,它是以情感人来起到其应有的社会教育作用的。第四,文学虽然在不同的国家、民族有不同的表现,但既然是文学,就有它共同的普遍性因素。不应该强调民族特点而否定这种普遍性。第五,文学观念是随着人类文明的进程、随着科学文化的发展而不断进步,并且是由不太科学向着愈来愈科学的方向发展的。我这篇文章就是在这样一些前提下来讨论刘勰的文学观念的,并通过对刘勰文学观念的分析,来说明中国古代人并不满足于宽泛的"文"的观念,也就是今天有些人所谓的"杂文学"观念,而且清楚地认识到了这种宽泛的"文"的观念并不是很科学的,他们一直在用各种方式,试图寻找和探讨艺术文学,也就是所谓纯文学的特征,所以,简单地不加分析地肯定杂文学观念,甚至把它说成是中国古代文学的民族特点,是不正确的。

刘勰的文学观念也直接涉及《文心雕龙》一书的性质问题,因此更值得进行深入的研究。对《文心雕龙》一书的性质,海内外研究《文心雕龙》的专家发表过很多不同的见解,或谓文学理论著作,或谓文章学著作,或谓文化史著作,所以在1995年北京《文心雕龙》国际学术研讨会上,台湾著名的研究《文心雕龙》专家王更生先生提出了"刘勰是什么家"的问题,认为说刘勰是"文评家""文学理论家""文学家"任何一个名号都不能盖棺论定,应该尊称他为"文学思想家"(王更生先生这里所说的"文学"即是指广义的宽泛的"文"),才能得其为文用心之"真"和用心之"全"。① 这些都是因为刘勰《文心雕龙》包含的内容非常广泛,经、史、子、集都在他的论述范围之中。在《文心雕龙·原道》篇中所说的"人文"与"天文""地文"相参,是"心生而言立,言立而文明"的结果,指的是包括一切用语言文字写作的所有各种文章和著作,其含义确是非常广阔的。刘勰所说的"人文"比我们今天所讲的"人文科学"的范围还要宽泛得多。我在《刘勰及其〈文心雕龙〉》一文中曾说:"(《文心雕龙》)不仅是一部文学理论著作、文章学著作,也是一部最重要的古典美学著作,同时也是一部文学史和文化史的著作,它已对我国从上古一直到齐梁时期文化发展作了全面的总结。"②所以,我想对王更生先生的论述作一点补充,我看刘勰不仅是文学思想家,而且也是一位非常杰出的美学思想家、文化思想家。对我们今天所说的艺术文学,刘勰把它看作是整个文化中的一个有机组成部分,他比我们早一千五百余年,就已经从文化历史发展的角度来研究艺术文学的发展及其特点,从这方面来说,我们现在研究文学的热门话题,也就是从人类文化的视角和观念来看文学,其实,并不是什么新的发现,而是我们的祖先早已这样做,并且已经做得相当不错的了。把这看作是一件新鲜事,只能说明我们对自己的学术文化历史了解得太少、太浅薄了。

《文心雕龙》论述的对象是"人文",但是"人文"不等于就是刘勰的文学观念。也就是说,刘勰《文心雕龙》论述的范围虽然和所谓的杂文学范围大致相同,但不能说杂文学就是他的文学观念。我们研究刘勰的文学观念,不只要研究他对"人文"性质和含义的认识,还要研究他对"人文"中的各个文类的特征的认识,特别是作为"人文"中的一个重要部分,作为当时审美的艺术文学主体的诗、赋等的特性的认识。刘勰把审美的艺术

---

① 王更生:《刘勰是个什么家》,《北京大学学报(哲学社会科学版)》1996年第2期。
② 张少康:《夕秀集》,北京:华文出版社,1999年,第126页。

文学看作是人类整体文化中的一个组成部分,因此它首先具有人类文化的普遍共性,也就是说,审美的艺术文学在根本性质上与人类文化的其他方面并无不同,而且也首先要着重研究这种普遍的共性。他提出各类文章源于"五经"说,正是这种思想的具体表现。因为中国古代的"五经"(《诗》《书》《礼》《易》《春秋》)是具有典范性的"人文"之代表,包括了哲学、政治、历史、伦理道德、礼仪制度、文学艺术等各个方面,是中国古代文化的集中代表。由此可以看出刘勰文学观念的起点是很高的,他对艺术文学的认识并没有局限在艺术文学本身。在《文心雕龙》上篇二十五篇中,他对"五经"、史传、诸子和集部的各种文类,都分别研究了它们的发展历史和不同特点。当然,刘勰比较侧重在研究它们的写作方法和经验,但他也很全面、很概括地论述和分析了它们的学术内容。他的《原道》《征圣》《宗经》三篇可以认为是对"五经"的专门研究,也是对中国古代经典文化的概要论述,实际也是讲的经、史、子、集的共同性质和不同特点。《原道》篇在指出"人文"与"天文""地文"同为"道之文"这个共同的特征后,着重叙述了"人文"的产生和发展,特别强调孔子与"五经"的重要地位。他说:"至夫子继圣,独秀前哲,镕钧六经,必金声而玉振;雕琢情性,组织辞令,木铎起而千里应,席珍流而万世响,写天地之辉光,晓生民之耳目矣。"之所以称圣人之作为"经",他在《宗经》篇中作了概括的说明:"三极彝训,其书言经。经也者,恒久之至道,不刊之鸿教也。"从而告诉我们"五经"是中国古代文化发展的奠基之作,而孔子在整理"六经"方面具有不可磨灭的巨大贡献。《原道》篇又说:"爰自风姓,暨于孔氏,玄圣创典,素王述训,莫不原道心以敷章,研神理而设教,取象乎河洛,问数乎蓍龟,观天文以极变,察人文以成化;然后能经纬区宇,弥纶彝宪,发挥事业,彪炳辞义。故知道沿圣以垂文,圣因文而明道,旁通而无滞,日用而不匮。《易》曰:'鼓天下之动者存乎辞。'辞之所以能鼓天下者,乃道之文也。"具有客观真理性的"道",也就是作为宇宙万物之原理和规律的"道",是通过圣人之领会而以"人文"(即"经")的形式表现出来的;而圣人也由"经"(即"人文")而阐明了"道"的意义。从"五经"都是"道之文",说明文化领域内的各个部分都有共同的基本性质,所以即使是诗、赋这些艺术文学,也首先要看到它们也是"道之文",而"道"在"人文"中又不是抽象的,而具体化为"政化""事迹""修身",如《征圣》篇所说"圣人之情,见乎文辞","先王圣化,布在方册",故而"政化贵文""事迹贵文""修身贵文",它们都有《原道》篇说的"经纬区宇,弥纶彝宪,发挥事业,彪炳辞义"的功用。他还总结了"五经"写作上的特点,提出"或简言以达旨,或博文以该情,或明理以立体,或隐义以藏用"四条经验,这虽是从不同的经典中归纳出来的,但其本身具有普遍性,都可以根据写作的需要来选择运用,"故知繁略殊形,隐显异术;抑引随时,变通会适。征之周孔,则文有师矣"。

如果说《征圣》篇说的是"五经"("人文")的共同本质的话,《宗经》篇则比较着重论述了"五经"("人文")的不同特点。这种不同,不仅是写作方法上的不同,而且是文化领域中的不同学科的差异。由此可以看出刘勰对"五经"中各"经"的不同性质有非常清楚的认识,他说:"夫《易》惟谈天,入神致用,故《系》称旨远辞文,言中事隐。韦编三绝,固哲人之骊渊也。《书》实记言,而训诂茫昧,通乎《尔雅》,则文意晓然。故子夏叹《书》,昭昭若日月之代明,离离如星辰之错行,言昭灼也。《诗》主言志,诂训同《书》,摛风裁兴,藻辞谲喻,温柔在诵,故最附深衷矣。《礼》以立体,据事制范,章条纤曲,执而后显,采掇片言,莫非宝也。《春秋》辨理,一字见义,'五石''六鹢',以详略成文;'雉门''两观',以先后显旨;其婉章志晦,谅已邃矣。《尚书》则览文如诡,而寻理即畅;《春秋》则观辞立晓,而访义方隐。此圣文之殊致,表里之异体者也。"关于"五经"的差别,其实在先秦的荀子就已经提出来了。他在《儒效篇》中说:"《诗》言是其志也,《书》言是其事也,《礼》言是其行也,《乐》言是其和也,《春秋》言是其微也。"刘勰则在此基础上进一步作了极为细致的分析。"五经"包括了文化领域中的各个部门,每一经属于人文学科的一个不同方面,或"谈天"、或"记言"、或"言志"、或"立体"、或"辨理",这是它们不同的科学内容所决定的。《周易》讲的是天道,属于哲学范围,它的写作方法是"旨远辞文,言中事隐"。《尚书》主要是政治文告,虽然"训诂茫昧",但通过《尔雅》等辞书,仍可"文意晓然"。《礼经》是有关礼仪制度的,其特点是"据事制范,章条纤曲",故"执而后显"。《春秋》是史书,于叙事中见褒贬,所谓"一字见义"。而《诗经》则是艺术文学,是"言志"的,它的特点是

"摘风裁兴,藻辞谲喻",所以"温柔在诵,故最附深衷矣"。他认识到作为艺术的文学是表达人的情怀的,是抒发作者的思想感情的,它需要有感兴(灵感)的萌发,需要有美丽的文辞,需要有丰富的比喻和想象。由此我们不难看出,刘勰对艺术文学和哲学、政治、历史等其他科学部门的差别是认识得很清楚的。他并没有因为把经、史、子、集都列入"人文"的范围,而模糊或取消了它们各自的特点,更没有模糊或取消作为艺术文学的特征。相反的,正是在比较中使它们各自的共性和个性都得到了更为清晰的呈现,让我们更深刻地了解艺术文学的独特性。以"五经"为文学的源头,并不是取消文学的特征,而是为了把文学放在广阔的文化背景下来考察它的特殊个性,以便于正确把握文学的本质。《文心雕龙》从总的方面说,它所论的是"人文",属于大文化的范围,但它的目的是要研究其中各个"文类"之间的同和异,而其中更为重要的是要研究以诗赋等为主的审美的艺术文学之创作特征。

要研究刘勰的文学观念,也许先研究一下他对历史、哲学的认识,分析一下《文心雕龙》中的《史传》《诸子》两篇,可以帮助我们从比较中更为深入地了解他对文学的认识。

很多人把刘勰《文心雕龙》中的《史传》篇看作是讲"历史散文"的,于是就有"其重要不足之处,是未能着重从文学的角度来总结古代历史散文和传记文学的特点"的批评①,其实这是一种误解,这样的批评也是不妥当的。刘勰对艺术文学和历史著作的区别是有清楚认识的,我们只要比较一下《明诗》《诠赋》等篇和《史传》篇就会很明白的。不过,文学和历史都属于"人文"的大范围内,而《文心雕龙》的"文"就是论"人文"这个大范围内的著作的,所以就有《史传》《诸子》等篇。《史传》篇是研究中国古代史学发展的历史以及史学著作的写作方法的。刘勰开篇就指出了史学著作的重要性是帮助人们认识历史:"开辟草昧,岁纪绵邈,居今识古,其载籍乎!"而中国古代很早就有史官,"轩辕之世,史有仓颉"。以后一直延续下来,左史记事,右史记言,故"言经则《尚书》,事经则《春秋》",按照年月四时来记载,有严格的规定,其目的是"彰善瘅恶,树之风声"。因此,孔

---

① 陆侃如、牟世金译注:《文心雕龙译注》上册,济南:齐鲁书社,1981年,第192页。

子"因鲁史以修《春秋》,举得失以表黜陟,征存亡以标劝戒"。司马迁的《史记》是一部伟大的历史著作,其中的某些本纪和列传确有很强的文学性,也可以当作文学作品来读,然而它的基本性质是历史不是文学,这是不能否认的。文史哲界限不清楚,只是历史发展早期所出现的必然现象,这是和当时人们对文学和历史的区别还缺乏科学认识有关的,从东汉以后这种现象实际上就已经不再存在了。刘勰评价《史记》时说:"故'本纪'以述皇王,'世家'以总侯伯,'列传'以录卿士,'八书'以铺政体,'十表'以谱年爵,虽殊古式,而得事序焉。尔其实录无隐之旨,博雅弘辨之才,爱奇反经之尤,条例踳落之失,叔皮论之详矣。"这里,他指出《史记》用"本纪""世家""列传"来记载不同历史人物的事迹,以"八书"叙述"政体",以"十表"谱写"年爵",非常清楚有序地展现了历史真实面貌。特别值得注意的是,他所说《史记》叙述上的"实录无隐之旨",正是讲的《史记》的写作原则和方法,也是史学著作的写作原则和方法,对此刘勰是十分推崇的,因为真实是史学著作的生命。他在《史传》篇中曾指出史传写作的目的是:"原夫载籍之作也,必贯乎百氏,被之千载,表征盛衰,殷鉴兴废,使一代之制,共日月而长存,王霸之迹,并天地而久大。"所以在写作方法上必须:"立义选言,宜依经以树则;劝戒与夺,必附圣以居宗;然后诠评昭整,苛滥不作矣。然纪传为式,编年缀事,文非泛论,按实而书。""按实而书"也是一个严肃的史学家应有的基本态度。因此,刘勰严厉地批评了那些不能"按实而书"的世俗史学家和史学著作,他说:"然俗皆爱奇,莫顾实理。传闻而欲伟其事,录远而欲详其迹,于是弃同即异,穿凿傍说,旧史所无,我书则传,此讹滥之本源,而述远之巨蠹也。"文学创作也需要真实,但文学的真实和史学的真实是不同的。文学的真实是艺术的真实,讲的是"情真""理真",是可以允许虚构的内容和夸张的描写,甚至不能离开虚构和夸张。史学的真实是科学的真实,必须要求事实的真实,不能允许有虚构和夸张。刘勰在《文心雕龙》中的《情采》篇和《夸饰》篇所讲的真实和夸张,是属于文学创作上的真实和夸张,这种要求和《史传》篇中说的严格地"按实而书"的要求是不同的。他在《隐秀》篇中是非常强调"隐"的,这是就文学的艺术特性而说的,对史学著作来说则应该是"无隐",这在《史传》篇中也非常明确。这就是历史和文学在写作上的原则差别。

《诸子》篇讲的是学术史的发展演变和学术著作的写作方法。诸子是指各种不同流派的学术思想家,他们都以自己的独特学说而对社会发展和文化思想产生着重要的影响。刘勰首先明确指出了他们的著作之性质:"《诸子》者,入道见志之书也。"此处之"道"不是《原道》篇所讲的"道之文"之"道",而是指某一种理论学说。此处之"志"也不是《征圣》篇所讲的"《诗》主言志"和《明诗》篇所讲的"感物吟志"之"志",而是指某个学术思想家的观点看法。在刘勰看来,这也就是"子"和"经"的不同:"经"所体现的"道"为"至道",与天地之道相同,具有普遍真理的意义;"子"所体现的"道",则是一家一派的学说,不具有普遍真理的意义。《诗经》的"志",是与"情"不可分割地联系在一起的,所以说是"摛风裁兴,藻辞谲喻,温柔在诵,故最附深衷矣"。子书的"志"则是学术思想家的思想主张,一般说与"情"没有必然联系,当然也不排斥有时带有感情。学术思想家在表达自己的学说主张时可以采用各种方法,既不像"经"那样严肃确切,也不像"史"那样恪守真实,他为了充分论证自己的观点,除了运用严密的逻辑推理构建自己的理论体系之外,在文辞表达上可以有比喻夸张,也可以有某种假设推测,也可以借用某些神话传说寓言故事,但其目的是"入道见志",例如春秋时期:"逮及七国力政,俊乂蜂起。孟轲膺儒以磬折,庄周述道以翱翔,墨翟执俭确之教,尹文课名实之符,野老治国于地利,驺子养政于天文,申商刀锯以制理,鬼谷唇吻以策勋,尸佼兼总于杂术,青史曲缀以街谈,承流而枝附者,不可胜算。并飞辨以驰术,餍禄而余荣矣。"这些学术思想家都各有自己的特点,不论是儒、道、墨、法、刑名各派,还是天文、地理、诡辩等各类杂家,诚如刘勰所说:"身与时舛,志共道申;标心于万古之上,而送怀于千载之下。"刘勰认为诸子与经集的相比,从内容上说除了有价值的一面外,还杂有"蹖驳"的一面,"其纯粹者入矩,蹖驳者出规",因而只能起"枝条五经"的作用。从这种对诸子的认识出发,刘勰在子书的写作方法上持一种很开放的观点,他指出各家子书的不同写作特征,而并不加以优劣的评价,其云:"研夫孟荀所述,理懿而辞雅;管晏属篇,事核而言练;列御寇之书,气伟而采奇;邹子之说,心奢而辞壮;墨翟随巢,意显而语质;尸佼尉缭,术通而文钝;鹖冠绵绵,亟发深言;鬼谷眇眇,每环奥义;情辨以泽,文子擅其能;辞约而精,尹文得其要;慎到析密理之巧,韩非著博喻之富;吕氏鉴远而体周,淮南采泛而文丽,斯则得百氏之华采,而辞气之大略也。"因为这些写作上的特点,都是和他们不同学说的特点相联系的。像墨子是"执俭确之教",故其文"意显而语质"。孟子"膺儒以磬折",故其文"理懿而辞雅"。而一般认为诸子中那些文学性最强的部分,恰好是刘勰所认为的"踳驳"部分。他说:"若乃汤之问棘,云蚊睫有雷霆之声;惠施对梁王,云蜗角有伏尸之战;列子有移山跨海之谈,淮南有倾天折地之说,此踳驳之类也。"显然,这是和他论诗赋等艺术文学时所主张的要有想象和夸张并不相同的,也和他在《辨骚》篇中对神话传说的肯定不相同的。由此,我们也可以看出刘勰对学术著作和文学作品之差别是认识得非常清楚的。

　　在中国古代的经、史、子、集中,集部里包含有文学,但集部并不就是文学。持所谓杂文学观念的人往往把集部中除学术研究著作(如王逸的《楚辞章句》、仇兆鳌《杜诗详注》之类)、文学批评著作(如诗文评类)等之外的诗文部分等同于文学,其实这也是不确切、不科学的。因为在作家的文集中有相当一部分并不是文学作品,而是一些日常应用的非艺术文章。刘勰在《文心雕龙》上篇的二十篇文体论中,所论的文类有许多并不是艺术文学。它们和艺术文学虽有某些共同的方面,但也存在着基本性质的差异。刘勰对这些也是认识得很清楚的。比如《论说》篇讲的是议论、说理文,"论"和"说"都是以议论、说理为其特点的,但它们在运用和表达上又有所不同:"论"是论述道理,"说"是使人悦服。从"论"来说,或是"陈政",或是"释经",或是"辨史",或是"铨文",是所谓"弥纶群言,而精研一理者也"。因为"论之为体,所以辨正然否;穷于有数,追于无形,迹坚求通,钩深取极,乃百虑之筌蹄,万事之权衡也",所以在写作上的特点是:"义贵圆通,辞忌枝碎;必使心与理合,弥缝莫见其隙;辞共心密,敌人不知所乘;斯其要也。"这类文章是以抽象的理性思维为主的,虽然它也会涉及某些自然和社会现象,但都是为阐明"一理"服务的,是为了把这"一理"说透、说充分,故而文辞上切忌烦琐,应当"要约明畅",而且不允许借助于"辨"和"巧"来达到目的。他说:"辞辨者,反义而取诡;览文虽巧,而检迹如妄。唯君子能通天下之志,安可以曲论哉?"按:辨,同辩,指善于言辞。

"辨"和"巧"对艺术文学来说是不可缺少的,但对"论"来说,则反而会使人感到虚妄不实,是在讲歪道理。诗赋等艺术文学是以传达"情"为主的,"理"是寓于"情"之中的,但"论"则不能讲究"情",也不是以情感人,而是以"精研一理"为中心,讲究对"理"的深入剖析,重在明确的判断和严格的逻辑推理。诗歌创作则不能以"理"为主,所以,刘勰对玄言诗是持批评态度的。《明诗》篇说:"及正始明道,诗杂仙心,何晏之徒,率多浮浅。""江左篇制,溺乎玄风,嗤笑徇务之志,崇盛忘机之谈,袁、孙以下,虽各有雕采,而辞趣一揆,莫能争雄,所以景纯仙篇,挺拔而为隽矣。"《时序》篇说:"自中朝贵玄,江左称盛,因谈余气,流成文体。是以世极迍邅,而辞意夷泰,诗必柱下之旨归,赋乃漆园之义疏。"这和锺嵘批评玄言诗"理过其辞,淡乎寡味"(《诗品序》)一样,认为在诗歌这种艺术文学中,是不能以抽象的"理"来代替具体的"情"的。"诗"和"论"是"人文"中两种不同的文类,在基本性质上有原则的差别。"说"在本质上和"论"是一致的,也是要"精研一理"的,但因为它要达到"悦"的目的,必须使对方心悦诚服地相信自己所说的"理",常常要结合具体事例,运用"辩"和"巧"的手段,来加以细致的分析,所以和文学就有较多相似的地方,像《战国策》中不少辩士之说辞,也可以当作文学作品来读。然而,刘勰认为从根本上说,"说"也不是严格意义上的艺术文学,因为"说"之"悦"是有限度的,"过悦必伪,故舜惊谗说",而非"说之善者"。"凡说之枢要;必使时利而义贞,进有契于成务,退无阻于荣身;自非谲敌,则唯忠与信。披肝胆以献主,飞文敏以济辞,此说之本也。""说"有现实的功利目的,要求对自己主子的"忠与信",而对敌方则可以用各种手段,包括欺骗、诡诈等。"论说"是属于说理性的日常应用文章,而"铭箴""诔碑"等则是属于叙事性的日常应用文章。铭、箴都是为了提醒、警戒所写的文章。刘勰说:"夫箴诵于官,铭题于器,名目虽异,而警戒实同。箴全御过,故文资确切;铭兼褒赞,故体贵弘润。"由于功用不同,所以风格有差异。但在创作上有共同性:"其取事也必核以辨,其摛文也必简而深。此其大要也。"铭和箴都是韵文,字句规整,和诗赋相似,但它们要求叙事的绝对真实性,文辞上则要求简括和深远,这是和艺术文学不同的。艺术文学不要求叙事的绝对真实,是允许有虚构的;在文辞上则要求华美、丰富,而不能过于简约。诔和碑是记叙人生平事迹,并加以称颂的,所以要求作者有"史才",能正确、真实地记录其事迹,也是不能虚构、夸张的。"详夫诔之为制,盖选言录行,传体而颂文,荣始而哀终。""夫属碑之体,资乎史才。其序则传,其文则铭。"显然,其内容特点和写作原则也和艺术文学有本质不同。不过,这些说理文和叙事文,虽然本身不属于艺术文学的范围,但有时也可以把这一类文章写成文艺散文,这就是问题的复杂性之所在。比如,书信本来是日常应用文章,不属于艺术文学范围,然而,丘迟的《与陈伯之书》就是一篇描写生动的优美文艺散文。移文和檄文一样,都是具有告示性的政治社会方面应用文章,但孔稚圭的《北山移文》则是一篇不可多得的想象丰富的文艺散文。如何从理论上来认定是文艺散文还是日常应用文章是很困难的,简单地以文体的名称来分是肯定不行的,必须根据具体文章的特点来作具体分析。我们研究刘勰《文心雕龙》二十篇文体论,可以看出他对每一类文体的性质和写作特点的分析都是很确切的,从中也可以清晰地分辨出艺术文学和非艺术应用文章之间的差别。这对我们研究文艺散文和日常应用文章的差别是很有帮助的。

魏晋南北朝时期,人们的文学观念与先秦两汉相比有了很大的进步,这是不可否认的事实。郭绍虞先生早就在他的《中国文学批评史》中指出,汉代对学术和文章已经有了明显的区分,有文学之士和文章之士的不同。唐代姚思廉在《梁书·文学传》中就说:"昔司马迁、班固书并为《司马相如传》,相如不预汉廷大事,盖取其文章尤著也。固又为贾、邹、枚、路传,亦取其能文传焉。范氏《后汉书》有《文苑传》,所载之人,其详已甚。"这种"文章"的观念,后来就一直延续下来了。它所包括的范围还是比较广泛的,也就是我们今天有些研究者所说的"杂文学"观念。但是这中间并不是没有变化的,应该说在历代都有很多人看到了这众多类型的"文章"中有很不同的情况,并不只是文学体裁的不同,有些存在着原则性的差别,不属于艺术文学的范围,因此许多古代文学理论批评家对它的科学性是产生过怀疑的,其中尤以南朝的文学理论批评家为甚,文笔之争就是在这样的背景下产生的。后来唐人之所以诗、文分论,也是由此而产生的。柳宗元提出"文有二道",有"辞令褒贬,本乎著述"和"道扬讽喻,本乎比兴"的不同;刘禹锡强调文人有以"才丽为主"和以"识度为宗"

的不同;也都是对宽泛的"文",即所谓"杂文学"的科学性所表示的怀疑。① 严格地说,汉人所谓的"文章",也只是基本上和学术相分离,有时他们也将某些学术性的著作称为文章。不过,在曹丕的《典论·论文》和陆机的《文赋》中所论的"文",是不包括学术著作在内的。曹丕把"文"分为四类:"奏议宜雅,书论宜理,铭诔尚实,诗赋欲丽。"严格地说,前三类并不是艺术文学,而都是日常应用文,只有第四类是真正的艺术文学。曹丕对它们的不同性质特点也是讲得很清楚的。陆机《文赋》中分为十类,也是把诗和赋这两种艺术文学放在最前面的,对后面八种则着重在说明它们的内容和形式所决定的风格特征。南朝人则比较明确地把经、史、子和文章分开了,这在萧统的《文选序》中可以看得很清楚。从颜延之、萧统到萧绎对言、笔、文特征的论述,都是为了把"文章"中的艺术文学和非艺术的应用文章等区别开来,但是他们所用以区分的标准,在不同程度上都有不够科学的地方,所以最终并不能达到对二者加以正确区分的目的。② 刘勰在这方面我认为比他们都要高明,理解得也要深入得多。刘勰对文笔之争没有明确肯定,也没有明确否定。实际是他认为从文和笔的本质来说是有共性的,都属于"人文"的范围,所以说:"夫文以足言,理兼《诗》《书》。"然而它们确实也各有个性,有不同的特点,而由于当时严格意义上的艺术文学是以诗赋为主体的,所以用有韵无韵区分,也不是完全没有道理。故而他也在《文心雕龙》的文体分类上吸取了区分文笔的观点。不过,他对颜延之所说"经典则言而非笔,传记则笔而非言"说进行了批评。颜延之的目的是要说明在"笔"类里有的有文采,有的没有文采,但以经、传为例显然有失妥当。刘勰在《总术》篇中对此已经讲得很明白了。《文心雕龙》的成书在萧统《文选》和萧绎《金楼子》以前,刘勰虽然没有直接对什么是文、什么是笔下过定义,但是,他对艺术文学的特征认识之深刻无疑是远远超过了萧统和萧绎的。他在《明诗》篇中明确指出诗歌的本质是人的感情之表现,感情的激荡是外感于物的结果。"诗者,持也,持人

---

① 参见张少康:《中国文学理论批评史》上卷第十三章第三节"柳宗元的文学思想",北京:北京大学出版社,2005年,第349—360页。
② 参见张少康:《中国文学理论批评史》上卷第七章第三节"对文学特征的探讨和文笔之争",北京:北京大学出版社,2005年,第182—186页。

情性。""人秉七情,应物斯感,感物吟志,莫非自然。"在《诠赋》篇中首先引刘向、班固之说,指出赋"不歌而颂",乃"古诗之流",在本质上也就是诗,其特点是:"赋者,铺也,铺采摛文,体物写志也。"它也是情和物交互感应的产物,故云:"原夫登高之旨,盖睹物兴情。情以物兴,故义必明雅;物以情观,故辞必巧丽。"这就把诗赋等艺术文学和其他非艺术文章从根本性质上作了明确的区分。更为突出的是他对艺术文学的思维和创作特征的认识:《神思》篇对超时空的艺术想象和艺术思维是"神与物游"过程的分析;对艺术构思伴随感情激荡而起伏,"登山则情满于山,关海则意溢于海"的论述;关于艺术构思的结果是凝聚成"意象""独照之匠,窥意象而运斤"的阐释;《隐秀》篇对文学作品中形象的"隐秀"特征的研究,关于"隐以复义为工""秀以卓绝为巧"的见解,特别是对"隐"乃"文外之重旨",有"义生文外"之妙的强调;《物色》篇对心物辩证关系的阐述,"物以貌求"和"心以理应","随物宛转"和"与心徘徊"的提出;《比兴》篇对"比显而兴隐""附理者,切类以指事;起情者,依微以拟议"的剖析;《夸饰》篇对艺术夸张的肯定;以及《情采》《镕裁》《体性》等各篇中关于情理并重、情中有理的看法,都是针对艺术文学而言的,涉及了文学创作的思维方式、艺术意象的形成、情感在文学作品中的地位、文学形象的审美特征、审美主体和审美客体的辩证结合,文学的艺术表现方法等许多重大的理论问题。对比之下,萧统的"事出于沉思,义归乎翰藻"说①和萧绎的"绮縠纷披,宫徵靡曼,情灵摇荡"说②,就显得浅薄多了。刘勰对艺术文学特征的许多论述,对我们今天的研究仍然有着重要的参考价值。

　　这里必然要涉及对《文心雕龙》下编二十五篇的认识问题,也就是他有关构思、创作、批评等一系列论述是否都适合于包括经、史、子在内的广义的"人文"的各类文章之写作?我的看法是后二十五篇中所论主要是就艺术文学而言的,但是其基本原理也适合非艺术文章的写作。《文心雕龙》上编二十五篇中前五篇属于"文之枢纽",是关于"人文"的普遍性原理,正式讲文类是从第六篇《明诗》开始的。刘勰把《明诗》《乐府》《诠

---

① 见萧统《文选序》。
② 见萧绎《金楼子·立言》篇。

赋》这些严格意义上的艺术文学放在最重要的地位,决不是偶然的。它说明刘勰虽然论述的范围很广,但真正着意研究的还是艺术文学,之所以从广义的"文"入手,是因为只有这样才能更清楚、更正确地认识文学的本质。有韵之"文"在前,无韵之"笔"在后,韵散兼有的《杂文》《谐隐》居中,这种排列的方法也可以充分说明:刘勰基本上是以文学还是非文学、文学性强还是文学性弱作为先后顺序的,但是也照顾到文类大小与重要不重要,所以在笔类里面还是把《史传》《诸子》放在前面的,虽然它们并不属于集部。研究中国古代人的文学观念必须有历史的发展的眼光,要考虑到文学观念的形成是不能离开当时的文学发展状况的。刘勰所处的时代,小说还处在萌芽状态,应该说真正的小说还没有产生。至唐人传奇"始有意为小说"(鲁迅《中国小说史略》),如胡应麟所说:"至唐人乃作意好奇,假小说以寄笔端。"(《少室山房笔丛·二酉缀遗中》)戏曲也没有发展起来。这时文学的形式主要就是诗赋和散文,而散文的文学界限是非常难以确定的,即使在今天也无法科学地去加以解决。比如,一般的应用文、公牍文本来是不能算文学的,但是,如果写得非常生动形象也可以成为一篇很好的文学散文。所以,中国古代的散文也就更加复杂,很难分辨它究竟是文学还是非文学,即使是有韵之"文",如铭、箴、诔、碑、哀、吊等,有些是文学,有些就不是文学。而无韵之"笔"中,如檄、移、序、跋等,有的就是极其优美的文学散文,有些就不能算是文学。刘勰的文学观念也不可能超越当时文学发展的实际,他的《文心雕龙》也不可能不包括很多非文学的文章在内,例如章、表、奏、议等等。在这样的创作状况下,刘勰能突出诗、赋,把无可争议的艺术文学作为"文"的主体,说明他的文学观念在当时是很先进的,这实在是很了不起的事。而他在下编中主要根据诗、赋的创作来构建他的创作理论和批评理论体系,他所引用的作品也绝大部分都是诗、赋的例子。《神思》篇中所分析的创作构思,可以清楚地看出的确是艺术思维,而不是一般的文章构思。在论述构思迟速时所举的十二位作家创作的例子,除王充《论衡》与阮瑀作书属于著作和书信外,其他都是创作诗赋的例子。《体性》篇所讲的风格本来对艺术文学和非艺术的文章都是适合的,但是刘勰所举的十二位作家主要也是以创作诗赋出名的。《风骨》自然也是对艺术文学提出的一种审美标准。《通变》篇第二段讲文学自古至今的历史演变,实际全是讲的诗赋的历史演变,所举实例也都是汉赋内容。《隐秀》篇所强调的"文外之重旨"和"篇中之独拔者",则更明显是从诗、赋创作中总结出来的,是体现了文学形象的审美特征的。《声律》《丽辞》《比兴》《夸饰》所论,毫无疑问都是以诗、赋为主的艺术文学的技巧方法。《情采》《镕裁》所说的作品内容和形式关系、组织结构、意辞剪裁,《章句》《练字》《事类》所说的文字技巧,则是艺术文学和非艺术文章都有的共同问题。因此,从总体上说,刘勰的创作理论是以艺术文学为中心的。在他的文学观念里,审美的艺术文学是"文"的核心,所以《文心雕龙》的性质也主要是文学理论,不能归结为只是文章学著作。他对一些非艺术的文章写作上不同于下编论艺术文学创作的地方,都在论述该文体的专篇中作了说明。比如《史传》篇所强调的不同于《隐秀》篇的"实录无隐之旨"。《诸子》篇把《庄子》《列子》中的一些夸张、想象内容归入"踳驳之类"。《论说》篇重在"理形于言,叙理成论","必使心与理合","辞共心密",而不言"情"与"物"的关系。《议对》篇中说"议"的写作,"文以辨洁为能,不以繁缛为巧;事以明核为美,不以深隐为奇"。策对的写作则必须"使事深于政术,理密于时务"。如此等等,还有很多。不过,由于刘勰的文学观念是不但要认识诗、赋等艺术文学的特殊个性,也要看到它作为"人文"一部分所具有的"人文"共性,因此他在《文心雕龙》下编中论创作各篇所涉及的构思中的主体与客体的融合、风格与作家才性的关系、继承和创新的统一,以及作品所体现的作家人格精神(风骨)等,其基本原理与非艺术的文章之写作也是可以相通的。至于声律、对偶、比兴、夸张等艺术技巧,在非文学的文章中也可以有某些适当的运用,故而,《文心雕龙》同时也可以说是一部文章学著作。所以,不对中国古代人的文学观念及其演变发展作认真的研究,看不到很多重要的文学理论批评家对宽泛的"文"的科学性的怀疑,以及他们对艺术文学和非艺术文章之间差别的认识,随便地肯定杂文学观念,把它说成是中国古代文学的民族传统,不仅是不科学的,而且还会导致文学理论上的混乱。

由于受整个文化思想发展的历史条件限制,刘勰的文学观念也存在着某些不够科学的地方。虽然他很细致地分析了各个不同文类的特点以及它们之间的异同,也清楚地看到了诗、赋这样的艺术文学的独有特征,但是他没有能明确地提出在这众多的文类中,实际上包括着艺术文学和非艺术文章两大部分。他没有能在文笔之争的基础上进一步从理论上把它推向深入,区分这两大部分不同的要求不如萧统、萧纲和萧绎那样自觉和强烈,没有像萧绎那样把问题提得非常尖锐,萧绎曾非常明白地指出,不仅学者和文人不同,笔才和文才也绝不相同:"至如不便为诗如阎纂,善为章奏如伯松,若此之流,泛谓之笔。吟咏风谣,流连哀思者谓之文。"萧纲在《与湘东王书》中也曾严厉批评裴子野"质不宜慕",说"裴氏乃是良史之才,了无篇什之美"。这也许和他过于强调了"人文"的共性有关,但也和文艺散文和非文艺散文之间的界限实在很难于区分有关。这种不足在当时的历史条件下是可以理解的,但我们也不必因为刘勰《文心雕龙》的成就卓著,而回避他文学观念中的这种不够科学的地方。

刘勰的佛学思想

刘勰是南朝也是中国古代最杰出的文学理论批评家,他的《文心雕龙》是中国文学理论批评史上最系统、最深刻、最全面的一部文学理论批评专著。关于刘勰的《文心雕龙》和佛学的关系是大家有过很多研究的老问题。不过,究竟怎么看待这个问题,大家有很不同的观点。总体来说,强调有佛学思想影响和否定有佛学思想影响的说法,都有相当的片面性,不够公允。在研究这个问题时,我认为首先要承认两个客观事实:一是刘勰从青年时期开始就是虔诚信仰佛教的,而且是精通佛学的,他随僧祐在定林寺整理佛经,研究佛学,长达十余年之久,后来虽然进入官场,但是并没有离开佛学,仍然参加了很多佛学活动,最后还是成了佛教徒。他还以写佛教的碑志闻名,这也很值得注意。二是《文心雕龙》中确实没有多少佛学词语和概念,也没有很明显地、很直接地运用佛学思想来论文。儒家思想的影响在《文心雕龙》中是很突出的。也许正是这两个问题,使研究者对《文心雕龙》和佛学的关系有了很分歧的看法。其实,我们应该从当时的文化背景上来理解这种现象:第一,儒家文化在中国是长期占有统治地位的正统文化思想,它在每个时代都对社会生活各方面具有深刻的潜在影响,即使在玄佛思想占有比较主要地位的南朝也是如此。第二,在那个时代,佛学和儒学不是对立的,而是完全可以相容的。崇敬儒学和信仰佛学并不矛盾,它是可以同时体现在一个人身上的。当时梁武帝就曾经提倡三教同源,也就是儒、释、道三教同源。第三,那时佛学的传播是要借助中国本土文化的,当时特别是借玄学来宣传自己的学说,所以是玄佛合一的。而且从中国文化发展的特点来看,各种不同的文化思想(包括外来文化),在历史发展过程中不是互相排斥,而是互相吸取有益内容,不断融合的。所以我们不要用那种似乎不同文化思想一定是互相排斥的观点来看问题。这样我们也许可以比较符合实际地来说明《文心雕龙》和佛学的关系。

我认为刘勰写作《文心雕龙》虽然没有有意识地运用佛学思想来论文,但是实际上《文心雕龙》的写作还是潜移默化地受到佛学思想的深刻影响,这些主要表现在下述三个方面:

第一,是"神理"的观念。刘勰在《文心雕龙》中共有七处涉及"神理"的概念,而在他的两篇佛学著作中涉及"神理"概念共三处,它们的含义是否一致,有什么联系,是我们研究《文心雕龙》和佛学关系的十分重要的问题。很多研究者把《文心雕龙》中的"神理"概念说成是"自然之理",其实是不符合刘勰原义的。现在我们先看《灭惑论》和《梁建安王造剡山石城寺石像碑》这两篇佛学著作中的"神理"概念。

> 彼皆照悟神理,而鉴烛人世,过驷马于格言,逝川伤于上哲。
> 　　　　　　　　　　　　　　　——《灭惑论》

> 夫道源虚寂,冥机通其感;神理幽深,玄德司其契。
> 　　　　　　　　　　　　　　　——《石像碑》

> 镇南将军江州刺史建安王,道性自凝,神理独照,动容立礼,发言成德,英风峻于间平,茂绩盛乎鲁卫。
> 　　　　　　　　　　　　　　　——《石像碑》

刘勰一共用了三次"神理"的概念,都是指神明的真理。第二例是指至高的佛理,第一、三例是指对佛理的领悟。这个"神"不是神妙或自然的意思,而是指神佛,"神理"是神佛的最高原理。这一点大概是没有很大争议的,但是,这里的"神理"和《文心雕龙》中的"神理"是否是同一含义,则分歧就很大了。现在我们再看《文心雕龙》中的七处"神理":

> 若乃河图孕乎八卦,洛书韫乎九畴,玉版金镂之实,丹文绿牒之华,谁其尸之,亦神理而已。
> 　　　　　　　　　　　　　　　——《原道》

> 莫不原道心以敷章,研神理而设教,取象乎河洛,问数乎蓍龟。
> 　　　　　　　　　　　　　　　——《原道》

赞曰：道心惟微，神理设教。光采玄圣，炳耀仁孝。龙图献体，龟书呈貌。天文斯观，民胥以效。

——《原道》

经显，圣训也；纬隐，神教也。圣训宜广，神教宜约；而今纬多于经，神理更繁，其伪二矣。

——《正纬》

赞曰：民生而志，咏歌所含。兴发皇世，风流二《南》。神理共契，政序相参。英华弥缛，万代永耽。

——《明诗》

五色杂而成黼黻，五音比而成《韶夏》，五情发而为辞章，神理之数也。

——《情采》

造化赋形，肢体必双；神理为用，事不孤立。夫心生文辞，运裁百虑，高下相须，自然成对。

——《丽辞》

在这七处地方，《原道》篇中三处"神理"，其实最为明显是说的神明的原理。第一例说"河图孕乎八卦，洛书韫乎九畴，玉版金镂之实，丹文绿牒之华"，正是说上天神明授予人类的启示，告诉人类什么是治理国家和社会生活的基本原理，这就是最早的"人文"，"人文"之源正是来自于上天神明。河图洛书并非人类的创造，而是上天神明的意志之显现。第二例讲从伏羲到孔子都是研究"道心"和"神理"，取法乎河图洛书，从而对"人文"的发展作出了重大的贡献，这里的"神理"和第一例的"神理"自然也是完全相同的。第三例赞语中所说的"道心惟微，神理设教"，则是概括第二例的意义来说的，意义也和第二例相同。《正纬》篇中所说的"神理"就是指"神教"，也就是神明的教诲，而纬书本身就是体现天人合一思想的，这"神理"的意思和《原道》篇所说是完全一致的。《明诗》篇赞中所说的"神理"，是讲诗歌的起源是和人类的产生同步的，它也是天人合一的产物,"神理共契,政序相参"前者指天,后者指人,说明诗歌是天神之理和人君之治相结合的结果。《情采》篇讲五色、五音、五情皆是神明早已设定好的天理。《丽辞》篇讲人的肢体都是对称的,宇宙间事物也都是对称的,这是造化和神理的自然表现,这个神理也是指上天神明赋予人类和万物的特点。可见,《文心雕龙》中的七处"神理"和刘勰佛学著作中的"神理"含义是相同的。过去之所以很多研究者把"神理"作为自然之理来解释,是因为要强调刘勰的思想和佛学没有关系,或者是为了说明刘勰的所谓唯物主义思想,实际上这些说法是不符合刘勰本意的。

当然,说"神理"的意思是指神明的原理,还不能证明它和佛学的关系,因为很多儒家也是主张天人合一,也是有神论者。但是如果我们把它和刘勰的《灭惑论》和《石像碑》联系起来,就可以知道刘勰所说的"神理"和他的佛学思想是确实有着不可分割的联系的。

同时我们还可以从刘勰协助僧祐编撰的《出三藏记集》一书中看到"神理"一词也有相当广泛的运用,其含义和刘勰上述十处的含义是相同的,而且很明显是指神佛之理。如《胡汉译经音义同异记第四》中说:"夫神理无声,因言辞以写意;言辞无迹,缘文字以图音。故字为言蹄,言为理筌,音义合符不可偏失。是以文字应用弥纶宇宙,虽迹系翰墨而理契乎神。"这里非常明确地说言辞所表达的"神理"其"理契乎神"。僧祐《出三藏记集上卷第二》中说:"法宝所被远矣。夫神理本寂,感而后通。"这里的"神理"自然也是指佛家的神理。又于《慧远法师传》中说:"外国众僧咸称汉地有大乘道士,每至烧香礼拜辄东向致敬。其神理之迹,固未可测也。"这也是指慧远对佛的神理之传播所产生的影响。"神理"一词是当时佛教的通用词语,刘勰既精通佛学经典,他自然也清楚地知道"神理"就是指的神佛的至高原理,它并不是万物内在的自然之理,这是非常明显的事。

第二,刘勰的本体论和佛教的关系。刘勰的本体论思想大家都是就《文心雕龙》的《原道》篇来考察的,这当然是不错的。刘勰认为宇宙万物的本体就是"道",所以凡"天文""地文""人文",或者是"形文""声文""情文",乃至虎豹等动物之文和草木等植物之文,无不是"道"的体现。对于这个"道"的含义,历来大家争议很多,或谓是儒家之道,或谓是道家之道,或谓是佛家之道,或谓是以儒家为主而兼有其他各家之道,理解是相当分歧的。不过,有两点是可以肯定的:第一,刘勰在《文心雕龙》中并没有明确地讲这个"道"是哪一家的"道",第二,刘勰在《灭惑论》中非常明确地讲了儒家、道家和佛家在"道"的问题上是可以相通的,原理是一样的,他说:"至道宗极,理归乎一;妙法真境,本固无二。"不仅佛道和儒道是一致的,而且道家之道和佛家之道也是一致的。"梵言菩提,汉语曰道。""权教无方,不以道俗乖应;妙化无外,岂以华戎阻情?是以一音演法,殊译共解,一乘敷教,异经同归。经典由权,故孔释教殊而道契;解同由妙,故梵汉语隔而化通。但感有精粗,故教分道俗;地有东西,故国限内外。其弥纶神化,陶铸群生无异也。故能拯拔六趣,总摄大千,道惟至极,法惟最尊。"这就把儒家和佛家的道看作是共同的一致的东西,只是因为地域差异,运用不同,而在表现方式上有所差别,一是理论的,一是通俗的。显然,刘勰对儒道和佛道的地位放得都是比较高的。"然至道虽一,歧路生迷。九十六种,俱号为道,听名则邪正莫辨,验法则真伪莫辨。"因为各家各派都有自己的"道",从表面上看其真伪往往不易分辨,但是一考察其内在原理,则是否非常清楚。他的《灭惑论》是批评道教《三破论》的,当然认为道教之道是邪而非正的,但是他在抨击道教之道时,并没有把它和先秦道家之道混淆起来,而是清楚地对其作了区分。他指出:"寻柱史嘉遁,实惟大贤,著书论道,贵在无为,理归静一,化本虚柔。"这就说明刘勰认为道家的虚静无为在本质上是和佛道一致的,不过,因为"三世弗纪,慧业靡闻",故而只能是"道俗之良书,非出世之妙经"。至于道教的"道"则不过是骗人的小道,虽"标名大道,而教甚于俗;举号太上,而法穷下愚"。这里,我们可以看到刘勰所说的"道"实际是包含了儒、释、道三家兼通的特点的。

但是,《文心雕龙》中所体现的刘勰的本体论思想并不仅仅局限于《原道》篇。特别值得我们注意的是他在《论说》篇中评价魏晋玄学中的崇有和贵无两派学说时提出的看法。他说:"宋岱、郭象,锐思于几神之区;夷甫、裴頠,交辨于有无之域;并独步当时,流声后代。然滞有者,全系于形用;贵无者,专守于寂寥;徒锐偏解,莫诣正理;动极神源,其般若之绝境乎。"玄学中的这两派都是讲的本体论问题,刘勰对这两派都有所批评,认为他们是"徒锐偏解,莫诣正理",也就是说,他们各自都有一定的片面性,并不能达到对宇宙万物本体的全面而正确的理解。他认为玄学的这两派都不如佛学的般若境界更为高明。我们知道魏晋时期的佛教是借助于玄学来传播的,玄佛合一是这个时期思想史发展的重要特点。从刘勰对玄学的有、无之争的观点来看,他所说的佛学中的"般若之绝境",应该是和僧肇的思想比较接近的。六朝时期般若学属于佛教的大乘空宗,其基本思想是认为一切事物的本性均为空无,故称为空宗。但是般若学在发展过程中,又有所谓"六家七宗"之说,也就是对"空"或"无"的理解有所不同,形成不同的派别。六家是指:本无、心无、即色、识含、幻化、缘会。因为"本无"派内部又有两派"本无"和"本无异",所以说是七宗。其实,这六家主要是三派:本无、即色、心无,其他的几派均可归入即色派。本无派的主要代表是道安,这是般若学的核心,所以汤用彤先生说:"广而言之,则本无几为般若学之别名。"(《汉魏两晋南北朝佛教史》)本无,是从玄学的"以无为本"而来的,但是和玄学思想又是不同的。道安的本无说认为宇宙间一切都是空无的,本来什么也没有,万物的本性也是空无的,不但没有老子的"有生于无",也没有王弼的"本无末有","夫人之所滞,滞在末有,若宅心本无,则异想便息"。认识到一切全是空无,不滞于末有,则方能止息一切思想上的障碍,进入到佛家的"涅槃""真如"精神境界。"本无异"宗的代表是竺法琛,他认为无可生有,有生于无,这和老子的观点有点接近,"本无"宗把他看成是"异宗"。"即色"派的代表人物是支道林,他本姓关,名遁,他是当时的清谈家,他的说法是"即色是空,非色灭空"(慧达《肇论疏》引),不是物质消灭后才是空,物质本身就是空的。他不承认物质是客观存在。一切物质现象(也就是色)都是由"因缘和合"而生,它生、住、异、灭,瞬息万变,不可能有独立的"自性",所以是空的。"夫色之性也,不自有色,色不自有,虽色而空,色复异空。"(《世说新语·文学》篇注引)一切事物的形相,如青黄等颜色,只是人们感觉到才有,它本身是不存在的。"识含"宗以于法开为代表,认为"三界为长夜之宅,心识为大梦之主"(《惑识二谛论》),把三界看作是梦幻,而皆起于心识。"幻化"宗的代表是道壹,认为"一切诸法,皆同幻化"(《神二谛论》)。"缘会"宗的代表是于道邃,认为"缘会故有","缘散即无"(《中论疏》引),因缘会合就是"有",因缘散失就是"无"。这三种都是由"即色"

宗派生出来的。"心无"宗为与"本无""即色"并立之第三派,以支潜度为代表。他的看法是承认客观事物是存在的,"无心者,无心于万物,万物未尝无"(见僧肇《不真空论》引)。慧达《肇论疏》说:"竺法温法师《心无论》云,夫有,有形者也。无,无像者也。有像不可言无。无形不可言有。而经称色无者,但内止其心,不空外色。但内停其心,令不想外色,即色想废矣。"这一派和般若学的空宗思想是不大一致的,所以遭到很多围攻。

  般若学的空无义此后又在僧肇和慧远那里得到进一步发展。僧肇有著名的《不真空论》《物不迁论》《般若无知论》,收入《肇论》一书中。僧肇是鸠摩罗什翻译佛经的主要助手,但是他的主要贡献是在佛学理论上。他从当时已经翻译过来的龙树著作中,吸取了其中观学说的精华,在分析六家七宗的得失基础上,把般若空宗思想发挥到了极致。他的《不真空论》的意思是"不真"即空,他用龙树《中论》的观点,从"非有非无"的本体论出发,论述了世界的"不真"即"空"的本质。"非有"是说现实世界从根本上说是不存在的,"非无"是说世界从现象上看又不能说是完全不存在的,只是它所存在的是一个假象。"虽无而非无,无者不绝虚;虽有而非有,有者非真有。""譬如幻化人,非无幻化人,幻化人非真人也。"《物不迁论》是说一切事物都是绝对地静止不动的,但不是只有静没有动,而是"必求静于诸动",从变化中去认识不变。汤用彤先生说:"称为《物不迁》者,似乎是专言静的。但所谓不迁者,乃言动静一如之本体。绝对之本体,亦可谓超乎言象之动静之上。即所谓法身不坏。"此"即动即静"之义亦即"即体即用","非谓由一不动之本体,而生各色变动之现象。盖本体与万象不可截分"。《般若无知论》则说因为般若无知,所以无所不知。他说:"夫有所知,则有所不知。以圣心无知,故无所不知,不知之知,乃曰一切知。"因为世界是不真而空的,所以认识世界也不要那些具体的知识,只要有无知之心就可以知道一切。僧肇的本体论是认为无非真无,有非真有,这正好解决了玄学中贵无和崇有两派的"徒锐偏解,莫诣正理"的缺点,也就是刘勰所说的"动极神源,其般若之绝境乎"的境界。刘勰受龙树思想的影响很深,这点我们将在本文下节中详细论述,而僧肇的思想正是对龙树本体论思想的发挥。由此,我们也可以看到刘勰《文心雕龙·原道》篇中说的"道",显然也是包含了佛道在内的。

第三,龙树的中道观对刘勰《文心雕龙》研究方法的影响。刘勰《文心雕龙》中的"折中"论文学研究方法,是直接受龙树中道观影响的产物。龙树是公元二、三世纪时印度的佛学大师,他的《中论》是以偈语的方式来写的一部十分重要的佛学著作,原有500偈,汉译为446偈,分二十七品,为佛教大乘空宗的主要经典。《中论》在中土最早有姚秦时鸠摩罗什翻译的青目注释本,有著名高僧僧叡的序和昙影法师的序。后来有吉藏法师的《中观论疏》,对《中论》本身和青目注释都作了详细的疏解。《中论》的内容是非常丰富的,而它的核心是阐明一种观察宇宙事物的方法,也就是所谓"中道观"。这种方法的特点就是要求人们要超越两端,不即不离。一般人理解事物往往只看到事物对立的两个极端,例如生死、有无、来去、善恶等等,因此就容易落入一端,而龙树则要求超越这两个极端,而看到事物不陷于这一端、也不陷于那一端的复杂性。《中论》的宗旨集中表现在它的第一偈中的"八不":

不生亦不灭,不常亦不断,不一亦不异,不来亦不出。

我们平常看待事物常常会落入相对性,有无便有有,有生便有死,有来便有去,有善便有恶,有美便有丑,有上便有下,有高便有矮……当我们落于一边的时候,实际上也落到了另一边,强调善的观念时,就有恶的观念存在着,赞扬美的观念时,就有丑的观念存在着。龙树则认为一切事物都是由复杂多变的因缘所决定的,是没有完全纯粹的东西的。因是指个体本身,缘是指外在的事物和环境,它们都是不断地变化发展的,它们的配合也是无穷无尽的。善不是完全都是善,恶也不是完全都是恶。因此,他提出:不生不灭,不常不断,不一不异,不来不出。不生不灭,是说的事物的存在和非存在问题。事物产生的时候也是它消灭的时候,它消灭的时候也是它产生的时候,随因缘而转化,所以实际上是没有生也没有灭。常和断,说的是时间的永恒和非永恒,不常就是无常,从时间的不断变化来说,事物是没有常性的,不可能是永恒的。事物无常而相续,所以又是无断或不断的。既非永恒又非非永恒。一和异,说的是数量的统一和差别,事物从执常性的角度来看,好像是统一的、独立的个体,实际上它又是不断变化而有差异的,所以是非一的。但是,事物虽然不断变化,却还有它的相续性,所以又是非异的。这就是不一也不异。来和出,说的是时空中的来去运动相,其道理也是一样的。事物的来者无所从来,去者无所至。比如,火是哪里来的?不是从木材来的,也不是从火柴来的,也不是从手来的,也不是从氧气来的,而是诸多因缘聚合的结果。火灭了,它去哪里了?是因缘离散的结果。这就使我们想起了苏轼的《琴诗》:"若言琴上有琴声,放在匣中何不鸣?若言声在指头上,何不于君指上听?"琴声的有无也是琴弦和手指因缘聚散的结果,也是不来亦不去。所以正如吉藏所说:"不来来,不去去。"故而龙树得出的结论是:"诸法实相中,无我无非我。诸法实相者,心行言语断。无生亦无灭,寂灭如涅槃。一切实非实,亦实亦非实。非实非非实,是名诸佛法。自知不随他,寂灭无戏论。无异无分别,是则名实相。若法从缘生,不故名实相,不断亦不常。不一亦不异,不常亦不断。""是故知涅槃,非有亦非无。"总之,他认为事物极端的两个对立面实际是不存在的。他否定了事物的两个极端,认为只有超越了事物的两个极端,善于不即不离,才能真正认识和把握事物的本质。这种观察事物的方法论,其最特出的地方是要求对任何事物不要有绝对的看法,不能偏于一边,陷入一个极端,要认识到事物的复杂多变,而给以符合实际的解释。刘勰毫无疑问是非常熟悉龙树的《中论》的,他协助僧祐编撰的《出三藏记集》中曾收入僧叡的《中论序》和昙影法师的《中论序》,在《鸠摩罗什传》中也说他曾翻译《中论》等龙树的著作。我认为龙树《中论》中的"中道观"对刘勰《文心雕龙》中的文学研究方法的确立有着十分深刻的影响。

　　刘勰之所以能写出这部伟大的著作,能够提出那么多深刻而有价值的见解,是和他所采取的科学的研究方法有直接关系的。他的这种"折中"论的研究方法自然也和儒家、道家、玄学的方法论有关,但更为重要的是,他所受的以龙树《中论》为代表的佛学方法论的影响。刘勰在文学批评上一个显著的特点,是持论非常公允,绝不偏于一端,能够客观地、全面地来看待问题,这可以说是贯穿于《文心雕龙》全书的。他对当时文学理论批评上一些历来有分歧的争论,都没有简单地肯定或否定哪一方面,而是善于吸取对立双方观点中的正确的合理的因素,提出自己比较稳妥的持平之论。譬如,"芙蓉出水"和"错彩镂金"是两种尖锐对立的美学观,刘勰是比较欣赏以自然清新为特征的"芙蓉出水"之美的,但他又不否定以人工雕饰为特征的"错彩镂金"之美的。他主张要在重视人工雕饰的基础上达到自然清新的理想境界。所以在《隐秀》篇中提出文学创作要以"自然会妙"为主,又要辅助以"润色取美",认为这才是最高的美的境界。在《辨骚》篇中总结汉代对《楚辞》评价的争议时,他也没有偏向于哪一边,而是详细地分析了《楚辞》"同于风、雅"的四个方面和"异乎经典"的四个方面,充分肯定了《楚辞》既"取镕经意"又"自铸伟辞"的基本特色。特别明显的是他对当时文学创作中有很大争议的声律、对偶、用典等,他都不偏于一端,而能采取比较公允的态度,注意从理论上进行深入探讨,提出很有深度的看法。对于声律,他既不像沈约等人那样,去制订烦琐的声病规则,但也不像钟嵘那样对声律理论全盘加以否定。他在《声律》篇里以探讨声律的美学原理为主,强调声律美的关键是要做到"和""韵"之美。对于用典,刘勰既不赞成颜延之、谢庄那样堆砌典故,以至使"文章殆同书钞",也不赞成钟嵘对诗歌创作用典的全盘否定,而是比较客观地在肯定用典的积极作用前提下,要求尽量做到不要诘屈聱牙,而要如同"口出",和自己说的一样。并且提出学识要"博",运用典故要"约",特别要注意选择之"精",还要运用得"核",也就是说,既要吸取用典的长处,又不能让它影响作品的自然美。在对待我国文学批评史上"言志"与"缘情"的争论中,他也没有简单地落入哪一边,而是善于把情和志统一起来。他在《明诗》篇中说:"大舜云:'诗言志,歌永言。'圣谟所析,义已明矣。"又说:"诗者,持也,持人情性;三百之蔽,义归无邪,持之为训,有符焉尔。"刘勰认为文学的本质不仅表现"志",也表现"情",两者是不能分开的。文学作品就好比一个人,"以情志为神明,事义为骨髓,辞采为肌肤,宫商为声气"。文学创作既是以"述志为本"的,又是"为情造文"的。刘勰在文学批评方法论上最有价值的地方,就是善于采取"圆通"的见解而不绝对化,能全面而深刻地提出自己的观点。他的"折中"论不是调和折中抹稀泥的方法,而是能够根据客观的"势"和"理",来科学地分析各方面的因素,从而得出较为符合实际的结论。这些都非常突出地体现了刘勰运用"折中"的方法论所取得的积极效果。他这种善识"大体"、不执一端的文学批评,显然和龙树的"中道观"有着明显的内在联系。

上面我们从三个方面讨论了《文心雕龙》和佛教的关系,但并不是说《文心雕龙》和佛教的关系就只有这些,实际上在其他很多方面还可以看到佛教和《文心雕龙》的联系,譬如大家讲得很多的佛教因明学对他的影响等等。总的说来,我认为应该对刘勰《文心雕龙》和佛学的关系作一个全面的稳妥的考量,用一种客观的、实事求是的态度去认识这个问题,这对于《文心雕龙》研究的深入,也许是必要的。

《文心雕龙》的文体分类论
——和《昭明文选》文体分类的比较

关于《昭明文选》的文体分类,及其和《文心雕龙》的比较,已经有很多学者作过研究,①本文想在已有研究基础上,再补充说一点我自己的看法。这里我首先要说明的是本文不涉及刘勰是否参加过《昭明文选》编辑的问题,我对这个问题的看法已经在本书的第一部分中说过了。本文只从两部书文体分类的客观状况上作一点分析和研究。

《昭明文选》和《文心雕龙》是两部性质不同的书,因此它们对文学分类的角度也不尽相同。《文心雕龙》作为一部理论著作,它重在研究和阐述各类文体的历史发展及其创作特征;而《昭明文选》则是一部文学作品的选本,所以重点在选出各类文体中最优秀的代表性作品。前者偏重于从文学理论方面去研究文体的类别,而后者则偏重从文学创作角度区别不同文体。两者有相同之处:即都需要对文体加以分类。但是也有不同之处:前者以理论为标准,不论作品好坏,只要有理论上的意义,就需要提出来讨论;后者以创作为标准,来选出优秀作品,有些文类没有好作品,则可以不选。例如以诗歌来说,《文心雕龙》就讲到诗歌中的离合诗、回文诗、联韵诗等形式,而《昭明文选》则不需要选这些诗,也不会列入诗的分类中。《文心雕龙》在论赋的发展时,曾经特别提到荀子的《赋篇》,荀子的《赋篇》中包括了《礼》《智》《云》《蚕》《箴》五篇,刘勰认为荀子的《赋篇》和宋玉的《风赋》《钓赋》都是在赋的发展中具有转折意义的著作。但是《昭明文选》中只收了宋玉的《风赋》《高唐赋》《神女赋》《登徒子好色赋》等四篇,没有收《钓赋》,也没有收荀子的《赋篇》,显然,这是从创作的角度来考虑的。萧统在《文选序》中说过:"古诗之体,今则全取赋名。

---

① 傅刚先生在《〈昭明文选〉研究》中对《昭明文选》的文体分类作了非常详细的研究,他的意见我基本上都是同意的。

荀、宋表之于前,贾、马继之于后。"他也知道荀子的《赋篇》、宋玉的赋在赋的发展史上的理论意义,但是它们在艺术水平上确实是比较差的,荀子的《赋篇》诚如许多学者指出的,类似子书作品,① 其实,它们仅有赋的形式,其内容是以隐语方法来论说伦理道德和事物知识性的内容,没有美的形象,文辞也过于质朴,当然不符合萧统"事出于沉思,义归乎翰藻"的选文标准,所以《昭明文选》自然是不会选入的。

《文心雕龙》和《昭明文选》在对文学体类的总体认识上也有相似的地方,这就是都特别重视诗和赋两种文体,都把它们放在众多文体的首位,认为是当时文学的最主要创作形式。这是和中国古代文学观念的发展,特别是六朝重视纯艺术文学,并提出文笔之争有关系的。严格地讲,只有诗和赋是当时最纯粹的艺术文学形式。而其他各种文体都属于可以是狭义纯文学,也可以不是狭义纯文学,而只是一般的非艺术应用文章。如果研究两书的细微差别的话,那么,《昭明文选》是把赋放在诗的前面,而《文心雕龙》则是诗在赋的前面,而在诗中又区别了不入乐的诗和入乐的乐府诗的不同,分别列为诗和乐府两篇,而《昭明文选》则没有作这种区分。为什么有这种差别呢?我以为这是由于《文心雕龙》是按照六朝文论发展中的一般习惯来定的,例如曹丕《典论·论文》讲"诗赋欲丽",陆机《文赋》讲"诗缘情而绮靡,赋体物而浏亮",都是诗在赋前。同时,到了六朝,诗歌得到极大的繁荣发展,而辞赋则实际已经过了高峰,而开始衰落了。从诗歌的历史地位和实际创作状况来看,当然应该是放在最重要的位置上。而《昭明文选》之所以把赋放在首位,也有它的道理。一则从赋的性质来看,它既是诗也是文,兼有诗文的特性。萧统在《文选序》中明确说经、史、子不在他的选录范围之内,他选录的只有诗和文,而赋既有诗、文两方面的特征,自然不可以放在诗和文的中间,而就它的产生和重要性来说也不可能放在文的后面,所以从总的方面来说,按赋、诗、文三大部分来排列是比较妥当的。所以后代文人的集子也都是按照赋、诗、文这个次序来编辑的。

《昭明文选》中对每一类文体,又按题材作了详细的分类,尤其是对赋

---

① 参见傅刚:《〈昭明文选〉研究》,北京:中国社会科学出版社,2000年,第239、240页。

和诗的分类更为细致。《文心雕龙》中对诗赋题材的差别则基本上没有作分类,在《明诗》《乐府》《诠赋》三篇中,只有在《诠赋》篇中涉及一点。这是两书很不同的地方。从这个角度讲,《文心雕龙》是不如《昭明文选》的。刘勰在论述到赋的产生和发展时,曾经涉及赋所写的内容和题材,他概括汉代大赋的内容是"京殿苑猎,述行序志",并无更加具体的区分。他对有代表性的十家大赋作者和魏晋抒情小赋作者之不同艺术风貌作过较为全面的分析,他说:

> 观夫荀结隐语,事数自环;宋发巧谈,实始淫丽。枚乘《兔园》,举要以会新;相如《上林》,繁类以成艳;贾谊《鹏鸟》,致辨于情理;子渊《洞箫》,穷变于声貌;孟坚《两都》,明绚以雅赡;张衡《二京》,迅发以宏富;子云《甘泉》,构深玮之风;延寿《灵光》,含飞动之势:凡此十家,并辞赋之英杰也。及仲宣靡密,发端必遒;伟长博通,时逢壮采;太冲安仁,策勋于鸿规;士衡子安,底绩于流制;景纯绮巧,缛理有余;彦伯梗概,情韵不匮:亦魏晋之赋首也。

这种有关赋的艺术风格的区分和阐述,从理论研究角度来说是必需的,也是很自然的,它可以使我们非常清楚地了解到各种不同辞赋作品的特点,这些是像《昭明文选》这一类文学作品选本所不可能有的,因为作为选本是不可能按照文学的风格来分类的。但是,《昭明文选》在选录辞赋时,则从其内容和题材的角度,分别列为十五类:京都、郊祀、耕藉、畋猎、纪行、游览、宫殿、江海、物色、鸟兽、志、哀伤、论文、音乐、情。辞赋的题材和内容是否只有这十五类,也不一定,它只是按照所选出的辞赋中优秀作品来区分的。因此,在刘勰所列的十类大赋中,就有荀子《赋篇》和枚乘《兔园》两类是《昭明文选》所没有选的。从创作的角度来看,这是完全可以理解的,荀子的《赋篇》其实只是有赋的名称,严格讲是和后来辞赋很不同的,而枚乘《兔园》在辞赋中并不是很优秀的作品。在魏晋的辞赋作家中,刘勰所提到的徐幹、郭璞、袁宏等人,《昭明文选》也没有选他们的作品,实际上他们的作品也确实不值得选。《昭明文选》对赋的题材和内容的分类是相当细致的,我们可以看到刘勰《文心雕龙》所举出的辞赋作家的代表性作品，《昭明文选》基本上都选进来了，而且比刘勰所列举的选得还要多得多，其范围也要广阔得多。可以说，不管是大赋还是抒情小赋，凡是优秀的都入选了，应该说其中有很多是《文心雕龙》所没有考虑到的。特别是魏晋时候的辞赋，刘勰只是概括地说到几个重要作家的风格，而《昭明文选》则不仅选出了他们的优秀作品，还特别提出了几种重要的类别，如情、志、哀伤、论文、音乐等，可以清楚地看出辞赋发展到魏晋时，在内容和题材上的扩大，以及由大赋发展到小赋后，和诗歌更为接近的状况。

在对待汉代辞赋和以《离骚》为代表的《楚辞》之关系上，《昭明文选》和《文心雕龙》的观点也是不同的，所以在分类的安排上也不一样。刘勰认为汉代辞赋是从先秦《楚辞》发展来的，所以在文体分类上骚（也就是《楚辞》）是合在赋类中的，没有单列一类。①《文心雕龙》中的《辨骚》篇是论"文之枢纽"中的一部分，着重说明文学创作应该如何在学习经典的基础上有创新的变化，而不是文体论中的一篇。《文心雕龙》的《诠赋》篇中明确指出《楚辞》是辞赋的初始，其云："及灵均唱骚，始广声貌。然赋也者，受命于诗人，拓宇于楚辞也。"但是，《昭明文选》则不同，它是把骚和赋分为两类不同文体的。那么，究竟骚和赋是应该分为两种文体呢？还是合为一种文体比较合适呢？也就是说《文心雕龙》和《昭明文选》在骚和赋的分类问题上，是哪一种更正确、更合理？我认为这两部书的处理都是合适的。《文心雕龙》是一部文学理论著作，赋确实是由骚发展出来的，合为一体是很自然的事，也更可以看出文学发展演变的轨迹。所以《文心雕龙》在《时序》篇中特别指出："爰自汉室，迄至成哀，虽世渐百龄，辞人九变，而大抵所归，祖述楚辞，灵均余影，于是乎在。"如果我们看到汉代文学的发展确实深受《楚辞》的影响，那么刘勰把骚、赋合为一类文体，自然是在情理之中的。《昭明文选》是一部文学作品的选集，它的着眼点是在创作。从创作的角度来看，骚和赋的差别是非常明显的。赋虽然是从骚发展出来的，但是，它已经有了和骚很不同的形式，它已经不全是

---

① 有的学者把《文心雕龙》中的《辨骚》篇视为文体论的一篇，所以认为刘勰是把骚和赋分为两类的。不过这种意见已经遭到多数学者的否定。《文心雕龙》的文体论是从第六篇《明诗》开始的。

诗，而具有散文的特色，变成是介乎诗和散文之间的一种新文体，何况自骚之后又一直有模仿骚的骚体诗存在，所以在这部文学选集中把骚和赋列为两种文体，也是完全应该的。它和《文心雕龙》在处理骚和赋的文类问题时的差别，也是和它们是性质不同的两部书有关系的。

《昭明文选》中的骚是列在诗之后的，而没有把它放在赋的后面。为什么这样排列？这是值得我们研究的。傅刚先生在他的书中对此已有很深刻的论述，我这里只想补充一点自己的想法。从创作时代来说，骚是在赋之前的，它又是后来辞赋的滥觞，所以把它放在赋的后面似乎是不合适的。从骚的性质来说，它主要是诗，而没有后来赋那种既有诗也有文的特点，作为古代诗歌的主体的五、七言诗也是在它之后发展起来的，似乎放在诗的前面还是比较合适的。然而，《昭明文选》之所以把它放在诗之后文之前，我以为是由于要突出当时文学创作的主要形式是诗和赋，虽然自《楚辞》以后历代均有模仿《楚辞》的骚体诗，但是实际上并没有多大影响，在诗歌发展史上也没有很重要的地位，是没有办法与赋和诗相比的。六朝是一个重艺术的时代，特别是在文学观念的发展上，处于十分强调要区分纯艺术的狭义文学和非艺术的广义文学界限的时代，萧统在这方面是一个极为重要的代表人物。他在《文选序》中继承了刘宋时代文笔之争的成果，进一步深化了对文学观念的研究和辨析，不仅明确把经、史、子排除在文学的范围之外，而且不再以有韵无韵来区别文笔的标准，提出了以是否符合"事出于沉思，义归乎翰藻"的新的重要区分标准。虽然在怎么理解这两句话上可以很不相同，但是它确实比有韵无韵的标准大大地前进了一步，在正确认识艺术文学特征上有了重大发展。他编撰《昭明文选》的重要目的之一，也是要借这部文学选集来划清文学和非文学的界限，这在他的序言中已经说得非常清楚。他认识到用有韵无韵来区分文笔，是不能正确地解决什么是文学，什么是非文学的问题的，虽然当时的主要文学形式——诗和赋是有韵的，但是，很多无韵的文章也是非常优秀的文学散文，怎么能因为无韵被排除在文学之外呢？为此，他才提出了抛开经、史、子，而以"事出于沉思，义归乎翰藻"作为标准，来确定文学的范围，同时在《昭明文选》中以诗赋为主，而兼收众多形式的散文。在《昭明文选》六十卷中，诗和赋这两种文体就占了三十一卷，在一半以上，如果再加上也可以看作是诗和赋的两卷"骚",一卷半"七",就达到三十四卷半,将近全书的百分之六十。当然,《昭明文选》中所收的散文也未见得都是艺术文学作品,或者说有相当大一部分并不是艺术散文,但这是和萧统所运用的"事出于沉思,义归乎翰藻"也还不是很确切的区分文学和非文学的标准有关的,从萧统的主观意图来说,是要把《昭明文选》编成一部真正的艺术文学选集的。他把诗赋两种文体放在这样突出的地位,对它们的题材内容分辨得如此细密,绝对不是偶然的。

在讲到《文心雕龙》和《昭明文选》对诗赋两种文体的分类时,我们需要探讨两书作者对几种和辞赋相近的文体,如"七""对问""连珠"等的看法和归类。在《文心雕龙》中,刘勰把这三种文体都归在《杂文》篇中,刘勰所说"杂文"的含义当然和我们今天说的不同,他是指那些在他看来不属于正规文体的杂驳之作,也就是所谓"文章之枝派,暇豫之末造",只是一般正规文章的支流,是文人闲暇之时的随意消遣之作。刘勰在《杂文》篇中着重论述的是上述三种文体。但在《昭明文选》中这三种文体都是和其他文体并列的,没有把他们看成是比别的文体低一等的文类。应该说《昭明文选》的认识是要比《文心雕龙》更为妥善的。其实,"七"体和"对问"体,本来是从辞赋中分出来的,枚乘《七发》本来是一篇写得非常精彩的赋,它和司马相如的《子虚》《上林》赋并没有什么大的区别。它也是以讽谏为目的的,也是一种问答的形式。如果按照刘勰的观点,它就比司马相如的《子虚》《上林》低一等了,这显然是不合适的。实际情况是枚乘的《七发》写得太好了,于是后来有很多人模仿他,比较好的如傅毅《七激》、崔骃《七依》、张衡《七辨》、崔瑗《七厉》、曹植《七启》、王粲《七释》、桓麟《七说》、左思《七讽》等,于是它就独立出来成为"七"体。刘勰心目中对枚乘《七发》是很赞赏的,他说:"及枚乘摘艳,首制《七发》,腴辞云构,夸丽风骇。"又说:"观枚氏首唱,信独拔而伟丽矣。"他之所以列其为杂文中一种,可能是因为它不是一个正规的文体种类,而只是赋的一个支流,内容和形式基本上是赋的写法,只是以其内容都言七事为特点,而形成为一体,从艺术上说不构成为一个有独立创作特点的文体类型。也许,从这个角度讲,刘勰也是有道理的。

"对问"最早的是宋玉的《对楚王问》,实际上它和宋玉的《高唐赋》

《神女赋》《登徒子好色赋》也没有什么根本上的不同，不过后三篇有一个中心主题相当明确，题目又有赋名，而《对楚王问》的内容是楚王问宋玉是不是有什么"遗行"（即可被人遗弃的行为），为什么人多不赞誉他？宋玉运用一些生动的比喻说明自己并没有什么"遗行"，只是曲高难和不被人了解罢了。这篇的中心当然不能用"遗行"来作标题，所以就采用了一般的形式特征来作标题，实际上《昭明文选》在情赋一类里所选他的《高唐》《神女》等赋也是以宋玉和楚王的对问形式来写的，从表现形式来说，它们都是一样的。所以《对楚王问》也是一篇赋。而且我们看到后来汉代的大赋，如司马相如的《子虚》《上林》也是以对问的形式来写的。宋玉的这篇《对楚王问》是以问答的形式来申述自己的远大志向的，其实，后来有很多人模仿宋玉的《对楚王问》来申述自己的志向，但是不叫"对问"的名称，例如刘勰在《文心雕龙·杂文》篇中就指出："自《对问》以后，东方朔效而广之，名为《客难》。托古慰志，疏而有辨。扬雄《解嘲》，杂以谐谑，回环自释，颇亦为工。班固《宾戏》，含懿采之华；崔骃《达旨》，吐典言之裁；张衡《应间》，密而兼雅；崔寔《客讥》，整而微质；蔡邕《释诲》，体奥而文炳；景纯《客傲》，情见而采蔚；虽迭相祖述，然属篇之高者也。至于陈思《客问》，辞高而理疏；庾敳《客咨》，意荣而文悴。斯类甚众，无所取裁矣。原兹文之设，乃发愤以表志。身挫凭乎道胜，时屯寄于情泰，莫不渊岳其心，麟凤其采，此立本之大要也。"这就说明以对问形式而写的作品还是非常多的，不过，不再用对问的名称。这方面《昭明文选》和《文心雕龙》就很不同，《昭明文选》把东方朔的《答客难》、扬雄的《解嘲》、班固的《答宾戏》三篇合在一起，列在"设论"一类文体之下。这说明《昭明文选》的编者认为宋玉的《对楚王问》和东方朔的《答客难》等不属于一类文体。如果我们要研究这两本书的处理，哪一种更为妥善和符合实际，也很难有一个确切的答案。因为《文心雕龙》是从一问一答的对问形式来看的，所以把从《答客难》到曹植《客问》、庾敳《客咨》都列入"对问"一体的，何况，东方朔的《答客难》中前面的客难里也问东方朔是否有"遗行"。而《昭明文选》则是把东方朔的《答客难》等三篇看作是以问答方式进行论辩的作品，所以不把它们和宋玉和楚王的一问一答的《对楚王问》列为同一类文体。《答客难》开首提出："客难东方朔曰：'苏秦、张仪壹当万乘之主,而身都卿相之位,泽及后世。今子大夫修先生之术,慕圣人之义,讽诵诗书百家之言,不可胜记,著于竹帛,唇腐齿落,服膺而不可释,好学乐道之效,明白甚矣,自以为智能海内无双,则可谓博闻辩智矣。然悉力尽忠,以事圣帝,旷日持久,积数十年,官不过侍郎,位不过执戟,意者尚有遗行邪?同胞之徒,无所容居,其故何也?'"虽然这里也和楚王问宋玉一样,客问东方朔有无"遗行",但是重点是在责难他是否真的具有苏秦、张仪之才,所以东方朔也是借评论苏秦、张仪,而阐说了自己的志向,说明自己因为并不处在苏秦、张仪之时,所以也无从展示自己的才能。《昭明文选》强调了这种差异,所以另列"设论"一体,这种特点到扬雄的《解嘲》就更为明显了。扬雄在《解嘲序》中说:"哀帝时,丁傅董贤用事,诸附离之者,起家至二千石。时雄方草创《太玄》,有以自守,泊如也。人有嘲雄以玄之尚白,雄解之,号曰解嘲。"他说写《解嘲》的目的正是为了说明自己不肯依附奸佞小人,虽不能成为历代忠诚之士、功臣英雄,但也要坚守清白的节操。这也是和东方朔的《答客难》类似的借论辩以明志之作。班固的《答宾戏》也是如此。他在《答宾戏序》中说:"永平中为郎,典校秘书,专笃志于儒学,以著述为业。或讥以无功,又感东方朔、扬雄自喻,以不遭苏、张、范、蔡之时,曾不折之以正道,明君子之所守,故聊复应焉。"客观地说,两书的处理都有自己的道理,不妨并存,而不必一定要辩清孰是孰非。

如果说"对问"和"设论"还是比较相近的文体,那么"连珠"就和上两种差别比较大了。傅玄在《叙连珠》中说:"所谓连珠者,兴于汉章之世,班固、贾逵、傅毅三子受诏作之。其文体辞丽而言约,不指说事情,必假喻以达其旨,而览者微悟,合于古诗讽兴之义。欲使历历如贯珠,易看而可悦,故谓之连珠。"也就是说,"连珠"是运用比喻的方法阐明某个思想观点,而不直接指说事情,文辞华丽而简约,往往是一连串阐说很多个各自独立的思想观点,具有"易看而可悦"的特点,并且是对偶和押韵的。《文心雕龙·杂文》篇说"连珠"这类文体最早源于扬雄,但是扬雄的《连珠》已佚,今《全汉文》卷五十三辑有数条。刘勰所说到的杜笃、贾逵、刘珍、潘勗等人的作品,也都散佚,只有杜笃和贾逵各残存两句,潘勗的残存于《艺文类聚》。《昭明文选》只选了西晋陆机的《演连珠》五十首。这方面它和《文心雕龙》的看法是一致的,刘勰在《文心雕龙·杂文》篇中也说:"唯士衡运思,理新文敏,而裁章置句,广于旧篇。"《昭明文选》把"连珠"置于"论"之后,我想这是有道理的,因为它具有论说的性质,是押韵的。但是每一首篇幅都很短小,设论的方式比较特别,不是直接指说事情,而且总是很多首连缀在一起的。它和"七"体或"对问"体比较,只是在有论说的性质和都有押韵方面是相同的,然而在其他方面的差别则是太明显了。所以刘勰把它和上两类合在"杂文"类里,大概是觉得它是"文章之枝派,暇豫之末造"的缘故吧!

在诗歌题材和内容的分类上,应该说,《昭明文选》和《文心雕龙》相比是大大地向前发展了。刘勰在《明诗》和《乐府》两篇中都没有对诗歌的题材和内容作分类的研究,他在研究和探讨诗歌发展的历史时,重点是考察不同历史时期诗歌艺术风貌的特色。这一方面刘勰的概括无疑是十分深刻而精当的,例如刘勰对建安文学特色的论述,一向为人们所称道,至今大家都引以为经典之说。他对正始、西晋等时期诗歌艺术特色的分析也是非常精彩的。他对由东晋到刘宋时期诗歌演变的论述,"庄老告退,而山水方滋"的分析,也被人们认为是不易之论。《昭明文选》是一部文学作品选本,自然不可能涉及这方面的问题,但是,它按照题材和内容来选择优秀诗歌作品时,对诗歌的本质和特点、诗歌发展历史和现状确实是经过了审慎研究的,它的分类是非常细致而周全的。《文心雕龙》和《昭明文选》在对诗歌本质的看法上都采取了《毛诗大序》志情统一的观点,既肯定"诗者,志之所至"的论述,也同时肯定"情动于中而形于言"的论述。萧统在《文选序》中明确地说:"诗者,盖志之所至也。情动于中而形于言。"同时,他对诗歌发展的历史和现状也作了十分简单的叙述。他对诗歌题材和内容的分类还是把言志放在前面,把缘情放在后面的。所以他在诗甲中首先列的是"补亡""述德""劝励""献诗""公宴""祖饯",这里虽然不全是言志之作,也有缘情之作,但是以言志为主的。刘勰其实也不是完全没有论述到诗歌的题材和内容,例如他在论述建安文学时说的"并怜风月、狎池苑、述恩荣、叙酣宴",就是讲的建安诗歌的题材的几个方面。又如讲正始诗歌的"正始明道,诗杂仙心",讲东晋诗歌的"江左篇制,溺乎玄风",讲宋初诗歌的"庄老告退,山水方滋"等也都是讲的诗歌题材和内容问题。不过他没有对全部诗歌作专门的分类,我以为这是和他《文心雕龙》写作的体例和方法有关的,他这种写法不可能对全部诗歌去作总体分类。也许刘勰认为从理论研究的角度看来,像《昭明文选》这样的分类,并没有多大意义。

但是,《昭明文选》作为一部全面的文学作品选本,对诗赋这样的主要文学形式,选的作品又那么多,当然是必须分类的。同时,分类的方法大概也只能按照题材和内容来加以区别,这也是《昭明文选》一书的性质所决定的。《昭明文选》把诗歌分为二十三类:补亡、述德、劝励、献诗、公宴、祖饯、咏史、百一、游仙、招隐、反招隐、游览、咏怀(包含临终,或谓临终当为另一类)、哀伤、赠答、行旅、军戎、郊庙、乐府、挽歌、杂歌、杂诗、杂拟。这样的分类是不是很科学,是可以研究的。因为有些类题材和内容是差不多的,只是诗题的形式不同。例如赠答类和杂诗类所包含的作品,都是比较复杂的,这两类中的有些作品其实是没有多大差别的。杂诗类和行旅类的作品有些也是很接近的。咏怀类诗也只是因为诗题本身的缘故,实际上赠答类和杂诗类大部分都是咏怀的。因此这种分类在理论上真的也没有什么很重要的意义。

傅刚先生在他的博士论文《〈昭明文选〉研究》中,从三个方面的定量分析和统计,考察了《昭明文选》对汉魏以来诗人的地位和作用的评价,这确实是很有参考价值的,不过,对社会科学,特别是文学研究来说,定量分析有时不能完全说明问题。从入选数量来说,的确可以说明一部分选本编者的评价态度,但也不是绝对的。有的诗人可能入选诗歌并不多,但是他有一些非常著名并为大家所传颂的高水平作品,例如曹植;有些诗人虽然入选的作品比较多,却没有一流的优秀作品,例如陆机;有些诗人的诗歌创作数量不多,自然入选《昭明文选》也比较少,但是他的作品却可以是一流的,例如左思。至于入选的类别,更不能作为重要标准,因为有些诗人的创作水平并不很高,然而其创作面比较宽,涉及多种题材,如陆机、颜延之;有的诗人艺术水平很高,但主要侧重在某一两类题材,如左思、嵇康、刘桢。同时,对一个诗人来说,可能他偏向于擅长某一类诗,如陶渊明以田园生活为主,因此尽管他的成就很高,而其诗入选类别则很少。至于说入选某一类诗的诗人,其被选诗的数量是否排在首位,也很难以此作为评价诗人之地位和作用的标准,这里偶然性因素的成分很大。

关于总的文体分类,《文心雕龙》和《昭明文选》的差别就更大了。《文心雕龙》中的文体分类,从二十篇文体论的篇名来看一共是三十四类,包括了诗、乐府、赋、颂、赞、祝、盟、铭、箴、诔、碑、哀、吊、杂文、谐、讔、史、传、诸子、论、说、诏、策、檄、移、封禅、章、表、奏、启、议、对、书、记等三十四种不同的文体,但是,他在有些类里还包含着很多小的文体类型,例如《杂文》中包含了对问、七、连珠三类。《诏策》一篇中包括先秦的誓、诰、令,汉代的策书、制书、诏书、戒敕等,并附带论及由官方的诏策影响到民间的文章体裁而出现的戒、教、命等文体形式。《奏启》一篇末后还论到与其相接近的谠言、封事、便宜等三种文体。《书记》一篇则论及书信、记笺,而记笺中又分记与笺两种,篇末又附带论及书记之各种支流,如谱、簿、录、方、术、占、试、律、令、法、制、符、契、券、疏、关、刺、解、牒、状、列、辞、谚等二十四种名目。因此,他在篇目中所列出的文体中,实际上还包括了将近四十种小文体,所以,他论到的文体总共有七十多种。而《昭明文选》所列文体则为三十九类,按次分别为赋、诗、骚、七、诏、册、令、教、文、表、上书、启、弹事、笺、奏记、书、檄、难、对问、设论、辞、序、颂、赞、符命、史论、史述赞、论、连珠、箴、铭、诔、哀、碑文、墓志、行状、吊文、祭文。大约是《文心雕龙》的一半左右。两书相比有些是名称完全相同的,有些是名称不一样而实际是同一类,如《文心雕龙》的"封禅"即《昭明文选》的"符命",《昭明文选》的"上书"《文心雕龙》则在"奏"之内,《昭明文选》的"行状"即是《文心雕龙·书记》篇的"状",《昭明文选》的"册",即在《文心雕龙·诏策》里的"策"。这样看,实际两书相同的有二十五种之多。即:诗、赋、颂、赞、铭、箴、碑、哀、吊、论、诏、策(册)、檄、封禅(符命)、表、奏(上书)、书、对问、七、连珠、令、教、笺、状(行状),以上按《文心雕龙》,括弧内为《昭明文选》之名称。由此可见,两书都包括了当时最重要的各类文体,在基本的方面是一致的,它们的差别主要是因为两书的性质不同而造成的。

　　《文心雕龙》和《昭明文选》文体分类不同的地方,比较重要的有以下几点。这就是:

　　一、《文心雕龙》没有把"骚"单列一类,与赋合在一类,而《昭明文选》则严格分为两类。这点我们上面已经作过分析。

　　二、《文心雕龙》把"乐府"单列一类,而《昭明文选》则把乐府作为诗歌中一类不同的题材。从文体分类的角度说，《昭明文选》的处理比较妥善，因为乐府的性质完全是和诗歌一样的，不过，它可以配乐演奏而已。不过，《文心雕龙》之列为两类，也有它的道理：一则，它符合诗歌是当时各类文体中最为重要的一种，它的地位比赋要高得多，所以，实际上《文心雕龙》的二十篇文体论中有两篇是论诗的；二则，配乐的诗确和其他的诗不同，它是歌词，必须符合乐曲的需要，它在内容上还有受乐府古题影响的一面，要照顾到原来的诗意之关系。因为《文心雕龙》和《昭明文选》两书的性质不同，所以各自的处理都无可厚非。

三、《文心雕龙》有《史传》和《诸子》两篇，说明它包括着学术著作写作的文体，它对"文"理解是非常宽广的。也就是说，它不仅包括了文和笔两个方面，而且它的"笔"的范围，是包含了颜延之所说的"经典则言而非笔"的"言"的。而《昭明文选》所理解的"文"是排除了经、史、子的，是以"事出于沉思，义归乎翰藻"为其标准的。所以说，在文学观念上，萧统比刘勰要更先进一些，不过，刘勰在论述文学创作理论时，主要还是依据诗、赋等纯艺术文学来讲的，所以仍然是一部重要的文学理论著作，而不能说它是一部文章学著作。

四、从文体分类的科学性上说，《昭明文选》不如《文心雕龙》。《文心雕龙》作为文学理论著作，它在分类上是有主次，有大小的，而且范围非常之广，各种文体收罗殆尽。而《昭明文选》则不求文体完备，而以作品是否优秀、影响大小作为选录的主要考虑依据。所列的"史论"和"史述赞"本应归入"论"和"赞"，虽然，诚如学者们所已经指出，他可能是因为在序中已说不收"史"的著作，所以对此特别于论赞外另立一类，但是于文体分类说，毕竟是不够妥当的。但是它所列入的文体，也有一些是《文心雕龙》所没有专门论述到的，例如"序""墓志""祭文"等，这些文体的发展成熟比较晚，而后来写作则相当多，可以看出萧统和参加文选编辑的刘孝绰等人，在对待今古关系上并没有厚古薄今的倾向，而是比较有创新精神的。

以上我只是很粗浅地说了一点对《文心雕龙》和《昭明文选》文体分类比较的看法，由于写得很匆忙，没有研究得很细。不当之处，恳请批评指正。

《文心雕龙》的修辞方法论

——从《隐秀》《夸饰》篇说起

《文心雕龙》是一部文学理论的巨著,同时也是一部文章学的巨著。它在论述文学的表现技巧和文章的写作方法时,包含了很多有关修辞学方面的论述。过去研究《文心雕龙》的学者已经就它的修辞学理论作过很多的论述,如沈谦先生专门写过《文心雕龙与现代修辞学》的大型专著。在这里,我只想就刘勰《文心雕龙》论修辞所表现的两种不同特点,说一点自己的看法。

《文心雕龙》中关于修辞理论的提出及其特点,是和刘勰的文学思想密切联系在一起的。首先,刘勰《文心雕龙》中的文的概念是非常宽广的,它包括了所有运用语言文字来写的文章,同时在这么多的文章类型中,刘勰又是着重以艺术文学为中心来论述的。所以他所讨论的文学表现技巧和广义文章的写作方法又是密切地联系在一起的,大部分是互相可以通用的,但是也有一些仅仅只是文学创作才可以运用的,某些非文学文章就不适宜运用。其次,刘勰论文主张征圣、宗经,他所阐述的创作方法和写作技巧是从总结圣人经典中生发出来的,而圣人的五经则是包括了文学和非文学两个方面的。譬如他在《文心雕龙·征圣》篇中所归纳的一切文章(包括文学和非文学)的总的写作原则是:"然则圣文之雅丽,固衔华而佩实也。"而圣人文章写作的基本方法则是:"或简言以达旨,或博文以该情,或明理以立体,或隐义以藏用。"概括地说就是简、繁、显、隐。这既是广义文章的写作原则和方法,也是文学创作的原则和基本写作技巧。刘勰《文心雕龙》中有关修辞的论述,可以说基本上都是在对圣人经典写作经验的归纳中扩展和发挥出来的。

《文心雕龙》下编二十五篇中的大部分篇章,可以说都是和修辞直接相关的,而自《熔裁》至《指瑕》十篇也可以说就是论修辞的专章。大体说来这十篇又可以分为两个不同部分:一部分是论述有关文章学修辞方法的篇章,另一部分则是论述文学创作理论而又兼有修辞意义的篇章。前者比较有代表性的是《章句》《练字》等,后者比较有代表性的是《隐秀》《夸饰》。而其他的多数篇章则是既是文学的表现技巧又是文章学的修辞方法,例如《比兴》《丽辞》《声律》《事类》《镕裁》《指瑕》。我在本文中着重要讲的是以《隐秀》和《夸饰》为代表的这一部分,也就是既是文学创作基本理论,而又有修辞特色、可以说是更高级的修辞方法的部分。

《文心雕龙》的《隐秀》篇是《文心雕龙》中唯一的一篇不完整的残篇,大概从宋代开始它就丢失了中间的一段,现在的补文是明人的伪作,这是大家所公认的。不过,《隐秀》篇首尾所残存的原文,已经把"隐秀"的原义阐述得很清楚了,因此并不影响我们对它的基本意思的正确理解。明人的补文虽然是伪作,但也可以看作是明人的体会,对我们理解"隐秀"的含义,也是有帮助的,可以起到参考的作用。我不赞成把"隐秀"仅仅解释为一种修辞方法,我认为它主要是说的文学的特征,是艺术形象的特征。但是,"隐秀"也有修辞的意义,不过它应该比较严格地限定在文学创作的范围之内,而不是一般非文学文章的普遍修辞方法。刘熙载在《艺概》中说:"《文心雕龙》以'隐秀'二字论文,推阐甚精。"其实就是认为"隐秀"是《文心雕龙》中十分重要的文学创作基本原则,是贯穿全书的一个评价文学作品的美学标准。文学创作从根本上说是要把作家内在的心灵世界,特别是感情状态,借助于生动的现实生活形象而展示出来,这就是一个由"隐"到"显"的过程。思想感情隐藏在内,形象描写显露在外。这种有隐有显的特点,就是刘勰所强调的"隐"和"秀",它是对文学创作过程的基本特点的概括。所以黄侃在《文心雕龙札记》中说:"夫隐秀之义,诠明极艰;彦和既立专论,可知于文苑为最要。"有不少人认为刘勰的"隐秀"就是陆机《文赋》中说的"立片言以居要,乃一篇之警策"的"警策",并把陆机的"警策"当作就是后来诗歌创作中的"警句",其实这是不妥当的。一则陆机的"警策"不同于后来的"警句",钱锺书在《管锥编》中对此作过详尽分析,他指出《文赋》之"警策"不可与后世之"警句"混为一谈,"警策"乃是说的"全文之纲领眼目"。二则刘勰的"隐秀"并非指"全文之纲领眼目",而是就全篇的特点来说的,是说的全篇的形象既要有"秀",又要有"隐"。"秀"和"隐"是指一个完整的艺术形象之美学特征,从它外在的表现来说是"秀",从它内在的深意来说是"隐","秀"内有"隐","隐"外有"秀"。这正是文学作品艺术形象所特有的特点。刘勰《文心雕龙》中说:"秀也者,篇中之独拔者也。"也即是说,"秀"是一篇作品中形象最鲜明、最生动的表现,它也是刘勰所理想的一个文学创作的美学标准。比如《征圣》篇赞语中所说圣人文章"精理为文,秀气成采","精理"就是内在的"隐"的部分,"秀气"就是外在的"秀"的表现,故能与日月同辉。他赞美孔子是"夫子继圣,独秀前哲"(《原道》)。他在《物色》篇中讲:"珪璋挺其惠心,英华秀其清气。"这"惠心"就是"隐"的部分,"清气"就是"秀"的表现。《时序》篇称颂齐代作家"才英秀发","才英"蕴于内,为"隐";"秀发"显于外,为"秀"。《诸子》篇赞语中说:"丈夫处世,怀宝挺秀。"这"怀宝"自然是隐于内心的,而"挺秀"则无疑是显于外形的。可见,"隐"和"秀"两者是不可分的,是刘勰根据文学作品的特征而对文学作品整体美提出的一种要求。

但是,"隐秀"确实也可以作为修辞方式来看,它是一种为了更好地体现文学的特征的修辞手段。"隐",按照《文心雕龙·隐秀》的说法是"隐也者,文外之重旨也","隐以复意为工"。所谓"文外之重旨"就是既有文内之旨,又有文外之旨。这就是所谓"复意",也就是有两重意:一是作者比较明显直接地表现在作品中的意,也就是我们在阅读作品时可以从文字表达和艺术形象中很具体地认识到的意;二是作者并没有明显直接地说出来,需要读者根据自己对作品艺术形象的感受去加以联想、发挥而引申出来的意,甚至它也不是作者所要表达的意,而只是读者按照自己对作品中形象的客观内容的认识而推断出来的意。所以"隐"就是要运用极其含蓄的方法,善于让读者在阅读的时候,能够从文字的表面意思外联想到另外更为深远的意思。如王维的《终南别业》:"中岁颇好道,晚家南山陲。兴来每独往,胜事空自知。行到水穷处,坐看云起时。偶然值林叟,谈笑无还期。"这"行到水穷处,坐看云起时"两句,不只是一般的叙述描写王维的闲适心情,而是着重在表现王维在虔诚笃信禅宗思想后,所达到的心无挂碍、四大皆空、超脱世俗、无拘无束的精神境界。又譬如苏轼在《题陶渊明饮酒诗后》中说:"'采菊东篱下,悠然见南山。'因采菊而见山,境与意会,此句正有妙处。近岁俗本皆作'望南山',则此一篇神气索然矣。""见"和"望"虽仅一字之差,然于意境是否深远关系极大。因为虽然它们的表面文字意思没有什么差别,但是从言外之意的角度说,差别就非常之大了。"望"给人的感觉是有意识地去观望,而"见"只是很自然的因采菊而偶然看见。用了"见"字才能把陶渊明悠然自得、闲散静谧的心态表达得淋漓尽致,使人感到有无穷的不尽之意。刘勰说:"夫隐之为体,义生文外,秘响傍通,伏采潜发,譬爻象之变互体,川渎之韫珠玉也。"这种意中有意、言外有言的特点,既是一种修辞的方法,同时也深刻地体现了文学作品本身的特点。

"秀"和"隐"是不能分开的,"隐"是隐寓于"秀"中的,所以刘永济在《文心雕龙校释》中说:"盖隐处即秀处也。"刘勰关于"秀"的论述不像"隐"那么多,是因为《隐秀》篇原文刚好在讲完"隐",要讲"秀"时,下面的文字残缺了。我们现在可以了解到刘勰对"秀"的论述,只有三句话:一是他对"秀"下的定义式解释:"秀也者,篇中之独拔者也。"二是他指出"秀"的含义:"秀以卓绝为巧。"三是讲"秀"这种美的特征:"雕琢取巧,虽美非秀。"尽管只有这三句,但是由此也可基本把握刘勰论"秀"的意思。前两句实际是一个意思,是说"秀"是要求作品中有非常鲜明突出、生动感人的艺术形象,第三句是说这种"秀"的艺术形象,应该具有自然真切的美的特征,而不应该是人工雕琢痕迹明显的艺术形象。联系刘勰在别的篇章中有关"秀"的论述,我们可以知道"秀"决不是仅仅指作品中的个别警句,而是说的作品的整体美。这当然是说的文学作品作为艺术的特殊特点,但"秀"也是一种修辞的方法和技巧。"秀"的标准是必须把客观的景象栩栩如生地真实展示在读者面前,这就要求有非常高的驾驭语言文字的能力,善于用白描的手法,把对象的自然神态描写出来,而丝毫没有人为造作的地方。例如陶渊明的《时运》诗中所写的"有风自南,翼彼新苗",王维的《山居秋暝》中所写的"明月松间照,清泉石上流"。宋代的梅尧臣在和欧阳修讨论诗歌时曾经提出,真正优秀的诗歌应当做到:"状难写之景,如在目前;含不尽之意,见于言外。"(见欧阳修《六一诗话》)这里实际上讲的就是"隐秀"。"状难写之景,如在目前",不仅具有意象独拔、卓绝的意思,而且也有合乎自然之美,而弃绝人为斧斫之意。南宋张戒在

《岁寒堂诗话》里引用刘勰的话："情在词外曰隐,状溢目前曰秀。"这虽然不见今本《文心雕龙》,但是,很可能张戒是看到了《隐秀》全文的。"状溢目前"和梅尧臣说的"状难写之景,如在目前"是完全一致的。由于,当时主要的文学作品是诗赋,所以"隐秀"之说也主要是对诗赋而说的,诗歌中的形象常常比较集中体现在一联或两联最生动形象的诗句上,所以古代有"秀句"之说,如杜甫在《解闷》诗中赞美王维的诗说:"最传秀句寰区满,未绝风流相国能。"唐诗比较注重整首诗意象的浑融,常常没有秀句可摘,但是六朝的诗歌则往往以秀句取胜,如谢灵运的"池塘生春草,园柳变鸣禽",谢朓的"余霞散成绮,澄江净如练"。秀句的运用在骈文中也很多,如丘迟《与陈伯之书》中的"暮春三月,江南草长,落花满地,群莺乱飞",王勃《滕王阁序》中的"落霞与孤鹜齐飞,秋水共长天一色"。一篇诗歌或一篇文章中有那么两句或四句写得非常精彩,可以带动全篇,这也就是陆机在《文赋》中所说的:"石韫玉而山辉,水怀珠而川媚。"从诗赋创作的历史中看,以秀句来带动全篇的情况还是很多的,也出现过很多很好的诗,确实也是一个很重要的修辞方法。所以,"秀"虽然说的是全篇形象,但是也和其中特别突出的"秀句"有密切关系。

"隐秀"作为修辞方法来说,主要是在文学创作中才经常运用,它对有些非文学的文章是不适合的,刘勰在《文心雕龙》中对此也有过明确的论述。认为这些文章的写作不需要讲究"隐",也不强调"秀"。例如历史著作的写作必须讲究真实、明畅,不能过于隐晦,让人去猜测其言外之意。所以他在《史传》篇中论司马迁《史记》时说:"尔其实录无隐之旨,博雅弘辩之才,爱奇反经之尤,条例踳落之失,叔皮论之详矣。"又如"檄"是讨伐无道的告示性文章,也是不能讲"隐"的。《檄移》篇说:"故其植义扬辞,务在刚健。插羽以示迅,不可使辞缓;露板以宣众,不可使义隐。必事昭而理辨,气盛而辞断,此其要也。"又如"议"这种文体是议论事情,向帝王陈述的,自然也不能讲究"隐",故他在《议对》篇中说:"标以显义,约以正辞,文以辨洁为能,不以繁缛为巧;事以明核为美,不以深隐为奇;此纲领之大要也。"这些足可说明"隐秀"如果从修辞的角度来看,是为了更好地突出文学创作特征的一种技巧,和一般的修辞方法是不太一样的。

和"隐秀"类似的还有《夸饰》篇。"夸饰"讲的是夸张描写的方法,这本来是一种典型的修辞方法,对任何文章来说,包括文学和非文学,都有文字表达上的夸张技巧。不过,《文心雕龙》的《夸饰》篇涉及文学创作中的虚构问题,所以也不仅仅是一种修辞方法。而且这里有一个文学理论批评发展的背景问题。汉代的王充在反对谶纬神学迷信思想的时候,特别强调学术著作和各类文章写作的真实性,严厉批评了虚妄不实的写作倾向。但是他没有认识到文学和非文学的差别,所以把文学的虚构和夸张,也当作荒诞之词给否定了。这种思想很明显地影响到西晋的左思,他在《三都赋序》中说:"然相如赋《上林》而引'卢橘夏熟',扬雄赋《甘泉》而陈'玉树青葱',班固赋《西都》而叹以'出比目',张衡赋《西京》而述以'游海若',假称珍怪,以为润色。若斯之类,匪啻于兹,考之果木,则生非其壤,校之神物,则出非其所,于辞则易为藻饰,于义则虚而无征。"又说:"余既思摹二京而赋三都,其山川城邑,则稽之地图;其鸟兽草木,则验之方志;风谣歌舞,各附其俗;魁梧长者,莫非其旧。"他对汉赋作者的这种批评显然是符合文学特点的,而说他自己写作《三都赋》"稽之地图""验之方志",虽然我们也不可以非议他,但是也不可以按这种标准来要求文学艺术创作的。刘勰针对他以前所存在的这种对文学的虚构、夸张的否定,他在《文心雕龙·夸饰》篇中从理论上明确肯定了文学创作上虚构和夸张的必要性,他指出:"夫形而上者谓之道,形而下者谓之器。神道难摹。精言不能追其极;形器易写,壮辞可得喻其真。才非短长,理自难易耳。故自天地以降,豫入声貌,文辞所被,夸饰恒存。"不过,他也还是受到王充、左思等的一定影响,他在《夸饰》篇中对司马相如、扬雄、张衡所写赋中的夸张描写的批评,从文学创作的角度来看,显然是不妥当的。他说:"自宋玉、景差,夸饰始盛。相如凭风,诡滥愈甚:故上林之馆,奔星与宛虹入轩;从禽之盛,飞廉与焦明俱获。及扬雄《甘泉》,酌其余波,语瑰奇则假珍于玉树,言峻极则颠坠于鬼神。至《东都》之比目,《西京》之海若,验理则理无不验,穷饰则饰犹未穷矣。又子云《校猎》,鞭宓妃以饷屈原;张衡《羽猎》,困玄冥于朔野。变彼洛神,既非魍魎,惟此水师,亦非魑魅;而虚用滥形,不其疏乎!此欲夸其威而饰其事,义睽剌也。"他认为司马相如、扬雄、张衡辞赋创作中的这些描写是夸张得过分了,实际上这正好体现了这些辞赋作家极其丰富的艺术想象力。不过,他对辞赋中的大量夸张描写主要还是肯定的,所以他紧接着上段就说:"至如气貌山海,体势宫殿,嵯峨揭业,熠燿焜煌之状,光采炜炜而欲然,声貌岌岌其将动矣。莫不因夸以成状,沿饰而得奇也。于是后进之才,奖气挟声,轩翥而欲奋飞,腾踯而羞局步,辞入炜烨,春藻不能程其艳;言在萎绝,寒谷未足成其凋;谈欢则字与笑并,论戚则声共泣偕;信可以发蕴而飞滞,披瞽而骇聋矣。"可见,他对夸张的作用还是认识得很清楚的。虚构和夸张本是文学的基本特征,也是文学不同于历史和科学的缘由所在。当然,文学的虚构和夸张也不是没有限度的,太过分了也会影响到文学的真实性,因此刘勰对"夸饰"所提出的原则是有道理的,他说:"然饰穷其要,则心声锋起;夸过其理,则名实两乖。若能酌诗书之旷旨,翦扬马之甚泰,使夸而有节,饰而不诬,亦可谓之懿也。"然而文学创作和一般非文学文章中怎么做到"夸而有节,饰而不诬",还是不完全一样的。刘勰的论述对非文学文章来说是没有问题的,从修辞的角度说,他的原则也是正确的。但是对文学创作说,由于受王充、左思论述影响,他的论述还是不很圆满的。他的"夸而有节,饰而不诬"原则自然也是适合文学创作的,不过在尺度的掌握上,文学可以比一般非文学文章更宽广一些,如果像刘勰对司马相如、扬雄、张衡的批评所把握的尺度来看,就不太妥当了。

上面我们从《文心雕龙》的《隐秀》和《夸饰》两篇指出了刘勰所论的修辞方法中,有些是和文学的特征紧密相联系的。作为修辞的技巧,它们有的在非文学的文章中往往不一定都适合(如"隐秀"),有的则在文学创作和非文学文章中的运用不完全相同(如"夸饰"),因此,我们不能把它们简单地当作一般的修辞手段来看待,而要分别不同情况作具体的分析。

《文心雕龙》的继承创新论

——古典和现代:"望今制奇,参古定法"

中国古典文化是一个十分丰富的宝藏,它不仅是中国人民的珍贵遗产,也是世界人民的珍贵遗产,因为它对现代中国和世界文明的发展有着极其广泛的潜在影响,在我们现代的生活中在在处处、方方面面都有着它的影子在晃动。一千五百多年前,中国著名的文化思想家、文学理论家刘勰在他《文心雕龙》的《通变》篇里,曾经提出过一个至今仍极富生命力的命题,这就是:"望今制奇,参古定法。"这个命题虽然是从文学创作的角度提出来的,但是它的意义远远超出了文学的范围,而是对整个文化思想的历史发展都具有普遍意义的真理。

"古"和"今"、"古典"和"现代"之间,并没有隔着一条不可逾越的鸿沟,而始终是相通的,是有着不可分割的密切联系的。研究古典文化,不管是自觉的还是不自觉的,实际上都有着现实的、"现代"的目的。从阐释学的观点来看,每个研究"古典"的人都是从受他所生活的时代和他个人的条件制约的特定的、现代的思想观点出发的,这种对"古典"的研究中,必然深深地渗透着现代的意识。中国早在两千多年前,董仲舒就在《春秋繁露·精华》篇中提出了"《诗》无达诂,《易》无达占,《春秋》无达辞"的思想,这可以说是世界上最早的阐释学。"无达诂""无达占""无达辞"不仅是因为不同的人有不同的思想观点,而更为重要的是不同时代的人,不能不带有他们的时代烙印。对汉人的"现代"来说,先秦的"经"就是他们的"古典",汉人对"经"的研究,也就是那时的"现代"人对"古典"的研究。《诗经》是文学,《易经》可归入哲学,《春秋》则是史学,由此可见,董仲舒已经清楚地看到了汉人对先秦以文史哲为中心的文化思想和文化制度的研究,不可能和先秦时人们的认识一样,而必然是带有汉代人的"现代"色彩的。刘勰在《文心雕龙》专论史学著作的《史传》篇中开宗明义就说:"开辟草昧,岁纪绵邈,居今识古,其载籍乎?"所谓"居今识古"的"居今",说的就是要站在现代人的立场上,根据现代人的需要去研究历史;"识古"则正是要总结那些对今天有重要参考价值的历史经验教训,从古人的成败得失中认识到今天应当怎样更好治理现代社会。中国历史上很多开国皇帝都要求其得力的臣子主持撰修前代的国史,唐太宗李世民即位后,曾经有一个修史的高潮,房玄龄等编《晋书》,李百药编《北齐书》,令狐德棻编《周书》,姚思廉编《梁书》《陈书》,魏征等编《隋书》,李延寿编《南史》《北史》。其目的无非是为建设一个繁荣昌盛的大唐帝国,提供历史的借鉴。从这个观点说,历史著作决不会是百分之百真实的,它记载哪些,不记载哪些,都会带有一定的思想倾向性。中国古代的史学写作中的"实录"原则,也必然只是相对的真实而不是绝对的真实。班固在充分肯定司马迁《史记》的"实录"精神同时,又说他:"论大道则先黄老而后六经,序游侠则退处士而进奸雄,述货殖则崇势利而羞贱贫,此其所蔽也。"(《汉书·司马迁传》)班固的评价是否正确可以研究,但它起码说明了司马迁也是按照他所生活的时代的需要,按照他自己的思想观点来写作的。从语言学的研究来说,古代汉语本来是一种已经死去了的语言,不仅现代人不可能用古代汉语来说话,而且现代人实际上也无法真正了解古代人是如何说话的。我们现在所了解的古代汉语只是一种古代的书面语言,毫无疑问,它和当时的口语是有很大差别的。即使是一些语言学家们认为很接近当时口语的书面材料,如明清时代的白话小说《水浒传》《红楼梦》之类,其实那也是一种经过作家提炼、加工过的语言,作为一种书面的文学语言,和当时真正的口语还是有差别的,何况其中还有不少文言的成分。敦煌变文的情况也是如此。现代汉语的书面语言和口语也是有区别的,人们一般的日常交流不会都像小说戏剧中的对话那样进行。但是,我们非常需要研究古代汉语,这不仅是为了读懂古代的书籍文献,研究世界上人数最多的民族的语言历史,更重要的是为了从总结古代汉语的特点和发展规律中,来探讨和研究现代汉语的特点及其发展中的许多规律性的问题。现代汉语是古代汉语历史发展的必然结果,不了解古代汉语的演变发展,就肯定无法真正认识和把握现代汉语的规律及其演变趋势。比如汉字的简化,是汉字发展演变的重要规律之一,古代有些笔画非常烦琐的字后来在人们约定俗成的过程中逐渐简化了,这是人们很自然地可以接受的,但是如果我们要用行政的手段强制推行某些"新创"的简化字,就肯定是行不通的。这其实是有过教训的。

因此,刘勰所说的"参古定法",推广开来说,是文化思想发展中的一个具有重要意义的规律,任何抛弃古典传统、蔑视民族传统的思想和行为,都是对文化思想和学术研究的发展不利的,也是对当代社会的发展不利的。这在中国现当代历史的发展中是有惨痛教训的。"五四"以来,反对封建迷信,提倡科学民主,这是完全正确的,是文化思想中的革命,是起了巨大的积极进步作用的。但是在"桐城谬种""选学妖孽"的口号下,完全否定了自己的文化传统,也肯定是不对的,它所带来的消极影响,也是非常深远的。八十余年来,我们始终没有形成自己有中国特色的文学理论,其重要原因之一,就是没有重视继承和发扬古典文学理论传统,而走了一条"全盘西化"的道路。"五四"以来提倡马克思主义文学理论,但是并没有能很好地结合中国的文学发展实际,也没有能真正用科学的观点来总结古代文学理论的传统;新中国成立以后也曾盲目地搬用苏联的一套,把生动的文学理论变成了僵死的教条;"文化大革命"以后又不加分析地因袭西方的模式,甚至把一些糟粕当成精华。长期以来,在文学理论的领域内,我们实际上一直没有走出"西学为体"的误区。然而这种情况又岂只是在文学理论领域?所以,一直到现在还有很多怪现象,比如,研究现当代文学的,对古代文学一窍不通;研究现代汉语的,不懂古文,读不了古书;研究当代文学理论的,对古代文论一无所知;有些当代的诗人、作家,甚至连很多繁体字都不认识、不会写。这实在是很可悲的。严格地说,他们连起码的研究和写作的资格都没有。但是,在现实中他们往往会被吹得很神,红得发紫。甚至还有些管理学术文化的负责编辑出版的,知识水平不高,学问也很浅薄,缺少分辨是非的能力,就像刘勰在《文心雕龙》的《知音》篇中所说:"夫麟凤与麏雉悬绝,珠玉与砾石超殊,白日垂其照,青眸写其形。然鲁臣以麟为麏,楚人以雉为凤,魏氏以夜光为怪石,宋客以燕砾为宝珠。"这实在是很可悲的。这是当代中国的一种畸形现象。

其实,在我们的现代生活中,处处都闪烁着古典文化精华的辉光。具有几千年灿烂历史的中华民族自古就是尊重礼仪的民族,中华大地一直是一个礼仪之邦。孔夫子的"仁者爱人""己所不欲,勿施于人""君子喻于义,小人喻于利",孟夫子的"老吾老以及人之老,幼吾幼以及人之幼",在今天绝大多数正直的中国人,特别是知识分子心中,仍然有着根深蒂固的广泛影响,成为他们体现自己优秀品质的一些重要方面。中国的知识分子是最重"骨气"的,虽然他们绝大多数人的生活还是很清贫的,但是他们却始终努力为国家科学文化的发展,付出自己最大精力,贡献自己的全部才智。这不就是颜回身居陋巷、安贫乐道的伟大精神在今天的再现吗?很多知识分子在十年"文化大革命"的浩劫中,历尽灾难,忍辱负重,却始终没有放弃自己的理想,在极其艰难困苦的条件下,为中华民族的科学文化事业,始终不渝地努力工作。这就不能不让我们想起中国古代屈原的"发愤抒情"和司马迁"发愤著书"精神。屈原虽遭放逐但不忘"民生之多艰",为了实现"仁政"的理想,他"虽九死其犹未悔",宁"从彭咸之所居"。司马迁遭受残酷宫刑折磨,能够"就极刑而无愠色","虽万被戮,岂有悔哉"(《报任安书》)。为的就是把自己理想寄托于《史记》的写作。韩愈所强调的"不平则鸣"(《送孟东野序》),正是对中国知识分子能够在逆境中奋起、面对残酷迫害决不屈服的崇高精神所作的概括,这种优良的传统不是仍然在今天被不断地发扬着吗?诚然,现实告诉我们,十年"文化大革命"除了给中国人民带来巨大的政治灾难之外(这些早已过去),最为严重的就是对文化传统的破坏,这是需要我们经过几代人的努力才能修复的。比如"尊师重道"的传统在"文化大革命"中遭到严重摧残后,要真正发扬光大,还需要一段时间。不过,从历史的长河来说,这毕竟只是短暂的一瞬,"尊师重道"的光荣传统必将在中华大地上重放光彩。如果我们认真作一番考察的话,确实在我们的社会生活、学术文化、科学技术等各个方面都有着古典传统的精华在起着重要的作用。

但是,我们强调"现代"不能离开"古典",并不是要求"现代"因袭"古典";"现代"决不是"古典"的重复,而是"古典"的更新。"古典"之精华所以在"现代"还有生命力,正是因为它按照"现代"的需要进行了改造,从而使它内在的合理因素在"现代"得到复活和重生。其实,"古典"在它那个时代就是"现代",我们今天所说的"古典"实际上包括了一个很长的历史时期,它本身是一个不断由"古典"变"现代"、由"现代"变"古典"的发展过程。中国早在上古时期就十分重视"变",《易经》的中心就是一个"变"字,由八卦变为六十四卦,再变而为三百八十四爻,正因为掌握了"变"的原理,才能用易象来象征宇宙万物。所以,《系辞》中说:"爻者,言乎变者也。"又说:"日新之谓盛德,生生之谓易。"宇宙间的事物就是日新月异地变化着的,在变化中使传统不断地得到更新,从而让"古典"中有生命活力的部分在新的形式中进一步发扬光大。明代的袁宏道在《雪涛阁集序》中说:"《骚》之不袭《雅》也,《雅》之体穷于怨,不《骚》不足以寄也。后之人有拟而为之者,终不肖也,何也?彼直求《骚》于《骚》之中也。至苏、李述别及《十九》等篇,《骚》之音节体致皆变矣,然不谓之真《骚》不可也。"袁宏道在这里指出真正的继承传统,不是模仿而是新的创造与发展。《骚》之继《雅》,不是袭其面目,而是继承其"怨"的精神。苏、李诗及古诗十九首表面上看来与《骚》之音节体制都不一样了,但却是《骚》之精神的真正继承者。从《楚辞》产生的时代来说,《诗经》属于"古典",《楚辞》属于"现代";对苏、李诗及古诗十九首来说,《楚辞》又属于"古典",而苏、李及十九首属于"现代"。这里且不说其具体内容和艺术形式,即以其内在精神来说,从《诗经》到《楚辞》到苏、李诗及古诗十九首,都具有"怨"的特色,也就是说,都有对不合理现实的不满和反抗情绪以及追求美好的理想社会的愿望。但是,《诗经》的"怨",不同于《楚辞》的"怨";苏、李诗和古诗十九首的"怨",也不同于《楚辞》的"怨"。所以,"参古定法"和"望今制奇"是不能分开的。"望今制奇"时不能忘记"参古定法","参古定法"时要懂得其目的是为了"望今制奇"。

世界是每分每秒都在发生着变化的,社会是无时无刻不在改变着面貌的。萧统在《文选序》中说:"若夫椎轮为大辂之始,大辂宁有椎轮之质;增冰为积水所成,积水曾微增冰之凛。何哉?盖踵其事而增华,变其本而加厉;物既有之,文亦宜然。随时变改,难可详悉。"萧子显在《南齐书·文学传论》中说:"习玩为理,事久则渎,在乎文章,弥患凡旧。若无新变,不能代雄。"不仅文学是这样,整个宇宙社会也是这样的。晋代的葛洪就嘲笑过那些迂腐地只知道复古不知道创新的人:"俗士多云:今山不及古山之高,今海不及古海之广,今日不及古日之热,今月不及古月之朗。"(《抱朴子·尚博》)他又说:"古者事事醇素,今则莫不雕饰,时移世改,理自然也。""若舟车之代步涉,文墨之改结绳,诸后作而善于前事,其功业相次千万者,不可复缕举也。"(《抱朴子·钧世》)"现代"对"古典"的更新是历史发展的必然规律。自然环境和社会生活的变化,科学技术的不断进步,新鲜事物的大量涌现,人类思维能力和创造能力的不断加强,国与国之间、民族和民族之间的频繁交往,外来文化思想的输入,人们生活习俗的改变,这一切都必然会引向对"古典"传统的改革和创新,所以必须要有"望今制奇"。刘勰在《文心雕龙》中把《辨骚》列为"文之枢纽"的一个部分,是因为他认为《楚辞》正是"望今制奇,参古定法"的一个最好典范。他指出《楚辞》作为当时的"现代"文学,对作为"古典"文学的《诗经》来说,能够做到"酌奇而不失其真,玩华而不坠其实"。这里的"真",唐写本作"贞",即"正"也。"正"和"实"就是说它"取镕经意""同乎风雅"的方面,也就是说它是如何"参古定法"的;而"奇"和"华"则是指它"自铸伟辞""异乎经典"的方面,也就是说它是如何"望今制奇"的。对中国的传统文化来说,在它的发展过程中曾吸收了很多外来文化的优秀内容,使自己得到丰富发展。但这并不是用外来文化代替"古典"的传统文化,而是使之与传统文化相融合,对"古典"文化进行"扬弃",从而更新自己的传统文化。在这个过程中对外来文化也同样有一个"扬弃"的问题,也就是说要使它能适合于本土的文化。中国自东汉以来佛教的传入,对中国传统文化的发展和更新产生了极其深远的影响,但这也是有一个过程的。我在《走历史发展必由之路——论以古代文论为母体建设当代文艺学》一文中曾经说过:"佛教是一种外来文化,它在中国的传播并不是取代中国的原有文化,而首先是与中国的本土文化相结合。在六朝时期佛教是借玄学思想来发展的,六朝时期的许多名僧如庐山的慧远等,都是精通玄学的,玄佛合一同归虚无,用玄学思想来解释佛学的义理,佛教才得以生存下来,而到唐代的禅宗则已是中国化的佛教了。"禅宗在六祖慧能以后,成为在中国影响最大的佛学派别,这时它已经和印度的佛教有了很大的区别。正因为如此,它才能有力地渗透到宋代的理学和明代的阳明心学中去,从而使传统儒学的发展有了重大的变革。

　　现代中国的文化是多元的,而不是单一的。实际已经存在的现实的现代文化、传统的古典文化、正在不断输入的各种西方文化,都同时并存着,文化思想的现状是十分复杂的,我以为,我们现在最需要的,也是最缺乏的,是一种客观的、正确的、批判的眼光,最可怕的,也是最没出息的,是哪边热闹时髦就往哪边靠。要有自己的判断准星,要有自己的衡量天平。不管是现代的、古典的、西方的,我们都要有一个符合历史发展规律的出发点,借用刘勰的话来说,就是要:"望今制奇,参古定法。"立足现实,借鉴西方,参考古典,建设现代中华民族的新文化,是我们这一代人的神圣职责,也是历史赋予我们的光荣使命。

《文心雕龙》和中国古典诗学传统

对"诗学"这个概念的理解可以有广义和狭义之分。广义的诗学是和文学理论的概念一致的,而狭义的诗学只是指关于诗歌的理论和批评。《文心雕龙》是论广义的"文"的,诗只是其众多文体中的一种,而它的"文"的含义和范围也大大超出了广义诗学,也就是文学理论的范围。因此,很多人认为《文心雕龙》是论广义的"文"的,不是专论文学的,更不是专论诗的,所以在中国诗学发展中并不像锺嵘《诗品》、司空图《诗品》、严羽《沧浪诗话》等那么重要。实际上这种看法是不妥当的,不全面的。诗歌在《文心雕龙》中虽然只是众多文体中的一种,但刘勰在《文心雕龙》里有关文学的种种论述,特别有关文学创作的论述,实际上主要都是依据诗歌的性质和特征来写的,这是当时文学发展的具体状况所决定的。在齐梁时,文学,特别是纯粹的艺术文学,它的主要形式是诗和赋,而赋应该看作是诗的一种变体,班固早就说过:"赋者,古诗之流也。"(《两都赋序》)戏曲和小说都还处在萌芽状态,没有发展起来。散文是很发达了,但有一个是否都能算纯粹文学作品的问题,于是就有文笔之争的出现。所以,要说明《文心雕龙》在中国古典诗学发展中的地位,首先要研究刘勰在《文心雕龙》中所体现的文学观念。刘勰的文学观念我在本书中有专文论说,此不赘述。下面着重研究《文心雕龙》和我国诗学传统的关系中几个关键问题。

(一)"天人合一"思想和《文心雕龙》中的心物关系论

心物关系是中国古典诗学中的核心问题,一切诗学理论都是由此生发出来的。刘勰《文心雕龙》中文学理论的一个中心问题就是对文学创作中的心物关系,也就是主客关系的科学的辩证的阐述,而这又和中国传统文化中对天人关系的论说有着极为密切的关系。"天人合一"是中国古代哲学思想的一个基本出发点,它和西方的天人对立、主客二分论确有明显的不同。中国古代在哲学思想上虽然有很多不同的派别,也存在天人相分的思想,但主张"天人合一"是基本的主导思想,不过在对"天人合一"的具体理解上又各不相同。儒家的天人合一论把"天"看作有道德义理的"天",它和人性是相通的,人的仁义之性是天所赋予的。孟子说:"尽其心者,知其性也。知其性,则知天矣。存其心,养其性,所以事天也。"(《孟子·尽心上》)《中庸》说:"思知人,不可以不知天。""天命之谓性,率性之谓道,修道之谓教。""诚者,天之道也。诚之者,人之道也。""天"与"人"都具有伦理道德内涵的"诚"。《礼记·礼运》篇更进一步说明"人"在天地万物中具有最重要的地位:"故人者,天地之心也,五行之端也,食味、别声、被色而生者也。""故人者,其天地之德,阴阳之交,鬼神之会,五行之秀气也。"这些后来在宋明理学中又得到极大的发挥。道家的天人合一论则是把"天"和"人"看作都是"自然之道"的体现,把"物化"作为天人合一的最高之境界。他们所说的"天"是没有道德意义的,也就是"自然"的意思。《庄子·秋水》篇中河伯与北海若的一段对话把这种意思说得非常清楚。其云:"河伯曰:'然则何贵于道邪?'北海若曰:'知道者必达于理,达于理者必明于权,明于权者不以物害己。至德者,火弗能热,水弗能溺,寒暑弗能害,禽兽弗能贼。非谓其薄之也,言察乎安危,宁于祸福,谨于去就,莫之能害也。故曰:天在内,人在外,德在乎天。知天人之行,本乎天,位乎得;蹢躅而屈伸,反要而语极。'曰:'何谓天?何谓人?'北海若曰:'牛马四足,是谓天;落马首,穿牛鼻,是谓人。故曰:无以人灭天,无以故灭命,无以得殉名。谨守而勿失,是谓反其真。'"这里的"天"是自然无为的,牛马天生四足这就是"天",所以说"无为为之之谓天"(《庄子·天地》)。这里的"人"是指人为,作用,故而说"落马首,穿牛鼻,是谓人"。庄子摈弃人为,任其自然,认为人必须绝圣弃智,虚静无为,"圣人之生也天行,其死也物化","虚无恬淡,乃合天德"(《庄子·刻意》)。从万物都是"自然之道"的体现这个角度来说,"天"和"人"是没有什么区别的,宇宙万物也都是一致的。故而《齐物论》说:"天地一指也,万物一马也。""厉与西施","道通为一"。从天人关系来说,则是"天地与我并生,而万物与我为一"。但是,道家在强调物我两忘、主客不分的思想中,实际上并没有把两者完全等同,它们只在"道"的境界上是相通为一的,它们互相之间并不存在依赖的关系,客体的物仍是外在于主体的人的客观存在。荀子受道家"天道自然"思想的影响,他正是从这里引申出了"天人相分"的思想,他在《天论篇》中说:"天行有常,不为尧存,不为桀亡。""强本而节用,则天不能贫;养备而动时,则天不能病;修道而不贰,则天不能祸。"天与人不是相互依存的,"故明于天人之分,则可谓至人矣"。他把天看作是不与人直接相关的客观地存在的自然的天,并且主张人可以努力把握自然的规律而使之为人所用:"大天而思之,孰与物畜而制之!从天而颂之,孰与制天命而用之!"荀子并不反对天人合一,然而他从道家的"自然之道"出发,否定了天的道德意义,从而表现出了主客二分的倾向。战国后期的阴阳五行家对天人合一的理解和儒家、道家又很不相同,他们是从"天人感应"的角度来看待天人关系的。《吕氏春秋·应同》篇说:"凡帝王者之将兴也,天必先见祥乎下民。"所以,"类固相召,气同则合,声比则应"。不过阴阳五行家的天人合一说,也没有把"天"和"人"等同起来,而是强调两者之间的同类相感、同气相应。到了汉代,董仲舒在其《举贤良对策》(即所谓"天人三策")中,则以阴阳五行的灾异迷信思想把儒学神学化。他说:"臣谨案《春秋》之中,视前世已行之事,以观天人相与之际,甚可畏也。国家将有失道之败,而天乃先出灾害以谴告之,不知自省,又出怪异以警惧之,尚不知变,而伤败乃至。以此见天心之仁爱人君,而欲止其乱也。"《春秋繁露·为人者天》中说:"人之为人,本于天,天亦人之曾祖父也。"人性中的仁义道德等都是天所赋予的。"天"本身乃是有仁义道德属性的,"仁之美者在于天。天,仁也"(《春秋繁露·王道通三》)。刘勰的文学本体论及由此而引申出来的对文学创作中心物关系的论述,其哲学基础就是先秦两汉以来的天人合一思想,但是主要是道家的天人合一思想,其中也有荀子"天人相分"思想的影响。虽然他也用儒家和阴阳五行家的天人合一思想来解释某些现象,可是他并不把客体的物看成是主体的心之存在之所,并不认为它们两者是相互依存的,而认为它们原本各自都是外在的。但是他认为文学创作要求主体的心融入于客体的物之中,客体的物要以主体的心的载体而出现。

刘勰在《文心雕龙·原道》篇中论文学的本体把儒、道两家思想结合起来,认为"人文"也和天文、地文、动物植物之文一样都是"道之文",但是"人文"又是"心之文",人是"五行之秀""天地之心",不是"无识之物"而是"有心之器","心生而言立,言立而文明,自然之道也"。从根本上说,"心"也是体现"道"的,所以"心之文"也就是"道之文"。这个"道之文"的"道"指的是宇宙万物(包括人在内)自在的原理,它不含有道德意义。从"人文"也是"道之文"的角度说,它所体现的是道家的天人合一思想。但是"人文"也是"心之文",它的产生是圣人按神明启示而创造的,"幽赞神明,易象惟先","其谁尸之,亦神理而已"!它乃是"原道心以敷章,研神理而设教"的结果。"人文"的最早、最典范代表是圣人经典,"人文"之"道"是以"仁义"为核心内容的,所以它与儒家天人合一思想也是相通的。刘勰所说的"人文"是以"自然之道"为体,而以"仁义之道"为用,它非常清楚地体现了魏晋玄学以道为体、以儒为用、援儒入道的特点。可见,刘勰在文学本体论上所表现的天人合一思想,是糅合了道家和儒家的天人合一思想在内的。与以天人合一为基础的文学本体论相适应的是文学创作上的心物交融说。从"道→心→文→经"的基本思想出发,把心物关系看作是文学创作过程中最重要的美学原则,也是他全部创作思想和创作理论的核心。文学创作上的心物关系,实际上就是文学创作上的主体和客体关系,文学创作中心物交融的过程就是主体和客体相结合的过程。

刘勰在《文心雕龙》中所说的心物关系,在不同的角度有不同的说法:在《物色》篇中从人和自然物色的角度讲心和物的关系,在《神思》篇中从人的思维和外界物象的角度讲神和物的关系,在《诠赋》篇中从辞赋作品的特点角度讲情和物的关系,在《隐秀》篇中从文学作品的审美特征角度讲隐和秀的关系,其实都是从不同方面讲的文学创作中的主体和客体关系。刘勰认为文学创作中的心物关系是一种相互影响、相互促进的辩证关系。在人和自然的关系上,心受物的感触,物被心所改造,所以说:"是以诗人感物,联类不穷。流连万象之际,沉吟视听之区;写气图貌,既随物以宛转;属采附声,亦与心而徘徊。"心"随物以宛转",物"与心而徘徊"。自然物色和人的心情之间具有着一种互相感应的作用:"物以貌求,心以理应。"刘勰对产生这种感应作用的原因之解释,显然是受到董仲舒的同气相求、同类相动的"天人感应"思想影响。《物色》篇云:"春秋代序,阴阳惨舒,物色之动,心亦摇焉。""若夫珪璋挺其惠心,英华秀其清气,物色相召,人谁获安?"然而,刘勰的目的是在借此强调文学创作上主体和客体的统一。物色在被诗人描绘到文学作品中后,它已经不是原来的客观的物色,而成为"人化"的一种心的寄托,如司空图《二十四诗品》中所说已经是"妙造自然"的产物了,故云"目既往还,心亦吐纳",心与物、主体与客体非常和谐地融为一体了。这就像清代王夫之在《夕堂永日绪论内编》中所说:"情景虽有在心在物之分,而景生情,情生景,哀乐之触,荣悴之迎,互藏其宅。"从文学创作的艺术构思过程来说,人的神思和自然物象也是紧密地结合在一起的。艺术构思的特点,就是其思维活动始终不脱离外界的物象:"文之思也,其神远矣。故寂然凝虑,思接千载;悄焉动容,视通万里;吟咏之间,吐纳珠玉之声;眉睫之前,卷舒风云之色;其思理之致乎!故思理为妙,神与物游。"(《物色》篇)构思过程中这种"神与物游"状态,也就是主体与客体交互影响、合而为一的过程,它是以主体的"虚静"为前提的,只有在"陶钧文思,贵在虚静,疏瀹五藏,澡雪精神"的状态下才能够实现。当主体进入到"虚静"的境界时,已经完全忘记了自己的存在,如庄子所说的"堕肢体,黜聪明,离形去知,同于大通"(《大宗师》),物我不分,与自然同化。这种"神与物游"的境界也就是庄子所说"天地与我并生,万物与我为一"(《齐物论》),人和自然达到"以天合天"(《达生》)的"物化"境界,亦即道家所强调的天人合一境界在文学构思过程中的体现。构思中这种"神与物游"的结果,便是凝聚成为生动的"意象"。他不仅不否定而且十分重视知识学问和经验阅历的作用,认为在"虚静"的前提下,同时还要"积学以储宝,酌理以富才,研阅以穷照,驯致以绎辞"(《神思》篇)。在《诠赋》篇中,刘勰论赋的创作时所说"情"和"物"的关系,实际上也是心和物的关系。他说:"原夫登高之旨,盖睹物兴情。情以物兴,故义必明雅;物以情观,故词必巧丽。"这里的"情以物兴"就是《物色》篇讲的心"随物以宛转",而所谓"物以情观"就是物"与心而徘徊"。所谓"睹物兴情"即是指文学创作中主体的审美过程,在这个审美过程中心受物的感发而触动其中所蕴藏的某种情感,如陆机《文赋》所说的"悲落叶于劲秋,喜柔条于芳春",同时物也变成了内心某种情感的载体,而呈现出了不同于原来自然形态的特殊之面貌。主体的"情"要从客体的

"物"中显现出来,而且还要符合于"物"本身内在之"理",使"情理"与"物理"合而为一,如王夫之评杜甫《喜达行在所》诗所说:"悲喜亦于物显,始贵乎诗。"(《唐诗评选》)诗歌创作要"俯仰物理,而咏叹之","唯人所感,皆可类通",使"理随物见"(《夕堂永日绪论内编》)。就作品所体现的美学特征来看,这种心物关系表现即是所谓"隐秀"。"意象"是"神与物游"的结果。所以,"隐秀"特征也是由"神思"而来:"夫心术之动远矣,文情之变深矣,源奥而派生,根盛而颖峻,是以文之英蕤,有隐有秀。"(《隐秀》篇)此所谓"心术之动",即是"神思",也就是"神与物游"的状态。

由此可见,刘勰在《物色》《神思》《诠赋》《隐秀》等篇中所阐述的一系列重要的文学创作理论问题,都是建立在对心物关系的辩证认识基础上的。而他对心物合一的论述又是和中国传统的天人合一思想有着十分密切的联系的,是从天人合一的哲学思想中很自然地引申出来的,不过,他特别善于吸收其中有利于说明文学创作美学特征的科学内容,甚至也包括荀子的天人相分说的某些因素。刘勰对心物关系的论述为中国古典诗学传统的形成奠定了基础。

(二)"隐秀"论的重要意义

这里特别要说到的是《文心雕龙》中有关"隐秀"的论述,它是对中国传统诗学审美特征的重要概括,而且可以说它主要是根据中国古典诗歌艺术的特殊表现——诗歌意境的美学特点提出来的,对后来意境理论的形成发展有极为重要的意义。

中国古代艺术意境理论的正式形成和提出是在唐代,但是它的哲学思想、美学思想渊源是很早的,大约可以追溯到先秦,特别是道家的"有无相生"论和"大音希声,大象无形"论,为后来意境理论的产生奠定了哲学思想和美学思想的基础,而魏晋玄学的兴起和发展,佛教的广泛传播和深入人心,尤其是言意之辩和形神之争,直接影响到意境理论的产生和形成。六朝是由中国古代的哲学和美学思想逐渐演化出系统文学理论的转折时期,也是意境理论发展由哲学思想、美学思想逐渐向文学艺术理论转化的时期,《文心雕龙》的"隐秀"说正是这方面具有代表性的重要论述。意境理论的正式提出,是从王昌龄的《诗格》开始的。从《吟窗杂录》开始流传下来的《诗格》之内容,其真伪尚有待于作进一步考证,但是《文镜秘府论》中所引用的部分《诗格》内容当是可靠的。《诗格》已经涉及意境美学特征的一些核心问题,到中晚唐时期则有了更为深入的理论研究成果,其主要代表是刘禹锡在《董氏武陵集纪》中提出的"境生于象外"论和司空图在《与极浦书》中提出的"象外之象,景外之景"论。而他们这种诗歌意境理论的历史渊源则是在六朝,是在刘勰《文心雕龙》中的情物关系论、"隐秀"论的基础上发展起来的。刘勰在《诠赋》篇里提出的"情以物兴""物以情观"论和《物色》篇中的心"随物宛转"和物"与心徘徊"论,提出了意境的基本构成要素及其相互关系。《隐秀》篇中对"隐"和"秀"含义的分析,特别是关于"文外重旨"和"义生文外"的论述,正是后来有关意境美学特征论述的滥觞,其说一方面曾受到刘宋时期宗炳《画山水序》"旨微于言象之外者,可心取于书策之内"说的影响,另一方面也启发了锺嵘《诗品序》解释"兴"时所说的"言有尽而意无穷"的提出。刘勰的这些理论是意境概念提出前最为重要的有关意境的美学特征的论述。意境理论包含着两个方面的内容:一是意境作为艺术形象的基本构成要素及其关系,二是意境作为一种特殊的艺术形象之美学特征。前一方面是意境作为艺术形象的一般性特点,后一方面是意境作为一种特殊的艺术形象的特点。意境是由意和境,也就是创作主体和创作客体的结合而形成的,它是情和景的融合,心和物的统一。王国维把情和景,或意和境,作为文学构成的两个基本原质,所以我们常说意境是情景交融的产物。不过,意境不是一般的情和景的融合、心和物的统一,而是一种具有中国诗学民族特色的特殊的情和景的融合、心和物的统一。也就是说,从情和景、心和物,到意和境有一个历史发展过程。刘勰的《文心雕龙》对文学创作过程中情物关系或心物关系的论述,对文学创作"隐秀"特征的论述,意境理论的形成和发展作出了十分重要的贡献,其意义是相当深远的。

对文学创作中情物关系或心物关系的认识,在中国古代文艺思想史上有悠久的历史。早在《易经》八卦的"观物取象"思想中,已经有了借客体物象来体现主体精神的意向。"易象"既是象征客体事物的,又体现了主体的某种"意念"。所以《系辞》解释"易象"时说:"圣人设卦观象,系辞焉而明吉凶。""圣人立象以尽意,设卦以尽情伪,系辞焉以尽其言。""象既是类比客观物象的,又是体现主观意图的,而言辞则是说明"象"的。《周易》中这种以"言"为工具的"象"和"意"的结合,直接启发了后来文学创作中的情物关系说和心物关系说的提出。易象并不是文学的形象,但它的构成原理和文学形象是一致的,都是人发挥其想象功能所创造的,都是主体和客体相统一的结果。春秋战国时对诗歌的形象还没有作出理论性的概括,而对音乐的形象则有比较明确的认识。荀子在《乐论篇》中就提出了"声乐之象"问题,并指出:"夫乐者,乐也,人情之所必不能免也。"他又说:"凡奸声感人,而逆气应之;逆气成象,而乱生焉。正声感人,而顺气应之;顺气成象,而治生焉。""声乐之象"之内寓有"人情","人情"则有正邪善恶,它们都能构成形象。由于当时诗乐还没有严格分界,对音乐形象的这种认识也可通于诗。西汉初期的《乐记》进一步发展了荀子《乐论篇》思想,一方面强调了音乐起源于人心感物,提出了著名的"物感"说,明确地阐述了文艺创作中的主体与客体相结合的问题;另一方面又对"声乐之象"的构成作了更细致、更深入的分析,其云:"乐者,心之动也;声者,乐之象也,文采节奏,声之饰也。君子动其本,乐其象,然后治其饰。"这里实际上说的就是音乐形象的构成,心动情生为"本",指音乐的内容;"声乐之象"使人得到美的享受,指音乐的艺术形式;文采节奏则是构成音乐形象的手段,指"声乐之象"的表现方式。这里,音乐形象的"本""象""饰",实际即是文学形象的"意""象""言"。"本",即是指人之情,与文学的情或意是一致的。"饰"和"言"则表现了音乐和文学的不同物质手段。对文学形象构成之认识,西晋陆机在《文赋》中有十分重要的论述。他在《文赋》的小序中曾提出了文学创作中经常出现的"意不称物,文不逮意"问题。这里的"意"是指构思中形成的意,不是和"理"一样抽象的意,而是具体的意,即是与物象相结合的意,它相当于意象的含义。这个"物"也不一定都是外界的客观物象,而是指文学创作所要表现的物件。这里的"文"即是指文学的物质手段——语言。陆机所说的物、意、言关系,包含了文学形象是由主体的意和客体的物相结合的意思。他在论述文学创作的构思过程时这种思想更为明确,经过了作家"精骛八极,心游万仞"的艺术想象活动后,于是"情瞳昽而弥鲜,物昭晰而互进",艺术形象逐渐形成。由此可以清楚地看出:文学形象正是由主体的"情"和客体的"物"结合而成。不过陆机所说是构思过程中的情和物之结合，它还不是具体作品中情和物之结合，在情的鲜明和物的昭晰之后，必须用贴切的语言文字把它描写出来，努力使"文"能"逮意"，这样方能"笼天地于形内，挫万物于笔端"，写出完美的作品。

　　刘勰对先秦以来有关文学本质和艺术形象构成的论述，作了系统的总结和发挥：他明确地提出了"意象"的概念。《神思》篇中，他指出"意象"是在"神与物游"的过程中产生的，神思和物象这两者的融合统一形成了具体的"意"，也就是"意象"，然后才能用"言"或"文"把它落实下来。刘勰所说的"玄解之宰，寻声律而定墨；独照之匠，窥意象而运斤"，就是讲的如何运用语言文字使构思中的"意象"物质化的问题。刘勰在这里提出"意象"的概念，虽然还不是很自觉的一种理论概括，但说明他对文学本质和形象的构成已经有了很深刻的认识。其次，他提出了文学创作中主体和客体间的关系，心和物是互相影响、互相促进的。他在《物色》篇中说："是以诗人感物，联类不穷；流连万象之际，沉吟视听之区；写气图貌，既随物以宛转；属采附声，亦与心而徘徊。"心随物以宛转，是说主体是受客体影响而产生某种特定的思想感情的；物与心而徘徊，是说客体是随着主体的需要而展示的。这种对心物关系的论述比《乐记》中的物感说要全面得多，是对《乐记》思想的一个极为重要的发展。而这种对主体作用的重视，对主体驾驭客体作用的强调，是与魏晋以来玄学和佛学思想的广泛传播和影响分不开的。刘勰这种对文学创作中主客体关系的认识，也具体体现在他对文学形象构成的分析中。他在《诠赋》篇中论述赋的创作时曾说："原夫登高之旨，盖睹物兴情。情以物兴，故义必明雅；物以情观，故词必巧丽。"所谓"睹物兴情"，即是《乐记》讲音乐起源时说的"凡音之起，由人心生也。人心之动，物使之然也"。但是刘勰认为"睹物兴情"的过程中，不只是心受物的感触而生情，也有物随心的需要而受心支配的一面，也就是说，不只是"情以物兴"，而且也是"物以情观"，从某些方面说，这后一点是更为重要的，因为归根到底文学艺术不是人对客观世界（物）的被动反映，而是人借助于表现客观世界而体现自己主观的心意情志，并且对客观世界起到积极的能动作用。情虽是因感物而起，然而最终还是借物以抒情，物只是作为情的观照而出现的，它已经失去了自己的本来面目,如《二十四诗品》中所说的已经是诗人"妙造自然"的产物。可见刘勰对文学创作特点确已有了相当深刻的了解。正是基于这种认识,刘勰在《文心雕龙》中把他对文学创作美学特性的认识,贯穿于整个文学理论体系之中,从而形成了一系列理论范畴的对应组合,如:文学本体上的"道心"(人心所体现的自然之道)与"形""象",人与自然关系方面的"心"与"物",文学想象中的"神"与"物",文学构思过程中的"意"与"象",文学形象构成上的"情"与"物",它们在文学作品中展示的特点便是"隐"与"秀",而表现在文学创作方法上则是"触物圆览"与"拟容取心"。这里,心、神、意、情都是"隐"的方面内容,是"触物圆览"而产生的;而形、物、象则是属于"秀"的方面内容,是"拟容取心"的结果。由此可知,刘勰对艺术形象的构成和特点具有非常明确的认识,并作出了极有深度的理论概括,它也就是作为艺术形象的意境的基本特性。

不过,意境并不是一般性的艺术形象,而是一种具有中国民族审美特色的特殊艺术形象,这就是"境生象外""象外之象,景外之景"所形成的"义生文外""言有尽而意无穷"的特点,它是在中国传统文化的孕育下逐渐形成的。它的形成要从中国古代的哲学、美学和文学艺术的历史发展中来探求。《周易》中的"象"是由观察宇宙万物及其发展变化而来的,《系辞》中说道:"古者包牺氏之王天下也,仰则观象于天,俯则观法于地,观鸟兽之文与地之宜,近取诸身,远取诸物,于是始作八卦,以通神明之德,以类万物之情。"又说:"圣人有以见天下之赜,而拟诸其形容,象其物宜,是故谓之象。"这里"拟诸其形容"是指万物的外在形态,而"象其物宜"则是指万物的内在发展变化之原理,前者是指事物的外在表象,而后者则是指事物的内在实质。对易象这种"观物取象"的特点,平常我们只注意其"象"是源于"物"的意义,往往忽略了这种"象"和"物"之间并不是形象的、具体的反映关系,而是一种运用抽象符号来象征的关系。因此,"象"和"物"之间实际上并没有直接联系,或者说"象"并非"物"的形象具体再现,而必须要经过想象才能理解"象"和"物"之间的关系,"象"在这里只是引导和启发人们去联想到它所象征的"物"的一种工具和手段,"象"并不是"物",也不等于"物"。其实,艺术形象都只能表现它所描写的事物的一部分,而决不可能是事物的全部,所以,如果用抽象象征的方法,而不是用具体描写的方法,也许在想象中所获得的事物面貌更为丰富、更接近于事物的原貌。《周易》中所包含的这种特殊的审美观念,后来在老庄思想中得到了极为充分的发展。《老子》中提出的著名的"大音希声,大象无形"说,就是受到《周易》启发的。老庄从强调"天道自然无为"出发,其美学思想的核心,都是提倡自然本色之美,而贬低人为造作之美的,之所以如此,正是因为他们看到了人为造作总有它的局限性,不如自然本色美更全面、更完善。老子所说的"大音希声",就是说最高最美的音乐就是"无声之乐",正如王弼注所说:"听之不闻名曰希,不可得闻之音也。有声则有分,有分则不宫而商矣。分则不能统众,故有声者,非大音也。"一有了具体的声音必然会有一定的限度,不可能把所有的声音之美都表现出来,而只能表现其中的一部分,如果没有具体的声音,而完全靠听众自己去想象,就不会有这种局限性,反而有可能体会到全部声音之美。所以,庄子在《齐物论》中说:"有成与亏,故昭氏之鼓琴也;无成与亏,故昭氏之不鼓琴也。"昭氏虽是古代著名音乐家,但他鼓琴时对已弹奏出来的音乐之美是有所成了,而对他所没有弹奏出来的音乐之美则又是有所亏了。为此郭象解释道:"夫声不可胜举也,故吹管操弦,虽有繁手,遗声多矣。而执籥鸣弦者,欲以彰声也。彰声而声遗,不彰声而声全。故欲成而亏之者,昭文之鼓琴也;不成而无亏者,昭文之不鼓琴也。"可见"大音希声"正是要使人通过想象而获得"不彰声而声全"的效果,这也就是为什么后来陶渊明要抚弄无弦琴的缘故了。"大象无形"也是如此,有形就有了局限,总只能表现对象的一部分,而不可能是对象的全体。比如画嘉陵江山水,画面上所展示的只可能是它的一部分,至多是表现一些最突出的山水美,不可能把整个嘉陵江的山水美都完美地表现出来。如果能运用象征的方法使人在想象中感受到"形"的整体美,岂不是比只有局部的"形"之美更好吗?这就是吴道子用写意方法画嘉陵江山水胜过李思训的工笔画的地方(参见朱景玄《唐朝名画录》)。

这种思想表现在言意关系上就是"言不尽意"说。从言意关系来说,言是外在的有形的,意是内在的无形的。所以老子提倡"不言之教",他曾说:"知者不言,言者不知。""道"是无法言说的,只能从内心去体认。庄子进一步发展了老子的观点,他在《齐物论》中说:"道隐于小成,言隐于荣华。"在《天道》篇中他认为由于言不能尽意,故而圣人的书只不过是一堆糟粕;因为圣人之意不能言传,用语言文字写出来的书,自然也不能真正传达圣人之意,故而世人虽珍贵圣人之书,其实是不值得珍贵。语言是表达思维内容的,但它并不是一个很称职的工具,语言不可能把所有的思维内容都表达出来,更不要说人的一些潜意识的内容了。所以老庄强调不能拘泥于语言所能表达的部分,而要求之于语言文字之外,要得"妙理"于"言意之表",方能达到最高的审美境界,也就是"道"的境界。其实,儒家也是看到了语言不能完全达意的一面的,《系辞》中曾说:"子曰:书不尽言,言不尽意。"但是儒家和道家在如何解决言意关系的矛盾上,有完全不同的思路。儒家力求正确、鲜明、生动地运用语言来最大限度地表达思维内容,虽然常人难以做到言尽意,圣人还是能够做到言尽意的。所以扬雄《法言·问神》篇中说:"言不能达其心,书不能达其意;难矣哉!惟圣人得言之解,得书之体。"老庄虽然否定言的达意作用,但实际并不废弃言。他们则认为言不能尽意,也不等于意,然而可以把言作为得到意的一种象征性的工具,在得到意之后就应该忘记作为工具的言,不因言的局限性而影响对意的全面把握。庄子在《外物》篇说:"筌者所以在鱼,得鱼而忘筌。蹄者所以在兔,得兔而忘蹄。言者所以在意,得意而忘言。吾安得忘言之人而与之言哉!"言只是得意的筌和蹄,只是得意的一种手段而不是目的,必须得意而忘言,忘言方能得意。所以,言和意之间是一种象征、暗示的关系,而不是直接表述的关系。真正的意并不是言所具体表达的部分,而是包括由此而联想起来存在于想象中的部分,所以是更广阔的。因此意不在言内,而在言外。魏晋之际的玄学思想发展了老庄的言意关系说,王弼在《周易略例·明象》篇中运用庄子《外物》篇的思想对言、象、意关系作了系统的阐发,他说:"言者,象之蹄也;象者,意之筌也。是故存言者,非得象者也;存象者,非得意者也。""然则,忘象者,乃得意者也;忘言者,乃得意者也。得意在忘象,得象在忘言。"产生在"言不尽意"论认识上的这种言、象、意关系论,直接影响到文学艺术形象的创造,并成为意境理论的哲学和美学思想基础。

意境是意和境的融合,是主体的意和客体的境的统一。意和境从其表现特征上看也是一种情和景的结合,但是又不同于一般的情和景的结合,所以说意境就是情景交融是不够的。意境中的情具有"情在词外"的特点,意境中的景具有"景外有景"的特点。意境的最基本美学特征,我曾在《论意境的美学特征》一文中说过:"以有形表现无形,以有限表现无限,以实境表现虚境,使有形描写和无形描写相结合,使有限的具体形象和想象中无限丰富的形象相统一,使再现真实实境与它所暗示、象征的虚境融为一体,从而造成强烈的空间美、动态美、传神美,给人以最大的真实感和自然感。"(参见拙作《古典文艺美学论稿》)这种美学特征就是在《周易》、老庄、玄学的文艺美学思想基础上发展起来的,而刘勰的"隐秀"说就是对意境美学特征的最早理论概括。隐和秀是针对艺术形象中的情和景、意和象而言的,它包含有两层意义:一是情隐于秀丽的景中,意蕴于幽美的象中,这是指的一般艺术形象的特点;二是宋人张戒《岁寒堂诗话》所引《文心雕龙·隐秀》篇残文:"情在词外曰隐,状溢目前曰秀。"不管它是否是刘勰《文心雕龙》的原文,但是符合刘勰《隐秀》篇主旨的。刘勰说道:"隐也者,文外之重旨者也;秀也者,篇中之独拔者也。隐以复义为工,秀以卓绝为巧,斯乃旧章之懿绩,才情之嘉会也。"秀是指艺术形象的生动卓绝的外在表现,隐是指形象内在的心意情致。这里特别值得我们注意的是他关于隐的解释,刘勰所说的隐不是一般艺术形象的情隐于景中之意,而是指"情在词外",有"文外之重旨",所谓"隐以复义为工",也就是说词外有情,文外有旨,言外有意,这种情、旨、意显然不是指艺术形象中已经写出来的实的部分,而是指受这具体的实的部分暗示、象征的启发,而存在于作者和读者想象中的更加广阔的情、旨、意,这是形象中虚的部分。所谓"重旨"和"复义",即是有实的和虚的两层"旨"和"义",而刘勰认为这后一层虚的"旨"和"义",显然是更为重要的,它具有更为深刻的美学内容。这种"情在词外""文外重旨"的提出,毫无疑问是受"大音希声,大象无形"和"言为意筌""得意忘言"思想的影响而来的。刘勰在《文心雕龙·隐秀》篇中说道:"夫隐之为体,义生文外,秘响旁通,伏采潜发,譬爻象之变互体,川渎之蕴珠玉也。"可见,隐的含义正是从易象而来,它不仅是体现了一种象征的意义,而且是象外有象,义生文外。易象本身是一种象征性的符号,而易象的构成也是隐含着"复义""重旨"的,这就是刘勰所说的"爻象之变互体"。在文学形象的创造中,它要求由实象引出虚象,由具体的文本意义导向幻觉中的想象意义,而这正是意境所具有的不同于一般艺术形象的特殊美学内容。所以,刘勰虽然没有明确提出意境的概念,但是他的"隐秀"说实际上已对意境的美学特征作出了重要的理论概括,并在唐宋时期意境理论形成发展过程中产生了极其深刻的影响。

　　从刘勰的"隐秀"说发展到唐宋的意境论,这条线索在唐人有关意境的论述中可以看得很清楚。唐代的诗歌意境论并未用"意境"的概念,而是用"境"或"诗境"的概念。文学理论上意境概念的出现最早见于《吟窗杂录》所载王昌龄《诗格》,但《吟窗杂录》本《诗格》是否王昌龄原作颇值得怀疑,其真伪不能确定,而且其中"三境"论所说"意境"并非一般意义上的意境,只是和情境、物境并列的三种不同类型意境中一种,指的是由诗人的意念所构成的意境(《文镜秘府论》所引王昌龄《诗格》当是可靠的,但其中未提到意境概念)。唐人所说的诗境实际就是意境,这是无可置疑的。最早从文学创作角度涉及诗境的,当推诗人王昌龄和《河岳英灵集》的编选者殷璠。殷璠着重还是论诗歌的"兴象",由"兴象"而接触到诗境"远出常情之外""唯论意表"的特点。他论王维诗时说:"在泉为珠,著壁成绘,一字一句,皆出常境。"所谓"皆出常境",即是指王维诗中那种难以用语言文字来描绘的禅悟境界。不过"兴象"论本质上也就是一种意境论,比刘勰稍后的钟嵘在《诗品序》中,对"兴"已经作了不同于传统经生家的解释:"文已尽而意有余。"这和刘勰所说的"隐"的"义生文外"和有"文外之重旨"是一致的,"兴象"指的也就是具有这种"兴"的特征的艺术形象。王昌龄则相当集中地论述了诗境的创造问题,强调了诗歌中意和境的融合实际上也就是心与物的结合。《文镜秘府论》引王昌龄《诗格》云:"夫置意作诗,即须凝心,目击其物,便以心击之,深穿其境。"又说:"取用之意,用之时,必须安神净虑。目睹其物,即入于心;心通其物,物通即言。"这正是在刘勰所说"情以物兴""物以情观"和心"随物以宛转"、物"与心而徘徊"说的基础上,对意境的本质和创造所作的具体论述。《吟窗杂录》中引王昌龄《诗格》的"诗有三境""诗有三格"条论构思和意境的形成,主要也是说的思与象、心与境、神与物的融洽会合。中唐时期对王昌龄意境论作了重大发展的是诗人皎然和刘禹锡。皎然不仅强调了"诗情缘境发"的特点,而且着重说明了诗境的主要美学特征是"采奇于象外","情在词外","旨冥句中",并指出了这就是"隐秀"的意思。他在《诗式》中说:"客有问予:谢公二句优劣奚若? 予因引梁征远将军记室锺嵘评为隐秀之语,且锺生既非诗人,安可辄议? 徒欲聋瞽后来耳目。且如'池塘生春草',情在词外;'明月照积雪',旨冥句中。风力虽齐,取兴各别。"(此处文字据国图所藏毛晋校《诗式》抄本,别本无"记室锺嵘"四字。皎然记忆有误,"隐秀"非锺嵘之语,乃刘勰所提出)此处"情在词外"据张戒所引可能是由刘勰对"隐"的解释而来,"旨冥句中"当是由宗炳《画山水序》中"旨微于言象之外者,可心取于书策之内"而来,而刘勰所说的"隐秀"则又和宗炳的"旨微于言象之外"说有很明显的内在联系。皎然实际上是把意在言象之外、"文外之重旨"看作是诗歌意境的最主要美学特征,所以,他又说:"若遇高手,如康乐公览而察之,但见性情,不睹文字,盖诣道之极也。"此所谓"但见性情,不睹文字",不仅含有禅宗"不立文字,教外别传"的意思,而且也是指诗歌意境的"义生文外""情在词外"之美学特征。诗人权德舆和刘禹锡所说的"意与境会""境生象外",则也是在刘勰所论基础上的进一步发展。"意与境会"就是对刘勰有关"情以物兴"和"物以情观"思想在意境分析上的具体运用,而"境生象外"则是对"隐秀"说的发挥,强调了意境在具体描写的实的境象之外,还有一个存在于想象之中的虚的境象,也就是后来司空图所说的"象外之象,景外之景",它使人感到"言有尽而意无穷",具有"韵外之致",其诗味在于"咸酸之外"。对宋代诗话和诗论产生了重大影响的梅尧臣和欧阳修论诗时所说的"状难写之景如在目前,含不尽之意见于言外"(参见《六一诗话》),实际上说的就是"隐秀"的问题,可以看作是对刘勰"隐秀"说的具体解释。如果我们充分肯定意境理论是中国古代诗学的核心理论的话,那么刘勰《文心雕龙》所作出的贡献,是绝对不可磨灭的。

(三)刘勰对中国古典诗学的艺术创作理论和审美理想的论述

特别值得我们注意的是,《文心雕龙》中有关的"神思"论、"体性"论、"风骨"论、"定势"论、"通变"论、"情采"论等重要篇章,为中国古典诗学的艺术创作理论和文学审美理想构建了一个相当完整而很有深度的理论框架。

《文心雕龙》以《神思》篇为中心对文学的艺术思维和创作原理作出了深刻的分析。刘勰指出艺术想象活动的特征是"神与物游"。艺术家在"神思方运"开始进行想象活动时,"纷哉万象,劳矣千想"(《文心雕龙·养气》);在各种纷纭复杂的景象中,闪现着无数新颖的构想。这时,古今四海的一切生动景象都伴随着艺术家的思维而出没。"吟咏之间,吐纳珠玉之声;眉睫之前,卷舒风云之色。"他认为"神思"有四个重要特点:第一,艺术想象具有超越时空的无限广阔性和丰富性。《文心雕龙·神思》篇一开头就说:"古人云:形在江海之上,心存魏阙之下。神思之谓也。"强调思维活动可以不受肉体的限制,可以达到很远很远的地方。所谓"文之思也,其神远矣。故寂然凝虑,思接千载,悄焉动容,视通万里"。这和《西京杂记》中记载司马相如所说的"苞括宇宙,总揽人物"相一致,说明艺术想象是不受任何时间和空间的限制的。刘勰之前,陆机在《文赋》中对此就作过十分生动的描绘。他说艺术家的想象活动开展起来之后,可以"精骛八极,心游万仞",也是指神思这种艺术想象活动的情状。这种广阔性和丰富性还表现在艺术想象往往可以超出"常情""常理"之外,不受其束缚,有如宋代惠洪在《冷斋夜话》中引苏轼语云:"诗以奇趣为宗,反常合道为趣。"艺术家在想象过程中为了充分体现自己的思想情趣,往往在构想中出现某种不符合生活现象的状况,如王维画雪中芭蕉,虽不合寒暑,却仍是优秀画作。这说明艺术想象是非常自由的,是不受任何条条框框束缚的。第二,艺术想象伴随有强烈的感情活动,正是艺术家波澜起伏的感情活动,触发和激起了丰富多彩的想象活动,并且促使艺术想象活动的深化。艺术家没有感情的激动,就不能使想象的翅膀飞腾,更不会有"感兴"即灵感的爆发;同时,艺术想象的深入发展,兴会的炽烈,又必然要进一步燃起艺术家难以抑制的感情,使感情活动更为强烈。所以,刘勰在《神思》篇中说当一个艺术家驰骋神思的时候,"登山则情满于山,观海则意溢于海"。在《夸饰》篇中他又说:"谈欢则字与笑并,论戚则声共泣偕。"感情的复杂变化,对艺术想象活动的展开和形象的构成具有决定性的影响,起着支配性的主导作用。他说:"神用象通,情变所孕。"又说:"情数诡杂,体变迁贸。"第三,艺术想象的结果是构成生动完美的艺术形象,并由它对人们起一种精神感化的作用。刘勰在《神思》篇中说,"神思方运,万途竞萌"的感兴高潮到来之后,经过艺术家对"万象""千想"的艺术综合、概括,就逐渐在自己心目中形成了"意象",然后"窥意象而运斤",使之通过语言文字而物质化。这时,艺术形象就栩栩如生地呈现在读者面前了。艺术家正是用它来感动人教育人的。第四,从文学的构思到文学的创作,其实就是一个如何把思维的内容转变为精美的语言文字的问题。也就是如何使"思""意""言"统一,并使之达到密合无际的水平。刘勰在《神思》篇中说:"方其搦翰,气倍辞前,暨乎篇成,半折心始。何则？意翻空而易奇,言征实而难巧也。是以意授于思,言授于意,密则无际,疏则千里。或理在方寸而求之域表,或义在咫尺而思隔山河。"艺术思维过程中,想象的内容常常是绚丽多姿的,但要把它具体落实到语言形象中,却并不那么容易了。他看到了创作过程中具有两个比较困难的问题:一是构思中形成的意(或意象),能否正确地反映客观事物,能否正确地体现作者主观意图;二是能不能运用好语言文字把构思中形成的意(或意象)确切地表达出来。刘勰认为前一方面还不是很困难,而后一方面则常常不能如愿。有时言可以把意描写得很精确,有时则相差得很远。作家的才能就表现在能否顺利地解决好这个困难。这就要求作家既要有丰富的学识,又善于分析概括,具备"博而能一"的条件。刘勰这种对"神思"的深入论述,毫无疑问为中国古典诗学的艺术构思和创作理论的发展,奠定了良好的基础。

　　《文心雕龙》的"体性"论,对中国古代诗学的风格理论作了极为深入的阐述,它在曹丕、陆机的基础上把文学作品艺术风格和作家的才性关系,论述得更加具体深刻了,这也是后来很多文学理论批评家所不及的。刘勰在认真考察文学作品风格和作家才性关系时,提出了作家才性形成有四个方面的因素,这就是:才、气、学、习。而这四个因素又可以归纳为先天的和后天的两大类。"才"和"气"主要是先天的,因各人禀赋不同而异;而"学"和"习"则是后天的,是和作家自己的努力和他所生活的社会环境的影响,不可分割地联系着的。才,是指作家的才能。刘勰认为作家的才能之不同,首先是由于先天禀赋的不同,这自然有强调过分的地方,但他并没有把先天性这一点绝对化,而是同时肯定了才能是可以因后天条件之影响而有所变化的,而且它的最终成形,还是由后天因素决定的。气,是指作家的气质个性特征,对于气的看法,刘勰也和对才的看法一样。刘勰认为,作家的才和气,虽有先天条件好坏的差别,但是,它们又可以受后天的学和习的状况影响而有所发展,而逐渐定型的。先天禀赋聪慧的,可能由于学和习的不合适,而不能充分发挥其作用;先天禀赋笨拙的,可能由于学和习的补充,而得到改变,并且在创作中做出好成绩来。先天的因素,人们是无法改变的,但后天的因素,却可以通过自己的努力或客观条件的影响,而使之产生重要的积极作用。他在《文心雕龙·体性》篇中说:"夫才有天资,学慎始习。斫梓染丝,功在初化,器成采定,难可翻移。"刘勰这一段话非常重要。他一方面说"才力居中,肇自血气",另一方面又强调"功以学成"。天资不是形成人才性的唯一因素,学和习这些后天因素从某一方面来说,实际上是更为重要的。比如木材和生丝,虽然质地有高下之别,但是,能工巧妇仍可以把质量较差的木材做成漂亮而实用的器具,把质量较差的生丝织成美丽而精致的绸缎。反之,木材和生丝的质量虽然很好,如果放到笨工拙妇手里,就可能做出劣等的器具和绸缎,甚至成为废品。可见,刘勰在实际上是把后天的学和习放在比先天的才和气更为重要的地位上。他在《体性》篇的赞中说:"习亦凝真,功沿渐靡。"范文澜先生说:"上文云'陶染所凝',此云'习亦凝真',真者才气之谓,言陶染学习之功,亦可凝积而补成才气也。"这个解释是正确的。它说明先天的才气必然要受到后天学习的陶染而有所发展变化,时间愈长会愈见功效。故从根本上来说,作家的才性虽有"情性所铄"的一面,亦是"陶染所凝"的结果。刘勰对作家才性分析之重视后天作用的思想,是和他重视社会生活实践对作家及作品影响这种观点一致的,在这一点上,刘勰比曹丕要大大前进了一步。曹丕只强调了"气之清浊有体,不可力强而致",即天资禀赋对作家才性的决定作用,而没有看到后天学习的重要作用。刘勰的论述,为中国古典诗学的风格学理论构建了非常完整的体系。

《文心雕龙》的"风骨"论,是对中国古典诗学的审美理想的深刻理论概括。"风骨"的含义颇多争议,没有一个能为大家所认同的解释。我认为这和以往的研究只从"风骨"的具体含义来作诠释,而没有从广阔的中国历史文化背景上来考察风骨的意义与价值有关。刘勰对"风骨"的重视和他提出的"风清骨峻"审美理想,和中国文化传统中所表现的主要精神有十分密切的关系。中国古代知识分子在精神品格上有非常可贵的一面,这就是建立在"仁政""民本"思想上的,追求实现先进社会理想的奋斗精神和在受压抑而理想得不到实现时的抗争精神,它体现了我们中华民族坚毅不屈、顽强斗争的性格和先进分子的高风亮节、铮铮铁骨。"风骨"正是这种奋斗精神和抗争精神在文学审美理想上的体现。中国古代文论特别讲究人品和文品的一致,刘勰在《情采》篇中曾严厉地批评了"志深轩冕,而泛咏皋壤,心缠几务,而虚述人外"的人品和文品不统一的创作倾向。刘勰提出的"风清骨峻"不只是一种理想的艺术美,更主要是一种理想的人格美在文学作品中的体现,它和中国古代文人崇尚高洁的精神情操、刚正不阿的骨气是分不开的。文学批评中的"风骨"本是源于人物品评的,在六朝人物品评中"风骨"是一个常用的概念,指一种高尚的人品。如《宋书·孔觊传》中说:"少骨梗有风力,以是非为己任。"《世说新语·赏誉》说:"王右军目陈玄伯,垒垒有正骨。"又其注中引《晋书·安帝纪》说:"羲之风骨清举也。"从孔子开始,历代的文学家都清楚地体现了这种人格美理想。《论语·子罕》中记载孔子说:"岁寒,然后知松柏之后凋也。"这是从松柏之不畏严寒来比喻人应有不怕强暴的坚毅品格,所以刘勰赞扬孔子是:"夫子风采,溢于格言。"(《征圣》)孟子说:"富贵不能淫,贫贱不能移,威武不能屈,此之谓大丈夫。"(《滕文公下》)能成为这样的"大丈夫",才会具有"配义与道"的"浩然之气",故刘勰赞美"稷下扇其清风"(《时序》)。屈原之所以"发愤以抒情",正是出于对腐朽黑暗现实的不满,他在《离骚》中说"长叹息以淹涕兮,哀民生之多艰",为了实现"仁政"的理想,他"虽九死其犹未悔",宁"从彭咸之所居",而不与恶浊小人同流合污。他这种高洁品质在汉代曾受到刘安、司马迁等人的高度评价,赞扬他"虽与日月争光可也"。刘勰说屈原的作品,"观其骨鲠所树,肌肤所附,虽取镕经旨,亦自铸伟辞","故能气往轹古,辞来切今,惊采绝艳,难与并能矣"(《辨骚》)。正是说明它有《风骨》篇所强调的以风骨为主、辞采为辅的艺术美。司马迁遭受残酷宫刑折磨,能"就极刑而无愠色","虽万被戮,岂有悔哉"(《报任安书》)。为的就是把自己理想寄托于《史记》的写作。他提出了著名的"发愤著书"说,充分体现了不屈服的奋斗精神。刘勰称其《报任安书》"志气盘桓"而有"殊采"（《文心雕龙·书记》），也是赞扬他作为一个有正义感的知识分子的情操骨气。所谓"建安风力"就是建安诗人对动乱现实的悲忧和对壮志抱负的歌颂在艺术风貌上的表现。以三曹和七子为代表的建安诗人在汉魏之交都是有理想、有抱负的政治家和文学家。故刘勰说："观其时文，雅好慷慨，良由世积乱离，风衰俗怨，并志深而笔长，故梗概而多气也。"（《时序》）陶渊明不为五斗米折腰的精神遂为历代文人所传诵。陈子昂感叹："汉魏风骨，晋宋莫传。观齐梁间诗，彩丽竞繁，而兴寄都绝。"（《与东方左史虬修竹篇序》）他强调"风骨"是和他提倡"兴寄"分不开的，而这种"兴寄"又是和他的民本思想与仁政理想密切联系在一起的。他在《感遇诗》中尖锐地批评了当时政治的弊端，表现了对人民苦难的同情，既有"感时思报国，拔剑起蒿莱"的豪情壮志，也有"岁华尽摇落，芳意竟何成"的忧伤悲叹。李白对"蓬莱文章建安骨"的赞赏，是与他"济苍生""安黎元""安社稷"的政治理想分不开的。杜甫称赞元结的《舂陵行》和《退贼示官》时说道："道州忧黎庶，词气浩纵横。两章对秋月，一字偕华星。"（《同元使君舂陵行》）这就是元结诗中的"风骨"。杜甫并在诗序中说他"知民疾苦"，认为有了元结这样的爱民之吏，"天下少安可待矣"，可见元结诗中浩气纵横的特色，正是他"为民请命"的抗争精神之表现。这些就足以说明刘勰的"风骨"论是对中国古代诗学审美理想的一个非常集中的表现。

　　《文心雕龙》的"定势"论，提出了文学创作中的另一个非常重要的理论问题，也就是文学创作在描写和表现社会生活和自然事物时，必须符合它本身所特有的态势和特点，而不允许作家以主观臆想任意改变它。不同的事物有自己不同的"形"，而"形"本身的特征决定了它必然有某种具体的"势"。事物的这种"形"和"势"的关系，反映在文学中就是所谓的"体势"。对此，刘勰在《文心雕龙·定势》篇中说道："夫情致异区，文变殊术，莫不因情立体，即体成势也。势者，乘利而为制也。如机发矢直，涧曲湍回，自然之趣也。圆者规体，其势也自转；方者矩形，其势也自安；文章体势，如斯而已。"机发矢直、涧曲湍回和端者势直、危者势倾一样，说明任何事物都有自己特殊规律，从而表现为某种特殊的势态，这就是客观事物的"势"。文学作品中的"势"也是如此。因为文学作品中的形象都是反映了特定的社会生活内容的,而这种社会生活内容,必然有自己的"势"。《定势》篇赞中说:"形生势成,始末相承。湍回似规,矢激如绳。"刘勰强调这种"势"乃是"自然之趣",正是为了说明它不是以人的意志为转移的,而是事物本身所固有的特征。刘勰总结了文学创作的过程,提出了"物→情→体→势"这样一个重要原则:情是由外界事物的感发而产生的,情以物兴,而体则是循情而立的"因情立体",而势则又是随体而成的,"即体成势"。每种文学体裁在历史发展过程中,都形成自己特有的"势",代代相沿而成习。从文学风格的角度说,"势"强调了文学风格形成的客观因素,这是文学作品不同的内容和形式所决定的。所以,刘勰说:"是以括囊杂体,功在铨别,宫商朱紫,随势各配。章表奏议,则准的乎典雅;赋颂歌诗,则羽仪乎清丽;符檄书移,则楷式于明断;史论序注,则师范于核要;箴铭碑诔,则体制于弘深;连珠七辞,则从事于巧艳。此循体而成势,随变而立功者也。"重视"势"就是要使文学作品做到既能够充分地体现作家的主观意图,同时又符合于现实生活本身的逻辑,符合于作品特殊的内容和形式特点。所以中国古代讲究意和势的统一。文学创作中的"势"的问题提出是很早的,在魏晋之际,像曹植、刘桢、陆云等都有过论述,而刘勰的《定势》篇则是对"势"的最为完整系统的阐说。它在古典诗学的发展中具有十分重大的意义。

除上述所说之外,《文心雕龙》的《物色》篇对心物辩证关系的论述,"物以貌求"和"心以理应"、"随物宛转"和"与心徘徊"的提出;《通变》篇对文学发展中的"通"和"变"关系的论述,对"有常之体"和"无方之数"的分析;《情采》篇对文学创作内容和形式关系的论述,强调"为情造文",反对"为文造情";《比兴》篇对"比显而兴隐","附理者,切类以指事;起情者,依微以拟议"的剖析;《夸饰》篇对艺术夸张的肯定等等,都涉及中国古典诗学中的一些重大理论问题。由此,我们可以说刘勰的《文心雕龙》已经为中国古典诗学构建了一个相当完整的理论体系。当然,后来很多文学理论批评家都从不同的角度对中国诗学的发展作出了很有价值的贡献,但是,像《文心雕龙》这样全面而深入地论述了有关诗学理论的著作,可能是不多的。可以说,后来诗学发展中一些重要的诗学理论批评家和重大诗学流派的代表人物,如白居易、司空图、欧阳修、苏轼、严羽、袁宏道、王夫之、叶燮、王士禛、沈德潜、袁枚、刘熙载等的诗学理论,都或多或少、或直接或间接地受到《文心雕龙》中的诗学理论的影响。因此,不管对诗学概念是从广义方面来考察,还是从狭义方面来考察,研究中国古代的诗学传统,都必须把《文心雕龙》的诗学理论作为最重要的基础研究。

中国古代诗论发展和乐论、画论和书论的关系

——中国文学批评史研究的一个新思考

中国文学理论批评史的研究这二十年来有了很大的发展,如何进一步深入是大家一直在思考的问题。前两年有些学者强调范畴研究,认为那是批评史研究深入的关键,但是热闹了一阵,并未见有实绩。我是不赞成这种主张的,范畴研究固然重要,但那是要建立在对批评家和批评专著深入研究基础上的,否则就只能是赶时髦的泛泛之论,把一些类似的概念作一点简单排比,是不会有实际成效的,甚至会造成误导。我认为中国古代文学批评史的研究要深化,有一个问题特别值得我们重视,这就是必须把文学批评的研究和艺术批评的研究紧密地结合起来,考察它们之间的交互影响和发展演变。

中国古代的文学理论批评是以诗论为主体的,这是与中国古代是一个诗的国家、中国古代的文人都会写诗这种状况分不开的,而中国古代诗论的发展又深刻地受到各种艺术理论批评的重大影响,同时,它也反过来影响各种艺术理论批评。中国古代的文人往往有多方面的才能,不仅擅长诗文,一般在音乐、绘画、书法等方面也都有较高的修养和造诣,很多诗人同时又是画家、书法家,如王维、苏轼、黄庭坚等,很多画家、书法家在诗文上的成就也很高,如文仝、祝允明、董其昌等。同时,文学和音乐、绘画、书法等在基本的创作原理上也是一致的。诚如王夫之说"明于乐者,可以论诗",诗和乐"二者一以心之元声为至"(《诗译序》)。苏轼所谓"诗画本一律,天工与清新"(《书鄢陵王主簿所画折枝》)。张彦远说:"书画异名而同体。"(《历代名画记》)很多文学理论批评的术语、概念、范畴都是从艺术理论批评中移植过来的,但是在不同的领域里其含义往往又有发展变化,例如"风骨"先是从人物品评中发展到书法、绘画理论批

评,然后运用到文学理论批评上,才有刘勰的《文心雕龙·风骨》篇和钟嵘提倡的"建安风力",但已和书画理论中的风骨不同。"神韵"最早见于南齐谢赫的《古画品录》,后来常见于书画批评,而很少用来论诗文,到晚明的胡应麟、胡震亨、陆时雍始用来论诗,而至清初王士禛才发展成为重要的诗学理论范畴。"势"的概念在文学艺术理论批评中最早见于东汉的书法理论,到魏晋刘桢、陆云等才把它用来论诗文,后来在诗文和书画理论中交错运用,其内涵也不断丰富。理论范畴的交叉移植、逐步深化,仅仅是一个比较明显的例子,如果我们仔细考察,从先秦到明清,文学理论批评和艺术理论批评的交互影响还要复杂得多,其中包含着很多重大的文学理论问题,假如我们只就文学批评本身来研究文学批评史,往往有很多问题解决不了,也很难真正深入下去。文学批评史的研究如果能结合艺术批评史的研究,深入细致地考察它们间的相互关系,这样也许可以思索探讨一些新问题,使文学批评史的研究更加符合实际,并且在解决一些理论的难点上有新的发展。

这里,我想从历史发展的角度,对这方面的一些比较重要、比较突出的现象,作一点初步的研究分析,并发表一点自己不成熟的看法。

(一) 早期的文学批评是从音乐批评中派生出来的

中国早期的文学理论批评其实是从音乐理论批评中派生出来的。中国古代"文"的概念十分宽泛,并不就是指文学;真正严格意义上的文学批评是从批评《诗经》开始的。先秦时期诗和乐是不分的,而乐的地位比诗要高得多。因为乐是和礼密切联系在一起的,礼乐是治国之本。礼主外,乐主内。礼是按照当时的等级制度制定的礼节仪式典章制度,而乐则是要使人们从内心深处很自觉地去服从礼,控制自己的欲望和感情,心悦诚服地按照礼的规定来确定自己应有的行为举止。那时的乐不是单纯的艺术,不只是一种美的享受,而是要起到"治心"功效的。由于乐在当时的这种特殊地位,因此先秦乐论比诗论要多得多,内容也非常丰富。儒、道、墨、法等主要学派都有很多的音乐理论著作,研究他们的文艺思想,乐论是最主要的部分,诗论则都是从乐论中引申发挥出来的。《诗经》全部是入乐的,而且不是以乐配诗,而是以诗配乐。从《左传》襄公二十九年记载的季札观乐来看，他观看的《诗经》表演应该是诗、乐、舞结合的，而音乐的演奏显然是其中主体，故他发表的评论全部是从音乐的特色来考察社会政治状况和民情风俗的，他把音乐看作是直接反映政治的风雨表。季札所观十五国风，大小雅、颂，其篇目和今存《诗经》是一致的。他说《周南》《召南》，"美哉！始基之矣。犹未也，然勤而不怨矣"。认为从二《南》音乐中可以看出周公、召公奠定了周代教化的基础，虽尚未尽善，但民心劳而不怨。歌《郑》之后，他说："美哉！其细已甚，民弗堪也，是其先亡乎？"认为郑风音乐之烦琐细碎，象征郑国政令苛细，百姓无法忍受，是"先亡"的征兆。乐工又歌《小雅》，他说："美哉！思而不贰，怨而不言，其周德之衰乎？犹有先王之遗民焉。"认为音乐中表现出百姓虽有忧心而无背叛之意，虽有怨愤而不尽情倾吐，委婉曲折而不直接明言，说明周德虽衰，而先王之风教犹存。儒家对文艺和政治关系的论述就是在季札观乐的基础上发展起来的。孔子、孟子、荀子有关诗歌的论述实际是他们音乐美学思想的一种延伸。孔子说："文之以礼乐，亦可以为成人矣。"作为人的道德品质修养来说，礼、乐是最根本的内容，而诗只是形象地体现礼乐精神的具体范例，是以"礼乐"修身时的一种参考和借鉴，它有助于"礼"的确立和"乐"的陶冶。孔子说君子修身的过程是："兴于诗，立于礼，成于乐。"(《论语·泰伯》) 诗只是起兴，而进入到乐，才是终结，才算最后完成。为此，孔子十分重视《诗经》的音乐之邪正，他说："吾自卫返鲁，然后乐正，雅、颂各得其所。"(《论语·子罕》) 他赞扬《关雎》"乐而不淫，哀而不伤"(《论语·八佾》)，又说："师挚之始，《关雎》之乱，洋洋乎盈耳哉。"(《论语·泰伯》) 认为《关雎》之乐是"正乐"的典范。他论《诗经》的"兴、观、群、怨""思无邪""授之以政""使于四方"等，都应该看作首先是论音乐的，而同时也是对诗的文字内容的评论。过去，很多人把孔子这些论述只看作是论《诗》的文字内容，而没有看到它首先是论《诗》的"乐"，是不全面的，也是不确切的。诗的文字意义是从其音乐意义中引申出来的。孔子的思想是以"仁"为核心的，是以"仁"来建立政治、伦理、道德体系的，而"礼乐"修养的目的也正是为了实现"仁"。"礼"是从典章制度、礼节仪式等外在方面来体现"仁"的内容的，而"乐"则是从陶冶性情、感化人心等内在方面来贯彻"仁"的精神的。在"仁"的照耀下，礼乐建国、礼乐施政、礼乐治家、礼乐修身,是儒家思想的基本特色。这样的"乐"已经极大地超越了作为美的艺术的范围,而成为社会政治生活和伦理道德修养中极为重要的核心部分。诗是用来配乐的,是对乐的意义和作用的一个补充。孔子所说的《诗》是诗、乐、舞的统一体。"兴、观、群、怨"首先是"乐"的功能,不仅"观"和"季札观乐"的"观"是一样的,"兴""群""怨"也都包含在季札所观的"乐"内,它们同时又符合《诗》的文字内容。先秦时代各国使节在外交场合的赋《诗》,也大都是奏乐的,乐的意义和作用要大于诗的意义和作用,《左传》中所记载的"赋诗言志"主要是音乐的演奏,同时也配以诗。孔子说的"思无邪"也首先是指其乐音无邪,而不是指诗的文字内容。"无邪"就是"得正",也就是孔子自卫返鲁,"然后乐正,雅、颂各得其所"的"得正"。如果我们明白了这一点,也许就不需要去争论是汉儒理解为诗篇内容无邪对,还是像朱熹那样理解为要求读者用无邪之思去读对了。我们还可以看到季札观乐时所歌《郑》,并没有让他感到乐曲有淫邪之处,显然它和孔子所说的"郑声淫"不同,因为"郑声淫"不是指"郑风"的乐曲,而是指当时郑国流行的新的民间歌曲。孟子提出的"与民同乐"思想不仅是政治上"仁政"思想的体现,而且也是他文艺思想的核心内容。孟子的"与民同乐"是在"仁政"与"民本"思想前提下提出的。《孟子·离娄上》说:"桀纣之失天下也,失其民也。失其民者,失其心也。得天下有道,得其民,斯得天下矣。得其民有道,得其心,斯得其民矣。得其心有道,所欲与之聚之,所恶勿施,尔也。"要"与民同欲",不只是要施行"仁政",更重要的是进行"仁教"。而"仁教"主要是"乐教",亦即"仁声"之教。孟子《尽心上》说:"仁言不如仁声之入人深也,善政不如善教之得民也。""善政得民财,善教得民心。""声"比"言"更为重要,"仁声"之教即是善教。赵岐注云:"仁声,乐声雅颂也。""与民同乐",施行"仁声"之教,是孟子"仁政"的基础。所以孟子文艺思想也是以音乐思想为中心的。不过,孟子的时代诗、乐已开始逐渐分离,所以他对如何正确地去分析和理解诗歌的文字内容比较重视,特别提出了"以意逆志"和"知人论世"的批评方法。荀子是一位集大成的思想家,又是继孟子后先秦儒家的代表人物。可以说他对诗并没有很多批评,而他的《乐论篇》则是影响极大的一篇儒家文艺美学思想的代表作,也是后来成为儒家文艺思想纲领的《礼记·乐记》的思想基础。他所提出的"音乐→人心→治道"的模式,"以道制欲"的命题,"中和"的审美标准,都是后来《礼记·乐记》中最基本的文艺美学观点。而作为儒家最有代表性的经典诗学文献《毛诗大序》,就是运用《礼记·乐记》的这些文艺美学观点来论述诗歌的产物。

除儒家以外的先秦诸子基本没有什么关于《诗》的论述,但是论乐的却非常多。墨子专门写了《非乐》篇,他从狭隘功利观点出发,激烈地反对音乐,认为音乐"不中万民之利",不能解决"饥者不得食,寒者不得衣,劳者不得息""三患"。他认为提倡音乐是有害的,"乐逾繁者,其治逾寡"。这是论音乐,也是论文艺,其矛头则是针对儒家的仁义礼乐的。先秦的道家有很丰富的文艺美学思想,但是大量的论述也都是关于音乐的。老庄崇尚"天籁""天乐",认为"无乐之乐,乃为至乐",提倡"大音希声,大象无形",它构成道家文艺美学的核心,他们的音乐美学思想对后来的文学创作和文学批评产生了极为深远的影响。老庄有关言意关系的论述,他们所提出的贵在"言意之表"的理想境界,他们所主张的"得意忘言"原则,其实也是基于他们"以无为本"的哲学思想体系的,而且"无言无意"的境界,也就是"大音希声,大象无形"的境界。也许我们不能说他们有关言意关系的论述是从无声之乐中推演出来的,而应该说都是从他们论道的有无关系中引申出来的。但是,他们确实对音乐问题阐述得相当充分,远比他们对言意关系的论述要充实、丰富得多。所以我们研究老庄的文艺思想,主要也是在他们的音乐美学思想方面。以韩非为代表的法家是以功用作为衡量文艺的标准的,把广义的文学列为危害国家和社会的"五蠹"之一,认为爱好音乐会使君王"不顾国政",导致"亡国"之祸。不过,法家对后世文学发展并没有什么显著的影响。所以,我们可以说在先秦时期,音乐理论批评实际上占有主要的核心地位,无论在深度和广度上都要远远超过诗学理论批评。而诗学批评则是随着诗和乐的分家,像王夫之所说使"乐语孤传为诗"(《夕堂永日绪论内编序》),诗歌文字意义才得到重视,逐渐从音乐理论中分化出来、发展起来的,并且愈来愈变得具有独立意义和重要价值。

汉代的文学批评应该说是从《毛诗大序》开始的,而《毛诗大序》则是直接从《礼记·乐记》中申发出来的。这里涉及《乐记》和《毛诗序》的作者和时代问题。《毛诗大序》可以肯定作于《乐记》之后，因为它里面直接引用了《乐记》中的名言："治世之音安以乐，其政和；乱世之音怨以怒，其政乖；亡国之音哀以思，其民困。""（情动于中而形于言）言之不足，故嗟叹之，嗟叹之不足，故永歌之，永歌之不足，不知手之舞之足之蹈之也。"以及其他有关诗歌的重要论述。《毛诗大序》和《小序》不是同时完成的，《小序》的形成大概有一个历史过程，是由子夏到毛亨逐渐完成的。《四库全书总目提要》说："《汉书·艺文志》，《毛诗》二十九卷，《毛诗古训传》三十卷。然但称毛公，不著其名。《后汉书·儒林传》始云赵人毛长传《诗》，是为《毛诗》，其长字不从草。《隋书·经籍志》载《毛诗》二十卷，汉河间太守毛苌传，郑氏笺。于是《诗传》始称毛苌。然郑元（玄）《诗谱》曰：鲁人大毛公为《训诂传》于其家，河间献王得而献之，以小毛公为博士。陆玑《毛诗草木鸟兽虫鱼疏》亦云：孔子删《诗》授卜商，商为之序，以授鲁人曾申，申授魏人李克，克授鲁人孟仲子，仲子授根牟子，根牟子授赵人荀卿，荀卿授鲁国毛亨，毛亨作《训诂传》以授赵国毛苌，时人谓亨为大毛公，苌为小毛公。据是二书，则作传者乃毛亨，非毛苌，故孔氏《正义》亦云：大毛公为其传，由小毛公而题毛也。"陆玑的说法是否确实我们可以不论，至少可以说明毛苌以前已有小序，大序则由于引用了《乐记》当在其后。《乐记》虽有郭沫若为公孙尼子所作一说，但显然缺乏根据，它不可能早于荀子《乐论篇》和《吕氏春秋》。所以应该相信班固《汉书·艺文志》所说："武帝时，河间献王好儒，与毛生等共采《周官》及诸子言乐事者以作《乐记》。"这里的"毛生"就是毛苌，也就是传《诗》的小毛公。由此，我们可以知道毛苌不仅是《乐记》的主要编撰者，而且又是《毛诗》的传人，并且是博士。《毛诗大序》既直接抄录了《乐记》的文字，我们有理由说它应该是完成于毛苌之手，但并非全部是他所写，因《大序》中包含着《关雎》的小序，当是毛苌在原小序的基础上补充而成的，考虑到是《诗经》的第一篇，所以在里面论述了有关诗歌的一些根本理论问题。又由于他是《乐记》的主要编撰者，所以很自然地引用了《乐记》的很多重要论断，因为这些论断也完全可以通于诗。《乐记》不仅是综合先秦儒家各种音乐美学论述，吸收阴阳五行思想，并加以系统化而完成的一部很有理论深度的著作，是儒家音乐美学的纲领性文献，而且也是儒家文艺思想的集大成之作。而《毛诗大序》则是儒家文学理论批评的纲领性文献,它的基本文学理论观点是从《乐记》中因袭和推演出来的。它除了上引直接抄录《乐记》那一段关于文艺和政治关系的经典性论述和关于诗歌的产生的论述外,其他的论点主要也是因袭《乐记》而来的。如关于"诗者,志之所之也,在心为志,发言为诗"的论述,除了有《尚书·尧典》"诗言志"说影响外,显然是根据荀子《乐论篇》中"君子以钟鼓道志,以琴瑟乐心"的论述,和《乐记》"凡音之起,由人心生也""凡音者,生于人心者也"两段提出来的。"发乎情,止乎礼义"说,则是对荀子《乐论篇》和《礼记·乐记》中所提出的"以道制欲"说的发挥,是对《乐记》中不能"灭天理而穷人欲",而要用礼乐加以节制的论述的提升。《毛诗大序》所提出的"主文而谲谏"的委婉曲折、含蓄蕴藉的讽谏方式,是对孔子的"(《关雎》)乐而不淫,哀而不伤",荀子《乐论篇》所论的"中声""中和",和《乐记》的"中和"美学思想之发展。它所说诗歌的"正得失,动天地,感鬼神",也是从《乐记》中下列论述而来:"听乐而知政之得失,则能正君臣民事物之礼也。""大乐与天地同和,大礼与天地同节。""故祀天祭地,明则有礼乐,幽则有鬼神。"《毛诗大序》所说:"经夫妇,成孝敬,厚人伦,美教化,移风俗。"则是从《乐记》有关音乐和人伦道德、社会风尚方面的论述综合概括出来的。

不过,《毛诗大序》毕竟是中国古代文论史上第一篇系统而完整的文学理论批评著作,它虽然是从《乐记》中推演出来的,但并不是简单地重复《乐记》的一些论述,而是以《诗经》为范例,全面地探讨了文学的本质和特点、文学和现实政治的关系、文学的创作方法和表现技巧、文学创作的美学理想、文学的社会作用等,它提出的情志说、讽谏说、六义说等已经超出了乐论的范围,构造了文学理论批评的自身体系,在两千多年漫长的封建社会中,曾经对中国古代文学和文学批评的发展产生了极为深远的影响。然而,如果我们不了解从先秦一直到汉代的音乐美学状况,就没有办法深入理解以《毛诗大序》为代表的儒家诗歌美学的深刻内涵。两汉经学时代所形成的儒家正统文学观念,其实就是从早期儒家的仁义礼乐思想,特别是儒家的音乐美学思想中孕育发展成熟的。从《毛诗大序》开始,经过司马迁、扬雄、班固、王充、王逸等的拓展,汉代已经形成了以评论

《诗经》《楚辞》、汉赋为中心的自觉的文学理论批评,这是以经学思想为指导的文学理论批评。

汉魏之交,中国古代文学思想和文学批评的发展有一个很大的变化,简单地说是从以经学思想为指导的文学理论批评,向以玄学道家思想为指导的文学理论批评的转化,也就是从偏重文学外部规律向偏重文学内部规律的转化。过去大家都把曹丕的《典论·论文》作为这个转化的标志,这也不能算错,但是大家往往忽略了真正完成这个转化,并从理论上否定儒家文艺思想,确立了玄学道家文艺思想指导地位的,不是曹丕,不是陆机;不是《典论·论文》,不是《文赋》;不是文学批评,而是音乐批评,是嵇康,是他的《声无哀乐论》。在中国古代音乐美学史上可以和《礼记·乐记》相匹配、相媲美的只有嵇康的《声无哀乐论》,它是一篇杰出的音乐美学论著,也是玄学道家文艺美学思想方面的纲领性文献,魏晋南北朝文学创作和文学批评正是按照它所启示的方向发展的。嵇康的《声无哀乐论》有很强的思辨色彩,文中假设"秦客"对声无哀乐提出质问,而由"东野主人"来回答,并加以辩驳。嵇康提出"声无哀乐"的论点是针对《礼记·乐记》的基本思想而发的。文中"秦客"质问时所依据的即是《乐记》,而嵇康以"东野主人"身份所作的反驳,也就是对《乐记》的批评。《声无哀乐论》中"秦客"和"东野主人"的这场争辩,正是儒道两家在音乐美学和文艺思想方面的一场大论战。《乐记》的中心思想是强调音乐和政治治乱之间的必然联系,音乐可以感化人心,而直接决定政治的良窳,即是"声音之道与政通"。所以,认为音乐是和人情哀乐不可分的,是有直接联系的,声音有哀乐是上述音乐和政治关系的理论基础。而《声无哀乐论》的中心思想就是要阐明音乐与人的哀乐感情不能混为一谈,两者之间并无必然的联系。"心之与声,明为二物","声之与心,殊途异轨,不相经纬"。嵇康认为音乐是由不同的声音,经过排比组合,形成一定的节奏,然后构成为乐曲,它的目的是要表现声音的自然和谐之美,音乐本身并不存在哀乐之情。他说:"音声之作,其犹臭味在于天地之间。其善与不善,虽遭浊乱,其体自若而无变化也。岂以爱憎易操、哀乐改度哉!"人的喜怒哀乐之情本是蕴藏于人内心的,它可以假托声音而显示出来,对同样的声音来说,它可以成为悲哀之情的载体,也可以成为喜悦之情的载体。在不同的地区,声音和哀乐的对应情况也不同:"夫殊方异俗,歌哭不同,使错而用之,或闻哭而欢,或听歌而戚;然其哀乐之怀钧也。今用均同之情,而发万殊之声,斯非音声之无常哉?"音乐和人情本是两种不同的事物,不能把它们等同为一。"声无哀乐",这就把《乐记》强调"治世之音安以乐,其政和;乱世之音怨以怒,其政乖;亡国之音哀以思,其民困"的理论基础给否定了。至于秦客所说的"仲尼闻韶,识虞舜之德;季札听弦,知众国之风",当然也要重新加以评说了。嵇康从"声无哀乐"出发,直接否定了《乐记》所总结的儒家"音乐→人心→治道"模式,为六朝文艺的新发展开辟了广阔的道路。

嵇康认为,音乐的善与不善,美与不美,在于它是否达到"自然之和",属于乐曲的声音节奏和谐不和谐的问题,这是音乐的一种自然属性。人们在欣赏音乐时所产生的审美感受,是对乐曲本身状况的一种反应,它和人情的哀乐没有必然关系,所以,音乐艺术有它自身的价值和标准。要使音乐成为美的艺术,必须研究如何才能获得"自然之和",要在艺术本身的形式方面去研究和探索。只有充分重视了艺术形式美的研究,才可以考虑从中寄托什么样的思想感情,起到什么样的社会作用。嵇康并不否定文艺可以起到一定的社会政治作用,但是必须分清艺术形式和内容不是等同的,要充分重视艺术形式本身的独立性。"声无哀乐"论的提出,有力地批评了儒家把艺术等同于政治的错误,特别强调对音乐艺术形式美的研究,这也推动和促进了当时整个文艺领域对艺术本身特征的探讨。陆机的《文赋》应当看作是在嵇康《声无哀乐论》的直接影响下的产物。陆机比嵇康小将近四十岁,虽然没有明文记载,但是我们可以推测陆机是肯定看见过嵇康《声无哀乐论》的,因为嵇康和他的这篇名文,在当时文人中的影响是十分巨大的。《文赋》就是按照《声无哀乐论》的方向,对文学创作本身的一系列形式美问题作了深入细致的阐述,研究和探索了文学的创作构思、创作方法和表现技巧,并且借音乐为喻,提出了"应、和、悲、雅、艳"的文学创作审美理想,"譬偏弦之独张,含清唱而靡应","像下管之偏疾,故虽应而不和","犹弦幺而徽急,故虽和而不悲","寤《防露》与《桑间》,又虽悲而不雅","虽一唱而三叹,固既雅而不艳"。它讲的都是音乐乐曲的"自然之和",并借此来说明文学的艺术形式美的几个重要方面。① "声无哀乐论"重视艺术的审美客体和审美主体的差别性,重视对音乐艺术形式美规律的探讨,毫无疑问,这对六朝文艺创作和文艺理论批评的重心转向如何提高文艺的形式美,是有十分重大的影响的。魏晋之交除嵇康外,从玄学思想出发的有关音乐美学论著还很多,这些音乐理论批评实际上是和当时的文学批评分不开的,所以汤用彤先生在《魏晋玄学与文学理论》一文中,把声无哀乐、言不尽意、形神关系,看作是魏晋玄学直接影响下的三大文艺理论问题。

(二) 六朝书画创作理论批评对文论发展的影响

以诗论为中心的中国古代的文学理论,在它的发展过程中,受书画理论的影响是很大的。六朝以前,有关书画的理论是很少的,只有一些片段,不过它对后来书画论的发展,还是起过重要作用的。中国最早的画论是《庄子·田子方》中提出的"解衣般礴"说,它说的是画家的精神境界,但同时也是诗人和文学家的精神境界。具有这种"解衣般礴"精神状态的人,画出来的画,就和自然本身没有差别。庄子认为用笔墨所能画出来的画,都是有局限性的,总不如自然本身来得美。一个画家不管他有多大本事,也不能把自然之美全部描绘出来,总是会有人工痕迹,而只有自然本身所体现出来的,才是最美的"真画"。这种对绘画的要求,其实也不是不要画,而是要求人在主体精神上实现与道合一,这时画出的画就没有人工痕迹,而与自然化工一致了。《韩非子·外储说左上》中提出"画犬马难,画鬼魅易"的观点,表现了重视现实真实的思想。这个观点在画论史上影响很大,同时对文学创作思想也有很深影响。它认为表现人们日常生活中的真实状况是很不容易的,因为稍有不似,人们就可以发现。而表现人们幻想中的东西,如鬼魅,是比较容易的,因为谁也没有看见过,不管像不像,都没有一个现实的客观标准,要怎么画就可以怎么画。这是从注重真实地再现现实生活的角度来看问题得出的结论。如果从浪漫主义的表现理想的角度来看,那么,鬼魅也是很不好画的,甚至比犬马更难画。

---

① 参见张少康集释:《文赋集释》,北京:人民文学出版社,2002年。

因为画犬马有现实模式,可以依样画葫芦,可是,画鬼魅要使之充分体现作者理想,就不那么容易了。后来宋代的欧阳修就对此提出过不同看法。① 所以,从韩非的说法可以看出有重视真实地再现现实而不重在表现作家主观理想的特点。它也影响了司马迁"实录"原则的提出,而"实录"精神对中国古代文学创作的影响是异常巨大的。汉代《淮南子·说山训》中所说"画西施之面""规孟贲之目",应当突出其"君形者"特点,对东晋顾恺之传神写照理论提出有直接关系。绘画创作中提出的形神关系实际是艺术形象塑造问题,它对文学创作的形象塑造也具有同样意义。到了魏晋南北朝时期,书画创作和书画理论批评有了极大的发展,并对当时和后代文学理论批评的发展产生了非常重大的影响。中国古代很多基本的文学创作理论和批评理论,都产生于六朝的书画理论批评。这里,我想举以下几个较为突出的例子来加以说明。

心手相应

这一部分详见下面专文《论文艺创作中的心手相应》,此处略去。

迁想妙得

"迁想妙得"说的是文艺创作中的艺术想象特点,是东晋著名画家顾恺之提出来的,见于《历代名画记》所载他的《论画》(或谓此当是他的《魏晋胜流画赞》)。其云:"凡画人最难,次山水,次狗马。台榭一定器耳,难成而易好,不待迁想妙得也。"台榭这些形器是有固定状态的,不需要艺术家去想象。"迁想妙得"是说艺术家在经过丰富的想象活动后,会把自己奇特的构思具体地寄寓到所描写的生动形象中去。"想",是一种主体的艺术思维活动状况;"迁"是推移、变迁的意思,是指主体思维不受某个具体物件的束缚,而能超越对象,在自由的丰富的联想中,很自然地把主体迁移到客体,把思维内容落实到形象上;"妙得"就是主体和客体和谐配合,创造出奇妙的意象。"迁想妙得"比较强调艺术家主体的作用,所以和西方所说的"移情",有比较相像的地方。顾恺之在同一篇中论到当时画伏羲、神农的画像时说:"虽不似今世人,有奇骨而兼美好,神属冥芒,居然

---

① 见欧阳修《题薛公期画》。

有得一之想。"所谓"得一之想",其实也是指在丰富的想象中获得符合自己意愿的生动意象。顾恺之《论画》中还说,若是画"轻物"则"宜利其笔";画重物则"宜陈其迹","各以全其想"。所谓"全其想",是要求艺术家对不同的事物运用不同的笔法,来想象不同事物的特点,而达到传神写照的目的。绘画理论中对"迁想妙得"的论述很自然地就影响到文学理论批评,刘勰在《文心雕龙·神思》篇中所说的"登山则情满于山,观海则意溢于海",就正是说的这种"迁想妙得"的构思活动,并把情、意这种主体的思维内容和山、海这种客体的自然物象紧密地联系起来,"迁想妙得"实际上也就是如何把主体的情意转移到客体的物象上。他在《文心雕龙·养气》篇的赞语中说"纷哉万象,劳矣千想",则是感叹"万象"和"千想"之间的种种复杂的交互作用。张彦远在《历代名画记》中特别赞赏顾恺之的画,认为"唯顾生画古贤,得其妙理。对之,令人终日不倦,凝神遐想,妙悟自然,物我两忘"。由"凝神遐想"到"物我两忘",正是"迁想妙得"的最高境界。诗和画在艺术想象的方面是完全一致的,故苏轼在《次韵吴传正枯木歌》中说:"古来画师非俗士,妙想实与诗同出。"这"妙想"即是顾恺之所说的"迁想妙得"。惠洪在《冷斋夜话》中论苏轼的诗歌创作时,特别指出:"诗者,妙观逸想之所寓也,岂可限于绳墨哉!""妙观逸想"也就是"迁想妙得",是指诗人在观察外界事物时,会产生很丰富的联想,从而凝聚成奇特的诗歌意象。而且这种奇妙的艺术想象往往会越出常情、常理,"如王维作画雪中芭蕉诗,法眼观之,知其神情寄寓于物,俗论则讥以为不知寒暑"。他还曾记载苏轼评柳宗元《渔翁》一诗时说的:"诗以奇趣为宗,反常合道为趣。"诗歌是诗人把自己内在心灵世界,"迁移"到外在的生动物象上之结果,"雪中芭蕉"这样的物象是作为诗人心灵的载体而出现的,它已经人化了,至于它是否符合时令节气是可以不问的。后来清代著名的诗人和诗论家王士禛在他的《池北偶谈》中曾说:"世谓王右丞画雪中芭蕉,其诗亦然。如'九江枫树几回青,一片扬州五湖白',下连用兰陵镇、富春郭、石头城诸地名皆寥远不相属,大抵古人诗画只取兴会神到,若刻舟缘木求之,失其指矣。"只要能真实地传达出诗人的兴会神情,诗歌中写的时间、地点等是否正确,是无关紧要的。他在《渔洋诗话》中又说:"香炉峰在东林寺东南,下即白乐天草堂故址;峰不甚高,而江文通《从冠军建平王登香炉峰》诗云：'日落长沙渚,层阴万里生。'长沙去庐山二千余里,香炉何缘见之？孟浩然《下赣石》诗：'暝帆何处泊？遥指落星湾。'落星在南康府,去赣亦千余里,顺流乘风,即非一日可达。古人诗只取兴会超妙,不似后人章句,但作记里鼓也。"诗歌当随情性之所至,如果变成章句训诂,还有什么意思呢？惠洪和王士禛在这里所说,可以看作是对顾恺之"迁想妙得"说的进一步发挥。

意在笔先

"意在笔先"说的是创作构思过程中,必须要在构思成熟之后才落笔,也就是说,作者要先在脑海中形成鲜明的生动形象,构成一个完整的意象体系,然后才下笔进行具体的创作。它是中国古代文学艺术创作中一个为大家所熟知的普遍原理。它是在六朝书法理论中首先提出的,东晋著名的书法家卫夫人在《笔阵图》中说到"心手不齐,意后笔前者败","意前笔后者胜"。王羲之在《题卫夫人笔阵图后》中说："夫欲书者,先乾研墨,凝神静思,预想字形大小、偃仰、平直、振动,令筋脉相连,意在笔前,然后作字。"后来这个创作原则就由书法发展到绘画,例如张彦远在《历代名画记·论顾陆张吴用笔》中说："顾恺之之迹,紧劲联绵,回圈超忽,格调逸易,风趋电疾,意存笔先,画尽意在,所以全神气也。"又说吴道子画画是："守其神,专其一,合造化之功,假吴生之笔,向所谓意存笔先,画尽意在也。"在绘画中所说也是主要强调创作之前,先要有认真的构思,在形成意象之后再落笔画画。苏轼称之为"成竹于胸"。例如苏轼在《文与可画筼筜谷偃竹记》一文中说："竹之始生,一寸之萌耳,而节叶具焉。自蜩腹蛇蚹以至于剑拔十寻者,生而有之也。今画者乃节节而为之,叶叶而累之,岂复有竹乎？故画竹必先得成竹于胸中,执笔熟视,乃见其所欲画者,急起从之,振笔直遂,以追其所见,如兔起鹘落,少纵则逝矣。"这里提出的画竹必先得"成竹于胸"的思想,就是对"意在笔先"创作原则的发挥。苏轼说文与可画竹不是"节节而为之,叶叶而累之",而是要先形成完整的竹的形象,它是对构思中涌现出来的"千亩""修竹"提炼、加工,按照艺术家的理想创造出来的"人化"了的竹的形象,有"成竹于胸",然后才能用艺术方法把它物质化为具体的画,变成"手中之竹"。后来发展到诗歌,乃至一切形式文学,它也是历来诗歌创作的重要美学原则。明代后七子的主要人物王世贞在他的《弇州山人四部稿》卷一百五十中说:"吾于诗文,不作专家,亦不杂调。夫意在笔先,笔随意到,法不累气,才不累法。"何焯在《义门读书记》中评六朝诗人邱迟的诗时说:"邱希范《旦发渔浦潭》,步趋康乐,而未届精微。所工特模范间矣,体物工矣,兴象不逮。'逻障'下插出'村童''野老'一联与'棹歌''鸣鞞'萦拂,则结处'坐啸''卧治',气脉皆贯穿生动,然后模山范水,亦纡余不直矣。邱方出守永嘉,未容先事游览也。'崖倾屿难傍'五字,不惟叙致窈折,亦可随势脱卸出后四句,书家所谓意在笔先也。"这里我们先把邱迟的原诗引出来:"渔潭雾未开,赤亭风已扬。棹歌发中流,鸣鞞响逻障。村童忽相聚,野老时一望。诡怪石异象,崭绝峰殊状。森森荒树齐,析析寒沙涨。藤垂岛易陟,崖倾屿难傍。信是永幽栖,岂徒暂清旷。坐啸昔有委,卧治今可尚。"那么,何焯所谓的"意在笔先"正是指作者先构思描绘了"藤垂岛易陟,崖倾屿难傍"这样生动的境界,然后他末四句所表达的思想感情才有了着落。这也说明到明清之际,"意在笔先"已经被广泛运用于诗歌批评中。清人沈德潜在《说诗晬语》中说:"写竹者必有成竹在胸,谓意在笔先,然后着墨也。惨淡经营,诗道所贵。倘意旨间架,茫然无措,临文敷衍,支支节节而成之,岂所语于得心应手之技乎?"他把创作前对全篇整体意象的构想放在一个非常重要的位置上,这也可以说是对"意在笔先"的进一步发展。

以形写神

"以形写神"是东晋著名画家顾恺之传神理论的核心,也是中国古代关于形象塑造的基本原则。西方文学理论里对于艺术形象的塑造,着重在创作个性和共性统一的典型;而中国古代则是讲究形和神的统一,以传神为主,而同时要有形的刻画。相对于西方的典型来说,中国古代所讲的形和神的统一,显然更重视创作对象个性特征的描写。如何认识形和神的关系,这是一个比较复杂的问题,它本是一个哲学上的问题。文学艺术创作中的形神关系,是从人物品评中移植过来的。人都有他的外在形貌表象,也有他的内在精神本质,所以人物画自然也是如此,由人物画又扩大到其他的画。宇宙间任何事物都有形和神两个方面。形神并重，形的描写必须真实而生动，但是最根本的还是要传神。顾恺之从他自己的创作实践中认识到了形和神是不能分开的。如果离开了具体的形的描写，也不可能传神。然而真正优秀的作品，不能光追求形似而忽略了传神的重要性，而要着重借助形似描写来获得传神写照效果。据《世说新语》记载，顾恺之画裴楷的像，开始总觉得不满意，不能起到传神写照的效果，就在他脸颊上添了三笔，于是使人感到"益三毛如有神明"。顾恺之说："裴楷俊朗有识具，此正其识具。""三毛"是"形"，它本身不是"神"，但是把这个"形"一突出出来，却可以传裴楷之神。顾恺之对人物画特别重视画眼睛，他说："传神写照，正在阿堵中。"眼睛是人的形，但又是比较特殊的形，它是最能体现神的"心灵的视窗"，眼睛画得好不好，对能不能传神有很大关系。神总是要借一定的形来表现的，根本不要形，也就无法传神。顾恺之的"以形写神"论和玄学里的言、象、意论，也就是"言为象蹄，象为意筌"的思想紧密联系在一起的。他不是把"形"看成是"神"的某种具体的表现，而是把"形"看作是象征"神"的工具，如同蹄和兔、筌和鱼一样。从这一点上看，有过于玄虚之处，但是，顾恺之确实看到了形和神之间有不可分离的辩证关系，懂得写形是为了传神，传神要借助写形，他要求在创作中把两者结合起来，这是有极大贡献的，也为后来文艺家正确认识和处理形神关系奠定了基础。顾恺之的"以形写神"论后来又得到了许多文艺家的进一步阐述与发展，而逐渐有了更加完备的内容。唐代的诗歌创作中非常重视传神写照，在诗歌理论上比较早提出这个问题的是殷璠，他在《河岳英灵集》认为"兴象"超远的作品，具有"神来，气来，情来"之妙，这是在诗歌创作理论上注重传神的具体表现。不过，唐代的文学理论不是很发达，很少明确强调传神的论述。唐代前期的著名诗人张九龄在《宋使君写真图赞并序》中所提出的"意得神传，笔精形似"主张，也还是从绘画方面说的。杜甫论诗比较突出地表现了重视传神的思想，不过，他论述的角度和顾恺之不完全相同，偏重在诗人的感兴和才华方面。如："草书何太古，诗兴不无神。"（《寄张十二山人彪三十韵》）"感激时将晚，苍茫兴有神。"（《上韦左相二十韵》）"醉里从为客，诗成觉有神。"（《独酌成诗》）"读书破万卷，下笔如有神。"（《奉赠韦左丞丈二十二韵》)晚唐著名的绘画理论家张彦远在《历代名画记》中说:"象物必在于形似,形似须全其骨气。"他又说:"古之画或能移其形似而尚其骨气,以形似之外求其画,此难可与俗人道也。今之画纵得形似而气韵不生,以气韵求其画,则形似在其间矣。"这"骨气""气韵"都是指"神似"而言。张彦远并不否定"形似",但是比较强调有了神似,形似也就在其中了,而没有充分认识神似又必须依赖于某种形似才能体现出来,从这一点说他又不如顾恺之深刻。苏轼首先把传神理论运用到诗歌创作上,他在《书鄢陵王主簿所画折枝》一诗中说:"论画以形似,见与儿童邻。作诗必此诗,定知非诗人。"所谓"作诗必此诗"就是对只注重诗歌具体文字所表现的字面的意思,而不懂得探求诗歌意象中所蕴涵的神韵情致,这就和绘画之只求形似、不求神似一样。此后,"传神写照"和"以形写神",遂成为文学创作和文学批评中十分重要的形象塑造原则。苏轼在著名的《传神记》中还对顾恺之的"以形写神"论作了重要的总结和发挥。苏轼从顾恺之画裴楷像时颊上加"三毛"中体会到了艺术家必须善于抓住事物特殊的"形",来象征能鲜明反映事物本质的内在之"神"。艺术家的本事就是要善于发现事物的典型特征,用苏轼的话说,即是必须抓住"得其意思所在"的形的特征。他说:"凡人意思各有所在,或在眉目,或在鼻口。虎头云:颊上加三毛,觉精采殊胜,则此人意思盖在须颊间也。优孟学孙叔敖,抵掌谈笑,至使人谓死者复生,此岂举体皆似,亦得其意思所在而已,使画者悟此理,则人人可以为顾、陆。吾尝见僧惟真画曾鲁公,初不甚似。一日往见公,归而喜甚。曰:'吾得之矣。'乃于眉后加三纹,隐约可见,作俯首仰视,眉扬而额蹙者,遂大似。"不管是人还是物,他的"神"往往会体现在一个特别的"形"上。不同的人,他的"神"表现在什么样的"形"上是不一样的,"或在眉目,或在鼻口",或在"须颊间",或在"眉后"。优孟学孙叔敖之所以神态逼肖,也正是在善于把握其最能体现"神"的形态特征。所谓"得其意思所在",即是要得其传神之意思所在的形似特征。人是如此,宇宙之万物也都是如此。"使画者悟此理,则人人可以为顾、陆。"使诗人而能悟此理,则人人可以为李、杜了。中国古代文学理论批评特别强调作家必须要有"识",其实也就是要对创作物件的形和神有深刻的、透彻的把握。"以形写神"是中国古代传神理论的最关键之处,也是我国古代塑造艺术典型的最重要艺术经验。它在古代的小说戏剧创作中有相当普遍的运用,因为小说和戏剧都是以人物形象塑造为中心的,如何把人物性格刻画得鲜明生动,就要善于运用"以形写神"的方法。所以,它就成为小说戏剧评点中的重要批评标准。例如金圣叹在评点《水浒传》《西厢记》时,就特别注意用它来分析作品中的人物性格塑造。他认为施耐庵在《水浒传》写作中,注重"以形写神"是其人物性格刻画的最基本美学原则。他在分析《水浒传》描写鲁智深、林冲、杨志、武松、李逵等主要人物形象时,都是从"以形写神"角度来评论的。例如原书写李逵出场时,突出他是一个"黑凛凛大汉",金圣叹评道:"画李逵只五字,已画得出相。"又说:"黑凛凛三字,不惟画出李逵形状,兼画出李逵顾盼、李逵性格、李逵心地来。""黑凛凛大汉"是李逵的"形",但是它又很生动地体现了李逵的"神"。林冲的妻子被高衙内调戏,林冲一把扳过来,要打,见是高衙内,先自手软了。这一扳,又手软,自然是"形"的描写,但它把林冲那种"英雄在人廊庑下,欲说不得说,光景可怜"(金圣叹评语)的神态,栩栩如生地展现了出来。

应目会心

这是南朝刘宋时期的山水画家宗炳在《画山水序》中提出的。"应目"是指作家的视觉与山水物象的接触,"会心"是指作家的眼睛一接触到山水物象,内心立即有了感应,把自己的心灵世界融会到山水中去。这时山水景物就成了艺术家心灵世界的寄托。这里讲究的是一种直观的感受,非常突出地强调了直觉在文艺创作过程中的重要作用。刘勰的《文心雕龙》受宗炳的这种思想影响很深,这个"应目会心"说与刘勰《文心雕龙·物色》篇所说的"目既往还,心亦吐纳",以及《神思》篇"登山则情满于山,观海则意溢于海"之论,又何其相似!这种"应目会心"的说法和锺嵘在《诗品序》中提出的"直寻"说也有着内在的联系。锺嵘说:"'思君如流水',既是即目;'高台多悲风',亦唯所见;'清晨登陇首',羌无故实;'明月照积雪',讵出经史?观古今胜语,多非补假,皆由直寻。"锺嵘认为历史上许多优秀的诗歌往往不用典故,而是具有"自然英旨"的"直寻"之作。他所说的"直寻"之作,即是指诗人在灵感涌现、即景会心之时,书写"即目""所见"的作品,锺嵘在这里显然已经体会到了文学创作过程中"直觉"的重要作用。其实,这种对艺术直觉的认识并非始自钟嵘,《庄子·田子方》篇中所说的"目击道存"就已经接触到了哲学上的直觉问题,但是从文学艺术创作和理论批评上提出这个问题则是在六朝,也就是宗炳所说的"应目会心"。沈约在《宋书·谢灵运传论》中的"直举胸情,非傍诗史"之说也是此意。钟嵘把宗炳的画论发展成为诗论,强调诗歌创作只要即景会心,直接描绘出激起诗情的景物或社会生活内容,使外界形象和诗人心灵的直接碰撞,就是最好的作品。它并不排斥创作中理性的参与,但必须以直接可感的形象为主,使之作用于接受者的感官,进而感染、震撼其心灵。这对后来诗歌理论批评的发展产生了极为深远的影响。唐代的司空图在其《与李生论诗书》中强调"直致所得,以格自奇",也就是钟嵘所说的"直寻"之意。后来明末清初王夫之的"即景会心"说、"现量"说,直至王国维的"不隔"说,就都是对它的一种发展。然而,我们考察它的最初渊源则正是从画论中所移植过来的。

风清骨峻

"风清骨峻"是刘勰在《文心雕龙·风骨》篇中提出的文学审美理想,它"和中国的文化传统中所表现的主要精神有十分密切的关系。在中国古代文化传统中我们可以看到,在先进知识分子的精神品格上有非常可贵的一面,这就是:建立在'仁政''民本'思想上的,追求实现先进社会理想的奋斗精神和在受压抑而理想得不到实现时的抗争精神,也就是'为民请命''怨愤著书'和'不平则鸣'的精神,它体现了我们中华民族坚毅不屈、顽强斗争的性格和先进分子的高风亮节、铮铮铁骨。'风骨'正是这种奋斗精神和抗争精神在文学审美理想上的体现"。[①] 但是,风骨的概念在六朝是有一个发展过程的,它是由人物品评到书法、绘画理论批评,然后才移植到文学创作上来的。虽然风骨的含义大家有不同的看法,可是这个发展过程却是不争的事实。人物品评中有关风骨的论述,我们这里就不讲了,风骨概念最初是出现在书法和绘画理论批评中的。我们现在看到的比较早的是东晋时代王羲之、卫夫人的书论和顾恺之的画论中的

---

① 参见张少康:《六朝文学的发展和"风骨"论的文化意蕴》,《文艺学的民族传统》,武汉:华中师范大学出版社,2000年,第74页。

论述。东晋时著名画家顾恺之所主张的"天骨""天趣""奇骨"(参见张彦远《历代名画记》所引),以及著名女书法家卫夫人《笔阵图》中提倡的"多骨""多力"都是指的风骨之意。而南齐谢赫《古画品录》中说曹不兴画的龙,"观其风骨,名岂虚成",更明确地用"风骨"来评画,而他所提到的"壮气""神韵气力""风力顿挫""力遒韵雅""风趣巧拔""气韵生动"等实际也是指的风骨。南朝书法理论中也同样表现了重视"风骨"的特点,比如王僧虔所提倡的"骨势""骨力""风摇挺气""气陵厉其如芒"等都是指要有"风骨"的意思。后来到齐梁时期袁昂评蔡邕书法时赞扬其"风气",评陶弘景书法时赞扬其"骨体骏快",以及庾肩吾《书品》中提倡的"天骨""风彩",庾元威提倡的"骨力",梁武帝反对"纯肉无力",要求"骨力相称""常有生气"等等,也都是重视"风骨"的表现。而书法理论中所提出的骨和肉的关系,骨力和媚趣的关系,也和画论中的风骨与精彩的关系、文论中的风骨与辞采关系一样,是互相对应的,如王僧虔评王献之书法时说:"骨势不若父,而媚趣若过之。"又说郗超的草书是:"紧媚过其父,骨力不及也。"又评谢综书法说:"书法有力,恨少媚好。"都是指书法要以骨势或骨力为主,以媚趣为辅。故梁武帝以"纯肉无力"和"纯骨无媚"作为对立的两种不够全美的倾向。这些直接影响到文学中有关风骨的论述,刘勰在《文心雕龙·风骨》篇中就主张要以风骨为主,辞采为辅,他说:"若风骨乏采,则鸷集翰林;采乏风骨,则雉窜文囿;唯藻耀而高翔,固文笔之鸣凤也。"可见,"风骨"进入文学领域还是比较晚的,但是后来,它却成为文学批评中的一个非常突出、非常重要的美学标准。

六朝书画创作理论中所提出的这些重要思想,实际上已经构成了一个创作理论体系,对艺术创作的基本原则("心手相应")、想象活动("迁想妙得")、构思过程("意在笔先")、形象塑造("以形写神""传神写照")、艺术直觉("应目会心")、审美理想("风清骨峻")等,都有相当深入的阐发,而且它们后来也成为文学创作,特别是诗歌创作的基本理论。同时也说明中国古代文学理论批评的发展和书画等艺术理论批评的发展,有着非常密切的关系,它们是在相互启发、相互促进、相互补充中,使一些共同的基础理论,不断得到丰富和深化。因此,我们在研究中国古代文学理论批评过程中,一定要认真地研究书画乐等艺术理论批评的发展状况,找到它们的共同规律,以便更好地推进中国文学理论批评史研究的发展。

(三)隋唐以后文学批评和艺术批评相互影响的几个典型例子

隋唐以后文学理论批评和艺术理论批评的关系其实是更为密切了,但是由于历史的跨度很大,我这里不可能全面地来加以阐述,只能举几个比较有典型意义的例子来加以说明,不过从中也可以看出一个大体的情况。

唐代书法理论批评和韩愈《送高闲上人序》和文论发展的联系

唐代的书法理论是相当发达的,可以说比文学理论要更为丰富。根据张彦远的《法书要录》记载,十卷中除前两卷为唐以前书论外,全部都是唐代的书论。其中比较重要的,如虞世南《书旨述》、李嗣真《后书品》、徐浩《论书》、窦臮《述书赋》、张怀瓘《书议》《文字论》《书断》等,不仅论述到书法起源、各类书体(如篆书、隶书、章书、行书、飞白、草书等)、书法创作、书法艺术美等理论问题,还详细地论述了自先秦至唐的各个书法家的创作特点以及一些代表作品的特色,有的还把书法家分等品评。唐代的书法理论里有很多重要的文艺创作思想和审美标准,对文学创作和文学批评都有很明显的影响。比如张怀瓘的《文字论》就包含了丰富的文艺理论内容。首先,他提出了文字内容和书法的关系,认为两者的原理是相通的。他说:"文字者总而为言,若分而为义,则文者祖父,字者子孙。察其物形,得其文理,故谓之曰'文'。母子相生,孳乳寖多,因名之为'字'。题于竹帛,则目之曰'书'。文也者,其道焕焉。日月星辰,天之文也;五岳四渎,地之文也;城阙朝仪,人之文也。字之与书,理亦归一。因文为用,相须而成。"可见,文学和书法的基本原理是一致的。他提出的"深识书者,惟观神彩,不见字形",正是对重在传神,不重形似,以神韵为主而不落形迹的论述。书法在这方面比之于文学更为突出,"文则数言,乃成其意;书则一字,已见其心"。如何达到以"神彩"为上,就要求书法家"发意所由,从心者为上,从眼者为下","不由灵台,必乏神气"。他说:"若智者出乎寻常之外,入乎幽隐之间,追虚捕微,探奇掇妙,人纵思之,则尽不能解。用心精粗之异,有过于是。心若不有异照,口必不能异言,况有异能之事乎?"这个道理并不仅仅是适合书法,对文学和其他艺术也是一样适合的。文中对"自然天骨"所表示的赞赏,对"务于飞动"意象的追求,都对文学理论批评有很明显的影响。他在著名的《书断》中对书法创作过程的描绘,对创作灵感的高度肯定,对各类书体源流和特点的阐述,神、妙、能三品的确立,对历代书法家的创作特征之分析,对书法审美理想和艺术风格的评价,大部分都适合文学理论批评,或对文学理论批评有重要启发,这些可以弥补唐代文学理论批评内容的不足。

这里我们还要特别提到韩愈的《送高闲上人序》有关论书法创作的论述。韩愈在这篇文章中,以唐代著名书法家张旭为例,和高闲上人的书法作了比较,提出了文艺创作中一个重大的问题:即作家和艺术家在创作前究竟应该有什么样的精神修养?应当让创作主体进入什么样的心灵境界?是应该保持淡泊虚静的状态呢,还是要求有强烈的创作激情?在中国古代的文艺创作理论中,受老庄思想的影响,大多是主张要"虚静"的,尤其在书法理论批评中更是如此。东晋的大书法家王羲之说书法创作前,书法家必须"凝神静思"(见前引),南齐王僧虔论书:"如漆伯英之笔,穷神静思,妙物远矣,邈不可追。"唐代张怀瓘《书议》说:"玄猷冥运,妙用天资。"其《文字论》:"自非冥心玄照,闭目深视,则识不尽矣。"从文学理论批评方面看,陆机《文赋》说:"伫中区以玄览,颐情志于典坟。"刘勰在《文心雕龙·神思》篇中说:"陶钧文思,贵在虚静。疏瀹五藏,澡雪精神。"绘画理论批评中也都是这一类观点。佛教的文艺创作思想中也是主张要有虚静的精神境界的。韩愈和他的恢复儒学、排斥佛老思想相一致,他在文艺创作思想上,也是竭力反对淡泊虚静,而主张要有强烈激情的。他在《送高闲上人序》中分析张旭的草书创作:"往时张旭善草书,不治他伎。喜怒、窘穷、忧悲、愉佚、怨恨、思慕、酣醉、无聊、不平,有动于心,必于草书焉发之。观于物,见山水崖谷,鸟兽虫鱼,草木之花实,日月列星,风雨水火,雷霆霹雳,歌舞战斗,天地事物之变,可喜可愕,一寓于书。故旭之书,变动犹鬼神,不可端倪,以此终其身,而名后世。"他认为张旭正是由于从社会生活的感受和自然风物的观察中,酝酿了极为丰富热切的激情,有了十分强烈的创作欲望,所以才创作了这么多出神入化、魅力无穷的书法作品。他认为高闲上人则虚静恬淡、置身物外,"一死生,解外胶,是其为心,必泊然无所起,其于世,必淡然无所嗜。泊与淡相遭,颓堕委靡,溃败不可收拾,则其于书得无象之然乎"!既然对世事已毫不关心,自然也产生不了任何激动,那怎么又能创作出使人振奋、令人共鸣的书法作品呢!因此韩愈说高闲上人虽也有张旭那样希望创作出优秀作品的愿望,却是"不得其心而逐其迹,未见其能旭也"。如果要达到张旭的水平,就要知道"为旭有道,利害必明,无遗锱铢,情炎于中,利欲斗进,有得有丧,勃然不释,然后一决于书,而后旭可几也"。可是,这在高闲上人是万万做不到的。韩愈所说的这个问题不只存在于书法创作,其实也是文学和一切艺术创作中所有的共同问题。苏轼在他论诗歌创作的文章中,就对韩愈提出了不同的看法。他在《送参寥师》一诗中说:"退之论草书,万事未尝屏。忧愁不平气,一寓笔所骋。颇怪浮屠人,视身如丘井。颓然寄淡泊,谁与发豪猛。细思乃不然,真巧非幻影。欲令诗语妙,无厌空且静。静故了群动,空故纳万境。阅世走人间,观身卧云岭。咸酸杂众好,中有至味永。诗法不相妨,此语当更请。"苏轼以诗歌创作为例说明诗人必须有"空且静"的精神境界,方能"令诗语妙"。他看到了"寄淡泊"和"发豪猛"实际是两个问题,前者是讲构思时应"守其神,专其一",后者是讲作家创作冲动的来源。苏轼并不否定"忧愁不平气,一寓笔所骋",他是很赞成韩愈的"不平则鸣"和欧阳修的"穷而后工"说的。他曾说:"非诗能穷人,穷者诗乃工。"(《僧惠勤初罢僧职》)又说:"秀语出寒饿,身穷诗乃亨。"(《次韵仲殊雪中游西湖》)但是他认为不应就此而否定"空静"(或"虚静")的意义和作用。苏轼对"空静"的作用作了相当深入的分析。所谓"静故了群动",是指进入到了"虚静"的境界,即能对宇宙万物及其变化发展规律有深刻的了解;所谓"空故纳万境",是指内心排除了一切世俗杂念之后,方能容纳宇宙间的千景万象,即所谓"东南山水相招呼,万象入我摩尼珠"(《次韵吴传正枯木歌》)。而且,因为有了"空静"的心态,才能"阅世走人间,观身卧云岭",站得高,看得远,对自然景物和社会生活作全面深入的考察。苏轼在创作上是崇尚佛老的,自然与韩愈的看法不同。但是从文学创作的实际来说,这两者并不矛盾。作家在创作中必须有激情,没有激情也就不会有真正的文学,可是在进行创作构思的时候,又必须排除各种与创作无关的主客观因素之干扰,"空静"方能专心一致,使想象的翅膀飞腾,从而构成优美的艺术意象。由此也可以看出儒家和释老在创作思想上的侧重点是不同的,但是他们各自从不同的角度,丰富了文艺创作理论。

绘画品级的"逸、神、妙、能"四等和文章的"圣境、神境、化境"三等

唐宋时期的绘画理论批评曾经把画家分为不同的等第。唐代李嗣真的《后书品》将书法家分为十等,除在上、中、下三品里每一品再分上、中、下,变成九等外,特别在上上品之上再加一等:逸品。逸品只有五人:李斯、张芝、锺繇、王羲之、王献之。他说李斯是"学者之宗匠,传国之遗宝"。而后四人则是"旷代绝作","神合契匠,冥运天矩",说明他的"逸品"是与化工造物一样,完全合乎自然的。张怀瓘是用神、妙、能三等来区分的,他的"神品"实际是兼有逸品的品格的,如说史籀是"稽诸天意,功侔造化"。至朱景玄《唐朝名画录》始合两家之说,分为神、妙、能、逸四品,不过,他在神、妙、能三品中又各分上、中、下,逸品是放在能品后,但不是贬意,如《四库总目提要》所说:"逸品则无等次,盖尊之也。"到晚唐张彦远则将"自然"置于神、妙、能三品之上,"夫失于自然而后神","自然者为上品之上"。更加强调了自然逸品的崇高地位。北宋的黄休复则在《益州名画录》中更加明确地将"逸品"(即自然)列于神、妙、能三品之上,分为四品,认为:"画之逸格,最难其俦。""得之自然,莫可楷模,出于意表,故目之曰逸格尔。"后来绘画的等级品第就以此四品为准了,以合于造化之逸品为绘画之最高境界。明代董其昌《画旨》中说:"画家以神品为宗极,又有以逸品加于神品之上者,曰失于自然而后神,此诚笃论也。"这种思想的来源是老庄道家思想的影响。因为老庄把合乎自然、与自然同化作为最高的精神境界,也是最高的艺术境界。绘画批评中这种分等的方法对后来的文论和诗论影响也是极为深远的,像苏轼等许多诗论家都把合乎自然看作是诗歌艺术的最高境界。到了明代的李贽在他的《杂说》中说:"《拜月》《西厢》,化工也;《琵琶》,画工也。""画工虽巧,已落第二义矣。"李贽所说的"画工",即是指人工;而"化工",则是指天工。人工虽"工巧至极",终究还是"似真非真","入人之心者不深",如《琵琶记》高则诚虽

"已殚其力之所能工,而极吾才于既竭。惟作者穷巧极工,不遗余力,是故语尽而意亦尽,词竭而味索然亦随以竭";而"化工",例如《西厢》《拜月》,则"意者宇宙之内,本自有如此可喜之人,如化工之于物,其工巧自不可思议尔"。到了明末清初的金圣叹更提出了文章三境说,即"圣境""神境""化境",三境中以"圣境"为最低,而以"化境"为最高。这是他评价《水浒传》的基本美学指导原则。金圣叹"三境"说的直接思想来源,是李卓吾《杂说》中的"化工""画工"说。大体上说,他的"化境"即李卓吾之"化工"境界,而其"圣境"即李卓吾的"画工"境界,而其"神境"则是介乎李卓吾"化工"与"画工"之间的一种境界,既有"化工"成分,又没有完全脱离"画工"境界。从中国古代评画的评级来说,其"逸品"即是"化境"的产物,其"神品"即是"神境"的产物,而"妙品""能品"大致相当于"圣境"的产物。从"人工"的角度来说,"圣境"已经是很高的水平了,并非一般人所能达到,只有圣人才有可能,故曰"圣境"。"神境"比"圣境"要高出很多,已经有了某种非"人工"所能达到的水平,但还没有完全与自然相合,也就是庄子所说的还是"有待"的,故曰"神境"。所谓"化境"则是完全没有"人工"的痕迹,而合乎化工造物的境界了。这也就是庄子所说的"天籁"境界,亦即是达到了"以天合天",进入了"物化"状态的境界,如庖丁解牛、轮扁斫轮、梓庆削木为鐻的境界。不仅是小说,诗歌创作中也是如此,王渔洋也是十分欣赏"逸品"的,绘画中以"逸品"为最高,文学中以"化境"为极致,这都是受老庄道家崇尚天然、反对人为思想影响的结果。

严羽的"妙悟"说和董其昌的山水画南北宗论

明清时期董其昌的山水画南北宗论在绘画理论批评界占有最主要的地位。其实,应该说它是在严羽以"妙悟"论诗的基础上发展起来的。严羽以禅喻诗,同归妙悟,主要是受禅宗南宗思想的影响,他是用南宗提倡顿悟的思想来论述诗歌创作的。董其昌主张山水画的南北分宗论①,也是推崇南宗而贬斥北宗的,他是用南宗思想来论山水画。其实,中国古代不仅有南宗画,也有南宗诗。南宗诗就是在庄学和禅学思想影响下,以山水

---

① 董其昌的画论见其《画旨》,载《容台别集》。下凡引此者,不再注明出处。

田园隐逸诗为主要代表的那种意在言外、超脱空灵的诗歌创作。不过,南宗诗没有像南宗画一样在诗歌创作中占有统治地位,也没有人明确地提出过南宗诗的概念。我们这里所说的南宗诗是就其美学思想特征以及与南宗画的美学特征相比较而说的。从司空图、严羽到王士禛以庄学和禅学为思想基础的诗歌理论,虽然并不是专就山水田园隐逸诗来立论的,但他们的诗歌理论所提倡的正是这种以山水田园隐逸诗为主要代表的诗歌创作,所以,实际上就是南宗诗论。他们的诗歌理论和董其昌的画论一样,都是以禅宗之分南顿北渐为喻,来区分诗歌和绘画的优劣,抬高南宗,贬低北宗,以惠能的顿悟来论诗和论画,要求艺术创作做到如化工造物,不落痕迹,耐人寻味,具有"言有尽而意无穷"的意境。从严羽的以禅喻诗到董其昌的以禅喻画,我们不仅可以看到一条鲜明的发展线索,而且正是董其昌的画论,更清楚地阐述了以禅喻诗画在美学思想上的特征。董其昌的绘画美学思想不仅深刻地影响了明清两代的绘画创作的发展,而且对明代后期以公安派为代表的文艺新思潮也有很明显的影响。董其昌对李贽很佩服,他和袁氏兄弟是很好的朋友,在文艺思想上有很多一致与相近的地方。董其昌的绘画美学思想核心,是主张文学作品应当具有"平淡天真"之美,要求生动传神,合乎自然造化,极其推崇"逸品"。而这又是和他主张文学创作应当"师心""写真"分不开的。他在《诒美堂集序》中表现了对以李攀龙、王世贞为代表的后七子的不满,赞美刘祝之文"其撰造皆肖心而出",能"游乎自然之途而化其镕裁之迹,则文品之最真者"。这和李贽《童心说》中主张文学作品必须是人的童心,亦即真心之自然流露,是完全一致的,也和袁宏道在《叙小修诗》中所说"独抒性灵,不拘格套,非从自己胸臆流出,不肯下笔",是相同的。公安派从诗歌是真性灵、真感情之自然流露出发,亦以"淡"为最高美学原则。袁宏道在《叙呙氏家绳集》一文中说:"苏子瞻酷嗜陶令诗,贵其淡而适也。凡物酿之得甘,炙之得苦,唯淡也不可造;不可造,是文之真性灵也。"认为"淡"才合乎"本色"美。在公安派的文艺思想中,这种天真平淡的逸品乃是他们所倡导的真实心灵自然流露的产物。董其昌的文艺美学思想对公安派的影响,我们还可以从袁宏道自己的论述中看出来。袁宏道在《叙竹林集》一文中说:"往与伯修(袁宗道)过董玄宰(董其昌)。伯修曰:'近代画苑诸名家,如文征仲、唐伯虎、沈石田辈,颇有古人笔意否?'玄宰曰:'近代高手无一笔不肖古人者,夫无不肖,即无肖也,谓之无画可也。'余闻之悚然曰:'是见道语也。'故善画者师物不师人,善学者师心不师道,善为诗者师森罗万象,不师先辈。"所谓"森罗万象"者,即自然造化也。这与董其昌《画旨》中所说"画家初以古人为师,后以造化为师",认为画家虽在学画初期要模仿古人,但最终要以师法造化为主,也是一致的。董其昌的绘画美学思想,实际上也是以公安派为代表的文艺新思潮的重要组成部分。

　　董其昌的画论不仅深刻影响了明代后期到清代的画论发展,而且对王渔洋的诗论也有很明显的影响。如果董其昌是南宗画论的代表,那么,王渔洋则是南宗诗论的代表。王渔洋论神韵的主要特色是清远、冲淡,他在《池北偶谈》中引用孔天允(文谷)的话说:"诗以达性情,然须清远为尚。"赞扬薛蕙(西原)以"清远"论"神韵"。他在《论诗绝句》中说:"风怀澄淡推韦柳,佳句多从五字求。解识无声弦指妙,柳州那得并苏州。"他选《唐贤三昧集》标举王维、王昌龄,而不录李、杜,诚如翁方纲所说:"盖专以冲和淡远为主,不欲以雄鸷奥博为宗。"(《七言诗三昧举偶》)这和董其昌所提倡的平淡天真自然是完全一致的。王渔洋也十分推崇"逸品",他在《古夫于亭杂录》中曾说"郭忠恕画山水入逸品","诗文当以是推之"。他们在文艺美学思想上是非常一致的。董其昌的山水画南北分宗论及其所体现的美学思想,对清初的"四王"(王时敏、王鉴、王翚、王原祁)影响很深。王时敏是董其昌的学生,王鉴与他同一宗族,王翚是王时敏弟子。王原祁是王时敏的孙子,他的绘画是学其祖父的,其画论也主要是发挥董其昌思想的。他曾经请王渔洋为其父亲王揆的诗集写序。这就是王渔洋那篇著名的《芝廛集序》。王原祁去见王渔洋时,还带去了自己的画,并和王渔洋谈了自己对绘画创作的看法。王渔洋在序中曾记叙了他们的交谈,并借画来论诗,他说王原祁的看法"大略以为画家自董、巨以来,谓之南宗,亦如禅教之有南宗。云得其传者元代四家,而倪(云林)、黄(公望)为之冠;明二百七十年来擅名者,唐(寅)、沈(石田)诸人称具体,而董尚书(董其昌)为之冠;非是则旁门魔外而已。又曰:凡为画者,始贵能入,继贵能出,要以沉着痛快为极致。予难之曰:吾子于元推云林,于明推文敏,彼二家者,画家所谓逸品也,所云沉着痛快者安在?给事

(王原祁)笑曰:否,否,见以为古淡闲远而中实沉着痛快,此非流俗所能知也。予闻给事之论,嗒然而思,涣然而兴,谓之曰:子之论画也至矣,虽然,非独画也,古今风骚流别之道,固不越此,请因数言而引伸之可乎?唐、宋以还,自右丞(王维)以逮华原(范宽)、营丘(李成)、洪谷(荆浩)、河阳(郭熙)之流,其诗之陶、谢、沈、宋、射洪、李、杜乎?董(源)、巨(然)其开元之王、孟、高、岑乎?降而倪、黄四家以逮近世董尚书,其大历、元和乎?非是则旁出,其诗家之有嫡子正宗乎?人之出之,其诗家之舍筏登岸乎?沉着痛快,非惟李、杜、昌黎有之,乃陶、谢、王、孟而下莫不有之。子之论,论画也,而通于诗,诗也而几于道矣"。王渔洋在《居易录》中对这次交谈也有记载。王渔洋特别欣赏王原祁"古淡闲远而中实沉着痛快"的思想,借此进一步阐述了其神韵诗论的更深层内涵。标举"逸品",本是南宗画论的宗旨,王渔洋论诗也以"逸品"为最高境界。"逸品"是以"古淡闲远"为主要美学特征的,这也和王渔洋的"神韵"说相一致。然而"逸品"其实并不排斥"沉着痛快",陶、谢、王、孟在"冲和淡远"之中又隐含"沉着痛快",这常常是论王渔洋"神韵"说者所忽略的,而实际上却是王渔洋诗论,也是"神韵"说的精意所在。"冲和淡远"是阴柔之美,"沉着痛快"是阳刚之美,诚如后来姚鼐所说,阳刚之美和阴柔之美不能"一有一绝无",必须是"糅而偏胜"(《复鲁絜非书》),方可言文。严羽在《沧浪诗话》中说诗之品总起来说有"优游不迫"和"沉着痛快"两类,王渔洋论"神韵"则并不只是"优游不迫""冲和淡远",而且要求"古淡闲远而中实沉着痛快"。王维、王昌龄的诗都是在"冲和淡远"中蕴涵"沉着痛快"的。其实,董其昌所提倡的南宗画又何尝不是如此!他所特别称颂的南宗画家关仝,《宣和画谱》评曰:"盖仝之所画,其脱略毫楮,笔愈简而气愈壮,景愈少而意愈长也。而深造古淡如诗中渊明,琴中贺若,非碌碌之画工所能知。"意长,是古淡贤远也;气壮,是沉着痛快也。"深造古淡"而内含"沉着痛快",正是关仝画的特点。董源也是董其昌南宗画系统中的重要人物。米芾《画史》中评他的画说:"董源平淡天真多,唐无此品,在毕宏上,近世神品,格高无与比也。峰峦出没,云雾显晦,不装巧趣,皆得天真;岚色郁苍,枝干劲挺,咸有生意;溪桥渔浦,洲渚掩映,一片江南也。"这里所说的"峰峦出没,云雾显晦","岚色郁苍,枝干劲挺",都可以看出"平淡天真"中蕴涵"沉着痛快"的意味。清代恽格《南田论画》中说元代黄公望的画"笔墨之外,别有一种荒率苍茫之气",又说他"以潇洒之笔,发苍浑之气,游趣天真,复追茂古,斯为得意"。黄公望也是董其昌最佩服的南宗画家,从恽格的评论中,我们可以看出他的画也是"平淡天真"中蕴涵"沉着痛快"的。所以董其昌说:"诗文书画,少而工,老而淡,淡胜工,不工亦何能淡! 东坡云:笔势峥嵘,文采绚烂,渐老渐熟,乃造平淡。实非平淡,绚烂之极也。"从南宗画论和渔洋诗论的比较中,不仅可以看清楚渔洋诗论,特别是他的神韵说的真正意义,而且可以看到画论和诗论之间的密切联系。

石涛的画论和唐宋元明以来的诗论

清初最重要的画论家当推石涛。石涛(约 1640—1718),又称道济、苦瓜和尚。他的《画语录》是中国古代画论中最完整、最系统,也是最深刻的一部重要著作。正像清代的诗论可以说是对中国古代诗论的总结一样,石涛的画论也是对中国古代画论的一个重要理论总结。他从哲学的高度分析了绘画艺术创作中的基本原理,并对绘画艺术表现的传统经验作了总结。他的这些论述明显地受到唐宋元明以来诗学思想的影响。他认为绘画创作的基本原理,就是要确立"一画之法"。所谓"一画之法"是指艺术家在创作过程中,必须使创作主体(心)和客体(自然之道)融合、统一,进入到一种最高的理想审美境界,从而使自己能充分把握宇宙万物内在规律及其外在自然形态,创作出如化工造物一般,没有任何人工痕迹的绘画作品。这是从艺术创作的角度对庄子的虚静、物化境界的阐述和发展,也是对艺术创作中运用禅宗妙悟说的发展。据《五灯全书》卷七十一记载,石涛的老师旅庵本月和玉林通琇有一段对话:"琇问:'一字不加画,是什么字?'师(旅庵本月)曰:'文采已彰。'琇领之。"这段话中的禅意非常清楚,即是说一切有文采的形象皆源于"一"。"一"就是老子说的"无极",亦即"天地之道"。故石涛说:"一画也,无极也,天地之道也。"画家之心合乎天地之道,乃是绘画创作也是一切艺术创作之根本。"立一画之法"于心,则于"山川人物之秀错,鸟兽草木之性情,池榭楼台之矩度",都可以"深入其理""曲尽其态",使自己心目中于创作物件有整体的把握,而且能既"了然于心"也"了然于口与手"。老子说"道生一","道"用数字来表示就是"一",王弼注说:"一,数之始而物之极也。"石涛的"一画之法"可以说是对司空图《二十四诗品》说的"超以象外,得其环中"和"不着一字,尽得风流"从哲理上所作的概括。司空图所说的"雄浑"之美非常典型性地体现了"一画之法"的境界,"大用外腓,真体内充,反虚入浑,积健为雄。具备万物,横绝太空,荒荒油云,寥寥长风"。进入到雄健虚浑的"太朴"状态,就能把宇宙万物统摄于胸中,这就是石涛所说的:"盖自太朴散而一画之法立矣,一画之法立而万物著矣。"所以从创作的角度说,则是"一以分万"和"万以治一",这也就是《二十四诗品·含蓄》中说的"深浅聚散,万取一收"。或深或浅,或聚或散,以一驭万,则得其环中。从这个角度,就可以理解杨万里所说的诗要"去词""去意"的意思,他说:"夫诗何为者也? 尚其词而已矣。曰:善诗者去词。然则尚其意而已矣? 曰:尚诗者去意。然则去词去意,则诗安在乎? 曰:去词去意,而诗有在矣。"正如石涛所说,只要掌握了"一画之洪规",则"信手一挥,山川、人物、鸟兽、草木、池榭、楼台。取形用势,写生揣意,运情摩景,显露隐含,人不见其画之成,画不违其心之用"。《老子》中说:"昔之得一者:天得一以清,地得一以宁,神得一以灵,谷得一以盈,侯王得一以为天下正。"也许我们还可以加一句:画家得一而天下之画备。因此,后来王士禛之特别推崇"不着一字,尽得风流",也就很容易理解了。在艺术表现方法上,石涛提倡活法,反对死法。他在《大涤子题画诗跋》中说:"无法之法,乃为至法。"他在《画语录》中指出,拘泥于死法就会成为"法障",能"立一画之法"于胸中,则"法自画生,障自画退",因此,"法无定相"。他的这种思想正是对宋明以来文艺创作和文艺批评中提倡以自然为法的一个理论总结。苏轼在《诗颂》中曾说:"冲口出常言,法度去前轨。"吕本中在《夏均父集序》中对"活法"的解释是"有定法而无定法,无定法而有定法"。袁中道在《中郎先生全集序》中说袁宏道主张"以意役法",反对"以法役意"。王夫之最反对"死法",提出"非法之法"(《夕堂永日绪论内编》),以能否"自然即于人心"为法。石涛的"无法之法"正是对上述这些论述的继承和发展。石涛在《画语录》的"变化"章中反对复古模拟,"泥古不化",强调要"借古以开今",和叶燮《原诗》中反对复古、主张变化的思想,也是一致的。《画语录》中关于绘画技巧方面的论述,如"虚灵"和"受实"(即虚和实)、"质"和"饰"(即神和形)等,也都适合于文学创作。这些都可以看出,清初的诗论和画论在文艺思想发展过程中不可分割的密切关系。

　　上面我们仅从几个方面探讨了中国文学批评史的历史发展和乐论、书论、画论的关系,已经可以清楚地看到文学理论批评和艺术理论批评之间的密切联系,以及它们在交互影响中发展推进的状况,这也是我们中国文学理论批评发展不同于西方文学理论批评发展的重要特点之一。要全面地深入地阐述这两者的联系,是一件比较复杂和困难的事情,但也是我们不可回避的事情。毫无疑问,深化文学批评史的研究,不只是这一个问题,文化史、思想史、宗教史等的研究,也和文学批评史的研究有十分密切的关系,也需要我们花大力气去进行研究。只有努力从各个不同的角度去提高中国文学批评史的研究水平,才能够在现有基础上有所突破。其实,我的这些看法也没有很多新意,但是把问题提得尖锐一点、突出一点,也许可以引起人们的重视,有更多的人去注意研究,这就是我写这篇文章的目的所在。

论文艺创作中的心手相应

中国古代文学理论中对"心""手"关系的论述是非常多的。它实际上是对文艺创作基本问题的极为深刻的理论表述。这里的"心"是指创作主体的全部心灵活动内容,它体现了创作主体对创作客体的认识;而"手"则是指作者的艺术表现能力,是如何把创作客体正确、鲜明、生动地描绘出来的能力。"心手相应"讲的是作者如何运用高超的艺术表现能力来表达自己内心丰富的心灵活动内容的问题。文艺创作过程是作家受到生活的感触,获得强烈的创作冲动,经过艰苦的艺术构思,凝聚成生动的艺术意象,并且运用语言文字把它表述出来的过程。这里主要有两个方面:一是意象的构成,二是意象的表达。前者主要是靠"心"的活动,后者主要是靠"手"的能力。要使这两方面都达到最高的水平是不容易的。所以,能否做到"心手相应"便成为文艺创作成败的关键。在中国古代文学理论批评发展中,很多著名的文学理论批评家都对心手关系问题作过认真的研究,并提出了许多富有启发性的见解,使有关这个问题的理论探讨不断深入,它对我们今天的文艺创作仍有重要的借鉴作用。

心手关系问题并不只存在于文学创作中,它在其他艺术创作中也都是普遍地存在着的,甚至在工艺技巧中也存在着。因此,最早涉及心手关系的应该是先秦时代的庄子。《庄子·天道》篇中记载轮扁对齐桓公叙说他的斫轮技巧时说:"徐则甘而不固,疾则苦而不入,不徐不疾,得之于手,而应于心,口不能言,有数存焉于其间。"①庄子首先从技艺神化的角度提出了心手相应的问题。不过,他只是强调了"得心应手"的最高境界,并把它的获得看作是主体精神与客体自然同化的结果,认为人只有经过"心斋"和"坐忘",进入了"道"的境界,在技艺创造上才能达到此种境界。所以,存乎其间的"数",也就是如何达到得心应手的方法,是无法言

---

① 《庄子集释》第二册卷五中,北京:中华书局,1997年,第491页。

喻的，"臣不能以喻臣之子，臣之子亦不能受之于臣"。庄子对心手关系的论述是有他的片面性的，他认为只要心与道合就能自然地进入"得心应手"的境界，从而否定了手如何应心的重要性，甚至认为这个"数"是无法用语言文字来表述清楚的。然而，先秦儒家虽然没有提出心手关系问题，但他们论及一些能工巧匠的技艺时，在肯定他们心灵之"巧"的同时，却十分重视具体的手的技巧与方法之运用，比如，孟子在《离娄上》篇中说："离娄之明，公输般之巧，不以规矩，不能成方圆；师旷之聪，不以六律，不能正五音。"[1]其《尽心下》篇中说："梓匠轮舆，能与人规矩，不能使人巧。"[2]汉代刘安主编的《淮南子》在对心手关系的论述方面，正是在吸收了儒家的这些有益论述的基础上，克服了庄子的某些片面性，从而作了进一步的发挥。其《齐俗训》云："劀剸销锯陈，非良工不能以制木；炉橐埵坊设，非巧冶不能以治金。屠牛吐一朝而解九牛，而刀可以剃毛；庖丁用刀十九年，而刀如新剖硎，何则？游乎众虚之间。若夫规矩钩绳者，此巧之具也，而非所以巧也。故瑟无弦虽师文不能以成曲，徒弦则不能悲。故弦，悲之具也，而非所以为悲也。若夫工匠之为连鐖运开，阴闭眩错，入于冥冥之眇，神调之极，游乎心手众虚之间，而莫与物为际者，父不能以教子。瞽师之放意相物，写神愈舞，而形乎弦者，兄不能以喻弟。"[3]这一段论述是对《庄子·天道》篇的继承和发展，它在肯定"游乎心手众虚之间"的同时，没有否定"规矩钩绳"的作用。明确指出：虽然"徒弦则不能悲"，但"瑟无弦虽师文不能以成曲"。"巧"是重要的，然而没有"巧之具"，它也不能得到施展。不过，手在运用"巧之具"，而应心之"巧"时，如何才能做到"游乎心手众虚之间"，则仍是难以言说的。东汉后期的赵壹在《非草书》中论书法云："凡人各殊气血，异筋骨，心有疏密，手有巧拙，书之好丑，在心与手。"[4]说明对心手两方面都十分重视。

在文学创作领域中正式提出这个问题的是西晋的陆机。他在《文赋》的小序中说："余每观才士之所作，窃有以得其用心。夫放言遣辞，良多变

---

[1] 《孟子注疏》，台北艺文印书馆《十三经注疏》本，第123页。
[2] 同上书，第249页。
[3] 《淮南鸿烈解》卷十一，《四库全书》本。
[4] 《法书要录》卷一，《四库全书》本。

矣。妍蚩好恶,可得而言。每自属文,尤见其情。恒患意不称物,文不逮意。盖非知之难,能之难也。"①意存乎心,文形于手,这里的"意不称物"和"文不逮意"即是说的"心"和"手"两方面的问题。"意不称物"指构思中形成的意象能否正确地反映现实中的客观事物,能不能把作者从生活所得到的感受和认识充分地体现出来;"文不逮意"指作者在构思过程中所形成的意象,能不能运用语言文字把它确切地表达出来。陆机这里所说的"意",并不是文中之意,而是构思中的意。因此,钱锺书先生谓"能'逮意'即能'称物',内外通而意物合"(《管锥篇》)之说是不对的,"意不称物"和"文不逮意"是两个不同的问题,而不是一个相同的问题(此点我在《文赋集释》中已有详论,此不赘)。陆机写《文赋》的目的就是为了解决创作中的"意不称物"和"文不逮意"问题,使心手相应顺利地写出称心如意的文章。

陆机是在总结自己和前代作家的创作经验中,第一次从文学创作理论的角度提出这个问题的。但是我们必须看到陆机处在玄学思想盛行的时代,玄学是道家思想和儒家思想相结合的产物,它的特点是以道为体、以儒为用。陆机所提出的"意不称物,文不逮意"也表现了这种特点,他在强调道家虚静精神境界、肯定道家的"游乎众虚之间"的心手相应之说同时,着重在具体地论述如何做到"心手相应"的问题。这正是利用儒家重视"规矩钩绳"的思想来补充道家之不足,克服道家不可言喻说的玄虚、不可捉摸之缺点。陆机认为从总结前人的创作经验中,是可以找到解决"意不称物,文不逮意"的办法的,他说:"故作《文赋》,以述先士之盛藻,因论作文之利害所由,它日殆可谓曲尽其妙。"当然其中也有难以完全曲尽之处,即所谓"至于操斧伐柯,虽取则不远,若夫随手之变,良难以辞逮"。但从总的方面说,还是可以言说的。《文赋》正是从"心"和"手"两方面论述了如何做到意能称物、文能逮意的具体方法和途径。《文赋》的前两段主要是讲的"意"如何才能称"物"的问题,重在内心的"伫中区以玄览"的虚静览物和积累知识学问即"颐情志于典坟","精骛八极,心游万仞"的专心致志的神思活动,做到心与物的巧妙结合,"观古今于须臾,抚四海于

---

① 张少康集释:《文赋集释》,北京:人民文学出版社,2002年。

一瞬","悲落叶于劲秋,喜柔条于芳春",从而使"情曈昽而弥鲜,物昭晰而互进",在构思中形成生动丰富的艺术意象。同时,陆机也指出了要把这种意象用语言文字正确地表达出来是很不容易的,《文赋》中大部分讲的是如何使"文"能逮"意"的方法。陆机的这种思想直接影响了刘勰,《文心雕龙·神思》篇中所说思、意、言的关系,实际上就是陆机所说的物、意、文的关系。刘勰说:"方其搦翰,气倍辞前,暨乎篇成,半折心始。何则?意翻空而易奇,言征实而难巧也。是以意授于思,言授于意;密则无际,疏则千里,或理在方寸而求之域表,或义在咫尺而思隔山河。"刘勰和陆机所说的"意",都是指构思过程中所形成的意象,而不是已经用语言文字表达出来的意象。刘勰所说的"言",也就是陆机所说的"文"。陆机所说的"物",是指客观存在的"物",但它反映到作家的头脑中已经是被作家所认识的"物"了。也就是郑板桥所说的"眼中之竹",它已经包含作家的"思"在内了。而刘勰所说的"思",则是指作家的"神思",也就是作家创作过程中的艺术思维,它不是纯粹的抽象思维,而是与具体物象联系在一起的思维,是"神与物游"的"思"。因此虽然从表面上看,物和思完全是两回事,但从创作构思来说,实际上都是指"神与物游"的现象而说的,是说的一个问题的两个不同侧面,只是各人的着重点不同而已。刘勰写作《文心雕龙》的目的也是为了解决"意不称物,文不逮意"的问题,不过,刘勰的视野比陆机要更为开阔,围绕着这个中心,建立了完整的文学理论体系。《文心雕龙·神思》篇中他论述了文学创作活动的特点,着重于分析构思过程中"心"的神奇活动,亦即"意"如何"称物"的问题,并大大地发展了《文赋》的思想。关于精神境界的涵养,他明确提出:"陶钧文思,贵在虚静,疏瀹五藏,澡雪精神。"关于知识学问的积累,强调了以下四个问题:"积学以储宝,酌理以富才,研阅以穷照,驯致以怿辞。"认为以上两方面,实"乃驭文之首术,谋篇之大端"。尤其是对神思也就是想象活动的情状,作了十分生动而深刻的描绘:"文之思也,其神远矣。故寂然凝虑,思接千载;悄焉动容,视通万里。吟咏之间,吐纳珠玉之声;眉睫之前,卷舒风云之色。其思理之致乎!"同时在《物色》篇中又进一步论述了主体和客体的关系,阐述了"心"和"物"的相互作用,提出了心"随物以宛转"、物"与心而徘徊"的重要思想。在《隐秀》篇中则指出了养心的重要性及其方法与途径,即通过"养气保神",而使"心"始终处于清新活泼、神思泉涌的状态,只有这样才能做到"从容率情,优柔适会",并进入到"秉心养术,无务苦虑;含章司契,不必劳情"的创作境界。刘勰也和陆机一样,他在《文心雕龙》中用大量的篇幅论述了"文"如何逮"意"的问题。从《体性》篇至《指瑕》篇以及《附会》篇、《总术》篇,共有十七篇之多,从体性、风骨、通变、定势、情采、镕裁、声律、章句、丽辞、比兴、夸饰、事类、练字、隐秀、指瑕、附会、总术等各个不同角度来研究此一问题,这比《文赋》要全面得多,丰富得多,深入得多了。

  刘勰那个时代的艺术家在各个艺术领域里,对心手关系都相当的重视。比如,南齐谢赫在《古画品录》里曾说:"连五十尺绢画一像,心敏手运,须臾立成,头面手足胸臆肩背亡遗失尺度,此其难也。曹不兴能之。"①王僧虔在《笔意赞序》中说:"书之妙道,神彩为上,形质次之,兼之者方可绍于古人。以斯言之,岂易多得;必使心忘于笔,手忘于书,心手达情,书不忘想。是谓求之不得,考之即彰。"②要做到"神彩为上",必须使心和手都达到最高境界,合乎自然,而没有任何人为痕迹,心手两忘,才能进入传神写照的状态。梁代的陶弘景在和梁武帝讨论书法创作的信中曾经说:"手随意运,笔与手会,故意得谐称。"③也是说的心手相应的重要。梁武帝也很注意书法创作的心手相应,《梁书·萧子云传》记载他论萧子云的书法说:"笔力劲骏,心手相应,巧踰杜度,美过崔寔。"④可见,六朝时期不论是书法、绘画,还是文学理论方面都非常重视心手相应,并把它看作是文学艺术创作的核心问题。相比之下,刘勰虽不是直接讲心手关系,但是他对心手关系的理解应该说是最深入的。

  六朝时期的这种心手相应论在唐代也得到继续发展。唐代前期有关心手相应的论述主要是在书画领域。著名的书法家孙过庭在他的《书谱》中曾作了很深入的分析。他在评论钟繇、张芝、王羲之、王献之的书法时说:"同自然之妙有,非力运之能成;信可谓智巧兼优,心手双畅;翰不虚

---

① 张彦远《历代名画记》卷五,《四库全书》本。
② 《御定佩文斋书画谱》卷五,《四库全书》本。
③ 张彦远《法书要录》卷二,《四库全书》本。
④ 《梁书》卷三十五,《四库全书》本。

动,下必有由;一画之间,变起伏于峰杪;一点之内,殊衄挫于豪芒。况云积其点画,乃成其字;曾不傍窥尺牍,俯习寸阴;引班超以为辞,援项籍而自满;任笔为体,聚墨成形,心昏拟效之方,手迷挥运之理。求其研妙,不亦谬哉!"①他把"心手双畅"看作是书法创作的最高境界,并且认为这种境界的获得必须经过认真而艰苦的努力,不是随便可以获得的。如果"心昏""手迷"是永远达不到这种境界的。在讲到书法创作方法时,他说:"夫运用之方,虽由己出,规模所设,信属目前,差之一豪,失之千里,苟知其术,适可兼通。心不厌精,手不忘熟。若运用尽于精熟,规矩闲于胸襟,自然容与徘徊,意先笔后,潇洒流落,翰逸神飞,亦犹弘羊之心,预乎无际;庖丁之目,不见全牛。尝有好事,就吾求习,吾乃粗举纲要,随而受之,无不心悟手从,言忘意得,纵未穷于众术,断可极于所诣矣。"他对心、手两个方面都是非常重视的。只有"心悟"而"手从",方能"潇洒流落,翰逸神飞"。这样就可以做到"心手会贵,若同源而异流",能够"无间心手,忘怀楷则,自可背羲、献而无失,违锺、张而尚工"。假如真正使心手相应而无间,不为书法规则所束缚,那么即使背离锺、张、二王,也一样可以达到最高的神妙境界。

这种状况一直延伸到中唐才发生了变化,在心手相应的理解上,出现了两种偏向一个极端的不同论述。这可以中唐的韩愈和晚唐的张彦远为代表。韩愈在其著名的《答李翊书》中,对文章写作如何才能顺利地"取于心而注于手",提出了自己的看法。他认为能否做到心手相应的关键,是在作家有无儒家高尚而深厚的道德品质修养。他对李翊说:"生所谓立言者是也,生所为者与所期者,甚似而几矣。抑不知生之志,蕲胜于人而取于人耶?将蕲至于古之立言者耶?蕲胜于人而取于人,则固胜于人而可取于人矣。将蕲至于古之立言者,则无望其速成,无诱于势利,养其根而俟其实,加其膏而希其光。根之茂者其实遂,膏之沃者其光晔,仁义之人,其言蔼如也。"②必须从熟读儒家经典中来涵养自己的性情,使自己的精神品质浸透了儒家的仁义礼乐,"非三代两汉之书不敢观,非圣人

---

① 《书苑菁华》卷八,《四库全书》本。
② 《五百家注韩昌黎文集》卷十六,《四库全书》本。

之志不敢存,处若忘,行若遗,俨乎其若思,茫乎其若迷","行之乎仁义之途,游之乎诗书之源,无迷其途,无绝其源",方能使文章写作自由自在地"取于心而注于手",达到文思泉涌,"汩汩然来矣",甚至"浩乎其沛然矣",并能做到"唯陈言之务去"。有了这样的仁义道德修养,就有像孟子所说的"配义与道"的浩然之气,所以说:"气盛则言之短长与声之高下者皆宜。"这种"气"不是《庄子·人间世》篇所说的"气也者,虚而待物者也"的自然之气,而是后天修养而获得的思想品格和精神情操。韩愈认为文艺创作是作家和艺术家"不平则鸣"的产物,因此他强调作家只有在受到现实生活的触发、感情激荡翻滚的情况下才能写出好作品,而像老庄那样的虚静恬淡、寂寞无为是写不出好作品来的。他在《送高闲上人序》中曾举张旭的草书为例说明这一点:"往时张旭善草书,不治他伎。喜怒、窘穷、忧悲、愉佚、怨恨、思慕、酣醉、无聊、不平,有动于心,必于草书焉发之。观于物,见山水崖谷,鸟兽虫鱼,草木之花实,日月列星,风雨水火,雷霆霹雳,歌舞战斗,天地事物之变,可喜可愕,一寓于书。故旭之书,变动犹鬼神,不可端倪,以此终其身,而名后世。"①他认为像高闲上人那样,"一死生,解外胶,是其为心,必泊然无所起,其于世,必淡然无所嗜。泊与淡相遭,颓堕委靡,溃败不可收拾,则其于书,得无象之然乎"!所以是无法学习张旭的草书的。这里讲的虽是书法,其理亦通于文学。韩愈的创作思想受儒家思想影响比较深,显然与六朝的陆机、刘勰不大相同。

晚唐的张彦远则与韩愈很不同。张彦远是从道家的观点来论述这个问题的。他在《历代名画记》的"论顾、陆、张、吴用笔"一节中说吴道子的绘画创作是:"神假天造,英灵不穷。众皆密于盼际,我则离披其点画;众皆谨于象似,我则脱落凡俗。弯弧挺刃,植柱构梁,不假界笔直尺。"当有人问他为什么吴道子能"不假界笔直尺"而"弯弧挺刃,植柱构梁"时,张彦远说:"守其神,专其一,合造化之功,假吴生之笔,向所谓意存笔先,画尽意在也。凡事之臻妙者,皆如是乎,岂止画也!与乎庖丁发硎,郢匠运斤,效颦者徒劳捧心,代斫者必伤其手,意旨乱矣,外物役焉,岂只能左手划圆,右手划方乎?夫用界笔直尺,是死画也。守其神专其一,是真画也。

---

① 《五百家注韩昌黎文集》卷二十一,《四库全书》本。

死画满壁,曷如污墁,真画一划,见其生气。夫运思挥毫,自以为画,则愈失于画矣。运思挥毫,意不在于画,故得于画矣。不滞于手,不凝于心,不知然而然,虽弯弧挺刃,植柱构梁,则界笔直尺,岂得入于其间矣。"①张彦远虽是论画,然其原理是和书法、文学完全一致的。他所说的"守其神,专其一,合乎造化之功",就是庄子所强调的虚静、物化,而后与自然相契合,进入"道"的境界,也是最高的审美境界。张彦远认为达到了这种境界,方能"不滞于手,不凝于心",使心手相应而创作出富有生气的"真画"。所以,张彦远提出了"意存笔先,画尽意在"的思想,并说:"张、吴之妙,笔才一二,象已应焉。离披点划,时见缺落。此虽笔不周而意周也。"张彦远的思想是和张璪论画的思想有联系的,符载在《观张员外画松石序》中说张画画,"遗去机巧,意冥玄化,而物在灵府,不在耳目。故得于心,应于手,孤姿绝状,触毫而出,气交冲漠,与神为徒"。② 从心手关系上说,张彦远和韩愈一样都重在"心",而不重在"手",认为只要"心"进入了理想的境界,"手"也就自然能与之相适应。但是,他们两人对什么是"心"的理想境界,"心"怎样才能进入理想的境界的看法是完全不同的,由此可以看出儒道两家对创作中心手关系的不同认识和主张。

韩愈和张彦远在心手关系上虽各有独到之见,但他们都偏重于"心"的作用,而对"手"的作用有所忽略。到了宋代的苏轼又对心手关系作了全面而深入的分析。他在《答谢民师书》中论孔子的"辞达"说时指出:"求物之妙,如系风捕影,能使是物了然于心者,盖千万人而不一遇也,而况能使了然于口与手者乎?是之谓'辞达'。辞之于能达,则文不可胜用矣。"③在《答虔倅俞括》中又说:"孔子曰:'辞,达而已矣。'物固有是理,患不知,知之,患不能达之于口与手。所谓文者,能达是而已。"④他既明确指出了"了然于心"的难度,也指出了"了然于口与手"的不容易。同时对如何"了然于心"与如何"了然于口与手",作了十分深入的研究。苏轼对心手关系的论述,基本上也是从道家思想出发的。所以,对如何"了

---

① 《历代名画记》卷二,《四库全书》本。
② 《唐文粹》卷九十七,《四库全书》本。
③ 《东坡全集》卷七十五,《四库全书》本。
④ 《东坡全集》卷七十六,《四库全书》本。

然于心"也重在虚静、物化。不过由于他受佛教思想影响较深,讲的是"空静"。道家的"虚静"和佛家的"空静"虽然含义不同,但在摆脱一切世俗欲念干扰方面则是相同的。道家的"虚静"是从提倡天然、否定人为的角度出发的,而佛家的"空静"则是从排除人间种种烦恼、净化人的心灵世界出发的,没有绝对否定人为努力的因素存在,所以对文学创作来说,可能要更贴切一些。如何才能"了然于口与手"呢？苏轼的论述也和陆机、刘勰等的论述有所不同,他比较着重于艺术形象塑造的基本原理和方法,而不仅仅局限在写作中的具体技巧。苏轼十分深刻地阐述了形象描写方面的形神关系,强调了"传神"的重要性,发展了顾恺之的"以形写神"理论,提出了著名的"常形""常理"说。在"形"的描写方面,苏轼也是很重视的,他注意到事物千差万别的不同特点,强调了"形"的描写的准确性,要求符合于事物的本来面目。为此,多次提出要努力做到"随物赋形"、"尽物之态",其《书蒲永升画后》一文中说:"唐广明中处士孙位始出新意,画奔湍巨浪,与山石曲折,随物赋性,尽水之变,号曰神逸。"①此虽论画,其理通于文学。他在《文说》中说:"吾文如万斛泉源,不择地而出,在平地滔滔汩汩,虽一日千里无难。及其与山石曲折、随物赋形而不可知也。所可知者,常行于所当行,常止于不可不止,如是而已矣。其他虽吾亦不能知也。"②因为"物"的情状是各不相同的,是不断地在变化的,所以"形"的描写也不可能有固定的方法,应以是否合乎"物"的特征作为标准。由此,苏轼反对创作中拘泥于死法,而提倡以自然为法的"无法之法"(《跋王荆公书》)。③他在《诗颂》一诗中说:"冲口出常言,法度去前规。人言非妙处,妙处在于是。"④像陆机、刘勰所说的那些具体的写作技巧也还是很重要的,但苏轼和他们考虑的角度不同,只有把它们结合起来才是对如何"了然于口与手"的更为完美的论述。

　　苏轼对文艺创作中心手关系的实质有很深刻的认识,他在《书李伯时山庄图后》中指出:心和手关系问题从根本上说,即是道和艺(或谓道和

---

① 《东坡全集》卷九十三,《四库全书》本。
② 《东坡全集》卷一百,《四库全书》本。
③ 《御定佩文斋书画谱》卷六,《四库全书》本。
④ 宋代周紫芝《竹坡诗话》引,《四库全书》本。

技)的关系。他说:"有道有艺。有道而不艺,则物虽形于心,不形于手。"①其《跋秦少游书》中说:"技进而道不进,则不可。少游乃技道两进也。"要使物"了然于心",必须认识和把握物内在的"道"。这个"道"不是儒家所说以仁义礼乐为中心的社会政治之道,而是指每个事物所具有的特殊的原理和规律。这和他在《日喻》中所说的南方人"日与水居",从而熟悉"水之道"的"道"是一致的。而《日喻》中所说的"道",其渊源即来自《庄子·达生》篇吕梁丈夫"蹈水有道""从水之道而不为私"的"道"。在《文与可画筼筜谷偃竹记》②中,苏轼对"道"的含义作了进一步的分析,他说文与可画竹"有道",是因为他长期生活在渭水边的千亩修竹之中,非常熟悉竹子生长发展状况,"心识其所以然"。但是,只有"道"还是不够的,要把"了然于心"的"物"准确地描写出来,还必须"有艺"或者说"有技",这样一来才能使"物""了然于口与手"。所以,心手相应也就是"有道有艺"或"技道两进",这样才能使"物"既"形于心"又"形于手"。苏轼关于心手关系的论述,应该说是对韩愈和张彦远比较轻视"手"的作用的批评,也是对他们的片面性所作的纠正。

心手关系在苏轼以后很多人有过论述,谢榛在《四溟诗话》中说:"或问作诗中正之法。四溟子曰:贵乎同不同之间:同则太熟,不同则太生。二者似易实难。握之在手,主之在心。使其坚不可脱,则能近而不熟,远而不生。此惟超悟者得之。"(卷三)③但最为重要的是金圣叹的论述。他在《水浒传序一》中说:"心之所至,手亦至焉;心之所不至,手亦至焉;心之所不至,手亦不至焉。心之所至手亦至焉者,文章之圣境也;心之所不至手亦至焉者,文章之神境也;心之所不至手亦不至焉者,文章之化境也。夫文章至于心手皆不至,则是其纸上无字无句无局无思者也,而独能令千万世下人之读吾文者,其心头眼底,乃窅窅有思,乃摇摇有局,乃铿铿有句,而烨烨有字,则是其提笔临纸之时,才以绕其前,才以绕其后,而非徒然卒然之事也。"④金圣叹把文学创作中的心手关系按照审美境界分为

---

① 《东坡全集》卷九十三,《四库全书》本。
② 《东坡全集》卷三十六,《四库全书》本。
③ 《四溟诗话 姜斋诗话》,北京:人民文学出版社。
④ 《贯华堂本金圣叹批评水浒传》。

三个不同等级,最低一等是"心之所至,手亦至焉",他称为"文章之圣境",其实,这已经是文学创作的很高的境界,陆机、刘勰所期望的正是这种境界,韩愈所说的"取于心而注于手"能"汩汩然来矣",乃至"浩乎其沛然矣",也是指的这种境界,苏轼所说的"辞达",所谓"了然于心"与"了然于口与手",也是这种境界。但是,金圣叹认为文学创作还有更高的境界,比圣境更进一步的是"心之所不至,手亦至焉",也就是说,"手"所表现的内容,不仅是"心"所已经想到的,而且能表达出"心"还没有想到的内容,这就有些超乎人力之所能为了,所以说是"文章之神境"。然而金圣叹认为这还不是文学创作的最高境界,比"文章之神境"更高的是"心之所不至,手亦不至焉",这就是说,文学创作已经完全摆脱了心和手的束缚,远远超出了人力所能为的程度,达到了超现实的天然化境。其实,这也就是庄子所说的"以天合天"的境界,轮扁斫轮的妙诀之所以不能言说,不能传授给他的儿子,就因为他的斫轮技巧已经达到了心手两忘的境界。不过,庄子认为这境界的获得,关键在于主体的"心"是否已经进入了虚静的道的境界,对"手"的作用采取了完全否定的态度。而金圣叹则并不否定"手"的作用,他是在充分肯定"心之所至,手亦至焉"的基础上,要求心手关系的境界达到一个更高的层次。对这一点,李渔在《闲情偶寄》的《词曲部·填词余论》中说:"心之所至,笔亦至焉,是人之所能为也。若夫笔之所至,心亦至焉,则人不能尽主之矣。且有心不欲然,而笔使之然,若有鬼物主持其间者,此等文字尚可谓之有意乎哉?"这可以说是对金圣叹心手关系说的一种补充说明。中国古代很多文学批评家都强调文学创作应该以这种"化境"为最高的审美理想。王渔洋在《居易录》中说:"《僧宝传》:石门聪禅师谓达观昙颖禅师曰:此事如人学习,点画可效者工,否者拙。何以故?未忘法耳。如有法执,故自为断续。当笔忘手,手忘心,乃可。此道人语,亦吾辈作诗文真诀。"[1]王渔洋此说见于《五灯会元》卷十二《谷隐聪禅师法嗣·金山昙颖禅师传》:"一日普请,隐问:'今日运薪邪?'师曰:'然。'隐曰:'云门问:"僧人般柴柴般人?"如何会?'师无对。隐曰:'此事如人学书,点画可效者工,否者拙,盖未能忘法耳。当

---

[1] 《居易录》卷二十一,《四库全书》本。

笔忘手,手忘心,乃可也。'师于是默契。"达到"笔忘手,手忘心"的境界,则已经超越了一切人为的方法之局限,而进入到了一个天然的化境。其实,这也是"天人合一"的思想在文学创作思想上的体现。姚鼐曾在《敦拙堂诗集序》中说:"夫文者,艺也。艺与道合,天与人一,则为文之至。"①他又在《荷塘诗集序》中说:"夫诗之至善者,文与质备,道与艺合,心手之运,贯彻万物,而尽得乎人心之所欲出,若是者,千载中数人而已。"②

  清代有关心手关系的论述,值得我们注意的还有布颜图《画学心法问答》中关于"练心"与"练手"的论述。他说:"六艺非练不能得其精,百工非练不能成其巧。则丈人之承蜩,郢人之运斤,皆由练而得也。故练必要精纯,苟不精纯,卵难必其不堕,鼻难必其不伤,所谓纤发之疵,千里之戮,练犹未练也。练之之法先练心,次练手,笔即手也。古人有读石之法,峰峦林麓,必当熟读于胸中。盖山川之存于外者形也,熟于心者神也,神熟于心,此心练之也。心者手之率,手者心之用,心之所熟,使手为之,敢不应手,故练笔者非徒手练也,心使练之也。练时须笔笔着力,古所谓画穿纸背是也。拙力用足,巧力出焉,而巧心更随巧力而出矣。巧心巧力,互相为用,何虑三湘不为吾窗下之砚池,而三山不为吾几上之笔架?子欲取效于管城,只此一练字不爽。"布颜图是蒙古人,后入籍满族镶白旗,大约是雍正、乾隆时人。他认为心手相应之关键在"练",练手不仅是练手,也是练心,"丈人之承蜩,郢人之运斤,皆由练而得也"。布颜图讲得比较实际,其实,从庄子到金圣叹都是重视"练"的,心手两忘的境界,固然需要创作主体有"虚静"的精神状态,但没有"练"的过程,也是很难真正实现的。这也是所谓由"有法"而至于"无法",布颜图又说:"夫惟倚法朝而摹焉,夕而仿焉,熟练于腕下,镂刻于胸中,心手无违碍,渐归于无法矣。无法者非真无法也,通变乎理之谓也。腕既熟矣,手既练矣,笔笔是石而化乎石之迹,笔笔是树而化乎树之痕。斯不拘乎法而自不离乎法。画一石也,偃之亦可,仰之亦可,横亘之亦可,屹立之亦可。画一树也,孤枝

---

① 《惜抱轩诗文集》文集四,《四部丛刊》本。
② 同上。

亦可,繁枝亦可,穿插之亦可,稠叠之亦可。左之右之纵之横之无非树石,此树石之真面目也。又何曾有法?又何常无法?所谓有法无法之间也,此法不亦微乎?"也就是说,经过长时间的熟练,自然会进入到"以天合天"的化境。

所以,文学创作的基本问题就是得"心"和应"手",使心手相应。如何才能得心,如何才能应手,文学创作的基本理论无非就是这两个方面。中国古代对心手关系的认识,虽然各有不同,但是,都逐渐趋于心手并重,而且对心手相应所达到的审美境界,提出了很高的标准,这就是心手两忘的"化境",而这种"化境"的获得,除了要有摆脱一切主客观干扰的"虚静"精神状态外,关键还在于创作实践,也就是刻苦的"练"。这就是在历史发展过程中所形成的共识。

论中国古代文艺美学的民族传统

中国古代的文学艺术之所以具有不朽的魅力,成为世界艺术殿堂的珍品,是因为它产生在中国特定的文化背景下,特别是在儒、道、佛三家思想的影响下,形成了自己的完整理论体系,有和西方很不同的东方艺术特色,有自己特殊的文艺思想观点、艺术理想、创作方法、表现技巧和审美传统。所以,中国古代文艺理论批评也具有自己十分丰富的民族传统特色,我在这里想简要地谈一点自己的看法:

(一) 文艺和实用、功利的结合和发愤著书的精神

中国古代文艺的发展,从原始时代文艺的起源开始,就把文艺和实用、功利紧密地结合在一起,一直持续了几千年。早在六七千年以前,属于新石器时代的半坡人在彩陶器皿上的绘画中,就有口里含着两条鱼的人面像。山东大汶口文化也是新石器时代文化,那里出土的一个红陶兽形壶,就是一只非常生动可爱的肥猪形象。所以,从我国文字的起源来说,美字就是羊和大的结合,羊是当时的高级食品,《说文》中解释"美"字道:"从羊从大,羊在六畜,主给膳也。"大字本是人的形状,"大像人形","大,人也"。所以,美字也就是人获得肥羊的意思。由此,中国古代文学艺术的创造总是和功利的目的不可分割的。不过,它随着历史的演进,有一个发展过程。从原始时代初期表现文艺和朴素简单的劳动生活收获的结合,到原始时代后期和奴隶时代前期的文艺创造和体现宗教意识、宗教感情,起到沟通人和神的功能,这明显地体现在青铜艺术中,也表现在许多祭祀歌曲中。后来就进一步发展到文艺和实现社会政治和伦理道德的功用的结合,这可以孔子强调的"尽善尽美"为最突出的标志。《论语·八佾》:"子谓《韶》,'尽美矣,又尽善也';谓《武》,'尽美矣,未尽善也'。"儒家强调文艺和政教的合一,把诗和乐都作为修身养性,培养符合儒家标准道德品质和实现政治理想、达到政治目的的一种手段。所以

孔子说："兴于诗,立于礼,成于乐。"(《论语·子路》)又教他的儿子说："不学诗,无以言。"(《论语·阳货》)又说:"诵诗三百,授之以政,不达;使于四方,不能专对;虽多,亦奚以为?"(《论语·子路》)孟子则把孔子"仁"的思想发展为"仁政"学说,并以"与民同乐"的标准来要求文艺创作。荀子则进一步提出了明道、征圣、宗经的文学观。儒家思想由孔子发展到孟子、荀子,把对文艺和政治关系的论述发展到了极点,《礼记·乐记》是儒家文艺美学思想的总结,它所提出的"治世之音安以乐,其政和;乱世之音怨以怒,其政乖;亡国之音哀以思,其民困",从文艺反映现实的角度,对文艺的社会作用强调得特别突出。中国古代历来就要求文艺要起到"劝善惩恶"的作用,讲究美刺讽谏,歌颂光明正义,批评黑暗腐朽,要求文艺有鲜明的思想倾向性,反对内容空洞、只讲究形式美的文艺作品。不仅儒家思想是如此,其他的一些思想学派如墨家、法家也是如此。墨子曾对他的学生禽滑厘说:在灾荒之年,有人给你一颗名贵的珍珠,又有人给你一罐小米,两者不能兼得,你要哪一样?禽滑厘说,他情愿要一罐小米,而不要珍珠,因为它可以救饥饿之急。韩非则认为区别文艺作品的好坏应以是否有用作为唯一的标准。无论对文学、音乐、绘画,还是别的艺术,都有这样的要求。并且从这样一个美学原则出发,在对待文学艺术的内容和形式关系上,总是强调内容的主导作用,主张形式要为内容服务,认为文艺创作应该"为情造文",而不是"为文造情"(《文心雕龙·情采》),并在这个前提下做到文质并重,情文俱茂,鲜明地主张文学必须要"有为而作""有补世用"。更为值得我们注意的是,这种思想逐渐发展为把文艺和实现先进的社会理想联系在一起,和为实现先进社会理想的奋斗精神联系在一起,在中国古代文论中形成了一个贯穿始终、具有民主精神的优良传统。这就是:把文学和"仁政""民本"思想相结合,要求文学体现为追求社会安定、政治开明、百姓安居乐业而奋斗的精神和在受压抑而理想得不到实现时的抗争精神,也就是"发愤著书""为民请命"和"不平则鸣"的精神,它体现了我们中华民族先进分子的高尚品德和人格精神,也就是坚毅不屈、顽强斗争的性格和先进分子的高风亮节、铮铮铁骨。中国古代之所以把"风骨"作为一种崇高的审美理想,其意义也正在此。在孔子"诗可以怨"精神的引导下,许多重要的文艺思想家,例如司马迁、王充、刘勰、白居易、韩愈、欧阳修、苏轼、李贽、金圣叹、郑板桥等都有过不少精彩的论述。

孔子不仅极为重视诗歌的社会政治功用,而且明确提出"诗可以怨",认为臣民百姓可以运用诗歌创作来批评统治者的不良政治措施,讽刺和批评社会上的种种黑暗现象。战国时楚国的屈原提出了"发愤抒情"的创作思想,他的政治理想是儒家的"仁政"。他在《离骚》中说:"彼尧舜之耿介兮,既遵道而得路。何桀纣之猖披兮,夫唯捷径以窘步。""举贤而授能兮,循绳墨而不颇。""长太息以掩涕兮,哀民生之多艰!"但是他的理想在当时的楚国是无法实现而受到压抑的。所以他的诗歌创作是因"屈心而抑志"(《离骚》)而"发愤以抒情"(《九章·惜诵》)。司马迁在《史记·屈原贾生列传》中说:"屈平正道直行,竭忠尽智,以事其君,谗人间之,可谓穷矣。信而见疑,忠而被谤,能无怨乎?屈平之作《离骚》,盖自怨生也。"他还进一步发展了孔子、屈原的这种文学的批判精神,提出了著名的"发愤著书"说,他说:"盖西伯拘而演《周易》,仲尼厄而作《春秋》;屈原放逐,乃赋《离骚》;左丘失明,厥有《国语》;孙子膑脚,《兵法》修列;不韦迁蜀,世传《吕览》;韩非囚秦,《说难》《孤愤》。《诗》三百篇,大氐贤圣发愤之所为作也。此人皆意有所郁结,不得通其道,故述往事,思来者。"从司马迁本人来说,他的毕生志愿就是要继承父亲司马谈的遗愿,写好《史记》,后来他不幸遭处宫刑,但他并未因此而改变初衷,以惊人的毅力,"就极刑而无愠色",仍然继续他的事业。对他来说,遭刑之前和遭刑之后都是"发愤著书",不过遭刑之后这种特点更为鲜明。他提倡"怨"和"发愤"著作又不受儒家那种不能过分的"中和"思想之局限,表现了极大的批判精神与战斗精神,强调作家在逆境中也应当奋起,而不应消沉,是中国古代具有民主精神的进步文学传统的突出表现。王充是当时反对和批判谶纬神学的先进思想家,他希望文学创作要为摧毁谶纬神学起到积极作用。王充一再说明文章写作不是为了炫耀文辞之美,而是要达到"劝善惩恶"的目的。《论衡·佚文篇》云:"夫文人文章,岂徒调墨弄笔,为美丽之观哉?载人之行,传人之名也。善人愿载,思勉为善;邪人恶载,力自禁裁。然则文人之笔,劝善惩恶也。"《论衡·自纪篇》说:"为世用者,百篇无害;不为用者,一章无补。"唐代著名诗人白居易诗歌理论的核心是《与元九书》中所提出的"救济人病,裨补时阙",或谓"泄导人情,补察时政",突出地强调了文学与人民之间的密切关系,强烈地表明他要求文学创作必须起到"为民请命"的作用。白居易鲜明地指出了文学应当积极地干预现实,为实现进步的政治理想,为改善百姓的生活状况,发挥其应有的功效。恰如他在《新乐府序》中所说:"为君、为臣、为民、为物、为事而作,不为文而作。"这为君、为臣、为民、为物、为事,都不是泛泛之论,而是和"救济人病,裨补时阙"紧紧地连在一起的。"救济人病,裨补时阙"的主张是建立在儒家民本思想基础上的,这从他的《策林》七十五篇中可以看得很清楚。他在《伤唐衢》一诗中曾说到著名的《秦中吟》之创作缘由:"是时兵革后,生民正憔悴。但伤民病痛,不识时忌讳。遂作《秦中吟》,一吟悲一事。"在《寄唐生》一诗中他说《新乐府》的创作动机是:"不能发声哭,转作乐府诗。""惟歌生民病,愿得天子知。"所以"文章合为时而著,诗歌合为事而作"。和白居易同时代的韩愈,更直接发挥了司马迁的"发愤著书"说,而提出了"不平则鸣"的著名论断,他在《送孟东野序》中说:"大凡物不得其平则鸣,草木之无声,风挠之鸣。水之无声,风荡之鸣,其跃也,或激之;其趋也,或梗之;其沸也,或炙之。金石之无声,或击之鸣。人之于言也亦然,有不得已者而后言,其歌也有思,其哭也有怀。凡出乎口而为声者,其皆有弗平者乎!"要求文学为受封建专制主义迫害的人鸣不平。而真正善鸣的不是王公贵族,而是失意的"羁旅草野"之士,其《荆潭唱和诗序》说:"夫和平之音淡薄,而愁思之声要妙。欢愉之辞难工,而穷苦之言易好也。是故文章之作恒发于羁旅草野,至若王公贵人气满志得,非性能而好之,则不暇以为。"正是在这种思想的影响下,很多有志之士身处逆境之中,而没有放弃自己的理想,能够运用文学的武器奋起进行抗争。后来欧阳修又发挥了韩愈的思想,提出了诗人大多"穷而后工"的观点,认为"凡士之蕴其所有而不得施于世者,多喜自放于山巅水涯,外见虫鱼草木风云鸟兽之状类,往往探其奇怪;内有忧思感愤之郁积,其兴于怨刺,以道羁臣寡妇之所叹,而写人情之难言,盖愈穷则愈工。然则非诗之能穷人,殆穷者而后工也"。苏轼则在他的《凫绎先生诗集叙》中说:"先生之诗文,皆有为而作,精悍确苦,言必中当世之过,凿凿乎如五谷必可以疗饥,断断乎如药石必可以伐病。其游谈以为高,枝词以为观美者,先生无一言焉。"他在《江行唱和集叙》中说："夫昔之为文者,非能为之为工,乃不能不为之为工也。山川之有云雾,草木之有华实,充满勃郁,而见于外,夫虽欲无有,其可得耶?"这种传统由诗文发展到小说戏曲,李贽《忠义水浒传序》中说："太史公曰:'《说难》《孤愤》,贤圣发愤之所作也。'由此观之,古之贤圣,不愤则不作矣。不愤而作,譬如不寒而颤,不病而呻吟也,虽作何观乎?《水浒传》者,发愤之所作也。"金圣叹则说《水浒传》之作是:"怨毒著书,史迁不免,于稗官又奚责焉!"孔尚任说他的《桃花扇》则是借男女之情寄托对家国兴亡之感慨,其《桃花扇小引》说："《桃花扇》一剧,皆南朝(按:即指南明)新事,父老犹有存者。场上歌舞,局外指点,知三百年之基业,隳于何人?败于何事?消于何年?歇于何地?不独令观者感慨涕零,亦可惩创人心,为末世之一救矣。"不仅是文学,其他的艺术领域也是如此,著名画家郑板桥说过:"凡吾画兰画竹画石,用以慰天下之劳人,非以供天下之安享人也。"这就是我们古代文学理论批评的优良传统,是值得我们认真加以继承的。

(二)"无声之乐"的创作理想和审美境界

中国古代文艺美学的最高理想,是追求一种"无声之乐"的境界,也就是老子所说的"大音希声,大象无形"的境界。"无声之乐"是指一种音乐美学境界,但也可以代表整个文学艺术的审美理想。音乐是一种声音的艺术,没有声音的音乐似乎是不可想象的。但是,中国古代以老子、庄子为代表的道家则认为最高、最美的音乐是"无声之乐",也就是存在于想象之中的,只能通过象征的方法去体会的,具有最完整、最全面、最充分的美。他们认为有声之美总是偏而不全、有局限性的,不能把所有的声音之美都表达出来,故王弼注《老子》的"大音希声"时说："听之不闻名曰希,不可得闻之音也。有声则有分,有分则不宫而商矣。分则不能统众,故有声者,非大音也。"这种"大音希声"体现在造型艺术上,就是"大象无形",而在以语言为工具的文学上,就是追求"言意之表"的"妙理"。庄子称这种"无声之乐"为"天乐",他把声音之美分为三类:人籁、地籁、天籁。天籁则是众窍的"自鸣"之美,它们各有自己天生之形,承受自然飘来之风,而发出种种自然之声音。所以是"无待"的,没有任何"人为"的因素。符合于"天籁"水准的音乐，称为"天乐"。《天道》篇云："与天和者，谓之天乐。"关于"天乐"的具体状况及特点，《天运》篇曾有过论述，这就是黄帝在"洞庭之野"所奏的"咸池之乐"。它使黄帝的臣子北门成听了之后，竟至于心神恍惚，几乎不能控制自己。黄帝说这种"天乐"的特点是："奏之以人，征之以天，行之以礼义，建之以太清。"它既合乎人事，又顺乎天道，礼义自然行乎其中，与天然元气相应。故郭象注说："由此观之，知夫至乐者，非音声之谓也。必先顺乎天，应乎人，得于心而适于性，然后发之以声，奏之以曲耳。故咸池之乐必待黄帝之化而后成焉。"《天运》篇这种"天乐""听之不闻其声，视之不见其形，充满天地，苞裹六极"。唐代成玄英认为这就是《老子》中说的"大音希声，大象无形"之境界。他说："大音希声，故听之不闻；大象无形，故视之不见；道无不在，故充满天地二仪；大无不包，故囊括六极。"郭象说："此乃无乐之乐，乐之至也。"庄子把老子哲学上的境界具体发展为艺术上的境界。这里也可以看出老子、庄子所追求的是一种绝对的"全之美"，而不是"偏之美"。人为造作的艺术总不能体现全美而只能表现偏美。《齐物论》中说："有成与亏，故昭氏之鼓琴也；无成与亏，故昭氏之不鼓琴也。"对昭氏鼓琴所已表达出来的音乐之美是有所成了，而对昭氏鼓琴所没有表达出来的音乐之美，则又是有所亏了。故郭象注说："夫声不可胜举也，故吹管操弦，虽有繁手，遗声多矣。而执籥鸣弦者，欲以彰声也。彰声而声遗，不彰声而声全。故欲成而亏之者，昭氏之鼓琴也；不成而无亏者，昭氏之不鼓琴也。"昭文作为古代最出色的音乐家，他一鼓琴也只能表现"偏而不全"的音乐美；他干脆不鼓琴，反倒能使人想象到"全"的音乐美。庄子认为：人为的音乐，不管有多大乐队，有多高的水准，只要吹拉弹唱出来，总是有所遗漏的，不可能把声音之美全面地表现出来。所以只有"无乐之乐"，方为"至乐"。传说陶渊明"性不解音，畜素琴一张，弦徽不具，每朋酒之会，则抚而扣之。曰'但识琴中趣，何劳弦上声'"。无弦琴之音，可以由人们去自由想象，不受任何"人为"之限制，是最自然的，也是最完美的。所以白居易《琵琶行》中说琵琶女在弹到最激动的时候，突然停下来不弹了，因为这时她的心情是无法用声音来表达，而只能让听者自己去想象，"此时无声胜有声"。"全之美"和"偏之美"也是一种整体与部分的关系,它对后来文艺创作上的重要影响之一是追求整体的美,所以文学家强调要"以全美为工"(司空图《与李生论诗书》),认为"不全不粹之不足以为美"(荀子《劝学篇》),而这种"全美",则是天工自然的产物,而不是人工造作所能达到的,它要依靠读者的想象来补充,是作者和读者共同创造的。

受这种"无声之乐"思想的影响,所以在对待运用语言文字为工具的文学来说,就要强调"言不尽意",追求"言外之意"。道家和佛家都是主张"言不尽意"的。言意关系的提出,本来并不是文学创作理论问题,而是哲学上的一种认识论。人的思维内容能否用语言来作最充分最完全的表述,这是和人能否正确地认识客观世界相关联的。先秦时代在言意关系上儒道两家是对立的。儒家主张言能尽意,道家则认为言不能尽意。《周易·系辞》中说:"子云:'书不尽言,言不尽意。'然则圣人之意其不可见乎?子曰:'圣人立象以尽意,设卦以尽情伪,系辞焉以尽其意。'"《系辞》所引是否确为孔子所说,已经不可考。然而《系辞》作者讲得很清楚,孔子认为要做到言尽意虽然很困难,但圣人还是可以实现的。后来扬雄发挥了这种思想,他在《法言·问神》篇中说:"言不能达其心,书不能达其言;难矣哉! 惟圣人得言之解,得书之体。"道家则主张要行"不言之教",《老子》中说:"知者不言,言者不知。"庄子发展了这种观点,他在《齐物论》中指出:"道隐于小成,言隐于荣华。""道"是不能用语言文字来说明的。《天道》篇说,圣人之意也无法以言传,用语言文字所写的圣人之书不过是一堆糟粕而已,故轮扁的神奇凿轮技巧,不但"不能以喻其子",其子"亦不能受之于"轮扁,"是以行年七十而老斫轮"。因此,他认为言本身并不等于就是意,而只是达意的一种象征性工具。《外物》篇说:"筌者所以在鱼,得鱼而忘筌。蹄者所以在兔,得兔而忘蹄。言者所以在意,得意而忘言。吾安得忘言之人而与之言哉!"魏晋玄学中的言意之辩是这种争论的继续,王弼在《周易略例·明象》篇中用《庄子·外物》篇的观点来解释言、象、意三者之间关系。他说:"故言者,所以明象,得象而忘言;象者,所以存意,得意而忘象。犹蹄者,所以在兔,得兔而忘蹄;筌者,所以在鱼,得鱼而忘筌也。"佛教特别是禅宗也和庄学玄学一样,注重言不尽意,其宗旨是不立文字,教外别传。这些对文学的影响是非常之大的。文学是一种语言的艺术,言能不能尽意,直接涉及文学创作是否有价值、有意义的问题。中国古代文学创作主要受"言不尽意"论的影响,但又并不因此而否定语言的作用,更不否定文学创作,而是要求在运用语言文字表达构思内容的时候,既要充分发挥语言文字的作用,又要不受语言文字表达思维内容时局限性的束缚,而借助于语言文字的暗示、象征等特点,以言为意之筌蹄,寻求在言外含有不尽之深意。这就是中国古代艺术意境理论所赖以建立的哲学和美学思想基础。

意境的基本美学特征正是在于:文学创作要讲究不拘泥于语言文字,而要重在追求言外之意。最早从文学理论上提出这个问题的是刘勰,他在《文心雕龙》中指出文学艺术形象的特点是"隐秀"。刘勰的"隐秀"说就是对意境美学特征的最早理论概括。隐和秀是针对艺术形象中的情和景、意和象而言的,它包含有两层意义:一是情隐于秀丽的景中,意蕴于幽美的象中,这是指的一般艺术形象的特点;二是宋人张戒《岁寒堂诗话》所引《文心雕龙·隐秀》篇残文:"情在词外曰隐,状溢目前曰秀。"现存《文心雕龙·隐秀》篇有残缺,不过我们认为张戒所引当为原文所有,因其与现存本中刘勰的论述是一致的。刘勰说道:"隐也者,文外之重旨也;秀也者,篇中之独拔者也。隐以复义为工,秀以卓绝为巧,斯乃旧章之懿绩,才情之嘉会也。"秀是指对艺术形象的生动卓绝的描写,这里特别值得我们注意的是他关于隐的解释,刘勰所说的隐不是一般艺术形象的情隐于景中之意,而是指"情在词外",有"文外之重旨",所谓"隐以复义为工",也就是说词外有情,文外有旨,言外有意,这种情、旨、意显然不是指艺术形象中具体的实写的部分,而是指受这具体的实写的部分暗示、象征的启发,而存在于作者和读者想象中的情、旨、意。所谓"重旨"和"复义",即是有实的和虚的两层"旨"和"义",而刘勰认为这后一层虚的"旨"和"义",显然是更为重要的,它具有更加深刻的美学内容。这种"情在词外""文外重旨"的提出,毫无疑问是受"大音希声,大象无形"和"言为意筌""得意忘言"思想的影响而来的。刘勰在《文心雕龙·隐秀》篇中说道:"夫隐之为体,义生文外,秘响旁通,伏采潜发,譬爻象之变互体,川渎之蕴珠玉也。"可见,隐的含义正是从易象而来,它不仅是体现了一种象征的意义,而且是象外有象,义生文外。

从刘勰的"隐秀"说发展到唐宋的意境论,这条线索在唐人有关意境的论述中可以看得很清楚。唐代的诗歌意境论并未用"意境"的概念,而是用"境"或"诗境"的概念。文学理论上意境概念的出现最早见于《吟窗杂录》所载王昌龄《诗格》,但《吟窗杂录》本《诗格》是否王昌龄所作颇值得怀疑,其真伪不能确定,而且其中"三境"论所说"意境"并非一般意义上的意境,只是和情境、物境并列的三种不同类型意境中的一种(《文镜秘府论》所引王昌龄《诗格》当是可靠的,但其中未提到意境概念)。然而唐人所说的诗境实际就是意境,这是无可置疑的。比刘勰稍后的锺嵘在《诗品序》中,对"兴"已经作了不同于传统经生家的解释:"文已尽而意有余。"这和刘勰所说的"隐"的"义生文外"和有"文外之重旨"是一致的,"兴象"指的也就是具有这种"兴"的特征的艺术形象。王昌龄则相当集中地论述了诗境的创造问题,强调了诗歌中意和境的融合实际上也就是心与物的结合。《文镜秘府论》引王昌龄《诗格》云:"夫置意作诗,即须凝心,目击其物,便以心击之,深穿其境。"又说:"取用之意,用之时,必须安神净虑。目睹其物,即入于心;心通其物,物通即言。"这正是在刘勰所说"情以物兴""物以情观"和心"随物以宛转"、物"与心而徘徊"说的基础上,对意境的本质和创造所作的具体论述。中唐时期对王昌龄意境论作了重大发展的是诗人皎然和刘禹锡。皎然不仅强调了"诗情缘境发"的特点,而且着重说明了诗境的主要美学特征是"采奇于象外","情在词外""旨冥句中",并指出了这就是"隐秀"的意思。他在《诗式》中说:"客有问予谢公二句优劣奚若?予因引梁征远将军记室锺嵘评为隐秀之语,且锺生既非诗人,安可辄议?徒欲聋瞽后来耳目。且如'池塘生春草',情在词外;'明月照积雪',旨冥句中。风力虽齐,取兴各别。"(此外文字据国图所藏毛晋校《诗式》抄本,别本无"记室锺嵘"四字。皎然记忆有误,"隐秀"非锺嵘之语,乃刘勰所提出)此处"情在词外"据张戒所引当即是由刘勰对"隐"的解释而来,"旨冥句中"当是由宗炳《画山水序》中"旨微于言象之外者,可心取于书策之内"而来,而刘勰所说的"隐秀"则又和宗炳的"旨微于言象之外"说有很明显的内在联系。皎然实际上是把意在言象之外、"文外之重旨"看作是诗歌意境的最主要美学特征,所以,他又说:"若遇高手,如康乐公览而察之,但见性情,不睹文字,盖诣道之极也。"此所谓

"但见性情,不睹文字",不仅含有禅宗"不立文字,教外别传"的意思,而且也是指诗歌意境的"义生文外""情在词外"之美学特征。诗人权德舆和刘禹锡所说的"意与境会"(《左武卫胄曹许君集序》)、"境生象外"(《董氏武陵集纪》),则也是在刘勰所论基础上的进一步发展。"意与境会"就是对刘勰有关"情以物兴"和"物以情观"思想在意境分析上的具体运用,而"境生象外"则是对"隐秀"说的发挥,强调了意境在具体描写的实的境象之外,还有一个存在于想象之中的虚的境象,也就是后来司空图《与极浦书》中所说的"象外之象,景外之景",它使人感到"言有尽而意无穷",具有"韵外之致"。

中国古代文学创作讲究要创造象外有象,景外有景,具有"义生文外""情在词外"的特点,做到"言有尽而意无穷",使作品富有含蓄的韵味,这也就是艺术意境的美学特征之所在。我们可以举几个具体例子来加以说明。比如东晋诗人陶渊明《饮酒》诗:"结庐在人境,而无车马喧。问君何能尔?心远地自偏。采菊东篱下,悠然见南山。山气日夕佳,飞鸟相与还。此中有真意,欲辩已忘言。"什么是他的"真意"?就是他在《桃花源记》中所理想的"世外桃源"的境界,和《桃花源记》中人的悠闲自在的精神情趣。又如唐代诗人王维的《渭城曲》(《送元二使安西》):"渭城朝雨浥轻尘,客舍青青柳色新。劝君更尽一杯酒,西出阳关无故人。"这里在一杯酒的背后又隐含着多少不尽的深意啊!文学作品要能做到其美在"言意之表",具有含蓄不尽的意境,是中国古代文学创作和西方很不同的民族传统特点。按照欧阳修《六一诗话》引梅尧臣之语所说,就是既能"状难写之景,如在目前",更要"含不尽之意,见于言外",这才是中国古代文学创作意境论的核心内容。从创作上说,这是和在诗境中体现禅境分不开的。特别是从盛唐诗人王维开始,以禅境表现诗境,把禅家不立文字、教外别传的思想融入文学艺术创作之中,以诗境表现禅境,为意境的创造建立了具体的典范。后来南宋严羽在《沧浪诗话》中以"妙悟"论诗,提出"禅道惟在妙悟,诗道亦在妙悟",认为"以禅喻诗,莫此亲切"。到清代的王渔洋更对这一传统作了相当全面的总结,他以画龙为例所作的生动比喻,和其他一系列精彩的论述,把以意境为核心的民族艺术传统发挥到了极点。

"无声之乐"的理想境界不仅表现在音乐、诗歌上,在绘画、书法、戏剧、小说等领域里也都有很突出的体现。绘画创作要求"画在有笔墨处,画之妙在无笔墨处"(戴熙《习苦斋画絮》),做到"虚实相生,无画处皆成妙境"(笪重光《画筌》),使其"画中之白即画中之画,亦即画外之画"(华琳《南宗抉秘》)。宋代画家郭忠恕画山水画只在画的一角画几个山峰,画面上大部分是空白,可是能使你感到山峦起伏、绵延不绝之势,恰如王士禛所说,"略有笔墨,而其妙在笔墨之外"。书法创作也非常讲究空间布白之美,如梁武帝所说要具有"字外之奇",或如王羲之所说能在"点画之间皆有意",把有笔墨处和无笔墨处紧密地结合起来构成含蓄不尽的强烈美感。"无声之乐"是建立在"有无相生,以无为本"的哲学思想基础上的,在艺术表现手法上就是虚实结合,重视发挥"虚"的方面的作用,以补充"实"的不足。在戏剧、小说上此点尤为突出。中国古代的戏剧基本上是没有布景的,大都采用虚拟的方法,但能收到比实的布景更为使人感到真实的效果。小说创作的人物描写中往往用侧面虚写的方法,而不用正面直写的方法。像《三国演义》中的温酒斩华雄,刘备三顾茅庐访诸葛,都是如此。要通过实写的部分来领会虚的想象中的部分,就可以不受实写部分的限制,使艺术美得到最完美最充分的体现,这就是中国古代文艺美学的理想境界。

(三)"形神兼备"的形象塑造原则

关于艺术形象的塑造,西方是讲典型,重视典型的个性和共性的统一。而中国古代对艺术形象的创造有自己独特的美学原则,这就是要求形神兼备,精确描写艺术形象外在的形貌和充分展示艺术形象内在的神质。用唐代张九龄的话说,就是:"意得神传,笔精形似。"这种对形神兼备的论述具有极为深刻的哲学思想基础。任何事物都有现象和本质两个方面,艺术形象的形神问题即是艺术形象的现象和本质问题,不过它不是一般的现象和本质问题,而是艺术形象特殊的现象和本质问题。在形之美和神之美的关系上,中国古代更重视和强调神之美,认为刻画形之美的目的乃是为了传达神之美。"传神写照"是要通过"以形写神"的方法来实现的。这种从形神关系出发而提出的审美原则,也是接受中国古代哲学思想的影响而来的。庄子的形神论即是重神而不重形的,他所说的形和神是指事物的内在精神实质和外在物质表现形式的关系。庄子认为对一个人来说,其形体是存是灭、是生是死、是美是丑,都是无所谓的,而最重要的是他的精神能否与道合一,达到完完全全的自然无为,所以他"彼以生为附赘悬疣,以死为决疣溃痈",认为人应当做到"外其形骸",而不拘泥于物(《大宗师》)。《齐物论》中说:"形固可使如槁木,而心固可使如死灰乎?"这里的"心"就是指"神"。因此,他在《养生主》《德充符》等篇中,以公文轩见右师、卫人哀骀它、阐跂支离无脤等故事,来说明虽形残而神全,并不影响其真美,真正的美在神不在形。不过,庄子的形神观又有片面强调神的重要,而否定形的意义与作用的倾向。到汉代《淮南子》中有关形神关系的论述,又对庄子的观点有所修正,以神为形之君,以传神为主而不否定形的作用,并且把这种思想运用到了艺术创作中。例如《说山训》中说:"画西施之面,美而不可说;规孟贲之目,大而不可畏:君形者亡焉。"《说林训》中提出"画者谨毛而失貌"的问题,也是这个意思。高诱注道:"谨悉微毛而留意于小,则失其大貌。""微毛"说的是形的问题,而所谓的"大貌"则是指神的问题。这种新的发展,对中国古代文艺思想的影响是非常深远的。东晋著名的画家顾恺之正是在此基础上提出了绘画理论上的"传神写照"和"以形写神"说,他非常重视人物画中的"点睛"问题,认为"传神写照正在阿堵中","点睛"虽是一个形的描写问题,但更重要的是借此以传人物之神,因为在人的肖像上,眼神最能体现人物的心灵世界。传说中国古代的画家张僧繇在梁武帝的金陵安乐寺画四白龙,一直不点眼睛,常对人说点了眼睛龙就会飞走,别人不信一定要他点睛,结果他刚点了两条龙的眼睛,就雷电交加,两龙破壁飞走,而剩下两条没有点睛的龙则仍在壁上(事见张彦远《历代名画记》卷七)。后来这种绘画理论又被运用到了文学创作之中,盛唐诗人的创作都非常重视传神的艺术美,杜甫就经常以神论诗,其《李潮八分小篆歌》说:"书贵瘦硬方通神。"《寄张十二山人彪三十韵》说:"草书何太古,诗兴不无神。"其《独酌成诗》又云:"醉里从为客,诗成觉有神。"《奉赠韦左丞丈二十二韵》说:"读书破万卷,下笔如有神。"中国古代文论特别重视"气",重气,就是重神的表现,不管是孟子的"浩然之气",还是曹丕的"文以气为主",虽然他们说的气有先天和后天的不同,但都是指的一种精神风貌,是活跃的生命力的体现。神和气是不可分的,神就体现在气中。刘勰在《文心雕龙·风骨》篇中就特别强调提倡风骨和"重气之旨"是一样的。南齐谢赫在《古画品录》中所说的绘画六法,第一条就是"气韵生动"。晚唐的张彦远在《历代名画记》中说:"象物必在于形似,形似须全其骨气。"这"骨气"即是指"传神"。他又说:"古之画或能移其形似而尚其骨气,以形似之外求其画,此难可与俗人道也。今之画纵得形似而气韵不生,以气韵求其画,则形似在其间矣。"张彦远并不否定"形似",但是,比较强调有了神似,形似也就在其中了;而没有强调神似又必须依赖于某种形似才能体现出来。从这一点说,认识又不如顾恺之等深刻。后来明代的董其昌在《画旨》中对此有比较清晰的论述,他说:"传神者必以形,形与心手相凑而相忘,神之所托也。"这可以说是对张彦远的一个很好的补充。因为重在"传神",重在"气韵",所以特别强调文艺作品要有"飞动"的美。刘勰《文心雕龙·诠赋》篇说:"延寿《灵光》含飞动之美。"唐代皎然在《诗议》中说要"状飞动之句",其《诗式》的"诗有四离"条说"虽欲飞动而离轻浮"。这"飞动"之说在唐初李峤《评诗格》中已经提出,皎然这里是作为诗歌意境的一个重要美学特征来看待的。司空图在《二十四诗品》中认为诗歌创作一定要做到"生气远出,不著死灰","若纳水䂨,若转丸珠",这就是指诗歌意境要表现生命活力和具有动态的传神美,如不停转动的水车和自然滚动的丸珠,具有永不停息的内在生命活力,要如"奇花初胎""青春鹦鹉"一样,让事物内在的精神气质栩栩如生地传达出来。他所说的"离形得似,庶几其人","脱有形似,握手已违",正是强调诗歌意境要重在传神,而不落形迹。所谓"离形",即是不受"形"的束缚,不拘泥于形似;"得似",即是要传神,得神似而非形似。这样,就可以把"风云变态,花草精神,海之波澜,山之嶙峋",生动地呈现在读者面前,使人感到呼之欲出,神态毕露。

北宋的苏轼不仅在《传神记》中发挥了顾恺之的"以形写神"论,指出必须描写好"得其意思之所在"的形方能传神,也就是说,只有抓住了最能体现对象神态的,具有典型意义的,不同一般的特殊的"形",并把它真实、生动地描绘出来了,才能够达到"传神写照"的效果。苏轼还在《书鄢陵王主簿所画折枝》诗中指出重在传神这一点上,诗和画是一致的。他在诗中提出的:"论画以形似,见与儿童邻。赋诗必此诗,定非知诗人。"曾在宋元明清的诗话中,文人就如何理解神似和形似关系的问题,引起了一场争论。与苏轼差不多同时的晁说之说:"画写物外形,要物形不改。诗传画外意,贵有画中态。"这当然是为了说明形似的重要,以纠正苏轼诗论之偏,但说得比较委婉。清代方薰《山静居画论》中说:"以道(晁说之字)特为坡老下一转语。"明代杨慎则直截了当地指出苏诗之论"有偏","非至论也",认为晁诗出而"论始为定"(见《升庵诗话》)。不过,苏轼实际上并不是主张根本否定形似的。葛立方《韵语阳秋》中说:"欧阳文忠公诗云:'古画画意不画形,梅持写物无隐情。忘形得意知者寡,不若见诗如见画。'东坡诗云:'论画以形似,见与儿童邻。赋诗必此诗,定知非诗人。'或谓:'二公所论,不以形似,当画何物?'曰:'非谓画牛作马也,但以气韵为主耳。'谢赫云:'卫协之画,虽不该备形妙,而有气韵,凌跨雄杰。'其此之谓乎?"葛立方的解释是比较符合欧、苏之本意的。不过,苏轼之论在客观上确实容易使人误解,从而产生一种忽视形似的倾向。此点金代的王若虚在《滹南诗话》中也说道:"夫所贵于画者,为其似耳;画而不似,则如勿画。命题而赋诗,不必此诗,果为何语!然则,坡之论非欤?曰:论妙于形似之外,而非遗其形似;不窘于题,而要不失其题。如是而已耳。世之人不本其实,无得于心,而借此论以为高。画山水者,未能正作一木一石,而托云烟杳霭,谓之气象;赋诗者,茫昧僻远,按题而索之,不知所谓,乃曰格律贵尔。一有不然,则必相嗤点,以为浅易而寻常。不求是而求奇,真伪未知,而先论高下,亦自欺而已矣。岂坡公之本意也哉!"王若虚此论对于苏诗所论在客观上所产生的流弊作了较为具体的分析,也给那些曲解苏诗之论为自己错误创作倾向找根据的人以尖锐的批评。李卓吾在《诗画》一文中专门针对晁、杨之说而补充道:"画不徒写形,正要形神在。诗不在画外,正写画中态。"

形神关系从另一个角度讲,就是形象刻画中的"物理"和"物态"的关系,也就是苏轼讲的"常形"和"常理"的问题,艺术描写不仅要表现对象的外在形态,而且要体现出对象生成之内在的原理,只有既"曲尽其态",又"深入其理",才能使形象具有生命的活力,是"真龙"而非"画龙",使表现对象具有"气韵生动"的特点,有"飞动之势","生气远出,不著死灰"。神似比形似要高一层次,但没有形似也不可能达到神似。中国古代认为要达到神似必须把握对象的主要特点,只有找到对象最能体现其精神特质的形态特点,也就是懂得什么是"得其意思之所在"之处,并且把它描写得很充分,才能真正传对象之神。因为神是虚的,没有一定的形是无法传达出来的,故东晋画家顾恺之画裴楷的画像,在颊上加"三毛"遂神态逼真。这种原理后来不仅表现在诗歌创作上,而且也广泛地运用在小说、戏剧创作上,像《水浒传》《三国演义》《红楼梦》《儒林外史》《西厢记》《牡丹亭》等作品中有极为生动的表现,成为中国古代艺术形象创造的基本美学原则。

(四)"无法之法"的艺术表现方法

文艺创作都有一定的表现方法,中国古代几千年的文艺发展过程中曾经积累了极为丰富的艺术经验。任何时代的文艺创作在表现方法上总是要吸取前代的艺术经验的,但是又必须按照现实的艺术表现需要有所创造、有所发挥。如何对待前代已有的艺术表现方法,一直是一个有争议的问题。这也是和中国古代以儒、道、佛为代表的传统文化思想有密切的关系。儒家重法度,道家重自然,但是他们又都有一些片面性。儒家重法度思想比较集中地体现在扬雄的论述中,他在《法言·吾子》篇中说:"或曰:'女有色,书亦有色乎?'曰:'有。女恶华丹之乱窈窕也,书恶淫辞之淈法度也。'"这里的"法度"就是指先王之法、儒家之道。又说:"或问公孙龙诡辞数万以为法,法欤?曰:断木为棋,梡革为鞠,亦皆有法焉。不合乎先王之法者,君子不法也。"班固也非常重视文学创作要遵循儒家法度,他在《汉书·扬雄传》中说:"雄以为赋者将以风之,必推类而言,极丽靡之辞,闳侈钜衍,竞于使人不能加也。既乃归之于正,然览者已过矣。往时武帝好神仙,相如上《大人赋》欲以风,帝反缥缥有陵云之志。繇是言之,赋劝而不止明矣。又颇似俳优淳于髡、优孟之徒,非法度所存,贤人君子诗赋之正也,于是辍不复为。"他在《离骚序》中还批评屈原的作品"多称昆仑冥婚宓妃虚无之语,皆非法度之政,经义所载"。儒家之所以重法度有两方面的原因:一是儒家重视人为的力量,注意研究人工创造的具体方法;二是儒家强调复古,恪守先王的成规,主张"述而不作"。道家之所以重自然,是因为看到了人为力量的局限性,希望要突破这种局限性,但是他们又否定了人为力量的作用和它的必要性,因此,正确的途径应该是不否定人为的力量,而又不受它的局限,而以自然为最高的美学原则。这一点在陆机和刘勰的文论中都有清楚的论述。《文赋》中说:"若夫丰约之裁,俯仰之形,因宜适变,曲有微情。或言拙而喻巧;或理朴而辞轻;或袭故而弥新;或沿浊而更清;或览之而必察;或研之而后精。譬犹舞者赴节以投袂,歌者应弦而遣声。是盖轮扁所不得言,故亦非华说之所能精。"《文心雕龙·神思》篇中说:"若情数诡杂,体变迁贸,拙辞或孕于巧义,庸事或萌于新意,视布于麻,虽云未贵,杼轴献功,焕然乃珍。至于思表纤旨,文外曲致,言所不追,笔固知止。至精而后阐其妙,至变而后通其数,伊挚不能言鼎,轮扁不能语斤,其微矣乎!"在中国古代文艺发展史上,某些被复古主义笼罩的时代,例如明代前期之强调"文必秦汉,诗必盛唐",往往注重于恪守已有的法度,对古人亦步亦趋,不敢越雷池一步。但大多数时代的进步文艺家是反对复古模拟而要求有独创性的,因此不赞成机械地套用前人成法,而主张以自然为目的而有所创造、有所前进。所以反对"死法"而提倡"活法",提倡"以自然为法"或者说是"无法之法"。宋代诗人苏轼在《诗颂》中说:"冲口出常言,法度去前规。人言非妙处,妙处在于是。"但这并不是说文艺创作不要学习前人的表现方法,而是说创作不应该因袭前人的格套,而要有合乎自己表达情意要求的方法,他强调不管是诗文还是书画都要"随物赋形",符合于事物的本身特点。他说:"吾文如万斛泉源,不择地皆可出。在平地滔滔汩汩,虽一日千里无难。及其与山石曲折,随物赋形,而不可知也。所可知者,常行于所当行,常止于不可不止,如是而已矣。其他虽吾亦不能知也。"(《自评文》)他赞扬唐代孙位的画说:"画奔湍巨浪,与山石曲折,随物赋形,尽水之变,号称神逸。"(《书蒲永升画后》)他在《书所作字后》中说:"浩然听笔之所之,而不失法度,乃为得之。"在《书吴道子画后》一文中说:"诗至于杜子美,文至于韩退之,书至于颜鲁公,画至于吴道子,而古今之变、天下之能事毕矣。道子画人物,如以灯取影,逆来顺往,旁见侧出,横斜平直,各相乘除,得自然之数,不差毫末,出新意于法度之中,寄妙理于豪放之外,所谓游刃余地,运斤成风,盖古今一人而已。"总而言之,是要使文艺创作做到"尽万物之态","文理自然,姿态横生",所以就要以"无法之法"(《跋王荆公书》)为准则。当宋代江西诗派以其严密诗法笼罩诗坛之际,吕本中特别提出了"活法"的理论。他在《夏均父集序》中说:"学诗当识活法。所谓活法者,规矩备具,而能出于规矩之外;变化不测,而亦不背于规矩也。是道也,盖有定法而无定法,无定法而有定法。知是者,则可以与语活法矣。谢元晖有言:'好诗(流)转圆美如弹丸。'此真活法也。"我国的传统是强调法度和自然并重,法度要合乎自然。所以即使是高举复古大旗的后七子代表人物明代王世贞,也说古代诗歌之妙处,正是在能做到神与境会,妙合自然,故"忽然而来,浑然而就,无岐级可寻,无声色可指"。并认为盛唐诗歌艺术性最高的七律,就是好在"篇法之妙有不见句法者,句法之妙有不见字法者。此是法极无迹,人能之至,境与天会,未易求也"(《艺苑卮言》)。这"法极无迹"四个字充分表现了他对法度和自然的深刻认识。公安派袁中道则说得更明白,要"以意役法,不以法役意"(见袁中道《中郎先生全集序》)。清初王夫之最反对"死法",反对"立门庭",他说:"有皎然《诗式》而后无诗,有《八大家文抄》而后无文。"(《夕堂永日绪论外编》)又说:"诗之有皎然、虞柏生,经义之有茅鹿门、汤宾尹、袁了凡,皆画地成牢以陷人者,有死法也。死法之立,总缘识量狭小。如演杂剧,在方丈台上,故有花样部位,稍移一步则错乱。若驰骋康庄,取途千里,而用此步法,虽至愚者不为也。"他认为文学创作没有"定法",应当遵循"不法之法"或"非法之法",使创作"自然即乎人心"。他说:"诗有诗笔,犹史有史笔,亦无定法。但不以经生详略开合脉理求之,而自然即于人心,即得之矣。"(《明诗评选》评张治《江宿》诗)即使是竭力提倡格调、尊重法度的沈德潜,也是反对死法而提倡灵活的自然之法的,他在《说诗晬语》中说道:"诗贵性情,亦须论法。杂乱而无章,非诗也。然所谓法者,行所不得不行,止所不得不止,而起伏照应,承接转换,自神明变化于其中。若泥定此处应如何、彼处应如何,不以意运法,转以意从法,则死法矣。试看天地间水流云在、月到风来,何处着得死法?"不仅文学创作是如此,艺术创作也是如此,著名的清初画家石涛在他的《画语录》中说:"'至人无法',非无法也,无法之法,乃为至法。"其《大涤子题画诗跋》中说:

"法无定相,气概成章耳。""古人未立法之前,不知古人法何法?古人既立法之后,便不容今人出古法。千百年来,遂使今之人不能出一头地也。师古人之迹而不师古人之心,宜其不能出一头地也,冤哉!"这就为文艺创作的独创性开辟了广阔的前景。我们可以看到,中国古代不管是文学还是艺术,都随着不同的时代,不同的作家,而有各种不同的风貌特色,千姿百态,日新月异。既不否定总结前代创作经验的法规,又不迷信这种法规,刻板地恪守成规,根据实际创作需要以无法之法为至法,遵循自然以为法,这就是中国古代文学理论批评的优良传统。

(五)"味外之味"的艺术鉴赏的标准

在文艺作品艺术鉴赏的审美标准方面,中国古代讲究要有"味",而且不是一般的"味",而是"味外之味",这是和"无声之乐"的文艺美学理想境界分不开的,也是中国古代文艺美学的重要传统之一。只有达到了"无声之乐"的境界,创造出了司空图所提倡的具有"象外之象,景外之景"(《与极浦书》)的艺术形象,才会有他所说的"味外之味"(《与李生论诗书》)。"象外之象,景外之景"的第一个"象"和"景"是诗歌中具体描写的实境,而第二个"象"和"景"则是存在于作者想象中、要由第一个实的"象"和"景"的暗示、象征才能体会到的虚的"象"和"景"。"味外之味"中的前一个"味"和后一个"味"是和这两个"象"和"景"相对应的。"味",是从文艺创作的形象思维特征而来的,它是由文艺创作的艺术美而产生的,是作者从艺术作品中感受到的美的享受。刘勰在《文心雕龙》中所说的"味"就是从作品的"隐秀"特征而来的。由外露的"秀"而领会到内在的"隐",是文学艺术之所以有"味"的原因所在。《文心雕龙·隐秀》篇说:"深文隐蔚,余味曲包。"《体性》篇说:"子云沉寂,故志隐而味深。"《情采》篇说:"繁采寡情,味之必厌。"刘勰《文心雕龙》中有十几处说到"味",都是指文学作品的审美趣味而言的。钟嵘说诗歌的"滋味",是从其"指事造形,穷情写物"的艺术创作特征而来的。因为"滋味"的来源在于诗歌的艺术思维特征,所以钟嵘在《诗品序》中批评玄言诗说:"永嘉时,贵黄老,稍尚虚谈,于时篇什,理过其辞,淡乎寡味。"玄言诗侈谈玄理,缺少感情,没有审美形象,因此也就没有"滋味"。但是,司空图说的

"味外之味"则比锺嵘所说的"滋味"要更进一层,它指的是由艺术形象本身所暗示、象征而并没有直接描写出来的,要由读者去领悟、体会并用自己的想象去补充的内容,所以它具有既近又远(司空图说要"近而不浮,远而不尽")、"言有尽而意无穷"的特色。这种"味外之味"是作者和读者共同创造的。"味外之味"首先是由唐末司空图提出的,他在《与李生论诗书》中说"醇美"的诗歌应该使读者感到"味在咸酸之外",而不只是在咸酸本身,只有善于体会"味外之旨"方能懂得什么是诗歌"醇美"之所在。如嵇康的"目送归鸿,手挥五弦"(《赠秀才入军》),谢灵运的"池塘生春草,园柳变鸣禽"(《登池上楼》),陶渊明的"采菊东篱下,悠然见南山"(《饮酒》),王维的"行到水穷处,坐看云起时"(《终南别业》),就都是这种具有"象外之象,景外之景",并能使人体会到"味外之味"的"醇美"佳作。这种诗歌鉴赏的审美标准后来受到苏轼、严羽、王士禛等许多文艺家的推崇,并且扩大到了其他的艺术领域,成为中国古代艺术鉴赏的基本美学原则。

  以上是关于中国古代文艺美学民族传统的几个重要问题,这些都需要联系中国古代的思想文化背景和实际的文艺创作才能领会得更具体、更深刻,也才能使它们在今天的文艺创作中得到发扬光大。

中国文学观念的演变和文学的自觉

中国古代文学的自觉,大家一般都采取鲁迅在《魏晋风度及文章与药及酒之关系》一文中的说法,认为是从魏晋开始的。如游国恩等主编《中国文学史》,王运熙、杨明《魏晋南北朝文学批评史》,蔡钟翔等《中国文学理论史》均如是说。① 李泽厚《美的历程》不仅认为"文的自觉"是"魏晋的产物",而且说"非单指文学而已。其他艺术,特别是绘画与书法,同样从魏晋起表现着这个自觉"。② 近年来出版的比较有影响的两种文学史也是如此。章培恒主编的《中国文学史》中说:"鲁迅在其著名的《魏晋风度及文章与药及酒之关系》一文中,称魏晋是'文学的自觉时代',又说:'这时代的文学的确有点异彩。'"袁行霈先生主编的《中国文学史》说:"文学的自觉是一个相当漫长的过程,它贯穿于整个魏晋南北朝,是经过大约三百年才实现的。"并提出了三个衡量标准:"所谓文学的自觉有三个标志:第一,文学从广义的学术中分化出来,成为独立的一个门类。……第二,对文学的各种体裁有了比较细致的区分,更重要的是对各种体裁的体制和风格特点有了比较明确的认识。……第三,对文学的审美特性有了自觉的追求。"则是把文学自觉的完成更加往后推了。这里所说的文学自觉的三个标志本身是对的,但是达到这三个标志的时间并不是在魏晋南北朝,而是要更早得多。所以,这个魏晋文学自觉论的说法是不是很科学,是不是符合文学发展的实际,我认为还是很值得研究的。我在十二年前发表在日本九州大学文学部《中国文学论集》第十九号所写的《先秦两汉文学思想发展的特点》一文中曾经提出过不同的看法,在那前后也有别

---

① 游等著第一册:"(建安时代)表现了文学的自觉精神"(北京:人民文学出版社,2002年,第198页)。王、杨著:"鲁迅曾将这一时期概括为'文学的自觉时代',确是十分精当的"(上海:上海古籍出版社,1989年,第7页)。蔡等著第一册:王充(27—97)"之后一个世纪,中国文学进入了'自觉时代'"(北京:北京出版社,1987年,第147页)。
② 李泽厚:《美的历程》,北京:中国社会科学出版社,1984年,第97、100页。

的学者对此提出过疑问,例如山东大学的龚克昌先生。后来我在1996年《北京大学学报(哲学社会科学版)》第2期上专门写过《论文学的独立和自觉非自魏晋始》的文章,这里我想再进一步申说我的看法,对原来文章作一点补充,特别是对到齐梁时期文学自觉才得以完成的看法,提出一点不同意见,希望得到大家的批评和指正。

鲁迅在他的文章中说:"他(按:指曹丕)说诗赋不必寓教训,反对当时那些寓训勉于诗赋的见解,用近代的文学眼光看来,曹丕的一个时代可说是'文学的自觉时代',或如近代所说是为艺术而艺术的一派。"这里应该引起我们注意的有两个问题:第一,鲁迅在说"文学的自觉时代"时用了引号,说明他可能是转述的别人的话,曾经有学者指出鲁迅是受日本研究中国文学学者的影响而提出这种说法的,①如1925年铃木虎雄的《中国(原作"支那")诗论史》就有这样的看法。在此之前是否还有日本学者提出过也值得研究。那时日本学者是用西方的观点来研究中国文学的,是从所谓"为艺术而艺术"的角度来说文学的自觉的。第二,反对寓训勉于诗赋与提倡为艺术而艺术,和文学的自觉有没有必然的联系?能不能把这两者等同为一?所谓"寓训勉于诗赋"其实就是指两汉经学时代强调诗歌的政治教化功用,也就是《毛诗序》所要求的诗歌要起到"经夫妇,成孝敬,厚人伦,美教化,移风俗"的作用,但是,《毛诗序》在论诗的本质时并没有否定它的"吟咏情性"特点,是在肯定它"发乎情"的前提下要求"止乎礼义"的,它提出的"六义"说对诗歌的艺术特点和表现方法也是充分重视的。"寓训勉于诗赋"和"为艺术而艺术"是两种不同的文学主张和文学流派,他们并不是文学有没有自觉所造成的结果。所以,我说过鲁迅在讲这个问题时并没有经过严格的科学的论证。

也许,我们还是从感性的角度先来想一想比较好,试问:我们的文学发展从收入《诗经》的最早作品开始到汉末已经一千三百多年,已经有了《诗经》《楚辞》、汉赋、两汉乐府这样大量有高度艺术水平的纯文学作品,有了先秦这么多优秀的历史散文和诸子散文,有了《史记》这样"史家

---

① 日本京都大学名誉教授兴膳宏先生于2002年10月28日在香港浸会大学的学术报告《京都大学近百年的中国文学研究概况》。

之绝唱""无韵之《离骚》"(鲁迅《汉文学史纲要》语),有了两汉以司马相如为首的这么多专业文人和新文体的产生,而文学居然还没有自觉,还没有独立的地位,能说得通吗?我们能够接受得了吗?是不是这么多作家和作品都是在文学还不自觉、也没有独立的情况下产生的呢?我就是从这种文学发展的实际中感觉到这种理论观念的不合适甚至荒唐,才去注意这个问题的。如果我们进一步从理性的角度来考虑一下的话,也会发现有许多问题:为什么追求为艺术而艺术才算是文学的自觉呢?那西方什么时候算是文学的自觉呢?是不是要到文艺复兴才算文学有了自觉呢?为什么我们一定要用西方的理论观念来看待中国的文学和文学发展呢?按照袁先生主编的文学史所说的文学的自觉的第三条标准,那么要到萧绎《金楼子·立言》篇的纯文学的"文"的标准提出,才算文学自觉的完成,可是隋唐以后人们并没有按萧绎的狭义的纯文学观念来理解文学,而仍然是沿用汉代已经形成的广义的文学观念来理解文学的,这又怎么理解呢?是不是这文学自觉了一下后,又缩回去变得不自觉了呢?

　　我认为考察文学的自觉与否,应该从中国文学发展的实际和文学观念的演变相结合的角度来认识。中国古代的文学观念有一个发展演变的过程,而文学观念又总是受文化发展状况及其特点的影响与制约的。先秦时期是文化发展的早期。这时,意识形态和文化领域内各个不同部门的界限还不很清楚,文史哲不分,诗乐舞合一,还没有明确的、科学的文学观念。中国最早的"文"的概念是非常宽广的,宇宙间凡是有文采的事物形式都是文,如天文、地文、动植之文等,人文不仅是用语言文字写的文章,而且人的服饰、语言、行为、动作、品德,亦皆为"文"。从另一个角度说,按照宇宙间人和物的特点,又可以分为形文(五色成文)、声文(五音为文)、情文。任何事物的形式,只要具有某种修饰性,均可称之为"文"。这种宽泛的"文"的概念在某种程度上是与"美"的概念接近的,是指事物的一种美的形式。比上述广义的"文"稍微狭隘一些的是文化之"文"。《论语》中记载孔子所说的"郁郁乎文哉,吾从周"以及"天之将丧斯文也"中的"文",都是指西周的文化。《论语》中说孔子的弟子中"文学:子游、子夏",此"文学"乃指对西周文化的学习与研究。"文"有时也是指对语言的修饰,如《左传》襄公二十五年引孔子所说"言之不文,行而不远"。

郭绍虞先生在他的《中国文学批评史》中说先秦时期的"文"包含了博学与文章两个方面，这就文化之"文"的含义来说，有一定道理，但是，在战国中期以前，实际上其中文章的含意，亦即词章写作的含义，所占比重是很小的，主要是指学术。

可是，到战国中期以后，作为文化之"文"的概念中，文章方面的含义就大大增加了。由于百家争鸣的热烈展开，私家著述的繁荣发展，对言辩才能的高度重视，词章写作的地位显著地提高了，它在"文"的概念中之比重有了较大分量。这时出现了以下几个值得我们注意的现象：第一，从中国古代文学的发展来说，先秦时期的《诗经》和古谣谚，大部分都还属于民间诗歌，《诗经》中虽有一些作品有作者可考，但都不是专业文人的创作，诸子散文和史传散文也都不属于专业的文人创作，其性质主要还是思想史和历史著作，而只有战国后期《楚辞》中屈原和宋玉等的作品，才可以说是具有了专业文人创作的特点。当然中国古代的文学家往往也都是官场上的重要人物，我们所谓的专业文人，并不排斥他们可以是政治上的重要人物。但是他在历史上的地位，主要是由于在政治上所起的作用，还是主要由于文学创作上的成就，这是不一样的。像屈原虽然也曾是楚国怀王的左徒，然而后来他被流放，在穷愁潦倒中才愤激至极而进行文学创作，他在历史上的地位主要是由他的《离骚》《天问》《九章》等文学作品的伟大成就所决定的，至于宋玉则更明显是以辞赋创作而著名的了。不过，从总的方面说，在当时文学和学术还没有完全分离，在各诸侯国还没有形成普遍的专业文人队伍，除楚国外还很少有专业文人的文学创作。第二，诗、乐、舞三者的分离，《楚辞》中的主要作品如《离骚》《九章》等已不再与乐、舞相配。诗歌由主要是配乐、以声为用的地位向独立创作、以义为用的方面发展，可以看出文学已经逐渐发展成为一个独立的部门。第三，散文发展中驾驭语言文字能力大大提高了，它使词章写作重要性突出出来了。这特别表现在诸子散文由语录体形式向以议论说理为主的专题论文和专著形式的发展，历史散文中论辩色彩的增强和铺张叙事的描写水平之广泛提高上。第四，意识形态和文化领域中的各个不同部门的特点及其相互之间的差别，开始受到注意和重视，文史哲混同不分的状况开始发生了变化。人们对文学的特征之认识，能否把文学和历史、哲学等不同部门区分开来,是否把文学看作是一个独立的部门,是文学自觉与否的基本前提。人类社会发展的早期,都有一个从文史哲混同不分,到逐渐形成为各个独立部门的过程。中国古代在战国中期以前,文化领域内各部门的界限是不明确的,也很难把文学和历史、哲学等区分得很清楚。《诗经》虽是一部纯文学的诗歌总集,然而,在先秦时代却有很特殊的地位,它在人们心目中并不是纯粹的文学艺术,而是一部政治、伦理、道德、文化修养的百科全书,是当时人们立身行事、言语动作的准则,所以说:"《诗》《书》,义之府也;《礼》《乐》,德之则也。"(《左传》僖公二十七年)孔子之所以要对他的儿子说:"不学《诗》,无以言。"(《论语·季氏》)是因为不懂《诗经》就不知道如何做人,不知道怎样才能成为一个有教养的,能够修身齐家治国平天下的士大夫。《左传》是一部纪事性的编年体历史著作,但它对历史事件和历史人物的描写生动传神,确有很强的文学性,运用了一些文学创作的表现方法,如通过事件、场面和人物的语言行动等来刻画人物性格,也采用了一些神话传说和寓言故事的内容,并运用了许多富有个性特点的人物对话,所以,其中有不少部分也可以看作是纪事性的文学散文。《庄子》是一部哲学著作,却描写了大量生动的文学形象来阐明深奥的哲理,以很多有趣的寓言故事、神话传说,如庖丁解牛、梓庆削木为鐻、黄帝游赤水而遗其玄珠、浑沌凿七窍而死等,来揭示不可言说的"道"的自然本性。他的哲学思想观点大多是浸透在文学形象中的,而并不是直截了当地说出来的,因此,《庄子》的很多篇章也可以说是优美的文学散文。这在当时是完全可以理解的必然现象。但是随着人类社会的进步,文明程度的提高,经济、文化的繁荣,文、史、哲等不同部门的特点就会逐渐凸现出来,它们之间的界限势必会愈来愈鲜明,特别值得我们注意的是战国中期荀子对除《易经》之外的"五经"异同的分析。《荀子·儒效篇》中说:"圣人也者,道之管也。天下之道管是矣。百王之道一是矣。故《诗》《书》《礼》《乐》之(道)归是矣。《诗》言是其志也,《书》言是其事也,《礼》言是其行也,《乐》言是其和也,《春秋》言是其微也。"传统的"六经"中包括了哲学、政治、历史、文学、艺术等不同的科学部门,荀子以前人们还没有注意到它们之间的区别,然而荀子在这段分析中,不仅指出了"五经"都是明"道"的共性,而且着重指出了"五经"在如何明

"道"方面又是不同的,各有自己的不同内容、不同角度、不同方式,都具备自己的个性。荀子的论述虽然还不是对"五经"所属不同学科特征的科学概括,但是已经指出了它们各有自己的特点。这个问题的提出,客观上反映了意识形态和文化领域中各部门独立性加强这一历史现状。有一些人的才能不是在学术研究方面,而是在词章写作方面。所以,吕不韦主持编撰的《吕氏春秋》,曾"布咸阳市门,悬千金其上,延诸侯游士宾客,有能增损一字者,予千金"。① 从这里我们可以看出学术与文章分离的征兆。正是在这种背景下,文学的观念开始逐渐从学术向词章转化。我认为这就表现了文学的独立和自觉的开始。

文学的独立和自觉有一个较长的发展过程,从战国后期的初露端倪,到西汉中后期则已经很明确了,这个过程的完成,我以为可以刘向校书而在《别录》中将诗赋专列一类作为标志。这是和文学观念的演变、文学创作的繁荣与各种文学体裁的成熟、文学理论批评的发展和专业文人队伍的形成直接相联系的。魏晋之际,经学的衰微和玄学的兴起对文学思想和文学理论批评自然是有很大影响的,但它并不是在决定文学是否独立和自觉的方面,而是文学思想从重视文学外部规律研究到重视文学内部规律研究的变化。下面我们从这四个方面来说明文学的独立和自觉完成于西汉的理由。

(一)中国传统文学观念形成于西汉

文学的独立和自觉是文学观念发展演进的必然结果。汉代文学观念发展的重要特点是学术和文章的分野日益明显,也就是有了郭绍虞先生所说的"文学之士"和"文章之士"的不同。"文学之士"以注释经书、研究学术为主,而"文章之士"则以词章写作为主。在"文章"的概念中,诗歌辞赋当然是其最重要的方面,但它又不等同于纯粹的艺术文学,而是包括了非文学的一般文章(如应用文、政论文、公牍文等)在内的,甚至也包括了史传、诸子等学术著作的词章写作在内。这个"文章"的概念就是当时人们的文学观念的体现,而不能把当时的"文学"概念看作是文学观念。

---

① 见《史记·吕不韦列传》。

值得我们注意的是:这个"文章"的概念一直沿续到魏晋南北朝,和曹丕《典论·论文》与陆机《文赋》所说的"文",挚虞《文章流别论》的"文章",乃至刘勰《文心雕龙》的"人文"(《文心雕龙》中"人文"的含义比《典论·论文》《文赋》中文的概念要更宽广,它包括了史传、诸子的词章写作),其含义和范围都是基本一致的。南朝虽然有过文笔之争(文笔之争的实质是为了区分汉代以来广义的"文章"中纯文学和非文学的文章之不同),有过萧统《文选序》中"事出于沉思,义归乎翰藻"的"文"(其目的也和文笔之争一样,但是考虑得更深入了),有过萧绎《金楼子·立言》篇所说的最狭义的"文"("至如文者,唯须绮縠纷披,宫徵靡曼,唇吻遒会,情灵摇荡")的观念的提出,但是这些都没有能代替汉代的"文章"观念。到了唐代有过柳宗元《杨评事文集后序》的"文有二道"("辞令褒贬,本乎著述者也;道扬讽谕,本乎比兴者也"),有过刘禹锡《唐故中书侍郎平章事韦公集序》中说的文有"以才丽为主"和"以识度为宗"的不同,然而,这也只是提出一种看法,实际上自唐宋以来一直到明清,基本上仍是按照汉代比较宽泛的"文章"概念来理解文学的。所以中国传统的文学观念,或者如很多人所说的杂文学观念,实际上是在西汉形成的,后代虽然有很多人企图对其中的艺术文学和非艺术的文章加以区别,包括唐宋以后的诗文分论也有这种意思,但是并没有能够科学地将其区别开来。从文学观念演变发展来看,汉魏之交并没有什么新的变化。而汉代与学术相分离、以词章写作为主的"文章",则和先秦之"文"或"文学"有根本性的不同。袁先生主编的文学史认为文学自觉的第一个标志是和学术分开,可是却不谈汉代的文章观念,不谈汉代文章(就是文学)和学术(就是当时说的"文学")分开的事实,而认为南朝刘宋时代将文学和儒学、玄学、史学并立四学才是文学和学术区分的开始,这显然是不符合文学观念发展实际的,我们不能因为汉代用"文学"这个词指学术,就说文学还没有和学术分开,文学还没有独立。这是拘泥于"文学"概念而置以"文章"为核心的实际文学观念于不顾而得出的结论。

汉代以"文章"为核心的这种文学观念是在西汉逐渐地明朗起来的,它也和文、史、哲各部门的区分愈来愈明确,有着不可分割的关系。从战国后期开始,文、史、哲的界限就逐渐清楚起来了。一些子书的文学性就比较淡薄了,如《吕氏春秋》虽然注重词章,但是已经很难作为文学散文来看了。汉代的子书大部分已经没有多少文学性,如《淮南子》《春秋繁露》《盐铁论》等,人们也不再把它们作为文学散文来看待了。西汉前期的《史记》人物传记自然是有很高水准的传记文学,但是到《汉书》文学性已经大大减弱了,此后的史书就没有人再把它们当作文学作品来读了。所以到了刘向校书的时候,文、史、哲的界限已经分别得很清楚了。各个不同学术部门的分别独立,它们各自的特点和相互之间区别之被认识,也清楚地表现在当时的图书分类上。刘向的《别录》中就将图书分为经传、诸子、诗赋、兵书、术数、方技等不同类别。刘歆的《七略》则加以修订而为辑略、六艺略、诸子略、诗赋略、六书略、术数略、方技略。东汉前期的班固在《汉书·艺文志》中对图书的分类,即是依据刘歆《七略》而"删其要"。他们都把诗赋独立为一类,而与经传、诸子等相并列,说明他们已经明确肯定了文学不同于政治、哲学、历史等学术部门的独立地位。汉人在图书分类上所列的"诗赋"一项是指除《诗经》以外的所有诗歌和辞赋。刘向等人之所以把传统的六经专门列"经传"或"六艺"一类,并非不知道六经中包括了哲学、政治、历史、文学、艺术等不同门类,而是为了尊重六经在当时的重要地位,特别是汉武帝排斥百家、独尊儒术之后,六经更被看作是高于一切的圣典,例如扬雄就把它看作是其他所有文章、著作之源,而且研究、注释六经著作之众多,也造成了六经和其他书籍很不相同的特殊性,自然不可能把它们分别列入各个不同门类之中,所以不能因此来说明文学和学术还没有分开。但既把包括《楚辞》在内的诗赋单列为一类,说明他们在文学观念上和先秦相比,已经有很大的发展,认识到了文学(主要是诗赋)有其不同于其他学术和文章的特点。

(二)汉代专业文人创作的扩大和专业文人队伍的形成

中国传统的这种文学观念的产生,是和专业文人创作的扩大、专业文人队伍的形成分不开的,这是文学的独立和自觉的重要标志。到了汉代,专业文人创作和专业文人队伍都有了很大的发展。西汉时期不仅文章和学术相分离,而且有了不少专门以文章写作为主要职业的文人。我们可以说战国时在楚国首先发展起来的专业文人创作,在汉代扩大到了全国，并形成了一支专业文人队伍。如果说贾谊、陆贾主要是思想家，作为专业文人还不明显的话，那么，到枚乘、司马相如等就非常清楚是以文章(主要是辞赋)著名的了，而后又有王褒、刘向、扬雄等一大批这样的人。唐代姚思廉在《梁书·文学传》中曾非常精辟地指出："昔司马迁、班固书并为司马相如传，相如不预汉廷大事，盖取其文章尤著也。固又为贾、邹、枚、路传，亦取其能文传焉。范氏《后汉书》有《文苑传》，所载之人，其详已甚。"此处姚思廉所说"贾、邹、枚、路"，即指西汉前期著名文人贾山、邹阳、枚乘、路温舒，这些人都是因为"能文"而被班固载入《汉书》列传的。如："贾山，颍川人也。祖父袪，故魏王时博士弟子也。山受学袪，所言涉猎书记，不能为醇儒。""邹阳，齐人也。汉兴，诸侯王皆自治民聘贤。吴王濞招致四方游士，阳与吴严忌、枚乘等俱仕吴，皆以文辩著名。"枚乘以《七发》而著名，其庶子枚皋则"不通经术，诙笑类俳倡，为赋颂，好嫚戏，以故得媟黩贵幸，比东方朔、郭舍人等，而不得比严助等得尊官"。"路温舒字长君，巨鹿东里人也。"亦善为文章，"辞顺而意笃"。其实在《汉书》中因"能文"而立传的还远不止姚思廉所举出的这些，又如《严朱吾丘主父徐严终王贾传》中说汉武帝周围曾聚集了一批文人："严助，会稽吴人，严夫子子也，或言族家子也。郡举贤良，对策百余人，武帝善助对，繇是独擢助为中大夫。后得朱买臣、吾丘寿王、司马相如、主父偃、徐乐、严安、东方朔、枚皋、胶仓、终军、严葱奇等，并在左右。"这些人其实大都也是以辞赋、文章写作为主要职业，也就是说是以"能文"而出名的。如严助很受汉武帝欣赏，认为他"有奇异，辄使为文，及作赋颂数十篇"。朱买臣是以"说春秋，言楚词"而受到汉武帝欣赏的。"终军字子云，济南人也。少好学，以辩博能属文闻于郡中。""王褒字子渊，蜀人也。宣帝时修武帝故事，讲论六艺群书，博尽奇异之好，征能为楚辞九江被公，召见诵读，益召高材刘向、张子侨、华龙、柳褒等待诏金马门。神爵、五凤之间，天下殷富，数有嘉应。上颇作歌诗，欲兴协律之事，丞相魏相奏言知音善鼓雅琴者渤海赵定、梁国龚德，皆召见待诏。于是益州刺史王襄欲宣风化于众庶，闻王褒有俊材，请与相见，使褒作中和、乐职、宣布诗，选好事者令依鹿鸣之声习而歌之。……褒既为刺史作颂，又作其传，益州刺史因奏褒有轶材。上乃征褒。既至，诏褒为圣主得贤臣颂其意。"其后，刘向、扬雄等也都是以"能文"著名的。

到了东汉,这种以文章写作为主的文人就更多了,所以,范晔《后汉书》就在《儒林传》外又专门增加了《文苑传》。其中所列都是专业文人,如:

> 杜笃字季雅,京兆杜陵人也。高祖延年,宣帝时为御史大夫。笃少博学,不修小节,不为乡人所礼。居美阳,与美阳令游,数从请托,不谐,颇相恨。令怒,收笃送京师。会大司马吴汉薨,光武诏诸儒诔之,笃于狱中为诔,辞最高,帝美之,赐帛免刑。笃以关中表里山河,先帝旧京,不宜改营洛邑,乃上奏《论都赋》。……所著赋、诔、吊、书、赞、七言、女诫及杂文,凡十八篇。又著《明世论》十五篇。

> 王隆字文山,冯翊云阳人也。王莽时,以父任为郎,后避难河西,为窦融左护军。建武中,为新汲令。能文章,所著诗、赋、铭、书凡二十六篇。

> 初,王莽末,沛国史岑子孝亦以文章显,莽以为谒者,著颂、诔、复神、说疾凡四篇。岑一字孝山,著《出师颂》。

> 夏恭字敬公,梁国蒙人也。习韩《诗》、孟氏《易》,讲授门徒常千余人。……善为文,著赋、颂、诗、励学凡二十篇。子牙,少习家业,著赋、颂、赞、诔凡四十篇。

> 傅毅字武仲,扶风茂陵人也。少博学。永平中,于平陵习章句,因作迪志诗……毅以显宗求贤不笃,士多隐处,故作《七激》以为讽。建初中,肃宗博召文学之士,以毅为兰台令史,拜郎中,与班固、贾逵共典校书。毅追美孝明皇帝功德最盛,而庙颂未立,乃依《清庙》作《显宗颂》十篇奏之,由是文雅显于朝廷。毅早卒,著诗、赋、诔、颂、祝文、七激、连珠凡二十八篇。

> 李尤字伯仁,广汉洛人也。少以文章显。和帝时,侍中贾逵荐尤有相如、扬雄之风,召诣东观,受诏作赋,拜兰台令史。稍迁,安帝时为谏议大夫,受诏与谒者仆射刘珍等俱撰《汉记》。后帝废太子为济

阴王,尤上书谏争。顺帝立,迁乐安相。年八十三卒。所著诗、赋、铭、诔、颂、七叹、哀典凡二十八篇。

尤同郡李胜,亦有文才,为东观郎,著赋、诔、颂、论数十篇。

这样的例子不胜枚举。《后汉书·文苑传》共载有二十多人,他们所写的作品,如诗、赋、铭、诔、颂、赞、祝、书、论、七、连珠等,都属于汉代"文章"的范围之内。实际上除《文苑传》以外,别的列传中也有不少是著名的文学家,如桓谭、班固、张衡、蔡邕等。汉代一大批辞赋作家和诗歌、散文作家,都不是学者,亦非以"官"出名,而是以文学创作使之声名流传于后世的。

汉代所形成和发展的专业文人创作队伍,是以辞赋创作为主体而兼及诗歌、散文的。最著名的文人大多数是辞赋作家,而汉代辞赋在艺术形式上,已在《楚辞》的基础上有了很大的发展,由《楚辞》的"缘情"而向"体物"的方向发展,而且按刘歆的说法,还有"屈原赋""陆贾赋""孙卿赋""客主赋"等不同类型。不管是西汉铺陈的大赋还是东汉抒情的小赋,大都属于专业文人的创作。从战国后期到东汉后期,辞赋实际上是这一历史阶段的主要文学形式,同时也是中国文学史上辞赋的最繁盛时期。班固在《两都赋序》中所说"言语侍从之臣",实际上就是当时专业文人。他说:"故言语侍从之臣,若司马相如、吾丘寿王、东方朔、枚皋、王褒、刘向之属,朝夕论思,日月献纳。而公卿大臣御史大夫倪宽、太常孔臧、太中大夫董仲舒、宗正刘德、太子太傅萧望之等,时时间作。或以抒下情而通讽喻,或以宣上德而尽忠孝,雍容揄扬,著于后嗣,抑亦《雅》《颂》之亚也。故孝成之世,论而录之,盖奏御者千有余篇,而后大汉之文章,炳焉与三代同风。"据班固《汉书·艺文志·诗赋略》记载辞赋包括先秦的在内共有七十八家,作品一千零四篇,其中有百分之九十以上是汉代的,其规模之大可以想见。辞赋创作之多、作家之众,对汉帝国起了"润色鸿业"的重要作用。从中国文学史的发展来看,在不同的历史阶段都有一两种文学形式处于主导地位,如汉赋、唐诗、宋词、元曲、明清小说等,如果我们不是有意贬低汉代辞赋的话,怎么能说已经有了这么多辞赋作品和辞赋作家以及一大批诗歌、散文作家的汉代,而文学居然还没有独立和自觉,这岂不是很可笑的事吗？

(三) 汉代多种文学体裁的发展和成熟

汉代不仅是辞赋创作繁盛的时代，而且也是多种文学体裁产生、发展和成熟的时代。诗歌在汉代正处于由《诗经》的四言形式向五、七言形式发展、过渡的阶段。汉代乐府民歌在诗歌艺术形式发展上，处于由《诗经》的四言向五、七言诗过渡的阶段，大多数是杂言诗，句子有三言、四言、五言、六言、七言、八言等，相当自由，但是五言句已经比较多，有很多是相当完整的五言诗，如《十五从军征》《江南》等。特别是到东汉后期，像《陌上桑》《孔雀东南飞》等则是相当成熟的五言诗了，毫无疑问，它对五言、七言诗的产生和发展是起了重大作用的。这是中国古代诗歌发展过程中必然要经过的阶段。同时，乐府民歌大部分是叙事诗，有的有复杂情节，构成一个有头有尾的故事，并塑造了很多生动的、个性鲜明的人物形象，这也是它的重大贡献。因为中国古代诗歌从《诗经》《楚辞》开始，就是以抒情为主的，《诗经》中虽然也有一些有叙事成分的诗，但都不是以叙事为主的，所以到汉代乐府的民歌，诗歌在抒情和叙事方面，都已经达到很高的水平。西汉的文人五言诗很少，只有班婕妤《怨歌行》有可能是真的，[①]其他如西汉李陵、苏武之作及《古诗十九首》中所谓枚乘作的几首，都已经学者考证为伪托。汉代诗歌流传下来的虽然不多，但是据班固《汉书·艺文志·诗赋略》记载还是很多的："凡歌诗二十八家，三百一十四篇。"这是根据刘向校书时收集到的作品而说的，其中主要是宗庙歌诗和民间歌诗，如刘勰所说："朝章国采，亦云周备。"（《文心雕龙·明诗》）从当时汉武帝设立乐府采集民歌和刘向等将诗与赋合为一类的情况来看，诗歌实已成为仅次于辞赋的一种重要文学形式，所以上自朝廷君臣，下至黎民百姓，都有诗歌创作：刘邦有《大风歌》，韦孟有《讽谏诗》，各地"有赵代秦楚之讴"。

---

① 参见萧涤非先生《汉魏六朝乐府文学史》中的观点："第一，以时代论，有产生此种作品之可能。第二，文如其人。'出入君怀袖，动摇微风发。'不管六朝，无论魏晋，总之非班姬不能道。第三，有历史之根据。如曹植《班婕妤赞》云：'有德有言，实为班耀。'傅玄《班婕妤画赞》亦云：'斌斌婕妤，履正修文。'至陆机《婕妤怨》'奇情在玉阶，托意惟团扇'。则明指此诗矣。"

除辞赋、歌诗之外，其他许多文学体裁在汉代也有很大的发展。汉代的文章概念如上所说比较宽广，其中所包括的各种文体形式，有相当一部分是非文学的一般应用文章，但诗赋仍是最主要的形式。刘勰在《文心雕龙》中自《明诗》至《书记》二十篇文体论中，共论述了三十四种文体，而有些种类里还包含了很多的小类，如《杂文》中就有对问、七、连珠三小类。《书记》篇中则包括各种政务方面的杂文六类二十四种。所以实际论到的有六七十种之多。在刘勰所论到的这些文体中，大部分是在汉代发展成熟的，例如颂、赞、铭、诔、祝、书、论、说、诏、策、檄、移、章、表、奏、启、议、七、连珠等。颂、赞虽可追溯到先秦，然而主要是在西汉定型的。扬雄的《赵充国颂》、班固的《安丰戴侯颂》、傅毅的《显宗颂》等，以及司马相如的赞荆轲，司马迁、班固的史书中人物赞，则是颂赞这类文体的代表作，汉以后的颂赞都是由此沿续下去的。所以刘勰《文心雕龙·颂赞》："若夫子云之表充国，孟坚之序戴侯，武仲之美显宗，史岑之述熹后，或拟《清庙》，或范《駉》《那》，虽浅深不同，详略各异，其褒德显容，典章一也。""故汉置鸿胪，以唱拜为赞，即古之遗语也。至相如属笔，始赞荆轲。及迁史固书，托赞褒贬。约文以总录，颂体以论辞；又纪传后评，亦同其名。"又比如《文心雕龙·杂文》篇中的对问体虽始自宋玉，实发达于汉代。"东方朔效而广之，名为《客难》，托古慰志，疏而有辨。"其后，有扬雄之《解嘲》、班固之《答宾戏》、崔骃之《达旨》、张衡之《应间》、蔡邕之《释诲》等，皆是问答式的宋玉《对问》之发展。七是首先由枚乘创造的，他的《七发》，李善《文选》注说："七发者，说七事以起发太子也，犹《楚词·七谏》之流。"从内容上说，《七发》是接近《七谏》的，从形式上说，也是一种对问体，可以说是对宋玉《对问》的一种发展，故刘勰将之与《对问》并列在《杂文》篇，置于《对问》之后。继《七发》之后，傅毅有《七激》，崔骃有《七依》，张衡有《七辨》，崔瑗有《七厉》，曹植有《七启》，王粲有《七释》，七体也是汉代成熟的。连珠这种文体是扬雄首创的，据《文心雕龙》所云，汉代杜笃、贾逵、刘珍、潘勖等皆有此体之作。但杜、贾、刘之作已佚，《全后汉文》辑有杜、贾连珠各两句。魏晋以后如陆机等都有连珠之作，此种文体也成熟于汉代。

此外，上述所说这些文体中有些虽其源在先秦，而其内容和形式实际都是在汉代才有了重大发展,并奠定基础的。比如铭是一种纪叙功德的文体,先秦已有,但最著名的是班固的《封燕然山铭》。汉代铭文大都用韵,也有少数不用韵的,有骚体、有四言体、有五言体,而后逐渐向四言有韵的方向发展。箴是一种讥刺过失、以示警戒的文体,源于先秦《虞箴》,战国时期"箴文委绝","至扬雄稽古,始范《虞箴》,作卿尹州牧二十五篇"(《文心雕龙·铭箴》)。按:扬雄作有《州箴》十二篇,《官箴》二十五篇,现存二十一篇,其中五篇有残缺。于是为箴体发展立下规模,东汉崔骃又仿扬雄补作七篇,其子崔瑗又补作九篇,胡广补作三篇,箴体遂得到充分的发展。诔是一种在达官贵人死后纪叙功德、赞扬忠烈的文体,先秦已有,然其繁盛亦在两汉。比较著名的,如扬雄之《元后诔》,杜笃的《吴汉诔》,傅毅的《明帝诔》,苏顺、崔瑗的《和帝诔》等。特别是杜笃在写此诔时正在牢中,因为其"辞最高","帝美之,赐帛免刑"。[①] 碑在先秦原是帝王封禅祭天竖石称碑,后世遂为刻石纪功。像后代以碑文纪叙死者功德者,据张华《博物志》记载,西汉就有了,"自后汉以来,碑碣云起,才锋所断,莫高蔡邕"。最著名的是他为杨赐写的《司空文烈侯杨公碑》、为郭泰写的《郭有道碑》、为陈寔写的《陈太丘碑文》等。哀辞是哀悼死者的,吊文原为慰问生者遭凶祸的,到汉代也发展为悼念死者之文,如贾谊的《吊屈原赋》,而后司马相如、扬雄、桓谭、班彪、胡广等也都有这一类文章。上面说到的其他文体,也都是在汉代得到极大的发展,而为后代此种文体的写作立下了楷模。由此可以充分说明,文学的独立和自觉决不可能是从魏晋才开始的。难道我们能说在这么多种文体繁荣发展的汉代,文学还没有独立和自觉吗?袁先生主编的文学史论文学自觉的第二个标准是对文体的细致分类和认识,这自然也是对的,然而,这恰恰正是从汉代开始和发展成熟的,而到魏晋不过是它们的延续而已。何况,理论一般总是滞后的,而文学的创作实际才是文学是否自觉的真正标准。但即使是从文体辨析的理论方面看,在汉代也已经注意到了对它们的特点之研究分析。

---

① 参见上引《后汉书·文苑传·杜笃传》。

(四)汉代文学理论批评发展的自觉

汉代文学理论批评的发展和先秦相比有很不同的状况,严格地说,先秦还没有自觉的专门的文学批评,因为文学、哲学、历史、政治等不同部门界限不清楚,所以那时人们还没有明确的文学观念,对文学的看法是隐含在对总体文化的认识之中的。我们现在所讲的先秦时代诸子百家的文学思想,大都是从他们学说的理论体系中分析出来的。《诗经》虽然是一部纯文学的诗歌总集,而且孔子、孟子等都有不少关于《诗经》的论述,但是由于《诗经》在春秋战国时代的地位非常特殊,它不是作为审美的艺术品而存在的,而是人们形象地学习礼仪、学习如何立身行事的百科全书,所以孔子、孟子等对它的批评还不能说是纯粹的文学批评,而主要是一种政治的、伦理的、道德的批评。简单地说,在当时人们的心目中《诗经》不是"诗"而是"经"。但是,这种情况到汉代发生了很大的变化。因为以汉赋为主的汉代文学不再是政治、伦理、道德的教科书,它虽然还有一点讽谕意义,但主要是以审美娱乐为目的的艺术品。这一点在《汉书·王褒传》中所引汉宣帝有关辞赋性质、作用的一段话中,可以看得很清楚:"上(汉宣帝)曰:'不有博弈者乎,为之犹贤乎已!'辞赋大者与古诗同义,小者辩丽可喜。辟如女工有绮縠,音乐有郑卫,今世俗犹皆以此虞说耳目,辞赋比之,尚有仁义风谕,鸟兽草木多闻之观,贤于倡优博弈远矣。"可见,辞赋在当时不过是"贤于倡优博弈",可供"虞说耳目"之外,再加一点"仁义风谕,鸟兽草木多闻之观"罢了。汉赋是以"能文"为本所创作的词章之典范。汉人对辞赋评价也是有争议的:扬雄后期对它的评价较低,认为是"童子雕虫篆刻","壮夫不为",并提出"诗人之赋丽以则,辞人之赋丽以淫"的问题;班固对辞赋的评价则比较高,认为它充分体现了汉帝国繁荣兴旺的盛况,并且使"大汉之文章,炳焉与三代同风"。所以对辞赋的批评自然是一种自觉的文学批评。

汉赋是在《楚辞》的基础上发展起来的,所以对《楚辞》的评论是汉代文学批评的重要方面。《楚辞》从一开始就是"发愤以抒情"的诗歌,是纯艺术的"楚声"。汉代的帝王很喜欢《楚辞》,汉武帝命刘安作《离骚传》,汉宣帝征召能为《楚辞》的九江被公,但都是作为可以"虞说耳目"的文学作品来看待的,它不过是辞赋之"大者"!所以汉代对《楚辞》的评价也是褒贬不一,有很大争议的。刘安在《离骚传》中说它兼有"《国风》好色而不淫,《小雅》怨诽而不乱"①的特点,王逸在《楚辞章句序》中说"《离骚》之文,依托五经以立义",都把它和《诗经》相比,王逸甚至称之为"经",但这也只是企图说明它作为"辞赋大者"而与"古诗同义"而已!扬雄和班固对《楚辞》都是有批评的。② 他们从儒家君臣之间的伦理关系出发,认为屈原的为人不符合明哲保身的处世态度;又从"子不语怪、力、乱、神"的角度,认为《楚辞》那些神话传说、浪漫幻想是怪诞和荒唐的。扬雄之提出"诗人之赋丽以则,辞人之赋丽以淫",③其实和汉宣帝之"辞赋大者与古诗用义"并没有什么不同,《楚辞》和汉赋作为"赋"是一样的,只是在处理内容和形式关系上有差别。所以,汉代对《楚辞》的批评也是一种自觉的文学批评。

汉代在对汉赋和《楚辞》与《诗经》的比较中,我们可以看出他们对《诗经》的看法,已经和先秦不一样了。他们已不再把《诗经》当作立身处世的百科全书了,而是把它看作为"古诗",是和《楚辞》、汉赋一样的文学作品,只不过它的政治教化和社会作用要大得多。所以《毛诗大序》对《诗经》的论述,主要是总结它的艺术经验,论诗歌的本质在肯定"言志"的同时,强调了诗歌的抒情特点,指出它是"吟咏情性""情动于中而形于言"的产物。在解释"风、雅、颂"的不同时,突出了风诗的"主文而谲谏"的特点,指出了雅诗所具有的广阔的典型概括意义。这样,就把先秦那种对《诗经》纯粹的政治的、伦理的、道德的批评转换为比较单纯的文学艺术的批评,由此也可以看出潜在的文学观念的变化。汉代的乐府民歌也是为配乐而采集的,其性质是和《诗经》一样的,但没有人会把它当作"经"来看,正如班固《汉书·艺文志》所说,是"感于哀乐,缘事而发"之作。

---

① 原文不传,引文见班固《离骚序》所引。
② 扬雄《法言·吾子》篇说屈原"如其智,如其智",按俞樾《诸子平议》考释,是"未足以为智也"之意。又,《文选·宋书谢灵运传论》李善注引《法言》,扬雄曾批评屈原作品有"过以浮""蹈云天"。此不见今本《法言》。班固的批评见其《离骚序》。
③ 见《法言·吾子》篇。

自觉的文学批评之形成和发展,是和文学之成为一个独立的部门直接相关的。当诗赋被人们明确地承认这种地位后,文学批评也必然会对它有较为全面的论述。从《礼记·乐记》到《毛诗大序》,已经对文学的外部规律作了系统的分析,特别是对文学和政治、文学和现实的关系,总结出了"治世之音安以乐,其政和;乱世之音怨以怒,其政乖;亡国之音哀以思,其民困"的基本思想,对文学的社会教育作用得出了可以"经夫妇,成孝敬,厚人伦,美教化,移风俗"的观点,这就是后来长期封建社会的正统文艺观。此后,扬雄、班固又作了一些补充发挥,形成了比较完整的理论体系。汉代的文学批评家对文学创作内部规律的一系列基本问题作了比较深入的探讨。例如研究了文学的抒情本质,除了前面所说《毛诗序》进一步突出了"吟咏情性"的意义外,还有《诗纬含神雾》所说的"诗者,持也",此"持"按刘勰《文心雕龙·明诗》篇解释,就是"持人情性"之意。翼奉说过:"诗之为学,情性而已。"[1]刘向在《说苑》中说诗歌是思积于中、满而后发的产物,认为诗歌的特点是"抒其胸而发其情"。这些直接启发了陆机"诗缘情而绮靡"的提出。研究了文学创作过程中主体和客体关系,也就是内心和外物的关系,提出了著名的"物感"说,[2]后来刘勰《文心雕龙》有关心物、情物关系的论述就是对它的发展;研究了创作中的心手关系问题,提出了"游乎心手众虚之间"的思想,[3]直接影响了陆机《文赋》"意不称物,文不逮意"和刘勰《文心雕龙·神思》"意授于思,言授于意"的提出;司马相如的"赋心"说[4]强调了创作构思中艺术想象的超时空特点,也就是后来陆机《文赋》"精骛八极,心游万仞"和刘勰《文心雕龙·神思》篇所说"神思"的"思接千载""视通万里"的内容;关于文学创作的表现方法,诗歌方面的为"赋比兴"说,散文方面的"实录"方法,[5]都对后来文学创作产生了不可估量的巨大影响;关于文学的批评鉴赏,董仲舒在《春秋繁露·精华第五》中提出了著名的"诗无达诂"说。此外,《乐记》中

---

[1] 见《汉书·翼奉传》。
[2] 见《礼记·乐记》。
[3] 见《淮南子·齐俗训》。
[4] 此说见《西京杂记》,其可靠性当然还需要研究,但目前也还没有材料可以说明它不可靠。
[5] 见班固《汉书·司马迁传赞》。

所说:"是故情深而文明,气盛而化神,和顺积中而英华发外;唯乐不可以为伪。"强调音乐创作必须有高度的真实性,应当是人的真实感情的自然流露。它直接影响到文学创作,成为后来论文学真实性的思想基础。王充在《论衡·超奇篇》中对能进行创造性写作的"鸿儒"的高度评价,他对"述而不作"的传统的突破,对"作"的赞美,都表现了对文学创作中独创性的充分肯定,对陆机《文赋》强调"谢朝华于已披,启夕秀于未振",也有很深刻的启示。此外关于文体的辨析,关于风格美以及文学的内容和形式、文学的体裁和语言等方面,汉代也都有不少重要的论述,对魏晋以后文学批评的发展都产生过积极作用。我们可以说魏晋以后文学理论批评中许多重要问题,都可以在汉代找到它的历史发展轨迹。汉代自觉的文学理论批评的发展,是和文学的独立和自觉紧密联系在一起的。袁著文学史论文学自觉的第三个标准是对文学审美特性的自觉追求,其实这和文学的自觉并没有直接关系,但是早在先秦时期,孔子已经强调了"诗可以兴",这就是对诗歌审美特性的认识,上述汉代对文学内部规律的论述也包括了对文学审美特性的认识。难道一定要到曹丕的"诗赋欲丽"和陆机的"诗缘情而绮靡"才算是有认识吗?那扬雄的"诗人之赋丽以则",论辞赋"闳侈钜衍"的"丽靡之辞",[1]班固论《离骚》的"弘博丽雅",[2]王逸论《天问》的"琦玮僑佹",[3]算不算是对文学审美特性的认识呢?

从东汉末年到魏晋之交,文学思想和文学创作确实发生了很大的变化。经学的衰微,儒家独尊地位的丧失,玄学等诸家学说的兴起,使文学摆脱了儒家经学的桎梏,有了自由发展的广阔天地,从而在文学创作上开始由政教美刺的主题逐渐转变为个人悲欢离合、兴衰际遇的主题,从表现社会政治到刻画个人心灵,这是一个重大的变化。它反映在文学创作思想上就是从"言志"到"缘情"的变化,汉代文学批评在理论上认识到文学创作是在抒情中言志的特点,但是,这种"情"还是局限于儒家"礼义"范围内的情,而魏晋之际的"缘情"说目的正是在突破儒家"礼义"之束缚,以便自由地抒发自己的感情。所以,在文学创作和文学理论批评上都

---

[1] 见班固《汉书·扬雄传》。
[2] 见班固《离骚序》。
[3] 见王逸《天问序》。

强调要充分表现作家的创作个性,这就是曹丕提出"文以气为主"的意义所在,随着嵇康在《声无哀乐论》中认为声音只有本身是否具备"自然之和",而无关于人情哀乐,也就否定了儒家"治世之音安以乐,其政和"的说法,提高了艺术形式独立性的地位,从而大大加强了对文学艺术形式美之研究。魏晋之际文学创作和文学思想的这种变化,主要在于使文学由重视和强调文学作品的思想内容和社会教育作用,向重视和强调文学作品艺术形式方面转化。这和文学的独立和自觉是两回事,不应该把它们混为一谈。所以,对文学的独立和自觉始于何时必须重新加以探讨。我所说的只是一点不成熟的浅见,诚恳地希望得到大家的批评指正。

南朝的佛教和文艺理论
——从宗炳、谢灵运和刘勰说起

佛教自汉代传入中国后,在南北朝时期得到广泛传播,并有了极大的发展。佛教作为一种外来文化,它要在中华大地上生根,是必须和中国的本土文化相结合的。南北朝时期玄学的盛行为佛教的传播提供了良好的条件。因为道家和玄学在一些重要的哲学原理和命题上,如对有无、形神、言意等关系的认识,是有很多接近和相似地方的,玄佛合一,自然也就成了一个必然的趋势。南朝的佛教和文学艺术的关系是非常密切的,如文人的广泛信佛,佛教徒的文学创作,佛经的翻译和佛寺的大量建立,佛教石刻雕塑艺术的发展等,但是,从佛教和文学艺术理论方面的内在深刻联系方面说,似乎还探讨得不是很多。所以本文拟以宗炳、谢灵运、刘勰为例,对这方面的状况作一点初步的分析和探讨。

宗炳、谢灵运、刘勰三人都是精通佛学的文人。一个是妙善琴书的山水画家和山水画理论家,一个是著名的文学家和山水诗人,一个是杰出的文学理论批评家。他们在文艺上的成就各不相同,在佛学上的贡献也各有特点:宗炳有专论神不灭的长篇佛学论文《明佛论》,谢灵运有发挥竺道生"顿悟"说的名篇《辨宗论》,刘勰则有佛学专著《灭惑论》,并且是精通佛学、整理佛经、善写佛学碑文的专家。但是,有一点是共同的,他们都能够把佛学理论和文艺理论、文艺创作很自然地结合起来,并促使文艺理论和文艺创作有了新的重大的发展。所以,从他们身上可以清楚地看到南朝佛教和文艺发展的极为密切的亲缘关系。同时,他们又都是善于把佛教的义理和儒家、道家(包括玄学)的义理,有机地联系起来,从理论上加以阐说,并将之运用到文艺理论上的代表性人物。

(一) 宗炳的《明佛论》和文艺上心物关系论的发展

心物关系是文艺理论批评上的一个中心问题,它体现了对文艺创作中主体和客体关系的认识。在中国古代的文艺思想史上很早就提出了心物关系问题,但是,在"心"和"物"两者之中,究竟是哪一方面起着主导的作用,对这个问题的认识,则是有过一个发展过程的。早期儒家说的"诗言志",这个"志"就是指的"心",是"心所念虑"(赵岐《孟子·公孙丑上》注),"心意所趣向"(郑玄《礼记·学记》注)。《毛诗大序》说:"在心为志,发言为诗。""情动于中而形于言。"孔颖达说:"在己为情,情动为志,情志一也。"(《春秋左传注疏》)蕴藏有情、志的心,是怎么会动而发为诗的呢?是因为受外物的感触。所以《礼记·乐记》说:"凡音之起,由人心生也。人心之动,物使之然也。感于物而后动,故形于声。"这里虽然是说的音乐,但是原理通于诗。这是对文艺创作中心物关系的最早、最明确的论述,显而易见,"物"是使心中的情和志由静而动、发而为诗的关键。人的七情虽是先天所有,但它本性是静的,只有在外物的触动和感发下,才会表现出来成为诗歌和音乐。也就是说,如果没有"物"的作用,"心"是不能转化为文艺作品的。毫无疑问,"物"在这里占有着主导地位。然而,自从东汉末年儒教衰落,玄学兴起以后,以无为体、为本,以有为用、为末,并且用这样的观点来看待形神、言意关系,形只是神之征候,刘劭《人物志》云:"夫色见于貌,所谓征神。征神见貌,则情发于目。"刘昺注:"貌色徐疾,为神之征验。目为心候,故应心而发。"而言只是意之筌蹄,故得意须忘言。王弼《周易略例·明象》篇中说:"言者,象之蹄也;象者,意之筌也。是故存言者,非得象者也;存象者,非得意者也。……得意在忘象;得象在忘言。"以这种关系来看待文艺创作中的心物关系,就开始重视"心"的作用,自然要把"心"放在更为突出的地位。也就是说,在玄学的思想体系里,无和有、体和用、本和末、神和形、意和言、心和物,都是相对应的关系。心物关系也就是体用关系、本末关系。应该说,在这方面佛教和玄学是接近的,但是,玄学的特点是以道为体,以儒为用,以自然为本,以名教为末,实际上是以道统儒,融合道儒,所以从心物关系来说,虽然重视了"心"的作用,却并没有否定"物"的意义和作用,还是认为"物"也是必要的,不可缺少的。如果没有"物",这"心"也就体现不出来。没有一定的"形","神"也就无从体现。没有"言"作为筌蹄,"意"也得不到,如王弼《周易略例·明象》篇所说:"意以象尽,象以言著。"而佛教的看法就要更加突出本体空无的作用,以及一切实有都是产生于空无的思想。如宗炳《明佛论》中说的:"心作万有,诸法皆空。"也就是说把"心"的作用提到了更加重要的地位,把"物"看得更轻了,认为它只是"心"的一个并非必然的载体,"神"可以通过任何"形"来体现。即使没有"形","神"也是照样存在的,并不受"形"的有无之影响。也就是说,在神形或心物关系中,神或者心占有绝对的主导地位。文艺创作中这种心物关系中主导地位的转变是由宗炳来完成的。

宗炳(375—443),字少文,南阳涅阳(今河南镇平)人。他生活在晋宋易代的前后,晋宋两朝均多次征他为官,但是他都推辞了,一直隐居不仕。宋文帝元嘉九年刘义恭上表推荐贤才时曾说:"窃见南阳宗炳,操履闲远,思业贞纯,砥节丘园,息宾盛世,贫约而苦,内无改情,轩冕屡招,确尔不拔。"(《宋书·刘义恭传》)他一生喜爱山水,流连忘返,而对佛教则情有独钟,十分钦佩庐山高僧慧远。《宋书》本传说:"妙善琴书,精于言理,每游山水,往辄忘归。征西长史王敬弘每从之,未尝不弥日也。乃下入庐山,就释慧远考寻文义。"然而,他哥哥怕他出家为僧,所以不让他在庐山,逼他返家,"乃于江陵三湖立宅,闲居无事"。"家贫无以相赡,颇营稼穑。高祖数致饩赉,其后子弟从禄,乃悉不复受。"可见他一生的兴趣唯在佛学和山水,并能以精湛的绘画、书法、音乐艺术来表达自己所领悟的佛理。特别是在他的绘画理论名著《画山水序》中从佛学的形神论出发,对艺术创作中的心物关系作了相当深刻的分析,突出地强调了心对物的主宰作用,意义是相当深远的。

宗炳虽然未能长期居住庐山,与高僧慧远相伴,但是他仍然精研佛理,写作了长篇佛学论文《明佛论》,对佛教哲学中的核心问题——形神论,作了全面深入的论述,并且就佛教和儒家、道家的关系,从以佛统儒道的角度,给予了清晰的解释。形神关系本是一个传统的争论问题。在中国古代,以老庄为代表的道家从无和有的关系去看待形神问题,认为神不随形的消失而消失,神的地位比形要高得多。以薪火关系来比喻形神的著名命题,就是庄子在《养生主》篇中提出的。汉代《淮南子》中有关形神的论述,发展了先秦道家的观点,特别是对绘画中重视传神、强调神为形之君的论述,更是奠定了艺术创作中形神关系的理论基础。形神关系也是六朝玄学繁荣发展中的一个主要论题,在玄学家那里,神和形的关系是从无和有的关系派生出来的。然而,随着佛教的广泛传播,更加促进了对形神关系中神的重要性的论述。因为在佛教中形灭神不灭、精神不死是一个基本思想,其轮回因果报应就是建立在这一基本观念上的。宗炳在《明佛论》中认为在儒道佛三家中,佛教是最高的,而儒道两家的基本思想都已经被包含在佛学之中,而佛学则是对儒道两家思想的提升和发展,他说:"彼佛经也,包五典之德,深加远大之实;含老庄之虚,而重增皆空之尽。"所以虽然神不灭、精神不死的思想在中国古代的道家和儒家都有过,但是宗炳认为佛学中的形神关系论是要更为精致而深刻的。因为儒家是"明于礼义,而暗于知人之心,宁知佛之心乎"？但其求"仁"则与佛之去杀为众戒之首无别。而道家的无为则与佛教的法身本无差别,"凡称无为而无不为者,与夫法身无形,普入一切者,岂不同致哉"！但是无论是儒家的"弘仁"或道家的"无为",都还只是在世俗人生的范围之内,没有像佛教那么强调对超越人世的精神自由的追求,更没有讲到"精神不灭,人可成佛"以及"法身泥洹"的神灵美妙,在那里"诸法皆空""心与物绝",超凡脱俗、"穷神亿劫之表",永无生灭之苦,这才是最高的理想境界。汤用彤先生在《汉魏两晋南北朝佛教史》中对宗炳的《明佛论》的基本思想是这样分析的:"夫形神非一,故玄照者心与物绝。心物绝缘,则虚明独运,故法身乃无身而有神。因此佛经谓诸法性空,如梦幻影响泡沫水月也。颜子知其如此,故处有若无,抚实若虚,不见有犯,而不校也。今观颜子之屡空,则知有之实无矣。"①所以,从心物关系看,在这样的境界里,"心"是远远超出于"物"的,它的存在不需要"物",更不依赖"物",而且是可以生出一切"物"的,也就是前面所说的"心作万有"。"空无"和"万有"之间,佛道和形质之间,只是一种"缘会"。他在《明佛论》中正是从这样的佛学思想高度来阐述神不灭论及其与形的关系的,所以认为神和形是一种"随缘会而有"的关系,神借托形以现,而之所以借这个形来呈现,只是一种偶然的巧合,一种自然的机缘,两者之间是没有必然联系的。神可以在这种"形"身上呈现,也可以在另一种"形"身上呈现。这种对神

---

① 汤用彤:《汉魏两晋南北朝佛教史》,北京:中华书局,1955年,第304页。

形、心物关系的理解,就大大地高出了道家玄学对神形、心物关系的理解,把神或心的主导作用提到了一个更加绝对的地位。这个原理自然也适用于文艺创作上的心物关系,也就是说,文艺创作中主体的心和客体的物的结合,也是一种"随缘会而有"的关系,心是在一种偶然的机遇下和物相结合,而借物呈现出来的,心和物之间也是没有必然关系的。这样不仅推翻了儒家人心感物之说,而且也和道家把形看作是体现神的征候,把言看作是意的筌蹄的说法,有了明显的差别。

宗炳把他在《明佛论》中所体现的这种思想直接运用到山水画的创作理论上,它突出地体现在其著名画论著作《画山水序》中。他说:

> 圣人含道映物,贤者澄怀味象。至于山水,质有而趣灵。是以轩辕、尧、孔、广成、大隗、许由、孤竹之流,必有崆峒、具茨、藐姑、箕首、大蒙之游焉。又称仁智之乐焉。夫圣人以神法道而贤者通,山水以形媚道而仁者乐,不亦几乎?

这里所说的"圣人"当是指佛或具有佛性的人,"道"则是指的佛道,其《明佛论》中说:"夫佛也者非他也,盖圣人之道,不尽于济主之俗,敷化于外生之世者耳。"圣人(佛)以其神明之道授予一切物象,所以贤者可以其澄澈之心灵去玩味物象中的"道",体会崇高的神明佛法。山水作为物象,自然也是如此。由于有神灵寓于其中,所以它"质有而趣灵",在山水的形质内含有神灵的意趣。故而上古时代的圣贤都有山水之游,他们不是单纯地喜欢山水,而更重要的是借山水来领略微妙的神灵意趣。宗炳在《明佛论》中也曾说:"夫五岳四渎,谓无灵也,则未可断矣。若许其神,则岳唯积土之多,渎唯积水而已矣。得一之灵,何生水土之粗哉。而感托岩流,肃成一体,设使山崩川竭,必不与水土俱亡矣。"在宗炳看来,"五岳四渎"的价值并不是在它的山川秀丽,更不是它的"积土之多"和"积水"之深,而是在于它的"得一之灵",是神灵"感托岩流,肃成一体",才使人为之流连忘返,而产生"仁智之乐"。如果没有神灵的"感托",那么它也只是"水土之粗"而已!形质可以消亡,而灵趣则是永远长存的。圣人以其神灵来体现至高的佛道,使贤者能够由山水中圣人的神灵领会至高的佛道。山水正是以其秀丽妩媚的形质来展示深渊的佛道的,所以圣贤才会从中感受到"仁智之乐"。宗炳认为山水是最能体现神灵和佛道的,它远离人间浊世,而稀微空虚,使人超尘脱俗,遐想无穷,也最容易使人从中去领悟玄妙的佛道,并得到精神上的解脱。《明佛论》中说:"夫岩林希微,风水为虚,盈怀而往,犹有旷然,况圣穆乎,空以虚授人而不清心乐尽哉!是以古之乘虚入道,一沙一佛,未讵多也。"所以宗炳一生和山水结下了不解之缘,《宋书》本传说他:"好山水,爱远游,西陟荆、巫,南登衡、岳,因而结宇衡山,欲怀尚平之志。有疾还江陵,叹曰:'老疾俱至,名山恐难遍睹,唯当澄怀观道,卧以游之。'凡所游履,皆图之于室,谓人曰:'抚琴动操,欲令众山皆响。'古有金石弄,为诸桓所重,桓氏亡,其声遂绝,唯炳传焉。"所谓"澄怀观道",就是不受任何世俗影响,以空寂的精神境界去观赏山水或者山水画,而从中获得对至高的佛道的领悟,这也就是欣赏自然山水和创作山水画的真正目的所在。

他还指出,山水画比之于书籍篇章要更能直接地领悟神灵佛法,他说:"夫理绝于中古之上者,可意求于千载之下;旨微于言象之外者,可心取于书策之内。况乎身所盘桓,目所绸缪,以形写形,以色貌色也。"上古圣人的至高之"理"(实际就是神灵佛道),虽然早已绝传,但是千载之后人们还可以心意去探求;超绝言象的微妙之"意",也还可以借助书籍篇章作为筌、蹄,去体悟其不可言喻的"道"。何况,山水画是人们按照自己的亲身游览经历,"以形写形,以色貌色"地创作出来的作品呢?形和色的惟妙惟肖,乃是为了让人们能更亲切地从"形质"去感受其中的"灵趣",它自然是会比以书籍篇章为筌蹄去要求上古之"理",要更能使人直接地领略其中所隐含的神灵佛道的内涵。中国古代的道家和玄学家以及受他们影响的思想家、文学家,历来把自然山水看作是与世俗人间相对立的理想境界,《庄子·知北游》篇中就说过:"山林与!皋壤与!使我欣欣然而乐与!"所以陶渊明说:"静念园林好,人间良可辞。"(《庚子岁五月中从都还阻风于规林》)"诗书敦夙好,园林无世情。"(《辛丑岁七月赴假还江陵夜行途口》)《世说新语·言语》篇记载:"简文入华林园,顾谓左右曰:'会心处不必在远,翳然林水,便有濠濮间想也,觉鸟兽群鱼,自来亲人。'"玄言诗人还有所谓"玄对山水"之说(孙绰《太尉庾亮碑》,见《全晋文》卷六十二)。佛教徒则更是把山水看作是脱尘拔俗、神超理得的绝妙世界,所以很多佛寺都建立在秀美的山林之中。《庐山诸道人游石门诗序》还曾记载了三十多位高僧畅游惊险的石门,看到山水胜境而感神灵之微妙。

　　由此,山水的"形质"为"形"、为"物",而山水的"灵趣"则为"神"、为"心"。这种神和形的关系,也就是心和物的关系。在这里"物"只是"心"借以寄寓的载体,两者之间是没有必然联系的。对"物"的描写只是为了传"心"。传"心"不仅是山水画创作的根本目的,而且"心"也是对"物"有绝对的主宰作用的。"心"对"物"的感应,正是为了借此来展示其"灵趣"。但是山水画是不是也能像实际山水一样,成为神灵的寄托呢?能不能从山水画中来感受神灵佛道呢?宗炳的回答是完全肯定的。他在《画山水序》中说:

　　　　夫以应目会心为理者,类之成巧,则目亦同应,心亦俱会。应会感神,神超理得,虽复虚求幽岩,何以加焉?又神本亡端,栖形感类,理入影迹,诚能妙写,亦诚尽矣。

这里"应目"是指作家的视觉与山水物象的接触,"会心"是指作家的眼睛一接触到山水物象,内心立即有了感应,领会到山水物象中的"灵趣",亦即"理",亦即是"神",这就是心与物的结合,也即是"缘会而有"。所以,画家如果能很巧妙地把山水画出来,那么,山水画的观赏者也就很自然地由"应目"到"会心",从中感受到山水的"灵趣",即其中所包含的"神",体会其微妙的"理",也就能够"应会感神,神超理得"了,那么,和亲身游览山水,"虚求幽岩",直接感受其"灵趣""神理",也没有什么差别了。因为"神本无端",它"栖形感类",可以借任何有形质的事物而呈现,自然也可以在山水画中"理入影迹",让山水画的观者感受领悟。所以,画家"诚能妙写,亦诚尽矣"。当他把名山大川"皆图之于室","拂觞鸣琴,披图幽对"之时,就好像进入了神灵所现的五岳四渎之广阔山林泉水之中,在精神上与佛的神灵融会在一起,而得到完全的解脱。故而说:"峰岫峣嶷,云林森眇,圣贤映于绝代,万趣融其神思。"因此他的结论是:山水画的意义和作用乃是"畅神"!由此可见,山水画的创作,对山水的

"妙写",并不是为了山水形态的美,而是为了能最自由地"畅神"!也就是说,在文艺创作中的主体和客体关系上,客体本身是没有意义的,真实地表现客体,只是为了展示主体意识。这就好像王维之画雪中芭蕉,但取兴会神到不问四季。这种突出地强调文艺创作是主体意识表现的文艺思想,是从老庄玄学开始,而到佛教的广泛传播后才真正确立下来的。从《礼记·乐记》的心物关系论到宗炳的心物关系论,发生了由以"物"为主到以"心"为主的这个重大变化。刘勰在《文心雕龙》中对心物关系的论述就明显地受到宗炳的影响,不过他是把儒家和道佛思想努力糅合在一起,既讲心"随物以宛转",也讲物"与心而徘徊",既讲"情以物迁"也讲"物以情观"。他是在肯定"心"受"物"感触的同时,特别指出了"心"对"物"有主宰作用,"物"是作为"心"的载体而出现的。

(二) 谢灵运的《辨宗论》和诗学上的"妙悟"

谢灵运(385—433),陈郡阳夏(今河南太康)人,出身世家大族,和宗炳同时,是著名的山水诗人,精通玄学和佛学。他并没有文艺理论方面的著作,但是他有影响很大的佛学著作《辨宗论》。《辨宗论》本文才不到二百字,后面有诸人问答,如法勖、僧维、慧驎、竺法纲、慧林、王休元等和谢灵运的问答。《辨宗论》的中心是支持竺道生的顿悟说,"定求宗之悟"。汤用彤先生在《谢灵运〈辨宗论〉书后》一文中说:"《辨宗论》旨在辨'求宗之悟',宗者'体'之旧称,'求宗'犹言'证体'。此论盖在辨证体之方,易言之即成佛之道或作圣之道也。此中含有二问题:一、佛是否可成,圣是否可至;二、佛如何成,圣如何至。"汤先生指出对这两个问题的回答,中国的传统(即谢所说孔氏)是"圣人不可学不可至",而印度的传统(即谢所说释氏)是"圣人可学可至",谢灵运则发挥竺道生之说,认为"圣人不可学但能至",其云:

> 释氏之论,圣道虽远,积学能至,累尽鉴生,不应渐悟。孔氏之论,圣道既妙,虽颜殆庶,体无鉴周,理归一极。有新论道士,以为寂鉴微妙,不容阶级,积学无限,何为自绝?今去释氏之渐悟,而取其能至。去孔氏之殆庶,而取其一极。一极异渐悟,能至非殆庶。

这是折中儒、释二家之说,取中国传统之不可学,弃其不可至;取印度传统之可以至,弃其可学。也就是说,佛或者圣人是不可以通过学习或渐修来达到的,但是可以由顿悟而成佛、成为圣人。本来这并不是谢灵运的发明,但是如汤先生所说,他"承生公之说","提示当时学说两大传统之不同,而指明新论(即道生顿悟说)乃二说之调和",在思想史上的意义十分重大。

其实,谢灵运的"顿悟"说不仅在思想史上有重大意义,而且在文学史和文学批评史上也有十分重大的意义。这主要表现在两个方面:一是这种顿悟思想对谢灵运的山水诗以及后来山水诗创作的影响,二是对后来诗学史上"妙悟"说的影响。现在我们先说第一方面。谢灵运的山水诗在中国文学史上有很高的地位,刘勰在《文心雕龙·明诗》篇中说的"庄老高退,而山水方滋",就是说的玄言诗为山水诗所代替,而这个新发展的代表诗人就是谢灵运。但是,其实谢灵运的山水诗中并非没有玄言,而是有很多玄言成分的,不过,他的诗以清新秀丽的山水景物描写占主导地位,其玄学哲理往往是隐含在山水描写之中的,更多的是作者从山水风景中去领悟到的玄理,所以虽然谢灵运的诗歌中也写了不少玄学理语,但是并不像玄言诗那样"淡乎寡味"(锺嵘《诗品》语),而是让人很自然地在欣赏山水中感受到玄理的微妙深奥,正如白居易在《读谢灵运诗》中所说是"逸韵谐奇趣","岂唯玩景物,亦欲摅心素"。这"奇趣""心素",我以为就是谢灵运诗中从山水风物引发出来的哲理思考。下面我们举几首谢灵运的诗来作点分析:

拂衣遵沙垣,缓步入蓬屋。近涧涓密石,远山映疏木。空翠难强名,渔钓易为曲。援萝聆青崖,春心自相属。交交止栩黄,呦呦食萍鹿。伤彼人百哀,嘉尔承筐乐。荣悴迭去来,穷通成休戚。未若长疏散,万事恒抱朴。

——《过白岸亭》

江南倦历览,江北旷周旋。怀新道转迥,寻异景不延。乱流趋正绝,孤屿媚中川。云日相辉映,空水共澄鲜。表灵物莫赏,蕴真谁为传。想象昆山姿,缅邈区中缘。始信安期术,得尽养生年。

——《登江中孤屿》

昏旦变气候,山水含清晖。清晖能娱人,游子憺忘归。出谷日尚早,入舟阳已微。林壑敛暝色,云霞收夕霏。芰荷迭映蔚,蒲稗相因依。披拂趋南径,愉悦偃东扉。虑淡物自轻,意惬理无违。寄言摄生客,试用此道推。

——《石壁精舍还湖中作》

第一首写诗人游览白岸亭,欣赏其周围的山光水色,在山林幽谷聆听春鸟欢鸣、麋鹿呼叫时,联想到《诗经》中的《黄鸟》《鹿鸣》两篇,感觉到荣悴、穷通,变化无常,领悟到栖身于世俗人间的悲哀与无奈,不如置身物外,隐居山林,归真反朴。第二首是写诗人对江南、江北的山水风光都非常的爱好,在江南游览感到疲倦时,又觉得和江北的山水已经分别很久,这时登上江中孤屿,看到"云日相辉映,空水共澄鲜"的秀丽景色,领悟到山水之美蕴藏着天地的灵异,可以明白为什么人们要学神仙的长生不老,这实在值得羡慕的呀。第三首所说石壁精舍当是诗人为迎接高僧所营造的住所,其《石壁立招提精舍》一诗中有:"绝溜飞庭前,高林映窗里。禅室栖空观,讲宇析妙理。"这首诗写他从石壁精舍出来,回到泊于太康湖中的船上,并乘船回到家中,一路上所见到的傍晚风景,十分美丽,也给他带来了很喜悦的心情。"林壑敛暝色,云霞收夕霏。芰荷迭映蔚,蒲稗相因依。"这样使人流连忘返的幽美景色中,他领悟到道家玄学"虑淡物自轻,意惬理无违"的人生哲理,进而感到只有超脱人世污浊,不为外物所累,才是人生的真谛。有的学者说谢灵运的诗"有一种井然的推展次序:记游—写景—兴情—悟理",①我觉得是有道理的,"悟理"是他诗歌的一个重要特点。谢灵运诗中所悟的理,虽然基本上都是玄理而不是佛理,但是,它并不是和佛学没有关系的。在六朝玄佛合一的潮流下,玄学中这些完全置身物外,舍弃世俗人间,追求精神解脱,获得心灵自由的思想和观念,其实是和佛学一致的,它也可以看作是佛学的人生哲理。所以,我们也不妨可

---

① 林文月:《中国山水诗的特质》,《山水与古典》,台湾纯文学出版社,1984年,第50页。

以把谢灵运诗中的"悟理",看作也是对佛学的神理之领悟。这里特别值得我们提出的是,谢灵运在从山水诗中"悟理"的时候,他的悟并不是"渐悟"而是"顿悟",是和他在《辨宗论》中说的"不可学而可至"的"顿悟"是一样的。因为他的"悟理"是在像宗炳所说的"应目会心"的情况下发生的,目观心会,神超理得,从清新秀丽的山水中,体会其超然物外的"灵趣",然后觉悟到难以言喻的哲理。这自然也是不学而至的妙悟。他欣赏山水,写作山水诗,也和宗炳所说的一样,是为了"畅神"! 他在《佛影铭序》中说:"庐山法师,闻风而悦,于是随喜幽室,即考空岩,北枕峻岭,南映滮涧,摹拟遗量,寄托青彩。岂唯像形也笃,故亦传心者极矣。"所谓"传心",也就是"畅神"。所以,我们可以说谢灵运山水诗中的"悟理",也就是他《辨宗论》中"顿悟"说的实践。而《辨宗论》的"顿悟"说促成了他山水诗创作中"悟理"的特征,也帮助他把诗歌创作从玄言转向山水。唐代的皎然自称是谢灵运的后代,北宋赞宁《高僧传·皎然传》说他是谢灵运的"十世孙",皎然评谢灵运的诗歌曾说:"康乐公早岁能文,性颖神彻,及通内典,心地更精,故所作诗,发皆造极,得非空王之道助邪?"(《诗式·文章宗旨》)过去,我们对皎然的说法不是太理解,现在我们把谢灵运的《辨宗论》和他的诗歌创作中的"悟理"联系起来,也许可以比较好地理解皎然的这段话了。

下面再说第二方面。谢灵运《辨宗论》里提出的"顿悟"说,虽然是从竺道生那里来的,但是他对思想史和文艺理论的影响,则是比竺道生要大得多了。"顿悟"说的关键如前所说,是不可学而可至,而这一点也正是后来南宋严羽《沧浪诗话》以"妙悟"论诗的要害。汤用彤先生在《谢灵运〈辨宗论〉书后》中说谢灵运《辨宗论》曾对宋代的禅学和理学产生了很深刻的影响,如果从文艺思想发展的角度来说,那么它对严羽"以妙悟论诗"的影响是更为鲜明的。严羽以妙悟论诗的核心,是强调诗歌创作是不能用学问和理论来代替的,诗歌是以有无"兴趣"作为其基本特征的,它是不可言喻的,需要"妙悟"才能领会,"盛唐诸公惟在兴趣,羚羊挂角,无迹可求,故其妙处透彻玲珑,不可凑泊,如空中之音,相中之色,水中之月,镜中之象,言有尽而意无穷"(《沧浪诗话·诗辨》)。诗歌艺术的三昧只能靠"妙悟"来获得,它是不可能用语言来表达的,自然也是无法通过学习来达到的。但是,要把握诗歌艺术的三昧是可以的,并不是不能实现的。当你在观察第一义之悟、也就是透彻之悟的诗歌时,是可以豁然开朗,领悟这种诗歌的三昧的。严羽正是运用了谢灵运所说的这种"不可学而可至"的"顿悟",来论述对诗歌艺术的创作和鉴赏的,它也是没有具体的方法可以学习的,而只能通过"妙悟"来实现的。

(这部分本来还要论刘勰的《文心雕龙》和佛教的关系,因已有《刘勰的佛学思想》一节,故此处从略。)

阳明心学和王夫之的《姜斋诗话》

王夫之的《姜斋诗话》是我国古代诗话发展中一部有突出理论价值的著作。过去大家在研究中注意他的情景交融论和兴观群怨论比较多,但是对他所提出的"心之元声"论重视得不够,其实,这是王夫之对诗歌本质的一个看法,也是他的诗歌理论批评的基本出发点。

王夫之在《夕堂永日绪论内编序》中说:

> 世教沦夷,乐崩而降于优俳。乃天机不可式遏,旁出而生学士之心,乐语孤传为诗。诗抑不足以尽乐德之形容,又旁出而为经义。经义虽无音律,而比次成章,才以舒,情以导,亦所谓言之不足而长言之,则固乐语之流也。二者一以心之元声为至。舍固有之心,受陈人之束,则其卑陋不灵,病相若也。韵以之谐,度以之雅,微以之发,远以之致;有宣昭而无罨霭,有淡宕而无犷戾:明于乐者,可以论诗,可以论经义矣。①

他特别指出,诗和乐两者,都以"心之元声为至",也就是说诗和乐在根本上都是"心之元声"真实流露。"心之元声"也即是所谓"元音",他在《古诗评选》②中评王俭《春诗》时,特别赞扬它是"元声"的体现,而在评梁元帝《春别应令》诗时,则说:"中唐以兴会为主,雅得元音故也。"盖"元音"即"元声"也。人们往往强调乐是人的内心真声的表现,而不容易理解诗也是人的内心真声的表现。他在《诗译》中说《诗经》三百篇就是人心之元声的表现:"元韵之机,兆在人心,流连泆宕,一出一入,均此情之哀乐,必永于言者也。故艺苑之士,不原本于三百篇之律度,则为刻木之桃

---

① 见《姜斋诗话》。下凡引《诗译》及《夕堂永日绪论内编》均同此,不再注明。
② 见《船山遗书》。

李。"所谓"元声"或"元音"是说的人的本始之声音,也就是没有受到世俗影响的最真实声音。所以他说:"舍固有之心,受陈人之束,则其卑陋不灵,病相若也。"这里所说的"陈人之束"就是指世俗陈旧的观念和看法,把自己原来的真实思想感情抛弃了,而受世俗陈旧观念的束缚,那就是患了大病,使自己的心灵变得卑陋不堪。

王夫之的"心之元声"论和李贽的"童心"说、公安派的"性灵"说,显然有着不可分割的联系,但是它们也有明显不同的地方。它们都是从阳明心学延伸出来的有关文艺本质的看法,认为文艺是人的真实心灵之自然表露,但是它们对什么是真实的心灵,却有着很不同的看法。为了弄清楚王夫之"心之元声"论的来源及其和李贽"童心"说的异同,我们需要从王阳明的心学特点说起。王守仁(1472—1529),自号阳明子,世称阳明先生,浙江余姚人。他的思想是在理学内部对朱熹思想的一个反动。他吸收佛老思想,继承陆九渊的心学,并把它发展到一个极致。他的思想核心是"心即理也","心外无理"。他在《传习录》中和学生徐爱的问答,曾清楚地阐述了他的心学思想基本观念。他说:

爱问:至善只求诸心,恐于天下事理有不能尽。

先生曰:心即理也,天下又有心外之事、心外之理乎?

爱曰:如事父之孝,事君之忠,交友之信,治民之仁,其间有许多理在,恐亦不可不察。

先生叹曰:此说之蔽久矣,岂一语所能悟。今姑就所问者言之:且如事父,不成去父上求个孝的理;事君,不成去君上求个忠的理;交友治民,不成去友上民上求个信与仁的理?都只在此心,心即理也。此心无私欲之蔽,即是天理,不须外面添一分。以此纯乎天理之心,发之事父便是孝,发之事君便是忠,发之交友治民便是信与仁,只在此心去人欲、存天理上用功便是。

爱曰:闻先生如此说,爱已觉有省悟处。但旧说缠于胸中,尚有未脱然者,如事父一事,其间温凊定省之类,有许多节目,不亦须讲求否?

先生曰:如何不讲求?只是有个头脑,只是就此心去人欲、存天理上讲求。就如讲求冬温也,只是要尽此心之孝,恐怕有一毫人欲间杂。讲求夏清也,只是要尽此心之孝,恐怕有一毫人欲间杂。只是讲求得此心,此心若无人欲,纯是天理,是个诚于孝亲的心,冬时自然思量父母的寒,便自要去求个温的道理。夏时自然思量父母的热,便要去求个清的道理。这都是那诚孝的心发出来的条件,却是须有这诚孝的心,然后有这条件发出来。譬之树木,这诚孝的心便是根,许多条件便是枝叶。须先有根,然后有枝叶,不是先寻了枝叶,然后去种根。《礼记》言孝子之有深爱者,必有和气;有和气者,必有愉色;有愉色者,必有婉容;须是有个深爱做根,便自然如此。①

这里的三段问答中,第一段是明确提出了心即是理,心外无理的思想。第二段是具体阐述"心外无理"的道理,徐爱所提出的"事父之孝,事君之忠,交友之信,治民之仁",就是程、朱所说的作为道德原则的"天理",它是客观地存在于心外的,但是王阳明认为此"理"并不在君父友民上,而是在人自己的心里,有此"纯乎天理之心",则发之乎君父友民,就是忠孝信仁,此心能除私欲之蔽,即"纯是天理",何须外求?第三段中徐爱又提出忠孝信仁的具体的礼节仪式又应该怎么看,王阳明回答说,这些只是"天理之心"的具体展现,好像树的根和枝叶一样。心是根,这些忠孝信仁的礼节仪式就是枝叶。

朱熹的"理"是外在于心的,所以要"格物致知"去寻求,而王阳明的"理"是在心中的,心外无理,因此他理解的"格物致知",也就是"格心致知"。他在《与王纯甫》中说:

> 夫在物为理,处物为义;在性为善,因所指而异其名,实皆吾之心也。心外无物,心外无事,心外无理,心外无义,心外无善。吾心之处事物纯乎理,而无人伪之杂谓之善,非在事物有定所之可求也。处物为义,是吾心之得其宜也。义非在外,可袭而取也。格者,格此也;致

---

① 见《王文成公全书》卷一。

者,致此也。必曰:"事事物物上求个至善,是离而二之也。"①

这和朱熹讲的"格物致知"是很不同的,他是要格心之理,而不是去格物之理。这里所说的"心外无物",不是说宇宙间只有一"心",而外在客观事物都是不存在的。他说的"物"不是泛指山川宫室草木鸟兽等物,而是指"事",即是人的道德活动、政治活动、教育活动等等,是和人的意识相关联的事物。他在和徐爱的对话中说:"身之主宰便是心,心之所发便是意,意之本体便是知,意之所在便是物。如意在于事亲,即事亲便是一物。意在于事君,即事君便是一物。意在于仁民爱物,即仁民爱物便是一物。意在于视听言动,即视听言动便是一物。所以某说无心外之理,无心外之物。《中庸》言不诚无物。《大学》明明德之功,只是个诚意,诚意之功,只是个格物。"②"心"是身的主宰,"意"是心之所发。"意"就是指意识、意向,它是人的知觉意识,"意之所在"就是指意识的物件,事物只有在与意识相关联的时候才有意义。"意"在于何处,何处就是"物","物"所指的"事"是主体意识参与其中的一种伦理行为,如"事君""事父""仁民""信友"等。

那么,按照"心外无物,心外无事,心外无理,心外无义,心外无善"的思想,则无论是诗还是乐,或是其他的文学形式,如小说、戏剧、散文等,自然也都只是展示人心的一种方式。不论是李贽的"童心"说,还是王夫之的"心之元声"说,都是以"心"为文学的本源,认为"天下之至文"③即是人心原本初始所有之心灵世界的自然呈现,也就是公安派所说的人的真性灵、真性情、真感情的自然流露。这种文学本质论的思想基础就是阳明心学,以心为万物、万事之本源。一般人论王夫之都强调他对陆、王的批评,其实他受王学的影响还是很深的。早在数十年前,嵇文甫先生在其《王船山学术论丛》一书中就说过:"船山虽然强烈反对王学,但是看他批评朱学的地方,我们总发现出他还是受王学的影响不少。"④他在很多论

---

① 《王文成公全书》卷四。
② 《王文成公全书》卷一。
③ 李贽《童心说》,见《焚书》。
④ 见《王船山学术论丛》一书中"王船山的学术渊源"部分,北京:生活·读书·新知三联书店,1962年第1版,1978年第1次印刷,第39页。

述中也是强调了天理即在人心中的思想,如《读四书大全说》卷九中讲:"天下之义理,皆吾心之固有;涵泳深长,则吾新之义理油然而生。"《四书训义》卷八中说:"心之方静,无非天理之凝也;心之方动,无非天理之发也。见吾心为居仁之宅,则见天下皆行仁之境,随所行而无不安也。"人的耳目见闻无非是人心所发之一曲,他在《张子正蒙注》卷四中说:"于人则诚有其性,即诚有其理,自诚有之而自喻之,故灵明发焉;耳目见闻皆其所发之一曲,而函其全于心以为四应之真知。"这些都可以看出王夫之对心的地位和作用的强调,同时这也充分说明了阳明心学对他的深刻潜在影响。

但是,王夫之的"心之元声"说和李贽的"童心"说,又是很不一样的,这就表现在对心的初始状态的认识和心所受的后天污染的内容之理解的不同上。李贽强调的"童心"是"绝假纯真,最初一念之本心",是没有受过"闻见道理"污染的纯洁"童心"。他所说的"闻见道理"就是以程朱理学为代表的假道学的虚伪封建礼教和伦理道德观念,他所赞美的"童心"是"赤子之心",是具有人的自然欲望,合乎"自然之性"①,符合"自然之理"②的"率真之性"③。而王夫之所说的"心之元声"则是具有儒家天理、良知的初始之心,是具备儒家正统道德品格的心。他所说的不可"舍固有之心,受陈人之束",这个"固有之心"是君子之心,而不是小人之心,所谓"陈人之束"不是李贽所说的那种"闻见道理"之污染,而是指他在《俟解》中所反对的"流俗",和禽兽一样的庶民的"流俗",其实也就是李贽所欣赏和赞美的"人欲"。王夫之和李贽虽然都受阳明心学的影响,但是李贽属于王学左派的思想,而王夫之则属于王学右派的思想,两者有着明显的差别。王夫之的诗论重雅正,重温柔敦厚,特别提倡诗的"兴、观、群、怨",而与李贽的文学思想有根本的不同。他在《夕堂永日绪论内编》中有一段论述说:

《大雅》中理语造极精微,除是周公道得,汉以下无人能嗣其响。

---

① 《初潭集》卷八。
② 《藏书·德业儒臣后论》。
③ 《焚书·答耿中丞》。

> 陈正字、张曲江始倡《感遇》之作,虽所诣不深,而本地风光,驵宕人性情,以引名教之乐者,风雅源流,于斯不昧矣。朱子和陈、张之作,亦旷世而一遇。此后唯陈白沙为能以风韵写天真,使读之者如脱钩而游杜蘅之汜。王伯安厉声吆喝:"个个人心有仲尼。"乃游食髡徒夜敲木板叫街语,骄横卤莽,以鸣其"蠢动含灵,皆有佛性"之说,志荒而气因之躁,陋矣哉!

可见他是很重视《诗经》的风雅传统的,然而,又很懂得诗歌艺术,反对诗歌的概念化和抽象化。他吸收了公安派重视性灵的真实的思想,但是十分反对公安派的浅俗,而对竟陵派则更为痛恨。他在《夕堂永日绪论内编》中说:

> 门庭之外,更有数种恶诗:有似妇人者,有似衲子者,有似乡塾师者,有似游食客者。妇人、衲子,非无小慧;塾师、游客,亦侈高谈。但其识量不出针线、蔬笋、数米、量盐、抽丰、告贷之中;古今上下,哀乐了不相关,即令揣度言之,亦粤人咏雪,但言白冷而已。然此数者,亦有所自来,以为依据:似妇人者,仿《国风》而失其不淫之度;晋、宋以后,柔曼移于壮夫;近则王辰玉、谭友夏中之。似衲子者,其源自东晋来。锺嵘谓陶令为隐逸诗人之宗,亦以其量不弘而气不胜,下此者可知已。自是而贾岛固其本色;陈无己刻意冥搜,止堕虀盐窠臼;近则锺伯敬通身陷入;陈仲醇纵饶绮语,亦宋初九僧之流亚耳。似塾师、游客者,《卫风·北门》实为作俑。彼所谓"政散民流,诬上行私而不可止"者,夫子录之,以著卫为狄灭之因耳。陶公"饥来驱我去",误堕其中;杜陵不审,鼓其余波。嗣后啼饥号寒、望门求索之子,奉为羔雉,至陈昂、宋登春而丑秽极矣。学诗者一染此数家之习,白练受污,终不可复白,尚戒之哉!

这和李贽、公安派的审美观念是显然不同的。如袁宏道在《序小修诗》中所说:

> 大都独抒性灵,不拘格套,非从自己胸臆流出不肯下笔。有时情与境会,顷刻千言,如水东注,令人夺魄。其间有佳处,亦有疵处,佳处自不必言,即疵处亦多本色独造语。然予则极喜其疵处;而所谓佳者,尚不能不以粉饰蹈袭为恨,以为未能尽脱近代文人气习故也。……今闾阎妇人孺子所唱《擘破玉》《打草竿》之类,犹是无闻无识真人所作,故多真声,不效颦于汉魏,不学步于盛唐,任性而发,尚能通于人之喜怒哀乐嗜好情欲,是可喜也。

从"独抒性灵,不拘格套,非从自己胸臆流出不肯下笔"的方面来说,王夫之和袁宏道的思想是一致的,但是对袁宏道所说的"疵处亦多本色独造语",以及对闾阎妇人孺子所唱浅俗民歌的赞美,王夫之显然是不赞成的,他更欣赏的是合乎雅正的温厚之作。

王夫之有关情景交融的论述,也是和他的"心之元声"说分不开的。情、景两者之间的关系,也就是心和物之间的关系。按照王阳明的心学思想来看,因为强调"心外无理""心外无物",显然,不能完满地来回答物是否是独立于人的意识之外的问题。据《传习录》记载:

> 先生游南镇,一友指岩中花树问曰:"天下无心外之物,如此花树在深山中自开自落,于我心亦何相关?"先生曰:"你未看此花时,此花与汝心同归于寂。你来看此花时,则此花颜色一时明白起来,便知此花不在你的心外。"

不是说,你不看花时花不存在,而是从"心"的角度说,他的意识没有和花发生关联的时候,他不会感觉到有花在,当他感觉到的时候,这花已经和他的意识发生关联,花就不在心外,而就在心中。在王阳明看来,"花"的存在是离不开"心"的。他在和朱本思的问答中也可以看出这样的思想:

> 朱本思问:"人有虚灵,方有良知,若草木瓦石之类,亦有良知否?"先生曰:"人的良知,就是草木瓦石的良知。若草木瓦石无人的良知,不可以为草木瓦石矣。岂惟草木瓦石为然,天地无人的良

> 知,亦不可为天地矣。盖天地万物与人原是一体,其发窍之最精处,是人心一点灵明,风雨露雷日月星辰禽兽草木山川土石与人原只一体,故五谷禽兽之类皆可以养人,药石之类皆可以疗疾。只为同此一气,故能相通耳。"

这里所说的"虚灵"也就是指心灵世界,而外界的事物都是和人的内心之"良知"紧密地联系在一起的。草木瓦石离开了人的心灵感知,也就不可以为草木瓦石了。所以说天地万物与人原是一体,风雨露雷日月星辰禽兽草木山川土石与人原也只一体。这就是说,"心"和"物"之间,互相是紧密关联的,谁也离不开谁,而"心"又是起着主导作用的。王夫之的情景关系论中也可以清楚地看出这种阳明心学的影响。文学创作中的"景"(实际就是"物"),只有当他和作为主体意识的"情"(也就是"心")发生关联时,它才有意义。天下的"景"非常之多,如果没有人去注意到它,并且注入"情",也就是用"心"去关注它,那么它并不成为艺术的"景"。只有当人们的"心"注意到它,注入了特定的"情"后,它才成为具有审美意义的景物,构成优美的艺术境界。"景"是因为"情"的感知而才有的,"物"不能离开"心","景"不能离开"情",所以王夫之在《夕堂永日绪论内编》中说:"夫景以情合,情以景生,初不相离,唯意所适。"这个"意"很重要,它实际上就是"心",情景交融的境界正是由"心"来展示和完成的,所以说是"唯意所适"。王夫之之所以那么强调情景二者不可分,从一开始就是密切结合在一起的,我以为是和他受阳明心学影响有关系的,正是上面所说王阳明那种对"心"与"花"关系的理解,对"花"之依赖"心"而存在的思想,启发了他对情景关系的认识。因此,王夫之又说:

> 兴在有意无意之间,比亦不容雕刻;关情者景,自与情相为珀芥也。情景虽有在心在物之分,而景生情,情生景,哀乐之触,荣悴之迎,互藏其宅。天情物理,可哀而可乐,用之无穷,流而不滞,穷且滞者不知尔。"吴楚东南坼,乾坤日夜浮。"乍读之若雄豪,然而适与"亲朋无一字,老病有孤舟"相为融浃。当知"倬彼云汉",颂作人者增其辉光,忧旱甚者益其炎赫,无适而无不适也。唐末人不能及

此,为"玉合底盖"之说,孟郊、温庭筠分为二垒。天与物其能为尔阋分乎?

比兴都是在有意无意之间自然产生的,都是心灵对外界景物的感知,所以说:"关情者景,自与情相为珀芥也。"表面上看,情、景有在心、在物之分,实际上它们则是互相依存、不可分离的,而"心"又是起着主导作用的,没有"情",也就没有"景"的存在,所谓"互藏其宅"就是指它们不可能是孤立存在的,必定是相互结合的一体。他在《古诗评选》中称赞谢灵运的诗《邻里相送至方山》是"情景相入,涯际不分"。在《明诗评选》中评袁凯的《春日溪上书怀》诗时说:"一用兴会标举成诗,自然情景俱到。恃情景者不能得情景也。"也就是说,情景融合境界的产生,其关键是在心灵深处是否有所感触,心灵的激荡必然会以"兴会标举"成诗,这样自然也就能达到情景交融的境界。所以他在《夕堂永日绪论内编》中说:

> 情、景名为二,而实不可离。神于诗者,妙合无垠。巧者则有情中景,景中情。景中情者,如"长安一片月",自然是孤楼忆远之情;"影静千官里",自然是喜达行在之情。情中景尤难曲写,如"诗成珠玉在挥毫",写出才人翰墨淋漓、自心欣赏之景。凡此类,知者遇之;非然,亦鹘突看过,作等闲语耳。

情景两者之不可分离,即是在于景本来无所谓景,而是在主体心灵对它感知后方才出现的景象。故而,最好的状态应该是"妙合无垠"的,而不论是"情中景"还是"景中情",也都是情对景的感知,不过是感知的表现方式有所不同而已。这里王夫之虽然是从诗歌创作的角度来论情景交融,但是它的思想基础仍是建立在阳明心学上的,所以我们看他论情景交融,都是只讲心灵对外景的感知,而并不讲外景对心灵的作用。

把"心"放在第一位,"物"只是在和"心"的意识相关联时才是有意义的。所以,王夫之特别重视"心"在感知"景"的当时那种真实状况。他所提出的"即景会心"说,就是指"心"对"物"的自然感悟,即是指文学创作过程中心灵世界对外在景物的感触和碰撞之一瞬间,他认为只有这时的情景交融才是最真实的、最美好的。他在《夕堂永日绪论内编》中说：

> "僧敲月下门"只是妄想揣摩，如说他人梦，纵令形容酷似，何尝毫发关心？知然者，以其沉吟"推敲"二字，就他作想也。若即景会心，则或"推"或"敲"，必居其一，因景因情，自然灵妙，何劳拟议哉？"长河落日圆"，初无定景；"隔水问樵夫"，初非想得。则禅家所谓"现量"也。

这里王夫之对"推敲"问题作了一个新的解释，他并不从"推""敲"本身所体现的艺术境界之差别来分析，而从"即景会心"的角度，也就是当时心灵世界所直接接触的情况来加以评论，认为最好的艺术境界应该是真实表现"心"当时所感知的状态，当时是"推"就是"推"，当时是"敲"就是"敲"。所以他用佛教的"现量"来作说明，并且指出像王维的"长河落日圆""隔水问樵夫"等著名诗句也都是"即景会心"的结果，是诗人心灵感触到的当时景象，其实也就是强调诗人的直觉感受。这些虽不能说是直接由阳明心学而来，但是，阳明心学确实是它的一个重要思想基础。他在《夕堂永日绪论内编》中又说：

> "池塘生春草""蝴蝶飞南园""明月照积雪"皆心中目中与相融浃，一出语时，即得珠圆玉润；要亦各视其所怀来，而与景相迎者也。"日暮天无云，春风散微和"，想见陶令当时胸次，岂来杂铅汞人能作此语？程子谓见濂溪一月坐春风中。非程子不能知濂溪如此，非陶令不能自知如此也。

因为内心的情感自然而然地与外界景物相接触，于是这外界景物也就成为心灵的载体而呈现出来，即他所谓的"心中目中与相融浃，一出语时，即得珠圆玉润；要亦各视其所怀来，则与景相迎者也"。濂溪风月，也是程子心灵境界的感知而产生其意义。"日暮天无云，春风散微和"，也只有像渊明这样心灵世界的人方能体会到其妙处。王夫之非常注意"心"对"物"的直觉领悟，他说：

> 身之所历,目之所见,是铁门限。即极写大景,如"阴晴众壑殊""乾坤日夜浮",亦必不逾此限。非按舆地图便可云"平野入青徐"也,抑登楼所得见者耳。隔垣听演杂剧,可闻其歌,不见其舞,更远则但闻鼓声,而可云所演何出乎?前有齐、梁,后有晚唐及宋人,皆欺心以炫巧。

他认为这种直觉领悟必须是在亲身所历、亲眼所见的情况下才能出现的,只有心灵直接意识到的境界才是最真实、最生动、最有审美意义的境界。

从我们上述简要的论述中,可以看出王夫之之所以对文学创作中情景交融的论述,如此全面、如此深入、如此充分,并不是偶然的,而是和他受阳明心学的潜在影响分不开的。以往我们研究王夫之的诗学、研究他对情景交融的论述,总是强调他的所谓唯物主义思想影响,其实是不确切的,也是不符合事实的。当然我的这些看法还是很不成熟的,只是想从一个侧面作一点探讨。我诚恳地希望得到大家的批评指正。

中国文学批评史研究中的几个问题

中国文学批评史的研究近二十年来发展得很快,出版了很多种专著和教材,特别是王运熙、顾易生主编的七卷本大型《中国文学批评通史》的出版,使中国文学批评史的研究发展到了一个前所未有的新阶段,也可以说达到了二十世纪的最高峰。但是,与中国文学史的研究相比,批评史的研究毕竟发展得比较晚,在广度和深度上都还有待于进一步提高。批评史的研究有它自己的特点,不仅仅是历史的梳理,而且要有理论的探讨。对于批评史的研究者来说,既要有丰富的历史知识,还要有深厚的理论修养。目前,中国文学批评史的研究如何在现有基础上深入一步,是一个很值得我们注意的问题。我以为有以下几方面可以供我们参考。

(一)加强对文学理论批评的基本原理和发展规律的研究

对目前的中国文学批评史著作,我们感到比较不足的一个主要问题是理论的深度还不够。因为批评史和文学史不同,批评史讲的是文学批评的历史演变情况,它所阐述的是有关文学思想、文学理论方面的问题,而不是具体分析和评价文学创作状况。理论和创作不同,文学理论的基本原理就那么一些,如文学的本质和特征、构思和想象、继承和创新、个性和风格等等,在各个时代有共同性,不过,人们在对这些问题的认识和理解上,是随着社会的发展和文学的发展而不断深化的。因此,我认为一部高水平的批评史,不能只罗列每个时代有哪些文学批评家、哪些文学批评著作,采用铺叙的方法介绍他们的文学批评内容,而应当考察他们所提出的文学理论观点和前代文学理论发展的历史联系,研究清楚哪些是继承的前人成果,哪些是他们自己新的创造,重点是要阐述各个时代、各个批评家的新见解。要使我们能清楚地看到这些文学的基本原理是怎样在历史发展过程中逐渐被认识,并且愈来愈得到丰富和充实。也只有这样才能对各个文学理论批评家及其文学理论批评著作,作出恰如其分的公正的评价,给他们以正确的历史地位。在这里我举一个例子,就是对叶燮《原诗》的评价问题。郭绍虞先生在《中国文学批评史》中的评价是比较合适的,把他放在清初格调派中来讲。然而"文化大革命"之后,以敏泽先生的《中国文学理论批评史》为代表,把对叶燮《原诗》的评价提到了空前未有的高度,说他是"我国文学理论批评史在刘勰之后的最重要的一位大家"。有的学者甚至把他看成比刘勰还要了不起的文学理论批评家。叶燮《原诗》确是一部很有特色的诗论著作,但是我们应当看到《原诗》中有很多论述并非他的独创。例如他关于"变"的思想,主要是来源于对前代有关"通变"的论述,如齐梁的刘勰、萧统、萧子显,唐代的皎然,明代的李贽、袁宏道等,他自己本身的创见并不多,更何况他还有很明显的历史循环论错误。至于他对前后七子的批评也没有越出李贽、公安派的范围。即使是他的"理、事、情"说和"才、胆、识、力"说,也是在总结前人论述基础上的进一步发展,比如王夫之的诗论中就讲到了"理、事、情"的问题,而且"理、事、情"和我们传统文艺思想中所说的"神""形""势"在实质上是一致的。他的"才、胆、识、力"说,前人也都有过不同程度的论述,比如李贽就说过要有"二十分识,二十分才,二十分胆","才与胆皆因识见而后充"(见《焚书》卷四《二十分识》)。我这样说并不是要贬低叶燮《原诗》,而是说对文学理论批评的研究必须有历史发展的眼光,即使写的是断代史,也要熟悉整个通史,也要从发展中来理清文学思想和文学理论的历史演变过程。这一点对于研究唐以后的批评史尤为重要,因为宋元明清时期文论家和文论著作非常之多,像清代的诗话,据蒋寅博士的稽考,已有七百七十余种,现在据吴宏一《清代诗话知见录》已发展到上千种。如果我们铺张开来叙述,那么仅清代的文学批评史而言,就可以写几百万字。文学批评史写得长一些、细一些,是必要的,应该有繁本、有简本,但都要以理论发展的清晰脉络来统率全书,加强理论分析的深度。这样才能更好地探索中国古代文学理论的体系,及其发展规律和特点。

对文学理论批评发展过程中的一些重大理论问题,比如神思、风骨、意境、形神、体性、情采、通变等等,我们应当在批评史中展示它们的历史发展面貌,运用历史的比较的方法来加以研究,阐明它们在不同历史时期、不同的批评家那里有些什么新的发展、新的特点。神思的概念在文学理论批评中自觉的运用是从刘勰开始的,但它的基本思想在陆机《文赋》中已有所阐述,唐代的王昌龄、皎然都有不同程度的发挥,而在宋代苏轼那里则有了较为重大的发展,他的"妙想"说、"空静"说、"系风捕影"说、"成竹于胸"说等,都是对"神思"说的丰富和深化,后来明末清初的王夫之"心目相融"说,又进一步对"神思"说的美学本质作了发挥。风骨的含义也不能只从六朝的论述中来分析,可能要追溯到以孔孟为代表的儒家文艺思想传统,这点我在《六朝文学的发展和"风骨"论的文化意蕴》一文中已作了较为详细的阐述。意境的理论虽然是到唐代才正式提出,可是实际上刘勰所说的"隐秀",已经对意境的基本美学特征作了深刻的分析,这个线索在皎然的《诗式》中可以很清楚地看出来。司空图的"象外之象,景外之景"说,是对刘禹锡"境生象外"说的发展,而刘禹锡"境生象外"说显然是在刘勰、王昌龄、皎然等人论述基础上提出来的。后来经过严羽、王夫之、叶燮、王士禛、陈廷焯等人的发挥,最后到王国维而集其大成。体性是讲文学家的个性和文学作品风格关系的,中国古代十分重视文学的风格问题,作过很多的理论研究。从陆机《文赋》到刘勰《文心雕龙》,从刘勰《文心雕龙》到皎然《诗式》,到司空图《诗品》,到严羽《沧浪诗话》,到姚鼐的"阳刚之美"和"阴柔之美",直至王国维的壮美、优美,究竟有些什么联系与区别,也需要进行历史的比较研究。文学批评史的研究应当对这一类具有中国特色的文学理论问题,梳理清楚它们的历史发展线索,研究它们在不同的历史阶段有什么不同的特点,怎样由萌芽产生到丰富成熟。实际在中国文学批评史的发展过程中,远比我所举的这些例子要复杂得多,也丰富得多。然而目前我们的批评史著作在这一方面,显然还是不够理想的。

(二) 中国古代文学理论批评和艺术理论批评的关系

中国古代文学理论批评的历史发展过程是和各种艺术理论批评(如书、画、乐论)的发展不可分割地联系在一起的,它们是在相互促进、交叉影响中发展起来的。因此如果不研究音乐、绘画、书法等艺术理论批评,就很难真正了解文学理论批评发展的历史。从文学理论批评的产生和发展来看,中国古代书画同体,诗、乐不分,先秦时代的纯文学理论批评是不多的，而有关音乐的理论批评和音乐美学思想的论述倒是很多的，而且它们往往是包括了文学在内的。甚至我们可以这样说，先秦的文学理论批评从某种意义上说，可以认为是从音乐理论批评中派生出来的。例如孔子、孟子、荀子有关诗歌的论述，大部分是他们音乐美学思想的一种延伸。孔子说："兴于诗，立于礼，成于乐。"显然对乐的作用强调得更突出，他又说："吾自卫返鲁，然后乐正，《雅》《颂》各得其所。"可见他整理《诗经》目的最重要的是正乐。诗是作为乐的词而出现的，因而它也要符合于儒家有关礼乐刑政的思想。"诗无邪"是和"乐正"一致的，这早在《左传》中有关"季札观乐"的记载中就可以看出来了。而"兴观群怨"说也决非仅仅是对诗的文字内容说的，也同样是指乐的作用。孟子建立在儒家"民本"思想上的"与民同乐"思想则是他文艺思想的基本出发点，荀子的文艺思想核心是他的《乐论》篇，后来儒家音乐美学思想的集大成之作《礼记·乐记》，就是在它的基础上发展起来的。而《乐记》则是代表儒家文艺思想的经典性著作，汉代，也是整个封建时代，儒家文学思想的纲领性文献《毛诗大序》，其基本观点就正是从《乐记》中来的。"治世之音安以乐，其政和；乱世之音怨以怒，其政乖；亡国之音哀以思，其民困。"这段话就完全是抄自《乐记》的。儒家把文学对政治的依从关系强调到了绝对化的程度，对文学本身的独立性、文学的审美特性不免有所忽略。魏晋时期，儒家"定于一尊"的地位发生了动摇，音乐美学思想也有了很大的变化，嵇康的《声无哀乐论》是一篇与《乐记》相对立的、代表道家玄学思想的重要音乐美学著作，它认为声音本身和人情哀乐没有必然联系，音乐之美在于它的乐曲之"自然之和"。人的哀乐之情可以借这种乐曲来寄托，也可以借另一种乐曲来寄托；同一种乐曲有人听了高兴，有人听了悲哀，故"殊方异俗，歌哭不同，使错而用之，或闻哭而欢，或听歌而戚；然其哀乐之怀钧也"。这样，实际上否定了《乐记》中关于"声音之道与政通"的思想。他强调"心之与声，明为二物"，声音之美在乐曲的和谐与否，且不论他这种观点是否正确，但无论如何是极大地促进了对艺术本身特点的重视，成为六朝追求艺术形式美的思想和理论基础。

中国古代的文学理论是以诗论为主体的，这大概与中国古代是一个诗的国家，文人都会写诗的状况分不开的。而中国古代的诗歌和书、画有十分密切的联系,很多文人都是诗、书、画兼通的。画是无声诗,诗是无形画,而书画同体,均系"观物取象"之产物。石涛《画语录》有"兼字"一章,谓:"字与画者,其具两端,其功一体。"中国古代的名画很多有题诗,使画、诗、书各尽其美,互为补充,相得益彰。苏轼曾说过:"诗画本一律,天工与清新。"诗和画在创作的根本原理上很多是相通的,中国古代很多诗论中的美学范畴和理论概念都是从画论中移植过来或受画论的影响而有所发展的,例如神思、风骨、形神、体势、虚实等,要讲清楚这些概念范畴的含义,研究它的来龙去脉,只考察诗论显然是不够的,也无法把握它们的确切理论内容。必须研究各个艺术领域中这些概念范畴的异同,以及它们之间的相互影响,由这个领域移植到另一个领域时在含义上所发生的变化。例如中国早期的画论、书论对后来诗论曾产生了十分深刻的影响。中国最早的画论是《庄子·田子方》中提出的"解衣般礴"说,它说的是画家的精神境界,但同时也是诗人和文学家的精神境界。《韩非子·外储说左上》中提出"画犬马难,画鬼魅易"的观点,表现了重视现实真实的思想,它也影响了司马迁"实录"原则的提出,而"实录"精神对中国古代文学创作的影响则是异常巨大的,汉代《淮南子·说山训》中所说"画西施之面""规孟贲之目",应当突出其"君形者"即传神特点,对后来文学理论批评中强调以传神为主,反对片面追求形似的思想,产生了很大的影响。书法理论和文学理论的关系也非常密切,汉代书法理论中所论的"势"在魏晋时期就被移植到了文学中。《文心雕龙》中就引用过刘桢论"势"的话,可惜刘桢的原文已经见不到了。西晋陆云在《与兄平原书》中也讲到和张华讨论文章的"势"的问题。西晋卫恒、索靖等的书法理论中,又进一步论述了"势"的问题。这些对刘勰《文心雕龙·定势》篇所论的"势",有明显的影响。从唐宋以后诗论与画论书论的关系就更密切了。

中国古代文论中最有特色的意境说,虽然并不是从书、画、乐理论中来的,但是它和书、画、乐理论也有很密切的关系。意境作为一种特殊的艺术形象,它在美学上的特点就是"境生象外",按司空图的说法是具有"象外之象,景外之景",因此有"义生文外""言有尽而意无穷"的妙处,它是在中国传统文化的孕育下逐渐形成的。要追溯意境产生发展的美学思想渊源,我以为要从《周易》的"观物取象"说起,这种"物"和"象"的关系,是一种符号象征的关系,而不是直接的具体的形象再现,必须通过联想、想象才能理解两者之间的关系。这种强调想象作用的美学思想在老庄那里得到了极为充分的表现,《老子》中的"大音希声,大象无形"就是对它的一种重大发展。"大音希声",也就是庄子在《齐物论》中所说的:"有成与亏,故昭氏之鼓琴也;无成与亏,故昭氏之不鼓琴也。"故郭象注说"不彰声而声全",陶渊明之抚弄无弦琴的意义当也在此。为什么是"大象无形"呢?因为有"形"就有了局限,总只能表现对象的一部分,而不可能是对象的全体。但是,实际上"大音希声,大象无形"也不可能是完全无声、无形,不过是要追求超出已有的"声""形"以外的、更为丰富的、存在于想象中的"声""形"而已。这其实也就是后来意境最主要的美学特征。意境理论在唐代的发展还应该看到绘画发展中以写意为特征的水墨画的兴起所产生的影响。王维的诗以讲究意境创造见长,而他又是最早的水墨画画家,传说为王维所作的《山水诀》中说:"夫画道之中,水墨为最上,肇自然之性,成造化之功。"他的诗画创作是"诗中有画,画中有诗"。他并且引禅意入诗境,在诗画创作中突出地发挥了禅宗"不立文字,教外别传"的思想,实际上也就是老庄所强调的"大音希声,大象无形"的"无言无意"的境界。

唐宋以后的文学理论批评之发展,与艺术理论批评的关系也是非常密切的。唐代张彦远的画论和书论中的思想就和司空图的诗学思想有不少相似之处。而北宋的苏轼,我们几乎很难把他的诗论、画论、书论分开来讲,在他那里这三者是完全相通的。金圣叹的文章三境(化境、神境、圣境)说和画品中的逸、神、妙、能四品,又何其相似!中国古代的工笔画和写意画实际上就是重形和重神的不同。这不仅对中国古代的诗论产生了重大影响,而且对小说理论、戏曲理论也同样有重大影响。以董其昌为代表的南宗画论对王士禛的神韵说就有着非常明显而直接的影响。清初石涛的《画语录》所表现的绘画美学思想,也可以看出和他差不多同时的王夫之、叶燮、王士禛等的诗学思想有某种内在联系。

所以,如果不认真研究艺术理论批评的发展,那么,也就不可能使文学理论批评的研究进一步深入,这是当前注意得不够的问题,应当引起我们充分的重视。

(三)文献资料的收集和考证在中国文学批评史研究中的重要性

诚如我们前面所说的,由于中国文学批评史的研究要落后于中国文学史的研究,所以有关中国文学批评史的很多原始著作和资料的微观研究与史实考证,总的来看,不如中国文学史的研究做得充分。近二十年来,学者虽然也做了很多工作,例如编注各种文论选(包括通史性的、断代的和专题的),为一些重要的专著撰写校注本,但从对文献资料的深入研究考证来说,只有像《文心雕龙》《诗品》等少数几种做得比较细致,还有很多是做得不够的。这对批评史的研究之深入是十分不利的。即以唐代批评史的研究为例,最重要的一部专著——司空图的《诗品》的真伪问题,经前两年陈尚君、汪涌豪两位先生提出后,至今还没有一致的结论。有的学者说,如果《二十四诗品》不是司空图所作,那么批评史就要重写了,这话虽说得重了一些,但它确实影响到我们对唐宋元明清文学批评史发展中一些重要问题的看法,和对一些重要诗论家如司空图、严羽、王士禛等的评价。然而,类似这样的问题在唐代并不只有司空图《诗品》一例。唐代的诗歌理论批评的发展,不像唐代诗歌的发展那样有极高的水平,但从现有的诗论著作来看,有不少在文献资料方面都存在问题。除了司空图《诗品》以外,比较重要的像王昌龄的《诗格》、皎然的《诗式》等,也都有一些问题没有解决。现在有很多研究诗歌意境的文章和著作,都引用《吟窗杂录》本《诗格》的"三境"说和"三格"说,但它究竟是不是王昌龄《诗格》原著中的话却无法确证。因为《吟窗杂录》本《诗格》内容和《文镜秘府论》所引不同,而后者根据现有资料来看是比较可信的。当然,《吟窗杂录》本《诗格》也不能说全部是伪作,而且至少也是唐宋人所作,作为理论内容来说还是很有价值的。然而从诗歌意境的发展上看,是不是在盛唐时就提出了这些问题就很难说了。皎然《诗式》的版本也相当复杂,存在着《吟窗杂录》本、一卷本和五卷本的不同,这些不同版本之间是什么关系也很值得探讨。《四库总目提要》说:"唐人诗格传于世者,王昌龄、杜甫、贾岛诸书,率皆依托,即皎然杼山《诗式》亦在疑似之间。"《诗式》的五卷本也有人怀疑它的可靠性,因为它的正式刊印见于陆心源的《十万卷楼丛书》,这是比较晚的。不过,我们现在已经找到了明抄本和清初抄本,可以证实五卷本的可靠性。我以为据皎然自己所说，《诗式》的撰写经历了一个由"草本"到"定本"的发展过程，其间将近有十来年，现存《吟窗》本和五卷本的差别，可能就是"草本"和"定本"的不同（见我所写《皎然〈诗式〉版本新议》，发表于北京大学《国学研究》第二卷）。关于唐五代的诗格类著作，不久前南京大学张伯伟教授所著《全唐五代诗格校考》一书对这些著作的作者及真伪，进行了较为深入的考订，对我们进一步研究唐代文学理论批评的发展，是很有价值的。从以上所举的几个例子，就可以充分说明文献资料的考证研究，对文学批评史研究的深入有多么重要的意义。

（四）批评史的研究要和文学史的研究紧密结合

文学理论批评史是从总结文学创作经验和评价作家作品中产生的，因此研究文学理论批评史，不能脱离当时的文学创作实践，但是我们目前就理论讲理论的情况仍然是相当普遍的。就目前研究古代文论的情况看，有些研究者对文学史很不熟悉，因此他们的研究古代文论著作往往给人以大而空的感觉。他们讲意境，但不是从分析有代表性的意境深远的诗词作品中来的，甚至一篇作品的例子都没有。讲建安风力，却不了解三曹、七子的作品。中国古代文学理论批评的特点就是和古代文学联系非常的紧密，都是通过对具体作家作品的评论来体现的，如果我们对文学史毫无研究，很不熟悉，那么对古代文学理论批评的研究也是肯定不可能深入的，自然也就无法真正去理解文学理论批评的内容。文学理论和文学批评，本来就是在文学现象的基础上产生出来，发展起来的，如果脱离具体的文学创作，也就把握不住理论的真实含义。这可能也是批评史研究还不够深入的重要原因之一。一个古代文学理论批评的研究者，首先应该是一个古代文学的研究者，文学史研究得愈深入，才能提高文学理论批评研究的水平。当然，并不是研究了文学史就可以完全掌握文学理论批评，研究文学理论批评需要有很高的理论素养，熟悉中外文学理论批评的状况，但是，文学史是最重要的基础，没有这个基础，即使理论水平再高，也是没有用的。

从古代文论的范畴研究谈学术
研究的规范与方法

现在古代文论研究中,关于范畴的研究受到很多人的关注,成为一个当前研究的热点。它可以从以下几方面表现看出来:一是上海复旦大学出版了汪涌豪先生的《范畴论》一书长达五十多万字;二是2001年上海复旦大学召开了古代文论学术研究会,我因事未能去参加,但据说会上着重讨论了古代文论的范畴研究问题;三是最近《文学遗产》发表了两万多字的《范畴研究三人谈》,是几位先生有关古代文论范畴研究重要性的对话。毫无疑问,范畴研究是应该给以充分重视的,提倡深入研究古代文论的范畴也是必要的,但是,究竟怎么研究才能使之深入一步,却是很值得我们认真思考的。至于说目前整个古代文论研究的深入,关键就是要抓范畴研究,我以为这可以作为一家之言,不过,就我个人来说,是不大同意这种说法的。提倡范畴研究的这些朋友们,我都很熟,也是很好的朋友,我对他们在古代文论方面的研究成果也是很钦佩的,他们在范畴研究中也作出了不少贡献。他们的用意是好的,是为了推进古代文论研究的深入,但是他们把范畴研究看得高于一切的主张,我又不敢苟同。因为它在客观上可能会变成一种误导,就像二十世纪八十年代在文学史研究中片面提倡宏观研究一样,并不能起到多少真正促进研究的作用,相反,对青年研究者来说还会产生不好的副作用,容易使他们轻视艰苦的微观研究,轻视对史的研究、对专人专书专题的研究,放弃扎扎实实的基本功训练,追求迅速构成所谓体系,而最后也无助于范畴研究的真正深入,变成半瓶子醋。这里也涉及一个学风和学术研究的规范与方法问题。

谈到关于古代文论的范畴研究,我想我还是可以有发言权的。其实,在古代文论的研究史上,很早就已经注意到了范畴的研究。一个扎扎实实研究古代文论的人不可能不重视对范畴的研究。在二十世纪当文学批评史成为一门独立学科的时候,郭绍虞先生就发表过关于研究"道"

"气""神"等重要范畴的重要文章。在古代文论研究开始繁荣发展的六十年代初,我们就有过关于"风骨"等的热烈讨论,不过,对古代文论的理论范畴进行比较自觉的、全面的研究和探讨,还是从八十年代开始的。我在八十年代初出版的《中国古代文学创作论》一书,实际上就是对创作论方面的范畴体系的研究,基本上是按照一些核心范畴来确定每一章的内容的。全书涉及一大批重要理论范畴,例如"神思""虚静""感兴""物化""意象""隐秀""意境""形神""风骨""虚实""情理""理趣""情景""意势""文质""通变""法度""自然"以及"阳刚阴柔"等等。那时研究范畴的文章还很少,专著还没有。当然,我那本书里在安排全书各章思路时多少还有以前苏联文艺学的影响,这是不够科学的,不过,我在每一章里所讲的具体问题,是从实际出发的,是从历史的比较的角度来研究的,所以,也许到现在还有些意义,因而2000年韩国的李鸿镇教授把它译成韩文在韩国出版了。同时在八十年代我还写过几篇关于"意境""风骨""神似"等的长篇专题研究论文,而后我在《文心雕龙新探》一书中论刘勰的文学理论体系,讲了十四个问题,有一多半是《文心雕龙》中的理论范畴问题,如"原道论""神思论""隐秀论""物色论""体性论""风骨论""通变论""情采论"等。其实,就是对《文心雕龙》中的范畴体系的研究。八十年代末,我参加《世界诗学大辞典》的编写,其中所有中国部分的理论条目都是由我和叶朗教授写的,每人写了十四五万字以上,可以说其中一多半都是理论范畴问题,而且有很多范畴,从来还没有人接触过。九十年代我又写了《六朝文学的发展和"风骨"论的文化意蕴》,讨论"风骨"的文化内涵,承罗宗强先生的厚意,把它收入《20世纪中国学术文存·古代文学理论研究》中,虽然这些研究现在还不算过时,但我自己以为这都还是很初步的,因为范畴的研究并不是很容易的,要真正解决研究的深度问题,不是在它本身,而是在你对古代文论整体研究的深度。南宋著名的诗人陆游曾对儿子说:"汝果欲学诗,功夫在诗外。"研究范畴也是这样,其功夫是在范畴之外。所以我不大赞成过分地强调范畴研究,认为它是目前把古代文论研究"推向深入的突破口",似乎把古代文论的研究"重心"从史的研究转向范畴的研究是一个大进步,这些说法我以为是不妥当的。因为具体的范畴研究是和史的研究、专人专书专题研究分不开的,而宏观性的范畴研究的基础是在史的研究和专人、专书、专题研究的深化。郭绍虞先生正因为有丰富而深厚的批评史知识,对许多重要专著如司空图《诗品》、严羽《沧浪诗话》等的深入研究,所以他研究一些重要范畴的文章(如《中国文学批评史上的神气说》《文气的辨析》等),才一直到今天还有参考价值。而且在古代文论领域里,史的研究和专人专书专题的研究其实也都包含着重要范畴的研究。当然,对一些在古代文论研究上造诣较高的学者来说,他们的范畴研究是会有深度的。但是对多数在古代文论研究上还没有真正入门、掌握资料也不多的人来说,片面强调范畴研究就会使他们觉得似乎把那些讲到范畴的话语集中起来,归纳归纳,加上一点西方的理论,构建一个框架,就能解决问题了。比如写一本关于论风骨或通变或其他范畴的书,难道能把这个范畴的含义就弄清楚了吗?显然这是不大可能的。我们看到目前范畴研究中存在着这样的现象:有的讲了半天范畴,却没有对一个范畴作出有深度的解释,提出有新意的见解;有的人讲一个范畴用了整整一本书或半本书,但我们看了却对这个范畴的含义愈来愈糊涂了。比如讲"风骨",说它类似于西方的"崇高",讲"雄浑"又说它类似于西方的"崇高",那么,"风骨"和"雄浑"岂不可以等同了吗?如果我们的古代文论研究就按这种方向发展下去,我看不仅不能深入,反而会走上错误的道路,影响真正研究的深入,并助长一种浮夸的学风。所以,我认为古代文论的史的研究和专人专书专题的研究,不仅不能退而居其次,反而应当得到加倍的重视。举个例子来说,你不深入研究锺嵘的《诗品》,不深入研究《文心雕龙》,就很难正确地去辨析锺嵘的"风骨"论和刘勰的"风骨"论的异同。不研究王昌龄《诗格》的真伪,不研究《诗格》的诗歌创作理论,就会出现把"三境"中的"意境"当作就是我们一般所说的"意境"。

范畴本身需要界定,它和一般的术语不同,应该具有一定的理论内涵,并且为多数人所认同。所以把范畴的范围扩得很大,是不科学也是不恰当的。有些只是文论术语,比如"声律""文体"等,不过有时情况比较复杂,比如"格调"本来也只是一个文学批评术语,但是当它变成一个文艺思想派别的时候,就成为一个重要的理论范畴了。那些描绘文学风格特征的语词,一般说并不是文学理论范畴,比如刘勰所说的"远奥""精约"

"显附""壮丽"之类,以及司空图所说的"纤秾""清奇""高古""含蓄"之类,但是有些描绘文学风格的术语,比如"典雅""雄浑""冲淡""自然"等则又成为重要的文学理论范畴。因为它们不仅成为一个重要文艺思想主张,而且具有产生它的特定文化思想背景。可见,判定一个词语是否有范畴的意义,是很不容易的。而且同一个语词(例如"格调""典雅"等),作为范畴和作为普通语词,往往是同时存在的,在具体文论中要进行细致的辨析,这也是很不容易的。我们常常看到一些研究范畴的论著,不注意这种区别,把只是普通语词的地方,也当作范畴来论述,结果就把范畴的含义给搅混了。但我们这里不想来具体讨论这个问题,而是想着重讨论应当怎样正确地看待和进行有关范畴的研究。说到范畴研究,我们不妨回忆一下八十年代古代文学领域内提倡宏观文学史研究的情况,那时也编辑出版了一套宏观文学史丛书,像上海的陈伯海先生就写了好几篇有关宏观文学史研究方面的文章,但解决了什么问题呢?真的因此而把文学史研究推进了吗?没有,这股热潮早已冷却,现在已成为历史了。我们现在又有了几种新的文学史,学术水准比以前有所提高,但你能说那是因为提倡宏观文学史研究所取得的成绩吗?包括陈伯海先生,他真正有成就的恐怕也不是这种宏观文学史研究,而恰恰是微观研究的成果。问题的症结在于宏观研究和微观研究是不能对立起来的。宏观研究要建立在微观研究的基础上,而微观研究的最终目的也还是要为宏观研究奠定一个扎实的基础。如果我们强调文学史的研究者要有一种宏观的意识,即使是具体的微观研究也要尽量发掘他所蕴涵的宏观意义,这当然是无可厚非的。但如果没有对文学史上众多作家作品的深入研究,没有对各个时代的不同文学现象的细致剖析,这宏观又怎么能宏得起来呢?我们不应该责备提倡宏观研究者,他们的意图是为了促进文学史研究的水准,但是他们的做法是不值得提倡的,因为它并不符合实际真正学术研究的规范和方法,他们在学术研究上不是从分析研究具体现象出发,再提高到理论上去认识和发挥,而是根据某些并没有经过深入研究的或片面的材料,甚至先验地提出一些并没有经过实践检验的设想的框框,要人们按照这种框框去填入具体内容,这又怎么会有效果呢?我们现在有些范畴研究的问题也和宏观文学史研究中存在的问题有些类似,他们对自己所研究的范畴所涉及的文学批评家和有关的文学理论批评著作,根本没有认真的研究,也没有弄清楚这些文学批评家和他们的著作中所讲的范畴之确切含义,既不研究提出和运用这些范畴的历史人物的整个文学思想和文学批评,分析这些范畴在其中的地位和作用,考察他所运用的范畴之特殊含义,也没有从历史文化背景来详细分析某个范畴的产生原因及其演变发展,更没有从研究分析文学创作的实际来考察这些范畴的内容,就想把范畴的定义界定下来,进而凭主观臆想来构成一个所谓的体系。比如有一本论"雄浑"范畴的书,作者根本没有弄懂"雄浑"作为中国古代的文艺美学范畴到底是在什么时代、什么文化思想背景下提出的,对司空图的思想和文学主张、他论"雄浑"的含义也不清楚,就海阔天空地大讲起"雄浑"来了。他不知道中国古代的"雄浑"是道家特有的审美意识之体现,其书一开篇就说儒家的所谓"雄浑",把孔子的"岁寒然后知松柏之后凋""杀身成仁"和孟子的"充实之为美,充实而有光辉之谓大"等说成是"雄浑美"的表现,还引用香港一位学者的说法,认为"雄浑"和西方的"崇高"是差不多的,甚至用孟子的上述论述来解释司空图的"雄浑"一品。更为令人不解的是说司空图《诗品》中的"大用外腓"之"大"就是孟子所说之"大"!他大概没有看过有关司空图《诗品》的基本研究论著,不知"大用"出于《庄子》,是一个词,即是"无用之为用"的意思。司空图的"雄浑"和"大用外腓"不仅和孔、孟无涉,而且恰好在美学思想上是和孔、孟对立的。他不知道以儒家重在人工之美的"雄健",和道家重在天工自然的"雄浑",是两种完全不同的美;道家的"健"和儒家的"健",其哲学和美学思想基础是根本不同的。这就把以司空图为代表的"雄浑",从基本倾向方面就讲错了,把文学批评史上涉及雄伟壮健的都归到"雄浑"上去,又去随意地联系西方的"崇高"等,这不是愈讲愈离谱吗?范畴研究是需要的,但那是一件十分艰苦的工作,需要对与此范畴有关的专人专著和史的发展等作大量细致的个案研究,好像登山一样,只有不畏艰险的人才能攀上顶峰。如果基本条件还不具备,而急于想找一条捷径,以便一步登天,恐怕是不会有什么结果的。这里我想引用恩格斯1890年给康拉德·施米特的信中的一段话,他在批评一些德国青年作家用"唯物主义"来贴标签时说:"但是我们的历史观首先是进行研究工作的指南,并不是按照黑格尔学派的方式构造体系的诀窍。必须重新研究全部历史,必须详细研究各种社会形态存在的条件,然后设法从这些条件中找出相应的政治、私法、美学、哲学、宗教等等的观点。在这方面,到现在为止只做了很少的一点工作,因为只有很少的人认真地这样做过。在这方面,我们需要很大的帮助,这个领域无限广阔,谁肯认真地工作,谁就能做出许多成绩,就能超群出众。但是,许许多多年轻的德国人却不是这样,他们只是用历史唯物主义的套语(一切都可能被变成套语)来把自己相当贫乏的历史知识(经济史还处于襁褓之中呢!)尽快构成体系,然后就自以为非常了不起了。"①也许大家对马恩的话都已经不感兴趣了,但是我们现在的许多研究不正是像恩格斯所批评、讽刺的那样吗?不过我们今天用的不是"历史唯物主义的套语",而是从西方引进的一些近现代文艺美学套语,对批评史本身没有进行过多少研究,在历史知识很贫乏的情况下,就想构成体系,如果是这样的范畴研究,我想不是愈多愈好而是愈少愈好!

科学研究是为了追求真理,它必须尊重客观事实。应当坚持从实际出发提高到理论上来认识的研究道路。研究古代文论和美学的范畴,首先要了解它们是怎样产生和形成的。这可以从以下几方面来看:

第一,它是古代的文艺贤哲从研究大量当时的文学现象,吸收文学发展的历史经验,并把它提升到理论高度而总结出来的。如果我们今天在研究这些范畴的时候,不去认真地剖析当时的文学现象,不了解它是如何从文学创作中归纳、提炼出来的,怎么能够确切地理解古代贤哲所说的范畴之真正含义呢?范畴本身总是比较抽象的,但作为文学范畴又是从非常具体的创作实践中总结出来的,所以如果我们不能紧密联系创作实践来分析,只是从理论到理论的抽象论证,是不能真正把握它的确切内涵的,更无法用它来指导创作实践。从目前已有的理论范畴研究来说,很少见到有人能用大量作品的实例来说明这些范畴在创作中的具体体现,这其实是一种很不正常的现象,它也是现在的理论范畴研究不能令人满意的重要原因之一。比如关于"意境"的研究文章,据说有一千多篇,我没有

---

① 中共中央马克思恩格斯列宁斯大林著作编译局编:《马克思恩格斯选集》第四卷,北京:人民出版社,1995年,1997年5月第3次印刷,第692页。

统计过,但从我读到的一些比较重要的论"意境"的文章来看,能真正从分析意境深远的代表性作品出发去论述意境美学特征的,实在是微乎其微!其实,"意境"之所以在盛唐时期被提出来,并在中晚唐时发展成熟,是和盛唐诗歌所取得的辉煌艺术成就分不开的,是盛唐诗歌在意境创造上所取得的巨大成功,才使意境在理论上得到反映,如果我们要研究意境的美学特征,不深入研究盛唐时期那些具有深远意境的诗歌创作,不研究不同诗人在意境创造上的各自独特贡献,没有对这些意境深远的诗歌作品的真切的艺术感受,你能把意境的美学特征讲清楚吗?王昌龄的《诗格》我们还不能确切地讲清楚哪些是他的论述,哪些是后人加进去的,但你要理解《诗格》的内容,研究他对意境理论的论述,不研究他的诗歌创作,也是很难深入的。他讲的"兴""势""式"等都是和"意境"有关的,可以说是对他自己诗歌创作的艺术经验的总结。然而,我们研究意境的文章除了引他关于"三境"的几句话外,谁注意过这些问题呢?更何况不少人对"三境"的基本理解就是不正确的。在论"风骨"的许多论著中,能深入分析以三曹七子为代表的建安诗人和他们的诗歌创作,来说明"建安风力"的也同样是微乎其微!

第二,范畴的产生和形成都有特定的文化思想背景,比如"风骨"之所以被历代许多文学批评家所提倡,是和中国文化传统的主要精神,特别是知识分子的高尚人格理想有关的。这一点我在《六朝文学的发展和"风骨"论的文化意蕴》一文中已经作了详细的分析,我在那篇文章中有如下一段话:"刘勰对风骨的重视和他提出的'风清骨峻'审美理想,和中国的文化传统中所表现的主要精神,有十分密切的关系。在中国古代文化传统中我们可以看到,在先进知识分子的精神品格上有非常可贵的一面,这就是:建立在'仁政''民本'思想上的,追求实现先进社会理想的奋斗精神和在受压抑而理想得不到实现时的抗争精神,也就是'为民请命''怨愤著书'和'不平则鸣'的精神,它体现了我们中华民族坚毅不屈、顽强斗争的性格和先进分子的高风亮节、铮铮铁骨。'风骨'正是这种奋斗精神和抗争精神在文学审美理想上的体现。"所以,"风骨"这个词最初并不是用在文学批评上的,而是被运用在人物品评中的。同时,它在六朝时期的文艺发展中,首先是被运用在书画理论之中,而那时的书画理论基本上是在道家和玄学思想影响下发展起来的(关于这一点可以参考日本冈村繁先生的《论老庄思想对东晋画论的影响》),并且和名士风流有着很密切的关系。我在那篇文章中还说:"'风骨'的含义究竟是什么,却一直是众说纷纭,始终没有一个能为大家所认同的解释。原香港大学教授陈耀南先生在《文心风骨群说辨疑》一文中曾将六七十家之说归纳为十余类,近年来又有一些新的解释,但没有什么大的发展。我在《齐梁风骨论的美学内容》一文及后来的《文心雕龙新探》一书中也提出过自己的看法。现在回顾和检讨有关风骨论的研究,我认为以往我们的研究有一个根本性的缺点,就是偏重于从文学理论批评中有关'风骨'的论述,来对'风骨'的具体含义作诠释,而较少从广阔的中国历史文化背景上来考察'风骨'的意义与价值,因此这种具体的诠释往往就失去了其正确的导向,而不能揭示其深层意蕴,也容易在表层意义解释上产生某种片面性,难以使人信服也不可能得到多数人的认同。"所以范畴的研究是不能仅仅限于它本身,而是和我们对整个文化思想传统的研究密不可分的。

第三,范畴的提出和运用,总是和文艺理论批评家的总体文艺思想紧密联系在一起的,是他的总体文艺思想的一个组成部分,要弄清楚它的含义,必须全面地研究文艺理论批评家的总体文艺思想。再以"风骨"为例,不同时代提倡风骨的人,对其含义的认识常常是有很大差别的。六朝时期书论中的王僧虔和画论中的谢赫不同,文论中的刘勰、钟嵘和他们也不同,刘勰和钟嵘又不相同,唐代的陈子昂、殷璠、李白、高适也都提倡风骨,你能说他们都一样吗?我们是不是应该逐个地研究他们的文艺思想,然后再考察他们所论"风骨"的异同呢?我们知道刘勰和钟嵘是同时代人,他们在文艺思想上虽然也有一些共同的地方,但也存在不少差异,这不只是在对待声律和用典的问题上,他们对什么是"风骨"的理解也是有不同的。刘勰更多的是把"风骨"看作儒家经典中所体现的理想人格和精神力量,而钟嵘则把"风骨"看作是理想抱负不能实现的知识分子的强烈不满和愤激情绪。初盛唐时期这几位提倡"风骨"的文艺家,和六朝的刘勰、钟嵘等人显然也是不一样的。陈子昂、李白主要是从反对齐梁淫靡文风出发的重在理想抱负的寄托,殷璠则是偏重于那种超然物外、避世隐居的仙风道骨。

这里，特别值得我们注意的是，由于中国古代的思维方式和西方不同，研究方法也与西方有很大差异，中国古代人所说的概念、范畴，往往不是用严格的理性思维方式提出的，而是从具体感受出发提出的，他们既不对这些概念、范畴作理论阐述，更不严格地去界定它们的意义和范围，我们今天要用西方研究范畴的方法来研究，可以说肯定是吃力不讨好的。

附录

《文心雕龙》书评及文论书序

1. 诗体译文心，释意再雕龙
——读张光年先生的《骈体语译〈文心雕龙〉》

著名诗人张光年先生在八十八岁高龄，出版了新著《骈体语译〈文心雕龙〉》，这是我们文艺界一件值得好好庆贺的大事。光年先生是举世闻名的《黄河大合唱》歌词的作者，是新中国最值得骄傲的诗人之一。光年先生翻译《文心雕龙》始于四十年前，那时他担任《文艺报》主编，为了提高作协和《文艺报》内部工作人员的文学修养和文学理论水平，曾为大家讲授《文心雕龙》，并将《文心雕龙》中论创作的若干篇，用诗体译成现代汉语。《文艺报》编辑部曾将其中六篇，即《神思》《体性》《风骨》《通变》《定势》《情采》的今译草稿，打印出来作为学习参考资料发给大家，署的日期是 1961 年 5 月 4 日。光年先生的译稿虽然没有公开，但却不胫而走，传播很广。那时我刚毕业不久，在北大中文系师从杨晦先生研究中国古代文论，并为高年级学生讲授"中国古代文论选"课程，听说光年先生有这几篇《文心雕龙》中重要篇章的今译，就通过在《文艺报》工作的朋友要了一份，也没有征得光年先生的同意，就又刻印出来发给同学作为学习《文心雕龙》的重要参考资料。现在已经过去了将近四十年，虽然历经"文化大革命"的浩劫，下放鲤鱼洲劳动，我早年的书籍丧失殆尽，但我还保留着那份《文艺报》的"业务学习资料"第八期和我们自己的翻刻材料。纸已经发黄变脆了，然而我仍然珍藏着，因为光年先生的译文实在太美了，不仅文辞美，而且译意正确、深刻，诚如王元化先生所说："笔势酣畅，传神达旨。"八十年代末、九十年代初，光年先生又新译了二十多篇。去年五月，光年先生请我和我们《文心雕龙》学会在北京的几位负责人：缪俊杰、蔡钟翔、刘文忠,一起到他家里,把他的三十篇译稿(包括原来译的六篇)给我们每人一份,非常谦虚地要我们提意见。当我们知道光年先生是在因病动过大手术后的修养期间,对这些译稿作了细致的修订时,我们几个无不为光年先生的崇高精神所感动。

最近,我和几位青年学者共同撰写了一本六十多万字的《文心雕龙研究史》(此书已由北京大学出版社出版),由于工作的需要,我们阅读和研究了所有的《文心雕龙》今译本,大约有数十种,比较起来,光年先生的《骈体语译〈文心雕龙〉》,无疑是海内外各种今译本中译得最为传神的一种。《文心雕龙》不仅是中国古代最完整、最系统、最能体现我们民族审美传统的文学理论专著,也是可以和西方亚里士多德的《诗学》相媲美,并在内容的丰富性和理论的深刻性上大大超过亚里士多德《诗学》的东方诗学代表作,它对繁荣发展我国新时期的文学创作和建设当代有中国特色的文艺学,都有着十分重要的现实意义。但是《文心雕龙》是用六朝时期流行的骈体文来写的,文字比较艰深,用的典故也比较多,特别是许多理论概念的含义很不容易把握,对我们今天的文学青年来说,要读懂它、理解它的丰富内容,是很不容易的。虽然现在已经有了很多现代汉语的今译本,但是无论在正确传达原意,还是在阐释理论思想方面,都存在着不同程度的缺陷和不足,特别是原著诗意盎然的语言文字之美,可以说在已有的今译本中绝大部分都已丧失,这就不能不影响我们对《文心雕龙》深厚的理论思想的认识,因为刘勰是很重视其文章的言外之意的,而它往往隐藏在《文心雕龙》优美的骈文形式之中。光年先生以诗的语言和骈体形式,用现代汉语今译的《文心雕龙》,非常好地保持了原著的风貌,语言优美,生动流畅,传情达意,自然贴切,可以说在信、达、雅三方面都达到了很高的水平,不仅可以使我们今天的文学青年很容易地读懂《文心雕龙》,正确理解他所论述的深刻文学原理,借鉴《文心雕龙》所总结的古代文学创作的丰富艺术经验,而且还可以领略和欣赏《文心雕龙》精美的骈文艺术。

《文心雕龙》的重要贡献之一,是运用和创造了一系列具有民族特色的理论概念和范畴,例如"神思""意象""风骨""定势""隐秀"等,但是要正确理解它们的意义是很不容易的,学术界在研究中也众说纷纭,莫衷一是,这是《文心雕龙》今译中最为困难的部分,也是我们对很多今译本感到不解渴的原因所在。光年先生的《骈体语译〈文心雕龙〉》在这方面做得特别好，在一些重要名词术语的今译中，对其理论内涵把握得很正确。比如《神思》篇"意授于思，言授于意"的"意"译为"意象"，是非常确切的。因为中国古代文论中的"意"有两种：一是抽象的意，相当于思想；一种是具体的"意"，是与具体物象相联系的。这一点郭绍虞先生有过专门论述。这后一种意实际就是意象。《神思》篇的"意"是"神与物游"的产物，所以是"意象"而不是"思想"，有的学者译为"思想"，就不大合适了。有很多人译为"文意"或"内容"，也可通，但不够正确。有的译为"意境"也不合适，因为意境概念产生于唐代，而且与意象不同。我这里只举一个例子，实际在光年先生的书中，像这样把名词术语的理论含义译得非常好的地方还有很多。光年先生今译的三十篇《文心雕龙》包括了原书论文学的基本原理、论文学创作和文学批评、论作家的修养等主要部分，它不仅实现了光年先生"为《文心雕龙》做点普及工作的愿望"，而且也为《文心雕龙》理论研究的深入作出了重要贡献。光年先生是成就卓越的优秀诗人，又是有很高造诣的文艺理论家，他在《文心雕龙》的今译中，是结合自己十分丰富的创作经验去体会刘勰的论述的，深深地融入了自己对文学创作的深刻理解，他还在各篇"译后记"中画龙点睛地揭示出原篇的主旨，并运用当代文学理论作了寓意深远的引申发挥，所以《骈体语译〈文心雕龙〉》不仅能确切地传达原著的精神、风采，而且还是一种再创造，是对新时代"文心"的再"雕龙"。

光年先生在本书的序言中说，他要把这本书"献给新世纪的文学青年，提供他们增进文学知识、从事文学写作的参考"，他还说："我的这部语译稿即将脱手了，我的四十年愿望即将实现了，这对于一个'将进酒'（戏用这个汉代铙歌名与"将近九十"谐音）的老人，是值得欣慰的。"这些热情感人的话语，使我们深切体会到一位文学前辈对新时代文学青年的无限殷切期望。让我们真诚地感谢光年先生，祝光年老健康长寿！

2. 新世纪"龙学"研究的璀璨明珠
——祝贺张光年先生《骈体语译〈文心雕龙〉》出版

曾以《黄河大合唱》歌词闻名于世的著名诗人张光年先生在八十八岁

高龄出版了新著《骈体语译〈文心雕龙〉》，把中国古代"体大思精"的文学理论批评巨著《文心雕龙》中最重要的三十篇，用现代骈文的形式，以流丽的诗的语言译成现代汉语，这是光年先生在新世纪到来时赠送给当代文学青年的一份珍贵礼品，也是新世纪《文心雕龙》研究的良好开端和重要收获。

　　产生于公元四世纪末五世纪初的刘勰的《文心雕龙》，不仅是中国古代最伟大的文学理论批评遗产，也是世界文论史上光耀夺目的珍宝。现在《文心雕龙》的研究已经受到世界各国汉学家的广泛重视，根据不完全的统计，《文心雕龙》已经有日文的全译本三种，韩文的全译本两种，英文、意大利文、西班牙文的全译本各一种，另外，美国、法国、德国、俄罗斯、捷克、瑞典等国的汉学家也有过部分翻译，他们还发表了不少研究《文心雕龙》的论文，《文心雕龙》已成为国际汉学界的一门显学，被大家誉为"龙学"。以张光年先生为第一任会长的中国《文心雕龙》学会成立十八年来，曾举办过四次规模很大的《文心雕龙》国际学术研讨会，在这些会议上有很多国外的汉学家都提出，由于《文心雕龙》是用六朝流行的骈文来写作的，用典比较多，文字也比较艰深，外国人要读懂它是不太容易的，要把《文心雕龙》推向世界，首先要求中国学者将它正确、生动地译成现代汉语，作出详细的注释，并对它的一些重要理论概念进行符合原意的分析阐述。学者们在这方面已经做了不少工作，根据我和几位青年学者在撰写《文心雕龙研究史》（此书已由北京大学出版社出版）时所收集的资料，已经出版了二十多种译注本，其中如陆侃如、牟世金、周振甫、王更生等的译注本，都有比较高的学术水平。但是，《文心雕龙》不仅是一部理论著作，它本身也是一部精美的骈文作品，译成一般现代汉语后它的诗意和神韵往往也就随之丧失，同时它的理论阐述之"言外之意"也很不容易体现出来，而张光年先生的《骈体语译〈文心雕龙〉》则比较好地解决了这个问题。光年先生本人是成就卓越的诗人，他不仅把《文心雕龙》译成了平易通俗的现代汉语，又保留了原著骈体形式和诗体语言的风貌，读起来朗朗上口，很富有韵味。比如《物色》篇赞的原文说："山沓水匝，树杂云合。目既往还，心亦吐纳。春日迟迟，秋风飒飒。情往似赠，兴来如答。"光年先生的译文是："这儿是山环水绕，那儿是树叠云压。眼与风光相交往，心有文思在吐纳。春阳缓缓多温暖,秋风飒飒多肃杀!我有深情投赠去,引来灵感作报答。"译文和原文一样,也是一首美丽的诗,对偶、韵律极其工整、自然,同时又清楚地阐释了刘勰关于主体和客体、心和物交互感应的辨证原理。光年先生的译文不是单纯的翻译,而是结合自己对诗歌艺术的深刻认识和极其丰富的创作经验,在充分理解原著的基础上所进行的再创作,所以,这部《骈体语译〈文心雕龙〉》就有其他各种今译本所不具备的突出优点,诚如王元化先生所说:"笔势酣畅,传神达旨,在目前各译本中,可谓独树一帜。"毫无疑问,它将对《文心雕龙》在世界的传播产生十分积极的影响。

光年先生所译《文心雕龙》的三十篇,包括了刘勰有关文学原理、文学创作、文学批评和作家修养等所有重要篇章,只是略去了文体论中对今天已经意义不大的部分,以及《正纬》《声律》《练字》等个别篇章,这对于在当代文学青年中普及《文心雕龙》是非常有好处的,他们可以集中精力更有效地充分把握《文心雕龙》中的精华。光年先生的"译后记"言简意赅,在分析各篇的主要理论思想外,特别强调了它对今天文艺发展所具有的重要意义。光年先生是诗人,也是文艺理论家,并自新中国成立以来一直担任文艺界的领导工作,为新中国文艺事业的发展作出了重要贡献,他在"译后记"中的这些体会和感想,深刻、精要地阐明了《文心雕龙》的现实意义,对于沟通古今文论,如何使古代文论的优秀传统发扬光大,为今天建设有中国特色的当代文学理论提供有益的借鉴,给了我们极为重要的启示。

光年先生的这部《骈体语译〈文心雕龙〉》是新世纪"龙学"研究的璀璨明珠,它预示了《文心雕龙》研究无限美好的前景。

3. 兴膳宏退官集序

得知兴膳宏先生将从京都大学光荣退休,回忆往事,我的心情总平静不下来,因为我们是三十多年的老朋友了。1965年兴膳先生到中国,到北大,那时我刚刚三十岁,兴膳先生二十九岁。年龄相近,专业相同,志趣相投,而《文心雕龙》则成了我们友谊的桥梁。兴膳先生是我认识的第一位日本朋友,也是交情最深的异国知己。兴膳先生外表很严肃,但内心是火热的、很重感情的。他对朋友的真诚热情,不显露在言谈上,而体现在行动上。最使我难忘的是,"文化大革命"十年浩劫,兴膳先生一直在为我的安危担忧。他曾托北大一位访日代表团成员带给我他的《文心雕龙》日文全译本,但并不知道我是否已经收到。在那个魂飞魄散的年代,我是无法给兴膳先生回信的,否则就会被扣上"里通外国"的罪名,关进"牛棚"。"文化大革命"结束后不久,兴膳先生又请到中国来进修的他的学生釜谷武志先生,专程到北京大学来找我。此后,我们的联系就比较多了。随着我们两国之间学术交流的发展,我们也有了更多见面的机会,应兴膳先生的邀请,我还曾到京都大学访问,得以共同切磋学业,研讨彼此关心的学术问题。我对兴膳先生在学术研究上的成就是非常钦佩的。

兴膳先生潜心中国古代文学研究数十年,著作丰硕,成就卓越,是当代日本最有名的学者之一。京都大学是日本研究中国古代文学的圣地和摇篮,有悠久的历史和优良的传统,名家辈出,代代相沿,像铃木虎雄、青木正儿、吉川幸次郎、小川环树等,不仅在日本、在中国、在全世界都享有盛誉。兴膳先生是吉川先生的高足,他和前几年已经退休的清水茂先生一起,继承和发展了京都大学这个光荣的传统。兴膳先生研究中国古代文学的视野非常开阔,他研究的重点是六朝文学,但不局限于某一个或几个作家,而是相当全面的,涉及整个六朝文学的理论和创作。他出版过很有分量的研究潘岳、陆机、庾信的专著。他是最早把刘勰的《文心雕龙》全文译成日文并作了详细注释的日本学者,他还译注了锺嵘的《诗品》(全文)、萧统的《文选》(部分,与川合先生合作)等。而从他和川合先生合作的《隋书经籍志详考》中可以清楚地看出,他的研究实际上已经远远超出了文学,而扩大到了整个六朝的文化和典籍。兴膳先生的译注有非常鲜明的特点,它决不仅仅是一般的文字疏通和说明典故出处,而是进行了大量细致的考证,倾注了自己研究过程中的心得体会,提出了不少有充分根据的新见解,具有很高的学术价值。兴膳先生的研究范围也不限于六朝,他对唐代的文学和文学理论也有精深的研究,特别是他对弘法大师《文镜秘府论》的译注和研究,至今仍代表着这方面的最高水平,包括中国学者在内都无人能超越。兴膳先生在学术研究方法上,既继承发扬了日本研究中国学的传统优点,即特别注重于收集丰富的资料、展开详细的考辨,作微观的个案研究,又十分重视吸收西方学术研究的长处,善于进行深入的理论思考,从宏观的角度,高屋建瓴地提出问题。我想这可能是与兴膳先生精通法文和法国文学,多次到法国作长期访学,熟悉西方的学术文化有密切关系的。他能够把东方和西方学术研究的长处有机地结合起来,贯穿于自己的学术研究之中,所以,他的许多研究专著和研究论文不仅有扎实的文献学基础,而且有相当的理论深度。他的《中国的文学理论》一书,特别鲜明地体现了他的这种学术研究特点。兴膳先生在中国古代文学和文学理论研究方面所取得的成就和所达到的学术水平,不仅在日本是这个领域内的佼佼者,而且在中国的学术界也有很高的威望。

兴膳先生非常出色地完成了他在京都大学的历史使命,即将光荣地退休,但是他在学术道路上还正处于巅峰时期,他肯定会给中国古代文学和文学理论研究不断地奉献优异的成果,继续把他为之奋斗终身的学术事业推向前进。我深信这一点,并热切地期待着。

4. 笠征先生六十寿辰纪念文集序

在笠征(刘三富)先生六十大寿之际,我能够为他的朋友和学生所编辑的纪念文集写序,是一件非常荣幸的事。

笠征先生是我的挚友,我们相识于1988年11月中国广州的《文心雕龙》国际学术讨论会。那时,我们还是初次见面,但是他热情、诚挚、和善、诙谐的性格,就给了我很深很深的印象。时隔一年多,也就是1990年4月,我受聘日本九州大学文学部担任客座教授,为中国文学研究室的学生讲授中国文学,有幸和笠征先生在福冈重逢。在我到九州大学工作的两年里,得到笠征先生在各方面的无微不至的关怀和照顾。我住的地方和笠征先生家很近,所以我们的往来非常频繁,友谊也与日俱增,终于成为无话不谈的知己之交。我们经常一起在假日出去游览、访友,或在笠征先生家喝茶、聊天,也时常切磋学业,畅谈对中国文学,特别是古代文学的一些看法。由于我们的观点很接近,我还邀请他参加我正在写作的《中国文学理论批评发展史》的工作,他欣然同意了,我非常高兴,为我们有机会合作而兴奋不已!由于笠征先生非常忙,他执笔写的部分比较少,而且为了统一文风,我还要作点必要的修改,然后请他看,他每次都非常认真,看得很细,考虑得极为周到。笠征先生对中国古代文学有相当深入的研究,尤其是对唐代古文家和明清小说的研究有很深的造诣。他的许多看法,都是很新颖的,并有独到之处。所以我们在探讨中国文学理论批评发展的时候,我在很多方面都从他那里获得了很有益的启发。当我们友谊的学术结晶在《福冈大学人文论丛》上连载的时候,确实使我们感到十分愉快!可惜,我们的合作由于我的离任回国而中断了,但是毕竟在日本、在福冈留下了不可磨灭的痕迹!

笠征先生是一个心地善良、极其平易的人,对朋友极其热心,每一个认识他的人都会强烈地感受到这一点。不管是他的老朋友,还是刚认识的新朋友,有什么事请他帮忙,他都是有求必应的,甚至很主动地想到朋友会需要些什么,他总是不顾自己休息为帮助朋友东奔西跑。我初到福冈时人地生疏,生活不便,他几乎每天给我来电话,询问我需要什么,有什么困难,他给我送来了被子,送来了锅碗瓢盆等日常用品。夏天到了,他询问我房间的空调好不好,有没有电扇;冬天来临,他又及时为我送来取暖炉,他的诚挚之心使我深深感动。作为教授,他从来没有架子,也非常谦虚;作为老师,他关心和爱护年轻学生,使每个学生都觉得十分亲切。笠征先生是中国台湾地区高山族人,数十年在日本生活、学习、工作,加入了日本籍,但他对祖国有着极其深厚的感情。在福冈的中国人很多都知道他,认识他。很多人,特别是一些初到日本求学的中国留学生,都得到过他真诚的关照。他对他们的帮助是无私的,恳切的,不仅是物质上的支援,还谆谆教导他们如何正直地做人。这也许是和他自己的经历有关系的,笠征先生也是从一个普通的贫困留学生艰苦奋斗出来的。虽然,后来他的地位改变了,已经成为文学博士、大学教授,但是他仍然没有忘记过去,没有忘记曾经走过的艰难历程,对那些和他当年一样踏上留学海外征程的学子,充满了深厚的同情和强烈的爱心。然而,不管怎么说,一个大学教授能够经常自己开着车,帮助一些萍水相逢的青年人,解决许多求学和生活上的困难问题,这在当今世界上可能也是极为罕见的事。他这种默默地为大众献身的精神是非常可贵的,笠征先生也为此赢得了人们广泛的尊敬。

笠征先生是一位非常聪明,非常能干,又非常诙谐、幽默的人。他对一切新鲜事物有强烈的兴趣和好奇心,喜欢学习模仿,从中可看出他的纯洁天真、童心未泯。他很喜欢开玩笑,但是极有分寸,在他的许多极为风趣的谈话中,可以清楚地体会到他对美好事物的钦敬和对丑恶事物的嘲讽。他对人、对事,从不抱恶意去揣摩,总是和善友好地对待,然而,在他心里都是泾渭分明、是非清晰的,善善恶恶是一点也不混淆的。他有高尚的人品、节操,正直的做人原则,在这方面是绝对不含糊的。这也是我特别尊敬他的地方,我为有这样的挚友而感到骄傲!

笠征先生是一位渊博的学者,一位和蔼的教授,也是一位青年学子的良师益友。我衷心祝贺他欢乐地度过花甲之年,并永远健康长寿!也祝愿我们深厚的友谊像松柏一样冬夏长青!

5. 寇效信《文心雕龙美学范畴研究》序

效信离开我们已经七年了,然而,他朴实、诚挚、热情、爽朗的音容笑貌,却依然栩栩如生地呈现在我的眼前。现在,当我再次来到古都西安,坐在陕西师范大学招待所房间里为亡友的遗稿写序时,我心情是异常沉重的。效信走得太早了,他是不该这么早走的,因为古代文论研究需要他,"龙学"研究需要他,他的学生需要他,他的朋友需要他,人民需要他,他是可以为我们的国家、民族作出更大贡献的,可是我们失去了他!

记得1984年在上海龙柏饭店的《文心雕龙》国际会议上我见到效信时,他已经因癌症动过手术,但恢复得很好,仍然很乐观、开朗,对战胜顽症充满了信心。他还兴致勃勃地和我谈起了他研究《文心雕龙》的宏大计划,他欲从深入分析《文心雕龙》中的美学范畴出发,进一步探讨这部巨著的理论体系的想法,以及对《文心雕龙》研究现状和存在问题的看法,均与我不谋而合,谈得十分投机。此后,我们经常有书信往还,也常常谈到有关《文心雕龙》的各种问题。1986年4月安徽屯溪《文心雕龙》第二届年会后,我应效信的邀请到陕西师范大学为他的研究生讲课。在西安的半月中,讲课之余,他陪我畅游了西安的各处文化古迹。我们几乎天天在一起,有充分的时间详细交流研究《文心雕龙》的心得体会。我们都感到现在许多《文心雕龙》注本往往只局限于文字训诂,而对理论概念的注释则不能尽如人意。所以,如果我们对《文心雕龙》的美学范畴和全书的理论体系有全面的确切的深入把握,那么,一定可以搞出一个新的更为完善的《文心雕龙》注本,把《文心雕龙》的研究大大地向前推进一步。我一再鼓动他在完成对《文心雕龙》美学范畴的研究之后来做这件工作,他欣然表示同意,并为此做了相当充分的准备。可惜现在却已成为令人怅惘的回忆。"昔人已乘黄鹤去,此地空余黄鹤楼。"我默默地感到一种孤独的悲凉。朗月当空,夜色苍茫,古城依旧,效信何在?

经过他的爱子和几位热诚学生数年的奔走努力,他的遗稿终于可以问世了,作为效信的同行知己,我由衷地感到高兴。我相信效信泉下有知,也会为他的辛劳没有白费而得到安慰的。效信的这本研究《文心雕龙》美学范畴的遗稿,是他一生心血的结晶,虽然他还没有来得及写完对《文心雕龙》全部美学范畴的阐述就不幸与世长辞了,不过令人感到欣慰的是他遗稿中已经包括了《文心雕龙》的主要美学范畴。他对文德、神思、风骨、通变、体势、文质、奇正、文气、三准等美学范畴的论说,其材料之丰、剖析之细、阐述之透、理解之深,都是目前《文心雕龙》研究中所少见的。效信有深广的理论修养,又有相当扎实的国学基础,全书处处都可见出他功底之厚,用力之勤,而且新见迭出,令人叹服。效信这本书的出版,必将对"龙学"研究的深化,对古代文论研究的发展,起到重要的促进作用。

从1985年到1990年,短短的五六年中,我们"龙学"界的一批实力雄厚的中坚力量,如庆甲、子翱、世金、效信,他们都曾孜孜不倦地在"龙学"阵地上耕耘,为"龙学"的发展作出了重大的贡献,却不幸均因癌症而相继谢世。这不能不使"龙学"研究受到严重的挫折。确实我们这一代知识分子身上背的包袱太沉重了。在我们的一生中,学术研究的黄金时期因"文化大革命"而丧失了,当我们经历了无数的波折,挣扎着从泥泞中爬起来,带着满身的伤痕开始在学术上拼搏的时候,我们的身心往往因长时间的超负荷而不堪胜任,这是不言而喻的事。效信和其他几位同行朋友的悲剧,并不是个人的悲剧而是历史的悲剧。他们几位都是我的学长,都是我的挚友,而我也只是因为没有他们那么强的事业心,没有像他们那样奋力拼搏,才得以苟延至今。然而我又是多么钦佩他们这种无私的奉献精神啊!让我用这篇短文来寄托哀思,并告慰效信和庆甲、世金、子翱等朋友,我们这些尚留在阳世的同辈和新一代的许多年轻"龙学"研究者,一定会努力完成他们所没有来得及做的工作,把"龙学"研究引向深入,推向世界!

6. 黄维樑《中国古典文论新探》序

维樑兄的新著《中国古典文论新探》在北京大学出版社出版,我能先睹为快,是一件十分荣幸的事。

我和维樑兄之相识是在1988年广州暨南大学主办的《文心雕龙》国际会议上,当时他送给我一本《中国诗学纵横论》。拜读之后,给我留下了很深的印象。这是一本很有分量的专著,从中西比较的角度对中国古典诗学中的几个重要问题作了相当深入的阐发。现在这本《中国古典文论新探》可以说是它的续篇,着重从中西比较的角度探讨了《文心雕龙》中的文学批评理论。对中国古代文学理论批评的研究,近二十年来有了极大的发展,无论在深度和广度上都是此前所无法比拟的,研究的视角扩大了,研究的方法也更新了,呈现出了蓬勃发展的新气象。从中西比较的角度研究中国古代文论是很有必要的,是古代文论研究的一个重要方面,也是比较文学研究中的一个重点。因为文学理论批评的发展是和人们的认识水平、思维能力的发展分不开的,而人们的认识水平、思维能力又常常是和特定的物质文明和精神文明发展状况相联系的,所以在不同国家、不同民族,即使并无直接的文化交流,但在文学理论批评方面,却可以有许多相类似的共识,当然它们在表现形式上又往往是各有特点的。文学理论比文学创作在不同国家、不同民族中有更多相同的东西,比较文论的研究可以使我们更好地把握中国古代文论的基本原理和发展规律,同时也可以使中国古代文论走向世界,把我国古代丰富多彩、具有东方特色的文学理论批评介绍给广大的西方朋友。维樑兄在这方面就作出了很有价值的新贡献。

我对西方的文艺和美学知之甚少,但作为一个中国古代文学理论批评的研究者,对比较文论研究、尤其是古代文论的比较研究却还是很关心的。不过,我感到很遗憾的是,我们国内古代文论比较研究的现状是不能令人满意的,除朱光潜、钱锺书等老一辈专家外,能称得上真正有价值的比较研究(我指的是古代方面)实在很少,其原因就是对比较的双方并没有真正的了解,特别是对中国古代文论知之不深。比较研究之前提和出发点是对比较双方要有正确的认识和把握,如果对比较的一方(有时甚至是双方)还没有弄懂,那么也就失去了比较的基础,这种比较自然不会有任何意义与价值。我们中国人作古代文论的比较研究,首先要对中国古代文论有比较深入的、确切的了解,而对古代文论的了解需要有很好的国学根底,要熟悉中国古代的历史与文化,要熟悉中国古代的文学和艺术,这确实也是不容易的。但在西方文论方面,一般说我们是难于和西方学者相比的,而在中国文论方面,西方学者则大约比我们掌握西方文论要更难,因此,我们应当发挥自己作为中国人的优势,在深入理解和精通中国文论的基础上,同时力求正确地把握西方文论的特点和规律,这样才能作出科学的比较研究。然而我们现在有些比较文论的研究者,往往以为只要弄懂了西方文论(其实也未必真正弄懂了),就可以作比较了,而在中国文论研究上下的功夫很不够,总觉得我是中国人,弄懂中国文论还不容易吗？事实正好与此相反,有好些比较文论研究之所以不成功,其失足处恰恰是在中国文论方面,而并不是在西方文论方面。有感于这种情况,维樑兄的中西文论比较研究显得特别可贵:他对比较的双方不仅理解得很确切,而且在很多方面有相当深入的研究,尤其是对中国古代的诗论、词论、文论都十分熟悉,他的《中国诗学史上的言外之意说》《诗话词话和印象式批评》《王国维〈人间词话〉新论》(后两文收入本书)对中国古代文论中的一些重大理论问题(如言外之意说、境界说等)作了很有分量的专题研究,同时他曾在美国留学获得文学博士学位,对西方的文论和美学也很精通,能够正确地运用西方的文论和美学观点来分析中国古代文论,所以他的比较研究使人读了心服,受到启发,获得教益,引人思考。维樑兄是一位知识面广、视野开阔的文学批评家,他不仅写过许多生动活泼的文学批评文章,而且对文学批评的理论、方法特别感兴趣,本书中所收入他的几篇研究《文心雕龙》的文章,大都是研究刘勰的文学批评理论,并和西方的文学批评理论作比较的。经过维樑兄联系新批评派的文学批评理论来分析刘勰的"六观"说,并运用"六观"说来分析白先勇的作品,又从《文心雕龙·辨骚》的批评特色中指出它已经具有了"现代实际批评的雏形",这些的确给我们以"重新发现中国古代文化的作用"之深刻启示。

维樑兄的文章深入浅出，不论是阐述西方的文论和美学，还是运用西方的观点来分析中国文论，都论说得十分平易流畅，符合中国人的习惯，绝不像有些"食洋不化"的比较文学文章那样，堆砌许多翻译得半生不熟的西方名词术语，用些似懂非懂、生涩不堪的翻译文句，来故意炫耀自己的学识渊博。其实，愈是水平高的比较文学学者（如朱光潜、钱锺书、刘若愚等），他们的文章和著作愈好读，也很容易读懂，因为他们理解得深、理解得透，所以能化洋为中，把深奥的理论用通俗的语言表达出来。维樑兄承继了老一辈学者的优良文风，和时下流行的"食洋不化"文风形成鲜明的对比。我相信维樑兄这本新著，将会对我们国内古代文论比较研究的健康发展，起到积极的推进作用。我衷心地希望维樑兄有更多的新著问世，使我们古代文论的比较研究走上一个新的台阶。

7. 孙蓉蓉《中国古代文学批评思维方式研究》序

孙蓉蓉教授的《中国古代文学批评思维方式研究》是一本很有新意的著作，我能有机会首先拜读感到十分高兴。在我们古代文论的研究队伍里为数不多的女学者中，孙蓉蓉教授是很有成就、很有特色的一位。她的《文心雕龙研究》等著作，都显示了她在理论上有比较高的素养，而对古代文论的历史也非常熟悉，现在这本新著更进一步说明了这一点。古代文论的研究相对于其他学科来说，起步比较晚一些，一直到"文化大革命"以后才有了大的发展。我们队伍中的大部分成员来自两个不同的方面：一部分是从研究古代文学方面转过来的，另一部分是由研究当代文学理论方面转过来的。我在很多次古代文论的学术研讨会上都说过这样的意见：我们队伍中这两部分人要互相学习，取长补短，不要"各以所长，相轻所短"，只有这样，我们古代文论的研究，才能取得更大的成绩。孙蓉蓉教授先是师从包忠文教授研究当代文学理论，后又专门从事《文心雕龙》和古代文论的教学和研究，她能够把这两方面很好地结合起来，把深入的个案研究和开阔的总体思考紧密地联系在一起，充分发挥自己的优势和特长，使古代文论的研究和当代文论研究互相融会贯通，顺着这条道路走下去，我相信她会不断取得新的更大的成就。

中国古代文论的研究，近二十年来呈现出极为繁荣的局面，研究成果相当丰硕。我一直认为古代文论的研究应当向多元化的方向发展：既要有宏观的研究，也要有微观的研究；既要作文献考证方面的研究，也要作理论范畴方面的研究；既要有批评家和批评著作的专题研究，也要有批评史和断代史的研究；既可以从历史的比较的角度研究，也可以从现代文艺和美学的角度研究。这样才能使古代文论的研究逐步深入，并且为建设当代文艺学提供有益的历史借鉴。每一个研究者都可以根据自己的特长，侧重于某一个方面或几个方面的研究，这都是非常有价值的。近几年来，当代文艺理论界提出了中国古代文论的现代转换问题，不管这个提法是否很确切，其精神实质是值得我们重视的，也就是说，中国古代文论的研究必须和建设具有中国特色的当代文艺学相结合，努力寻找两者的结合点。从"五四"以来，现当代文论主要是以西方和苏联的模式建立起来的，因此，对东西方文论的历史的比较的研究，成为研究古代文论和当代文论相结合的一个重要关键。多年以来，很多研究者都认为中国古代文论和西方文论之间的差别，主要关键是在思维方法的不同上，由此而产生了一系列不同的理论内容和概念范畴，这个基本思想我认为是有道理的。因为每一个民族的思维方法，都是在特定的自然条件和历史文化背景中逐步形成起来的，从而使学术文化的发展具有独特的民族特点，它自然也会极其深刻地影响到文学理论和文学批评。其实，二十世纪初期，著名的学者王国维在《论新学语的输入》一文中就已经对此作过很重要的论述。但一直到现在，研究者对中国古代文论思维方式特点往往只有一般的笼统的描述，很少有人作深入、细致、全面的研究，尤其是具体联系中国古代文论的实际进行剖析非常不够。孙蓉蓉教授这本书从纵向和横向两个不同的角度，对中国古代文学批评思维方式的历史发展及其演变作了认真的探索，又对中国古代文学批评思维方式的特点从理论上作了归纳和总结，并以刘勰、欧阳修、刘熙载、王国维为范例，分析了他们的思维方式特色，这就使古代文论研究中的这一重要方面变得更加充实，也更加深入了。她在书中提出了许多颇有独创性的新见解，诸如在古代文论历史发展不同阶段中的功利认识、本体认识、主体认识之发展，以及它们之间的融合和演变，文学批评思维方式中的整合思维、形象思维、直觉思维、辩证思维、趋同思维等五种不同类型以及它们的相互联系等，这就为我们研究古代文论的思维方式构建了一个比较完整的理论框架。她在对一些有代表性的重要文学批评家思维方式特点的典型分析中,进一步贯彻了她的上述理论观点,同时也说明了对一个具体批评家来说,其思维方式特点往往不是单一的,而是综合了许多因素所形成的具体的"这一个"。孙蓉蓉教授在学术研究中这种大胆探索和勇于创新的精神是非常可贵的,也非常值得我们学习。当然对她提出的这个古代文论思维方式的理论框架,学术界可能会有各种不同的看法,我想这也是学术研究中的正常现象。但是,由于孙蓉蓉教授是在对古代文论作了比较深入研究的基础上提出来的,并联系古代文论发展的实际作了具体分析,有相当充分的材料根据,至少可以成为一家之言,因此,对我们进一步探讨这方面的问题,毫无疑问是很有启发作用的,可以促使古代文论思维方式特点的研究进一步深化。

随着新世纪的到来,以及科学技术和电子信息的迅猛发展,人文社会科学领域内各个学科之间的相互渗透,古代文论的研究也一定会有一个新的飞跃和突破,希望孙蓉蓉教授的这本新著能成为新世纪古代文论研究中的第一声春雷。

8. 陈允锋《唐诗美学意味》序

允锋随我攻读中国古代文论的硕士学位始于1988年,但我因于1990年4月赴日本九州大学讲学,指导允锋学习的工作遂转给陈熙中教授。熙中与我是数十年的老同学、老同事,他博学多识,涉略古代文史甚广,尤精研古代小说,通数门外语,对允锋的帮助实比我为多。允锋毕业工作后,一直盼望着继续深造,终于在1994年考入南开大学,师从于古代文论界老一辈专家王达津教授,攻读博士学位。达老也是老北大,于中华人民共和国成立初期高等院校调整时去了南开大学,我们经常在一起参加古代文论的学术研讨会,达老对我的学业十分关心,悉心指点,使我获益良多。我对达老的道德文章均十分敬佩。允锋毕业时,达老专门邀请我和熙中一起赴天津,参加允锋的博士论文答辩。当时达老已八十多岁,但精神很好,仍十分健谈,但想不到过了没有多久,达老就去世了。达老对允锋的培养,花费了很多心血,对他的论文作了细致的审阅和修改,允锋这本博士论文的出版,本应由达老来写序的,但现在只好由我勉为其难,代替达老来做这件工作了。

唐代是一个文学创作十分繁荣,而文学理论相对比较薄弱的时代,尤其是初盛唐时期,文学理论的专著很少,有关文学的见解,大都散见于学者、诗人和文学家的文集中,因此研究初盛唐的文学理论,并以此来撰写博士论文,难度是比较大的。允锋是一位朴实、勤奋的青年学者,他不善言谈,而埋头治学,认真地研读了初盛唐时期许多史学家、文学家的全集,从中梳理出他们的文学理论批评论述,考察他们的文学思想特点,特别是注意从诗歌创作中来研究其文艺美学思想特色,并且联系初盛唐时期的社会历史文化背景,研究了这一时期诗学思想发展中的一些带有规律性的问题。他所归纳出的崇尚风骨的审美思潮、感兴观的复现与发展、儒家风雅比兴的诗学宗旨、清新秀丽的艺术风貌、诗歌语言艺术上对声律对偶的追求等五个方面,相当正确而深刻地概括了初盛唐时期诗歌美学的基本倾向。他善于作细致而具体的分析,发掘出不少有价值的新材料,提出了不少富有启发性的新见,使我们对初盛唐时期诗学思想的状况有了更加全面的认识,很切实地体会到了这一时期文艺美学思想的丰富多彩,以及对中晚唐文艺美学思想发展的重大影响。允锋的文章和他的为人一样,非常实在,没有水分,一切都由事实来说话,在确切材料的基础上提出理论观点,发挥也都适可而止,绝无一点浮华夸诞之处,与现在学界那些为赶时髦而竭力哗众取宠的不良学风形成鲜明的对照,我以为这也是允锋这本书非常可贵的地方。自然这也是对达老严谨学风的继承和发扬。

我认识允锋已经有十几年了。在这段时间内,随着改革开放进程的加快,我们的国家发生了巨大的变化,市场经济的发展在大大提高人们生活水平的同时,也使很多人醉心于物质生活的追求,学术研究多少也受到了冷落。但是,允锋仍然甘心于清贫的生活,淡泊名利,孜孜不倦地一心一意从事艰苦的学术研究,自有颜回之乐,始终保持着十分平静的心态,这是很不容易的。这也是允锋为人和治学特别值得钦佩的地方。我相信他一定会在学术上作出更大的贡献,并期待着他不断有新著问世。

9. 郭鹏《诗心与文道》序

郭鹏博士的新著《诗心与文道》即将出版，我是非常高兴的！这是他凝聚了将近十年的心血，在原来博士论文基础上，所写成的一部很有分量的学术专著。本来，他的博士论文有较高的学术水准，六年前他毕业时即可以出版的，但是他对自己的要求很严格，治学态度十分严谨，他希望再作更进一步的研究，把问题论述得更加深入一些，分析得更加细致一些，现在他增补了很多新的内容，丰富和发展了自己的一些独到见解，重新结构成一部以探讨"以文为诗"为中心的全面研究北宋诗学发展的论著，这就比原来的博士论文厚实得多了。

"以文为诗"看起来似乎只是一个普通的诗歌艺术表现方法问题，然而，实际上由于中国古代文学观念演变的复杂性，特别是"文"的范围和性质的复杂性，实际上在广义的"文"的概念内，包括了文学和非文学，因此"以文为诗"必然会导致一系列文学理论上重要问题的探讨，例如究竟什么是文学、文学创作的特征是什么、文学和非文学的区别究竟是什么等等，宋代所出现的对才与学、理与趣关系的争论，以及对诗歌中议论、用事的不同看法，就是最突出的表现。严羽"别才""别趣"说的提出，正是针对宋代由于"以文为诗"所产生的文学观念上的混乱而来的。同时"以文为诗"也会在创作实践上出现许多复杂的现象，比如用写文学散文的方法写诗，曾使宋诗形成了自己和唐诗明显不同的艺术风格，但是，如果是用写非文学文章的方法写诗，那么就有可能产生许多不同的状况，也许是很有特色的诗歌，也许是概念化的、失去了审美形象的、完全失败的诗，这里，就要看作者能否把握诗歌作为审美的艺术形象的特征了。宋诗和唐诗相比，当然是有自己的特色的，也把诗歌创作的发展向前推进了，但是，宋诗也确实有它的不足，在艺术上有明显的缺陷，总的说来，宋诗的成功和失败都是和"以文为诗"分不开的。研究"以文为诗"与宋代诗学和诗歌创作的关系，不能局限于宋代，而必然要追溯到唐代，特别是中唐以韩愈为代表的古文理论和创作的繁荣发展，韩愈的文学观念和他的古文创作，直接影响到他的诗歌创作艺术特色，他的许多诗作正是"以文为诗"的具体实践；而与韩愈同时的白居易和元稹的元和体诗歌，他们"以诗代书"的长篇书信体诗歌,也可以说是"以文为诗"的很有代表性的作品。他们这种创作倾向也许还受到了杜甫的《自京赴奉先县咏怀五百字》和《北征》等诗歌的启发。不过在唐代,这一类诗歌并不占主导地位,而到宋代经过欧阳修、苏轼、黄庭坚等有代表性的诗人的耕耘、提倡和发展,"以文为诗"才形成为诗歌创作的基本格局。"以文为诗"既是一个文学理论问题,又是一个创作实践问题,所以研究它和宋代诗学和诗歌创作的关系,也必须要从理论和创作两方面着手,要深入具体地分析中唐到北宋几个代表人物的文学观念和创作特点的联系,这样也许可以把对宋代诗学的研究深入一步,同时也可以由此来对中国古代文学观念的发展演变和诗学理论上的一系列重大问题,作出比较清晰的梳理,对它有一个科学的认识。从这样一个认识出发,我认为郭鹏博士的这本新著是作出了有益的探索和积极的贡献的。

郭鹏博士为人朴实淳厚,治学勤奋努力,思维敏锐细腻,文笔简练流畅。他在极其繁忙的教学工作之余,能够潜心学术研究,不断有新的论著问世,我对他这种在学术上孜孜不倦的钻研精神,深感钦佩,谨向他表示真诚的祝贺!

10. 张健《清代诗学研究》序

张健博士新著《清代诗学研究》即将问世,嘱我为序。读完他将近六十万字的皇皇巨著,我对他学习之勤奋、知识之广博、钻研之精深、治学之严谨,感到十分钦佩。张健博士自1986年到北大攻读硕士学位以来,我们相处已有十多年了,我对他的为人和治学都是比较了解的。他朴实淳厚,不务虚名,一直潜心研究明清诗学,早在攻读博士学位期间就已经出版了《王士禛论诗绝句三十二首笺证》一书,以王渔洋大量论诗杂著资料,结合中国古代诗学发展历史,来注释其论诗绝句,并作了深入的理论分析,为研究王渔洋诗学思想作出了重要贡献。以后又把研究的领域扩大到明清两代诗学,他认真地阅读了许多重要诗人和文学批评家的文集,以及有关的大量文献资料,研究他们的生平思想状况,还对他们的诗学著作作了很多必要的考索,特别着重在探讨明清两代诗学思想发展的特点和规律,同时也对整个中国诗学发展的历史作了全面的考察。他的这部《清代诗学研究》，就是他近十年来研究成果的总结。

清代诗学理论批评在中国古代文学理论批评发展的历史上具有十分显著的重要地位。我以为中国古代文学理论批评的发展有三个最重要的时期：先秦、六朝和明末清初。先秦是中国文学理论批评发展的奠基时期，虽然这个时期还没有多少直接的文学批评理论，但是，在儒家的经典和诸子百家的著作中，蕴藏着丰富的文艺美学思想，后来两千多年的文学理论批评正是在这个基础上发展起来的。特别是先秦的儒家和道家的文艺美学思想对后代文学理论批评的发展影响更为突出。六朝是把先秦的文艺美学思想具体化为文学理论批评的重要时期，出现了像《文心雕龙》《诗品》这样的伟大著作，并提出了一系列具有中国特色的美学范畴和文艺理论术语，形成了中国古代文学理论批评的体系。正像这个时期的文学发展具有承前启后的重要作用一样，这个时期的文学理论批评也为中国后来一千多年的文学理论批评的发展，奠定了一个具有极大潜在能量的深厚基础。而明末清初则是中国文学理论批评发展的另一个重要时期，它的特点是对中国古代文学理论批评成果的总结和发展。这一时期所出现的一些成就卓著的文学理论批评家，如诗学方面的王夫之、叶燮、王士禛、沈德潜、袁枚，小说理论批评方面的金圣叹、毛宗岗、张竹坡、脂砚斋，散文理论批评方面的方苞、刘大櫆、姚鼐，以及戏剧理论批评方面的李渔等，他们中有些人虽然出生于明代末年，但主要活动是在清代前期。他们都是各自领域中的杰出代表人物，不仅从各方面总结了文学理论批评发展的历史经验，并且提出了很多重要的新见解，使中国文学理论批评的发展达到了历史上的最高峰，并且直接影响到近现代文学理论批评的发展。而诗学发展的成就在这一时期尤为突出，因此，以明末清初为中心，对清代诗学作一个全面系统的深入分析，其意义是十分深远的，它将对整个中国文学理论批评发展史的研究，起到重要的推动和促进作用。

对清代诗学的研究，中外学者们都做过很多工作，也取得了不少成绩，但主要还是偏重在对几个代表人物的研究上，综合性的研究虽也有一些，然而比较一般。由于这一时期资料浩瀚，涉及的人又很多，因此在研究的深度和广度上都还有所欠缺，特别是对这一时期总体的诗学发展线索及其特点规律的探讨，就更显得不够了。张健博士这本书在掌握丰富的第一手资料基础上,从宏观与微观相结合的角度,对清代诗学的发展状况作了全面、系统、深入的论述,涉及的面非常广,然而又不是一般铺叙,着重在探讨清代诗学发展的各个不同阶段的特点和演变规律。他研究的起点比较高,善于准确地把握明清两代各个历史阶段的文学思潮主要特点,以此为核心来分析和评述各家各派的具体诗学理论和诗学批评。他的视野也非常开阔,除了对一些主要的诗歌理论批评家的诗学思想有精深独到的剖析外,还对各个诗学流派的群体作了细致的综合考察,分析了各个诗学流派的相互关系,比较了它们之间的异同,结合社会历史背景和文化思想、学术思想状况,清楚地阐明了它们各自的发展嬗变轨迹,对清代诗学发展中的一些二三流的批评家也作了比较充分的研究。他对清代诗学的研究不是孤立的,而是把它放在整个诗学发展历史长河中来考察。例如,为了阐明明代诗学向清代诗学的过渡和演变轨迹,他用了相当长的篇幅来论述以陈子龙为代表的云间诗派和以钱谦益为代表的虞山诗派,发掘了很多新的资料,提出了许多自己的新见解,而这也正是以往研究清代诗学比较薄弱的方面。近二十年来,大家对清代几个著名诗学理论批评家的研究是比较多的,也有一定深度,但大都是比较单一的个案研究,因此难以有较大的突破。张健博士在本书中能把他们放到整个清代诗学发展背景下去考察,有很多新的视角和尺度,所以对他们诗学思想的分析不落俗套,颇多新意。如对王夫之、叶燮、王士禛、沈德潜、袁枚等的论述,都在现有研究的基础上,有不少新的开拓。所以,张健博士的这本书应该说是目前清代诗学研究中很有价值的新成果。

张健博士是一位很勤奋、很踏实的青年学者。这从他已经出版的有关王渔洋论诗绝句的专著和有过较大影响的论文《〈诗家一指〉的时代和作者》中都可以看得很清楚。很难得的一点是,他既善于理论思考,又注重文献考订,努力把这两方面都贯穿于自己的研究工作中。前者使他不为考证而考证,后者使他的理论分析建立在牢固的文献学基础之上。我以为这是他能在研究工作中不断获得新进展的重要原因。最近,他对《沧浪诗话》成书问题所作的考辨,使我们对如何确切理解严羽的诗论又前进了一步。他这部新著的出版,可以充分证明他所走的治学道路是正确的。我相信他只要沿着这条路走下去,一定会有更大的成果奉献给大家。

11. 皮述平《晚清词学的思想与方法》序

晚清词学在我国词学发展史上，具有非常突出的重要地位。因为在词的创作最为繁荣、成就最高的宋代，有关词的理论批评著作是不多的，虽然有过李清照的《词论》，也有不少零散的词学论述，然而能成为有理论体系的词学专著，实在是太少了。至宋末元初，方有张炎的《词源》，他所提出的"清空""质实"之说和重视"意趣"之论，是相当有见地的。从元至明，词的创作水平并不高，几乎很难找到能与宋代著名词人相媲美的作者。词学著作也很少，更不能形成自己有特色的理论体系。直至清代，词的创作才有了较大的发展，同时，也产生了大量词学论著。唐圭璋先生编的《词话丛编》，共收入词论著作八十五种，其中宋元明部分只有十七种，而清代词学发展中最重要的一些论著，也大多出现在晚清。所以，研究晚清词学，实是研究中国词学发展之关键所在。

皮述平君的新著《晚清词学的思想与方法》，从宏观的理论高度，对晚清词学之内容、特点、方法，作了综合性的深入分析，尤其是对词学和诗学的关系，它们之间的异同和相互影响，提出了许多富有新意的见解，这对词学研究的深化，无疑是很有价值的。

皮述平君好学深思，勤于钻研，在繁忙的教学工作之余，仍专心致力于学术研究，我对她的这种奋进精神，甚感钦佩。期盼她在学术道路上百尺竿头，更进一步，不断有新的更优秀的论著问世。

12. 白岚玲《才子文心》序

岚玲的博士论文已经修订完成，即将付梓，我是非常高兴的！岚玲从考入北京大学本科到读硕士、读博士一共十载寒窗，其间，在硕士毕业后，还在出版社工作了五年，至今我们认识已经有十六七年了。我对她的为人和治学是很熟悉的。她在本科时的中国文学批评史课是我上的，那时，我就知道她是一个品学兼优的学生，她当时给我的印象是聪慧、热情、文静、好学，而且悟性比较高，什么问题，都一点就通。毕业时，她报考中国文学批评史的硕士生，我是很支持的，因为她的性格适合做学术研究，确是一位很有培养前途的青年人。那年，我和陈熙中教授共招了两名学生,就是岚玲和陈允锋。因为允锋喜欢诗文理论,岚玲愿意研究小说理论,所以,岚玲归熙中指导,允锋由我指导。但他们都上我和熙中的课,也常常交谈有关研究情况。岚玲硕士毕业那年,我正在日本九州大学讲学,可惜,那时我们没有中国文学批评史的博士点;古代文学博士点,也还没有这个方向,否则我想她和允锋当时都会接着攻读博士学位的。岚玲在中国广播电视出版社工作的五年中,与熙中及我常有联系,我知道她一直念念不忘继续深造,很想回到母校来读博士。她在出版社工作期间始终没有放弃自己的学业,最后顺利地在1996年以优异的成绩考上母校的博士生。她的这种在学术上孜孜以求的精神是很感人的。

在岚玲攻读博士期间,由于我带的学生比较多,所以我仍请熙中帮我一起指导,她虽然是我招收的博士生,其实仍是我和熙中共同指导的。她还想继续中国古代小说理论批评的研究,并提出要扩大范围,研究小说理论批评和诗文理论批评的关系,以及小说理论批评和整个古典美学的关系,我很支持她的想法,因为这正是使小说理论批评研究进一步深入的关键所在。而金圣叹及其小说理论正是这一方面最突出的典型。她的论文题目和研究方向就是这样定下来的。为了完成这篇博士论文,岚玲付出了巨大的心血,她不仅全面地研究了金圣叹的所有材料,而且深入地研究了中国古典美学中的一系列重要原理,对传统诗文理论、书画理论均有广泛的涉及。由于她有深广的古典文学修养,相当全面的古代文论知识,所以她能够有效地抓住关键,对金圣叹小说理论的研究有了新的突破。她的论文的主要难点是如何在学术界对金圣叹小说理论研究已经很多的情况下有新的视角、新的发展,要做到这一点是很不容易的,但岚玲的著作完成得很好,她从中国古典美学和传统诗文书画理论批评中探讨了金圣叹小说理论批评的思想渊源,又紧密地联系金圣叹在所处时代所形成的思想性格特点,强调了他的"才子论",研究了金圣叹如何把古典美学基本原理运用到小说批评之中以及结合小说理论的特殊性对古典美学的新发展,这样就使她对金圣叹小说理论的研究有了一个新的面貌,把对金圣叹的研究进一步推向深入了;同时也对我们研究诗文理论批评和小说理论批评的关系,提出了很多有启发性的独到之见。岚玲研究的重点是在小说戏曲理论批评方面,但她在诗文书画理论批评、在古典美学方面有深广的基础,这种优势无疑将会使她在小说、戏曲理论批评的研究上作出更深入的贡献。我相信她会沿着这条正确的研究道路,不断取得新的有价值的成果。

我热切地期盼着。

13. 赵建章《桐城派文论研究》序

对于桐城派的研究已经有了很多成果,而且在一些重大问题上,大家也有比较一致的看法,所以要做有关桐城派文论的博士论文,是不容易的。赵建章博士的著作能够从一个新的视角去考察,提出了很多过去研究者所没有注意到的问题,并作了深入细致的分析,把对桐城派的研究大大推进了一步,这是很值得我们高兴的!

桐城派的古文理论和创作是在唐宋古文理论和创作基础上的发展和总结,他们在一些根本问题上和唐宋古文家是一致的。但是,他们的创作水平和理论分析却达到了唐宋八大家以后古文发展的一个新高度。古文是一个很宽泛的概念,它所包括的并不只是严格意义上的文学,而是包含了很多非文学的文章在内的,因此把古文简单地等同于文学,必然会造成文学观念上的混乱。其实,唐代中期以韩愈和柳宗元为代表的古文家所提倡的以古文代替骈文,是一种语体改革,而并非文学理论,也不是文体改革,是指语言表达上是用骈体方式还是用散体方式的问题,当然它对文学创作是有影响的,因为文学是语言的艺术,文学创作用什么样的语体方式是有差别的。但是除文学作品外,所有用语言文字写的文章,都有一个用什么样的语体方式来表达的问题。从唐代开始就特别注意到诗和文的差异,其目的就是要区分什么是文学,什么不是文学。柳宗元和刘禹锡对此都作过相当深刻的分析,他们认为文学作品和非文学的文章是有根本性质不同的,柳宗元说"文有二道","考其旨义,乖离不合"(《杨评事文集后序》),前者是"辞令褒贬,本乎著述者也",后者是"道扬讽喻,本乎比兴者也"。刘禹锡在《唐故中书侍郎平章事韦公集序》中认为,"文士之词""以才丽为主","经纶制置财成润色之词""以识度为宗"。说得是多么清楚和深刻!但是他们的看法似乎并没有得到人们应有的重视。然而,这已经足可说明古文家中并不乏在文学观念上有清醒明白认识的人。同时,也充分说明了唐人在六朝人的"文笔之争"基础上,对如何区分文学和非文学又有了进一步的阐述。不过,传统的影响实在是太厉害了,所以多数人还是习惯沿用宽泛的文学观念,也就是现在很多学者所说的杂文学观念。桐城派的古文理论和以前的古文理论有一个很大的不同,就是非常突出地以艺术文学的美学标准来要求整个广义的文章的写作,桐城三祖中的方苞以"义法"论文,基本还是和韩、柳等唐宋古文家一样的,然而到了刘大櫆和姚鼐就不同了,他们竭力要用艺术文学的美学标准来要求所有的文章,它集中体现在姚鼐的"神、理、气、味、格、律、声、色"八个大字中。与此同时,桐城派在对诗歌这样的艺术文学的论述中,又往往用写一般广义文章的方法来要求,这又很突出地体现在方东树的《昭昧詹言》之中。所以,从中国古代文学观念的演变及其特点来分析桐城派的文学思想,是一件很有意义的工作,也是可以让我们站在比较高的位置,来把握桐城派特点的一个新的视角,并且从对桐城派的分析中来思索应该如何辨析中国古代的文学观念。赵建章博士的著作正是在这方面通过具体的分析,为我们开辟了一个深入研究桐城派的新局面。他用"以诗论文"和"以文论诗"来概括桐城派文学思想的特点,是非常深刻而富有新意的。

赵建章博士在山东大学攻读硕士学位时,师从研究王国维《人间词话》的专家滕咸惠教授,对近代文学和文学批评比较熟悉。他在北大攻读博士学位时,跟随我研究中国文学批评史。赵建章博士聪明好学,是一个很有悟性的年轻人,很多问题一点就通。他的特点是思维清晰敏捷,理论分析能力很强,我希望他在研究中能充分运用自己的长处。但是,这又必须要在掌握大量原始资料的基础上,才能把自己的理论水平真正有效地发挥出来。他在北大三年中刻苦学习,认真钻研,取得了很优异的成绩。现在他的博士论文即将出版,我向他表示衷心的祝贺!我相信他会不断努力,一步一个脚印地前进,在学术研究上作出更大的贡献!

杨晦先生与北大的古代文论学科建设

今年是杨晦先生诞辰一百周年。自 1952 年院系调整以后,杨先生一直担任中文系主任,并在很长的一段时间内兼任文艺理论教研室主任,为中文系的建设与发展作出了重大的贡献。我在大学本科读书时,杨先生是我的老师,1959 年曾为我们年级开设"中国文艺思想史"一课,虽然由于身体的原因,杨先生没有讲完这门课,但这对我的一生却有着极为密切的关系。杨先生在 1949 年以前主要是从事现代文艺理论批评的教学和研究的,1949 年以后,杨先生在积极推进马克思主义文艺理论的教学和研究的同时,十分重视中国古代文学理论批评的学科建设。杨先生一直坚定地认为,要建设有中国特色的马克思主义文学理论,必须继承和发扬中国古代文学理论的优秀传统。为此,杨先生身体力行,在担任繁重的系主任工作的同时,全力以赴研究中国古代文艺思想,亲自讲授这门课程,并抄录和收集了大量的研究资料。北大中文系原来是没有中国古代文学理论批评学科的,杨先生为了在北京大学中文系建立这门学科,除了自己进行这方面的教学和研究之外,还特别在文艺理论教研室提出要培养这方面青年教师,并指定我的学长邵岳专门研究中国古代文论。正是为了适应这种学科建设的需要,1960 年我毕业时被留在文艺理论教研室担任杨先生的助教,和邵岳一起在杨先生的指导下专门从事中国古代文学理论批评的教学和研究。由此,我的一生也就和古代文论结下了不解之缘。当时,我除了担任杨先生的助教外,还兼做教研室秘书,协助杨先生和教研室副主任吕德申先生,做一些教学和研究生管理方面的具体工作,所以,聆听杨先生教诲的机会是很多的,对杨先生的为人和治学,特别是他对建设中国古代文论学科的想法,我是非常了解的,感受也特别深。

杨先生由于健康状况不能再亲自讲授这门课程了,于是,教学的担子就落到了邵岳和我身上。毕业后的第一年,杨先生就让我负责组织"中国古代文艺思想讲座"一课,那是为 1956 级同学开设的,请的都是校外的专家,杨先生也讲了一次,题目是《礼记·乐记》。第二年,由邵岳和我合作为1957级同学开设"中国古代文论选"一课。由于邵岳和我在古代文论的学习方面也还是刚刚起步,所以课程的内容和选文的篇目,都是在杨先生的具体指导下确定的。每讲一篇之前,我和邵岳都要到杨先生家里,请他作一次辅导。杨先生并不对我们要讲的文章做具体的讲解,但他总是很认真地教导我们讲这一篇要注意什么问题,抓住哪些主要观点,应该怎样把它们放到中国文艺思想发展的历史长河中去正确评价。实际上这比具体讲解每一篇文章对我们的帮助要大得多,因为他为我们打开了思路,启发我们去思考一些重要的理论问题,使我们的讲解可以更有深度。比如,讲萧统的《文选序》,杨先生要我们从中国古代文学观念演变发展的角度,对萧统的文学观念作出正确的分析。他指出萧统把经、史、子排斥在文学之外,是文学观念发展上的一个很大的进步,但是,《昭明文选》所收的作品,有些并非严格意义上的文学,这是和萧统本人的文学观念还不是很科学有关的。这样,就帮我们抓住了《文选序》的要害。杨先生给邵岳和我所做的辅导,每次都是就一篇文论说开去,联系整个古代文艺思想,提出许多新的看法。因为杨先生在"五四"时代就读于北大哲学系,德文也很好,他对西方的哲学和美学,马克思主义的哲学和美学,都非常熟悉。他又喜爱文学,专门研究文艺理论,在国学方面也有很深的功底,对中国古代文艺思想和文学理论批评,有自己系统的独到的看法,和一般流行的观点是很不同的。每次从杨先生家回来,往往对杨先生所讲的内容和观点还不大理解,总是要经过自己认真的学习和思考之后,有些甚至是在长期的研究之后,才能领悟杨先生所讲的精义之所在。

1960年,也就是我毕业留校工作那一年,杨先生招了五名研究生,他们是吴泰昌、向光灿、毛庆耆、徐汝霖、王怀通,都是当代文艺理论方面的,但杨先生也要求他们认真地学习和研究中国古代的文学和文学理论。1962年,为了适应中国古代文论学科建设的需要,杨先生专门招收了一届"中国文艺思想史"的研究生,原计划招两名,后来只收了郁源一个。杨先生对郁源的要求是很严格的,除了要他认真学习中国古代文论的许多重要专著之外,还要他认真研读中国古代文学的重要原著,如孔颖达疏解的《毛诗》,王逸注、洪兴祖补注的《楚辞》,仇兆鳌的《杜诗详注》,王琦注的

《李太白集》等,另外,还要他研读中国古代的乐论、书论、画论等艺术理论批评原著。对西方的重要文艺理论和美学名著,也要求他有比较深入的了解。杨先生只指导过郁源一个中国文艺思想史研究生,但从他的指导思想中可以明显地看出他认为研究中国文艺思想史是很不容易的,要有非常深广的专业知识基础,要从总的文化发展历史背景中,从文学理论与文学创作相结合的角度,去研究中国文艺思想发展的特点和规律,要把文学理论批评和艺术理论批评联系起来,并要和西方文艺思想和美学思想的发展作比较。由于郁源毕业时"文化大革命"已经开始,北京大学又是重灾区,他没有能留在母校工作,这是一件很遗憾的事。郁源是在杨先生亲自指导下成长起来的,他在古代文论研究领域里已经作出了很大的贡献,出版了很多部高水平的专著,发表了许多重要论文,产生了广泛的社会影响。他的著作和论文,既有深厚的国学基础,又有开阔的理论视野,这是和杨先生的严格要求、辛勤指点分不开的。

杨先生对传统的中国文学批评史研究是不太满意的,他认为文学批评都是在一定的文艺思想指导下产生的,如果就文学批评研究文学批评,而不研究文艺思想的发展及其特点规律,是很难使文学批评的研究真正深入下去的。由于杨先生是从一个很高的理论视角去认识中国古代文论的,因此,他对许多问题的看法都是很新颖而富有启发性的,比如,他很重视先秦的一本很少被人注意的史籍《世本》,此书今天虽已不存,但根据清人的辑本,其中的《作篇》记载了先秦关于上古时代人类创造活动的种种传说,热情地歌颂了人类的创造能力和想象能力。杨先生认为《世本》对"作"的重视,与儒家"述而不作"的思想形成了鲜明的对立,这对后世影响是很大的。他说:司马迁写《史记》就采用了《世本》的不少内容,王充在《论衡》中充分肯定"作"的思想就是受《世本》影响的结果。这种"作"与"不作"的对立,实际上就是文艺创作中模拟因袭还是革新独创的思想渊源。由于儒家强调"述而不作,信而好古",所以中国古代凡是儒家思想影响特别广泛而深刻的时代,文艺创作的成就往往水平不高。杨先生在学术思想上的一个很重要特点是不随波逐流,而有自己的独立见解。早在六十年代他就很反对用哲学上的唯心、唯物来简单地解决文艺理论问题,尤其反对用它来肯定和否定古代文论,他一再告诫我和邵岳:唯心、唯物只是哲学上对世界的根本问题认识,即宇宙最终是物质第一性还是精神第一性,不能用它来解释一切具体的现实事物。他用一个很通俗的例子来说明这一点:一个唯心主义的思想家也要吃具体的、实际的饭,他不可能吃抽象的饭、精神的饭。他说,研究古代文艺思想,不要看到"物"字,就认为是指具体的物质的东西,"物"有时也可以指抽象的精神的东西。他要我们认真地学习马克思的《费尔巴哈论纲》,在那里,马克思深刻地指出了朴素的唯物主义不能解释许多复杂的精神现象,而恰恰是唯心主义对它作了非常深入的研究,所以,许多唯心主义思想家也是作出了极其重要贡献的。杨先生很不赞成因为《乐记》中有"人心感物"之说,就把它看作是唯物主义的文艺观,这不仅与上述杨先生对"物"的概念之认识有关,而且他还指出《乐记》认为喜怒哀乐之情乃是人心所固有的,外物只是促使它由静而动,表现为一定的形态。而《乐记》在论音乐作用时所说:"是故大人举礼乐,则天地将为昭焉。天地訢合,阴阳相得,煦妪覆育万物;然后草木茂,区萌达,羽翼奋,角觡生,蛰虫昭苏,羽者妪伏,毛者孕鬻,胎生者不殰,而卵生者不殈,则乐之道归焉耳。"是明显地把音乐的作用神化了,难道说这也能说是唯物主义文艺观吗?也许这些看法在现在并不觉得很新鲜,但在当时"左"的思想笼罩下,以谈唯心、唯物为时髦的年代,敢于这样顶风提出问题,实在是非常不容易的。这也充分体现了杨先生以科学的态度追求真理、无所畏惧、敢于直言的可贵精神。杨先生希望把北京大学的古代文论学科建立在一个科学的、踏实的基础之上,在古代文论的教学和研究方面开创新的局面,具有自己的学术特点、理论体系和研究方法,使我们北京大学的古代文论教学和研究走在全国的前面,对中国古代文论研究的深入起到积极的推进作用。在杨先生的指导下,邵岳和我从1961年秋季以后,每年都为本科五年级学生开设"中国古代文论选"课,从选讲文论著作逐步发展到介绍批评史知识和选讲文论著作相结合,并为正式开设"中国文学批评史"课作准备。课程受到同学的欢迎,邵岳和我还在全校教学经验交流会上作过发言。

正当北京大学古代文论学科建设在杨先生的主持下逐步有序地进行的时候,不幸发生了长达十余年的"文化大革命"浩劫,杨先生被戴上"修正主义"的帽子,受到不应有的批判,古代文论也被视为对抗毛泽东思想的"四旧"而归入了扫除之列,刚刚得到顺利发展的北大古代文论学科建设被迫终止。1971年,我从江西南昌鲤鱼洲农场下放归来,工军宣队命我改行教马列文论。在为当时的工农兵学生安排教学计划的时候,邵岳曾提出是否可以适当讲一点古代文论时即受到批判,被认为是复辟"四旧"的表现。1975年邵岳老师因病去世。"文化大革命"结束后,一直到1978年北大教学科研恢复到正常发展的道路,古代文论学科的建设才又重新提到日程上来。这时杨先生已年近八旬,身体也很不好,但他对古代文论学科建设还是非常关心,有一次我去看望杨先生,他语重心长地对我说:"我现在精力不济,眼睛也不好(当时杨先生患有白内障),邵岳已经不在了,你一定要把文艺思想史的担子担起来,我们北大在这方面不能落在人家后面。"从杨先生家出来,我深深感到责任很重,压力也很大。当时,是吕德申先生担任教研室主任,吕先生对杨先生建设古代文论学科的想法是很了解、也很支持的。吕先生在从事文艺学和马列文论教学研究的同时,也进行古代文论的研究,出版了很高水平的《锺嵘诗品校释》。为了加强古代文论学科建设的力量,吕先生经过和系领导的研究,把陈熙中、卢永璘两位老师调到文艺理论教研室,和我一起专门从事古代文论的教学和研究。在杨先生的积极支持下,吕先生和我以及刘烜、熙中等一起筹办出版不定期丛刊《中国文艺思想史论丛》,杨先生欣然同意担任主编。非常遗憾的是,丛刊还没有出版,杨先生就与我们永别了。丛刊第一期上所刊登的杨先生文章《关于中国早期文艺思想的几个问题》,是杨先生的公子杨铸根据杨先生1959年所讲"中国文艺思想史"一课的导论部分的记录稿整理而成的。《中国文艺思想史论丛》是根据杨先生的指导思想来编辑的,一共出了三期,在学术界的反映是很好的,也在国内外产生了一定影响,可惜的是后来由于经济的原因不得不停办。

杨先生去世后,我们几个从事古代文论教学和研究的人,一直都是按照杨先生有关古代文论学科建设的指导思想来进行工作的。十多年来,我们夜以继日,努力工作,终于在北大把这门学科建设起来了。从八十年代起,我们就为本科生开设了北大从来没有过的"中国文学批评史"基础课,后来又陆续开设了"文心雕龙研究""中国古代文学创作论""明清小说理论""中国诗学批评史""中国古代的诗画乐论""金圣叹研究""冯梦龙研究""书法理论研究""唐代诗论研究""沧浪诗话研究""司空图诗论研究""清代诗学研究""汉代文学思想"等十多门选修课,在教材建设方面,我们有了比较稳定的中国文学理论批评史教材,编选、注释了《中国历代文论精品》。培养了一批硕士和博士研究生,他们有的已经成为古代文论学科中被大家所肯定的、很有发展前途的青年学者。在科学研究方面,已经出版了十多种古代文论方面的学术研究专著,在国内外产生了比较大的影响。在1993年到1994年,经过各种努力争取到张健、汪春泓两位年轻的博士加入到我们的教学研究行列,使我们有了一支年龄结构比较合适的梯队。在高等学校的古代文论教学和研究方面,我们虽然还赶不上像复旦大学那样原来就基础雄厚、人员众多,后来又有专门的研究所,研究成果比较突出的学校,但是在杨先生有关建设古代文论学科的思想指导下,我们的古代文论学科还是很有自己的特点的,因而也赢得了学术界、教育界同行的充分肯定。尽管在北京大学中文系古代文论学科不像别的学科那样受到重视,长期以来都只处于辅助学科的地位,但是为了实现杨先生生前未能实现的愿望,我们还是在非常艰苦的条件下,按照杨先生原来的设想,努力去做我们所能够做到的一切,在荆棘中走出自己的一条路来。回顾往事,感慨万千。如果杨先生不是那么早就离开我们,如果杨先生还是我们的老系主任,我想我们古代文论学科一定会比现在建设得更好。虽然我们扪心自问,可以说是已经尽了最大的力量,但是,我们深感愧疚的是没有能真正完成杨先生的未竟之业,还没有写出杨先生所期望的《中国文艺思想史》。在这纪念杨先生诞生一百周年之际,从我个人来说,最大的心愿就是在自己的有生之年,努力去写好《中国文艺思想史》,以告慰我的导师杨晦先生的在天之灵。

杨松年先生的学术成就

杨松年先生是一位在国际上有较大影响的著名学者。他长期任教于新加坡国立大学,他的学术研究领域有两个方面:一是中国文学批评,二是新马华文文学。他在这两个领域中都有很高的成就,出版了很多重要的学术著作,受到了这两个领域中研究者的高度重视。由于我的专长是中国文学批评,所以和杨松年先生是非常要好的朋友。对杨松年先生的学问和人品,我是非常钦佩的。

中国文学批评史的研究,在海外起步较晚,杨松年先生是海外研究中国文学批评史的开创者之一,也是成就最为突出的学者之一。杨松年先生已经出版了有关中国文学批评方面的专著六本,在中国也有广泛的影响。杨松年先生的研究既有对中国文学批评史的总体分析、对中国文学批评史特点和规律的研究,也有对一些重大理论问题和重要批评家、文学批评专著的专题研究。前者属于宏观的把握,后者则是微观的深入,他能把这两方面紧密地结合起来,极大地增加了他学术研究的深度和广度。要做到这一点是很不容易的,即使在中国,这样的学者也是比较少的。杨松年先生研究中国文学批评的学术成就,比较突出地表现在以下几个方面。

第一,杨松年先生在他的《中国文学评论史编写问题论析》一书中对中国文学批评发展的历史作了全面考察之后,正确地指出了目前研究中的缺点和不足。他指出:"各种文学批评史,在资料的处理上,多偏重于诗话、序跋、书信、笔记小说等资料,来整理中国文学批评史,而较少注意到诗选诗汇、笺注批点、论诗诗、读书记等作品。"而在分析方法上,他指出已有的文学批评史没有着重分析历代文学思潮的主流和支流,文学理论批评的继承和创新,以及文学观念的演变发展,往往把批评史写成一部中国文学评论者的历史。同时,对文学理论批评产生的历史背景之论述也不够深入。这些自然会直接影响到批评史研究的科学性和深刻性。杨松年先生的研究则正好弥补了这些薄弱和不足的方面。因而特别受到中国文学批评研究者的注意,并给予了很高的评价。

第二,杨松年先生在《中国文学批评问题研究论集》一书中正确地分析了中国文学批评的特点,指出中国文学批评在用语含义上的模糊性和论述上缺乏科学的系统性,是不同于西方文学理论的两大特点。而且中国古代的文学批评家往往不满于抽象的理性概括,觉得那样不足以充分表现对文学作品的审美特性之认识,而常常通过文学创作的形式、运用意象描绘的方法来表现自己的审美判断。为了说明这种特点,他还专门分析了《毛诗序》和《二十四诗品》两个典型例子。杨松年先生是最早提出中国文学批评上述特点的学者,这些观点和看法现在已经得到海内外中国文学批评研究者的认同,形成共识。

第三,杨松年先生对重要文学批评家和文学批评专著作了相当深入的专题研究。杨松年先生的《王夫之诗论研究》一书是对明末清初最重要的诗歌理论批评家王夫之的诗论所作的全面、深入的研究,提出了许多富有启发性的新颖、独到见解。这部著作虽然已经出版了十多年,但至今仍有很高的学术价值,是研究王夫之文学思想的重要参考著作。杨松年先生的另外一本专著《杜甫〈戏为六绝句〉研究》,也是一部颇有影响的著作。杜甫的《戏为六绝句》是六首七言绝句,总共才168个字,但杨松年先生却写了一部三十余万字的研究专著!即此,也可以看出他研究之深、之细。此书可称为研究杜甫诗论的集大成之作,作者不仅对杜甫的《戏为六绝句》作了十分详细的考订和疏释,而且对历代研究杜甫诗歌的学者有关《戏为六绝句》的论述作了全面的深入的辨析,评价其是非得失,见解极为中肯。书中收集了极为丰富的研究资料,汇集了前代大量的研究成果。其功力之深厚,令人叹为观止。

第四,杨松年先生还对中国文学批评上的一些重大的理论问题,如"穷而后工""江山之助""以文为诗""诗史"问题、论诗诗的批评方式等,作了相当深入的历史梳理和理论分析,深入地阐明了它们在中国文学批评史上的演变和发展。他在一系列国际学术会议所发表的论文与专题研究论文,如《中国文学评论中的诗文穷而后工说:兼论析与比较清代与前代的有关论说》《江山之助:中国诗文论者论山水阅历与文学创作之关系》《韩愈以文为诗说析评》等,都受到学术界的广泛注意。这些都是杨松年先生特别着重研究的中国古代诗歌理论中的重要问题,它们和杨松年先生其他有关中国诗论的研究论文,如《温柔敦厚诗教也:试论诗情之本质与表达》《诗乃人之行略:试论诗情与诗人品格之关系》《意在言先:试论诗文情思的酝酿》等,共同构成了杨松年先生对中国古代诗论的系列研究,从中可以看出杨松年先生对中国古代诗论有相当深入的思考,有许多精深、独到的见解。

　　总上所说,可见杨松年先生在中国文学批评的研究上是作出了重大贡献的。他所取得的成果,正好对中国学者在中国文学批评研究的比较薄弱的方面作了补充,并提出了很多有启发性的问题,有助于推进中国文学批评的发展。

　　杨松年先生在另一个研究领域,即新马华文文学方面所取得的研究成果,也是很突出的。杨松年先生是研究新马华文文学的最早开创者之一。新马华文文学在世界华文文学中占有十分重要的地位,但在过去没有受到应有的重视。杨松年先生对新马华文文学的介绍和研究,对世界华文文学研究,特别是东南亚华文文学研究的发展,起到了极大的推动作用。

　　杨松年先生对新马华文文学的研究是很全面、很系统的。他的研究成就主要表现在以下三个方面:一是对新马华文文学的代表作家之专题研究,他在这方面的主要著作是《新马早期作家研究》一书。书中对新马华文文学发展的第一个高峰时期,即1927年至1930年左右的重要作家进行了深入的研究,评述了十三位作家的创作及其风格特色,比较全面地描绘出了早期新马华文文学的基本面貌,并指出这一时期的中心是提倡文艺必须有南洋色彩和新兴意识。二是对有代表性的、影响大的报纸之文艺副刊的专门研究,他在这方面的主要著作是《南洋商报副刊狮声研究》。报纸的文艺副刊对新马华文文学的发展曾经产生过极其重大的作用,研究这些副刊的状况是研究新马华文文学的重要内容之一。《南洋商报》副刊《狮声》是二十世纪三十年代南洋最重要的报纸文艺副刊,从1933年至1942年初,历时九年,出版了将近一千期,影响极为深远。杨松年先生在本书中对它的各个时期的编辑者及其编辑宗旨和所发表文章的状况,作了详细的整理和分析,从而有力地说明了它在推动新马华文文学繁荣发展中所处的重要地位。三是对新马华文文学中有关华工生活主题的作品之综合研究,他在这方面的主要著作是《战前新马文学所反映的华工生活》一书。他从早期新马华工状况的分析出发,进而深入研究了新马文学中描写华工生活的作品,指出它是早期新马华文文学中的十分重要内容,不仅有很高的文学价值,而且有很重要的社会学和历史学价值。研究重要的作家作品、研究重要的文艺期刊、研究重要的文学题材,这三个方面实际上也就是撰写新马文学史的不可缺少的部分。杨松年先生的更远大目标是撰写新马文学史,我相信他会很快实现他的宏伟目标。杨松年先生在新马文学研究方面已经出版了六七部有影响的专著,并成为著名的研究新马文学的专家。他的研究著作和学术论文,受到中国和世界研究海外华文文学学者的高度评价。杨松年先生是我们研究中国文学批评这一领域中水平很高、成就卓越的学者。

在很多次国际学术会议上,我都有幸和杨松年先生在一起开会。他的口才是非常好的,他的学术讲演很风趣、很生动,善于把握问题的要害,论述清楚明白,分析简要精当,而不拖泥带水。每次学术会议,我都很喜欢听杨松年先生的学术报告。我虽然没有听过他讲课,但我相信他的讲课一定会受到青年学生的欢迎。我曾经接触过杨松年先生所指导的研究生,他的一位学生曾到北京大学来访问进修,我发现杨松年先生对他要求非常严格,规定他必须认真阅读第一手材料,广泛收集大量研究资料,论述必须有充分的根据,学习一定要非常扎实。他的严谨的学风和科学的研究方法,都给青年带来了良好的影响。

杨松年先生在完成许多学术研究课题的同时,还十分热心于专业服务工作,为开展学术活动、促进学术交流,花费了大量心血。他在同安会馆的支持下,筹备和组织了多次规模很大的研究中国传统文化的国际性学术会议,对推动新加坡研究中国传统文化,发展新加坡和中国(包括香港和台湾地区)以及其他国家的学术交流,起到了积极的促进作用,产生了广泛的社会影响。他还在开展研究中国文学批评方面,和各国、各地区联络,为学术研究的进一步发展做了很多工作。他受新加坡教育部委托,积极筹备新加坡公开大学中文系,多次来中国与北京师范大学中文系协商共同编写公开大学中文系的教材。他这种热心为公众教育事业服务的精神是非常可贵的。

  我曾经应一个机构的要求,为杨松年先生做学术评估。上述对杨松年先生的学术评价就是在那次评估的基础上写成的。杨松年先生已经在几年前退休了,虽然那次评估没有获得积极的效果,但是我想杨松年先生在学术上辛勤耕耘的成就是应该得到公正评价的。这也是我所以写这篇小文的缘由。

后　记

　　我自2002年从北京大学退休后,来到香港树仁学院,继续在这里的中文系任教。树仁学院屹立在港岛东部宝马山巅,环境优美,空气新鲜。特别是胡鸿烈校监和锺期荣校长,热心教育事业,数十年来艰苦奋斗,学校领导十分重视学术的发展,努力支持教师的科学研究,我在教学之余,还有不少时间作自己有兴趣的研究,我感到非常满意,也非常高兴。心情舒畅,自由清静,没有压力,没有干扰,学术研究成为一种精神的享受,这也许是一个学者所最期望、最羡慕的境界。我能够在这里充分贡献自己的余热,使我的晚年生活有了新的光辉,谨在此衷心感谢树仁学院的领导!

　　本书绝大部分是我到树仁学院任教后所写的学术论文基础上编成的,基本上围绕着两个中心,一是对《文心雕龙》的研究,二是近年来我一直在着重思考的文学理论批评和艺术(包括画、乐、书)理论批评之间的相互影响,故而以"文心与书画乐论"为题,希望对《文心雕龙》和中国文学理论批评史研究的深化,能起到一点推动作用。本书的附录中收入了我近十年来有关古代文论的书评和书序若干篇,在这些小文中我分别阐述了对中国文学理论批评史上一些理论问题的看法,同时也对古代文论研究的学风和方法,提出了自己的见解,虽然很简要,但我认为都是一些有关学术研究的重要问题。

　　本书的出版得到香港树仁学院领导的关心、支持和出版资助,谨致深切的谢意!

　　　　　　　　　　张少康 2006年9月于香港宝马山树仁学院寓所

朝华集——文学批评及其他

蔡琰《悲愤诗》本事质疑

——读余冠英先生《论蔡琰的〈悲愤诗〉》

蔡琰的五言《悲愤诗》见于范晔《后汉书》,前人曾怀疑它是伪托的,余先生在《论蔡琰的〈悲愤诗〉》一文中,对此作了细致的考证与论说,肯定了蔡琰的著作权,我们是同意余先生这个结论的,但关于余先生所谈的蔡琰被掳本事(也就是《悲愤诗》的本事)觉得还有许多疑问,特提出来向余先生请教,并略谈自己的一些不成熟的意见,以求正于余先生。

余先生对蔡琰被虏的事实的结论是这样说的:"……蔡琰被虏的事实,原分两段,初平三年在陈留破李傕等军中的羌胡明掠入关,到兴平二年冬脱离,是第一段;从兴平二年冬流入南匈奴,到十二年后被赎,是第二段。"(见《汉魏六朝诗论丛》中《论蔡琰的〈悲愤诗〉》一文)余先生的根据是袁安《后汉纪》、范晔《后汉书》记载的初平三年正月李傕、郭汜攻关东和兴平二年十一月李、郭军与杨奉、董承、南匈奴左贤王的一次战争(后一事件,正是余先生"较之前人所知道的事实稍稍有所增加"的部分)。并且指出后一记载正与《后汉书·董祀妻传》云"兴平中,天下丧乱,文姬为胡骑所获,没于南匈奴左贤王"这一段话相合,这样余先生就得出了"转手"的结论。正是这点,我们认为根据当时的历史情况,得不出余先生的结论。

兴平二年二月,李傕、郭汜不和,从此就开始了好几个月的混战,李傕劫驾,烧毁长安,把献帝拘在自己军中,六月,李、郭和解,十月,献帝由杨奉、董承等护送东下,欲还洛阳,但是不久,李、郭反悔,与张济共同东下追赶,欲劫驾西还。于是在十一月中,李、郭军与杨、董等发生了连续三次战争:第一次战于弘安东涧。《董卓传》云:"张济与杨奉、董承不相平,乃反合傕、汜,共追乘舆,大战于弘农东涧,承、奉军败,百官士卒死者不可胜数,皆弃其妇女、辎重、御物、符策、典籍,略无所遗。"第二次战事,《董卓传》紧接上引文说道:"天子遂露次曹阳,承、奉乃谲催等与连和,而密遣间使至河东,招故白波帅李乐、韩暹、胡才及南匈奴右贤王去卑,并率其众数千骑,来与奉、承共击催等,大破之,斩首数千级,乘舆乃得进。"这就是余先生所引的,蔡琰由李、郭军中转入胡人的一次战争。第三次战争《董卓传》紧接上引文写道:"董承、李乐拥卫左右,胡才、杨奉、韩暹、去卑为后拒,催等复来战,奉等大败,死者甚于东涧……残破之余,虎贲、羽林,不满百人,皆有离心……"袁宏《后汉记》记载此事道:"车驾发东,董承、李乐卫乘舆,胡才、杨奉、韩暹、匈奴右贤王于后为拒,催等来追,王师败绩……是时司徒赵温、太常王绛、卫尉周忠、司隶校尉管郃为催所遮……是时虎贲羽林行者不满百人,催等绕营叫唤,吏士失色,各有分散之意,李乐惧,欲令车驾御船过砥柱,出孟津……(帝)令刘太阳使李乐夜渡……同舟渡者皇后贵人……数十人,余大官及吏民不得渡甚众,妇女皆为兵所掠夺,冻溺死者,不可胜数……丁亥,幸安邑……遣太仆韩融至弘农与催、汜连和,还所掠宫人公卿百官及乘舆车驾数乘。"

由此,我们可以知道:一、余先生所引的只是整个战役中的中间一次交锋,这包括三次交锋的战役,总的说是李、郭军胜利的,在他们两次获胜的交锋中,都虏掠了对方的所有妇女、辎重,第三次战斗中,甚至连百官也虏来了。如果按余先生说蔡琰于第二次交锋时由李、郭军转入胡骑之手,我们又何尝不能说第三次交锋时又被虏回来了呢?显然这比余先生所说要可靠得多。二、史传所载,第二次交锋,只说"斩首数千级",并没谈到获有辎重、妇女等,而对第一、三次却都提到。这是有原因的,杨、董和去卑等是防卫性的抵抗,目的在护驾东下,是带有辎重、吏民的,而李、郭军是去追击的,当然不会带着妇女、辎重。因此,即使当时文姬在李、郭军中,也不会随军队来追击杨辈等护驾部队的,自然也不可能由这次战争转入胡骑之手。三、这次献帝渡河之后,就往洛阳进发,《南匈奴传》云:"及车驾还洛阳,又徙迁许,然后归国。"可见,去卑是在献帝迁许之后才归河东的,这和蔡琰诗和史传所载,就不同,由于这些我们可以断定余先生谓蔡琰于此次战争转入胡骑之手是不可能的。

我们可以再深入地来探讨一下这个问题,那就是蔡琰于兴平二年冬,有没有在李、郭军中?按余先生说,蔡琰于初平三年春正月被李、郭军中羌胡所虏,一直到兴平二年冬十一月才转入胡骑之手,这一共相隔了三年零十个月,几达四年之久。这四年中,李、郭攻入长安,杀王允,专横朝政达三年之久,至兴平二年三月始互相分裂、混战。经过了这么长时间在长安城中,蔡琰在不在李、郭军中,是很成问题的了。按照余先生说法,以情势推之,只有两种可能:一是流落在长安城中;二是做了李、郭军中的兵士或军官的婢妾(按董卓部所掠妇女,常常是配与兵士为婢妾的)。《通鉴》记董卓掠阳城时云:"卓焚烧其头(即被杀男子的头——引者),以妇女与甲兵为婢妾。"但是后者又不大可能,如文姬真做了李、郭部下官兵的婢妾,这在她一生中,当是一件大事,而史传和《悲愤诗》又只字未提,这显然是不可能的事,如果文姬这四年是流落在长安,那显然也就脱离了李、郭军了。由此看来,如果文姬真在初平三年被虏,那么在这四年中又是怎样生活的,就不可理解了。

余先生又肯定李、郭军中有羌胡兵,我们认为余先生是没有根据的,董卓所率兵中,虽有一部分羌胡兵,但李、郭是董卓部下的汉人军队。而余先生所引证明李、郭军中也有羌胡的论据是错误的。余先生引袁宏《后汉纪》云:"于是李傕召羌胡数千人,先以御物缯彩与之,许以宫人妇女,欲令攻汜。"这里明明写着是临时召来帮助打郭汜的,而且这已经是兴平二年的事了,怎么能拿后四年的事来证明四年前的情况呢?更何况,这批人是有代价地邀请来的,不久,他们又回去了(事见《后汉纪》,此文下将引用,此暂略)。因此,李、郭军中有否胡人,是个疑问,还值得重新探讨。

由此,我们不能不进一步怀疑到余先生关于初平三年,蔡琰在陈留被虏的说法了。

初平三年春,董卓尚未被诛,文姬父蔡邕,在卓手下是"骤登大官,隆遇待"。李、郭部卓部下,对于邕家属,未必会随便虏来,再从《蔡琰传》记载她那种为董祀辩护表现的性格看,她知道父亲是卓手下大官,自己若被李、郭部下所虏,岂有不通消息给李、郭之理,若如此,则李、郭也必定会放了她的。

由于上面一系列的疑问,我们认为必须追究一下当李、郭掠陈留时,蔡琰在不在陈留的问题了。这个问题的否定,正如余先生所说的,

"《悲愤诗》本事的考定,就要另起炉灶了"。

范晔《后汉书·董祀妻传》云:"陈留董祀妻者,同郡蔡邕之女也,名琰字文姬……适河东卫仲道,夫亡无子,归宁于家。"

由此可知,文姬于被俘虏前在其娘家,这是可以肯定的,但是蔡邕的家,初平三年又在哪里呢?是不是在陈留呢?蔡邕是陈留人,可是这并不解决问题,因为家是可以搬的,尤其是在汉末战乱的时候。

蔡邕是很早就离开陈留的了,自建宁三年,辟司徒桥玄府时起,就一直在洛阳,显然这时是带了家小的,所以光和元年七月被弹劾,下于洛阳狱,全家被充军到朔方,居五原安阳县(在今内蒙古自治区),经过九个月,获赦,由于临行时触怒五原太守王智,只得"亡命江海,远迹吴会",在南方流浪了十二年才回家,这时他的家属是回到了洛阳,还是陈留,还是根本没有离开安阳,都不可考,但其家离开陈留已八年,离开洛阳仅九月,回到陈留的可能就很小了①。

蔡邕流亡回来,立刻在董卓手下"三日之日,周历三台",不久即拜左中郎将,并随驾徙长安,在这种离家多年,做了显赫大官的情况下,怎么会不带着家眷呢?汉末由于军阀割据,内战纷繁,战祸漫及全国,一般做官的都是把家小带在身边的。例如《董卓传》记载:"皇甫嵩攻卓弟旻于郿坞,杀其母妻男女,尽灭其族。"《后汉书·赵苞传》云:"迁辽西太守,抗厉威严,名振边俗,以到官明年,遣使迎母及妻子。"《孔融传》说他被曹操杀死时,也是一门尽遭祸,而孔融本是鲁国人,而做过北海太守的。再看与蔡邕同时在长安为官的王允也是带着家小的,袁宏《后汉纪》云:"李傕杀故太尉黄琬、司徒王允及其妻子。"不但做官的如此,在此乱世,一般的兵士军官也是随身带着家小的,故一般军队中都带有妇女等,如《董卓传》云:"(卓)上书言:'所将湟中义从及秦胡兵,皆诣臣曰:"牢直不毕,廪赐断绝,妻子饥冻。"'"又云:"李傕、郭汜等以王允、吕布杀董卓,故忿怒并州人,并州人其在军者,男女数百人,皆诛杀之。"蔡邕家在哪里无直接材料,但由《三国志·魏书·王粲传》一段话,也可以证明其家是在长安的。《王粲传》云:"时邕才学显著,贵重朝廷,常车骑填巷,宾客盈坐,闻粲在

---

① 关于蔡邕的事见《后汉书·蔡邕传》。

门,倒履迎之,粲至,年既幼弱,容状短小,一坐皆惊,邕曰:'此王公孙也,有异才,吾不如也,吾家书籍文章,尽当与之。'"由此看来,初平三年,蔡琰是在长安而不在陈留了。

那么,蔡琰到底是什么时候和怎样被虏入胡的呢?我们认为范晔《后汉书》所说"兴平中平下丧乱,文姬为胡骑所获"的说法是正确的,要解决蔡琰被虏入胡问题,首先要解决她当时在什么地方。由以上对余先生说法的质问和我们的论断,已经解决了这个问题,这就打好了基础,兴平二年,正是李、郭混战,京城丧乱之际,胡人曾经到长安城来进行过一次搔扰,袁宏《后汉纪》记此事云:

> 四月……于是李傕召羌胡数千人,先以御物、绘彩与之,许以宫人妇女,欲令攻郭汜,羌胡知非正,不为尽力。……六月……庚午,镇东将军张济自陕至,欲和傕、汜,迁乘舆幸他县,使太官令狐笃、绥民校尉张裁宣喻十反,汜、傕许和,质其爱子,傕妻爱式,和计未定,而羌胡数来阙省,问曰:"天子在此中邪?李将军许我宫人美女,今皆何在?"帝患之,使侍中刘艾谓宣义将军贾诩曰:"卿前奉职公忠,故仍列荣宠,今羌胡满路,宜思方略。"诩乃召大帅饮食之,许以封赏,羌胡乃引去,傕由此单弱。

由这段记载,我们可以明白以下几点:第一,李傕曾经为了要打郭汜,而召来了以"大帅"率领的数千羌胡兵,并答应以财物妇女为交换条件。既是邀请来的,后又回去了,并给报酬,当然不是李傕的部下,更何况是由"大帅"率领的"数千"人。第二,从四月到六月多,长安城中由于这批羌胡横行,情况严重,甚至皇帝也不得安宁,即所谓"羌胡满路"。第三,既然为了消除祸患,要请他们回去,而对这些横行的羌胡"许以封赏",他们必然是大肆虏掠,满载而归。当时蔡邕已死数年,其家住长安又无依靠,很可能蔡琰就是在这一次被羌胡虏去的。

而当时京城附近,能召请来的胡人,也只有居于河东的一部分南匈奴才有可能,地点相距也很近,这和《后汉书》的记载也完全符合。

这样,我们就认为蔡琰之被虏,是在其父死以后,那么这和《悲愤诗》

中"感时念父母"一句岂不矛盾了吗？其实这句话中的"父母"只是指的母亲，是用的诗歌中常见的"偏义复词"，和无名氏的《古诗为焦仲卿妻作》中的"我有亲父母"一句是一样的用法①。

那么，又怎样用我们考定的本事，来说明《悲愤诗》呢？按照余先生的考定的《悲愤诗》本事，并不能和诗中所述"一一相合"，因为诗中根本看不出有被虏后经过四年又通过"转手"再入胡中的丝毫痕迹，而且把诗中"卓众来东下"至"回路险且阻"一段说成是李、郭掠陈留等地后返回陕州的事，也是很不适当的，其实这一段明明写的是董卓东下到洛阳，在洛阳周围的任意虏掠，又劫驾徙长安的情形。也就是《悲愤诗》形势概括的前八句的具体描写。何况李、郭掠陈留等地西返，并未入关，仍驻于关东陕州，怎能说"长驱西入关"呢？《董卓传》写董卓的纵兵虏掠道："是时洛中贵戚，室第相望，金帛财产，家家殷积，卓纵放兵士，突其庐舍，淫略妇女，剽虏资物，谓之'搜牢'……卓尝遣军至阳城，时人会于社下，悉令就斩之，驾其车重，载其妇女，以头击车辕，歌呼而还。"这就是《悲愤诗》中"斩截无孑遗，尸骸相掌拒，马边悬男头，马后载妇女"的真实背景。《董卓传》记徙长安的惨状云："于是尽徙洛阳人数百万口于长安，步骑驱蹙，更相蹈籍，饥饿寇掠，积尸盈路。"这就是"长驱西入关"的真实状况。在诗中，这一段是作者回忆随父入长安时见到的情况，以下"还创邈冥冥，肺肝为烂腐"两句，是作者于兴平二年为胡骑所获时，由于回忆从前看到的惨状，不想今日自己亲身遭受而产生的无限悲痛。"肺肝为烂腐"正是追昔抚今的心情的深刻流露，此下"所略有万计"至"乃遭此厚祸"，乃是在那种悲痛情况下，对兴平二年自己被虏入胡的具体描写，如果不明白整个事实和背景，确是不易顺利地来理解这诗的前一部分，这是由于它是诗歌，不可能像小说、散文一样，把事情的经过变化都写得一清二楚的缘故。

上面我们对余先生的说法提出了疑问，并且提出了一些肤浅的看法，所以用"《悲愤诗》本事质疑"这一题目，是因为这个问题由于时代久远，史实湮没，并没有什么确定不移的材料，余先生在文章中也是说的"可

---

① 余先生在《论汉魏诗里的偏义复词》一文中写道："父母，母也。同篇，'我有亲父母'和上举'父姥'例相似，这是因母而连言父，刘兰芝没有父亲也是显而易见的，她如有父亲，就不当说'谢家事夫婿，中道还兄门'，她的婚姻也不能'处分适兄意'，应当让父亲去做主了。"

能"。我们也只是否定了余先生的"可能",提出了一种较为合理的可能而已。但是为了认真严肃地对待我们的文学遗产,我觉得提出来,也还是非常必要的,在此,特再一次请求余先生的指教。

原载《文史哲》1958 年第 3 期

谈谈诗歌的"理趣"

我国古代诗歌内容丰富,风格多样。在琳琅满目的诗歌画廊里,有一部分是以"理趣"见长而引人入胜的。比如苏轼著名的七绝《题西林壁》写道:

横看成岭侧成峰,远近高低各不同。
不识庐山真面目,只缘身在此山中。

这是一首说理诗,但是它十分生动有趣。苏轼以身处庐山为喻,说明了一个非常深刻的道理:一个人如果陷在某个具体的环境或事件之中,不能摆脱出来,那就无法全面、客观地去认识这个环境和事件的真相,往往容易产生片面性和主观性。后来,"不识庐山真面目,只缘身在此山中"几乎成了大家所常用的成语典故。这就是我国古代传统所说富有"理趣"的诗作。

"理趣"这个说法是宋人首先提出来的。包恢在《答曾子华论诗》一文中说:"古人于诗不苟作,不多作。而或一诗之出,必极天下之至精,状理则理趣浑然,状事则事情昭然,状物则物态宛然。"(《敝帚稿略》卷二)包恢认为凡"状理"好的诗,必能做到"理趣浑然"。"理趣",顾名思义,是要说理而有趣。这个问题的提出,是和宋诗的特点有密切关系的。宋诗由于受理学泛滥和韩愈"以文为诗"的影响,与唐诗以抒情为主的特点不同,比较侧重于说理。明代的李梦阳就说过"宋人主理"(《缶音集序》)的话,然而,过分强调说理,有可能使诗歌变得枯燥乏味,产生概念化的缺点,甚至于损害和忽略了诗歌的形象思维特征,而以写一般理论文章的抽象思维方法去写诗,其结果就会像宋代道学家以及受他们影响的某些诗歌一样,成为理学"语录讲义之押韵者"。那么,怎样才能使诗歌虽以说理为主,而又不违背艺术本身的特殊规律呢?这就要使诗歌中的理和趣相统一,达到水乳交融的境界。所谓"趣"是针对诗歌的艺术特征而说的,要求诗歌能够感发读者的审美趣味。严羽在《沧浪诗话·诗辨》中说:"诗有别趣,非关理也。"其实并非否定"理",而是强调仅仅有"理"不能算诗,诗还必须有"趣"。

我国古代有许多文艺家都认为诗歌贵有"理趣",而不能坠入"理障"或"理臼"。所谓"理障"和"理臼",都是指说理诗中那些违背了艺术特殊规律、丧失了审美特性的作品而言的。明代胡应麟在《诗薮》中说:"程、邵好谈理,而为理缚,理障也。"这是说程颢、程颐、邵雍这些道学家的诗歌只有干巴巴的理学说教,而缺乏美的形象。这一点清人沈德潜在《说诗晬语》中曾引用杜诗和邵雍诗作过对比分析。他说:

> 杜诗:"江山如有待,花柳自无私。""水深鱼极乐,林茂鸟知归。""水流心不竞,云在意俱迟。"俱入理趣。邵子则云:"一阳初动处,万物未生时。"以理语成诗矣。

杜甫所写是从具体的生活感受中所领悟出来的一些道理。他在《后游》诗中从山水胜景、花柳倩姿体会到大自然是毫无私心的;在《秋野》诗中从水深鱼乐、林茂鸟归体会到必须有清明政治,百姓方能安居乐业;在《江亭》诗中从"水流""云在"认识到自然界是按照自己的规律在运行的,懂得这一点,那么人们非分竞争的心思、飞驰的意念也都自然消失了。这些道理不是以抽象的概念、推理来表达的。可是像邵雍的诗则纯粹是讲理学教条,说明阳气初动、万物未生,必待阴阳二气之和合方能产生万物,这样的诗毫无美的形象,显然是坠入"理障"而无"理趣"之作。

不过,宋代多数诗人,包括一些道学家写的诗,也是注意到了诗歌中的"理"是应当有"趣"的。比如北宋的程颢曾赞扬石曼卿的两句诗"乐意相关禽对语,生香不断树交花",是"形容得浩然之气"状况的(参见《河南程氏外书·时氏本拾遗》)。宋人吴子良《林下偶谈》卷四中曾举出南宋初年具有唯物主义倾向的理学家叶适的许多诗句,指出它们都是借助具体生动的形象来表达一定"义理"的。如《送潘德久》《丁少明挽诗》《题王叔范自耕园》三首诗,都是在生动的形象之中寓以某种"义理",这比抽象的说理,不仅可使读者容易理解,也能体会得更深切。但是,宋诗中脍炙人口、理趣盎然的作品还不是这样一些近乎理学图解式的诗歌,而是像我们前面所举苏轼的《题西林壁》之类的作品。也就是说,真正以"理趣"而为大家所喜爱又有高度艺术水平的,是那些善于通过具体、形象的描写来揭示某种生活真理的诗歌。如苏轼《和子由渑池怀旧》:

> 人生到处知何似?应似飞鸿踏雪泥。泥上偶然留指爪,鸿飞那复计东西!老僧已死成新塔,坏壁无由见旧题。往日崎岖还记否?路长人困蹇驴嘶。

这是苏轼给他弟弟苏辙的一首诗,写的是诗人回忆当年与弟弟进京应举时路过渑池县,借宿寺庙内,在寺壁题诗的往事。诗中以前四句以雪泥鸿爪为喻,说明了一个发人深思的人生哲理:由于世途坎坷,沧海桑田,变幻多故,早年的经历、理想、抱负,有如雪泥鸿爪,回忆起来令人感慨万千。这样的诗乍一读来并不觉得是说理,但是仔细体会一下,就会感到其中寓有很深刻的道理。

在宋诗中,有一些完全是写景诗或抒情诗,但其中往往也含有说理的成分,并且由于其寓理深刻又具有理趣,所以成为全诗的"警策"之语。比如陆游的《游山西村》一诗写道:

> 莫笑农家腊酒浑,丰年留客足鸡豚。
> 山重水复疑无路,柳暗花明又一村。
> 箫鼓追随春社近,衣冠简朴古风存。
> 从今若许闲乘月,拄杖无时夜叩门。

从全诗来说,这是一首游记般的描写农村风光的诗歌。可是其中"山重水复疑无路,柳暗花明又一村"两句,既是实景描绘,却又包含着很深刻的道理,由于这两句诗的深刻的哲理内容,使这首诗也被传诵千古了。又比如苏轼的《惠崇春江晓景》写道:

> 竹外桃花三两枝,春江水暖鸭先知。
> 蒌蒿满地芦芽短,正是河豚欲上时。

从描写春景来说,此诗亦无特别出色之处。然而"春江水暖鸭先知"句,则生动地写出了一个很普通的客观真理:由于鸭子喜欢游水觅食,故而能最先体会到春天的来临,水温的上升。它告诉我们:只有经常和某种事物相接触,最熟悉它的人才能最敏锐地发现它的任何细微的变化。正是"理趣"使苏轼、陆游的这些诗中名句得到了家喻户晓的广泛传播。

诗歌的"理趣"虽然主要表现在以生动具体的美的形象去表现特定的某个生活真理,但是也并不仅仅在此。有"理趣"的诗歌也不完全排斥"以理语入诗"。诗歌并不是绝对地不能写"理语",问题是要看这种"理语"在全诗中所处的地位和作用。如果它是和全诗的艺术形象和谐地统一,而且也是它的一个必要组成部分的话,那么,这种"理语"不仅可以"入诗",往往还是十分必要、不可缺少的。比如杜甫的名篇《自京赴奉先县咏怀五百字》就有不少议论说理的内容。比如:

> 生逢尧舜君,不忍便永诀。当今廊庙具,构厦岂云缺。葵藿倾太阳,物性固莫夺。……彤庭所分帛,本自寒女出。鞭挞其夫家,聚敛贡城阙。圣人筐篚恩,实欲邦国活。臣如忽至理,君岂弃此物?

这些虽都是比较抽象的议论、说理,但是我们读起来毫无概念化的感觉,反而觉得它非常真实、亲切地展现了杜甫忧国忧民的崇高心灵世界。它是和全诗的整体形象紧密地结合在一起的,是创造杜甫这个诗人自我形象的极为重要的组成部分之一。

注重"理趣"虽是宋诗的重要特点,但它的渊源却是很早的。袁枚《随园诗话》卷三云:"或云:'诗无理语。'予谓不然。《大雅》:'于缉熙敬止。''不闻亦式,不谏亦入。'何尝非理语?何等古妙?"《大雅》中这两句都是歌颂、赞美周文王的。上句见于《文王》,颂扬他奋发前进;下句见于《思齐》,说文王能虚心听取臣民意见,采纳谏言。在六朝有不少诗人以老庄玄学哲理入诗。玄言诗坠入"理障",历来是大家所否定的,但像陶渊明、谢灵运这样有成就的诗人,也常在诗中表现"玄旨",却并不影响他们诗作的艺术水平。清人刘熙载在《艺概》中说:"陶谢用理语各有胜境。钟嵘《诗品》称'孙绰、许询、桓、庾诸公诗,皆平典似道德论',此由乏理趣耳,夫岂尚理之过哉!"这话说得是有道理的。比如谢灵运的《石壁精舍还湖中作》末尾四句全写"玄理":"虑淡物自轻,意惬理无违。寄言摄生客,试用此道推。"但这是诗人从对傍晚的山水风光中感受和体会到的,它和"林壑敛暝色,云霞收夕霏,芰荷迭映蔚,蒲稗相因依"这样优美、秀丽的景色描写,不可分割地紧紧联系在一起。正如沈德潜在《古诗源》中评谢灵运《从游京口北固应诏》一诗时所说:"理语入诗,而不觉其腐,全在骨高。"所谓"腐"即指坠入"理障",而"骨高"正指有"理趣"。又如陶渊明诗《饮酒》第十七首写道:

幽兰生前庭,含薰待清风;清风脱然至,见别萧艾中。
行行失故路,任道或能通。觉悟当念还,鸟尽废良弓。

此诗后半亦纯是说理,然亦不入"理障",而有"理趣"。陶渊明讲的是应当急流勇退,脱离黑暗官场,隐居田园的道理。它使前四句形象描写的寓意更加鲜明,并且深化了。所以王夫之在《古诗评选》中称赞这首诗是"真理真诗","说理诗必如此,乃不愧作者"。

唐代由于佛教的兴盛,特别是禅宗思想的广泛流行,使不少诗人常在自己的作品中表现禅理。以禅理入诗特别讲究体现禅趣,而切忌堆砌禅语。沈德潜在《虞山释律然息影斋诗钞序》一文中说:"诗贵有禅理禅趣,不贵有禅语。王右丞诗:'行到水穷处,坐看云起时。''松风吹解带,山月照弹琴。'韦苏州诗:'经声在深竹,高斋空掩扉。''水性自云静,石中本无声,如何两相激,雷转空山惊。'柳仪曹诗:'寒月上东岭,泠泠疏竹根。''山花落幽户,中有忘机客。'皆能悟入上乘。"他所举的王维、韦应物、柳宗元等的诗例,都体现了一种禅宗的空寂之旨,但又都是寓于生动的山水田园风光之中的。既有禅宗哲理,又有诱人的美的形象,是两者的融合统一。它和有些纯以禅语写的诗,如王维的《夏日过青龙寺谒操禅师》中写的"欲问义心义,遥知空病空。山河天眼里,世界法身中"之类,就根本不同了。唐代自安史之乱以后,提倡儒学的思潮逐渐有所发展。杜甫在他的诗中就常以儒家义理入诗,到中唐随着韩愈等提倡"文以载道",更有所发展。所有这一切,显然对宋诗中"理趣"特色的形成和发展有着极为深刻的影响。因此,我们可以说宋诗中的"理趣"正是对我国古代诗歌中"理趣"传统的继承和发扬。

原载《文史知识》1984年第2期

《论语》的文学观

《论语》是中国先秦时代记录孔子言行的书籍,书中记录了孔子的弟子及其再传弟子有关孔子训示、孔子与其弟子的对话、弟子之间的言论。《论语》中所含内容丰富,涉及哲学、政治、伦理、道德、文化、艺术、文学等诸多方面,可以说是中国古代儒家思想最具深远影响的典籍。而《论语》所体现的文学思想则成为中国两千年来正统文学思想的发展基础。

从《论语》的记载可以看出,孔子及其弟子非常重视"文"。先秦时期的文学观念与现代有很大不同。当时,所谓文学的范畴是非常广泛的。原因是当时人文学科中的哲学、史学、文学、伦理学等领域的区别还不明显,"文"与"文章"还属于一个整体文化概念。孔子赞美唐尧时代,称"巍巍乎其有成功也,焕乎其有文章"(《论语·泰伯》)。朱子在《论语集注》中对此做出的解释是,"文章,礼乐法度也"。孔子说:"周监于二代,郁郁乎文哉!吾从周。"(《论语·八佾》)邢昺的《论语注疏》中将此解释为:"言以今周代之礼法文章,回视夏商二代,则周代郁郁乎有文章哉。"这里所谓的"文"即"礼法文章",周代的文化。孔子又说:"文王既没,文不在兹乎。"(《论语·子罕》)朱子在《论语集注》中解释道:"道之显者谓之文,盖礼乐制度之谓。"也就是说,"文"即意味着"礼乐制度"。孔子认为君子应有文,正是指君子理应具备高度的文化修养。因此,"文之以礼乐,亦可以为成人矣"(《论语·宪问》)。即君子与凡夫俗子之分别就在于文化修养的有无。再者,"质胜文则野,文胜质则史,文质彬彬,然后君子"(《论语·雍也》)中的"野"即指见识狭隘而卑下的人,"史"即是见多识广的史官,"但略少诚实"(朱子注)。也就是说只有道德高尚且具备文化修养的人才能称之为君子。《论语·公冶长》中记载了一段孔子与其弟子子贡的对话。"子贡问曰:孔文子何以谓之文也。子曰:敏而好学,不耻下问,是以谓之文也。"只有具备广泛的文化素养,才能有高尚道德,有发自内心的仁义精神。对人而言,礼乐文章是外在的,学习礼乐文章的目的是为了加强"仁"的质量修养。《论语·八佾》中记录了孔子的这样一段话,"人而不仁,如礼何？人而不仁,如乐何"？如果没有"仁"的精神,礼乐也仅仅只是虚伪的装饰。那么,"仁"是什么？孔子说"克己复礼为仁","仁"即"爱人"(均见《论语·颜渊》)。可见,《论语》中"文"的意义也包含了现在狭义的"文学"。因为《论语》文学观的核心强调文学是人,特别是君子必备的文化素养,使人具有"爱人"并"泛爱众"(《论语·学而》)精神。换言之,学"文"只是手段,"亲仁"才是最终目的。

　　如上所述,《论语》中"文"的概念除了有广义上文化的意义以外,还包含了"五经"(《易》《诗》《书》《礼》《春秋》)、文艺创作以及一般应用文章。"五经"和文艺创作意义上的"文"的范围比礼乐制度意义上的"文"的范围要狭窄。因此,也就更接近于狭义的文学概念。孔子是从四个方面来教育弟子的,这见于《论语·述而》篇所说的"子以四教,文、行、忠、信"。这里的"文"指的是文学,"行"指的是德行,"忠"指的是政事,"信"指的是言语,所以其弟子各有所长,比如"德行:颜渊、闵子骞、冉伯牛、仲弓;言语:宰我、子贡;政事:冉有、季路;文学:子游、子夏"(《先进》篇)。这里的"文"与"文学"实际上包含了一般所谓的学术和文章两方面。对于四教,孔子主张以德行为主,言语、政事其次,文学再次,但在讲学方法上是以"文"为先的。这是因为具备德行也是要从学文开始的。故王应麟的《困学纪闻》中说:"四教以文为先,自博而约。四科以文为后,自本而末。"从道德修养与学术文章的关系来看,孔子强调以德行为本,文学为末。《论语·学而》篇说:"弟子入则孝,出则弟,谨而信。泛爱众而亲仁,行有余力,则以学文。"这是后来的中国文学思想史中以道为主、文为辅的思想渊源。评价中国文人历来要求在道德和文学两方面都很优秀,而道德尤为重要。但是,孔子之后的儒学家在阐述《论语》和孔子的思想时,受各自所处时代的社会思潮影响,加之自身有不同的见解,往往与《论语》中孔子本意存在分歧。例如,宋代的道学家不仅有重道轻文的倾向,甚至还存在"作文害道"(程伊川言,参见《二程语录》)的见解。事实上,孔子是非常重视文的,主张道与文,德与言是一致的。《左传》襄公二十五年中记录着孔子这样的话:"志有之。言以足志,文以足言。不言,谁知其志?言之无文,行而不远。""志"即为人的道德理想,政治抱负。"言"是表达人的志向的。假如言辞不加以修饰,文章缺乏丰富内容,难以充分表达自己的志向,也不能流传久远。《论语·宪问》篇里曾说:"为命,裨谌草创之,世叔讨论之,行人子羽修饰之,东里子产润色之。"所以,孔子极为重视语言文字的修饰。

在孔子的文学思想里,虽然强调以内容为主,但也很注重形式,且应当以完整严密的形式来叙述内容。因为孔子认为文学的内容与形式是不可分割的。《颜渊》篇中记载了孔子的弟子子贡对孔子的这种思想所做的发挥:"棘子成(卫大夫)曰:'君子质而已矣,何以文为?'子贡曰:'惜乎,夫子之说君子也。驷不及舌!文犹质也,质犹文也;虎豹之鞟,犹犬羊之鞟。'"鞟是没有毛的皮,如果仅仅只是皮,那么虎豹之皮和犬羊之皮是很难区别的。这说明质与文、内容与形式,应当表里一体,互相结合,有不同毛色的皮,就是特定的动物,可以区别是虎豹还是犬羊。《礼记·表记》中引用了孔子说的"情欲信,辞欲巧",这就是说文章内容的真实性与言辞的巧妙同样都是必要的。魏晋时期的文学理论家刘勰在《文心雕龙》中论述文学内容及形式的《情采》篇里对子贡所述做过解说:"夫水性虚而沦漪结,木体实而花萼振,文附实也。虎豹无文,则鞟同犬羊,犀兕有皮,而色资丹漆,质待文也。"孔子之所以重视形式,是因为由此可以充分、清楚地表达内容。所以,不能单单施以文饰,而不充实内容。孔子说"辞,达而已矣"(《论语·卫灵公》),这里的"达",即指语言不仅要意思明了,还要有充实精练的表达,但要做到"达"绝非易事。因而苏轼在《答谢民师书》中说:"夫言止于达意,即疑若不文,是大不然。求物之妙,如系风捕影,能使是物,了然于心者,盖千万人而不一遇也。而况能使了然于口与手者乎?是之谓辞达。辞至于能达,则文不可胜用矣。"这里苏轼不仅阐述了自身观点,而且对孔子的文学思想作了深入发挥。《论语》作为一部语录体著作是思想史上的杰作,不仅内容丰富,意义深远,而且语言精练,包含文学性。比如"岁寒,然后知松柏之后凋也"(《论语·子罕》)、"割鸡焉用牛刀"(《论语·阳货》)等语句,之所以沿用至今,也说明了《论语》的文学思想与文学创作是一致的。

《论语》的文学理论也反映在对中国古代最为重要的诗歌集《诗经》的评价中。《诗经》不单是古代的第一部诗歌总集,它也被称为涵盖政治、伦理、道德、文化修养多方面的百科全书。因此,在当时它的主要价值还不是作为文学作品有很高审美意义,而是在于它是整个社会教育君子如何为人处事的典范。《左传》僖公二十七年中赵衰说过:"《诗》《书》,义之府也;礼乐,德之则也。"这说明春秋战国时期将《诗经》放在了非常特殊的地位,并将其作为言语行为、礼仪举止、道德品行的标准。孔子及其弟子对《诗经》也都是这样看的。比如,孔子教导自己的儿子伯鱼说:"不学《诗》,无以言。"(《论语·季氏》)对当时的君子来说,想要修身、齐家、治国、平天下,首先要从学习《诗经》开始。尤其要认真研读《诗经》的《周南》和《召南》这些记录周公与召公的仁德之治以及风俗教化的篇章。所以,孔子教导伯鱼:"人而不为《周南》《召南》,其犹正墙面而立也与?"(《论语·阳货》)"仁"即君子道德修养的最高标准,要修养仁德,就必须学习《诗经》。"兴于《诗》,立于礼,成于乐。"(《论语·泰伯》)。这是因为《诗经》为人们提供了符合儒家道德规范的各种具体典范,且相对于抽象的思想原则,具体事例更容易让人理解领会。比如《论语·八佾》篇中孔子与弟子子夏在讨论《诗经·卫风·硕人》时:"子夏问曰:'巧笑倩兮,美目盼兮,素以为绚兮。何谓也?'子曰:'绘事后素。'曰:'礼后乎?'子曰:'起予者商也!始可与言诗矣。'"所谓"绘事后素"即仁在先,礼在后,也就是在告诉人们,仁为本质,礼只不过是表现出来的形式而已。或许这样的理解有些牵强附会,但通过诗歌的具体形象,更便于向人们说明蕴含其中的深刻道理。"立于礼"是说应在学诗的基础上,要更进一步树立遵循礼仪规范。这样就可以在为人处世上具备明确的方向性。也就是说,在理论原则的指导下,能更为自觉地行动。因此,孔子主张"不学《诗》,无以言"(《论语·季氏》)。"成于乐"即指人类的道德修养仅仅依靠学习书本上的知识是不够的,要通过雅乐的陶冶,是自己自觉地形成崇高的道德精神,培养性情,改变气质,以便本能地达到"非礼勿视,非礼勿听,非礼勿言,非礼勿动"(《论语·颜渊》)的境界。正是因此,孔子将《诗经》的学习研究视为人们道德修养的基础。

孔子为何如此重视《诗经》?这是因为孔子认为熟练掌握《诗经》,对从事政治、军事以及外交等事务有很大帮助,是必要的手段。春秋时代的士大夫几乎都在仔细研读《诗经》,还能背诵。并且在人与人的交往过程中,常借助引用《诗经》中的词句来表达自己的意见。尽管有时引申意与《诗经》的原意大相径庭,但如果对《诗经》内容不熟,就难以理解对方意思,而导致话不投机,乃至遭到轻蔑的情况也常出现。这在当时的政治军事以及外交活动中尤为突出。因此孔子说:"诵《诗》三百,授之以政,不达;使于四方,不能专对。虽多,亦奚以为?"(《论语·子路》)当时各国外交使节对政治、军事事务的交涉,以及参与的各种宴请等,往往都用朗诵《诗经》来表明意思,而并不直接说明。例如,《左传》文公十三年记载了郑伯求鲁文公与晋国交涉的一段。从内容来看,几乎都是郑子家与鲁季文子之间以"赋诗"的形式进行交涉的。另外,襄公八年的记载中,晋范宣子作为使节赴鲁。其目的是获得鲁国的帮助攻打郑国。但并未直说,而是吟诵《诗经·召南·摽有梅》的"求我庶士,迨其今兮",借以暗示如今正是攻打郑国的好时机,希望鲁国相助。于是,鲁季文子借《诗经·小雅·角弓》的"兄弟婚姻,无胥远矣",同意相助攻打郑国。由此可见,孔子所说的"不学诗无以言",实际上充分反映了当时的实际社会状况。

孔子全面高度评价文学所具备的社会作用。《论语·阳货》篇中说:"小子!何莫学夫《诗》?《诗》,可以兴,可以观,可以群,可以怨。迩之事父,远之事君,多识于鸟兽草木之名。"这就是说学习《诗经》,可以获得丰富知识,开阔视野。因为《诗经》中包含了许多与自然、社会相关的知识。孔子所说的"事父,事君"是指《诗经》中阐述了正确的君臣、父子、夫妇各类人伦关系,研读《诗经》可以懂得如何确立正确的人伦关系。再者,孔子所提出的兴、观、群、怨是文学审美观点上极为重要的理论概念。但是"可以兴"的"兴"与"兴于诗"的"兴"是不同的。"兴于诗"的"兴"是起兴,"引起"(包咸注、朱熹注)的意思。"可以兴"的"兴"是"感发意志"(朱熹注)。同样,朱熹的《诗传纲领》中所解释的"托物兴辞",何晏的《论语集解》中引用孔安国的"引譬连类"之说,也都是源于诗歌能以生动而具体的艺术形象带给人们美感,触动情感,引起人们丰富的联想。总之,这既是诗歌的审美特质,也是文艺特征。正因为如此,清代诗人王夫之把是否"可以兴"作为划分是否为诗的界限(《唐诗评选》之孟浩然《鹦鹉洲送王九之江右》的评语)。后来的文学批评里"兴致""兴趣""兴象"等概念也都是由此发展而来的。"可以观",即指通过诗歌可以看出政治得失与风俗是非,了解社会状况。刘勰《文心雕龙·时序》篇的"文变染乎世情,兴废系乎时序","歌谣文理,与世推移,风动于上,波震于下",即是由"可以观"发展而来。"可以群"是指文学具有将人们团结在一起的作用。但是,正如《论语集解》里引用孔安国的"群居相切磋"那样,诗是促使人"泛爱众"的,而不是让人结成小宗派、小集团的。因而孔子认为"君子矜而不争,群而不党"(《论语·卫灵公》)。"可以怨"是指文学具有批判弊政的作用。就是所谓的"怨刺上政"(《论语集解》所引孔安国之言)的意思。"可以怨"的思想与后来的文学批评理论中所提出的"讽谏说"有直接关联,可以说影响很大。

孔子认为《诗经》所有的作品在思想上都是与以仁义礼乐为中心的儒家政治以及伦理道德相符的。《论语·为政》中说:"《诗》三百,一言以蔽之,曰思无邪。"这里所提到的"思无邪"是《诗经·鲁颂·駉》篇的诗句。"思"为助词,"无邪"是指诗的思想内容要"归于正"的意思。邢昺的《论语注疏》中指出:"诗之本体,论功、颂德、止僻、防邪,大抵皆归于正。于此一句可以当之也。"然而,关于《诗经》的思想内容是否均为"无邪"这一问题,孔子之后的儒家学者各有不同见解。汉代儒家认为是指《诗经》所有作品内容都"无邪",《毛诗》的大小序就是其代表。但是,如果用"无邪"来解释《诗经》的全部作品内容,那就会有不少牵强附会的地方。尤其是对《诗经》写民间歌颂爱情的作品,作如此解释明显与诗的原义不相符合。因此,宋儒,特别是朱熹,就阐述了与之完全不同的观点。朱子认为"无邪"乃是指"读诗人思无邪",而不是"作诗人思无邪"。因此朱子认为《诗经》各篇虽有"正"亦有"邪",但"善为可法,恶为可戒,故使人思无邪也"(《朱子语类》)。朱熹之说诚然有理,但孔子本意应当还是指作者所写诗的内容"思无邪"。那么,孔子将《诗经》的恋爱诗与怨刺诗归为"无邪"的理由为什么与宋儒的解释有所不同?恋爱诗歌颂的是真情实爱,反映了民情风俗,并非有伤风化的淫诗。怨刺诗也属于对时政的弊端表达不满的"讽谏"作品,均符合礼仪。所以从整体来看,《诗经》具有"温柔敦厚"的风格。这才是孔子的"诗教"。

综上所述，《论语》中孔子及其弟子的文学思想内容非常丰富。不仅言及先秦时期的文学特色，其自身也具有完整的理论体系。这些都是古代中国封建社会的儒家文学思想发展的基础，曾对中国古代文学以及文学批评理论有着巨大的影响，因此更需要加大力度认真研究。

原载《江河万里流》，
日本龟阳文库，能古博物馆，1994年

漫谈老庄的文艺观和美学观

近几年来,对老庄的文艺和美学思想的评价,与过去相比,发生了很大的变化。大家都感到老庄的文艺和美学思想不仅有很可贵的积极方面,而且是形成我国古代文艺和美学民族传统的十分重要的思想理论基础。

老子和庄子的思想并不完全相同,但是历来老庄并称也不是没有理由的。至少,他们在文艺和美学思想的一些基本点上是一致的。不过,庄子的文艺美学思想要更丰富、更充实,这也是和他哲学、政治思想的丰富、充实和独特特点分不开的。庄子生活在奴隶社会向封建社会过渡的大变动时代①,他对这个时代的社会黑暗面有十分清醒的认识。他在《在宥》篇中说:"今世殊死者相枕也,桁杨者相推也,刑戮者相望也。"被处死的人骸骨堆积,戴镣铐的人连续不断,被刑杀的人到处可以看见,而所谓"圣知"不过是"桁杨接槢"(镣铐的楔木),"仁义"不过是"桎梏凿枘"(枷锁的孔轴)。在这个"饥者不得食,寒者不得衣,劳者不得息"(《墨子·非乐》),甚至"易子而食,析骸以爨"(《左传》宣公十五年)的时代,庄子尖锐地指出:"窃钩者诛,窃国者为诸侯,诸侯之门而仁义存焉。"(《胠箧》)新兴地主阶级代替没落的奴隶主阶级,对人民群众来说,只是从一种剥削制度转向另一种剥削制度,从一个苦难的深渊被抛进另一个苦难的深渊,并不能改变他们受剥削、受压迫的悲惨命运。庄子思想中也确实有着浓厚的悲观厌世和虚无主义色彩,但我认为它并不是没落阶级思想情绪的表现,而是广大人民群众在社会制度变革时期遭受到空前未有的深重灾难,而又找不到出路的一种消极思想情绪的反映。在这方面,正如对十九世纪托尔斯泰的悲观绝望和虚无主义不能看作是没落贵族意识,而是资本主义代替封建制度的"变革"时期广大不觉悟群众的意识。悲观主

---

① 古史分期问题学术界有争议,我是不赞成魏晋封建说的,此处采取郭老说。

义、不抵抗主义、向精神呼吁，是这个时代必然要出现的思想体系。因为当时俄国广大农民在几世纪的封建农奴制压迫下积累了无数的愤怒和仇恨，而资本主义又给他们带来了空前未有的破产、贫困、饿死等巨大灾难，所以他们产生这样的思想情绪是不奇怪的。庄子思想中对现实愤怒揭发和批判，又悲观厌世，幻想回到古朴的原始社会的特点，也正符合于春秋战国这个社会大变动时期广大群众的思想状况。当时的广大小生产者，特别是一些独立手工业者，对使他们无法生存下去的现实极端不满，幻想有一个无争无斗，既无"机心"亦无"机事"、互不侵犯的、绝对自由的社会环境，希望能按照自己的聪明才智、个性爱好去自由自在地生活。他们在现实中找不到这一切，只好把理想寄托于浑浑噩噩的初民生活时代。庄子认为，如果人们在精神上能"独与天地精神往来"（《天下》），都达到了完全顺应自然的"道"的境界，即能"无为而无不为"，那么，现实间的种种明争暗斗、尔虞我诈、贪婪掠夺、攻伐杀戮、恃强凌弱、压迫剥削，也就都不复存在了。所以，庄子对"人为"的一切都持坚决的否定态度，而对"天然"的事物，则给予了最大限度的肯定和赞美。他明确提出要"无以人灭天，无以故灭命"（《秋水》）。这里的"天"即指自然，而"命"则是指事物的自然规律。庄子认为不能用人为的力量去任意改变事物客观规律，而必须尊重和顺应事物的客观规律。

老庄的文艺和美学思想正是和这样的政治、哲学思想密切地联系着的。他们崇尚天然之美，反对人为造作之美。他们认为最高最美的艺术应该是不依赖于"人工"的"天工"之产物。他们对社会上流行的文艺和美学观念持一种极端鄙弃的态度。庄子认为凡是人工之美、人为的艺术，都是不完善的，有缺陷的，只有天工之美、天然的艺术，才是最高的、最完善的。这是老庄文艺和美学思想的核心。过去人们常常把老庄说成是反对文艺的，因为老子说过，"信言不美，美言不信"。又说："五色令人目盲，五音令人耳聋，五味令人口爽。"庄子也说过，"擢乱六律，铄绝竽瑟，塞瞽旷之耳，而天下始人含其聪矣。灭文章，散五采，胶离朱之目，而天下始人含其明矣"（《胠箧》）。又说："五色不乱，孰为文采；五声不乱，孰应六律；夫残朴以为器，工匠之罪也。"（《马蹄》）其实，老庄并不是否定文艺和美学，也不是像有的人所说是对无节制地追求感官愉快的否定，而是不赞成那种人工之美,而强调天工之美。他们把天然之美和人为之美对立起来,认为有了人为之美,就必然会破坏天然之美,于是古代的艺术家瞽旷等,就被看成破坏人们天然审美意识的罪人。庄子在这一方面比老子有更大的发展,他并不简单地否定人为的艺术,而是认为人只要能在精神境界上进入任其自然、与"道"合一的状态,亦即"心斋"和"坐忘"的状态,使"天地与我并生,而万物与我为一"(《齐物论》),那么,他所创造的艺术也就与"天工"毫无区别了,这时的"人工"也就是"天工"这一点非常重要,因为艺术是人的创造活动的产物,如果把人工艺术否定了,那还有什么艺术呢?而庄子则主要是要求艺术创造者在精神上与自然同化,从而使他创造的艺术绝无任何人工之迹,而完全达到天生化成的最美境界。这正是他所讲的庖丁解牛、轮扁凿轮、梓庆削木为鐻、津人操舟、吕梁丈夫蹈水、痀偻者承蜩等一系列著名的技艺故事之精义所在。我国古代艺术创作理论中所强调的艺术创造者必须进入"物化"的境界,即是由此而来的。

庄子这种提倡天然之美,反对人为造作之美的思想,在音乐、绘画、文学等方面,都有具体的发挥。庄子认为最美的音乐是"天籁""天乐"。"天籁"是不依赖于任何外力的自然界众窍的"自鸣"之美,这也就是"天乐",《天道》篇说:"与天和者,谓之天乐。"恰如《天运》篇中描写黄帝的"咸池之乐",其特点是:"听之不闻其声,视之不见其形,充满天地,苞裹六极。"成玄英释道:"大音希声,故听之不闻;大象无形,故视之不见;道无不在,故充满天地二仪;大无不包,故囊括六极。"可见,"天籁""天乐"正是对老子"大音希声,大象无形"的美学思想的具体发挥。"天籁""天乐"之所以是最高最美的音乐,因为它是至高的"道"的体现,虽然"不闻其声",却使你体会和想象到全部最完善的音乐美,而人为的音乐,即使是最优秀的音乐家,也只能表现出音乐美的一部分。所以,庄子认为"无声"比"有声"要高得多。王弼注《老子》的"大音希声"道:"听之不闻名曰希,不可得闻之音也。有声则有分,有分则不宫而商矣,分则不能统众,故有声者,非大音也。"无声之乐方能统众音之美,有声之乐则非宫即商,很难有"全"之美。庄子在《齐物论》中也说:"有成与亏,故昭氏之鼓琴也,无成与亏,故昭氏之不鼓琴也。"昭氏是古代著名的音乐家。他一鼓琴,虽能有所"成",能表达出一部分音乐美,而对其他没有能表达出来的音乐美就是有所"亏"了。他不鼓琴,反而能使人领会真正最完善的音乐美。后来萧统在《陶渊明传》中说陶渊明有"无弦琴一张","每酒适,辄抚弄以寄其意",正是为了从想象中去获得完美的琴音。和"天籁""天乐"相一致,在绘画上庄子最欣赏的是"解衣般礴"式的画。他认为天赋的真形便是最美的画,这是任何人工的绘画所不能比拟的。

庄子这种美学观点对文学创作的影响,主要反映在对言意关系的理解上。文学是语言的艺术,如何理解言意关系必然要深刻地影响到对文学的艺术美要求。儒家重视人工修饰之美,注重言教,认为言是可以尽意的。老庄则与之相反,他们重视天工,提倡天然之美,主张行"不言之教",认为言是不能尽意的。"道"是不可言喻的,"妙理"是超乎言意之表的。庄子认为用语言文字所书写的书籍不过是一堆糟粕。《天道》篇说:"意之所随也,不可以言传也。"庄子发挥了老子"知者不言,言者不知"的思想,提出:"可以言论者,物之粗也。可以意致者,物之精也。言之所不能论,意之所不能察致者,不期精粗焉。"恰如郭象所解释的:"故求之于言意之表,而入乎无言无意之域,而后至焉。"这就是说,真正美的文学作品应当不拘泥于语言文字的表面意思,而要求之于"言意之表"。

那么,是不是可以废弃语言文字了呢?也不是。庄子认为在言意关系上,言虽然不能尽意,却是获得意的一个工具。《外物》篇说:"筌者所以在鱼,得鱼而忘筌。蹄者所以在兔,得兔而忘蹄。言者所以在意,得意而忘言。吾安得忘言之人而与之言哉!"在庄子看来,言不过是用来象征和暗示意的一种符号,所以主要要寄言出意,得意忘言。这种观点后来得到玄学家的大力发挥,形成为玄学家的一种认识客观事物的基本方法。由玄学又影响到佛学,特别是禅宗提出"不立文字,教外别传",又进一步发展了这种观点。在庄学、玄学、佛学的影响下,这种寄言出意、得意忘言之论对我国古代文艺美学思想和文艺创作所产生的深刻影响是难以估量的。我国古代文学理论中所强调的"意在言外""文已尽而意有余""象外之象、景外之景"等等,都是以庄子所提出的这种对言意关系的理解作为其思想基础的。

正是在老庄的文艺和美学思想影响下,我国古代形成了重视"天工"

"化工"的民族艺术传统,把"天籁""天乐""解衣般礴""言意之表",作为音乐、绘画、文学创作所竭力追求的最高的理想艺术境界。老庄确实看到了在艺术创造过程中,具体的物质手段(如音乐的声音、节奏,绘画的色彩、线条,文学的语言文字等)在表现现实生活内容和描绘自然美、社会美方面,都是有一定局限性的。艺术思维过程中许多丰富生动的内容,是很难用这些物质手段把它们全部充分体现出来的。因此,他们认为要获得真正的美、真正的艺术,就必须要突破这种具体的物质表现手段的局限,善于从"有声之乐"去领略"无声之乐",从"有形之画"去想象"无形之画",从"言内之意"去体会无穷无尽的"言外之意"。也就是说,老庄的文艺和美学思想是特别重视"虚"的作用的,他们认为最美的最理想的艺术境界,不是用具体物质手段表现出来的"实"的部分,而是在于因这个"实的部分"而使你联想起的无限丰富的"虚"的部分。这大概也正是我国古代艺术中特别重视运用虚实结合的艺术表现方法的原因吧。诗歌创作上的"境生于象外";书法创作上的"计白以当黑",讲究"字外之奇";绘画上的"无画处皆成妙境",贵在"画外有画";音乐上的"此时无声胜有声"等等,都可以从老庄思想中找到它的渊源。

庄子这种对言意、虚实关系的理解,又直接导致了后来艺术创作中对形神关系的认识。庄子自己有很鲜明的重神轻形观点,不过他讲的是哲学上的形神关系,而不是艺术上的形神关系。《淮南子·说山训》中所说:"画西施之面,美而不可说(悦);规孟贲之目,大而不可畏,君形者亡焉。"正是把庄子的形神观运用之于艺术创作理论的表现。但是艺术上重神似不重形似的思想主要是在六朝受玄学影响而发展起来的。六朝的画家顾恺之最重传神,他提出的"以形写神"原则,就是建立在玄学家王弼的"言为象蹄,象为意筌"的理论基础上的。顾恺之把形看作是象征神的工具,如同蹄之于兔、筌之于鱼一样。言是实的,意是虚的,形是实的,神是虚的,而这种言意、形神、虚实的关系,本质上都是从老庄的以无为本、以有为末的哲学思想体系中派生出来的。所以,我国古代艺术创作重视传神的传统,追溯它的渊源也应当归之于庄学。

这里还有一点特别值得我们注意的是,我国古代注重艺术意境的创造,也是与老庄的文艺和美学思想影响分不开的。我们可以清楚地看到:

我国古代艺术意境的一些基本特点，比如要使"境生于象外"，做到"言有尽而意无穷"，要达到有高度真实、自然的"化境"，而无一点人工雕琢痕迹，要能使人感到"飞动"、"传神"，而反对滞板形象，要做到虚实结合，创造一个能引起读者无穷联想的、比有形描写更为广阔的艺术境界等等。这些都是明显地受庄学、玄学、禅学影响的结果，而玄学与禅学的文艺和美学思想，都是直接继承庄学的产物。

过去，我们往往只看到庄子的想象丰富的浪漫主义精神以及他的散文艺术对后来文艺创作的影响，只看到他的"三言"（即"以卮言为曼衍，以重言为真，以寓言为广"）的艺术表现手法的价值，其实这是远远不够的。从庄子对我国古代文艺和美学发展所起的巨大作用来看，这都还不是主要的方面。如果说儒家的文艺和美学思想偏重于论说它和政治、伦理、道德等方面的关系的话，那么老庄（包括后来受老庄影响的玄学和禅学）的文艺和美学思想的主要影响是在艺术美方面。可以说，我国古代的文艺美学传统正是在老庄思想的影响下形成的。

原载《文史知识》1986年第3期

融合中西,承上启下

——读王国维《人间词话》

王国维(1877—1927),字静安,是我国近现代时期的著名学者,也是一位十分重要的美学思想家、文艺批评家。王国维出生于浙江海宁县的一个没落地主家庭,青年时代对康、梁变法维新十分敬慕,曾在梁启超《时务报》馆当职员,同时在罗振玉东文学社学习。1901年在罗的资助下留学日本,不久因病回国,先后在苏州和南通的师范学堂任教,讲授哲学、心理学、伦理学、社会学等课程。1901—1905年间他主要从事哲学和美学的研究,对当时西方流行的康德、叔本华、尼采等人的著作发生了极大兴趣,也接触到洛克、休谟以及歌德、席勒等人的美学著作。1906年经罗振玉介绍在北京任学部总务司行走,后任京师图书馆编译,直至辛亥革命爆发,这期间他着重研究文艺学和艺术史,写出了著名的《人间词话》以及《宋元戏曲考》(1912)等著作。辛亥革命后随罗振玉流亡日本,1916年回国后曾任仓圣明智大学、清华大学国学研究院教授,着重研究古代史,尤其是在甲骨文、金文研究中作出了重大贡献。1927年自沉于颐和园昆明湖。

王国维在文艺和美学思想上的最重要特点是"中西结合",他企图用西方近代的美学和文学理论来解释和阐述中国古典美学和文学的传统特点。他在《论新学语之输入》一文中说,中国古代学术的特点是"实际的也,通俗的也",而西方学术特点则是"思辨的也,科学的也"。西方"长于抽象,精于分类",而中国则长于实践,以具体知识为满足,于理论方面"不欲穷究之也"。西方学术研究之缺点在"泥于名而远于实",为"一大弊",而中国则"用其实而不知其名","乏抽象之力"。为此,王国维认为只有使两者结合,取长补短,才能真正使学术研究有新面貌。他的《人间词话》即是在这样的思想指导下写作的。《人间词话》发表于1908年,在

《国粹学报》分三期连载,1926年出单行本,这是王国维生前亲自编选定稿的。王国维死后,赵万里辑录其遗著,发表《人间词话未刊稿及其他》,罗振玉编他的遗书,合两者为《人间词话》上下卷。后来徐调孚的《校注人间词话》又收集他论词片断为第三卷。近年又有人按原稿次序重新编排。但是,我们研究《人间词话》还是应当以王国维自己编选发表的部分为主,这部分不仅内容精粹,而且在编次上也是有明确意图,体现了其内在理论体系的。

《人间词话》是一部以境界为中心的有关词的理论批评专著。境界,王国维有时亦称意境,作为我国古代传统的美学范畴,其意又不限于词。因此,他对境界的一系列理论探讨,对整个文艺和美学都有重大意义。《人间词话》的前九条是王国维有关境界基本理论的系统论述。从第十条至第五十二条是对历代词人及其创作的评论,其间结合对具体作家作品的分析,论述了境界创造以及作家修养方面的重要问题。第五十三条至第六十四条,是论词的创作和诗赋戏曲小说的联系与区别的。至于后人整理发表的未刊稿及其他词论杂著,并无内在体系,但可以有助于我们领会《人间词话》主体部分的内容。

境界或意境并非王国维首次提出,但是王国维总结了我国古代有关意境的论述,并运用西方文艺和美学的某些观点,对它作了较为系统的理论分析,把我国古代关于意境的理论发展到了一个新的阶段。

首先,王国维把境界的创造提到很高的地位,认为是词(实际上也包括整个文学艺术)创作的中心问题。并且对境界的本质和特点作了比较深入的分析。王国维认为境界乃是心与物相统一的表现,是"呈于吾心而见于外物"的产物。其托名樊志厚所写之《人间词乙稿序》中说:"文学之事,内其足以摅己,而外足以感人者,意与境二者而已。"前者"观我",后者"观物",意境即是"我"与"物"之结合。在《文学小言》中他说:"文学中有二原质焉,曰景,曰情。""前者客观的,后者主观的",主观与客观融化为一,才有文学。这样他就用西方美学观点从哲学上阐明了文学意境的本质。意境是艺术形象,但又不等于艺术形象。"词以境界为最上。有境界则自成高格,自有名句。"并非所有的词都有境界,也不是凡艺术形象就一定有境界。意境是指一种有特殊美学内容的艺术形象。这种特殊的

美学内容,联系王国维的《人间词话》中有关内容来看,主要有以下几方面:

第一,要真实、自然。"能写真景物、真感情者,谓之有境界,否则谓之无境界。"这种真景真情必须建立在作者对自然和社会的深刻观察和认识上,"所知者深",方能"所见者真"。所以,"大家之作,其言情也必沁人心脾,其写景也必豁人耳目。其辞脱口而出,无矫揉妆束之态"。只有做到"不隔"方是最高境界。真实、自然是我国古代诗创造艺术意境的重要指导原则。从钟嵘提出写"即目""所见"的"直寻"说开始,像李白、皎然、司空图、梅尧臣、苏轼等一直到明清的许多文艺家都曾有过重要论述。

第二,要具有"言外之意"。王国维说:"古今词人格调之高,无如白石。惜不于意境上用力,故觉无言外之味,弦外之响,终不能与于第一流之作者也。"对于意境的这种重要美学特征,我国古代也有过许多论述。如刘勰的"隐秀"说,钟嵘的"言有尽而意无穷"说,刘禹锡的"境生象外"说,司空图的"味外之旨"说、"象外之象,景外之景"说,严羽的"妙悟"说等等,都是王国维说之所本。

第三,要生动、传神。"'红杏枝头春意闹',着一'闹'字,而境界全出。'云破月来花弄影',着一'弄'字,而境界全出。"这两个字之所以用得好,正是在于它们充分地表现出了一种动态的美和传神的美。王国维又说:"美成《青玉案》(当作《苏幕遮》)词'叶上初阳干宿雨。水面清圆,一风荷举'。此真能得荷之神理者。"这些显然都是继承了皎然的"状飞动之趣"说、司空图的"生气远出"说、王夫之和王士禛的"神理""神韵"说的结果。

其次,王国维不仅对境界的本质和美学特征作了重要论述,而且还深入地分析了境界构成的方法。他指出境界之创造有两个基本途径,一是写境,一是造境。王国维运用西方有关现实主义与浪漫主义艺术创作方法的理论来分析意境的创造。他说:"有造境,有写境,此理想与写实二派之所由分。然二者颇难分别。因大诗人所造之境,必合乎自然;所写之境,亦必邻于理想故也。"理想和现实本来是不能截然分开的,浪漫主义和现实主义也不是水火不兼容的。我国的文学发展历史也可充分说明这一点,杜甫的创作也有浪漫色彩,李白的创作也有现实根基。王国维对此中原因还作了深入的理论概括。他说："自然中之物,互相关系,互相限制。然其写之于文学及美术中也,必遗其关系、限制之处。故虽写实家,亦理想家也。又虽如何虚构之境,其材料必求之于自然,而其构造,必亦从自然之法则,故虽理想家,亦写实家也。"现实是非常复杂的,写到文学作品中只是其中一个侧面,必须要舍弃不少"关系、限制之处",而这种取舍必然是按照作家的理想与愿望来进行的。理想境界的创造,其具体材料只能从现实中来,而理想境界中所体现的精神、原则,也必然是符合现实的。《西游记》中之孙悟空、猪八戒,虽非人像,但其言语、思想、性格又是符合于某种类型的人的特点的。有的人认为王国维这种说法是受了叔本华的唯心主义美学观影响,认为王国维说的"遗其关系、限制之处",即是叔本华主张的审美观照"并不追寻这物象对其他外物的联系",这种说法是缺少根据的。我们认为王国维所说的符合文学史发展的实际。并且我国古代文论中也有过许多关于浪漫主义与现实主义的论述,只是还没有人能像王国维那样用科学的概念从哲学和美学的高度来分析理想与现实的辩证关系。因此,王国维的这种精要的论述,无疑对我国文学理论的发展,是有极为重大的促进作用的。

再次,王国维对境界按其美学特征分为"有我之境"与"无我之境"。什么是"有我之境"呢?他说："以我观物,故物皆着我之色彩。"例如："泪眼问花花不语,乱红飞过秋千去。""可堪孤馆闭春寒,杜鹃声里斜阳暮。"这就是刘勰在《文心雕龙》中所说的"物以情观""与心徘徊"。后来王夫之在《姜斋诗话》中称之为"情中景"。客观的物主观化了,变成了主观意识的象征,客观的物本身的特征就隐蔽而不明显了。什么是"无我之境"呢?他说："以物观物,故不知何者为我,何者为物。"例如："采菊东篱下,悠然见南山。""寒波淡淡起,白鸟悠悠下。"所谓"无我之境",并不是真正"无我",而只是以对物的客观描写为主,"我"则隐藏于其中,与物的特征相一致。这就是刘勰所说的"情以物兴""随物宛转",亦即王夫之所说的"景中情"。作者的主观意识完全融于客观的物中,写的是物,而其中有"我",但是又看不出有"我"。王国维又指出："无我之境,人惟于静中得之。有我之境,于由动之静时得之。故一优美,一宏壮也。"所谓"优美""壮美"本是由西方美学中移植过来的概念,而动静之说则是我国古代美学的传统观点。我国古代的"阳刚之美"和"阴柔之类",实际上说的也就是"壮美"和"优美",如词的豪放派与婉约派即与此有关。不过,王国维的"优美""壮美"以"无我之境""有我之境"来分,和我国传统说法不同。"阳刚之美""阴柔之美"并不是以"有我""无我"来分的。

最后,关于如何判别境界的优劣,王国维提出了一个重要的原则就是"不隔"。"隔"与"不隔"既是境界的创造原则,同时又是境界高低的批评标准。从王国维对词的创作中"隔"与"不隔"的实例分析来看,我们可以知道必须要达到我们前面所说的境界的美学特征,方是"不隔"。他说陶渊明、谢灵运、苏轼的诗"不隔",即是指其真实自然、生动传神而又有"言外之意"而说的。颜延之、黄庭坚的诗,姜夔的词"隔",即指其用典过多而损害了生动、自然之美而言。故似"雾里看花"一般,而无"直寻"真美。他说欧阳修的词《少年游》前半部分"语语都在目前,便是'不隔'",而写到"谢家池上,江淹浦畔","则隔矣",也是说的因用典而费解,无"直致"之奇矣! 他赞扬《古诗十九首》中的"生年不满百""服食求神仙"等篇,说"写情如此,方为不隔",又赞扬陶渊明"采菊东篱下"、斛律金《敕勒歌》"天似穹庐"等说"写景如此,方为不隔",也就是指其"能写真景物、真感情"而言。他说马致远的《天净沙》小令"深得唐人绝句妙境",即是强调它有"言有尽而意无穷"之妙。

为了创造出"不隔"的境界,王国维在《人间词话》中还对词人和诗人的修养问题,发表了一些很重要的见解。第一,他提出诗人"对宇宙人生,须入乎其内,又须出乎其外",只有能"入乎其内",掌握宇宙人生之奥秘,才能对它作出有"生气"的具体描写,只有能"出乎其外",从具体的现实人生中摆脱出来,站得高,看得远,才能比较客观地去评价宇宙人生,不至于坐井观天,只见树木不见森林。这样作品方能有"高致",所以王国维说既要"重视外物",又要"轻视外物"。这正是对苏轼在《送参寥师》中所说既要"阅世走人间",又要"观身卧云岭"的一个发展。第二,要创造具有"不隔"境界的优秀作品,诗人需要经过三个阶段。他说:"古今之成大事业、大学问者,必经过三种之境界。'昨夜西风凋碧树。独上高楼,望尽天涯路。'此第一境也。'衣带渐宽终不悔,为伊消得人憔悴。'此第二境也。'众里寻他千百度,蓦然回首,那人却在灯火阑珊处。'此第三境也。"

第一境是认识阶段,要深入广泛学习各家之创作经验,探求其内在规律,这正是对严羽所谓要"遍参"诸家,识其优劣之说的进一步发挥。第二境是实践阶段,要下一番苦功夫,虽精力消耗、体质减弱,犹不悔也。经过这样的艰难创作训练,就可能由必然王国进入自由王国,达到第三境,即功到自然成的阶段,恰如宋人吴可《学诗诗》所说:"直待自家都肯得,等闲拈出便超然。"第三,王国维认为要创造"不隔"境界的一个重要关键是诗人须有自己的真情实感。他赞扬尼采的话:"一切文学,余爱以血书者。"他说李后主之词"真所谓以血书者也"。不过在对这一点的分析上,王国维也表现了他的局限性。他说:"词人者,不失其赤子之心者也。故生于深宫之中,长于妇人之手,是后主为人君所短处,亦即为词人所长处。"强调真情实感这是对的,但诗人的真情实感有很多是从社会实践中来的,而不全是由"赤子之心"中来的。他说:"主观之诗人,不必多阅世。阅世愈浅,则性情愈真,李后主是也。"这就也有片面性。第四,王国维提出"词人观物,须用诗人之眼,不用政治家之眼"的问题,这也需要有分析地来看。其中有正确的方面,即诗人观物,要"通古今而观之",不受具体的"一人一事"之限制,不受某种特定的利害关系之束缚。但是他把"政治家之眼"看成都是"域于一人一事",受具体利害关系束缚的,这种说法也过于笼统。先进的政治家也是可以突破这种局限,摆脱这种束缚的,而艺术家也并非都能"通古今而观之"。他这种看法可能是受康德、叔本华超功利美学思想的影响。

《人间词话》中对历代词人的评论也有很多精彩之处,可以帮助我们深入领会王国维以境界为中心的美学思想体系。《人间词话》上承我国古代文艺和美学,下启我国现代文艺和美学,在我国文艺和美学思想发展史上有很重要的地位。

原载《文史知识》1985年第8期

李卓吾的小说理论与《水浒传》的评点

李卓吾对通俗白话小说的大力提倡,促进了小说创作的发展和小说理论批评的繁荣,而这又是以他为首的反理学、反复古文艺新思潮的重要组成部分。明代嘉靖、万历年间,随着封建制度的腐朽没落,礼教虚伪丑恶面目的日益暴露,市民阶层扩大和商品经济发展导致资本主义萌芽因素的出现,思想文化界掀起了一次大规模的反理学、反传统的浪潮,体现了人性觉醒、思想的解放。其代表人物即是李贽。

李贽(1527—1602),号卓吾,又号宏甫,别号温陵居士,泉州府晋江县人。李贽是明代一位著名的进步思想家和文学家,他对封建社会后期统治阶级的官方正统思想——理学,进行了尖锐的批判,具有非常强烈的叛逆性。他无情地揭露了口不离程朱理学,标榜"存天理、灭人欲"的道学家的极端虚伪性,指出他们不过是借"道学以为富贵之资"(《三教归儒说》),"口谈道德而心存高官,志在巨富"(《又与焦弱侯》)。李贽大胆地提出了对传统观念的怀疑,认为千百年来之所以是非不分,黑白不辨,乃是因为"咸以孔子之是非为是非,故未尝有是非耳"(《藏书·世纪列传总目前论》)。而孔子除了"唯酒无量"之外,"其余都与大众一般"(《四书评》),因此决不能"以孔子之定本行罚赏"(《藏书·世纪列传总目前论》)。他认为圣人和凡人是平等的,"圣人不曾高,众人不曾低"(《复京中友朋》),"麒麟与凡兽并走,凡鸟与凤凰齐飞"(《答耿司寇》)。在《答以女人学道为见短书》中,他表现了一定程度的男女平等思想,认为妇女的"见识"不一定比男子低。针对程朱理学的"存天理,灭人欲"纲领,他提出要顺应人的"自然之性"(《初潭集》卷八),充分满足人们的欲望要求,主张要"率性之真"(《答耿中丞》),以带有个性解放色彩的观念来反对封建的等级观念和禁欲主义。他认为满足人们基本的物质要求,即是"天理"。在《答邓石阳》一文中说:"穿衣吃饭,即是人伦物理,除去穿衣吃饭,无伦物矣。"反对把"天理"和"人欲"对立起来。为此,他十分痛恨贪官污吏，同情农民起义。他指出人民之所以"铤而走险"，乃是官吏所逼迫的结果，是"官逼民反"。在《因记往事》中，他说当时横行海上三十余年的林道乾虽为"海盗"，而实际是有"二十分才""二十分识""二十分胆"之英雄。"唯举世颠倒，故使豪杰抱不平之恨，英雄怀罔措之戚，直驱之使为盗也。"他之所以十分同情水浒英雄，冠《水浒传》以忠义之名，正为此也。他在《忠义水浒传序》一文中说：

　　《水浒传》者，发愤之所作也。盖自宋室不竞，冠屦倒施，大贤处下，不肖处上。驯致夷狄处上，中原处下，一时君相犹然处堂燕鹊，纳币称臣，甘心屈膝于犬羊已矣。施、罗二公身在元，心在宋；虽生元日，实愤宋事。是故愤二帝之北狩，则称大破辽以泄其愤；愤南渡之苟安，则称灭方腊以泄其愤。敢问泄愤者谁乎？则前日啸聚水浒之强人也，欲不谓之忠义不可也。是故施、罗二公传《水浒》而复以忠义名其传焉。

　　夫忠义何以归于水浒也？其故可知也。夫水浒之众何以一一皆忠义也？所以致之者可知也。今夫小德役大德，小贤役大贤，理也。若以小贤役人，而以大贤役于人，其肯甘心服役而不耻乎？是犹以小力缚人，而使大力者缚于人，其肯束手就缚而不辞乎？其势必至驱天下大力大贤而尽纳之水浒矣。

这与其说是一种文艺批评，不如说是一种社会批评更为确切。他之所以评点《水浒》、推崇《水浒》，正是出于对明代社会腐朽、黑暗的愤恨，欲借对《水浒》的批评而"泄其愤"也！

李贽的文艺思想核心是提倡"真情"，反对"假理"，它集中反映在《童心说》一文中。李贽认为像《水浒》这样的"天下之至文"，都是出自未经理学污染的"童心"的，什么是"童心"呢？即是天真无瑕的儿童之心。"夫童心者，绝假纯真，最初一念之本心也。""夫童心者，真心也。"儿童之"真心"，"绝假纯真"，没有受过社会上流行的"闻见道理"的影响。而这种"闻见道理"实际上即是指封建社会中的传统观念，理学家所崇奉的那些封建礼教、伦理道德。所以他说，"闻见道理"入于人心，而童心遂失。

"童心既障,于是发而为言语,则言语不由衷;见而为政事,则政事无根柢;著而为文辞,则文辞不能达。非内含于章美也,非笃实生辉光也,欲求一句有德之言,卒不可得。所以者何?以童心既障,而以从外入者闻见道理为之心也。"这种"童心"实际上也就是指的人的本性,"童心"之美,亦即人性之美也。所以,以"童心"为"天下之至文"之源,也即是说,作家必须表现出摆脱了理学桎梏的人性之美,方为最美之佳作。童心一失,则都"以假人言假言,而事假事文假文"了。焉知"天下之至文,未有不出于童心焉者也"!出于童心者即为"真情",而出"闻见道理"污染之心者即为"假理"。以"真情"反对"假理",亦即以"人欲"反对"天理",以"人性"反对理学的"理性"。毫无疑问,这是一种反封建的、具有叛逆性的文艺主张。这反映了他由社会政治思想上的解放而导致文艺思想上的解放!

从这样一个思想出发,李贽认为文学创作决不是像道学家所说的"代圣人立言",更不是为了进行虚伪的仁义道德说教,而应当是人们郁结于胸中之真情不得不发之产物。其《杂说》一文中说:"且夫世之真能文者,比其初皆非有意于为文也。其胸中有如许无状可怪之事,其喉间有如许欲吐而不敢吐之物,其口头又时时有许多欲语而莫可所以告语之处,蓄极积久,势不能遏。一旦见景生情,触目兴叹;夺他人之酒杯,浇自己之垒块;诉心中之不平,感数奇于千载。"可见,只有胸中真实感情之自然流露,才是真正的好作品,而矫揉造作、虚伪雕琢者,皆非真心之文学。李贽甚至对圣人之作也给以了尖锐的批评,他说:"然则六经、《语》《孟》,乃道学之口实,假人之渊薮也,断断乎其不可语于童心之言明矣!"所以他坚决反对复古模拟之作,认为并不是古人的一定就好,今人的一定不好,从表现"童心"出发,坚决反对亦步亦趋地模拟古人。"苟童心常存,则道理不行,闻见不立,无时不文,无人不文,无一样创制体格文字而非文者。诗何必古选,文何必先秦。降而为六朝,变而为近体;又变而为传奇,变而为院本,为杂剧,为《西厢曲》,为《水浒传》,为今之举子业,皆古今至文,不可得而时势先后论也。吾故因是而有感于童心者之自文也,更说甚么六经,更说甚么《语》《孟》乎!"他非常有力地批驳了当时盛行于文坛的复古主义文艺思想的荒谬。李贽在这里论述到文学的历史发展时,还很突出地体现了"变"的观念。由于文学出自"童心",故任何时代的人都有自己的"童心",也有自己的"至文",文学也必然要有发展变化,不能认为先秦之文、盛唐之诗就是最好的。李贽的这些思想,后来在公安派那里又得到了进一步的发展。

从创作体现"童心"的"至文"出发,李贽提出了艺术上的"画工"与"化工"的问题,而具有"童心"之"至文"当然是和自然、传神的"化工"之类相联系的。他说:"《拜月》《西厢》,化工也;《琵琶》,画工也。夫所谓画工者,以其能夺天地之化工,而其孰知天地之无工乎?今夫天之所生,地之所长,百卉俱在,人见而爱之矣。至觅其工,了不可得,岂其智固不能得之欤!要知造化无工,虽有神圣,亦不能识知化工之所在,而其谁能得之?由此观之,画工虽巧,已落二义矣。文章之事,寸心千古,可悲也夫!"李贽所说的"画工",即是指人工;而"化工",则是指天工。人工"虽工巧之极",终究还是"似真非真",感人不深;而"化工",如《西厢》《拜月》,则"意者宇宙之内,本自有如此可喜之人,如化工之于物,其工巧自不可思议尔"。这种强调"化工"的美学观,是与其主张写自然真情分不开的。其《读律肤说》一文中云:"盖自声色之来,发于情性,由乎自然,是可以牵合矫强而致乎?故自然发于情性,则自然止乎礼义,非情性之外复有礼义可止也。惟矫强乃失之,故以自然之为美耳,又非于情性之外复有所谓自然而然也。"李贽有力地驳斥了"发乎情,止乎礼义"之说,指出自然发于情性,礼义即在其中,不必另外用什么礼义来束缚,只有这样才符合自然之美;而以礼义外加之,人为牵合,必然反失自然之美,那样也就不可能达到"化工",至多不过"画工"而已。因为提倡"化工",故要求文学作品不能有任何人为雕琢痕迹,其《杂说》中云:"追风逐电之足,决不在于牝牡骊黄之间;声应气求之夫,决不在于寻行数墨之士;风行水上之文,决不在于一字一句之奇。若夫结构之密,偶对之切;依于理道,合乎法度;首尾相应,虚实相生;种种禅病皆所以语文,而皆不可以语于天下之至文也。"必如《水浒》《西厢》等"天下之至文"方可具备"化工"之美也。因为从"童心"出发,故人各有自己性格,而文也各有不同格调,决不能以古人格调为准的,一律相求。《读律肤说》又云:"故性格清彻者,音调自然宣畅;性格舒徐者,音调自然疏缓;旷达者自然浩荡,雄迈者自然壮烈,沉郁者自然悲酸,古怪者自然奇绝。有是格,便有是调,皆情性自然之谓也。莫不有情,莫不有性,而可以一律求之哉!然则所谓自然者,非有意为自然而遂以为自然也。若有意为自然,则与矫强何异!故自然之道,未易言也。"所谓"化工"者实际即是造化自然之美也。"化工"之美本是我国古代庄学、玄学、禅学之美学观的一个重要内容,而李贽又把它和反理学、反复古的文艺新思潮紧密结合在一起,而从表现自然人性之美的角度,赋予了新的意义。

李贽对《水浒传》等小说、戏剧的评点,正是在上述这样的文艺思想指导下进行的。李贽对《水浒传》进行过详细的评点,是没有疑问的。他本人在《与焦弱侯》一文中曾说过:"《水浒传》批点得甚快活人,《西厢》《琵琶》涂抹改窜得更妙。"(《续焚书》卷一)而袁中道《游居柿录》卷九还有一段很重要的记载,他说:

> 万历壬辰(1592)夏中,李龙湖方居武昌朱邸。予往访之,正命僧常志抄写此书(指《水浒传》),逐字批点。常志者,乃赵瀼阳门下一书吏,后出家,礼无念为师。龙湖悦其善书,以为侍者,常称其有志,数加赞叹鼓舞之,使抄《水浒传》。每见龙湖称说《水浒》诸人为豪杰,且以鲁智深为真修行,而笑不吃狗肉诸长老为迂腐,一一作实法会。

袁中道这一段记载不仅进一步证实了李贽确实批点过《水浒》,而且是"逐字批点"。他还记载了李贽对水浒英雄的看法,这是与《忠义水浒传序》一致的。特别是记叙了他对鲁智深的看法,这对我们研究李贽对《水浒传》的评点极有参考价值。目前所存题为李卓吾先生批评的《水浒传》主要有两个本子,即容与堂刻本《李卓吾先生批评忠义水浒传》一百回本与袁无涯刻、杨定见《小引》中称为他所藏的李卓吾评《出像评点忠义水浒全传》。两本的评语内容有部分相近,但大部分不同。那么究竟哪一种本子是李卓吾所评,或是均非李卓吾原评本,就需要严肃认真地考订研究。学术界对此颇有争议。近年来有一种颇占优势的看法是认为容与堂本系伪托本,实际上乃是叶昼所评,而袁无涯本则为李贽评本,但又有叶昼等人的加工。此种说法以叶朗先生《叶昼评点〈水浒传〉考证》一文为最有代表性,并称叶昼为"明代文艺界的一位大评论家",他对《水浒传》的评点"是小说评点的实际开端"(叶文原载《古代文学理论研究》第五辑,后收入其《中国小说美学》)。黄霖、韩同文《中国历代小说论著选》上册亦取叶朗说,认为容本题李卓吾评实即叶昼伪托。复旦大学编写的《中国文学批评史》中册也取此说,似乎已成定论。其实,仔细考察起来,此说是很可疑的,并无一条确证。容与堂本评点的理论价值是比较高的,这功劳是否应当归于叶昼,看来还需要作深入的考辨。

　　叶朗先生所谓容与堂本系叶昼所评的说法,除根据戴望舒的一条论据外,从对容本内容分析方面作了三点补充,而这三点显而易见是站不住脚的。第一,说容本评点前署李贽的名号花样多于李贽《藏书》评语中名号,是伪托者摹仿李贽风格而"过分地膨胀了",这不大能说服人。《藏书》评语已用了"李生曰""卓翁曰""李和尚曰""李长者曰""卓吾子曰""李秃翁曰"等,容本不过增加了"秃翁曰""卓翁曰""卓吾老子曰"等几种,没有什么大的区别。而且李贽自说"《水浒传》批点得甚快活人",《水浒》性质又不同于严肃的《藏书》,多署了几种名号又有什么值得奇怪的呢?第二,说"容本"评语中对宋江的评价与《忠义水浒传序》中不一致,有矛盾。这个说法也是不确切的。序中赞扬宋江"忠义",认为水浒之众"未有忠义如宋公明者",而无批评宋江之处,这是确实的。但是叶文说"容本"只是大骂宋江为"罪之魁,盗之首""假道学,真强盗"等,则有很明显的以偏概全之嫌。事实上,"容本"评语中对宋江之接受招安、"大胆大识"、善能用人等《序》中肯定之处,也都是竭力赞扬的,两者并无不同。此点马成生先生《容与堂本〈水浒〉李卓吾评非叶昼伪托辨》一文论之甚详,是很有说服力的(文载华中工学院出版社《中国古代小说理论研究》)。李贽在序中要从总体上充分肯定《水浒》英雄,自然只突出宋江"忠义"一面,而略去了作为"强盗"的一面。而李贽对宋江一类人物一贯都是既肯定其"忠义",又指责其为"强盗"的,对于他们作为"强盗"一面,从根本上说也是不赞成的,此点在《因记往事》一文中对林道乾的评价上可以看得很清楚。因此,不能说容本评语和李贽《序》中对宋江的评价是矛盾的。第三,叶文认为现存的《李卓吾先生批评〈三国志演义〉》是叶昼伪托,其书评语风格与容本评语接近,以此作为"容本"系叶昼所评的旁证。这种说法也是很值得斟酌。因为《李卓吾先生批评〈三国志演义〉》中虽有几处出现"梁溪叶仲子谑曰"文字，但这也不能断定此种《三国演义》即是叶昼评本。叶昼可以在李贽原评本上又加上自己的评语，并把自己名字标出来。至少我们不能排斥这样一种可能性：叶昼等人只是在李贽原评本上作了增补和改动。可见，叶文补充的三条论据，并不能证明"容本"为叶昼所评。

至于戴望舒提出的论据也是具有猜测性的。他首先肯定钱希言《戏瑕》所说的《水浒》系叶昼所评，同时叶昼还编辑了《黑旋风集》行于世。然后说"容本"卷首《批评水浒传述语》说李贽"手订《寿张令黑旋风集》"，《述语》后又附告"本衙已精刻《黑旋风集》《清风史》将成矣，不日即公海内"。此与《戏瑕》说正好相符，以此说明"容本"乃叶昼所评。其实这只是一种推论，不足为据。钱希言《戏瑕》并未说明叶昼伪托的是哪种本子，而他写《戏瑕》是在1613年，此时容本、袁本均已刊出。而且《戏瑕》之言未必十分可靠，他认定李卓吾根本没有评点过《水浒传》，说袁小修、袁中郎兄弟告诉他李贽的著作仅《藏书》《焚书》《初潭集》、批点《北西厢》四部，这是明显不符合事实的。他又说《樗斋漫录》的著者是叶昼，而此书题为许自昌著。许自昌和叶昼同时，并且有过交往，叶昼曾为其戏剧《桔浦记》写过题记。许自昌有什么必要请叶昼代他写书而以自己名义出版呢？至于周亮工《因树屋书影》及盛于斯《休庵影语》所记叶昼评《水浒》等内容，不过是因袭《戏瑕》之说而已。当《戏瑕》出版时，周亮工刚出生，才一岁多，盛于斯也才十二三岁。所以如果根据一种推论就断定容本即是叶昼伪托李贽所评，那就太草率了。

为了研究李卓吾评语的真伪问题，我们先要分析一下袁无涯本是否是李贽所评原本的问题。叶朗先生认为袁本系李贽评本的依据只有一条，即是袁小修《游居柿录》卷九的记载。袁小修说："袁无涯来，以新刻卓吾批点《水浒传》见遗。予病中草草视之。"下面回忆1592年在武昌见李贽评《水浒》事，文已见前引。然后说："今日偶见此书，诸处与昔无大异，稍有增加耳。"这是1614年夏天的事，距1592年已二十二年。叶文认为袁小修所说的"诸处与昔无大异，稍有增加耳"，指的是李贽的评语，所增加的即是卷首《发凡》和征田虎、王庆部分评语，后者为袁无涯等人所加。由此肯定"袁本"即李贽评本。并说:"谁如果要否定袁刊本是李贽的评点本,那他就必须拿出证据证明袁中道的日记是伪造的。"(着重点为原文所有)然而恰恰是在这里叶朗先生出现了因疏忽而产生的失误。袁小修的日记自然不是伪造的,而叶朗先生对袁小修的日记内容的理解则是不确切的。袁小修这里所说的"诸处与昔无大异,稍有增加耳",显然并不是指李贽的评语,而是指《水浒传》的文字和版本。我们知道《水浒传》的版本是十分复杂的,有繁本,有简本,有一百回本、一百一十五回本、一百二十回本等。李贽在为僧无念向焦竑要《水浒传》时就曾说:"闻有《水浒传》,无念欲之,幸寄与之,虽非原本亦可;然非原本,真不中用矣。"(见《复焦弱侯》,明顾大韶编《李温陵集》第四卷)此书定于1590年,时李贽尚未评点《水浒传》。可见,当时《水浒》的版本就很有讲究。同时,我们还要看到古人所谓"批点"并非都有评语,而往往只是在精彩处文字旁边加圈和点。即使有评语,在金圣叹之前,眉批、夹批都是极简单的,常常只是一两个字,如"妙""画""传神"之类。袁小修从亲自看到李贽评点《水浒》到袁无涯送来刻本,时隔二十多年,又加上在武昌他只是去拜访李卓吾时看到常志抄写,不可能对李贽正在批点的《水浒传》之评语了解得很多,更不可能很详细地记住其评语;而袁无涯送刻本来时他正在"病中",只是"草草视之",怎么可能对两本的评语作比较,并发表意见呢?很明显,他说的"诸处与昔无大异"是指这两个本子均为繁本,文字上基本相同;而"稍有增加"则是指袁本比李贽评本多了征田虎、王庆部分,这是李贽批评的百回本所没有的。李贽评点的是百回本,这是没有疑问的,他在《忠义水浒传序》中讲到了"破大辽""征方腊",而并未涉及征田虎、王庆之事。袁无涯本在卷首刊载李贽此序时,即将李贽原文中之"征方腊"改为"剿三寇",此正说明袁本并非李贽原评本,袁无涯等为模糊李评一百回本与一百二十回本之差异,遂将李贽序言中文字作了窜改。岂不知此一改动,反倒暴露了"袁刊本"非李贽原评本的真面目! 袁小修在相隔这么长时间之后对两个本子的印象,只能说一个大致版本上的差异,决不可能对"批点"记得那么清楚,这是明摆着的事实。而且我们应当看到,古人对一部书(尤其是版本复杂的书)首先是注重于它的文字、版本优劣,而不会像我们今天研究小说理论的人那样,往往只注意评点内容,而忽略文字、版本问题。弄清楚了袁小修日记中"诸处与昔无大异,稍有增加耳"的真实含意,就可以了解袁小修这段日记不仅不能证明袁无涯本即是李贽评本,而且正好证明了袁本并非李贽原评本。同时,根据盛于斯《休庵影语》的记载,叶昼伪托李贽的评本则是一百二十回本,而非一百回本。因其本有"称平河北、定淮西者,所以吐宋家悒悒不平之气也"的内容,此即指征田虎、王庆也。

的确,杨定见是李贽的学生,且关系十分密切,袁无涯与李卓吾也有交往。袁本所载杨定见《小引》中说:"吾探吾行笥,而卓吾先生所批定《忠义水浒传》及《杨升庵集》二书与俱,系以付之。无涯欣然如获至宝,愿公诸世。"许自昌《樗斋漫录》说李评本的情况是:"李有门人,携至吴中,吴士袁无涯、冯犹龙等,酷嗜李氏之学,奉为蓍蔡,见而爱之,相与校对再三,删削讹缪,附以余所示《杂志》《遗事》,精书妙刻,费几不赀,开卷琅然,心目沁爽,即此刻也。"由此记载看,似乎袁本确系李贽评本无疑了,但细一研究,则疑问颇多。据袁小修《李温陵传》说:"所读书皆钞写为善本,东国之秘语,西方之灵文,《离骚》,马、班之篇,陶、谢、柳、杜之诗,下至稗官小说之奇,宋元名人之曲,雪藤丹笔,逐字雠校,肌擘理分,时出新意。"如果袁本确为杨定见保存的李贽原评本,则又何劳"相与校对再三,删削讹谬"?李贽评《水浒》在1592年,他去世时为1602年,而袁本刊行于1612年左右,时李贽已死十余年,距李贽评《水浒》已近二十年。钱希言《戏瑕》中说:"数年前(按:当为十余年前),温陵事败,当道命毁其籍,吴中锓《藏书》版并废。"这倒是符合事实的。李贽被逮捕后,其书遭毁,这有许多材料可证。谈迁《国榷》卷七十九云:"近至通州,距都四十里,招致蛊惑,乞敕礼部回籍治罪毁其书。"《闽书》卷一百五十二载沈铁《李卓吾传》云:"尔时,部议并毁其书刻。"而且李贽在《与焦弱侯》中说到评《水浒》后,紧接着说:"念世间无有读得李氏所观看的书者,况此间乎!惟有袁中夫可以读我书,我书当尽与之,然性懒散不收拾,计此书入手,随当散失。呜呼!"可见,他的书既不随便给人,自己也不认真保存,礼部又命毁其书,能否保存下来,特别是到杨定见手里,是很可怀疑的事。他死后,其书大行,而过了近十年杨定见才携至吴中,这也是令人怀疑的。如袁本确为李贽原本,则又何必硬加征田虎、王庆部分,伪造评语,窜改序文,岂非更加弄巧成拙了吗?

那么,容与堂本是否有可能是李贽的原评本呢? 目前看也还没有确证。容本卷首所载小沙弥怀林谨述的四篇文字显然不是原作,因为《批评水浒传述语》中三次讲到此本文字一仍原本,显然是刊行说明一类的口气,而怀林实在李贽生前已死。而《述语》中云"和尚自入龙湖以来,口不停诵,手不停批者三十年",也显然不确。这四篇文字是否原为怀林所写,而刊行时又经书商修改,也不可考。如果容本确为李贽评点原本,前面有怀林的几篇文字,倒也不无可能。因为怀林之死在1598年左右(参看王利器《〈水浒传〉李卓吾评本的真伪问题》,载《文学评论丛刊》第二辑),而李卓吾评《水浒》则早在1592年。怀林虽是李贽侍者,实际上却是李贽的忘年之交。其人聪明过人,才智横溢。《焚书》中《三大士像议》一文即系怀林之记述,而李贽将其收入《焚书》。《焚书》中《偈二首答梅中丞》后还附了怀林的答偈。其《豫约》《寒灯小话》《真师二首》等文中均有不少引用怀林之话。特别是《哭怀林》四首中说:"年少才情亦可夸,暂时不见即天涯。""交情生死天来大,丝竹安能写此中!"可见李贽与怀林之深厚情谊,而对他才华之赞赏,于《三大士像议》等文中亦可见一斑。从怀林的言谈、议论来看,颇得其师李贽精髓。因此,亦不能完全排斥这四篇文字是书商在怀林原作基础上修改刊行的可能。容本从文字上看是与郭武定本较一致的比较好的版本,又是一百回本,与李贽《忠义水浒传序》一致。但也没有充足根据可以说它就是李贽的评本。

李贽对《水浒传》本身的看法,除了《忠义水浒传序》之外,还有就是袁小修日记中提到的李贽对鲁智深的看法。以此与容本、袁本相比较,并参考李贽《焚书》及《藏书》评点中的思想,容本所评显然更接近李贽,而袁本则相去甚远。第一,从文风上看,袁本与李贽文风完全不同,决不可能出自李贽之手。而容本文风倒与李贽十分相近,且评点者性格鲜明,与李贽所说"《水浒传》批点得甚快活人",可以互相印证。第二,从袁小修回忆说"龙湖称说《水浒》诸人为豪杰,且以鲁智深为真修行,而笑不吃狗肉诸长老为迂腐"这一点说,容本评语比袁本显然更符合李贽的看法。容本于鲁智深喝酒、吃狗肉、打折山亭、大闹禅堂的几段文字中连连夹批"佛"字,袁本则无。再看回末总评更为明显:

容本：李和尚曰：此回文字分明是个成佛作祖图。若是那班闭眼合掌的和尚，决无成佛之理。何也？外面模样尽好看，佛性反无一些。如鲁智深吃酒打人，无所不为，无所不做，佛性反是完全的，所以到底成了正果。算来外面模样，看不得人，济不得事。此假道学之所以可恶也欤？此假道学之所以可恶也欤？

袁本：赵员外剃度鲁达，非仅教以避难也。只因其刚心猛气，姑劝他做和尚，庶几可以摧抑之。

又评：智深好睡，好饮酒，好吃酒，好打人，皆事禅机，此惟真长老知之，众和尚何可与深言。

从这两段评语比较中可以看出，袁本绝不可能是李贽的评本，而容本思想则与袁小修所说比较一致。第三，从对宋江的态度来说，袁本评语对宋江一味歌颂、赞扬，甚至对那些道学气的表现也给以肯定，很显然是因为李贽《忠义水浒传序》对宋江肯定很高，而故意牵合的。殊不知这样一来反而暴露了其伪托之真面目。因为如上文所说，李贽在《忠义水浒传序》中主要是强调宋江等水浒英雄乃是由于朝廷腐败被逼啸聚水浒的，他们本质上都是大智大勇的"忠义"豪杰，但是李贽对他们"做强盗"本身是并不赞成的。所以容本虽对宋江有不少斥责、批评，表面上似和《忠义水浒传序》有矛盾，而实际上反更接近李贽的真实思想。例如"梁山泊吴用举戴宗，揭阳岭宋江逢李俊"一回，容本和袁本评语的不同，便清楚地表现了这一点。

容本：李和尚曰：凡是有用人，老天毕竟要多方磨难他。只如宋公明，不过一盗魁耳，你看他经了多少磨难。此揭阳岭上，其一也。若是那些饱食暖衣、平风静浪的骄子弟，真是槛羊圈豕。

袁本：公明只以忠孝两字为重，说到逆天理、违父教，便泪如雨下，似曾读书识字过来，可敬可畏。

容本既赞扬宋江是历经磨难的豪杰，又说他是"盗魁"；而袁本则赞扬宋江之"说到逆天理、违父教，便泪如雨下"，并在正文中夹批："千载陨涕。"可是容本却在正文中这几句上眉批"的确是个假道学",又在原文"宋江道:'贤弟,是甚么话!此是国家法度,如何敢擅动。'"反对花荣要替他开枷处夹批:"腐。"可见,两本在对待道学家崇奉的"天理""父教"等方面,态度是截然不同的。而容本在和李贽痛恨道学的基本思想上是比较一致的。第四,容本所评除了指出一些重要艺术特色之外,总的看偏重于从思想内容上揭露朝廷腐败与道学虚伪;而袁本则有许多带八股气的一般文字表达方面的评语,如"照应""点明收上文""紧提此句,是不留根本""二句解破""前用显着,后用暗着"之类。袁本这一类评语很明显也不会是李贽的。从评点的角度上看,容本比袁本也要和李贽更接近些。以上几方面并不能说明容本即李贽评本,但可充分说明袁本比容本更不可能是李贽评本。这里我们还值得注意的是袁小修在《珂雪斋集》中的《答袁无涯》一文,其中除指出袁无涯所刻袁中郎《敝箧集》中《游二圣禅林》一诗中的错字外,答复袁无涯说中郎诸集仅少数"未入梓","至于与人札子,草草付出,或不存稿者有之,未可据以为尚有藏书未出也"。此正是为了防止袁无涯出版袁中郎著作的赝品,其下接着说:"近日书坊赝刻,如《狂言》等,大是恶道,恨未能订正之。李龙湖书,亦被人假托搀入。可恨,可恨!比当至吴中与兄一料理也。"此书大约写于1619年,那年袁小修自春至秋大病一场,几乎丧命,至冬天方略好,故信中说道"贱体已觉平复,尚需静养耳。天色冱寒,不若留庵中过冬"云云。据他同时给夏道甫的信中说"与兄行年各近五旬",可知信约写于1619年冬。而袁无涯给他送一百二十回本新刻《水浒传》则是在1614年夏,当时他也在病中,未细看,后来自然是认真读过的。所以这封《答袁无涯》的信中说的李龙湖之书被掺假,其中是否也包括袁本《水浒》在内,也值得研究,故而十分害怕袁无涯再出袁中郎著作的赝品。这虽然是一种推测,但是袁无涯作为书商,刻印名人著作不很严肃,则可以由此看出来。

综上所述,我们可以得出如下比较稳妥的一些结论:一、容与堂本与袁无涯本李贽评点《水浒传》都不能断定为李贽评本。袁无涯本非李贽评本更为明显,而容与堂本评语在思想与风格上与李贽较为接近。二、目前不能断定容与堂本即为叶昼伪托本,但也不能排斥叶昼参与过容本与袁本伪托李贽评点工作的可能性。贸然把叶昼坐实为容本评点者,并称他为"明代文艺界的一位大评论家","是小说评点的实际开端",是极不妥当的。三、容本和袁本有可能包含了李贽原评的一些思想,但可以肯定都有伪托者掺入的内容,尤其是袁本从内容上文字上看基本上都出于伪托者之手。四、虽然目前不能辨明这两个本子的全部真伪问题,也不能断定这两个本子的实际执笔评点者,但这并不影响我们对这两个本子的评点价值,给以实事求是的估计,也不会贬低它们在评点发展过程中的地位和作用,正好像有许多小说的序跋,尚不能考定其作者真实姓名,而并不影响它们在小说理论发展史上的意义一样。五、李贽在小说理论批评史上,在《水浒》的评点上仍然有十分重要的地位,诚如署名袁宏道(很可能也是伪托)所写的《东西汉通俗演义序》中所说《水浒传》之"明白晓畅、语语家常,使我捧玩不能释手者也。若无卓老揭出一段精神,则作者与读者,千古俱成梦境"。我们应该给那些被封建社会埋没了的有贡献的历史人物恢复名誉,但是必须有确凿的根据;如果根据不足,只能存疑,录以备考。轻易取消和贬低李贽在小说评点发展过程中的地位和作用,是不符合文艺思想发展的实际的。

原载《李贽学术国际研讨会论文集》,
北京首都师范大学出版社,1994年

金圣叹对《水浒传》的批评及其与传统美学思想之联系

金圣叹在明清小说理论批评发展中,毫无疑问是有重大贡献的一位最杰出代表,在古典小说艺术理论的研究和阐述方面,他的成就是最高的。金圣叹的文学理论和美学思想遗产是很丰富的,而其主要部分是对《水浒传》的批评。金圣叹对《水浒传》的批评和删改应该说是有功有过的。自然功大于过,但是也不能因此而把它捧到神化的地步,甚至把他的"过"也说成是"功"。

金圣叹(1608—1661),名人瑞,又名喟,号圣叹。庠姓张,原名采,字若采。江苏吴县人。他评点过"六大奇书",即《离骚》《庄子》《史记》《杜诗》《水浒》《西厢》,称之为六大才子书,其中以评《水浒》最为出名,影响也最大。金圣叹评点《水浒》是在崇祯十四年(1641)前后,他的序即写于这一年的二月十五日。这时正是明末以李自成、张献忠为首的农民起义风起云涌之时。这一年的一、二月,他们分别攻陷了洛阳与襄阳,声势浩大。而处在苏杭一带的金圣叹显然也是感到了此种"山雨欲来风满楼"之势,故而他在评点《水浒》中,对农民起义总的说是否定的,是对农民起义进行了咒骂的。尤其是他的《水浒传序二》,明确地说:水浒一百八人"其幼,皆豺狼虎豹之姿也;其壮,皆杀人夺货之行也;其后,皆敲朴劓刖之余也;其卒,皆揭竿斩木之贼也"。因此他很反对给《水浒传》冠以"忠义"之名,他说:"故夫以忠义予《水浒》者,斯人必有忾其君父之心,不可以不察也。"所以鲁迅在《谈金圣叹》一文中说他是"痛恨'流寇'"而"近于官绅"的(见《南腔北调集》)。所以,金圣叹认为施耐庵写《水浒》之目的,不是为了赞美《水浒》英雄,而是怕后人效法他们,以致天下大乱,故而要以春秋笔法来"下诛心之笔","是故由耐庵之《水浒》言之,则如史氏之有《梼杌》是也,备书其外之权诈,备书其内之凶恶,所以诛前人既死之心者,所以防后人未然之心也"。他在《读法》中又说施耐庵是独恨宋江,处处揭露其权诈,阴险,"《水浒》独恶宋江,亦是奸厥渠魁之意,其余便饶恕了"。第十七回评语说作者写宋江"私放晁盖",即是为了说明他的"通天大罪",是一种"微言大义"的笔法,如此机密之行,而被宋江破坏,故"凡费若干文字,写出无数机密,而皆所以深著宋江私放晁盖之罪。盖此书之宁恕群盗而不恕宋江,其立法之严有如此者。世人读《水浒》而不能通,而遽便以忠义目之,真不知马之几足者也"。又说作者写诸人均是"直笔",唯独写宋江用的是"曲笔"(第三十五回评语)。这些显然是违背了作者原意,而强加给施耐庵的。更有甚者,他又假托一个所谓"古本",肆意删改原作。当然,经过他的修改在文学表达、艺术水平上是有所提高了,这是应当充分肯定的,但是也不能否定他有些改动是不恰当的,特别是他为了否定农民起义而给水浒英雄加上了一个斩尽杀绝的结局。这些可以充分说明金圣叹并不是为农民起义辩护,他之咒骂农民起义也并非"民主倾向上蒙的一层外衣",是为了"借此遮人耳目"(叶朗《中国小说美学》),而是作为封建阶级文人对农民起义自然而然所产生的恐惧和厌恶。

不过,我们仅仅看到金圣叹的这一方面,显然是不够的。金圣叹对《水浒》的倾心,不仅仅是为其艺术,也是由于《水浒》比较充分地体现了对贪官污吏的尖锐揭露和批判,对当权统治者昏庸无能的谴责和鞭挞。金圣叹对农民起义的态度有他的矛盾两重性。他一方面维护皇权,不赞成农民起义,另一方面又认为农民起义之所以遍地皆是,并非农民不安本分,而是酷吏赃官逼迫出来的。金圣叹认为《水浒》中所写的英雄原本都是老老实实的好百姓,是忠于封建王朝的官吏和顺民,不仅如此,而且他们有不少人还有杰出才华,有将帅之能,只是由于他们不但得不到朝廷赏识和重用,反而受到贪官污吏的无端迫害,活不下去,走投无路,才一个个铤而走险,上了梁山。这就是他反复述说的"英雄失路"。这"英雄失路"究竟是"谁之过也"?这就是他尖锐地提出,并且作了明确回答的"群小得势""天下无道"。"天下无道",故"乱自上作"。因此,说金圣叹的思想"反动到了极点",是不对的,相反,他倒是还有很进步的一面,而且这在那个时代也是很不容易的。第一回评语中他说施耐庵之先写高俅即是在于说明"乱自上作",此是"作者所深惧也"。故而金圣叹提出了一个读《水浒》的三段论法:

> 高俅来而王进去矣
>
> 王进去而一百八人来矣
>
> 则是高俅来而一百八人来矣

高俅来而王进去,即说明"天下无道"。高俅是贪官代表,高俅怎么来的呢?他也有分析:"小苏学士、小王太尉、小舅端王,嗟乎!既已群小相聚矣,高俅即欲不得志,亦岂可得哉!"高俅正是在那个"群小"当权的环境里得势的。这个端王就是后来的宋徽宗,他也被列入了"群小"的行列。金圣叹说:"作者于道君皇帝,每多微辞焉,如此类皆是也。"他还分析了高俅名字的由来。他说:"毛旁者何物也(按:高俅原名高毬),而居然自以为立人,人亦从而立之,盖当时诸公衮衮者,皆是也。"整个社会上层的腐败,使得好人无法容身,像王进这样忠孝两全的典型顺民,也就不得不远走延安府了。金圣叹说:

> 王进者何人也?不坠父业,善养母志,盖孝子也。吾又闻古有"求忠臣必于孝子之门"之语,然则王进亦忠臣也。孝子忠臣,则国家之祥麟威凤、圆璧方圭者也,横求之四海而不一得之,竖求之百年而不一得之。不一得之而忽然有之,则当尊之、荣之、长跽事之。必欲骂之、打之,至于杀之,因逼去之,是何为也!

他认为既然王进这样的忠臣孝子被逼而去之,则天下无道;天下无道,庶人则议,于是一百八人来矣,犯上作乱之民来矣,这讲的就是"官逼民反"的道理。

所以,金圣叹在评点中表现了对贪官污吏的强烈愤恨。第十四回写阮小五说:"如今官司一处处动弹便害百姓;但一声下乡村来,倒先把好百姓家养的猪羊鸡鹅尽吃了,又要盘缠打发他。"金批道:"千古同悼之言。《水浒》之所以作也。"阮小二说梁山泊有"强人",官司也不敢来,"吾虽然不打得大鱼,也省了若干科差"。金批道:"十五字抵一篇《捕蛇者说》。"第十八回写何涛领兵围剿石碣村,"未捉贼,先捉船",金批道:"殊不知百姓之遇捉船，乃更惨于遇贼。"说明百姓之怕官军，更甚于怕"强盗"。阮小五歌云："酷吏赃官都杀尽，忠心报答赵官家。"金批云："以杀尽赃酷为报答国家，真能报答国家者也。"阮小五骂官军："你这等虐害百姓的贼！直如此大胆：敢来引老爷做甚么！"金批云："官是贼，贼是老爷。然则，官也，贼也；贼也，官也，老爷也，一而二，二而一者也！"可见，金圣叹认为官军是贼，而且比真贼还要可怕。此回总评说："前半幅借阮氏之口痛骂官吏，后半幅借林冲之口痛骂秀才，其言愤激，殊伤雅道，然怨毒著书，史迁不免，于稗官又奚责焉！"这种"怨毒著书"的思想，与李贽《忠义水浒传序》中说的"发愤之所为作"是完全一致的。金圣叹对林冲、杨志尤为同情，认为他们是"英雄失路"之代表。既是英雄，又不得重用，遂流落为寇，金圣叹不能不为之叹息也。当杨志失陷花石纲，被高俅从殿帅府赶出来，金批道："写当时朝廷无人不如高俅，无人不被恶如杨志也。"当杨志回到店中，悲愤地想当时不上梁山，为的是"不肯将父母遗体来玷污了。指望把一身本事，边庭上一枪一刀，博个封妻荫子，也与祖宗争口气"。金圣叹批道："痛哭语，又写得壮健，又写得洒落。"杨志卖刀，金圣叹又批道："止为英雄失路一哭！"可见，金圣叹对梁山英雄是怀着深深的同情的，这是和他对贪官污吏的痛恨分不开的，但是对他们上梁山、做强盗，用武力对抗封建王朝，他又是不能赞同的，故称之为"失路"。他的这种思想倾向和他在"哭庙案"中的表现及其最后被杀是完全一致的。他在"哭庙案"中的表现正是强烈地反对贪官污吏，可又采取"哭祖庙"的方式反抗，结果被杀，也同样反映了他思想上的这种矛盾两重性。

　　金圣叹的这种思想状况，在明末清初的进步文人中是带有普遍性的。他从表面上看是和李卓吾对《水浒》的态度不同，他是反对"忠义"冠于水浒英雄身上的。但实际上他们的思想是接近的。在反对贪官污吏，反对无道之君，认为农民起义是"官逼民反"的结果，认为农民起义中的英雄值得同情，是有才有德之人，只是不得已才做了"强盗"等等方面，他们是完全一致的。金圣叹的许多观点和李卓吾《忠义水浒传序》《因记往事》中的观点也是完全相同的。李卓吾说"宋室不竞，冠履倒施，大贤处下，不肖处上"，不就是金圣叹所说的"群小相聚"吗？李卓吾说《水浒》诸人"皆大力大贤有忠有义之人"，不就是金圣叹所说："才调皆朝廷之才调，气力皆疆场之气力也,必不得已而尽入于水泊,是谁之过也?"(第二回评语)李卓吾重在"招安",金圣叹主张"杀绝",都还是从维护封建皇权出发的,由于他们各人所处时代的不同,主张也就有了差异。李卓吾《因记往事》中说林道乾虽是英雄,有"二十分才,二十分胆",但作为"盗贼"使闽浙至广东这些"财赋之产,人物陕区者,连年遭其荼毒,攻城陷邑,杀戮官吏,朝廷为之旰食"。说明他也同样具有思想上的矛盾两重性。他们处在封建社会崩溃没落时期,但资本主义萌芽因素还非常微弱,他们不满于社会的黑暗,封建专制统治的腐朽,但还不可能彻底否定皇权,甚至还要维护它,因此这种矛盾的两重性之存在,也就是很自然的了。

金圣叹评点"水浒"的主要贡献,还是在小说艺术理论上。金圣叹对中国古代的诗文书画均有很深的造诣,他对中国古代文艺美学传统也十分熟悉,同时他对小说、戏剧也有广泛的研究,对明代的小说、戏剧理论批评也极为了解。因此,他对《水浒传》的艺术分析虽然也有些八股气的影响,但是大部分都还是相当精彩的,而其主要特点是善于把中国传统的文艺美学和小说创作的实际密切地结合起来,继承和极大地发展了明代小说理论发展中的成果,把中国古代小说理论批评发展到了最高峰。自他之后,多数评点都是模仿他的,而在理论的深度和广度上都远远不能与他相比。

金圣叹对小说的艺术特征有较为深刻的认识。在《读第五才子书法》(简称《读法》)中金圣叹在总结明代关于小说和历史在创作上的异同的论争基础上,通过对《史记》和《水浒》的比较提出了两者在创作上的不同特点。他说:

> 某尝道《水浒》胜似《史记》,人都不肯信。殊不知某却不是乱说。其实《史记》是以文运事,《水浒》是因文生事。以文运事,是先有事生成如此如此,却要算计出一篇文字来,虽是史公高才,也毕竟是吃苦事。因文生事即不然,只是顺着笔性去,削高补低都由我。

他说《史记》创作是"以文运事",正说明《史记》中的"事"(包括人物与事件)都是先已有的,是有历史根据的,只是要用有文采的笔把它写出来。

而《水浒》的创作是"因文生事",则是指《水浒》是为了构想一篇小说而虚拟若干人和事,说明小说中的"事"不必有历史依据,可以由作家来虚构。这就把有文学色彩的历史著作和纯粹的艺术文学——小说的不同特点作了明确的区分。小说以塑造美的形象为目的,不受现实和历史上是否实有的限制。而像《史记》这样具有文学色彩的历史(主要是,它那些传记文学式的篇章),则毕竟还是历史,必须受历史事实的限制,因此两者的根本性质是不同的。金圣叹的这种概括和分析,显然比晚明的有关论述要高出一头。但是他过分强调"以文运事"难于"因文生事"也不完全对,其实"因文生事"也并不完全是主观随意决定的,它也要符合"情真""理真"的原则,也并不是很容易的。

金圣叹在《水浒传序一》中提出了文章"三境"说,这是他评价《水浒传》的基本美学指导原则。他说:

> 心之所至,手亦至焉者,文章之圣境也。心之所不至,手亦至焉者,文章之神境也。心之所不至,手亦不至焉者,文章之化境也。

他"三境"说的直接思想来源,是李卓吾《杂说》中的"化工""画工"说。大体上说,他的"化境"即李卓吾之"化工"境界,而其"圣境"即李卓吾的"画工"境界,而其"神境"则是介乎李卓吾"化工"与"画工"之间的一种境界。它既有"化工"成分,又没有完全脱离"画工"境界。从中国古代评画的品级来说,有逸、神、妙、能四等(见宋代黄休复《益州名画录》),其逸品即是达到"化境"的产物,妙、能两品大致相当于"圣境",亦即"画工"境界。金圣叹运用我国古代传统对心手关系的论述,来分析这三种境界的特点。所谓"心之所至,手亦至焉",指心能自由地指挥手,手能适应心的要求,这从"人工"的角度来说已经是很高的水平了。并非一般人所能到达,故曰"圣境"。所谓"心之所不至,手亦至焉",指心没有想到的,手也能神妙莫测地表达出来了。也就是说,这种比"人工"又要高出一些,已经有了某种非人工所能到达的因素,但还没有完全离开"人工",故曰"神境"。所谓"心之所不至,手亦不至焉",指已经到达了心、手两忘,完全没有"人工"成分,而合乎化工造物的境界了。这也就是庖丁解牛的境界,梓庆削木为鐻的境界,"以天合天"进入了"物化"的状态。《水浒》全书评点中,金圣叹都贯穿了这样一个美学标准,用"化境"来衡量和评价《水浒》的艺术描写,特别是人物塑造。这一点在他分析著名的武松打虎一段时,有非常鲜明的表现。他说:

> 我常思画虎有处看,真虎无处看;真虎死有虎看,真虎活无处看;活虎正走,或犹偶得一看;活虎正搏人,是断断必无处得看者也。乃今耐庵忽然以笔墨游戏,画出全副活虎搏人图来。……
>
> 传闻赵松雪好画马,晚更入妙,每欲构思,便于密室解衣踞地,先学为马,然后命笔。一日管夫人来,见赵宛然马也。今耐庵为此文,想亦复解衣踞地,作一扑、一掀、一剪势耶?东坡《画雁》诗云:"野雁见人时,未起意先改。君从何处看,得此无人态?"我真不知耐庵何处有此一副虎食人方法在胸中也。

这两段评语中,金圣叹指出施耐庵对武松打虎描写到了"化境",是"全副活虎搏人图"。本来活虎搏人情状"是断断必无处得看"的,全凭作者想象、虚构,然而施耐庵却能把它写得与真的完全一样,确是化工造物境界。而此种"化境"之获得必须要使作者审美主体与审美客体达到高度统一,进入"物化"状态,如赵松雪之"宛然马也",然后方能具有苏轼《画雁》诗中所说的"无人态"。这里我们也可以看出金圣叹正是运用中国古典诗画艺术的美学境界来分析《水浒》的艺术创作成就的。他在第十二回评语中说:"古语有之:画咸阳宫殿易,画楚人一炬难;画舳舻千里易,画八月潮势难。今读《水浒》至东郭争功,其安得不谓之画火、画潮第一绝笔也。"其第九回评语又说:"旧人传言:昔有画北风图者,盛暑张之,满座都思挟纩;既又有画云汉图者,祁寒对之,挥汗不止。于是千载喷喷,诧为奇事。殊未知此特寒热各作一幅,未为神奇之至也。耐庵此篇(指《林教头风雪山神庙,陆虞候火烧草料场》一回)独能于一幅之中,寒热间作,写雪便其寒彻骨,写火便其热照面。……为艺林之绝奇也。"金圣叹所引用的中国古代画论史上这些有名的论述,都是对那种逼真、传神而合乎造化自然的

"化境"之赞美,而它们都被金圣叹用来赞扬《水浒》的艺术描写了。

金圣叹对《水浒》评点在艺术上的最大贡献是突出了《水浒》的人物形象塑造,并指出了《水浒》的主要艺术成就是塑造出了无数有鲜明、独特性格的人物形象。他在《读法》中说:"别一部书,看过一遍即休;独有《水浒传》,只是看不厌,无非为他把一百八个人性格,都写出来。""《水浒传》写一百八个人性格,真是一百八样。若别一部书,任他写一千个人,也只是一样,便只写得两个人,也只是一样。"其《水浒传序三》中说:"《水浒》所叙,叙一百八人,人有其性情,人有其气质,人有其形状,人有其声口。"小说艺术的核心,是要创造与众不同的特殊的性格,金圣叹对《水浒》的批评就抓住了这一核心。他在总结和吸取李卓吾及容与堂评本等的成就基础上,对《水浒传》中创造独特性格的艺术经验,作了全面而深入的研究和分析,提出了许多有价值的重要观点。这些我们可以大致归纳为以下几方面:

第一,金圣叹指出《水浒传》之所以能使它所写的一百八个人有一百八样性格,是因为作者善于运用中国传统的文艺美学原则来描写人物,注重神似而不拘泥于形似,能够把"以形写神""得其意思之所在"这些艺术表现方法用来创造独特性格,从而使自己笔下的人物能达到"传神""逼真"的"化境"。他在评点中,凡是比较生动形象的人物性格描写,他都有"传神""如画"一类的评语。比如第三十七回写李逵出场,原文云:"戴宗便起身下去,不多时引着一个黑凛凛大汉上楼来。宋江看见,吃了一惊。"金圣叹在"黑凛凛大汉"五字下批道:"画李逵只五字,已画得出相。"又说:"黑凛凛三字,不惟画出李逵形状,兼画出李逵顾盼,李逵性格,李逵心地来。下便紧接宋江吃惊句。盖深表李逵旁若无人,不晓阿谀,不可以威劫,不可以名服,不可以利动,不可以智取。宋江吃一惊,真吃一惊也。"黑凛凛是一种"形"的描写,即"画出李逵形状",但目的是为了传神,表现李逵的"顾盼""性格""心地",这种"形"就是"神"之"得其意思之所在"。

第二,金圣叹认为要使人物形象传神和逼真,必须善于写出人物性格中的"同中之异"来,这是对容与堂评本"同而不同处有辨"的发挥。只有写出了"同中之异",才是真正的本事。他在《读法》中说道:

>《水浒传》只是写人粗鲁处，便有许多写法。如鲁达粗鲁是性急，史进粗鲁是少年任气，李逵粗鲁是蛮，武松粗鲁是豪杰不受羁鞴，阮小七粗鲁是悲愤无说处，焦挺粗鲁是气质不好。

都是粗鲁，又随着各人的思想品质、生活经历、文化教养等的不同而各有明显差别，这样就显出了各人不同的个性。

又比如第二回评语写道：

>此回方写过史进英雄，接手便写鲁达英雄；方写过史进粗糙，接手便写鲁达粗糙；方写过史进爽利，接手便写鲁达爽利；方写过史进剀直，接手便写鲁达剀直。作者盖特地走此险路，以显自家笔力，读者亦当处处看他所以定是两个人，定不是一个人处，毋负良史苦心也。

鲁达和史进有很多共同之处，但作者写出来完全是两个人，而不是一个人。尤其是金圣叹指出的，作者偏要把他们两人的相同特点放在一处写，而又叫读者清楚地看到他们又各人是各人，一些相混不得，从对比中来突出人物鲜明的个性特征。史进本是财主家少年公子，而鲁达则是军官出身，粗放惯了。他们气概性情自然不同。第十二回写杨志与索超在北京比武，一场恶斗，周围人都看呆了。然而观看人中由于身份各不相同，其表现情状亦不同。金圣叹于此批道：

>又要看他每等人，有一等人身份。如梁中书只是呆了，是个文官身份。众军官便喝采，是个众官身份。军士们便说出许多话，是众人身份。李成、闻达叫好斗，是两个大将身份。

金圣叹指出人物的身份不同，在对待同一件事上的态度和表现方式也不同。这也是一种"同中之异"。掌握好这一表现方法，就能使人物性格一个个鲜明如画。

第三，金圣叹指出了《水浒传》中善于借次要人物的陪衬描写来凸出主要人物的性格。第二回写鲁达在酒店中碰到唱曲的金老父女,同情他们的遭遇,要凑钱救济他们,因自己银子带得不多,便向史进借。史进拿出十两,说:"直甚么要哥哥还!"金圣叹于此批道:"史进银,多似鲁达一倍,非写史进也,写鲁达所以爱史进也。"接着又向李忠借,说:"你也借些出来与洒家。"李忠从身边摸出二两银子,鲁达当面就说他:"也是个不爽利的人!"金批道:"虽与鲁达同是一摸字,而一个摸得快,一个摸得慢,须知之。"又说鲁达骂他不爽利,"真是眼中不曾见惯"。说明此处写李忠也正是为了反衬鲁达的豪爽性格。又比如第二十六回写武松在杀西门庆后到阳谷县自首,又被解到东平府。"且说府尹哀怜武松是个仗义的烈汉,时常差人看觑他。因此节级牢子,都不要他一文钱,倒把酒食与他吃。陈府尹把这招稿卷宗都改得轻了,申去省院详审议罪;却使个心腹人,赍了一封紧要密书,星夜投京师替他干办。"金圣叹于此下批道:"此篇写武松既写得异常,则写四边人定不得不都写得异常。譬如画虎者,四边草木都须作劲势,不然,便衬不起也。不知文者,竟漫谓难得陈文昭,真痴人说梦矣!"金圣叹指出作者把陈府尹以及节级牢子等写得这么好,正是为了要突出武松是一个刚强烈汉。"不然,便衬不起也。"草木都作劲势,老虎的神威也就更加吓人了。

第四,金圣叹还指出《水浒传》作者常常用"以反托正"的方法来生动地刻画人物性格。比如第二回写鲁智深拳打镇关西郑屠。鲁智深本是一个粗狂、直率、不会作假的人物,但是作者偏偏要写他作假,又让读者一眼看穿。他本来做事比较鲁莽,但作者又偏偏要写他某些时候又有精细之处。他本来是光明磊落的大丈夫,作者又偏偏要写他某时某刻的"权诈"表现。例如他看到郑屠只有出气,没有入气了,便"假意道:'你这厮诈死,洒家再打!'"。金批道:"鲁达亦有假意之口,写来偏妙。"鲁达见郑屠面皮渐渐的变了,知道已快被打死,于是决定趁未死及早撒开。金批道:"写粗人偏细,妙绝。"鲁达一边走一边骂:"你诈死!洒家和你慢慢理会!"然后大踏步走了。金批道:"鲁达亦有权诈之日,写来偏妙。"这种表现方法与中国古代诗歌艺术中欲写静而故意写动,如"蝉噪林逾静,鸟鸣山更幽""月出惊山鸟,时鸣春涧中"之类有相近之处。第二十六回评语中,金圣叹还指出作者写武松杀嫂一节,完全是忠义烈汉,而在十字坡遇张青一节中耍孙二娘一段,则是"殊不知道作者正故意要将顶天立地、戴发噙齿之武二,忽变作迎奸卖俏,不识人伦之猪狗"。这也是一种以反托正的表现。金圣叹认为《水浒》作者懂得在刻画人物性格方面,只是正面写反而写不深入,而故意写一些相反的方面倒反能在更深的层次上揭示出人物的正面性格特征。第五十三回评语中说:"李逵朴至人,虽极力写之,亦须写不出,乃此书但要写李逵朴至,便倒写其奸滑,便愈朴至,真奇事也。"第三十七回评语中说:"写李逵粗直不难,莫难于写粗直人处处使乖说谎也。"可见,这种以反托正的方法是更不容易写的。此回中写李逵听戴宗说面前黑汉子即是宋江,不肯相信,对戴宗说:"节级哥哥,不要赚我拜了,你却笑我。"金批道:"偏写李逵作乖觉语,而其呆愈显,真正妙笔。"这显然比正面写他的呆要难得多。这种方法表现在对两个人物性格的对比描写上,就是《读法》中所说的"背面铺粉法","如要衬宋江奸诈,不觉写作李逵真率;要衬石秀尖利,不觉写作杨雄糊涂是也"。

第五,金圣叹特别注意到了《水浒》人物塑造方面善于使人合乎"人情物理",而不是故意把英雄提高、神化,能使人感到他们既是理想的英雄,也是现实的、活生生的人。第二十二回评语说:"天下莫易于说鬼,而莫难于说虎。无他,鬼无伦次,虎有性情也。说鬼到说不来处,可以意为补接,若说虎到说不来时,真是大段着力不得。"他指出施耐庵写武松打虎的优点即在于能做到"皆是写极骇人之事,却尽用极近人之笔"。这在对打虎一段的具体分析中,有很细致的阐述。说明武松并不是神,他对老虎也有怕的一面,他虽有打虎之威力,但毕竟也是人,也会累,如果再有老虎出来,就很难打得过了。金圣叹说:

> 读打虎一篇,而叹人是神人,虎是怒虎,固已妙不容说矣。乃其尤妙者,则又如读庙门榜文后,欲待转身回来一段(按:说明武松也怕虎,本待回店,怎奈已先夸口说绝了,不好回去得);风过虎来时,叫声"阿呀"翻下青石来一段;大虫第一扑从半空里窜将下来时,被那一惊,酒都做冷汗出了一段;寻思要拖死虎下去,原来使尽气力,手脚都酥软了,正提不动一段;青石上又坐半歇一段;天色看看黑了,惟恐再跳一只出来,且挣扎下冈子去一段;下冈子走不到半路,枯草中钻出

两只大虫,叫声"阿呀!今番罢了"一段,皆是写极骇人之事,却尽用极近人之笔。

金圣叹认为对英雄人物的不寻常行为描写,也必须合情合理,这才能给人以真实、自然之感,而其结果也就会更加使人敬仰。如果把英雄变成神,也就必然要失去真实感,这样反而会丧失其艺术魅力。

第六,金圣叹的评点中体现出了《水浒传》善于通过人物特殊的行为、动作、举止、处事方式来表现其特殊的性格。第三十七回写李逵当知道面前真就是昔日所敬仰的宋江时,"扑翻身躯便拜"。金批道:"写拜亦复不同。'扑翻身躯'字,写他拜得死心搭地。'便'字,写他拜的更无商量。"在他骗得宋江十两银子后,"推开帘子,下楼去了"。金批道:"要拜便拜,要去便去,要吃酒便吃酒,要说谎便说谎。嗟乎!世岂真有此人哉!"又说李逵抢钱,"一手兜银,一手提人,便一脚踢门矣,活画出此时李大哥来"。金圣叹这些批语都为我们指出了《水浒》正是从描写李逵那些特有的行为、动作、举止等来形象地刻画其性格特征的。第二回写鲁达打店小二"只一掌",打镇关西"只一拳""只一脚",金圣叹眉批道:"一路鲁达文中皆用只一掌、只一拳、只一脚,写鲁达阔绰,打人亦打得阔绰。"第六回写林冲妻子被高衙内调戏,林冲一把扳过来,要打,只见是高衙内,先自手软了,只是怒气冲冲的瞅着他。金批道:"写英雄在人廊庑下,欲说不得说,光景可怜。"鲁智深领了众泼皮来帮林冲打,反而是林冲劝住了他。金批道:"是可让,何不可让?住人廊庑虽林武师无可如何矣,哀哉!"又说:"本是林冲事,却将醉后鲁达极力一写,便反做了林冲劝鲁达,真令人破涕为笑,奇文奇文。"回前评中还写道:"林冲娘子受辱,本应林冲气忿,他人劝回,今偏将鲁达写得声势,反用林冲来劝。"是"奇恣笔法"。这些地方都清楚地告诉我们《水浒》在描写鲁达、林冲的性格特征时,非常注意他们有个性的动作与处事方式。

第七,金圣叹在评点中还详细地分析了具有性格特征的人物语言,非常赞赏这些个性化的语言。第三回写鲁达观看通缉他的榜文,被金老一把抱住拉开,并问他为何这么大胆,差点被公人抓了。鲁达说:"洒家不瞒你说,因为你上,就那日回到状元桥下,正迎着郑屠那厮,被洒家三拳打死了,因此上在逃。"金批道:"是鲁达爽直声口,在别人口中便有许多谦逊,此却直直云'因为你上'。"在赵员外家,金老拜倒在地。鲁达说:"却也难得你这片心。"金批道:"鲁达托大声口,如画。"赵员外很尊敬鲁达,待如上宾。鲁达说:"洒家是个粗鲁汉子,又犯了该死的罪过;若蒙员外不弃贫贱,结为相识,但有用洒家处,便与你去。"金批道:"活鲁达。""泪下之语。"在桃花村刘太公庄上,鲁达说他会说因缘,教强盗不娶其女,刘太公很担心,说道:"好却甚好,只是不要捋虎须。"鲁达说:"洒家的不是性命?你只依着俺行。"金批道:"是鲁达语,他人说不出,快绝妙绝,一句抵千百句。"《水浒》描写三阮时,金圣叹指出他们是渔民,没有文化,因此语言上也表现出这种特点。在讲到梁山泊被好汉占领后,不好再去打金色鲤鱼时,阮小七说:"若是每常,要三五十尾也有,莫说十数个,再要多些,我们兄弟们也包办得;如今便要重十斤的也难得。"金批道:"既说三五十尾,又说再要多些,写不通文墨人口中,杂沓无伦,摹神之笔。"当阮小七说:"这个梁山泊去处,难说难言!"金圣叹即在下批道:"四字不通文墨之极,盖难说即难言也,难言即难说也,而必重之,不通极矣。"可见《水浒》写渔民便有渔民之语,与有文化人语,完全不同。第五十二回写李逵让戴宗拴上甲马后,两腿如飞,不由自己作主,他说:"阿也!我这鸟脚不由我半分,只管自家在下边奔了去。不要讨我性发,把大斧砍了下来!"金批道:"如此妙语,自非李大哥,谁能道之!""以大斧唬吓自家之脚,妙语,非李大哥不能道。"第三十七回写李逵得知面前真是宋江时,便说:"我那爷,你何不早说些个,也教铁牛欢喜。"金批道:"称呼不类,表表独奇。""却反责之,妙绝,妙绝。""写得遂若不是世间性格,读之落泪。""铁牛欢喜四字,又是奇文。"可见,《水浒》中各个主要人物的语言,乃至一些次要人物语言,也都有十分鲜明的个性特点。

金圣叹不仅总结了《水浒》人物塑造、性格刻画方面的艺术经验,而且从作家的主体修养方面研究了之所以能创造出众多性格各别的人物形象之原因。他认为作家必须十分熟悉生活,有丰富的切身体会,然后经过长期酝酿,成竹于胸,方能把人物写活,这一点可以说也是受到容与堂评本的影响的。他在《水浒传序三》中说:

> 天下之文章,无有出《水浒》之右者;天下之格物君子,无有出施耐庵先生右者。学者诚能澄怀格物,发皇文章,岂不一代文物之林,然但善读《水浒》而已,为其人绰绰有余也。
>
> 《水浒》所叙,叙一百八人,人有其性情,人有其气质,人有其形状,人有其声口。夫以一手而画数面,则将有兄弟之形;一口而吹数声,斯不免再吷也。施耐庵以一心所运,而一百八人各自入妙者,无他,十年格物而一朝物格,斯以一笔而写百千万人,固不以为难也。

所谓"澄怀格物",就是要求作家内心虚静。排出一切杂念干扰,专心一致地在自己胸中反复酝酿、琢磨、推敲,使他所要写的人物先在自己心中活起来,然后才能写出栩栩如生的人物形象。"格物"一语源于理学家所崇拜的"格物致知",它是说要细致推究事物的原理,而获得深刻的认识和了解。但理学家多偏重于通过内省功夫去"格物致知"。金圣叹则是借此来强调作家必须在熟悉生活的基础上深入地研究分析人物的性格特点以及各个人物之间的性格差异。他说"格物"的方法,"以忠恕为门"。《论语·里仁》云:"曾子曰:夫子之道,忠恕而已矣。"邢昺疏道:"忠谓尽中心。恕谓忖己度物也。言夫子之道唯以忠恕一理以统天下万事之理,更无他法。故云而已矣。"朱熹《四书集注》谓:"尽己之谓忠,推己之谓恕。"金圣叹说格物的方法以忠恕为主,即是强调作家在酝酿、构思人物时,应当能推己及人,设身处地地去想一想人物在那种境遇下会怎样行动、怎样处事、怎样说话。这样就有可能把人物写得真实、贴切,合乎人情物理。那么怎样才能真正把握好"忠恕之门"呢?金圣叹认为还必须懂得"因缘生法"的道理。"因缘生法"是佛教术语,因缘,即是指原因和条件,一切事物和现象都是依据于一定的原因和条件而产生或出现的。金圣叹强调"因缘生法",就是要求作家在推己及人地构思人物时,应当研究和分析人物的言论、行动、性格所赖以产生的原因和条件,这样才能准确地把握其特点。在第五十五回的评语中,金圣叹指出作家对他所写的人物,有些是可以有亲身体会的,比如写豪杰,也许作家自己就是豪杰,甚至于写奸雄,也许他本人就是奸雄,但是一个作家不可能对各种人物都有亲身体会,不可能既是豪杰,又是奸雄,又是偷儿,又是淫妇。但是他如果能从

"因缘生法"的角度去了解和把握这些人物，那么他本人并不是豪杰、奸雄、偷儿、淫妇，也一样能写好豪杰、奸雄、偷儿、淫妇，"其文亦随因缘而起"。作家懂得"因缘生法"，他创作时就会"动心"。"动心"是说作家可以把自己设想成为豪杰、奸雄、小偷、淫妇，然后按照"因缘生法"的道理，把他们描写得十分逼真和传神。所以，他在《水浒传序三》中说："忠恕，量万物之斗斛也。因缘生法，裁世界之刀尺也。施耐庵左手握如是斗斛，右手持如是刀尺，而仅乃叙一百八人之性情、气质、形状、声口者，是犹小试其端也。"

金圣叹对《水浒》艺术结构的分析，虽然有像鲁迅先生所批评的"布局行文，也都被硬拖到八股的作法上"的弊病（参见《谈金圣叹》一文），但是，也有许多深刻的、有价值的分析和论述。在金圣叹以前关于小说、戏剧的艺术结构问题，李卓吾和容与堂评本都提出过一些很重要的见解。李卓吾在《焚书》中的《玉合》《拜月》《红拂》等文中都曾强调过"关目"的重要。并说《玉石》"此记亦有许多曲折，但当紧要处却缓慢，却泛散，是以未尽其美"。容与堂本《水浒传》发展了李卓吾的思想，强调小说的情节、结构要有"波澜""变幻"，要重视情节的"转换"，结构布局要有"伸缩"，有"次第"等，并认为情节、结构安排应当符合生活本身的发展逻辑，在第六十五回评语中批评了此回内容"少关目"的缺点。金圣叹对《水浒》艺术结构的分析极大地发展了上述思想，创造性地提出了许多重要问题。

首先，金圣叹重视艺术结构的整体性，要求做到"有全锦在手，无全锦在目；无全衣在目，有全衣在心；见其领，知其袖；见其襟，知其衱也"。认为小说创作贵在落笔之前有一个全局的安排，必须成竹在胸，然后知各部分之联系如何疏密相间等等。这些正是对中国古代诗画创作中强调要"意在笔先""成竹在胸"思想在小说艺术结构方面的具体运用。刘勰在《文心雕龙·总术》篇中就提出过"务先大体，鉴必穷源。乘一总万，举要治繁"的问题。金圣叹对中国古典美学是十分熟悉的，他认为在构思过程中的"惨淡经营"非常重要，必须把小说的整体艺术结构酝酿得极其充分和成熟，然后才能开始写作。因为"凌云蔽日之姿，其初本于破核分荚；于破核分荚之时，具有凌云蔽日之势；于凌云蔽日之时，不出破核分荚之势"。能做到这样,才说明这个作家是真正有才华的。真正有才华的作家,其才必饶乎构思、布局、琢句、安字之前之后。

其次,在小说的艺术结构和人物塑造之间的关系上,金圣叹认为艺术结构应当为塑造人物形象服务。他说施耐庵写《水浒》,"只是贪他三十六个人,便有三十六样出身,三十六样面孔,三十六样性格,中间便结撰得来"(《读法》)。无论是场面、情节的安排,还是细节、插笔的描写,都是为了凸出人物的性格特征。金圣叹在对全书艺术结构精彩之处的分析时,都是把它和表现人物性格联系在一起的。

最后,金圣叹认为艺术结构安排既要符合于现实生活的真实,又要尽量运用多种方法,使之具有极大的生动性与丰富性。《读法》中说:"《水浒传》不说鬼神怪异之事,是他气力过人处。《西游记》每到弄不来时,便是南海观音救了。"这说明《水浒传》虽然结构庞大,但是和现实生活逻辑发展是一致的,并没有借助"鬼神怪异"之事来弥补其艺术结构上的不足。他又说《水浒传》"笔有左右,墨有正反;用左笔不安换右笔,有右笔不安换左笔;用正墨不现换反墨,用反墨不现换正墨"。这里的左笔、右笔、正墨、反墨指的是各种不同的艺术表现方法,而这是和情节、结构的安排有密切关系的。他提出的许多"文法",如倒插法、夹叙法、草蛇灰线法、大落墨法、锦针泥刺法、背面铺粉法、弄引法、獭尾法、正犯法、略犯法、极不省法、极省法、欲合故纵法、横云断山法、鸾胶续弦法等等,虽有八股气味,但是实际上大部分都是小说中很重要的艺术表现技巧。如所谓"正犯法"和"略犯法",都是指突出"同中之异"来刻画不同性格的方法;所谓"獭尾法",是指艺术描写上的高潮和低潮、动和静、叙事和抒情之间的巧妙结合;所谓"横云断山法",是指艺术上的穿插描写等等。

金圣叹对《水浒传》的评点开创了小说评点的新局面,除上述许多重要成就外,从评点方法上说也有重大贡献。他对《水浒传》的批评,不仅书前有序及读法,对全书作总的评价,具有相当的理论深度,而且每一回前对这回内容及艺术特色作比较全面的分析,改变了容本、袁本仅在回后发几句议论的方法。他把传统的行间夹批改为文字中间的小字夹批,这样就改变了行间夹批只能写几个字的局限。他这种文中小字夹批可以自由发挥,要短就短,要长就长,十分自由,甚至可以发上一段议论。后来一些重要的小说评点,如张竹坡评《金瓶梅》、毛宗岗评《三国演义》等,就都是运用了金圣叹这种方式的。而且他们在艺术理论方面,大都也是承袭金圣叹的观点的,不过在某些方面又有了新的发展。

原载《町田三郎教授退官纪念中国思想史论丛》,
日本中国书店,1995年

"随物宛转""与心徘徊"

——关于修改《中国古代文学创作论》艺术构思部分的几点思考

文学创作的艺术构思就是指创作过程中"心"的活动,也就是创作主体的精神活动,用刘勰的话说就是"神思"。这里包含了许多重要的理论问题,但其核心是心与物的关系。为此,需要围绕心物关系对以下几个问题,作进一步的分析和研究。

一、创作主体进行构思活动的前提条件

　　　——"虚静"和"积学"

要顺利开展"神思"活动,创作主体必须要有虚静的精神状态和丰富的知识学问,两者缺一不可。陆机《文赋》一开始论作家创作前的准备不仅要求"伫中区以玄览",而且要求"颐情志于典坟"。前者说的是"虚静"的精神境界,后者说的是"积学",要使自己有丰富的知识学问。"虚静"而后才能"收视反听,耽思傍讯"。"积学"而后才能"倾群言之沥液,漱六艺之芳润"。刘勰在《文心雕龙》的《神思》篇中说:"陶钧文思,贵在虚静,疏瀹五藏,澡雪精神;积学以储宝,酌理以富才,研阅以穷照,驯致以绎辞。""此盖驭文之首术,谋篇之大端。"他比陆机进一步的地方,是清楚地指出了"虚静"的目的在于"疏瀹五藏,澡雪精神",特别对陆机的"积学"作了很大的发挥。陆机只是强调了学习前人书本知识,"咏世德之骏烈,诵先人之清芬。游文章之林府,嘉丽藻之彬彬"。而刘勰则提出了丰富知识学问、善于明辨事理、增加经验阅历、驾驭语言文字四个方面,不限于积累知识学问,还注意到了加强生活实践、提高理论分析能力和语言表达能力的重要性。陆机、刘勰所说的"虚静"都是从老庄那里来的。"伫中区以玄览",就是指静观览物。"玄览"语出《老子》:"涤除玄览。"河上公注云:"心居玄冥之处,览知万物,故谓之玄览。"刘勰所说"疏瀹五藏,澡雪精神",即源于《庄子·知北游》:"孔子问于老聃曰:'今日晏闲,敢问至道。'老聃曰:'汝斋戒,疏瀹而心,澡雪而精神,掊击而知。'""虚静"在创作中的作用,在中国古代被强调得非常突出,不仅是文学,而且在书、画等艺术创作中也特别重视创作主体要有"虚静"的精神状态,这是从充分发挥主体作用的角度提出来的。因为构思需要有一个全神贯注的心态,既不能受外界事物的干扰,也不能受各种杂念的影响。庄子所说的"虚静"是一种超乎一切知识学问局限的"大明"境界,但是,他认为这种境界的获得要通过"心斋"和"坐忘",是和人的知识学问相冲突的,必须无知无欲、绝圣弃智,才能进入到"虚静"的境界。这岂不是和陆机、刘勰的思想矛盾了吗?文学创作自然是不能排斥知识学问的。为此有的研究者认为陆机、刘勰所说的"虚静"不是庄子所说的"虚静",而是荀子所说的"虚静",因为荀子在《解蔽篇》中所说的"虚壹而静",以及由此而达到的"大清明"境界,是不排斥知识学问的,《荀子》的开首一篇就是《劝学篇》,强调学习的重要性。但是他们没有看到荀子所说的"虚静"本身和庄子是不同的。其《解蔽篇》云:"故治之要在于知道。人何以知道?曰:心。心何以知?曰:虚壹而静。心未尝不藏也,然而有所谓虚;心未尝不满也,然而有所谓一;心未尝不动也,然而有所谓静。人生而有知,知而有志,志也者,藏也;然而有所谓虚,不以所已藏害所将受谓之虚。心生而有知,知而有异,异也者,同时兼知之;同时兼知之,两也,然而有所谓一,不以夫一害此一谓之壹。心,卧则梦,偷则自行,使之则谋,故心未尝不动也;然而有所谓静,不以梦剧乱知谓之静。未得道而求道者,谓之虚壹而静。作之:则将须道者之虚则入,将事道者之壹则尽,将思道者静则察。知道察,知道行,体道者也。虚壹而静,谓之大清明。万物莫形而不见,莫见而不论,莫论而失位。坐于室而见四海,处于今而论久远。疏观万物而知其情,参稽治乱而通其度,经纬天地而材官万物,制割大理而宇宙里矣。"(按:"材"即"裁"之意,"里"即"理"之意)由此可见,荀子所说的内心之"虚",不是真正的空虚,而是"不以所已藏害所将受谓之虚",已藏的部分不损害将受的部分。他所说的"壹",不是真正的"壹",而是指心可以同时兼"知",但"不以夫一害此一谓之壹"。他所说的"静",也不是真正的"静","心未尝不动也",而是"不以梦剧乱知谓之静"(按:"梦"指想象,"剧"指嚣烦)。他只是强调心中已知的部分不要扰乱将知的部分,在思考新的事物时不要受原有知识学问之影响。然而,实际上文艺创作的构思过程,特别是艺术想象飞腾的时候,是很难做到这样的"虚壹而静"的。文学艺术创作的构思需要"守其神,专其一"(张彦远),"澄观一心而腾踔万象"(如冠久),"必须胸中廓然无一物,然后烟云秀色,与天地生生之气,自然凑泊,笔下幻出奇诡"(李日华)。道家的"虚静"说是通过那些寓言故事,如"庖丁解牛""轮扁斫轮""梓庆削木为鐻"等影响到文学创作思想的,而这些故事的客观意义则并不是和知识、经验、学问相对立的,而正是在丰富的知识学问与经验阅历之基础上,才达到技艺神化水平的。道家的"虚静"和佛家的"空静"观是比较接近的。如慧远在《念佛三昧诗集序》中说:"故令入斯定者,昧然忘知,即所缘以成鉴,鉴明则内照交映,而万象生焉。"此时就能使"天地卷而入怀"。刘禹锡在《秋日过鸿举法师寺院便送归江陵》中说:"梵言沙门,犹华言去欲也。能离欲,则方寸地虚;虚而万景入。"苏轼对此说得更为清楚,他在《送参寥师》中说:"欲令诗语妙,无厌空且静。静故了群动,空故纳万境。阅世走人间,观身卧云岭。咸酸杂众好,中有至味永。诗法不相妨,此语当更请。"所谓"空静",本是佛学术语,指一种超脱俗尘、空无寂静的精神境界,它和老庄提倡的"虚静"虽属不同的思想体系,一在主体的心与自然造化相合,一在主体的心摆脱一切世俗欲念,但就创作主体在进行创作构思前应具备的心灵状态来说,有相通和一致的地方。空静在艺术构思中的作用,苏轼已经说得很清楚:一是"了群动",即是诗人对宇宙间事物发展变化规律可以了解得很清楚;二是"纳万境",即是诗人可以把现实世界里的种种奇观异景统统摄取到自己的脑海中。空静的精神状态可以使诗人和艺术家能更好地集中精力去"阅世走人间,观身卧云岭",深入地去观察和研究现实世界,进入到"其神与万物交,其智与百工通"(《书李伯时山庄图后》)的"神思"境界。

但是,对构思前是否要有"虚静"或"空静"的精神状态,中国古代也有不同的看法。比如,韩愈在《送高闲上人序》中就认为文学家、艺术家必须有创作的激情,这种激情是从生活感受中获得的,如果虚静恬淡、寂寞无为,是创作不出好作品来的。他曾举张旭的草书为例来说明这一点:"往时张旭善草书,不治他伎。喜怒、窘穷、忧悲、愉佚、怨恨、思慕、酣醉、无聊、不平,有动于心,必于草书焉发之。观于物,见山水崖谷,鸟兽虫鱼,草木之花实,日月列星,风雨水火,雷霆霹雳,歌舞战斗,天地事物之变,可喜可愕,一寓于书。故旭之书,变动犹鬼神,不可端倪,以此终其身,而名后世。"他认为像高闲上人那样,"一死生,解外胶,是其为心,必泊然无所起,其于世,必淡然无所嗜。泊与淡相遭,颓堕委靡,溃败不可收拾,则其于书,得无象之然乎"!所以是无法学习张旭的草书的。这里讲的虽是书法,其理亦通于文学。对此,苏轼在他的《送参寥师》中明确表示了不同的看法,他说:"退之论草书,万事未尝屏。忧愁不平气,一寓笔所骋。颇怪浮屠人,视身如丘井。颓然寄淡泊,谁与发豪猛。细思乃不然,真巧非幻影。"下面就是上引"欲令诗语妙"一段话。他看到了"寄淡泊"和"发豪猛"实际是两个问题,前者是讲构思时应"守其神,专其一",后者是讲作家创作冲动的来源。苏轼并不否定"忧愁不平气,一寓笔所骋",他是很赞成韩愈的"不平则鸣"和欧阳修的"穷而后工"说的。他曾说:"非诗能穷人,穷者诗乃工。"(《僧惠勤初罢僧职》)又说:"秀语出寒饿,身穷诗乃亨。"(《次韵仲殊雪中游西湖》)但是他认为不应就此否定"虚静"或"空静"的意义和作用。

二、艺术想象的飞腾
——"神与物游"与"妙观逸想"

中国古代把文学家、艺术家的思维活动称为"神思",但实际上"神思"并不局限于艺术思维,它也包括了抽象的理性思维。这可以从"神思"概念的来源上看出来。"神思"之说最早大概源于王充《论衡》,其《治期篇》云:"愁神苦思,撼动形体。"《卜筮篇》:"夫人用神思虑……一身之神,在胸中为思虑。"此"神"是指人的精神。孔融《荐祢衡表》:"思若有神。"此"神"则指"神明"。而后有专用"神思"概念,其意往往兼上二义。如曹植《宝刀赋》:"规圆景以定环,摅神思而造像。"《后汉书·光武帝纪赞》云:"人厌淫诈,神思反德。"谯周云:"神思独至之异。"(《三国志·蜀书·杜琼传》)陆凯云:"愿陛下重留神思,访以时务。"(《三国志·吴书·

陆凯传》)东吴华核《乞赦楼玄疏》:"宜得闲静,以展神思。"韦昭《鼓吹曲》:"建号创皇基,聪睿协神思。"《抱朴子·尚博》:"用思有限者,不能得其神。"《三国志·魏书·任城陈萧王传》注引鱼豢《魏略·武诸王传论》:"余每览植之华采,思若有神。"《晋书·刘智传》管辂云:"吾与刘颍川兄弟语,使人神思清发,昏不假寐。"宗炳《画山水序》:"圣贤映于绝代,万趣融其神思。"王微《叙画》:"望秋云,神飞扬,临春风,思浩荡。"刘勰的"神思"说,则把它作为一个专门的美学范畴来论述,从他所阐述的"神思"内容看,虽然他的"文"之含义比较宽广,但主要还是从文学创作的思维活动特征方面来立论的。

刘勰的"神思"论是对陆机有关想象特征论述的发展。陆机在《文赋》中对文学创作的构思和艺术想象活动的特征,曾作了生动形象的描绘。他说:"其始也,皆收视反听,耽思傍讯,精骛八极,心游万仞。其致也,情曈昽而弥鲜,物昭晰而互进。倾群言之沥液,漱六艺之芳润。浮天渊以安流,濯下泉而潜浸。于是沈辞怫悦,若游鱼衔钩而出重渊之深;浮藻联翩,若翰鸟缨缴而坠曾云之峻。"这里陆机提出了三个问题:一、在虚静精神状态下想象活动是不脱离具体的现实世界的,并具有超时空的特征,即所谓"精骛八极,心游万仞",而且是和人的感情活动紧密地联系在一起的,"思涉乐其必笑,方言哀而已叹"。二、艺术想象活动的结果是凝聚成构思中的意象,即所谓"情曈昽而弥鲜,物昭晰而互进"。三、要寻求生动的语言把构思中的意象具体地表述出来,即所谓"倾群言之沥液,漱六艺之芳润"。陆机的这些论述对刘勰产生了极为深刻的影响,《文心雕龙》有关艺术构思的论述就是在陆机《文赋》的基础上发展起来的,但分析得更为全面系统,并从理论上作了重要概括,提出了一些很有深度的理论概念和美学范畴,如"神思""意象""神与物游""杼轴献功"等。他在《神思》篇中论艺术想象时说:"文之思也,其神远矣。故寂然凝虑,思接千载;悄焉动容,视通万里;吟咏之间,吐纳珠玉之声;眉睫之前,卷舒风云之色;其思理之致乎!故思理为妙,神与物游。"就是对陆机"精骛八极,心游万仞"说的发挥,也是讲的艺术思维超时空的特点,但是他突出了驰骋艺术想象过程中"神与物游"的特点,并指出这种神思活动是和作家的感情冲动密切相联系的,"登山则情满于山,观海则意溢于海"。刘勰还在陆机"情瞳眬而弥鲜,物昭晰而互进"说的基础上,进一步指出神思活动的结果是"意象"的形成,所谓"玄解之宰,寻声律而定墨;独照之匠,窥意象而运斤"。"意象"概念的提出,是刘勰的一个重大贡献。虽然他还没有自觉地把它作为一个重要的理论概念来对待,但它对后来的影响是十分深远的,因而比陆机更富有理论色彩和思想深度。他们的论述说明了艺术思维的基本特点是作家的主体精神与外界的物象之结合,"神与物游"是"神思"的核心。因为这个特点,所以神思的展开必须要有虚静的精神状态,使内心能容纳外界的千景万象。如苏轼所说:"空故纳万境。""东南山水相招呼,万象入我摩尼珠。"佛家所说的"空静""离欲""入定",六朝的高僧慧远在《念佛三昧诗集序》中说:"故令入斯定者,昧然忘知,即所缘以成鉴,鉴明则内照交映,而万象生焉。"然后,可使"天地卷而入怀"。艺术创作也能起到这种作用。刘禹锡说:"梵言沙门,犹华言去欲也。能离欲,则方寸地虚;虚而万景入。"(《秋日过鸿举法师寺院便送归江陵》)道家的"虚静"和佛家的"空静",角度有所不同,道家在使内心顺应自然,抛弃一切人为束缚;佛家则在使内心摆脱尘俗,抛弃一切人世欲念。但是他们在使内心摆脱一切干扰、容纳千景万象方面则是一致的,所以在文艺思想方面有很多共同的地方。

  陆机把艺术构思和想象活动的开展归之于人力无法掌握的"天机",认为:"应感之会,通塞之纪,来不可遏,去不可止。藏若景灭,行犹响起。""虽兹物之在我,非余力之所勠。"而刘勰则认为"神思"的"通塞",对作家来说并不是完全无能为力的,可以通过养气保神而使之通畅无阻。他在论"神与物游"时还进一步提出了:"神居胸臆,而志气统其关键;物沿耳目,而辞令管其枢机。枢机方通,则物无隐貌;关键将塞,则神有遁心。"说明神思活动的顺利开展是和"志气""辞令"有密切关系的。"志气"是统率"神思"的关键,"辞令"是体现"物象"的"枢机",两者都是可以通过修养和学习来获得的。"志气"的含义研究者有很多不同的解释。周振甫在《文心雕龙注释》中释为"意志"和"气势",说"理直是志,气壮是气"。陆侃如、牟世金《文心雕龙译注》解释为"作者主观的情志、气质"。王元化同意陆、牟之说,又补充说:"在这里泛指思想感情。"(《文心雕龙创作论》)寇效信在《文心雕龙美学范畴研究》一书中则认为:"'志气'是人的生理机能与心理机能相结合的概念,是以人的注意、意志、情感、欲望等心理机能为主导,以人的生理机能所产生的生命活力为基础的一个心理和生理统一的概念。"他们说得都有一定道理,但又并不十分确切。"志气"这个概念最早见于《礼记·孔子闲居》:"志气塞乎天地,此之谓'五至'。"《孟子·公孙丑上》中说:"夫志,气之帅也;气,体之充也。夫志至焉,气次焉。故曰:持其志,无暴其气。"《庄子·盗跖》云:"今吾告子以人之情:目欲视色,耳欲听声,口欲察味,志气欲盈。"《淮南子·精神训》云:"使耳目精明玄达而无诱慕,气志虚静恬愉而省嗜欲,五脏定宁充盈而不泄,精神内守形骸而不外越,则望于往世之前,而视于来事之后,犹未足为也。"《三国志·魏书·荀彧传》:"彧岂不知魏武之志气,非衰汉之贞臣哉?"《晋书·张华传》:"陆机兄弟志气高爽。"《晋书·刘毅传》:"毅虽身偏有风疾,而志气聪明。"《晋书·王导传》:"导少有风鉴,识量清远。年十四,陈留高士张公见而奇之,谓其从兄敦曰:'此儿容貌志气,将相之器也。'"说明"志气"的含义是指人富有生命活力的一种昂扬奋进的精神状态。"志气"在《文心雕龙》中凡三见,除《神思》篇外,《书记》篇说:"观史迁之《报任安》,东方朔之《难公孙》,杨恽之《酬会宗》,子云之《答刘歆》,志气盘桓,各含殊采。"《风骨》篇说:"《诗》总六义,风冠其首,斯乃化感之本源,志气之符契也。"也都是这种意思,刘勰在《养气》篇中说得很清楚,"志"指"神志","气"指"精气"。他说:"凡童少鉴浅而志盛,长艾识坚而气衰,志盛者思锐以胜劳,气衰者虑密以伤神,斯实中人之常资,岁时之大较也。若夫器分有限,智用无涯;或惭凫企鹤,沥辞镌思;于是精气内销,有似尾闾之波;神志外伤,同乎牛山之木。""志气"确有生理基础,但它又表现为一种心理现象。有没有这种富有生命活力的昂扬奋进的精神状态,是神思活动能否顺利进行的关键。"神思"的特点是"神与物游",构思中的物象不能离开具体的语言,思维过程实际上也是一个构建语言符号体系的过程。因此,有无丰富的"辞令",对神思活动的开展具有十分重要的意义,这就需要从"积学"来获得。刘勰在《养气》篇中对"志气"的涵养曾作过详细的分析,他说:"夫耳目鼻口,生之役也;心虑言辞,神之用也。率志委和,则理融而情畅;钻砺过分,则神疲而气衰;此性情之数也。"又说:"夫学业在勤,功庸弗怠,故有锥股自厉,和熊以苦之人;

志于文也,则申写郁滞,故宜从容率情,优柔适会。若销铄精胆,蹙迫和气,秉牍以驱龄,洒翰以伐性,岂圣贤之素心,会文之直理哉!且夫思有利钝,时有通塞,沐则心覆,且或反常;神之方昏,再三愈黩。是以吐纳文艺,务在节宣,清和其心,调畅其气,烦而即舍,勿使壅滞,意得则舒怀以命笔,理伏则投笔以卷怀,逍遥以针劳,谈笑以药倦,常弄闲于才锋,贾余于文勇,使刃发如新,腠理无滞,虽非胎息之迈术,斯亦卫气之一方也。"至于"辞令"的把握虽与作者的天资有关,但更在于后天的学习。对此,他在《事类》篇中说道:"夫姜桂同地,辛在本性,文章由学,能在天资。才自内发,学以外成,有学饱而才馁,有才富而学贫。学贫者,迍邅于事义,才馁者,劬劳于辞情;此内外之殊分也。是以属意立文,心与笔谋,才为盟主,学为辅佐;主佐合德,文采必霸,才学褊狭,虽美少功。""夫经典沉深,载籍浩瀚,实群言之奥区,而才思之神皋也。"虚静养气,可保神思畅通,浮想联翩;勤奋学习,自能文采斐然,物无隐貌。

  "神思"的过程实际也是一个"妙想"的过程,也就是作家想象力得到充分发挥的过程。对文学家、艺术家的想象能力及其在文学创作中的作用,中国古代很早就有所认识,尤其是六朝的文艺批评家在理论上也作过不少分析。据《西京杂记》的记载,司马相如论"赋家之心",说可以"苞括宇宙,总揽人物",具有极大的丰富性与广阔性。陆机的"精骛八极,心游万仞"讲的是超时空特点。顾恺之的"迁想妙得"说,则进一步强调了创作主体的作用,说明艺术想象活动不只是对现实中千景万象的简单综合,而是要发挥主体的内在潜力,展开广泛的联想,把主体的意识迁移到客体的物象中去,创造一个新的艺术境界。他对艺术构思中的移情作用,作了相当深刻的论述。刘勰在《神思》篇中说艺术想象可以"规矩虚位,刻镂无形",也是讲的想象的巨大创造性。五代时的画家荆浩在其《笔法记》中说绘画有"六要",其一即是讲构思:"思者,删拨大要,凝想形物。"后来,苏轼就强调了一个"妙"字,称为"妙想"。苏轼在《次韵吴传正枯木歌》中说:"古来画师非俗士,妙想实与诗同出。"惠洪在《冷斋夜话》中说苏轼的诗文都有"妙观逸想"的特点,并提出:"诗者,妙观逸想之所寓也。岂可限以绳墨哉!"并引苏轼语云:"诗以奇趣为宗,反常合道为趣。"他还引用了苏轼在海南写的诗:"平生万事足,所欠惟一死。"王安石拜相时所书:"霜筠雪竹钟山寺,投老归欤寄此生。"以及王维所画雪中芭蕉来说明这种"反常合道"的"奇趣"。

对艺术想象的特点,叶燮也结合杜甫的诗作过很深刻的分析。为了具体地说明诗歌的审美性质和艺术思维的特点,叶燮还专门举出了四句杜甫诗中的名句作了详细的分析,即《冬日洛城北谒玄元皇帝庙》中的"碧瓦初寒外"、《春宿左省》中的"月傍九霄多"、《船下夔州郭宿雨湿不得上岸别王十二判官》中的"晨钟云外湿"、《摩诃池泛舟作》中的"高城秋自落"。这里先看他对第一例的分析,其云:

> 如《玄元皇帝庙作》"碧瓦初寒外"句,逐字论之:言乎"外",与内为界也。"初寒"何物,可以内外界乎?将"碧瓦"之外,无"初寒"乎?"寒"者,天地之气也。是气也,尽宇宙之内,无处不充塞;而"碧瓦"独居其"外","寒"气独盘踞于"碧瓦"之内乎?"寒"而曰"初",将严寒或不如是乎?"初寒"无象无形,"碧瓦"有物有质;合虚实而分内外,吾不知其写"碧瓦"乎?写"初寒"乎?写近乎?写远乎?使必以理而实诸事以解之,虽稷下谈天之辨,恐至此亦穷矣!然设身而处当时之境会,觉此五字之情景,恍如天造地设,呈于象,感于目,会于心。意中之言,而口不能言;口能言之,而意又不可解。划然示我以默会想象之表,竟若有内、有外、有寒、有初寒。特借"碧瓦"一实相发之。有中间,有边际,虚实相成,有无互立,取之当前而自得,其理昭然,其事的然也。昔人云:"王维诗中有画。"凡诗可以入画者,为诗家能事。如风云雨雪,景象之至虚者,画家无不可绘之于笔;若初寒内外之景色,即董、巨复生,恐亦束手搁笔矣!天下惟理事之入神境者,固非庸凡人可摹拟而得也。

叶燮这一段分析相当精彩,他从如何理解杜甫这一句诗的含义出发,生动具体地说明了诗歌中的形象描写是无法以常情、常理来解释的,"碧瓦"怎么在"初寒"外?"初寒"与"寒"又怎么区分?按经生之理是说不通的,但诗理则可通,却如王夫之分析"飞蓬"之"搔首望故株"一样。不仅如此,这样的描写还能把当时的情景非常真实地呈现在读者面前,犹如亲临其境一般。因此,他认为诗人的想象是不能按常人的情理来理解的,是"幽渺以为理,想象以为事,惝恍以为情"。叶燮又分析其他的杜甫诗歌道:

> 又《宿左省作》"月傍九霄多"句,从来言月者,只有言圆缺,言明暗,言升沉,言高下,未有言多少者。若俗儒,不曰"月傍九霄明",则曰"月傍九霄高",以为景象真而使字切矣。今曰"多",不知月本来多乎?抑"傍九霄"而始"多"乎?不知月"多"乎?月所照之境"多"乎?有不可名言者。试想当时之情景,非言"明",言"高",言"升"可得,而惟此"多"字可以尽括此夜宫殿当前之景象。他人共见之,而不能知,不能言,惟甫见而知之,而能言之。其事如是,其理不能不如是也。
>
> 又《夔州雨湿不得上岸作》"晨钟云外湿"句,以"晨钟"为物而"湿"乎?"云外"之物,何啻以万万计!且钟必于寺观,即寺观中,钟之外,物亦无算,何独湿钟乎?然为此语者,因闻钟声有触而云然也。声无形,安能湿?钟声入耳而有闻,闻在耳,止能辨其声,安能辨其湿?曰"云外",是又以目始见云,不见钟,故云"云外"。然此诗为雨湿而作,有云然后有雨,钟为雨湿,则钟在云内,不应云"外"也。斯语也,吾不知其为耳闻耶?为目见耶?为意揣耶?俗儒于此必曰:"晨钟云外度。"又必曰:"晨钟云外发。"决无下"湿"字者。不知其于隔云见钟,声中闻湿,妙悟天开,从至理实事中领悟,乃得此境界也。
>
> 又《摩诃池泛舟作》"高城秋自落"句,夫"秋"何物,若何而"落"乎?时序有代谢,未闻云"落"也。即"秋"能"落",何系之以高城乎?而曰"高城落",则"秋"实自"高城"而"落",理与事俱不可易也。

月亮为什么傍九霄而多?晨钟为什么说是在云外湿?秋天又如何自己落遍全城?其实,都是说的诗人艺术想象的微妙,以及它的"反常合道"之"奇趣"。叶燮又说:"以上偶举杜集四语,若以俗儒之眼观之:以言乎理,理于何通?以言乎事,事于何有?所谓言语道断,思维路绝;然其中之理,至虚而实,至渺而近,灼然心目之间,殆如鸢飞鱼跃之昭著也。理既昭矣,尚得无其事乎?古人妙于事理之句,如此极多,姑举此四语,以例其余耳。其更有事所必无者,偶举唐人一二语:如'蜀道之难,难于上青天''似将海水添宫漏''春风不度玉门关''天若有情天亦老''玉颜不及寒鸦色'等句,如此者何止盈千累万。决不能有其事,实为情至之语。夫情必依乎理;情得然后理真。情理交至,事尚不得耶。要之,作诗者,实写理事情,可以言言,可以解解,即为俗儒之作。惟不可名言之理,不可施见之事,不可径达之情,则幽渺以为理,想象以为事,惝恍以为情,方为理至、事至、情至之语。此岂俗儒耳目心思界分中所有哉?则余之为此三语者,非腐也,非僻也,非锢也。得此意而通之,宁独学诗,无适而不可矣。"

三、心与物的双向交流
——"随物宛转""与心徘徊"

文学创作的艺术构思从美学本质上说,实际是一个心与物双向交流的过程。"神与物游"是人与自然、心与物、主体与客体互相吸引的结果,刘勰在《文心雕龙》中对此曾作了非常深刻的论述,他在《神思》篇中说:"物以貌求,心以理应。"因为"物以貌求",所以"情以物兴",刘勰在《物色》篇中曾说到四时季节的变化对人的心灵所产生的巨大影响:"春秋代序,阴阳惨舒,物色之动,心亦摇焉。盖阳气萌而玄驹步,阴律凝而丹鸟羞,微虫犹或入感,四时之动物深矣。若夫珪璋挺其惠心,英华秀其清气,物色相召,人谁获安?是以献岁发春,悦豫之情畅;滔滔孟夏,郁陶之心凝;天高气清,阴沉之志远;霰雪无垠,矜肃之虑深;岁有其物,物有其容;情以物迁,辞以情发。一叶且或迎意,虫声有足引心。况清风与明月同夜,白日与春林共朝哉!"钟嵘在《诗品序》中说:"若乃春风春鸟,秋月秋蝉,夏云暑雨,冬月祁寒,斯四候之感诸诗者也。嘉会寄诗以亲,离群托诗以怨。至于楚臣去境,汉妾辞宫;或骨横朔野,或魂逐飞蓬;或负戈外戍,杀气雄边;塞客衣单,孀闺泪尽;或士有解佩出朝,一去忘反;女有扬蛾入宠,再盼倾国;凡斯种种,感荡心灵,非陈诗何以展其义,非长歌何以骋其情?故曰:'《诗》可以群,可以怨。'使穷贱易安,幽居靡闷,莫尚于诗矣。"然而从另一方面看,人又是在寄托自己情思的角度来看待物的。是以内心的"理"来与物相呼应的,由于"心以理应",所以"物以情观"。如李贽在《杂说》一文中说："且夫世之真能文者，比其初皆非有意于为文也。其胸中有如许无状可怪之事，其喉间有如许欲吐而不敢吐之物，其口头又时时有许多欲语而莫可所以告语之处，蓄极积久，势不能遏。一旦见景生情，触目兴叹，夺他人之酒杯，浇自己之垒块；诉心中之不平，感数奇于千载。"因此，景生情，情生景，景都是以情载体而出现的。诚如刘勰在《物色》篇中所说："是以诗人感物，联类不穷。流连万象之际，沉吟视听之区；写气图貌，既随物以宛转；属采附声，亦与心而徘徊。"从创作的初始来说，其实常常并不是一种单向的作用，比如，物对人的感发，不论是自然物色还是社会生活，它们确实可以引起人的创作欲望，但是从另一方面看，文学创作又是人借景物以寄托情思的结果。这种心物双向交流的关系，在宋元明清时代很多文学批评家都以情景关系的方式来论述，把情、景看作是文学的两个基本元素。这个"景"就不是仅仅指自然景物，其实，就是创作的客体，如王夫之所说，有"人之景""事之景""情之景""景之景"。因此情景关系的实质就是文学创作中的心物关系。故而，王国维在《文学小言》中说："文学中有二原质焉：曰景，曰情。前者以描写自然及人生之事实为主，后者则吾人对此种事实之精神的态度也。故前者客观的，后者主观的也；前者知识的，后者感情的也。"比较早地提出情景关系的是南宋后期范晞文的《对床夜语》，他强调了"景无情不发，情无景不生""情景相触而莫分"的思想。"老杜诗'天高云去尽，江迥月来迟。衰谢多扶病，招邀屡有期'（《陪李七司马皂江上观造竹桥即日成》），上联景，下联情。'身无却少壮，迹有但羁栖。江水流城郭，春风入鼓鼙'（《春中梓州登楼》），上联情，下联景。'水流心不竞，云在意俱迟'（《江亭》），景中之情也。'卷帘惟白水，隐几亦青山'（《闷》），情中之景也。'感时花溅泪，恨别鸟惊心'（《春望》），情景相触而莫分也。'白首多年疾，秋天昨夜凉'（《潭州送韦员外迢牧韶州》），'高风下木叶，永夜揽貂裘'（《江上》），一句情一句景也。固知景无情不发，情无景不生。"后来，明代谢榛在《四溟诗话》中说："夫情景有异同，模写有难易，诗有二要，莫切于斯者。"又说："作诗本乎情景，孤不自成，两不相背。……景乃诗之媒，情乃诗之胚，合而为诗，以数言而统万形，元气浑成，其浩无涯矣。"王夫之论情景交融比别人更深一层的地方，是他进一步强调了在艺术构思和创作中,情景从一开始就是同时产生而不可分离的。艺术家不是先有了"情",再去找与之相应的"景",也不是先有了"景",再去纳入一定的"情",情景两者是互相触发、互相依存的。"情景虽有在心在物之分,而景生情,情生景,哀乐之触,荣悴之迎,互藏其宅。"离开"景"则"情"无所寓,即非文学艺术之"情";离开"情"则"景"无所依,失其灵魂,亦不成其为文学艺术之"景"。它们必须"互藏其宅",才能形成为文学艺术的形象。故王夫之又说:"夫景以情合,情以景生,初不相离,唯意所适。"(以上均见《夕堂永日绪论内编》)"初不相离"四字,比较充分地体现了艺术思维中情景交融的重要特点,也是艺术创造的重要特点。任何一个艺术品的产生,从它在作家思维过程中的酝酿开始,主体和客体就是不可分割地联系在一起的。情和景的相触相生,一般都是在作家灵感冲动中出现的。

四、主体意识的化解
——"身与竹化""一朝物格"

心与物的双向交流达到的最高境界是两者的化合,也就是分不清是情还是景,如王夫之所说:"情景名为二,而实不可离。神于诗者,妙合无垠,巧者则有情中景,景中情。"按王国维的说法是"意与境浑",他在《〈人间词〉乙稿序》中说:"文学之事,其内足以摅己,而外足以感人者,意与境二者而已。上焉者意与境浑,其次或以境胜,或以意胜。苟缺其一,不足以言文学。"要达到这样的水平,在构思过程中必须要使主体意识化解于客体之中,即使创作主体进入到"物化"的境界。所谓主体意识的化解,并不是主体意识的消灭,而是说从意象或境界的表面,看不出明显的主体意识,而是与客体完全融合为一,把主体当作客体,反之,客体也就是主体。好像庄子做梦变为蝴蝶,醒来以后,"不知周之梦为胡蝶与,胡蝶之梦为周与。周与胡蝶,则必有分矣。此之谓物化"(《庄子·齐物论》)。"物化"从创作过程来说表现为"指与物化",而"指与物化"的前提是"心与物化"。《庄子·达生》篇中说:"工倕旋而盖规矩,指与物化而不以心稽,故其灵台一而不桎。忘足,屦之适也;忘要,带之适也;知忘是非,心之适也;不内变,不外从,事会之适也。始乎适而未尝不适者,忘适之适也。"这并不是说人已经没有了足,没有了腰,也没有了知,而是说主体的意识,已经完全化解在客体之中,自己也就是屦,就是带,心无思虑,与物同化。表现在创作构思中,就是忘记了主体的存在,把自己想象成就是客体,这时应该如何去描写,就不是明确的主体意识,而好像是客体本身在描写自己。唐代韩幹画马,在画室中身作马形,宋代文仝画竹,而身与竹化,都是讲的这个道理。苏轼《书晁补之所藏与可画竹三首》云:"与可画竹时,见竹不见人。岂独不见人,嗒然遗其身。其身与竹化,无穷出清新。"其实,文与可画的竹中并不是没有主体意识,而是它不以主体形态出现,而是化解于客体之中,我们看见的是竹,但实际上它又是主体意识的展现。如果,物是物、我是我,对物的了解只是停留在我对物的认识上,而不能做到物我的合一,那么,你对物的了解总是有限度的,物只是你所了解的物,并不一定是物的最真实面貌。"物化"就是要做到既是物的自然形态,又是主体意识的最真实体现。

　　要使文学家、艺术家的思维进入到这种状态,除了要有"虚静"的精神境界之外,还必须要深入地了解创作对象,这就是金圣叹所说的"格物"。他说施耐庵之所以能写出一百八人有一百八个性格,就是因为他能"澄怀格物","十年格物而一朝物格"。所谓"澄怀格物",就是要求作家内心虚静,排除一切杂念干扰,专心一致地在自己胸中反复酝酿、琢磨、推敲,使他所要写的人物先在自己心中活起来,然后才能写出栩栩如生的人物形象。"格物"一语源于理学家所崇奉的"格物致知",它是说要细致推究事物的原理,而获得深刻的认识和了解。但是理学家多偏重于运用内省功夫去"格物致知"。金圣叹则是借此来强调作家必须在熟悉生活的基础上,深入地研究分析人物的性格特点,以及各个人物之间的性格差异。他说"格物"的方法,"以忠恕为门"。《论语·里仁》云:"曾子曰:'夫子之道,忠恕而已矣。'"邢昺疏云:"忠谓尽中心也。恕谓忖己度物也。言夫子之道唯以忠恕一理以统天下万事之理,更无他法,故云而已矣。"朱熹《四书集注》谓:"尽己之谓忠,推己之谓恕。"金圣叹说格物的方法以忠恕为主,即是强调作家在酝酿、构思人物时,应当能推己及人,设身处地去想一想如我在那种境遇下,会怎样行动、怎样处事、怎样说话。这样就有可能把人物写得真实、贴切,合乎人情物理。那么怎么才能真正把握好"忠恕之门"呢？金圣叹认为还必须懂得"因缘生法"的道理。"因缘生法"是佛教术语，因缘，即是指原因和条件。一切事物和现象都是依据于一定的原因和条件而产生或出现的。金圣叹强调"因缘生法"，就是要求作家在推己及人地构思人物时，应当研究和分析人物的言论、行动、性格所赖以产生的原因和条件，这样才能准确地把握其特点。在第五十五回的评语中，金圣叹指出作家对他所写的人物，有些是可以有亲身体会的，比如写豪杰，也许作家本身就是豪杰，甚至于写奸雄，也许他本人就是奸雄，但是一个作家不可能对各种人物都有切身体会，他不可能既是豪杰，又是奸雄，又是偷儿，又是淫妇。但是他如果能从"因缘生法"的角度去了解和把握这些人物，那么，他本人并不是豪杰、奸雄、偷儿、淫妇，也一定能写好豪杰、奸雄、偷儿、淫妇，"其文亦随因缘而起"。作家懂得"因缘生法"，他创作时就会"动心"。"动心"是说作家可以把自己设想成为豪杰、奸雄、偷儿、淫妇，然后按照"因缘生法"的道理，把握好他们性格形成的原因和条件，把他们描写得十分逼真和传神。所以，他在《水浒传序三》中说："忠恕，量万物之斗斛也。因缘生法，裁世界之刀尺也。施耐庵左手握如是斗斛，右手持如是刀尺，而仅乃叙一百八人之性情、气质、形状、声口者，是犹小试其端也。"所谓"一朝物格"，就是指达到了"物化"的境界。

五、构思中的意象
——"胸有成竹"和"胸无成竹"

文学创作构思的结果是凝聚成艺术意象。中国古代非常重视在落笔之前，应当首先在构思中形成审美意象，这就是早在东晋已经提出的"意在笔先"，它是在书法理论中最先提出来的。卫夫人在《笔阵图》中说"意后笔前者败"，"意前笔后者胜"。王羲之《题卫夫人笔阵图后》中说要"凝神静思"，"意在笔前，然后作字"。认为书法创作在构思过程中，也应当经过一番惨淡经营，在思考成熟之后再动笔。这种思想影响到画论，张彦远在《历代名画记》中也说顾恺之的画"意存笔先，画尽意在"。到了苏轼发展成为"胸有成竹"说，其《文与可画筼筜谷偃竹记》一文中说，如果画竹只是"节节而为之，叶叶而累之，岂复有竹乎？故画竹必先得成竹于胸中，执笔熟视，乃见其所欲画者，急起从之，振笔直遂，以追其所见，如兔起鹘落,少纵则逝矣"。审美意象的形成、丰富和深化,是艺术构思中最为重要的阶段,对创作的成败至关重要。清人沈德潜在《说诗晬语》中说:"写竹者必有成竹在胸,谓意在笔先也。惨淡经营,诗道所贵。倘意旨间架,茫然无措,临文敷衍,支支节节而成之,岂所谓得心应手之技乎?"

但是,只强调"胸有成竹",有时也会产生另外一种片面性,即在具体创作时受到已有框框的限制,反而会束缚创作的自由发挥。清人郑板桥认为"意在笔先"是对的,但并不一定要"胸有成竹",他强调的是"胸无成竹",他说他画兰竹,"胸无成竹,亦无成兰"。他有一首诗写道:"信手拈来都是竹,乱叶交枝戛寒玉。却笑洋州文太守,早向从前构成局。我有胸中十万竿,一时飞作淋漓墨,为凤为龙上九天,染遍云霞看新绿。"构思中要有所考虑,但又不可变成固定格局,所以说"画竹之法,不贵拘泥成局"。因此,郑板桥的"胸无成竹"是对苏轼的"胸有成竹"之补充。他在题画竹中说:"文与可画竹,胸有成竹;郑板桥画竹,胸无成竹。浓淡疏密,短长肥瘦,随手写去,自尔成局,其神理具足也。藐兹后学,何敢妄拟前贤。然有成竹无成竹,其实只是一个道理。"他又说:"与可之有成竹,所谓渭川千亩在胸中也。板桥之无成竹,如雷霆霹雳,草木怒生,有莫知其然而然者,盖大化之流行,其道如是。与可之有,板桥之无,是一是二,解人会之。"

六、创作灵感的萌发

——"应感之会"与"偶然欲书"

创作灵感确实有它的偶然性,如陆机所说,"来不可遏,去不可止",因此,需要等待时机,诗人灵感爆发、兴会神到是自然而产生的,非人力强求所能达到。故刘勰在《文心雕龙·养气》篇中提出的"率志委和"之说,也就是《神思》篇中说的"秉心养术,无务苦虑;含章司契,不必劳情"之意。所以,清人王渔洋论诗歌创作十分注重"伫兴",他在《渔洋诗话》中说:"萧子显云:'登高极目,临水送归。蚤雁初莺,花开叶落。有来斯应,每不能已。须其自来,不以力构。'王士源序孟浩然诗云:'每有制作,伫兴而就。'余生平服膺此言,故未尝为人强作,亦不耐为和韵诗也。"所引萧子显语见其《自序》,重在"伫兴",正是强调创作必须顺乎自然,必待兴会神到,自然高妙,若是苦吟强作,则索然无味。他在《香祖笔记》中又说:"南城陈伯玑允衡善论诗,昔在广陵评予诗,譬之昔人云'偶然欲书',此语最得诗文三昧。今人连篇累牍,牵率应酬,皆非偶然欲书者也。坡翁称钱塘程奕笔云:'使人作字不知有笔。'此语亦有妙理。"创作必待作家灵感的自然萌发,有所冲动。他又说:"越处女与勾践论剑术曰:'妾非受于人也,而忽自有之。'司马相如答盛览论赋曰:'赋家之心,得之于内,不可得而传。'诗家妙谛,无过此数语。"无论是"偶然欲书"也好,或是"忽自有之"也好,都是指诗歌创作重在兴会神到,而不能苦思强作。所谓"伫兴",就是要培养灵感、等待灵感的到来。但这又并不是完全被动的、消极的,而是可以发挥主体的作用,促使它能有萌发的机会。因为在灵感萌发的偶然性中,是蕴藏着某种必然性的,只要条件成熟,就可以促使灵感萌发。谢榛在《四溟诗话》中说:"诗有天机,待时而发,触物而成,虽幽寻苦索,不易得也。"既然是"触物而成",就有可能通过广泛地观察事物,深入生活实践,寻求创作灵感的萌发。平时有生活深厚积累,受到某种现实景象的触发,就可能导致灵感的涌现。《宣和书谱》记载唐代书法家怀素,"晚精意于翰墨,追倣不辍,秃笔成塚。一夕观夏云随风,顿悟笔意,自谓得草书三昧,斯亦见其用志不分,乃凝于神也"。又说张旭"尝言:初见担夫争道,又闻鼓吹,而知笔意。及观公孙大娘舞剑,然后得其神"。这就是在无意中遇到某种显示事物的触发,而萌生了创作灵感。为了培养灵感,还可以自觉地、有意识地借助于某种生活景象,促使它爆发。如宋代郭若虚《图画见闻志》记载:"(唐)开元中,将军裴旻居丧,诣吴道子,请于东都天宫寺画神鬼数壁,以资冥助。道子答曰:'吾画笔久废,若将军有意,为吾缠结,舞剑一曲,庶因猛厉,以通幽冥!'旻于是脱去缞服,若常时装束,走马如飞,左旋右转,掷剑入云,高数十丈,若电光下射。旻引手执鞘承之,剑透室而入。观者数千人,无不惊栗。道子于是援毫图壁,飒然风起,为天下壮观。道子平生绘事,得意无出于此。'"这个道理其实是很容易理解的,它说明文学艺术创作的灵感,还是来源于生活实际的感受和特殊显示景象的触发。只要文学家艺术家真正深入到丰富广阔的现实生活中去,自然能汲取无穷无尽的创作灵感。所以,陆游在《九月一日夜读诗稿有感走笔作歌》一诗说:"我昔学诗未有得,残余未免从人乞。力屏气馁心自知,妄取虚名有惭色。四十从戎驻南郑,酣宴军中夜连日。打毬筑场一千步,阅马列厩三万匹。华灯纵博声满楼,宝钗艳舞光照席。琵琶弦急冰雹乱,羯鼓手匀风雨疾。诗家三昧忽见前,屈贾在眼元历历。天机云锦用在我,剪裁妙处非刀尺。世间才杰固不乏,秋毫未合天地隔。放翁老死何足论,《广陵散》绝还堪惜。"所以,虽然灵感萌发是在一瞬间,但它还是要靠平时的积累。清代袁守定在《占毕丛谈》中说:"文章刚之道,遭际兴会,撼发性灵,生于临文之顷者也。然须平日餐经馈史,霍然有怀,对景感物,旷然有会,尝有欲吐之言,难遏之意,然后拈题泚笔,忽忽相遭,得之在俄顷,积之在平日,昌黎所谓有诸其中是也。舍是,虽精竭虑,不能益其胸中之所本无,犹探珠于渊而渊本无珠,采玉于山而山本无玉,虽竭渊夷山峰求之,无益也。"

七、直觉的作用
——"直寻"和"现量"

中国古代非常重视创作构思中直觉的作用,因为文学家的创作,特别是像抒情诗这一类的创作,往往不是有意为之,而是在一种直觉感受的驱使下创作出来的,这样的作品反而是好作品,因为它更具有自然、真切的特色。但这并不是说创作全凭直觉,而是说,直觉感受常常是触发最佳创作的一个契机。对直觉的认识,起源于庄子的"目击道存"说,《庄子·田子方》说:"仲尼见之而不言。子路曰:'吾子欲见温伯雪子久矣,见之而不言,何邪?'仲尼曰:'若夫人者,目击而道存矣,亦不可以容声矣。'"也就是说视线所及,直接观察,就可以领会到"道",用不着和他交谈了。因为"道"是不可言喻的,目中所见,心已领悟,这是一种感受,而不是清楚的理性认识。庄子是不赞成要有清楚的理性认识的,认为那样反而不能把握"道"的本质,他认为只有直觉领悟,才是对"道"的真正把握。这种思想影响到文学艺术,不论是诗歌创作还是绘画创作,都非常重视直觉的作用。最早把直觉思想引入文学创作的是南朝刘宋时代的宗炳,他在《画山水序》中提出的"应目会心"说,就体现了强调直觉意识作用的意义。刘勰在《物色》篇中所说的"目既往还,心亦吐纳"正是对宗炳思想的发挥。创作构思中的直接经验、直观感受有非常重要的作用。所以锺嵘在《诗品序》中说:"吟咏情性,亦何贵于用事?'思君如流水',既是即目;'高台多悲风',亦惟所见;'清晨登陇首',羌无故实;'明月照积雪',讵出经、史。观古今胜语,多非补假,皆由直寻。""直寻"虽是就用不用典故的角度提出的,但从他强调抒写"即目""所见"的角度说,也有重视直觉的意义。他认为真正的好诗大都是诗人的直观感受的抒发,并不一定经过深入的理性思考,而典故的运用则肯定是要经过作家的理性思维活动的。其实,这种直觉思维的产生,虽然带有偶然性,但它也还是和作家平时的知识学问、经验阅历和生活积累有着不可分割的内在联系的。不过在进行创作和构思活动时,受触景生情的直觉意识的影响很大。司空图在《与李生论诗书》中所强调的"直致所得,以格自奇"和《诗赋》所说"知非诗诗,未为奇奇",也就是锺嵘所说的"直寻"之意,是对他的一种发展。王夫之在锺嵘倡导的书写"即目所见"的"直寻"说基础上,提出了"即景会心"的"现量"说。他在《夕堂永日绪论内编》中说道:"'僧敲月下门',只是妄想揣摩,如说他人梦,纵令形容酷似,何尝毫发关心?知然者,以其沉吟'推''敲'二字,就他作想也。若即景会心,则或推或敲,必居其一,因景因情,自然灵妙,何劳拟议哉?'长河落日圆',初无定景;'隔水问樵夫',初非想得:则禅家所谓现量也。"《相宗络索》中"三量"条云:"现量,现者有现在义,有现成义,有显现真实义。现在不缘过去作影;现成一触即觉,不假思量计较;显现真实,乃彼之体性本自如此,显现无疑,不参虚妄。"①王夫之借佛学的"现量"来说明情景交融的艺术境界是心目相应的一刹那自然地涌现出来的,它是当时真实地存在着的,是"一触即觉,不假思量计较"的,没有经过理性思考的,是绝对没有虚妄成分的。所以从锺嵘的"直寻"说到王夫之的"现量"说,都具有明显强调直觉思维作用的意义,认为诗歌创作中许多优秀的佳作往往不是靠理性思维,而是在直感的触发下产生的。王国维所说的"不隔"也是具有强调直觉的意义在内。"不隔"的作品应当描写即目所见、即景会心之境界,务求自然传神,如化工造成物一般。故云:"语语都在目前,便是不隔。"此种思想在《宋元戏曲史》中也有所表述。他说:"然元剧最佳之处,不在其思想结构,而在其文章。其文章之妙,亦一言之蔽之,曰:有意境而已矣。何以谓

---

① 转引自戴鸿森笺注:《姜斋诗话笺注》,北京:人民文学出版社,1981年,第53页。

之有意境？曰：写情则沁人心脾，写景则在人耳目，述事则如其口出是也。古诗词之佳者，无不如是。"他还指出文学创作不论写情还是写景，都有"隔"与"不隔"的区别。他在《人间词话》里说："'生年不满百，常怀千岁忧。昼短苦夜长，何不秉烛游？''服食求神仙，多为药所误。不如饮美酒，被服纨与素。'写情如此，方为不隔。'采菊东篱下，悠然见南山。山气日夕佳，飞鸟相与还。''天似穹庐，笼盖四野。天苍苍，野茫茫，风吹草低见牛羊。'写景如此，方为不隔。""不隔"的思想一方面是受西方美学思想中强调艺术直观特性及重视艺术直觉作用的影响，如他在《叔本华之哲学及其教育学说》中认为，"美术之知识全为直观之知识，而无概念杂乎其间"，"故科学上之所表者，概念而已矣。美术上之所表者，则非概念，又非个象，而以个象代表其物之一种全体，即上所谓实念者是也，故在在得直观之。如建筑、雕刻、图书、音乐等，皆呈于吾人之耳目者，唯诗歌（并戏剧小说言之）一道，虽借概念之助以唤起吾人之直观，然其价值全存于其能直观与否。诗之所以多用于比兴者，其源全由于此也"。另一方面这也是总结我国传统的文艺美学思想的产物。从绘画上宗炳的"应目会心"论，到文学上刘勰的"目既往还，心亦吐纳"论；从诗学上钟嵘的"直寻"说，到司空图的"直致所得，以格自奇"说；从梅尧臣、欧阳修的"状难写之景，如在目前"说，到王夫之提倡"即景会心"的"现量"说，乃至严羽的"妙悟"说、王渔洋的"神韵"说，都可以鲜明地看出重视艺术直觉作用的历史发展线索。王国维的"不隔"说正是总结中西美学思想的历史经验而提出来的。

按：拙作《中国古代文学创作论》自出版将近二十年，在此期间，学术界关于中国古代文学创作理论的研究，有了重大的进展，已经大大地深化了。我自己对很多问题也有了进一步的思考，并准备重新改写。上面是我对修改有关创作构思部分的几点思考，写出来请各位同行专家教正。

原载《文艺学的走向与阐释》，
张晶、杜寒风主编，北京广播学院出版社，2003年

古代文论研究的现状和发展问题

我国古代文论研究,近十年来有了很大发展,取得了相当丰硕的成果。这可从以下几方面清楚地看出来。

第一,是古代文学理论批评著作的整理、译注和资料收集、选编工作已经全面展开,出版了一大批有价值的著作。在资料收集、选编方面,如郭绍虞主编的《中国历代文论选》经过扩大、充实、提高,修订成较为丰满的四卷本;人民文学出版社正在编辑一套各时期比较全面而详尽的断代文论选,继《近代文论选》之后,又出版了《宋金元文论选》,其他各本亦将陆续出版,在专著的整理、译注或选注选译方面成绩更加显著,例如仅《文心雕龙》的注译本就出了十余种,其中像杨明照的《文心雕龙校注拾遗》,周振甫的《文心雕龙注释》及《文心雕龙今译》,陆侃如、牟世金的《文心雕龙译注》都具有很高的学术水平。此外,如陆机的《文赋》、锺嵘的《诗品》、皎然的《诗式》、司空图的《诗品》、王夫之的《姜斋诗话》、叶燮的《原诗》、沈德潜的《说诗晬语》、王国维的《人间词话》等,也都有了新的注释本;《历代诗话》《历代诗话续编》《清诗话续编》《词话丛编》等也出了新的校点本;过去重视不够的小说理论也有了较为系统的整理,重新校点出版了金批《水浒》、毛评《三国》以及《水浒传会评本》《三国演义会评本》等重要资料书。黄霖、韩同文选编、注释的《历代小说论著选》广泛收集了各种版本小说的重要序跋,并作了细致注释。这些毫无疑问为古代文论研究工作的进一步深入打下了扎实的基础。

第二,是古代文学理论批评发展史的研究有了新的可喜进展,出现了好几种新的批评史著作。其中,王运熙、顾易生等的《中国文学批评史》以及敏泽的《中国文学理论批评史》是这方面有代表性的著作,反映了目前研究所达到的高峰。他们对小说戏曲理论批评及近代文学理论批评的论述,是过去几种文学批评史所没有的。这样就把"史"补齐了。还特别值得提到的是罗宗强的《隋唐五代文学思想史》,它不仅为断代文学思想史的编写开了头,而且具有自己新的视角与特点,它把文学创作中体现的文学思想与理论批评中体现的文学思想结合起来分析,从而使文学创作、文学理论、文学批评融为一体,这是很可贵的,也是引人瞩目的。当然,中国文学理论批评史的研究目前看来在理论体系上还没有很大的突破,这自然是比较困难的。但是,我们相信不久会有新的发展。

第三,是在重要的文学理论批评家及其著作的专题研究上有了极大的发展。这些年来,古代文论方面发表了大量的研究论文,其中大部分是属于这种类型的。同时还出现了不少专人专题研究的专著。对刘勰及其《文心雕龙》的研究是最为突出的。近十年来发表了二百余篇论文,还有好几部专著,使《文心雕龙》研究出现了空前未有的繁荣局面,"龙学"成为一门显学。与此同时,对孔子、庄子、陆机、锺嵘、司空图、苏轼、严羽、王夫之、叶燮、金圣叹、李渔、刘熙载、王国维等的研究也相当多。还值得我们高兴的是,对许多二三流的文学理论批评家及其专著的研究也有了很大的发展。更为重要的是这种研究的理论水平有了很大的提高,提出了很多有价值的新见解,广泛地涉及了这些文学理论批评家的文学思想的哲学、美学思想基础及其历史渊源。专人专题研究的深入和扩大,是我们古代文论研究繁荣发展的重要标志,也为我们中国文学理论批评史的发展研究的深化,探讨重要的规律性问题,提供了十分有利的条件。

第四,是综合性的理论问题研究呈现出了越来越受重视的趋势。这种综合性的理论研究的发展明显地表现在以下三个方面:一是对理论范畴的研究。我国古代有许多具有民族特色的美学和文艺理论概念术语,如意象、意境、风骨、形神、虚实、体势、通变、兴趣、情景、滋味等,对这些理论范畴的研究比较受到重视,有了不少专门研究的文章,这些文章通过细致的辨析,阐发了其包含的理论内容。尽管大家的意见还有分歧,但这是一种正常的现象,不论何种意见都对我们进一步认识这些范畴的含义具有不同程度的启发。二是中西文论比较研究的开展。比较研究是很重要的,只有通过比较,我们才能更好地把握我国古代文论与西方文论的共同之处与不同之处。钱锺书《管锥编》中的有关文论部分及王元化的《文心雕龙创作论》都在这方面作出了重要贡献。三是把中国古代文论放到广阔的民族文化传统的背景下去研究。我国古代文化传统有自己显著的民族特点,这种特点必然会给我国古代文论打上深深的烙印,从这样一个角度去研究古代文论,无疑地将可以使我们更准确地认识古代文论的特点与规律。这方面的研究虽然刚刚开始,但它一定会给我们的研究带来蓬勃的生气。综合性理论研究的多视角、多层次的发展,为我们古代文论研究展示了新的前景,必将使我们古代文论研究与现代文艺学、美学的研究紧密地结合起来,这是值得我们大力加以提倡的。

如前所述,古代文论研究虽然取得了很大的成就,但是,当前我们仍然面临着如何使古代文论研究沿着健康的道路进一步深入的问题。要使古代文论研究在现有基础上有一个新的更大的发展,我以为首先要强调树立严谨的学风,这是我们学术研究能否沿着健康的道路顺利发展的关键。近年来在古代文论和古代美学的研究中,存在着某些学风不正的现象,这是影响我们研究深入的主要障碍。概括地说,主要有以下几种表现:

一是轻率概括。科学研究要从大量具体材料出发,经过严密地分析和论证,才能作出客观的实事求是的结论。然而在我们有些文章和著作中,往往没有经过充分的论证,就匆忙草率地下结论。这种结论不是从深入分析中国古代文艺发展的实际中提出来的,而是生硬地搬用西方的现成结论,或是从概念到概念主观推断出来的。比如用西方的古典主义、浪漫主义、感伤主义、批判现实主义等几个文艺思潮发展阶段,来牵强附会地解释我国明清时期文艺思想发展的特点,即是一个非常典型的例子。且不说两者在社会基础方面的根本差异,仅就文艺现象本身来说,这种概括也是明显地说不通的。前后七子提倡"文必秦汉,诗必盛唐"的复古主张,也许和欧洲的古典主义还有某些形式上的相似之处,可是李贽在反理学的思想背景下提倡写"真心",为什么就不能导向现实主义,而一定是浪漫主义的代表呢?在所谓的浪漫主义"洪流"中,又怎样解释现实主义(也许说自然主义更确切)的《金瓶梅》呢?如果说《红楼梦》产生在批判现实主义时代,又怎样解释以袁枚为代表的"性灵"派文艺思想的高涨呢?如果说《桃花扇》因为写了故国兴亡之痛就是感伤主义,那么这种感伤主义在南唐二主的词中,岂不是体现得更加突出吗?轻率概括的结果,必然是一接触具体文艺现象就要出毛病,甚至闹笑话。

二是实用主义。科学研究要求我们全面地占有各种不同的材料,客观地进行符合实际的分析,而不允许只收集片面的、局部的材料,就作出普通性的全面论断。然而我们有些研究者,却只从极有限的材料中,任意武断地下结论,甚至为了说明自己的观点,对那些与自己论断相矛盾的、可以否定自己论断的材料,完全弃置一旁。比如,说两汉的文艺思想是继承《楚辞》的浪漫主义的,这自然可以找到一些材料,文学、绘画、雕塑等部门都有反映汉代浪漫主义文艺和《楚辞》之间联系的例证。但汉代是一个经学昌盛的时代,它还有大量受儒家思想影响而产生的现实主义文艺思想与文艺创作,这在文学、绘画、雕塑等部门也都有突出表现。我们概括汉代的文艺和美学思想特征,怎么可以置这样明显的现象于不顾呢?怎么可以把王充这样在汉代文艺和美学思想发展中有重要地位,对后来文艺美学思想发展产生了重大影响的大人物撇开不管呢?

三是辗转引用。科学研究中转引一些别人文章或著作中的材料是可以的,但是应当采取一种严谨慎重的态度。首先应该尽可能去核对一下原文,研究一下原材料的本来意义,看看别人引用是否确切,发挥是否妥当;其次,这种引用也是有一定限度的。必须以亲自研究和掌握的第一手材料为主,而不能只根据别人文章或著作中引用的材料,拿来重新加以排比组织,然后引申发挥以成文。我曾经看到过一篇论意境的文章,其中所用材料和例子几乎全部是别人文章中已经讲过的。明眼人一看就知道他不过是读了别人几篇论意境的文章而敷衍成篇的,而作者本人其实对意境并没有什么真正的研究。还有一种更不好的现象是,明明用的是别人文章和著作中的观点和材料,不但不加说明,反而认为是自己的发明,大讲特讲,这就有点近乎剽窃了。

四是望文生义。在科学研究中我们引用材料必须讲究正确性,认真地弄清楚所引用材料的本来意义,不能不顾原著的内容,不顾上下文义,只就其字面意思,望文生义地任意作主观主义的引申发挥,来作为自己立论的根据,这是普通的常识。然而有的研究者在研究中却不顾这一常识。例如在不少文章和著作中讲到"意象"时,都引用《周易·系辞》中"立象以尽意"的说法,认为那时已经提出了"意象"的问题,把《系辞》中所说的"象"当作具体的形象来解释,其实这是极不恰当的。《系辞》中说的"象",是指"易象",即八卦以及由此演变出来的六十四卦、三百八十四爻的卦象与爻象,它乃是一种象征性的抽象符号,并没有"具象"的特征。而且恰恰相反,"易象"的特点是抽象化,甚至它的象征性也是很不容易看出来的,因此和艺术形象有根本不同的性质。"易象"只是在象征客观事物这一点上和艺术形象有某种相通之处。所以,不能把艺术创作中的"意象"与《系辞》中的"立象以尽意"简单地等同起来,认为《系辞》已经提出了艺术创作中的"意象"问题。"立象以尽意"对后来艺术创作中"意象"的提出,可能产生过影响,但对此应作具体分析,而不能望文生义,抹杀两者之间的不同性质。中国古代的一些重要的美学范畴,在不同时代、不同艺术部门、不同文艺家那里,其含义往往是很不相同的,甚至在同一作家的不同作品或著作中的不同地方,其所包含的意义也往往是有区别的。即以"风骨"来说,书画理论中的"风骨"与文学理论中的"风骨"含义就不完全相同;刘勰的"风骨"论与钟嵘的"风力"论也有不少差异;齐梁的"风骨"论与初盛唐的"风骨"论也是有区别的。如果我们不去对这些现象作具体研究,囫囵吞枣地把所有讲"风骨"的论述都看作一回事,那就根本不能解决问题。"风骨"这一概念之所以形成众说纷纭、莫衷一是的局面,我以为也与此有一定关系。

为了使古代文论的研究有新的突破,进一步提高研究水平,我以为除了要有严谨的学风之外,尚须注意切实地做到三个结合:

第一,要做到宏观研究和微观研究的结合。在科学研究中,宏观和微观是不可分割的,微观研究是宏观研究的基础,宏观研究是微观研究的最终目的。把宏观和微观对立,片面地只强调其中一个方面,是不科学的。从我们古代文论的研究现状看,宏观研究和微观研究都需要加强,而其关键则在于两者的结合。提倡宏观研究的人用意是好的,但他们往往从这样一种前提下提出问题,似乎过去只重视微观研究,或者认为微观研究不是真正的科学研究,所以现在要着重宏观研究。这就不妥当了,我们不能以轻视或蔑视微观研究的态度去强调宏观研究。而更重要的是,这些从事宏观研究的人,常常在微观的研究上出错误,或是仅仅只构筑某些理论框架,而不能具体解释众多复杂的具体文艺现象。这就不能不使人产生反感,比如对我国古代文论中一些特殊美学范畴的综合研究,这本来是十分必要也是很有意义的,然而有的人只满足于用一些现代美学和文艺学术语去套,而对具体论述过这些范畴的文艺理论批评家的著作,却并没有作过认真的研究,只摘引片言只语,也不考虑他们讲的角度、范围,甚至在解释这些论述时还常常出现知识性的错误,这样就不仅不能为宏观研究树立威信,而且还会不自觉地给宏观研究抹黑。又比如我们研究中国古代文论和古代美学的特点和规律,并与西方进行比较,这无疑是应当大力提倡的。然而这种研究也必须建立在扎扎实实的基础上,要从客观分析文艺史的大量事实出发,合情合理地从理论上加以总结和概括,而不能从一种先验的观念和既定框框出发,削足适履地剪裁文艺史上的各种现象,硬塞进自己的理论框架。有的人很喜欢用"西方讲再现,中国讲表现"的简单公式来概括中国古代文艺和美学的特点,认为这样一来似乎把什么问题都解决了,殊不知其结果必然是一接触文艺史就处处碰壁,大量人们所习见的文艺现象都无法给以解释。司马迁的传记文学,白居易的新乐府,关汉卿的戏剧,曹雪芹的《红楼梦》,吴敬梓的《儒林外史》,能够说是表现美学的产物吗?王充的文艺思想,刘勰的《文心雕龙》,白居易的诗歌理论,金圣叹的小说理论,李渔的戏剧理论,能够说都是表现美学的产物吗?

　　宏观的认识不是从天上掉下来的,也不是人们主观臆造出来的,它是人们对大量事实进行认真的观察分析,在无数深入细致的微观研究基础上,逐渐形成的一种认识上的飞跃。如果我们拒绝进行艰苦的具体研究,也不去掌握大量的历史材料,而企图只凭一点小聪明构想出一种所谓理论框架,就可以完成宏观研究,那不过是自欺欺人,最终还是要跌跤的。科学研究是没有快捷方式的,科学上是没有平坦大道的,只有不畏艰险的人,方有可能达到光辉的顶点。当然,从微观研究来说,它本身虽是有价值的、不容否定的;但是,微观研究从根本上说,是为宏观研究创造条件和铺平道路的。因此,在微观研究中应当有较高的理论视野,而且要善于从具体的、个别的现象分析解剖中,去发现带有普遍性的理论问题,或者揭示它对某些重大理论问题的重要联系和深刻意义。只有把宏观和微观紧密结合,才是真正的研究,才能使我们的古代文论研究发展到一个新的高度。

第二,要做到理论批评研究和创作实际研究的结合。我国古代文学理论有一个很突出的特点,这就是和创作实际的紧密联系。我国古代的文学理论,大多没有西方那种严密的逻辑和抽象的思辨的论述,而主要是结合创作来谈自己的体会和感受,是对实际创作经验的具体总结。我们有不少理论批评是通过作品选的方式来体现的,比如萧统的《文选》、殷璠的《河岳英灵集》、王士禛的《唐贤三昧集》、沈德潜的《唐诗别裁》等等。我们的诗话、词话、曲话等也都是联系具体作家作品来提出理论批评意见的。小说理论主要是通过评点的方式来表现的。我们研究古代文论自然是要以研究文学理论批评著作为主的,但是,我们如果对文学发展的历史,对重要的有代表性的作家作品知之甚少或缺乏研究。那么我们就无法正确地去领会古人那些文学理论批评的含义,研究就必然架空,不得要领。比如锺嵘在《诗品》中提出评价历代五言诗人的作品,要以"建安风力"作为主要的衡量标准,认为曹植是五言诗人中成就最高的代表,并把122位诗人分为风、骚两大系统。对这些问题,如果我们对《诗经》《楚辞》以来一直到齐梁之交的诗歌发展历史不熟悉也没有研究,怎么能对它作出正确的解释和评价呢?要回答"建安风力"究竟指什么,就必须研究建安文学的代表作家三曹七子的创作及其特点,这样才能对什么是"建安风力"有具体的感性的体会。这种体会可以帮助我们去比较合乎实际地判断"建安风力"的理论内涵。我们必须深入研究曹植的创作,并和曹操、曹丕及七子的创作作比较,才能懂得曹植的创作在建安文学中占有什么样的地位,才能领会锺嵘为什么要把他作为五言诗人的典范。我们只有深入地把握《诗经》和《楚辞》在思想和艺术方面的不同特点,方有可能对锺嵘所分的两大体系作出实事求是的评论。又比如对意境特征的研究,如果我们对古代那些具有丰富而深远意境的诗词名作读得很少,体会不深,对那些创作了许多有优美意境作品的诗人、词人也没有什么研究,那就根本没有研究的基础。有的文章从表面上看似乎是对意境作了很深刻的理论分析,也讲得头头是道,但是却不能对那些意境深远的作品作出具体的理论分析,也不能给以读者提高对这些作品的鉴赏能力,这恐怕也很难说是对意境特征真正有了科学认识的。

古代文论是古代文艺理论批评家从研究分析大量古代作家作品的过

程中提出来的。像刘勰、锺嵘、严羽这些人对他们同时代人的创作和他们以前的作家作品都是极其熟悉,并且作了广泛深入研究的。刘勰在论述各类文体的历史时,对每类文体的历史发展状况,它的创作特征,以及有代表性的作家作品,分析得那么清楚而准确,锺嵘对122位五言诗人的创作特征作出了如此精到的论述,这都足以说明他们的理论批评乃是建立在对文学创作实际的充分把握的基础之上的。严羽在《答出继叔临安吴景仙书》中说:"仆于作诗,不敢自负,至识则自谓有一日之长,于古今体制,若辨苍素,甚者望而知之。"这恐怕并非夸大之词,他确实是学习和研究了大量的诗歌,有深厚的艺术感受力,所以才能写出著名的《沧浪诗话》的。现在我们要评价他们的文学理论批评著作,研究他们所提出的重大文学理论问题,却对他们所涉及的作家作品非常陌生,怎么可能确切地去领会和理解他们的理论批评内容呢?所以我们研究古代文论的人,一定要具有深厚的文学史功底,当然这是不容易的,但它应当是我们一个重要的努力方向。

第三,要做到古与今、中与西的科学结合。我们中国古代文论是有自己的独特体系的,也有自己的一套专门术语、概念,它所涉及的文艺和美学问题也和西方不尽相同。因此,采取所谓"西学为体,中学为用"的方法,以西方的文艺和美学作为理论框架,把中国古代的文论填塞进去,显然是行不通的。我们国内目前流行的文艺和美学,也大多是受西方或苏联影响的结果,要用现代的这些文艺和美学术语、概念去简单地解释古代文论,也是很难确切地反映其理论内容的。然而,我们研究古代文论的最终目的,还是为了借鉴历史经验,继承民族传统,繁荣和发展当代的文艺创作和文艺理论批评。为此,我们必须要正确地处理好古与今、中与西的关系,只有使两者达到科学的结合,才有利于提高我们的研究水平。要做到这一点,我们古代文论研究者必须十分重视提高自己的理论素养,不仅要深入学习和研究西方文艺和美学发展的历史,与中国古代的文艺和美学作比较的研究;而且还要认真学习和研究当代西方文艺美学发展中产生的各种流派及其提出的许多新理论、新观念、新问题,学习和研究它们的理论,不是为了在古代文论研究中简单地搬用一些新名词、新概念,而是为了开拓我们的理论视野,站在今天文艺科学发展最新阶段的理论高度,去多层次、多角度地研究古代文论。揭示和阐明其所蕴含的理论内涵,以及对今天的意义。有的人提出古代文论的研究要具有当代性,这是很对的,也是很重要的。但是这种当代性并不表现在古代文论的研究是否也运用了现代的许多术语,诸如审美心态、心理机制、意象体系、信息反馈等等,而是说我们应当参考当代文艺和美学研究中的新方法、新视角,结合中国古代文论的实际,去扩大我们研究的领域和范围,提高我们研究的质量。对古代文论中所涉及的文艺和美学的基本理论问题的认识,应当能体现今天的最高水平。要求古代文论的研究有当代性,决不是要把古代文论现代化,而是要求古代文论的研究能充分反映我们今天的时代特点。

中与西的结合是说我们古代文论的研究应当重视和西方文论作比较,从比较的研究中来更好地把握中国古代文论的特点和规律。比较研究的重要性大家都很清楚,我以为目前的问题是有些研究者对比较研究的难度很大这一点,似乎重视得还不够。既然要比较,就必须对比较的双方都有相当深入的研究才行。现在我们的比较研究之所以水平不高,主要是由于研究者往往只熟悉比较研究对象的一方,而对另一方则知之不多甚且肤浅生疏。在这种情况下,想要使比较研究深入,恐怕是很困难的。因此,我认为要真正做到中西结合,提高中西文论比较研究的水平,必须强调研究者对中西两方面都要有扎扎实实的功底。对西方文论研究比较多的人,要在对中国文论的研究上多花点力气;对中国文论研究比较多的人,要认真学习西方文论。不能只在一方面花功夫,而对另一方面则浅尝辄止。

当前我国古代文论的研究形势很好,成绩很大,研究队伍也空前地扩大了,总的说是一派兴旺发达的景象。作为一个古代文论研究者,我衷心地希望我们古代文论的研究能够沿着健康的道路,获得新的更大的发展。这就是我之所以要提出上述意见的缘由。不当之处,尚希专家与同行们批评指正。

原载《求索》1988年第2期

中国古典文论中的几个问题

——一九九五年五月在楚雄师专的学术报告

中国古代文学理论相对来说是比较专的一个问题。它虽然是古代的一些理论,但对于我们现在的文学创作及古代理论的学习包括现代美学、文学理论都有很密切的关系。可以说中国古代文学理论是交叉几种学科的边缘性学科,它与古代文学、文学理论、美学、宗教、哲学联系密切。所以我认为无论是学习中文的,还是其他社会科学、人文科学的人了解一点古代文学理论知识都是有好处的。下面就一些具体问题来谈一谈。

关于意境理论。

现在的文学创作,包括诗歌、戏曲、散文的创作都很讲究意境。意境理论渊源复杂,从文学作品的考察来看,如屈原的作品,在《楚辞·九歌》中有两首《湘君》和《湘夫人》,其中有两句"帝子降兮北渚,目眇眇兮愁予。嫋嫋兮秋风,洞庭波兮木叶下"很富有诗意,这从"木"字便体现出来,用"木"字而不用"树"字,常规应是树叶而这里却是"木叶",实际上这里有一个理论问题。中国的文字很多是象形文字,用"木"字使人感到秋天萧瑟的意味。

诗歌的意境有自己独到的特点,这从诗歌创作上可看出。如王维《阳关三叠》:"渭城朝雨浥轻尘,客舍青青柳色新。劝君更尽一杯酒,西出阳关无故人。"后两句意境深远。当时王维送他的朋友出关到边塞去,越往西走越荒凉。诗虽只是两句,但包含了无穷的意思,引起读者很多联想。诗歌意境讲求的就是在具体的描写内容之外还有一个更加深广的境界,可以让读者想象,用自己的生活经验去丰富它。所以中国古代文论中,如唐代刘禹锡曾讲过,好的诗歌应该"境生于象外",概括了中国古诗的美学特点。"象"指具体描写的境界,是实写的部分。中国古代创作讲究虚虚实实,有实景有虚景,虚实结合,也就是说诗所描写的景物是有限的,而体会到的、可以想象的内容是无限的。唐末司空图提出诗歌意境可概括为"象外之象,景外之景",第一个象和景就是指诗歌中的实景,第二个象和景指由第一个象和景引起的思考、想象,是一个虚的境界。中国古代的文学创作就非常讲求这种意境的创造。这一点对今天的文学创作很有借鉴意义。北宋初的诗人梅尧臣指出好的诗歌应"状难写之景如在目前,含不尽之意于言外"。要把所见到的很难描写的景色非常生动地、形象地展现在你的面前,里面又要含有无穷的深意。王国维对词的意境说明举了两句词作例子:"红杏枝头春意闹","闹"字写出了整首词的意境;"云破月来花弄影",也是一个"弄"字点出了意境。仔细分析来看,"闹"表现出一种活跃的生命力,把红杏写得活灵活现,富有生气,一字传神写出了植物内在的生命力及诗人的一种精神;"弄"表现出月光由于云彩的移动,忽明忽暗,照在花上,使花的影子不断发生变化,把生活里自然景物中的活跃的状态表现出来。这样,我们又可以说,古代文学里讲的意境要求能够把描写对象的内在精神、生命力生动地、自然地展现出来,丰富启发读者的想象力。所以,从另一方面讲,意境的创造既是作者的一种创造也是读者的一种创造,从这联想一下就会想到西方接受美学的问题。接受美学的要点就是讲文学创作是作者和读者共同创造的。我们看《红楼梦》,清代曹雪芹同时代的人,如脂砚斋他们看《红楼梦》是一种认识;王国维写《红楼梦》评论又是一种意思,他用叔本华的思想去看待《红楼梦》;我们现在的人又以现代的角度去看《红楼梦》,不同的人,他们的感觉是不同的。任何一部作品在社会传播中起作用时,读者与作者是共通的。接受美学强调读者再创造的重要性。在汉代,董仲舒就指出了"诗无达诂",诗歌没有标准、固定的解释,说明了读者去读作品总是带着自己的经历、感受去读,他从作品中接受的东西与他人不同,这样看来,我们研究中国古代的文学理论就与现在研究现代西方美学及当代文学理论建立了密切的联系。

为什么中国文学特别讲究意境?这是因为意境的产生有很深远的历史渊源,是在中国特定的哲学思想、美学思想的基础上产生的。意境的哲学思想和美学思想追溯起来最早是在先秦的时候。当时百家争鸣,流派众多,有名的除了儒家之外,还有道家。道家的祖师爷老子是楚国人,道家文化属于南方文化,富于幻想,中原民族思想较朴实,不及南方更多浪漫和幻想。老子在《道德经》中提出"大音希声,大象无形",译出来就是最好的、最美的声音就是没有声音,最美的形象就是无形象。这当中隐含了很深的哲学思想。庄子发挥了这种思想,他提出最美的音乐就是没有声音。他说,声音的美是多种多样非常广阔的,一个人一个乐队吹拉弹唱出来的只能表示一部分,其他很多美的音乐就会丧失掉,因而,庄子认为"无声之乐"是最美的。这种思想对后来中国文学的影响非常大。陶渊明有一架无弦琴,在他喝完酒后,常拿无弦琴来抒情。他认为用某一种具体的声音不能把他内心的感情充分表达出来,相反,无弦琴可以任意弹奏,包含无穷想象,表达自己的情怀。白居易《琵琶行》中的"此时无声胜有声",正是这种"大音希声,大象无形"的体现。庄子、老子都认为有形的部分是有限的,不要因为有限的局部去影响自己整体的、更全面、更广阔的美的感受,中国古代的意境讲究的就是这种效果,在诗歌理论中这一点有明显的表现。就是在古代戏剧、字、画里都含有意境理论。

　　以局部实的描写来象征更丰富的虚的更广阔的内容,这种思想追根可追到《周易》中的"八卦",如"乾""坤"卦象征着很多事物。乾卦象征男性,是皇帝;坤卦象征女性,是皇后;乾卦是天,坤卦是地,一个符号可象征一类事物,这种象征的方法同时也表现在文学的创作中,《诗经》里的"兴"就是一种象征手法,如"关关雎鸠,在河之洲"及乐府《焦仲卿妻》中的"孔雀东南飞,五里一徘徊"都有象征意义,都有意境,它代表了我国古代文学及东方文化的一种审美特点,它是在我国历史文化发展进程中受各方面的影响逐渐发展起来的。

　　关于言和意的关系。

　　言和意的关系问题不仅是一个文学理论问题。首先,言和意的关系是一种哲学上的认识论问题。语言能否表达思维内容,中国古代对这一问题有两种完全不同的回答。儒家认为言可以尽意,语言可以把人的意思充分表达出来。道家认为言不能尽意,所以道家认为圣人的一些书是糟粕。言能否尽意这里涉及哲学上和语言学上的问题,也是一个文学理论上的问题,从哲学上来讲,它与认识论有关,意为客观事物是能认识还是不能认识,如果可以认识就可以用语言把它讲清楚,如果不能认识就讲不清楚。从语言学上讲,语言能否把思维内容充分地表达出来,马克思认为,语言是思维的直接现实,但现在的语言学界对此有新看法,倾向于认为语言不能完全表达思维的内容,语言是表达思维的一个很好的工具,但不是一个绝对的最好的工具。因为语言当一说出来后就是概念化的不是最具体的,这一点列宁也明确指出,他说,每一个语言说出来就是概括的,如"树""花"本身就有概括性。"百闻不如一见"就说明语言再好、再完美也有说不清的地方,有局限性,如果把文学与其他艺术相比,语言的这种局限性就很明显。如音乐,它是利用声音、节奏构成一种乐曲的美,声音可以象征生活中的一些事物。从音乐中获得的声音感受和从文学语言中获得的声音的感受是不一样的,如琵琶女弹奏琵琶的音乐和唐诗中描写的琵琶声音是不一样的,这可以表明,语言不能很好地表达一切。绘画也是一样,画面的东西可以形象地展示出来,直接看得见,但是画画的内容也可以用诗、散文等来写,只是感觉不同。因为绘画是一种视觉感受,文学要通过阅读才能获得感受。所以我比较赞成道家的观点:言不尽意。但言不尽意并不是就不要语言,庄子讲言不尽意这一观点也是借用语言这一工具,这当中也很矛盾,为了解决这一矛盾,庄子提出:语言只能是象征意的工具,它本身不等于意,他举了两个例子:"得鱼忘筌""得意忘言",把鱼比喻为意,筌是工具,工具本身不是鱼,语言本身不是意,要得到鱼,就要用工具,得到鱼后就忘了筌,得到意后就丢了语言。庄子的意思就是不要拘泥于语言文字本身能描绘的这一部分,而要追求更广阔的世界。中国古代的文学创作受庄子言不尽意的影响很深,到处都讲诗是"意在言外""言有尽而意无穷",所以意境很重要的一个特点就是通过精练、简洁的描写,表达更多的东西。中国古代这些看来很玄的、比较难以理解的东西,对现在的创作有很大的价值,我们要发扬本民族自己的文学特色,继承一些优秀的艺术经验。

关于文学的真实性。

中国古代的论述与西方不一样。西方人认为作品中所描写的现实生活的内容与实际生活一致,作品要真实、客观地反映社会生活。而中国古代文论中的真实性重点不在这里,它讲究作家认识与作品所描写的要一致。比如,有的作家作品中写的人物道德品质很高尚,可作者自己却道德沦丧。中国古代强调作品的真实性重在要求作家人品要与作品的文品一致,元好问《论诗绝句》中"心画心声总失真,文章宁复见为人。高情千古《闲居赋》,争信安仁拜路尘"。针对潘岳的失真情形作出了批评。中国古代的这一传统是很好的,文学有教育人的作用,它通过一种美的艺术创造去净化人们的心灵,提高道德水平及人的素质,今天的创作应发扬这种传统。

中国古代的艺术描写、形象塑造讲究传神,注重传神而不注重形似,形神问题最早也与古代哲学思想有关系,庄子曾从一个人的外表与内心的美丑对照说明了这种关系。东晋顾恺之画人物就讲究传神,他认为传神的关键在眼睛,通过眼神能看出人物的心态,黑格尔也讲到"眼睛是人心灵的窗户"。针对这种情况,顾恺之提出了"以形写神"的观点。《水浒传》中宋江看见李逵时的描写"黑凛凛的大汉",金圣叹批"黑凛凛"三字写出了李逵的形貌、特征,并写出了李逵内在的思想性格。顾恺之的"以形写神"到了宋代,苏轼作了发展,在《传神记》中他指出,每个人都有自己的特征,抓住这一点,就能表现出人物的整个性格。在小说、戏剧里面,苏轼的这一主张又得到了发展。

关于诗歌的说理。

诗歌以抒情为主,但诗歌中也可以讲道理、发议论,这在宋诗中很明显。唐诗以抒情为主,宋诗以理入诗、以议论入诗。诗中的说理讲究一种理趣,使人感受到一种趣味。如苏轼"不识庐山真面目,只缘身在此山中",陆游"山重水复疑无路,柳暗花明又一村",含有很强的哲理性,并且理隐藏在美的形象里,使诗歌有理有趣。

关于动中写静、以静写动的表现手法。

中国古代文学中这方面有很多总结,如六朝时有一位诗人的两句诗:"蝉噪林愈静,鸟鸣山更幽",以有声写无声。到王维的《辋川集》发展了这一理论。"月出惊山鸟,时鸣春涧中",动中有静,静中有动。在小说中这一理论引申运用,如鲁达拳打郑屠,明知郑屠已被打死,而鲁达偏要边走边说:"你诈死,我偏不饶你!"这种用相反的方面来使所写的内容更加突出,就是承袭了诗中的动静结合的理论。

关于文学创作的势。势指事物本身内在的规律性，刘勰在《文心雕龙·定势》篇中对势作了解释，如圆的球放在不平的桌子上会滚动，而方形的盒子放在桌子上则不会动。这就表明每一种事物都有其内在的规律和运动特点。中国古代文学创作就讲究这个势。对现实生活、自然景色的描写要符合它本身的内在规律性。如画马，要画出其神，但不能把马画成牛。作家要遵循事物的规律性，俄国十九世纪的作家托尔斯泰的作品《安娜·卡列尼娜》，作家开始写作时心里想要表达的是家庭道德的一种观念，对安娜的行为，他认为是不道德的，采取的是批评的态度，整部作品要表现的是上层社会妇女的堕落。可是在写的过程中，越来越对安娜的那种反抗、追求精神表示出同情、敬佩。最后，托尔斯泰尊重了现实生活的本身，整部作品表现出对安娜命运的同情，用安娜的卧轨自杀来对当时的封建专制制度提出了抗议。这种现象，用中国古代文论来看，就是要讲究势。因此，中国古代的理论经验不仅是中国的，也是有世界意义的，中国文学与外国文学在很多方面是可以沟通的。

关于风骨。"风骨"本来是对人的一种评论，后来用到绘画中要求画人物要画出人物的风骨来。发展到文学作品中就是文学作品要有风骨。然而，要抽象地给风骨下个定义，那是很难的，香港有位学者总结后认为关于风骨的定义有六七十种说法。如果把它联系到文学的发展阶段来看，对于风骨又是不难理解的。"建安风力"是一种典型，它以慷慨、悲凉著称。曹操"老骥伏枥，志在千里，烈士暮年，壮心不已"，表明了一种建功立业的思想，慷慨的气概，这种风骨是由时代造成的。

另外还有一些艺术表现上的技巧。如诗歌表现中的直感，古代文论也有论述。对"推敲"的典故，引起很多的争议，清代王夫之认为争论"推"字好还是"敲"字好没有实在的意思，当时和尚夜里回来是推门进去便用"推"，是敲便用"敲"，这个思想很有意思。锺嵘《诗品》中提到一些好的诗句如"明月照积雪，高台多悲风"，都是直接描写即目所见，没有用典但很生动。这种见到什么写什么的思想，用现代美学观点来说就是注重于作家的直感，凭一刹那间的思维在创作中起作用。当然，中国古代文论并没有作出如此详细的概括，而是用一些具体的诗句来引出问题。

有的文章指出：西方的一些理论都是受了中国古代的一些哲学思想

和艺术观点的启发和影响,因此研究中国古代文学是有世界意义的。鲁迅早就指出:西方有亚里士多德的《诗学》,东方有刘彦和的《文心雕龙》。认为《文心雕龙》是可以和《诗学》比美的。

原载《楚雄师专学报》1996 年第 1 期

关于中国古代文论发展的历史分期和理论体系

中国古代文论的研究在近三十年来形成繁荣发展的高潮,研究论著之多,研究范围之广,是此前所无法比拟的。不过,从目前的现状来看,我认为有两个问题特别值得我们重视:一个是中国文学理论批评发展的历史分期问题,一个是中国古代文论的理论体系问题。认真研究和探索这两个问题,不仅可以促进对中国古代文学理论批评研究的深化,而且对建立具有中国特色的当代文学理论批评体系,也是非常必要的。如果要和西方的文论做比较,也更需要进一步研究这两个问题。

文学理论批评发展的历史分期问题,也不是没有人研究。早年郭绍虞先生的《中国文学批评史》就是很重视历史分期的,他把文学批评的发展分为演进、复古、完成三个时期,这种分法并非完全没有道理,但是显然是不够妥当的。如果说演进,那么两千多年的文学理论批评发展一直是在演进的。说隋唐到北宋是复古期,那么这时期以意境为中心的文学创作理论不仅不是复古,而是真正的创新。至于说南宋一直到清末是完成期,大家就更难接受了,明清之交有很多文学理论批评家确实是对前代文学理论批评作了总结的,但是词曲、戏剧、小说理论批评恰正是这时期才发展、繁荣起来的。以前很多人也批评过他的分期,如胡适在《郭绍虞〈中国文学批评史〉序》中说:"这三个阶段的名称,我个人感觉的不很满意,因为从历史家的眼光看来,从古至今,都只是一个不断的文学观念演变时期;所谓'复古'期,不过是演变的一种;至于'完成',更无此日;南宋至今,何尝有个完成的文学观念?然而,我们若撇开了这三个分期的名称,平心细读郭君的叙述,还可以承认他的错误不过是名词上的错误,他确已看出了中国文学观念到隋唐以后经过一个激烈的大变化,这个大变化形式上是复古,在意义上其实是革新。"①胡适对郭绍虞的分期是既批

---

① 胡适著,欧阳哲生编:《胡适文集》第七卷,北京:北京大学出版社,1998年,第441页。

评又肯定,我以为这还是符合实际的。我们现在有了很多的文学理论批评史著作,但是大部分只是按照历史朝代来区分的。重点还是在说明每一个历史朝代有哪些文学理论批评家,有哪些文学理论批评著作,都讲了些什么。从分期来说,我们还没有在郭绍虞的基础上吸收其成果,纠正其错误,真正向前大大迈进一步。文学理论批评史不是一般历史,它的发展固然不能和历史时代没有关系,但是它毕竟还有自己的内部发展规律,并不都是和历史完全一致的。真正的文学理论批评史需要探索文学理论批评自身的演变发展轨迹,如果说古代文论有自己的理论体系的话,那么它也是在文学理论批评史的历史发展中逐步形成的。很多重要的文学理论问题包括一些重要的理论范畴都有一个发展过程,其理论内涵是在历史发展中一步步丰富的,比如大家熟悉的意境,从唐代正式提出,一直到王国维的《人间词话》,其实有很多不同的发展阶段,它的含义是不断丰富的,不同的论述者各有不同的贡献,并非都是一样的。唐以前虽然没有意境的概念,但是它的哲学和美学思想基础早在先秦就已经奠定了,对意境的美学内容在六朝就已经有了很多重要论述。

  文学理论批评史的研究是和文学史的研究分不开的。文学理论批评是在总结和研究文学创作经验中产生和发展起来的,所以文学史的研究水平和文学理论批评史研究的深化关系十分密切。目前我们文学史的研究取得了很大的成绩,不过我以为对文学发展规律性的探讨还需要进一步加强。在详细地分析作家作品同时,还希望更多地探讨一些全局性的理论问题,只有深化文学史的研究,我们文学理论批评史的研究才能深入。我很赞同有的学者提出要提高文学史研究的理论水平问题,要研究我们中国自己文学传统的特点和规律。我们现在有的大量文学史著作中,我还是比较欣赏刘大杰先生、林庚先生的文学史,还有争议很多的台湾龚鹏程先生的文学史,因为他们对文学史的发展有自己独到的见解,让人很受启发。集体编撰的文学史有很多优点,可以把不同的部分交给有专门研究的学者来写,可是也会有不足的方面,各人的观点都不同,每人写一部分,比较难以有一个贯穿全书的理论思想。我希望有更多的学者自己独立撰写文学史和批评史,写出有自己系统理论观点和独到见解的文学史和批评史,这样我们的文学史和批评史的研究才能真正逐步深化,不断向前发展。

史是一种纵向的研究,史的分期是对这种纵向研究的特点和规律的探索。文学理论批评史的分期其实是一件很艰难的事,我以为文学理论批评史的分期,当然需要参考历史的发展和各个朝代的特点,因为如刘勰所说:"歌谣文理,与世推移。风动于上,而波震于下。""文变染乎世情,而兴废系于时序。"①时代对文学和文学批评的影响,参照刘勰《文心雕龙·时序》篇的分析,一个时代的政治、经济、学术思想、科学文化、宗教艺术、民俗风情,乃至帝王的文化政策等,都可以对文学产生巨大影响。此外,文学理论批评的发展也必须考虑文学史发展的状况,文学史也有一个历史分期问题,我们多数文学史,特别是集体编著的文学史,大都没有探索文学史本身发展规律的历史分期,或者是总论中有分期提出,但不同段落的写作者并未能完全贯彻到实际论述中。文学理论批评是依赖于文学创作本身的发展而发展的,先有文学创作才有文学批评和文学理论,研究文学理论批评而不深知文学发展的历史特点,那就全架空了。研究古代文论的人假如对文学史一知半解,自然对文论的论述就会不得要领,甚至不知所云了。如果对意境深远的诗词都没有读过几篇,就夸夸其谈地讲意境理论,岂不是惹人笑话?但是,历史时代的特点、文学史发展的状况,虽然是非常重要的,毕竟从研究文学理论批评史来说还只是参照系,更为重要的是文学理论批评发展本身的状况,这才是研究分期的关键所在。要正确地考察文学理论批评的历史分期,既需要对整个文学理论批评的历史面貌有全面的把握,也需要对各个时代重要的文学理论批评家及其著作有十分深入的研究,找出其理论思想的历史渊源。比如刘勰《文心雕龙》中论述文体历史发展分为四个部分:"原始以表末,释名以章义,选文以定篇,敷理以举统。"②但是,其实这并不全是刘勰的创造,而是对前代文体论研究的总结和发展,在刘勰之前,像东汉的班固、陈忠、蔡邕、傅玄,以及魏晋的挚虞、李充等的文体论研究中,也已经涉及这些方面。而唐人意境论的研究,则和六朝宗炳的"旨微于言象之外"论、刘勰的

---

① 刘勰《文心雕龙·时序》,黄叔琳注,李详补注,杨明照校注拾遗:《增订文心雕龙校注》,北京:中华书局,2000年,第541、542页。
② 刘勰《文心雕龙·序志》,《增订文心雕龙校注》,第611页。

"隐秀"论、锺嵘的"文已尽而意有余"论①有着极其密切的关系,如果再往上推,则和老子的"大音希声,大象无形"论、庄子的"得意忘言"论直接相关。如果以文学理论批评本身的发展为中心来考察其历史发展的话,先秦时期显然还处在萌芽时期,只有一些零星片断的论述,不过诸子百家的思想学说却为后来中国文学理论批评的发展奠定了哲学和美学的基础,尤其是儒家和道家的哲学和美学思想深刻地影响了后来两千多年文学理论批评的发展。两汉魏晋南北朝时期则是在先秦时期的哲学和美学思想的基础上,将其演变发展成为完整系统的文学理论体系的时期,所以两汉是和魏晋南北朝联系更为密切的,无论是从文学创作还是文学理论批评来说,都不应该把它和先秦合并在一起。两汉经学时代的文学理论批评着重在探讨文学的外部规律,而魏晋南北朝玄学和佛学时代的文学理论批评,更着重在探讨文学的内部规律。两汉魏晋南北朝是文学理论批评从外部到内部形成一个完整体系的时代。唐宋两代虽然历史状况和文学面貌有很大差异,但是从文学理论批评的发展来看,则都是以文道关系和意境创造为中心,而把文学的外部规律和内部规律的研究进一步推向深入的时代。所以,不应该把唐宋两代的文学批评分割开来论述。元明清是文学理论批评多元化发展的时代,不过,诗文理论批评仍然是文学批评发展的中心,戏剧、小说理论批评其实是以诗文理论批评的一些基本理论和美学原则在戏剧、小说批评上的运用,不过他们在结合戏剧、小说创作特点上又有了很多新的创造发挥。从明朝后期到清代前期是中国古代文学理论批评发展最为繁荣昌盛的时期。鸦片战争前后,传统的文学理论批评除了词学,其他实际都已经没落,词学此前没有很高的成就,清词创作的繁荣才促使清代后期词学代替其他文学批评形式,而得到很大发展,然而,从总体上说,新的理论创造并不多。晚清的主要特点是中西的汇合与交流,开始接受西方的文艺和美学,使文学批评进入了一个新的时代。

  从纵向考察文学理论批评史发展的分期及其特点,必须要详细研究

---

① 宗炳《画山水序》,沈子丞编:《历代论画名著汇编》,北京:文物出版社,1982年,第14页;锺嵘《诗品序》,吕德申:《锺嵘〈诗品〉校释》,北京:北京大学出版社,1986年,第49页。

文学理论批评的起源、形成、发展，探索其内在规律，这就可以为我们横向探讨中国古代文学理论批评的体系奠定基础。其实，我们作这种纵向研究的目的，还是为了探讨横向的理论体系。中国古代文论有没有自己的独立理论体系？这也是有不同看法的，也许有的人认为中国古代的文论大都是一些零星的论说，很少有完整的理论著作，像《文心雕龙》这样的著作实在是凤毛麟角，太少了，很多诗话著作不过是文人读诗时杂驳的札记，根本算不上是专门的学术理论著作。不过，大多数研究者是肯定的，认为中国古代不仅有丰富的文学理论批评遗产，而且有自己有特色的完整理论体系。但是，这个理论体系究竟是什么样的，那就各有各的说法，很难有一个为大家所基本认同的看法。几十年来，大家都在探讨这个问题，不少学者写过专门著作。不过，大多是以西方文学理论为参照，来探讨中国古代文学理论批评的体系，例如像刘若愚的《中国文学理论》，这自然也不失为一种研究角度，然而，把中国的例子塞进西方的理论框架，如台湾颜昆阳先生所说，毕竟只是一种"挪借"或"消费"，而不是"生产"，不是真正对我们自己传统文学理论体系科学的合理建构。

　　探讨中国古代文学理论批评的体系和特点，需要深入地按照中国文学理论本身的真实面貌来建构。中国古代有很多丰富的文学理论批评遗产，在这么多的文学理论批评家和他们的著作中，有没有具有完整理论体系的著作呢？我以为在我们两千多年的文学理论批评发展中，只有刘勰的《文心雕龙》是具有最为完整的理论体系的。其他很多文学理论批评家，虽然有很重大的贡献，在文学理论批评的某一方面，也有自己的体系，特别是在创作论方面，像司空图、苏轼、严羽、王夫之、叶燮、金圣叹、王士禛、袁枚，一直到王国维，都有较为深刻的论述，有自己的系统性，但是并没有哪一家的著作具有《文心雕龙》那样非常全面，有完整体系的文学理论建构。《文心雕龙》则在文学的本体论、创作论、文体论、批评论、风格论、作家论、语言论等各个方面，都有完整系统的论述。而且他在《文心雕龙·序志》篇中，已经非常清楚而概要地说明了他的理论体系架构（参见《〈文心雕龙〉的体例和结构》）。那么，《文心雕龙》的文学理论体系，能不能看作就是中国古代具有民族特色的文学理论体系呢？我认为可以又不可以。说它可以，是因为它确实是对齐梁以前文学理论批评发展的出色的全面的总结,如果说两汉魏晋南北朝时期是形成完整系统的文学理论体系的时期,那么,刘勰的《文心雕龙》就是它最集中,也是最突出的成果。说它不可以,是因为《文心雕龙》毕竟还是中古时代的产物,距离现在已经有一千五百多年了,它不可能概括其后这一千多年的文学理论批评发展的成就,何况当时还没有小说和戏曲,它总结的只是诗文的成就。要以公元 500 年时的文学理论体系,当作中国古代两千多年文学理论批评的基本体系,这怎么也是说不过去的。但是我们可不可以拿它作为具有民族特色的文学理论批评的雏形呢? 我认为是可以的。因为后来文学理论批评的发展,是在《文心雕龙》提出的基本理论框架基础上的深化和扩展。唐宋以来的很多文学理论问题和文学批评流派的思想,都可以在《文心雕龙》里找到它的最初渊源。唐宋文论中所讨论的文道关系,其实是和《文心雕龙》中所说的文道关系一致的,当然他们所理解的道之内涵,并不完全相同,然而从文是道的体现,道是内容,文是它的形式,这一方面并没有差别。不过,唐宋古文家都没有也不会提到刘勰,因为刘勰的《文心雕龙》是用精致的骈文来写的,而唐宋古文家是反骈文出身的。韩愈是以儒家思想为正统的,而刘勰虽然也十分敬仰孔子,但毕竟是佛教徒,是以写佛学碑志出名的。不过从文学理论的发展来说,我们不能不承认他们之间有着某种内在联系。以明清流行的几大诗派来说,神韵说其实讲的就是意境的特征,所以王国维说:"沧浪所谓'兴趣',阮亭所谓'神韵',犹不过道其面目,不若鄙人拈出'境界'二字,为探其本也。"①王渔洋对神韵的论述,不管是"得意忘言"也好,"语中无语"也好,"逸品"也好,②都是承继司空图、严羽而来,其渊源就是刘勰的"隐秀"。性灵说虽然袁枚有"抄到钟嵘《诗品》日,该他知道性灵时"之说③,但是实际上也是刘勰最早提出的,他在《原道》篇和《序志》篇都明确地指出了"人文"是人的性灵之体现。沈德潜的"格调"虽然是对前后七子的继承和发挥,是以"唐音"为准

---

① 王国维《人间词话》,况周颐、王国维著,徐调孚、周振甫注:《蕙风词话 人间词话》,北京:人民文学出版社,1982 年,第 194 页。
② 王士禛撰,张宗柟纂集,戴鸿森校点:《带经堂诗话》上卷,北京:人民文学出版社,1982 年,第 69、82、71 页。
③ 袁枚《仿元遗山论诗》,袁枚著,王英志主编:《袁枚全集》第一卷,南京:江苏古籍出版社,1997年,第 596 页。

的,但是他所强调的"规格"是自然的、灵活的,他的"以意运法"说①虽然是从公安派的"以意役法"②说化出,但是,这种思想不是也可以从《文心雕龙》中看出来吗?在法度和自然的关系上,刘勰就是既重视各种法度和规矩,而又以自然为最高标准的。

《文心雕龙》的文学理论体系怎么去概括,怎么去认识,也是一个很有争议的问题,虽然从二十世纪开始以来,研究《文心雕龙》的著作有两三百部,论文有三千多篇,不过大家对《文心雕龙》的文学理论体系并没有很统一的认识和看法。我们可以用各种眼光,包括用西方人的文艺美学眼光,去加以总结。但是,我们不能离开《文心雕龙》本身的结构,不能离开刘勰本人的论述。这个问题我在这里不想多讲,可以留待以后研究。我还想说的是,从《文心雕龙》产生到"五四"运动有一千四百多年,在这么漫长的年代里,文学理论批评的发展是非常繁荣、非常丰富的,毫无疑问,是刘勰所不可能预想到的,也是《文心雕龙》所绝对不可能概括进去的。即使我们承认《文心雕龙》的文学理论体系可以作为中国古代文论体系的雏形,那么它也仅仅只是一个雏形,只是我们在研究构建古代文论体系时的一个基础和出发点,我们必须看到《文心雕龙》之后,文学理论批评发展的领域之广、范围之宽、理论之深,是《文心雕龙》所难以企及的。可是有没有这个基础和出发点还是很不同的。

以《文心雕龙》为基础和出发点来构建我国古代文论的理论体系,也同样要处理好古今关系和中西关系。作为当代人去总结古代的文学理论批评,总会带着当代人的观点和认识,我想西方的阐释学和接受美学讲的是很有道理的。我们总是希望用当代文艺和美学发展的最高成果去认识古代文论,以期达到更加科学的研究结果。我不赞成把古代文论简单地搬到现代,更不认为这样就可以把古代文论现代化,就在世界文学理论领域有了中国的声音。因为近一百年来,中国文学的发展虽然不可能摆脱母体的痕迹,更多的恐怕还是受西方影响。而且就算没有西方的影响,也

---

① 沈德潜《说诗晬语》,叶燮、薛雪、沈德潜著,霍松林、杜维沫校注:《原诗 一瓢诗话 说诗晬语》,北京:人民文学出版社,1979年。
② 袁宏道著,钱伯城笺校:《袁宏道集笺校》下册,上海:上海古籍出版社,2008年,第1712页。

不可能和古代中国一样。至于完全用西方的观点去总结古代文论,实际上也早已证明是行不通的。怎么正确地解决古今关系和中西关系,是一个非常复杂而困难的问题,也是需要时间来慢慢探索的。不过,需要有一个基本符合实际的思路,我以为刘勰在论说"通变"关系时提出的一个原则,是值得我们参考的。他在《通变》篇的赞语里有两句话:"望今制奇,参古定法。"①他是从处理古今关系角度来说的,要立足于当代的新奇,又要参考古代成规,来确定应有的法则。我以为这个原则也适用于我们处理中西关系,这就是要"望中制奇,参西定法"。要真正立足于中国传统的文艺和美学,又要认真参照西方的文艺和美学。这样也许能够比较科学地来总结我们的古代文论,也可以为构建当代具有中国特色的文学理论体系提供有益的借鉴。

  我早就过了古稀之年,要想把中国古代文论研究进一步深化,即使是心有余,也是力不足了。值此古代文论国际盛会,谨发表一点感想,以感谢香港中文大学和大会筹备委员会的热情邀请。

原载香港中文大学、北京大学中文系

《中国文学学报》2010 年创刊号

---

① 刘勰《文心雕龙·通变》,黄叔琳注,李详补注,杨明照校注拾遗:《增订文心雕龙校注》,北京:中华书局,2000 年,第 398 页。

再论《文心雕龙》和中国文化传统

十年前,我曾经写过一篇《〈文心雕龙〉与我国文化传统》的文章①,主要是从《文心雕龙》中所体现的刘勰的基本思想和思维特征角度,来看它和中国文化传统的关系。这里我想再从《文心雕龙》中的几个基本文学理论问题,来进一步研究它和中国文化传统的关系。刘勰的《文心雕龙》不仅是一部文学理论著作,《文心雕龙》中所说的"文"(这里指"人文"的"文")是广义的,包括了一切用语言文字所写的著作,所以它也是一部总结了中国齐梁以前文化发展成果的文化史著作。刘勰对中国古代的文献,包括经、史、子、集等各个方面,都有过认真的学习和精深的钻研,因此,他在《文心雕龙》中所提出的许多重要文学理论问题,都有广泛深刻的文化历史背景,是和中国古代的文化传统紧密地联系在一起的。如果我们不从文化传统的角度来考察这些文学理论问题,那么就很难真正了解它的意义与价值,甚至弄不清它的确切含意。这里我想就文学创作中的心物关系、文学批评中的风骨理想、文学作品的隐秀特征等三个方面,来探讨它们和中国文化传统的关系。

一、"天人合一"思想和《文心雕龙》中的心物关系论

刘勰《文心雕龙》中的文学理论的一个核心是对文学创作中的心物关系,也就是主客关系的科学的辩证的阐述,而这又和中国传统文化中对天人关系的论说有着极为密切的关系。"天人合一"是中国古代哲学思想的一个基本出发点,它和西方的天人对立、主客二分论确有明显的不同。中国古代在哲学思想上虽然有很多不同的派别,也存在天人相分的思想,但主张"天人合一"是基本的主导思想,不过在对"天人合一"的具体理解上

---

① 见《文史知识》1987年第一期,后收入张少康:《古典文艺美学论稿》,北京:中国社会科学出版社,1988年。

又各不相同。儒家的天人合一论把"天"看作有道德义理的"天",它和人性是相通的,人的仁义之性是天所赋予的。孟子说:"尽其心者,知其性也。知其性,则知天矣。存其心,养其性,所以事天也。"(《孟子·尽心上》)《中庸》说:"思知人,不可以不知天。""天命之谓性,率性之谓道,修道之谓教。""诚者,天之道也。诚之者,人之道也。""天"与"人"都具有伦理道德内涵的"诚"。《礼记·礼运》篇更进一步说明"人"在天地万物中具有最重要的地位:"故人者,天地之心也,五行之端也,食味、别声、被色而生者也。""故人者,其天地之德,阴阳之交,鬼神之会,五行之秀气也。"这些后来在宋明理学中有得到极大的发挥。道家的天人合一论则是把"天"和"人"看作都是"自然之道"的体现,把"物化"作为天人合一的最高之境界。他们所说的"天"是没有道德意义的,也就是"自然"的意思。《庄子·秋水》篇中河伯与北海若的一段对话把这种意思说得非常清楚。其云:"河伯曰:'然则何贵于道邪?'北海若曰:'知道者必达于理,达于理者必明于权,明于权者不以物害己。至德者,火弗能热,水弗能溺,寒暑弗能害,禽兽弗能贼。非谓其薄之也,言察乎安危,宁于祸福,谨于去就,莫之能害也。故曰:天在内,人在外,德在乎天。知乎人之行,本乎天,位乎得;蹢躅而屈伸,反要而语极。'曰:'何谓天?何谓人?'北海若曰:'牛马四足,是谓天;落马首,穿牛鼻,是谓人。故曰:无以人灭天,无以故灭命,无以得殉名。谨守而勿失,是谓反其真。'"这里的"天"是自然无为的,牛马天生四足这就是"天",所以说"无为为之之谓天"(《庄子·大宗师》)。这里的"人"是指人为作用,故而说"落马首,穿牛鼻,是谓人"。庄子摈弃人为任其自然,认为人必须绝圣弃智,虚静无为,"圣人之生也天行,其死也物化","虚无恬淡,内合天德"(《庄子·刻意》)。从万物都是"自然之道"的体现这个角度来说,"天"和"人"是没有什么区别的,宇宙万物也都是一致的。故而《齐物论》说:"天地一指也,万物一马也。""厉与西施,道通为一。"从天人关系来说,则是"天地与我并生,而万物与我为一"。但是,道家在强调物我两忘、主客不分的思想中,实际上并没有把两者完全等同,它们只在"道"的境界上是相通为一的,它们互相之间并不存在依赖关系,客体的物仍是外在于主体的人的客观存在。荀子受道家"天道自然"思想的影响,他正是从这里引申出了"天人相分"的思想,他在

《天论篇》中说:"天行有常,不为尧存,不为桀亡。""强本而节用,则天不能贫;养备而动时,则天不能病;修道而不贰,则天不能祸。"天与人不是相互依存的,"故明于天人之分,则可谓至人矣"。他把天看作是不与人直接相关的客观存在的自然的天,并且主张人可以努力把握自然的规律而使之为人所用:"大天而思之,孰与物畜而制之!从天而颂之,孰与制天命而用之!"荀子并不反对天人合一,然而他从道家的"自然之道"出发,否定了天的道德意义,从而表现出了主客二分的倾向。战国后期的阴阳五行家对天人合一的理解和儒家、道家又很不相同,他们是从"天人感应"的角度来看待天人关系的。《吕氏春秋·应同》篇说:"凡帝王者之将兴也,天必先见祥乎下民。"所以,"类固相召,气同则合,声比则应"。不过阴阳五行家的天人合一说,也没有把"天"和"人"等同起来,而是强调两者之间的同类相感、同气相应。到了汉代,董仲舒在其《举贤良对策》(即所谓"天人三策")中,则以阴阳五行的灾异迷信思想把儒学神学化。他说:"臣谨案《春秋》之中,视前世已行之事,以观天人相与之际,甚可畏也。国家将有失道之败,而天乃先出灾害以谴告之,不知自省,又出怪异以警惧之,尚不知变,而伤败乃至。以此见天心之仁爱人君而欲止其乱也。"《春秋繁露·为人者天》中说:"人之为人,本于天,天亦人之曾祖父也。"人性中的仁义道德等都是天所赋予的。"天"本身乃是有仁义道德属性的,"仁之美者在天。天,仁也"(《春秋繁露·王道通三》)。刘勰的文学本体论及由此而引申出来的对文学创作中心物关系的论述,其哲学基础就是先秦两汉以来的天人合一思想,但是主要是道家的天人合一思想,其中也有荀子"天人相分"思想的影响。虽然他也用儒家和阴阳五行家的天人合一思想来解释某些现象,可是他并不把客体的物看成是主体的心之存在之所,并不认为它们两者是相互依存的,而认为它们原本各自都是外在的,但是他认为文学创作要求主体的心融入客体的物之中,客体的物要以主体的心的载体而出现。

刘勰在《文心雕龙·原道》篇中论文学的本体把儒道两家思想结合起来,认为"人文"也和天文、地文、动物植物之文一样都是"道之文",但是"人文"又是"心之文",人是"五行之秀""天地之心",不是"无识之物"而是"有心之器","心生而言立,言立而文明,自然之道也"。从根本上说,"心"也是体现"道"的,所以"心之文"也就是"道之文"。这个"道之文"的"道"指的是宇宙万物(包括人在内)自在的原理,它不含有道德意义。从"人文"也是"道之文"的角度说,它所体现的是道家的天人合一思想。但是"人文"也是"心之文",它的产生是圣人按神明启示而创造的,"幽赞神明,易象惟先"。"其谁尸之,亦神理而已!"它乃是"原道心以敷章,研神理而设教"的结果。"人文"的最早、最典范代表是圣人经典,"人文"之"道"是以"仁义"为核心内容的,所以它与儒家天人合一思想也是相通的。刘勰所说的"人文"是以"自然之道"为体,而以"仁义之道"为用,它非常清楚地体现了魏晋玄学以道为体、以儒为用,援儒入道的特点。可见,刘勰在文学本体论上所表现的天人合一思想,是糅合了道家和儒家的天人合一思想在内的。与以天人合一为基础的文学本体论相适应的是文学创作上的心物交融说。从"道→心→文→经"的基本思想出发,把心物关系看作是文学创作过程中最重要的美学原则,也是他全部创作思想和创作理论的核心。文学创作上的心物关系,实际上就是文学创作上的主体和客体关系,文学创作中心物交融的过程就是主体和客体相结合的过程。

刘勰在《文心雕龙》中所说的心物关系,在不同的角度有不同的说法:在《物色》篇中从人和自然物色的角度讲心和物的关系,在《神思》篇中从人的思维和外界物象的角度讲神和物的关系,在《诠赋》篇中从辞赋作品的特点角度讲情和物的关系,在《隐秀》篇中从文学作品的审美特征角度讲隐和秀的关系,其实都是从不同方面讲的文学创作中的主体和客体关系。刘勰认为文学创作中的心物关系是一种相互影响、相互促进的辩证关系。在人和自然的关系上,心受物的感触,物被心所改造,所以说:"是以诗人感物,联类不穷。流连万象之际,沉吟视听之区;写气图貌,既随物以宛转;属采附声,亦与心而徘徊。"心"随物以宛转",物"与心而徘徊"。自然物色和人的心情之间具有着一种互相感应的作用:"物以貌求,心以理应。"刘勰对产生这种感应作用的原因之解释,显然是受到董仲舒的同气相求、同类相动的"天人感应"思想影响。《物色》篇云:"春秋代序,阴阳惨舒,物色之动,心亦摇焉。""若夫珪璋挺其惠心,英华秀其清气,物色相召,人谁获安?"然而,刘勰的目的是在借此强调文学创作上主体和客体的统一。物色在被诗人描绘到文学作品中后,它已经不是原来的客观的物色,而成为"人化"的一种心的寄托,如司空图《二十四诗品》中所说已经是"妙造自然"的产物了,故云"目既往还,心亦吐纳",心与物、主体与客体非常和谐地融为一体了。这就像清代王夫之在《夕堂永日绪论内编》中所说:"情景虽有在心在物之分,而情生景,景生情,哀乐之触,荣悴之迎,互藏其宅。"从文学创作的艺术构思过程来说,人的神思和自然物象也是紧密地结合在一起的。艺术构思的特点,就是其思维活动始终不脱离外界的物象:"文之思也,其神远矣。故寂然凝虑,思接千载;悄焉动容,视通万里;吟咏之间,吐纳珠玉之声;眉睫之前,卷舒风云之色:其思理之致乎!故思理为妙,神与物游。"构思过程中这种"神与物游"状态,也就是主体与客体交互影响、合而为一的过程,它是以主体的"虚静"为前提的,只有在"陶钧文思,贵在虚静,疏瀹五藏,澡雪精神"的状态下才能够实现。当主体进入到"虚静"的境界时,已经完全忘记了自己的存在,如庄子所说的"堕肢体,黜聪明,离形去知,同于大通"(《大宗师》),物我不分,与自然同化。这种"神与物游"的境界也就是庄子所说"天地与我并生,万物与我为一"(《齐物论》),人和自然达到"以天合天"(《达生》)的"物化"境界,亦即道家所强调的天人合一境界在文学构思过程中的体现。构思中这种"神与物游"的结果,便是凝聚成为生动的"意象"。他不仅不否定而且十分重视知识学问和经验阅历的作用,认为在"虚静"的前提下,同时还要"积学以储宝,酌理以富才,研阅以穷照,驯致以绎辞"。在《诠赋》篇中,刘勰论赋的创作时所说"情"和"物"的关系,实际上也是心和物的关系他说:"原夫登高之旨,盖睹物兴情。情以物兴,故义必明雅;物以情观,故词必巧丽。"这里的"情以物兴"就是《物色》篇讲的心"随物以宛转",而所谓"物以情观"就是物"与心而徘徊"。所谓"睹物兴情"即是指文学创作中主体的审美过程,在这个审美过程中心受物的感发而触动其中所蕴藏的某种情感,如陆机所说的"悲落叶于劲秋,喜柔条于芳春",同时物也变成了内心某种情感的载体,而呈现出了不同于原来自然形态的特殊之面貌。主体的"情"要从客体的"物"中显现出来,而且还要符合于"物"本身内在之"理",使"情理"与"物理"合而为一,如王夫之评杜甫《喜达行在所》诗所说:"悲喜亦于物显,始贵乎诗。"(《唐诗评选》)诗歌创作要"俯仰物理,而咏叹之","唯人所感,皆可类通",使"理随物见"(《夕堂永日绪论内编》)。就作品所体现的美学特征来看,这种心物关系表现即是所谓"隐秀"。"意象"是"神与物游"的结果,所以,"隐秀"特征也是由"神思"而来:"夫心术之动远矣,文情之变深矣,源奥而派生,根盛而颖峻,是以文之英蕤,有秀有隐。"此所谓"心术之动",即是"神思",也就是"神与物游"的状态。

由此可见,刘勰在《物色》《神思》《诠赋》《隐秀》等篇中所阐述的一系列重要的文学创作理论问题,都是建立在对心物关系的辩证认识基础上的。而他对心物合一的论述又是和中国传统的天人合一思想有着十分密切的联系的,是从天人合一的哲学思想中很自然地引申出来的,不过,他特别善于吸收其中有利于说明文学创作美学特征的科学内容,甚至也包括荀子的"天人相分"说的某些因素。

二、知识分子的人格理想和《文心雕龙》的文学风骨论

《文心雕龙》中的风骨论是历来研究者所特别重视的,它也确实是刘勰所提出的一个十分重要的文学批评的审美标准,然而,风骨的含义究竟是什么,却一直是众说纷纭,始终没有一个能为大家所认同的解释。原香港大学教授陈耀南先生在《〈文心〉"风骨"群说辨疑》[①]一文中曾将六七十家之说归纳为十余类,近年来又有一些新的解释,但没有什么大的发展。我在《齐梁风骨论的美学内容》一文及后来的《文心雕龙新探》一书中也提出过自己的看法。现在回顾和检讨有关风骨论的研究我认为以往我们的研究有一个根本性的缺点,就是只从文学作品中风骨的具体含义来作诠释,而没有从广阔的中国历史文化背景上去考察风骨的意义与价值,因此这种具体的诠释往往就失去了其正确的导向,而不能揭示其深层意蕴,也容易在表层意义解释上产生某种片面性,难以使人信服,也不可能得到多数人的认同。

刘勰对风骨的重视和他提出的"风清骨峻"审美理想和中国的文化传统中所表现的主要精神有十分密切的关系。在中国古代文化传统中我们

---

① 中国古典文学研究会主编:《文心雕龙综论》,台湾学生书局,1988年,第37—72页。

可以看到,在先进知识分子的精神品格上有非常可贵的一面,这就是:建立在"仁政""民本"思想上的,追求实现先进社会理想的奋斗精神和在受压抑而理想得不到实现时的抗争精神,也就是"为民请命""怨愤著书"和"不平则鸣"的精神,它体现了我们中华民族坚毅不屈、顽强斗争的性格和先进知识分子的高风亮节、铮铮铁骨。"风骨"正是这种奋斗精神和抗争精神在文学审美理想上的体现。中国古代文论特别讲究人品和文品的一致,刘勰在《文心雕龙·情采》篇中,曾严厉地批评了人品和文品不统一的创作倾向,他说:"故有志深轩冕,而泛咏皋壤,心缠几务,而虚述人外,真宰弗存,翩其反矣。夫桃李不言而成蹊,有实存也;男子树兰而不芳,无其情也。夫以草木之微,依情待实,况乎文章,述志为本!言与志反,文岂足征?"刘勰所说的"风清骨峻"不只是一种艺术美,更主要是一种高尚的人格美在文学作品中的体现,它和中国古代文人崇尚高洁的精神情操、刚正不阿的骨气是分不开的。文学批评中的"风骨"本是源于人物品评的,在六朝人物品评中"风骨"是一个常用的概念。例如《宋书·孔觊传》中说:"觊少骨鲠有风力,以是非为己任。"《世说新语·赏誉》说:"王右军目陈玄伯'垒块有正骨'。"又其注中引《晋书·安帝纪》说:"羲之风骨清举也。""风骨"正是一种高尚人品的表现。《论语·子罕》中记载孔子说:"岁寒,然后知松柏之后凋也。"这是从松柏之不畏严寒来比喻人应当有不怕强暴的坚毅品格。孟子说过:"富贵不能淫,贫贱不能移,威武不能屈:此之谓大丈夫。"(《滕文公下》)能成为这样的"大丈夫",才有骨气,"大丈夫"的理想是建立在"民贵君轻"思想基础上的"仁政",为此就要加强道德修养,具有"配义与道"的"浩然之气"。屈原之所以"发愤以抒情",正是出于对腐朽黑暗现实的不满,"长太息以掩涕兮,哀民生之多艰",为了实现"仁政"的理想,他"虽九死其犹未悔",宁"从彭咸之所居",而不与恶浊小人同流合污。他这种高洁品德在汉代曾受到刘安、司马迁等的高度评价,赞扬他"虽与日月争光可也"。刘勰说屈原的作品:"观其骨鲠所树,肌肤所附,虽取熔经意,亦自铸伟辞。""故能气往轹古,辞来切今,惊采绝艳,难与并能矣。"(《辨骚》)正是说明它有《风骨》篇所强调的以风骨为主、辞采为辅的艺术美。汉代司马迁遭受残酷宫刑折磨,能够"就极刑而无愠色","虽万被戮,岂有悔哉"(《报任安书》)。为的就是把自己理想寄托于《史记》的写作。他赞扬屈原"直谏"精神,认为"屈平之作《离骚》,盖自怨生也"。并结合自己的切身遭遇,提出了著名的"发愤著书"说,充分体现了不屈服的奋斗精神。刘勰称其《报任安书》"志气盘桓"而有"殊采"(《文心雕龙·书记》),也是赞扬他作为一个有正义感的知识分子的骨气。所谓"建安风力"就是建安诗人对动乱现实的悲忧和对壮志抱负的歌颂在艺术风貌上的表现。以三曹和七子为代表的建安时期诗人在汉魏之交都是有理想、有抱负的政治家和文学家。故刘勰说:"观其时文,雅好慷慨,良由世积乱离,风衰俗怨,并志深而笔长,故梗概而多气也。"(《文心雕龙·时序》)这里所说"志深而笔长,故梗概而多气",也就是钟嵘所说"建安风力"。曹操是建安文学的创始者,他在几首著名的诗中非常鲜明地表现了他对这个动乱时代的深沉感慨,以及实现统一、振兴国家的理想愿望。他对民生凋弊的现状十分关切,"白骨露于野,千里无鸡鸣。生民百余一,念之断人肠"(《蒿里行》)。并且表现了"山不厌高,水不厌深。周公吐哺,天下归心"(《短歌行》)的雄心壮志。曹植被钟嵘称为五言诗人最杰出的代表,也是体现"建安风力"的典范,《诗品》中说他"骨气奇高,词采华茂,情兼雅怨,体被文质"。曹植是一个有远大理想抱负的诗人,在《与杨德祖书》中说他的志愿是:"勠力上国,流惠下民,建永世之业,流金石之功。"如果这种政治理想不能实现,他也要"采庶官之实录,辩时俗之得失,定仁义之衷,成一家之言"。由于受到曹丕的排挤和迫害,郁郁不得志,心情十分凄苦,所以在诗中充满了强烈的愤激之情、悲壮之气。他感慨世态炎凉:"高树多悲风,海水扬其波。利剑不在掌,结交何须多?"(《野田黄雀行》)他苦于壮志不遂:"江介多悲风,淮泗驰急流。愿欲一轻济,惜哉无方舟。"(《杂诗》之五)他满怀豪情而不得施展:"抚剑而雷音,猛气纵横浮。泛泊徒嗷嗷,谁知壮士忧!"(《鰕䱇篇》)他内心积压着深深不平:"鸱枭鸣衡轭,豺狼当路衢。苍蝇间白黑,谗巧令亲疏。"(《赠白马王彪》)"不见鲁孔丘,穷困陈蔡间。周公下白屋,天下称其贤。"(《豫章行》)从曹植的诗中可以看出他为实现理想而与命运拼搏的奋斗精神和坚毅性格,这就是他的"骨气奇高"之所在。钟嵘说刘琨的诗有"清刚之气""清拔之气",都是指"风骨"而言的,这显然是和刘琨的诗歌表现了他"闻鸡起舞"的爱国主义情操分不开的。钟嵘又说陶渊明"又协左思风力",左思是一位对六朝门阀社会"上品无寒门,下品无世族"的封建等级制度十分不满的诗人,他在《咏史》诗中说:"世胄蹑高位,英俊沉下僚。地势使之然,由来非一朝。"又说:"被褐出阊阖,高步追许由。振衣千仞冈,濯足万里流。"这种对门阀世族压迫的抗争和布衣之士的清高之气,即是他的"风力"之所在。陶渊明之"不为五斗米折腰",也突出地体现了他作为品格高洁的士大夫之骨气。

经过上面的分析,我们再来看刘勰《文心雕龙·风骨》篇以及其他各篇中有关风骨的论述,也许可以有一点新的体会和认识。刘勰在《风骨》篇中说:"昔潘勖锡魏,思摹经典,群才韬笔,乃其骨髓峻也;相如赋仙,气号凌云,蔚为辞宗,乃其风力遒也。"这是刘勰在全篇中所举出的唯一的"骨髓峻"和"风力遒"的作品范例。潘勖《册魏公九锡文》是为汉献帝写的封赐曹操的符命,今存《文选》卷三十五,文中历数曹操护卫皇室、平定各路诸侯叛乱、统一天下的功绩,基本上是符合事实的,文辞典雅而有力量,故说是"骨髓峻也"。刘勰对曹操的评价是比较公正的,虽然不赞成他的专权暴虐,但无论在政治上还是文学上都肯定了他的历史作用,并没有封建正统的偏见,所以评陈琳的《为袁绍檄豫州》一文时说:"陈琳之檄豫州,壮有骨鲠;虽奸阉携养,章密太甚,发丘摸金,诬过其虐,然抗辞书衅,皦然露骨矣。敢指曹公之锋,幸哉!免袁党之戮也。"既有肯定也有批评,认为它有过于偏激而失实之处。而所谓"壮有骨鲠",是指陈琳敢于在曹操威震天下之时,"抗辞书衅",毫不惧怕地大胆揭发其专横暴虐行为。很有意思的是:潘勖和陈琳的这两篇文章在对曹操的态度上是尖锐对立的,然而刘勰却认为它们都有骨力,这当然是因为曹操作为一个历史人物本身存在着矛盾的双重性,但同时也可以看出刘勰不论是评人还是评文都重在全面圆通不落一端、折中于自然情理的思想方法特点。凡是表现出了作者义正词严的人格力量的文章,刘勰都认为是有骨力的作品。司马相如的《大人赋》,今载《史记·司马相如列传》,是一篇意在讽谏汉武帝"好仙道"的作品,"相如以为列仙之传居山泽间,形容甚臞,此非帝王之仙意也,乃遂就《大人赋》"。故以"大人"喻天子,而写其游仙之状,指挥众神,气度恢宏,目的在说明这种游仙实际上是不可能的,然而结果却正好相反:"相如既奏大人之颂,天子大悦,飘飘有凌云之气,似游天地之间意。"(《史记·司马相如列传》)从《大人赋》本身来看,它是模仿骚体的作品,颇有屈原《离骚》翱翔九天的壮阔气势,体现了鄙弃世俗的高洁情操,故刘勰说它是"气号凌云,蔚为辞宗",因而说是"风力遒也"。刘勰在《风骨》篇中提出的"风清骨峻"的审美理想,也很具体地表现在《文心雕龙》全书对许多作家作品的评论中。以"风清"而论,例如《时序》篇说"稷下扇其清风",即指孟子学派所体现的"浩然之气";《诔碑》篇云"标序盛德,必见清风之华",说明"清风"正是"盛德"之体现;《铭箴》篇说崔骃、胡广等的《百官箴》有周代辛甲之遗风,善于针砭天子过失,故能"追清风于前古";《宗经》篇提出的"六义"中,"情深而不诡"与"风清而不杂"分列为两条,可见,"清风"正是指一种高尚的精神情操和人格美而言的。以"骨峻"而论,《文心雕龙》讲到文骨的地方都是指作品的"事义"所表现的和经典相近的思想力量而言论的。例如《诔碑》篇说蔡邕的《司空文烈侯杨公碑》"骨鲠训典",即指其善用《尚书》典故叙述杨赐生平事迹,充分表现了他清正廉明的政绩,树立了高大形象,碑文很有说服力量。《封禅》篇说封禅之文的写作,必须"树骨于训典之区,选言于宏富之路;使意古而不晦于深,文今而不坠于浅;义吐光芒,辞成廉锷,则为伟矣"。此处所说的"骨"正是就文章的事义之高古而有光芒而言的。《奏启》篇说:"杨秉耿介于灾异,陈蕃愤懑于尺一,骨鲠得焉。"说明杨秉和陈蕃为人忠贞耿直,敢于对天子进行直谏和大胆地揭露时弊,所以他们的奏启"骨鲠得焉",由此可见,"风骨"实是指作家的高尚人格在作品中的体现,而它又是和中国文化传统中先进知识分子的精神面貌有着不可分割的密切联系的。

"风骨"的这种深层意蕴也可以从刘勰、钟嵘以后的有关"风骨"的论述中得到证明。陈子昂感叹:"汉魏风骨,晋宋莫传。仆尝暇时观齐梁间诗,彩丽竞繁,而兴寄都绝。"(《与东方左史虬修竹篇序》)他强调"风骨"是和他提倡"兴寄"分不开的,而这种"兴寄"又是和他的民本思想与仁政理想密切联系在一起的。他在《感遇诗》中尖锐地批评了当时政治的弊端,表现了对人民苦难的同情,既有"感时思报国,拔剑起蒿莱"的豪情壮志,也有"岁华尽摇落,芳意竟何成"的忧伤悲叹。特别是他的名作《登幽州台歌》:"前不见古人,后不见来者。念天地之悠悠,独怆然而涕下!"充分展示了一个忧国爱民的志士感世伤时的深沉情怀。所以陈子昂所赞美的"汉魏风骨",也就是指三曹七子诗歌中对理想抱负的追求,对残破现实的悲慨,对壮志不得实现的怨愤,对世态炎凉、人情菲薄的感叹,以及由此而形成的"慷慨悲凉""梗概多气"的特征。李白对"蓬莱文章建安骨"的赞赏,是与他"济苍生""安黎元""安社稷"的政治理想分不开的。杜甫称赞元结的《舂陵行》和《贼退后示官吏作》说道:"道州忧黎庶,词气浩纵横。两章对秋月,一字偕华星。"(《同元使君舂陵行》)这就是元结诗中的"风骨"。杜甫并在诗序中说他"知民疾苦",认为有了元结这样的爱民之吏,"天下少安可待矣",可见元结诗中浩气纵横的特色,正是他"为民请命"的抗争精神之表现,从六朝到盛唐文学思潮中对"风骨"的推崇,不仅仅是对一种艺术美的追求,而是有着很深刻的文化思想背景的,它上承先秦两汉时期"发愤抒情""发愤著书"的传统,下启"为民请命""不平则鸣"的奋斗精神,是先进的知识分子所理想的有强烈正义感、始终不屈服的人格精神的表现,这种人格精神需要有与之相适应的文辞来表现,因为文学是语言的艺术,一切都要通过语言来表达,所以风骨和辞采都是不可缺少的,但是它们之间有主次之分,必须以风骨为主而以辞采为辅,这一点在刘勰的《文心雕龙·风骨》篇中阐述得很清楚。从中国文化传统的特点来看待"风骨"的意义与价值,不仅可以把握刘勰提倡"风骨"的深层意蕴,而且可以比较正确地理解《文心雕龙·风骨》篇的内容以及刘勰对"风骨"的解释,特别是可以清楚地认识到"风即文意,骨即文辞"以及由此派生出来的各种说法是不确切的。刘勰说"怊怅述情,必始乎风","情之含风,犹形之包气","深乎风者,述情必显",都是讲"情"和"风"的关系,说明作者有高尚的人格理想和精神情操,则其"情"必然含有"风",故"意气骏爽,则文风清焉"。刘勰又说"沉吟铺辞,莫先于骨","辞之待骨,如体之树骸","练于骨者,析辞必精",都是讲"辞"和"骨"的关系,说明作者有义正词严的思想立场,文章有刚直有力的叙述内容,则其"辞"中必然有"骨",故"结言端直,则文骨成焉"。所以,"风骨"虽是对作品的一种美学要求,但它的基础是在作者的人品,它是中国知识分子的高尚人格理想的体现。

三、"大音希声,大象无形"的审美传统和《文心雕龙》的"隐秀"论

我为《文学评论》所写的一篇文章中说:"我以为中国古代文论中的审美理论虽然也受到儒家思想的影响,但和先秦的老庄思想、魏晋的玄学思想和隋唐以来的禅宗思想,有着更为密切的联系。中国古代总是把合乎自然作为最高的审美理想,把'物化'作为最高的艺术境界,也就是后来文艺家所说的'逸品''化工''化境'。这可能是与'天人合一'的哲学思想有关的,但其直接的思想来源则是老庄强调的'自然之道',是老子的'大音希声,大象无形'和庄子的'天籁''天乐'美学思想。"[①]这种"大音希声,大象无形"和"天籁""天乐"的境界,并不是真的没有声音、没有形象,而是指它没有任何人为造作的因素,是一种合乎自然、同乎天工的艺术。为了达到这个目的,要充分发挥艺术创造中"虚"的方面的作用,要不受已经具体描绘出来部分的局限,而能从这一部分的启发、暗示、象征中去体会更广阔的、还没有表现出来或难以表现出来的、合乎自然的、完整的美的境界,做到有和无的统一,物和道的默契,实和虚的结合,要从"有",去体会"无",从"物"去体会"道",以有形表现无形,以有声表现无声,求妙理于言意之外。萧统在《陶渊明传》中说:"渊明不解音律,而蓄无弦琴一张,每酒适,辄抚弄以寄其意。"陶渊明如果解音律,琴又有弦,那他所能弹出的音乐美、所寄托之意,都属于"人为"的产物,总归还是有限的;而他不解音律,抚弄无弦琴,则一切任乎自然,其中所体现的音乐之美、寄托之意便是无穷的,可以任凭人们去自由地想象,因此是最完美的,"但识琴中趣,何劳弦上声"!所以,中国古代审美理论的核心,艺术创造的最高目标,不在艺术创作已经具体地描写出来的部分,而要追求在它以外的,由它引发出来的,可以让欣赏者通过自己想象去补充的,具有更为深远丰富内容的艺术世界。所以,从言、象、意关系来说,言、象只是意的筌蹄。王弼在《周易略例·明象篇》中说道:"言者,象之蹄也;象者,意之筌也。是故存言者,非得象者也;存象者,非得意者也。""故言者,所以

---

① 张少康:《走历史发展必由之路——论以古代文论为母体建设当代文艺学》,《文学评论》1997年第2期。

明象,得象而忘言;象者,所以存意,得意而忘象。犹蹄者所以在兔,得兔而忘蹄;筌者所以在鱼,得鱼而忘筌也。"因而中国古代文论所一再强调的审美原则,都是建立在"言不尽意""得意忘言"基础上的,例如"文外之重旨""文已尽而意有余""境生象外""情在词外""味外之旨""韵外之致""象外之象,景外之景""不着一字,尽得风流""状难写之景,如在目前;含不尽之意,见于言外""言有尽而意无穷""史记如郭忠恕画天外数峰,略有笔墨,然而见而使人心服者,在笔墨之外也"①等等。不仅仅文学理论批评是如此,绘画、书法等艺术理论批评也是如此。刘宋时代的宗炳在《画山水序》中说:"旨微于言象之外者,可心取于书策之内。"故后来绘画理论批评特别讲究要有"画外之画"(华琳《南宗抉秘》),认为"画在有笔墨处,画之妙在无笔墨处"(戴熙《习苦斋画絮》),必使"虚实相生,无画处皆成妙境"(笪重光《画筌》),才是绘画美最高境界。王羲之自论书云:"须得书意转深,点画之间皆有意,自有言所不尽,得其妙者。"(《法书要录》卷一引)梁武帝萧衍《观锺繇书法十二意》主张书法要有"字外之奇,文所不书"之妙,晚清包世臣甚至说:"计白以当黑,奇趣乃出。"(《安吴论书》)中国古代文论最重视的不是"实"的、"有"的作用而是"虚"的、"无"的作用,恰如王士禛所说:诗如画龙,把整条龙都画出来,首、尾、爪、角、鳞、鬣,无一不具,那么它只是一条死龙、假龙,如果只画它在云雾中露出的一鳞一爪,让人去想象龙的全貌,那才是活龙、真龙、神龙(参见赵执信的《谈龙录》)。刘勰在《文心雕龙》中所提出的"隐秀"思想就是在这种传统审美观念的影响下产生的,同时它又对这种传统审美理论的发展,起了极为重要的促进作用,刘勰的"隐秀"说是针对艺术形象塑造过程中情和景、意和象两个基本因素而言的,它包含有两层意义:一是情隐于秀丽的景中,意蕴于幽美的象中,这是指的一般艺术形象的特点;二是宋人张戒《岁寒堂诗话》所引《文心雕龙·隐秀》篇残文:"情在词外曰隐,状溢目前曰秀。"指文学作品含有无穷的言外之意。如刘勰解释"隐秀"的含义是:"隐也者,文外之重旨者也;秀也者,篇中之独拔者也。隐以复意为

---

① 以上各条分别见于刘勰《文心雕龙·隐秀》、锺嵘《诗品序》、刘禹锡《董氏武陵集纪》、皎然《诗式》、司空图《与李生论诗书》《与极浦书》《二十四诗品》、欧阳修《六一诗话》、严羽《沧浪诗话》、王士禛《带经堂诗话》(张宗楠编)。

工,秀以卓绝为巧,斯乃旧章之懿绩,才情之嘉会也。""秀"是指对艺术形象的生动卓绝的描写,而"隐"不是一般艺术形象的情隐于景中之意,而是指"情在词外",有"文外之重旨",所谓"隐以复义为工",也就是说词外有情,文外有旨,言外有意,这种情、旨、意显然不是指艺术形象中具体的实写的部分,而是指受这具体的实写的部分暗示、象征的启发,而存在于作者和读者想象中的情、旨、意。所谓"重旨"和"复义"即是有实的和虚的两层"旨"和"义",刘勰认为这后一层虚的"旨"和"义",显然是更为重要的,它具有更加深刻的美学价值。这种"情在词外""文外重旨"和"复义为工"的提出,毫无疑问是受"大音希声,大象无形"和"言为意筌""得意忘言"思想的影响而来的。我在《刘勰〈文心雕龙〉对意境理论形成发展的贡献》一文中曾说:"刘勰在《文心雕龙·隐秀》篇中说道:'夫隐之为体,义生文外,秘响旁通,伏采潜发,譬爻象之变互体,川渎之蕴珠玉也。'可见,隐的含义正是从易象而来,它不仅是体现了一种象征的意义,而且是象外有象,义生文外。易象本身是一种象征性的符号,而易象的构成也是隐含着'复义''重旨'的,这就是刘勰所说的'爻象之变互体'。易象是由八卦两两组合而成,共有六十四卦,每一卦有六爻,如乾卦☰、坤卦☷。每一卦的六爻之中,又隐藏着两个卦象:'二至四,三至五,两体交互各成一卦,先儒谓之互体。'(孔颖达《周易正义》)例如观卦䷓,二至四爻为坤卦☷,三至五爻为艮卦☶,此即为互体。也就是说观卦除本身含有其意义之外,它还隐藏着两个别的卦所包含的意义。这种'复义''重旨',说明观卦具有卦中有卦、亦即卦外有卦的特点。这种特点运用到文学艺术形象的创造中,其意义就不是一般的思想感情隐藏在形象描写中所能包括得了的了,它要求由实象引出虚象,由具体的文本意义导向幻觉中的想象意义。"① 在由先秦老庄的"大音希声,大象无形"和"天籁""天乐"发展到后来文学创作上的"情在词外""意在言外"的过程中,刘勰的"隐秀"论起了十分重要的转折和促进作用。他是首先把这种传统审美观念具体地运用到文学创作中来的,在他以前,王弼的言、象、意说还是属于哲学范围内的问题,虽然王羲之、宗炳等在书法、绘画的领域内已经运用了这种思

---

① 张少康:《刘勰〈文心雕龙〉对意境理论形成发展的贡献》,《临沂师专学报》1996年第5期。

想,但是文学创作方面还没有人提到过。刘勰在解释"隐"的含义时所提出的"文外之重旨"说,是后来在文学创作中普遍流行的"意在言外"说的最早滥觞。更为值得我们重视的是刘勰的"隐秀"说在理论内容上所作出的新的发展。

刘勰所提出的"隐秀"论毫无疑问是以充分发挥艺术创作中"虚"的方面作用为主的,但是他又并不否定"实"的方面的作用,他也重视"秀"的描写的重要性。由实而出虚,由秀而见隐,如果没有"实"的方面,也就不可能发挥"虚"的作用;没有"秀"的描写,也就无法使人体会到"隐"的内容。在中国古代的文化传统中,老庄强调天然而否定人为,儒家重视现实人为的作用;老庄以虚无为本,而儒家着眼于实有。从汉初的黄老到魏晋玄学,则是由道儒结合到援儒入道以道为体、以儒为用。这种思想反映到文艺思想上,就是自然和人为的结合,天工和人工的统一。这样就克服了老庄片面强调顺应自然而否定人为、主张天工;有鄙弃人工的片面性。刘勰的《文心雕龙》非常明显地反映了他所处时代文化思想的特点,《文心雕龙》中处处以"自然"为最高的审美境界,但是又十分注重研究人工技巧,认真地总结了六朝文学发展在这方面所获得的成就。刘勰在《隐秀》篇中有关"隐秀"的论述和他在《神思》篇中有关言意关系的论述也是一致的。刘勰是肯定"言不尽意"说的,他曾说:"至于思表纤旨,文外曲致,言所不追,笔固知止。至精而后阐其妙,至变而后通其数,伊挚不能言鼎,轮扁不能语斤,其微矣乎!"然而,他又十分重视语言的作用,希望"言"尽可能地能体现"意",所以他又说:"神居胸臆,而志气统其关键;物沿耳目,而辞令管其枢机。枢机方通,则物无隐貌;关键将塞,则神有遁心。""方其搦翰,气倍辞前,暨乎篇成,半折心始。何则？意翻空而易奇,言征实而难巧也。是以意授于思,言授于意;密则无际,疏则千里,或理在方寸而求之域表,或义在咫尺而思隔山河。"刘勰认为"言"不仅难以尽"意",而且从根本上说"言"也不可能完全尽"意",但是,这并不意味着可以不要"言",或者"言"是没有作用的,否则也就没有必要进行文学创作了。因此,文学创作应该在肯定"言不尽意"的前提下,努力想一切办法发挥"言"的作用,使它能尽可能最充分地表达"意",同时使读者认识到"言"不等于"意",对"意"的理解不受"言"的局限性影响,并且通过"言"

的暗示、象征作用,而更深入、更广泛地理解"意",用自己的体会去补充它。刘勰建立在这种对言意关系理解上的有关"隐秀"的论述,对后来文学创作上的"意在言外"论产生了非常积极的影响,使它们不受老庄思想中极端化因素的影响,在道和物、无和有、虚和实、意和言、隐和秀等关系上既特别强调道、无、虚、意这一方面的意义与价值,又不鄙弃物、有、实、言这一方面,而能充分重视它们的作用,努力把两者结合起来。

上述三个方面是刘勰《文心雕龙》文学理论体系中的基本思想,心物关系是他的文学创作理论核心,风骨论是他文学理论主要精神之所在,隐秀论体现了他文学理论的审美特征,而这三个方面都和中国的文化传统有着十分密切的关系,是在中国传统文化思想的影响下发展起来的,也正因为这样,《文心雕龙》才成为中国古代最有代表性的一部重要的文学理论巨著。

原载《求索》1997年第5期

荀学与《文心雕龙》

大家都强调刘勰写《文心雕龙》受儒家思想影响,刘勰在《序志》篇里也说他做梦,也是梦到孔子,在《原道》篇里讲人文发展,也特别强调孔子的重大作用,尤其是"征圣""宗经"观念,似乎更体现了他对儒家的尊敬和重视,但是实际上他的《文心雕龙》却并不是一切都依据孔子、孟子及其所代表的正统儒家思想来论述和评价文学现象、作家作品,而是明显地有道家、佛家、玄学等思想影响,由此学术界对他的"道"、对《文心雕龙》的基本思想也就争论不休,见仁见智,各执一端。其实,这里很值得我们研究的是,刘勰所特别推崇的儒家思想,实际已经不是以孔、孟为代表的正统儒家思想,而更接近于以荀子为代表的、吸收了其他各家思想的新的开放的儒家学说。

荀子毫无疑问是一位大儒,但他又是一位集大成的思想家。韩愈在强调继承"道统"时,认为"道统"从尧、舜、禹、汤、文王、周公到孔子、孟子,以后就中断了。在他看来,荀子是"大醇而小疵"[①],醇是说他继承了孔孟思想的基本方面,疵是指荀子吸收和融合了道家、法家的一些重要思想,已经不是正统的孔孟之道了,所以韩愈自己是以孟子以后的"道统"继承者自居的。荀子的主要方面是继承和发展了孔、孟的儒家思想的,这集中体现在他的明道、崇圣、宗经的核心思想上,他把仁义礼乐(偏重礼乐)看作为治国之本,但是他又接受道家自然论的影响,发扬了法家变化不居的思想,融会贯通诸子百家,形成了一个兼容并包的思想体系,并且具有较为科学的研究方法。

在《文心雕龙》中我们可以看到他受荀学思想的影响是非常深的。无论是他所说的"道""圣""经",还是他对人性的认识,他的发展变化观

[①] 韩愈《读荀》,马其昶校注,马茂元整理:《韩昌黎文集校注》,上海:上海古籍出版社,1988年,第37页。

念,乃至他的研究方法等,都是如此。其实他所理解的儒家思想已经不是孔孟为代表的儒家思想,而是荀子所理解和提倡的儒家思想。弄清楚这一点,我们就可以明白为什么《文心雕龙》既以儒家思想为主,又能兼容道家、玄学、佛教等其他思想。下面我们想从四个方面来论述荀学对《文心雕龙》的影响:一、荀学与孔孟对原道、征圣、宗经理解的异同以及刘勰的取向;二、"化性起伪"与"习亦凝真,功沿渐靡";三、"法后王""隆礼义"与"望今制奇,参古定法";四、不可"蔽于一曲,而暗于大理"与"擘肌分理,唯务折衷"。

一、荀学与孔、孟对原道、征圣、宗经理解的异同以及刘勰的取向

《文心雕龙》前五篇总论,包括两个部分:通与变。前三篇论"通",讲述文学创作必须要继承的优秀传统;后二篇论"变",讲述文学创作创新的正确途径。他概括文学创作的优秀传统,就是原道、征圣、宗经,而这个思想虽然在孔孟那里已经有体现,但最早正式提出者则是荀子。在先秦是荀子首先强调"道"是判断一切言论是非的标准,也是评论和创作文学要遵循的基本原则。他在《正名篇》中说:

> 辨说也者,心之象道也。心也者,道之工宰也。道也者,治之经理也。
>
> 心合于道,说合于心,辞合于说,正名而期,质请而喻。辨异而不过,推类而不悖。听则合文,辨则尽故。以正道而辨奸,犹引绳以持曲直;是故邪说不能乱,百家无所窜。有兼听之明,而无奋矜之容;有兼覆之厚,而无伐德之色。说行则天下正,说不行则白道而冥穷,是圣人之辨说也。①

这里的言辞辨说是包括了文学在内的。他强调言辞辨说应当真实而易于了解,要善于辨别差异而无过错,推论各类事物差别而不违背正道,就要以"道"作为衡量的标准,故正道辨奸就如引绳以持曲直。而在"明道"方

---

① 《新编诸子集成续编·荀子简释》,北京:中华书局,1983年,第318页。

面,必须以圣人为师。其《正论篇》说:"故凡言议期命,是非以圣王为师。"而圣人的代表作就是经,就是当时人文发展中形成的五经:《易》《诗》《书》《礼》《春秋》(本是六经,但是《乐》经没有流传下来)。"道"是以圣人的"五经"来体现的。这"道""圣""经"才是衡量一切言辞辨说,也包括文学在内的最重要依据。继荀子之后,汉代的扬雄在《法言》中则发挥了荀子明道、师圣、宗经的思想,《吾子》篇说:"曰:万物纷错,则悬诸天;众言淆乱,则折诸圣。或曰:恶睹乎圣而折诸?曰:在则人,亡则书。"有征圣而宗经,"舍舟航而济乎渎者,末矣;舍五经而济乎道者,末矣"!"委大圣而好乎诸子者,恶睹其识道也?"①

从荀子到扬雄所说的"道",其实和孔孟的"道"并不完全一样。这个"道"不是孔子、孟子的纯粹的儒家社会政治之道,不只是体现儒家仁义礼乐的道,而是具有老庄自然之道含义,是体现万物内在规律的道在社会政治方面的体现。荀子是在道家思想影响下,把儒家的社会政治之道上升到了抽象哲理的高度,而儒家的道乃是自然之道在社会政治伦理道德领域之典范表现。这一点在荀子的《天论篇》中表现得最为清楚。《天论篇》中所说的"道",就是自然之道,是存在于宇宙万物之中的自然规律。"天有常道","万物为道一偏,一物为万物一偏"。②《哀公篇》又说:"大道者,所以变化遂成万物也。"③所以这个"道"并不是社会政治人伦道德之道,而是客观地存在于宇宙万物之中的内在原理,有它自身的运行规律。荀子说:"天行有常(《说苑》作"天道有常"),不为尧存,不为桀亡。""受时与治世同,而殃祸与治世异,不可以怨天,其道然也。"④儒家仁义礼乐的"道",就是这个客观的哲理的"道"在社会政治伦理道德方面的具体体现。荀子对"道"的理解和战国后期的《易传·系辞》中的"道"也是类似的。《系辞》中说"一阴一阳之为道"⑤,这是蕴含万物内部的规律,是哲理层面的道;而圣人之道,正是这个哲理的道在社会政治方面的体现。

---

① 《新编诸子集成·法言义疏》,北京:中华书局,1987年,第67页。
② 《新编诸子集成续编·荀子简释》,北京:中华书局,1983年,第225、231页。
③ 同上书,第402页。
④ 同上书,第220、221页。
⑤ 《十三经注疏·周易正义》,北京:中华书局,1980年,第315页。

荀子和《易传》对"道"的理解和认识,在刘勰的《文心雕龙》中得到继承和发展。《文心雕龙·原道》篇的"道"正是这样,它既体现为"天文""地文""动植之文"等宇宙万物,又最典型地体现在人文的代表——"五经"中。所以,这样的"道"既是道家的自然之道,又是儒家的社会政治之道。于是,刘勰就把社会政治之道上升到哲理之道;又把哲理之道具体化为社会政治之道。这是和荀子对道的理解是完全一致的。在这样一种"道"的观念下,自然可以包容儒、道、玄、佛各家思想,把它们熔为一炉。不过儒家仍有主导地位,但不是狭隘的儒道,而是开放的儒道。同时也就理清了道、圣、经的关系,即如《文心雕龙·原道》篇所说:"道沿圣以垂文,圣因文而明道。"①《文心雕龙》中的"原道",既是原"自然之道",同时也是原儒家之道,而且可以和原佛家之道、玄学之道相通。《文心雕龙·原道》篇的"道",不是简单的、封闭的某一家之道,而是开放的广义的道。而它的渊源就是从荀子的道发展来的,因为这个道具有哲理的意义,所以它可以兼容各家之道,而并不发生不可调和的矛盾冲突。虽然表面看来,他讲的人文之道是儒家圣人之道,但是他理解的儒家之道,不是儒家单纯的仁义道德之道,而是像荀子那样可以包容各家的儒家之道。从这个角度来看,虽然刘勰提到的主要是儒家的圣人,但是实际上圣人的范围也不仅仅是儒家的圣人,也可以兼包道家、佛家的圣人。因为"道"不只是社会政治之道,也体现为宇宙万物的内在规律,从后一方面来说,道家和佛家要阐明的也是这个道,也是作为万物内在规律的哲理之道。由于各家圣人所明之道乃是开放的、广义的道,因此圣人的范围自然也就扩大了,不只是儒家的圣人。以前我们读饶宗颐先生的文章,如他的《文心与阿毗昙心》②中说刘勰的圣人同时也可以指佛教的圣人,经典也可以指佛教的经典,往往觉得不太理解,现在我们明白刘勰讲道、讲圣人、讲经典,都是受荀学影响而来,那么对饶先生的说法也就完全可以接

---

① 本文有关《文心雕龙》的文字皆引自杨明照:《增订文心雕龙校注》,北京:中华书局,2000年。
② 见北京大学中文系编:《中国文艺思想史论丛》第三辑,北京:北京大学出版社,1988年,第101页。饶先生说:"《文心》之为书,首原道第一,次征圣第二,又次宗经第三。便面观之,自为儒家思想。然佛家立场亦有同然。释氏于现量、比量之外,极重'圣贤量',故主'征圣'。在《阿毗昙心论》中,其第五为贤圣品,第八为契经品,义与征圣、宗经原自不殊。"

受了。

荀子是非常尊重先秦的传统经典——"五经"的,但是他对"经"的看法,也是和以孔孟为代表的正统儒家不完全一样的。孔孟是从"法先王"的角度,充分强调"五经"的权威性,而且是绝对没有任何批评的。然而,荀子则接受法家思想的影响,重视发展变化,肯定事物是不断进步的。后代总是胜过前代,所以他强调的是"法后王"①,而不是"法先王"。所以他对传统的"五经"也是有所批评的,他在《劝学篇》中说:"《礼》《乐》法而不说,《诗》《书》故而不切,《春秋》约而不速。"②认为《礼》《乐》虽然有大法,有明确礼仪规定,但是没有具体解释和说明,《诗》《书》虽然论说先王故实,但是不能切合现时情况。《春秋》过于简约,难于迅速理解其意义。"五经"是重要的,是适应先王时代需要的,然而它对已经发展了的当今来说,并不都能切合现时需要。荀子没有把"五经"看成是永世万能的,而且从"法治"和"德治"关系来看,他显然不同于孔孟,是认为"法治"要比"德治"更为重要的。《劝学篇》说:"礼者,法之大分,类之纲纪也。故学至乎《礼》而止矣。"③因此他在《儒效篇》中强调要"隆礼义而杀《诗》《书》",这里的"杀"是降低、贬低的意思,也就是说:真正的大儒应该懂得要突出适应当代需要的礼义,重视法治,并要将之置于《诗》《书》之上。学习"经",吸取历史经验是必要的,但并不是要把它当作不变的教条,永恒的规矩,而是要根据实际需要来修正它、改良它的,只学那些对现在还有用的。"学莫便乎近其人",学习最好是有近在目前的贤师,所以说要"法后王",经书确实离现代人比较远了。肯定和承认经的地位和历史价值,但是一切还是要以现实需要为依据,不盲从经典,要从发展的观点来看经,这是荀子和孔子、孟子不同的地方。

刘勰在《文心雕龙》中虽然提倡宗经,但是并不要求一切文章都要写得符合经书,更不是要以经书作为衡量文章好坏的标准,而只是说明经书是后来各类文章的源头,从经书可以知道某类文章要继承什么样的历史传统。因为荀子已经清楚地指出"五经"中各种经的不同特点,他在《儒

---

① 《新编诸子集成续编·荀子简释》,北京:中华书局,1983年,第92页。
② 同上书,第9页。
③ 同上书,第7页。

效篇》中说:"《诗》言是其志也,《书》言是其事也,《礼》言是其行也,《乐》言是其和也,《春秋》言是其微也。"①这是对"五经"不同特点的最早论述,刘勰对"五经"不同特点的认识就是循荀说而来的。他在《文心雕龙·宗经》篇中说的"《易》惟谈天""《书》实记言""《诗》主言志""《礼》以立体""《春秋》辨理",正是对荀子所论的继承和发展。他并根据"五经"的不同特点,提出了后来的文章虽然名目体裁众多,但是按照他们的内容和形式特征,也都可以分别归入"五经"的不同类别。故云:"论说辞序,则《易》统其首;诏策章奏,则《书》发其源;赋颂歌赞,则《诗》立其本;铭诔箴祝,则《礼》总其端;纪传盟檄,则《春秋》为根。"宗经只是强调经是各类文体之源头,为不同类文体提供了传统特点,而不是以经为唯一典范和衡量标准,在实际对作品评论中,也没有按照经的模板来要求,《文心雕龙》的这种理念和实践,我以为也是和荀学直接相关的。

二、"化性起伪"和"习亦凝真,功沿渐靡"

荀子是著名的"性恶论"提倡者。因为主张人性本恶,所以特别强调学习的重要性。经过学习可以使人性改恶从善,所以《荀子》开宗明义第一篇就是《劝学篇》。他和孟子的性善论是相反的,孟子提倡仁义精神和发扬人心良知,和孔子一样是偏重于以"德治"为主的,而荀子则强调遵循礼仪,约束人们的行为,则是偏重于"法治"的。他认为人心本恶,若不加制止,人欲泛滥,则社会将动乱败坏不可收拾。他在《性恶篇》中说:"今人之性,生而有好利焉,顺是,故争夺生而辞让亡焉;生而有疾恶焉,顺是,故残贼生而忠信亡焉;生而有耳目之欲有好声色焉,顺是,故淫乱生而礼义文理亡焉。然则从人之性,顺人之情,必出于争夺,合于犯分乱理而归于暴。故必将有师法之化,礼义之道,然后出于辞让,合于文理,而归于治。"②由此,从人性论角度来看,人性有两个部分,一部分是天赋的,生而有之;一部分是后天的,可以通过学习来改变的。"人之性恶,其善者伪也。"这里的"伪"是人为的意思。杨倞注云:"凡非天性而人作为之者,皆

---

① 《新编诸子集成续编·荀子简释》,北京:中华书局,1983年,第89页。
② 同上书,第327页。

谓之伪。"郝懿行云："性，自然也。伪，作为也。"①圣人之所以不同于众人，就是因为他不仅有同于众人的天性，而更为重要的是他能够"化性而起伪"，善于通过人为的学习努力，而改变天性之恶，使之为善。荀子的"圣人化性而起伪"②说，指出人性中"人为"因素的重要作用，而且对人性最后形成具有决定性的意义。这也是对孔孟的天命论之重大突破，是和他宇宙观上的自然论一致的，或者说是他的自然论宇宙观在人性论上的体现。他认识到天道不能主宰人事，所以在《天论篇》中曾说："强本而节用，则天不能贫；养备而动时，则天不能病；修道而不贰，则天不能祸。"③虽然人要尊重自然规律，但是人有主观能动性，可以充分发挥人的主观能动作用，故云："大天而思之，孰与物畜而制之！从天而颂之，孰与制天命而用之！望时而待之，孰与应时而使之！"④总之，人定胜天！所以人们不应该盲目地顺应天道，而应该去控制天，去改变自然。人不能受天赋才华的限制，而要通过人为的努力，更好地发挥自己的才华，改变由天赋条件带来的限制。人不仅可以改造世界，而且也可以改造自己。生下来时遗传因子的局限，是可以通过自己的学习和环境的影响来改变的。这种思想无疑对作家的创作是具有积极指导作用的。

刘勰在《文心雕龙》中正是运用了这样的人性论观点，来论述作家的个性和文学风貌的关系，从而在文学风格学上有了重大的突破，发展了自先秦以来的文学风格理论，并把它建立在一个科学的理论思想基础上。这在《文心雕龙·体性》等篇中有着十分明显的表现。中国古代特别重视文学风格学，是因为我国的传统强调人品和文品的统一，《论语·宪问》中就记载了孔子的话："有德者必有言，有言者不必有德。"⑤文学作品就是作家高尚道德品质的体现，所以司马迁《史记·屈原贾生列传》中引刘安《离骚传叙》说："其文约，其辞微，其志洁，其行廉。……其志洁，故其称

---

① 以上均见王先谦《荀子集解》及注所引。《新编诸子集成·荀子集解》，北京：中华书局，1988年，第434页。
② 《新编诸子集成续编·荀子简释》，北京：中华书局，1983年，第330页。
③ 同上书，第220页。
④ 同上书，第229页。
⑤ 《十三经注疏·论语注疏》，北京：中华书局，1980年，第207页。

物芳；其行廉，故死而不容自疏。"①《礼记·乐记》说："唯乐不可以为伪。"②音乐是人感情的真实流露，是不可以作假的。故刘勰在《文心雕龙·情采》篇中说："况乎文章，述志为本；言与志反，文岂足征？"既然文品就是人品的体现，那么如何认识人品，人的个性是怎么形成的，对文学创作的风貌特色之形成就非常之重要，具有决定性的意义。魏晋时期的曹丕就十分深刻地认识到文学风貌和作家个性的密切关系，他在《典论·论文》中强调"文以气为主"，这个"气"其实就是指的作家的个性。不过，他只重视了个性的天赋特性，没有看到个性形成有后天因素，所以在《典论·论文》中说："气之清浊有体，不可力强而致。"③刘勰在《文心雕龙》中就极大地发展了他的观点，指出作家的个性形成有四个因素：才、气、学、习。才、气是"情性所铄"，是天赋的本性；学、习是"陶染所凝"，是后天自己努力和环境影响的结果。而且特别指出：先天的才、气虽然是个人的天生禀赋不能改变，可是后天的学、习则是人可以自己把握的。在这两对关系上，即使人的天赋条件并不很好，但是可以通过后天的学和习给以弥补，这就叫作"习亦凝真，功沿渐靡"。

同样，在《文心雕龙·事类》篇中讲到一个人的才和学关系时，同样也表现了这样的思想。他说：

> 夫姜桂同地，辛在本性，文章由学，能在天资。才自内发，学以外成，有学饱而才馁，有才富而学贫。学贫者，迍邅于事义；才馁者，劬劳于辞情；此内外之殊分也。是以属意立文，心与笔谋，才为盟主，学为辅佐，主佐合德，文采必霸，才学褊狭，虽美少功。夫以子云之才，而自奏不学，及观书石室，乃成鸿采。表里相资，古今一也。故魏武称张子之文为拙，然学问肤浅，所见不博，专拾掇崔杜小文，所作不可悉难，难便不知所出，斯则寡闻之病也。夫经典沉深，载籍浩瀚，实群言之奥区，而才思之神皋也。扬班以下，莫不取资，任力耕耨，纵意

---

① 《二十五史·史记》，北京：中华书局，1982年，第2482页。
② 《十三经注疏·礼记正义》，北京：中华书局，1980年，第1112页。
③ 郭邵虞主编：《中国历代文论选》第一册，上海：上海古籍出版社，1983年，第158页。

渔猎，操刀能割，必列膏腴，是以将赡才力，务在博见。狐腋非一皮能温，鸡跖必数千而饱矣。是以综学在博，取事贵约，校练务精，捃理须核，众美辐辏，表里发挥。

在这一段里，刘勰非常清楚地说明了：一个人的才虽然是"盟主"，"能在天资"，但是必须要有学的"辅佐"，学可以"外成"。因此文章写作必须要"主佐合德"，才能做到"文采必霸"，如果"才学褊狭"，则"虽美少功"。为此，他特别指出像扬雄之所以成就"鸿采"，全是靠他认真学习，"观书石室"。故极言博学之重要性。

显然，刘勰的这些具有创新和突破性的论述，正是建立在荀子"化性起伪"说的人性论思想基础之上的，是把荀子的"化性起伪"运用于文学风格理论的典型表现。而且从广义的角度看，也是对作家的修养提出了十分科学的要求，并且对一个人的才和学的关系做出了较为符合实际的论述。

三、"法后王""隆礼义"和"望今制奇，参古定法"

刘勰《文心雕龙》全书都贯穿了发展变化的精神，强调社会是不断进步的，各种文体的创作也是不断丰富改善的，重视"今"而参考"古"，这种基本思想显然也是和荀学的思想有一脉相承的关系。荀子的"道"既是先王之道，又是后王之道，他认为后王之道是继承先王之道，而又根据当今的现实情况，善于"应变"，发展了先王之道的，因此主张要"法后王"。从孔、孟的"法先王"到"法后王"，是荀子接受了法家思想影响的结果，也就是接受法家思想的发展变化观，将之融入儒家思想，改造了儒家思想，改变了孔子的"述而不作，信而好古"传统，承认事物是进步发展的，今是可以胜于古的。故而，要以现实的法制为依据，尊重和坚持现实的礼仪制度，特别提出要"隆礼义"①。以孔孟为代表的正统儒家是向后看的，一切以尧、舜、禹为代表的唐虞三代为标准，而荀子是向前看的，以当今现实的贤明君王为典范，认为王道政治必须适应今天现实，而对古代王道政治有

---

① 《新编诸子集成续编·荀子简释》，北京：中华书局，1983年，第92页。

所发展。所以荀子的"道"不是一个固定不变的框框,而是随着社会历史的演进,其内容不断丰富、愈来愈扩大的"道"。道既有一个中心内容,又有其"应变"的方面。他在《解蔽篇》中说:"夫道者,体常而尽变,一隅不足以举之。"①梁启雄《荀子简释》道:"此言:道是以常理为体,而极尽地变革来适应时宜和地宜,一隅角的道理够不上来概括它。"对于"道"的这种理解,显然和传统的孔孟之道已经不同,其内容不仅已经更加丰富,而且是开放的、不断变化的"道"。它是建立在以当今现实为基础的前提下,又继承和发扬了古代的优良传统。

刘勰接受了荀子的发展变化观念,把它运用到对文学的历史发展分析之中,这就是《文心雕龙·通变》篇的思想基础。《通变》篇的目的是要强调文学是变化发展的,而不是停滞不变的,是随着时代社会的变化发展而变化发展的。刘勰所处的时代已经不是两汉经学时代那种被复古阴霾笼罩下的时代,而是玄学占有主导地位的、思想比较自由开放的时代。今胜于古,已经是比较广泛流行的思潮。刘勰以前,西晋的葛洪在《抱朴子》中曾经尖锐地讽刺和嘲笑了那些崇古非今者的荒唐,指出他们认为"今山不及古山之高,今海不及古海之广,今日不及古日之热,今月不及古月之朗"②,实际是"重所闻,轻所见",是非常荒谬的无知之见。这种重视发展变化和今胜于古的观念在南朝也是非常普遍的,例如萧子显在《南齐书·文学传论》中就说过:"习玩为理,事久则渎,在乎文章,弥患凡旧,若无新变,不能代雄。"③所以刘勰在《文心雕龙》中也是明确地以当今为立脚点,从现实出发再考察是否与古代的优良传统一致。他在《通变》篇的赞语中提出一个著名的原理:"望今制奇,参古定法。"要在"望今制奇"的基础上,再"参古定法",确立正确的途径。显然,他在这里对今古关系的认识,已经不再是孔子的"述而不作,信而好古",以古为唯一的准则,而是站在"今"的立场去参考"古",一切要从"今"出发去创造"奇",但是又不可脱离传统,要以优良的传统作为重要的参考,抛弃传统而片面追求"奇"是刘勰所坚决反对的,也是齐梁时代不良文风的关键所在。然而,我们不能

---

① 《新编诸子集成续编·荀子简释》,北京:中华书局,1983年,第291、292页。
② 《新编诸子集成·抱朴子外篇校笺》下册,北京:中华书局,1997年,第120页。
③ 《二十五史·南齐书》,北京:中华书局,1972年,第908页。

因为这一点,而看不到刘勰的基本发展变化观念,认为他也是主张完全复古的,那样就本末倒置了。其实,变才是刘勰思想的核心所在,才是《通变》的真正宗旨。问题在于怎么变才是正确的。

刘勰的"通变"观念是贯穿《文心雕龙》全书的。前五篇总论概括地说就是讲的通和变。原道、征圣、宗经是讲"通",讲必须要继承的传统;后两篇讲"变",讲怎么变才是正确的。像纬书那样的"变"是错误的,因为纬书的根本问题是内容不真实;而只有像《楚辞》那样变才是正确的,因为《楚辞》是"酌奇而不失其贞,玩华而不坠其实"。由此,可以看出:刘勰真正强调的是文学是发展变化的,不应该模拟复古,也不能依据过往的模式,并没有以孔子为是非标准,而是肯定新变的,而且必须要有新变,不过不能因为"变"而丢掉自己民族的传统。《诗经》虽然是经,有很高的地位,但他心里真正羡慕崇拜的不是《诗经》而是《楚辞》,因为它是体现了正确的"新变"的典范,这从他对《楚辞》的热情赞扬和高度评价中可以得到充分证明。他在《辨骚》篇中说:"自风雅寝声,莫或抽绪,奇文郁起,其《离骚》哉!固已轩翥诗人之后,奋飞辞家之前,岂去圣之未远,而楚人之多才乎!"在评述了《楚辞》各篇的"朗丽以哀志""绮靡以伤情""瑰诡而慧巧""耀艳而深华"之后,对《楚辞》作了如下总评:"故能气往轹古,辞来切今,惊采绝艳,难与并能矣!"说明《楚辞》乃是古往今来、无与伦比的伟大杰作! 这正是他立足于"变"的发展变化观念所得出的结果,也正是他以荀子儒学,而不是孔、孟儒学作为思想基础的鲜明表现! 荀子的儒学是在孔、孟基础上融合吸收了道家、法家等思想精华的儒学,而不是孔、孟以尧、舜、禹三代为绝对标准的儒学。只有了解这点,才能理解《文心雕龙》的思想和论述,懂得他为什么讲原道、征圣、宗经,而又能体现道家、法家思想的精髓,还能和佛家思想相通而不悖,熔儒、道、佛于一炉。

刘勰《文心雕龙》上二十五篇中除前五篇总论外的二十篇文体论中,也是全部体现了这种发展变化观念的。所有这些对每一类文体历史发展的论述,虽然后代的成就未必都能超越前代,但是都鲜明地体现了随着社会历史的发展不断有更新,不断有和以前不同的新内容、新形式出现。

四、不可"蔽于一曲,而暗于大理"与"擘肌分理,唯务折衷"

《文心雕龙》的研究者都深深地佩服刘勰研究问题所运用的先进研究方法,这也是刘勰之所以取得如此辉煌成就的重要原因之一。刘勰在《文心雕龙·序志》篇中曾经对他的研究方法作了如下概括:

> 夫铨序一文为易,弥纶群言为难。虽复轻采毛发,深极骨髓,或有曲意密源,似近而远,辞所不载,亦不胜数矣。及其品列成文,有同乎旧谈者,非雷同也,势自不可异也。有异乎前论者,非苟异也,理自不可同也。同之与异,不屑古今,擘肌分理,唯务折衷。按辔文雅之场,环络藻绘之府,亦几乎备矣。但言不尽意,圣人所难;识在缾管,何能矩矱?茫茫往代,既沈予闻;眇眇来世,倘尘彼观也。

刘勰这里所提出的"折中"论研究方法,《文心雕龙》研究者各家理解不同。主要分歧在是折中于儒家,还是折中于自然的"势"与"理"。以前我和周勋初先生在这个问题上看法不同,周先生是主张前者的,我是主张后者的。这里我不想重复以往的争论,我的看法在我的《刘勰及其〈文心雕龙〉研究》一书中有详细的分析。这里我主要想进一步说说刘勰的科学的研究方法和荀学的关系。荀子在《解蔽篇》中尖锐地批评了当时各家学说在研究方法上的弊端,对自己的研究方法做了清晰的说明。以孔孟为代表的正统儒家的研究方法,都是强调要以先王的圣道作为判断是非的标准。所以历来的儒家在研究方法上,都是以孔子的是非为是非,一切折中于孔子的言论。所以《史记·孔子世家》张守节正义云:"孔子布衣,传十余世,学者宗之。自天子王侯,中国之言六艺者宗于夫子,可谓至圣矣。"[1]《汉书·贡禹传》:"四海之内,天下之君,微孔子之言,亡所折中。"[2]按照孔孟儒家的研究方法就是折中于圣人之道、孔子之言,依此来判断是非。后来扬雄在《法言·吾子》篇中说:"万物纷错,则悬诸天;众

---

[1] 《二十五史·史记》,北京:中华书局,1982年,第1905页。
[2] 《二十五史·汉书》,北京:中华书局,1962年,第3078页。

言淆乱,则折诸圣。或曰:恶睹乎圣而折诸? 曰:在则人,亡则书,其统一也。"也就是说,圣人和经书就是判断一切是非的标准,就是最基本的研究方法。但是刘勰的"折中"论,按照他自己的说法,并不是以儒家和圣人的是非为是非,而是以是否符合客观的自然之理和自然之势为标准的。他在《定势》篇中说这个"势"是"自然之势",如"圆者规体,其势也自转;方者矩形,其势也自安"。而这个"理"也是事物内在的"神理",也就是客观的自然之理。无论是"势"还是"理",它都是事物内在客观的真理,以此为判断是非的标准,而不是以圣道、孔子的是非来作为判断的标准。这是和荀学接近的,而与孔孟则有所不同。

现在我们来看荀子的研究方法。荀子由于他在对道、圣、经的认识和理解上与孔孟的差别,特别在研究方法上,他不是折中于圣道和孔子,而是以全面的客观真理为依据。他在《解蔽篇》中说:"凡人之患,蔽于一曲,而暗于大理。"①这个"大理"不仅是全面之理,而且不是某一家之大理,而是大家共有的事物内在的客观的大理。所以他批评先秦各家大都不明白"大理",而蔽于"一曲",如:"墨子蔽于用而不知文,宋子蔽于欲而不知得,慎子蔽于法而不知贤,申子蔽于执而不知知(后一"知"当为"和"字),惠子蔽于辞而不知实,庄子蔽于天而不知人。"他们强调了事物的一个方面,却不知道还有另一方面。这些批评都非常之中肯:墨子碍于狭隘的功利实用,而不懂得礼乐文明德治之重要;宋子只知人欲寡的一面,而不知人还有贪的一面;慎子只知道法治的重要,而不懂得法治是需要贤才来执行的;申子只知以势钳制天下,而不懂得人和之意义价值;惠子只知文辞说得周全,而不知与事物的实际是否相符;庄子只强调尊重客观自然规律,而不懂得人可以发挥主观能动性改造自然。他们都蔽于"大理",不能全面地把握事物的客观原理,所以不能正确地认识事物。由此,我们可以清楚地看到,刘勰的"折中"论研究方法,从根本上说是和荀子所重视的研究方法,有内在的一致性。

当然,我们也还要看到,刘勰以客观的"势"和"理"作为判断事物的标准,不仅和荀子的"大理"论一致,也和佛教"圆照"的方法论接近。佛

---

① 《新编诸子集成续编·荀子简释》,北京:中华书局,1983年,第286页。

教作为一种有深刻哲学思想的宗教,它的研究方法论有相当科学的一面。佛教讲究观察事物不可"落于一端",不可偏执于一个方面,而要全面地看到各个部分,所以非常强调"圆照"的精神。这里我想引用饶宗颐先生在《文心与阿毗昙心》一文中的一段话:

> 彦和全书中正面使用佛家术语,只有"半字"及"般若"二词。《论说》篇云:"滞有者全系于形用,贵无者专守于寂寥。徒锐偏解,莫诣正理,动极神源,其般若之绝境乎。"此指出造论不可偏解,宜诣乎正理。偏即释氏所云"落于一边",惟求诸般若绝境,斯能统摄有无。龙树《中论·观涅盘品》云:"分别非有无,如是名涅盘,若有无成者,非有非无故。"不锐于偏解,则非有非无,斯得乎中道,而诣于正理矣。①

饶先生非常简要精辟地阐明了刘勰的研究方法和佛家研究方法的内在联系,说明刘勰的"徒锐偏解,莫诣正理",和佛教的龙树中观论的密切关系。然而,我们不是也可以说,刘勰的"偏解"就是荀子所说的"一曲",而刘勰所说的"正理"不就是荀子所说的"大理"吗?"折中"于自然的"势"和"理",就是为了"诣正理",而不至于会陷入"偏解"。这样,我们就可以知道刘勰的"折中"于"势"与"理",就是佛家的"不落一边""非有非无"的中道观,也就是荀子讲的不可以"蔽于一曲,而暗于大理"。刘勰就是按照荀子的"大理"、佛教的"正理"而提出评价文学要以自然的"势"和"理"为依据,也就是要符合事物本身的客观真理,以此为判断是非的标准。这是一种十分科学的先进研究方法,运用这种方法来分析评论文学现象,就有可能得出比较正确的、全面的结论。所以我们在《文心雕龙》中看到,刘勰对一些当时有激烈争议的问题都提出了非常稳妥而不偏激的看法。例如,他对典故的运用就是在充分肯定它的意义和作用的前提下,要求能做到:"凡用旧合机,不啻自其口出,引事乖谬,虽千载而为瑕。"(《事类》)他并不赞成大量堆砌典故,但也不像锺嵘那样完全否定用典。对于声律派

---

① 《中国文艺思想史论丛》第三辑,北京:北京大学出版社,1988年,第103、104页。

的理论,他并不赞成烦琐的声律规定,但也不像锺嵘那样完全否定声律,而是重点阐明了声律运用中的基本美学原则,明确指出运用声律的关键是要做到"和"与"同","异音相从谓之和,同声相应谓之韵"。在情和理的关系上,他既不因为强调情而否定理,也不因为肯定理而轻视情,而要求把情和理和谐地统一起来。既不因强调"言志"而否定"缘情",也不因强调"缘情"而否定"言志",总是把两者有机地融合起来。他反对追求"奇"而抛弃"正",也不因为重视"正"而排斥"奇",而提倡要"执正以驭奇","酌奇而不失其贞(正)"。赞扬《楚辞》既能"取镕经意",又能"自铸伟辞"。也就是说他在评价所有文学现象和作家作品中都能"不落一边",偏于"一曲",而能全面地考虑到各个方面,使之源于"大理",符合"正理",圆照一切。正是这种科学的、先进的研究方法,使《文心雕龙》成为一部伟大的文学理论巨作。

原载《北京大学学报(哲学社会科学版)》
2015年第3期

再论《刘子》是否为刘勰所作

——兼谈学术争论中的学风问题

关于《刘子》的作者问题,《文心雕龙》研究界被炒得很热,可是这实际上是一个不成问题的问题。因为主张《刘子》是刘勰所作者并没有提供有力的新根据,不过是重复历史上的已有说法而已。而这个问题从古到今已经有很多专家、学者作过详细的论证和辨析。研究《文心雕龙》和六朝文学的学者基本上都不认为《刘子》是刘勰所作。而主张《刘子》为刘勰所作只是很少几个人,当然学术问题是不能以多少来定是非的,但是,我们对多数专家、学者的意见也不能轻视,因为他们是确有根据的。今年九月在山东大学召开的纪念《文心雕龙》学会成立三十周年的学术研讨会上,这仍然是一个重要的议题,甚至有的人把它当作定论来论述。我在《刘勰及其〈文心雕龙〉研究》一书中,已就这个问题详细地说过我的看法。这里我想针对当前的争议再作一点补充。

一、关于文献根据的几个焦点

1. 袁孝政其人与其注的真伪

从文献的角度讲,袁孝政是否为唐人,其序及注是否确为唐时著作,是考定《刘子》是否刘勰所作的重要关键,也成为当前争论的一个焦点。主张《刘子》为刘勰所作者必然要否定袁孝政及其所写《刘子》注及序,否则其说就难以成立。他们说袁孝政不是唐人,其注与序也是伪作。不过,他们的说法是不能成立的,起码是没有一条确凿证据。他们否定袁孝政及其注、序,有五条理由:一曰隋唐北宋未有著录,但这是不能成为理由的;因为袁孝政其人并非名人,其注也简陋,自然不为人所重视,其注本到宋代才出现并不奇怪。二曰隋唐至北宋所存《刘子》及其残卷均无有注记载,这也和上条一样不能成为理由。无须多说。三曰对袁孝政的注和序,南宋著名目录学家均表示"质疑"。这是曲解南宋目录学家的荒唐之论。因为南宋著名目录学家都是明确著录《刘子》为刘昼所作,但是他们也说明还有刘勰、刘孝标等作的说法。事实俱在,不容诡辩。此点下面还要专论。四曰袁注遗存异体字与隋唐古本不成比例。这更不能成为理由,袁注本出现肯定是在南宋初晁公武《郡斋读书志》前,究竟什么时候已无法考定。作为宋代刊刻的本子和唐刻本在异体字方面略有不同,是完全正常的。五曰袁注和唐人注书体例不同,实名征引比例小。这也完全不能成为理由,首先唐人注书并不都一样,更何况袁注是低水平的注。其实就算这五条理由全能成立,也不能否定袁孝政其人和其注,不能得出"袁孝政《序》及《袁注》实宋人伪托"的结论。这样武断的论证实在是让人哭笑不得的。因此,我们认为袁注本的实际存在足可说明这是唐人的一种说法,它和《新》《旧唐书》著录为刘勰作是并行的。而且根据王叔岷先生考证,袁注中避唐高宗以前的讳,而不避高宗以后讳,故袁孝政应为唐高宗时人,和高宗调露时《朝野佥载》作者张鷟为同时代人。他们对《刘子》的看法是如此相同,都认为把《刘子》说成是刘勰作,乃坊间无知之说。可见,在唐前期已经有不只一人对传说《刘子》是刘勰所作提出明确的反对意见,并不是到南宋后才有此说。

2. 晁公武、陈振孙、章俊卿是否对《刘子》为刘昼作进行"质疑"

这种说法如前所说是完全违背事实的。现在我们来看看他们的原文:

晁公武《郡斋读书志》卷十二:

《刘子》三卷。
右齐刘昼孔昭撰,唐袁孝政注。凡五十五篇。言修心治身之道,而辞颇俗薄。或以为刘勰,或以为刘孝标,未知孰是。

陈振孙《直斋书录解题》卷十:

《刘子》五卷。

刘昼孔昭撰，播州录事参军袁孝政为序，凡五十五篇。案《唐志》十卷，刘勰撰。今序云："昼伤己不遇，天下凌迟，播迁江表，故作此书。时人莫知，谓为刘勰，或曰刘歆、刘孝标作。"孝政之言云尔。终不知昼为何代人。其书近出，传记无称，莫详其始末，不知何以知其名昼而字孔昭也。（按：《北史·刘昼传》云："刘昼字孔昭，勃海阜城人也。"）

晁公武和陈振孙所见到和收藏的《刘子》为袁孝政本，皆题刘昼作，他们指出此书《唐书》作刘勰作，或谓刘歆、或刘孝标作，而真正作者究竟为谁，他们认为已经很难确考。他们并不是"质疑"《刘子》作者为刘昼而认为作者是刘勰，只是客观地说明他们看到的《刘子》是署名刘昼的袁孝政注本，并说明其作者还有其他说法。这是清晰可见的事实，何来"质疑"刘昼而认为是刘勰作之说呢？他们更没有怀疑袁孝政本的真伪，而陈振孙专门引袁序，更说明他是肯定其"时人莫知，谓为刘勰"之说的。我们还可以考察宋代赵希弁《郡斋读书附志》所说："《刘子》五卷。右刘昼字孔昭之书也。或云刘勰所撰，或曰刘歆之制，或谓刘孝标之作。袁孝政为序之际，已不能明辨之矣。"他们对作者的各种说法，均是从袁孝政的"序"中来的。既对袁注及序没有怀疑，更可以说明他们也不否定袁序对作者的看法，但是他们都是著名的目录学家，不仅熟悉历代书籍，而且对作者的认定也是十分谨慎的，所以在无确凿证据的情况下说得都是非常客观和稳妥的。说他们在作者问题上"质疑"刘昼而肯定刘勰则是毫无根据的。

章俊卿在《山堂考索》中的观点更为鲜明。章俊卿为南宋的大学问家，其《山堂考索》或称《群书考索》，体现了他广博的学识和精细的考证。他在《山堂考索》卷十一中说："《刘子》，题刘昼撰。泛论治国修身之要，杂以九流之说，凡五十五篇。《唐志》云：'刘勰撰。'今袁孝政《序》云：'刘子者，刘昼，字孔昭，伤己不遇，播迁江表，故作此书。时人莫知，谓刘歆、梁刘勰、刘孝标作。'"这里他明显地先说有《唐志》的刘勰作说，然后引袁序加以说明，表明刘勰作说不可靠，袁序已经指出"时人莫知，谓为刘歆、刘勰、刘孝标作"。这难道是"质疑"刘昼，而认为是刘勰作吗？！

3. 刘克庄所引唐人张鷟《朝野佥载》的话是否可靠

这也是考订《刘子》是否刘勰所作的另一个关键。刘克庄在《后村先生大全集》卷一百七十九《诗话续集》中引《朝野佥载》云:"刘子书,咸以为刘勰所撰,乃渤海刘昼所制。昼无位,博学有才,窃(窃字原无,清人余嘉锡考定为"窃")取其名,人莫知也。"张鷟和袁孝政应该是同时代人,他们的看法是一样的,认为一般传说刘勰作是不对的,应该是刘昼所作。强调《刘子》是刘勰作的研究者,认为刘克庄引用的这条材料"不可信",不可靠,无非是因为今本《朝野佥载》中没有这一条。可是,目前我们看到的《朝野佥载》本来就不是完整的本子,《朝野佥载》一书,晁公武未见原书,陈振孙所见为节略本,而刘克庄所见当为比较完整的本子。此书明时已亡,今本乃后人拾掇而成,所以没有刘克庄所引一条是毫不奇怪的。而且前人引用的材料原书中没有是很正常的事,好像扬雄批评屈原作品的"蹈云天""如其智",只见于李善《文选注》引用,而不见于扬雄《法言》。他们还引用台湾王叔岷先生对《朝野佥载》中张鷟说刘昼是"窃取其名"、盗用刘勰之名所作的批评,来证明《刘子》非刘昼作而是刘勰作,更是严重的断章取义,歪曲王叔岷先生的原意。王叔岷先生只是批评刘昼窃取刘勰之名说,其实王先生是明确主张《刘子》为刘昼所作,而严厉批评了《刘子》是刘勰所作说的!王先生《刘子集证》书在,大家可以清楚地看到。这里涉及一个学风的问题,为了证明自己说法,采用不择手段的方法,真的让人感到十分遗憾!他们还引清人余嘉锡在《四库提要辨证》说今本《朝野佥载》中有"后人取他书窜入者",但是即使有"窜入者"也不能否定刘克庄的引用不是真的。更何况余嘉锡对刘克庄的引用是深信不疑的。他说:"然则此书实昼所撰,昼有才无位,积为时人所轻,故发愤著此,窃用刘彦和之名以行其书,且以避当时之忌讳也。人既莫知,故两唐志及诸传本皆题刘勰矣。《朝野佥载》为唐张鷟所著。鷟高宗调露时进士,博学有才,且去北齐未远,其言必有所本,自足取信。"所以用余嘉锡的《朝野佥载》有"后人取他书窜入者"来否定刘克庄的引用,实在是非常可笑,也是对余嘉锡这位清代著名学者原意的严重歪曲,实在是让人无法容忍的!事实证明,刘克庄的引用目前并没有任何材料可以否定。我对《刘子》作者争论中所出现的这种不良学风感到愤怒。

4. 两唐志关于《刘子》作者的著录为什么是值得怀疑的

认为《刘子》是刘勰所作者的文献根据就是两唐志的著录。但是,自宋代发现袁孝政《刘子》注本后,人们才明白原来早在唐高宗时代已经提出《刘子》为北齐刘昼作之说,而且明确指出坊间传说《刘子》为刘勰作是错误的。待刘克庄引用张鷟《朝野佥载》之说出,更证明了唐代前期并非只有袁孝政一人指出《刘子》非刘勰作。而宋代著名的目录学家晁公武、赵希弁、陈振孙,还有大学问家章俊卿等皆据袁孝政注,署《刘子》为刘昼作,他们也都指出《刘子》据两唐志著录,有刘勰、刘孝标作等说法,因此不能确切考订作者。但是他们都没有怀疑过袁孝政注和序,是完全相信的。那么,我们究竟应该怎么看两唐志的著录呢?它是不是很可靠呢?其实,《旧唐书》成于五代,是一个动乱时代,此书并不是后晋刘昫所写,而是他之前在宰相赵莹主持下,张昭远等几位史官所写,刘昫任宰相后以他名义出版。《旧唐书》的作者并非是专门的目录学家,而《隋书·经籍志》记载:"《刘子》十卷,亡。"所以《旧唐书》作者很可能就是依据袁孝政和张鷟所指出的坊间一般传说来著录的。看来,他们并不知道在高宗时期就有袁孝政的序和注,也不知道张鷟在《朝野佥载》中有过论说。《新唐书》的作者虽然是欧阳修、宋祁等大学者和文学家,但是因为已有《旧唐书》在,所以参照和因袭是很多的。因此,对《刘子》著录也显然是来源于《旧唐书》。和宋代以后的这些目录学家和学问家比,应该说,其可信度是肯定不如后者的。而这些目录学家和学问家,也没有明确究竟谁是作者,而是很科学、很客观的存疑。从宋元以后,我们可以看到历代的著名藏书家、目录学家、学者绝大多数都并不认为是刘勰所作,包括近代和当代的六朝文史研究专家如杨明照、王叔岷等,都是专门研究《刘子》并为之作集注和考证的专家,均一致明确肯定不可能是刘勰所作。我们再看元马端临《文献通考》、清钱谦益《绛云楼书目》(陈景云注)、清孙星衍《孙氏祠堂书目》、清于敏中《天禄琳琅书目续编》、清陆心源《皕宋楼藏书志》、清丁丙《善本书室藏书志》、清邵懿辰《四库简明目录标注》、清丁日昌《持静斋书目》、清张之洞《书目答问》、日本大正河田罴《静嘉堂秘籍志》等均题刘昼著，但也有说明有刘勰、刘孝标等说。王重民先生在《巴黎敦煌残卷叙录》曾考证敦煌遗书《随身宝》中的"流子刘协注"当为"刘子刘勰著"，这是主张《刘子》为刘勰作者常常引以为证的，可是他们总不能客观地把王重民先生的真实观点引出来讲。王先生非常明确地说："至其撰人，应为刘勰抑或刘昼，仍不敢赞一言也。"这也是在《刘子》作者争议中不良学风的典型例子。

从文献角度讲，《刘子》作者向无定论，虽然刘昼的可能很大，亦无十分确凿证据，我们目前不可能从文献来断定其作者为谁。因此，它是不是刘勰所作只能从其书内容和思想倾向、语言风格来作推测。

二、《刘子》一书的基本思想倾向和论述内容特点和刘勰及其《文心雕龙》的比较

对于这种书的内容上比较，作为同时代人有些类似的思想和语言是不奇怪的，如果我们只凭这些类似的思想和语言，就断定是同一个人的著作，这是貌似有理，其实甚是不然。因为判断两部书是不是一人所作，关键是要看它们是否有明显的不同，如果有明显的不同，那么即使有一些思想和语言相似，也决不可能是同一人所作。回避两个人的思想差异和两部书内容上的明显不同，而只用那些近似的地方来说是同一人所为，是十分不科学的，也是很不实事求是的。刘勰和刘昼本同是南北朝时代人，在思想和语言上有某些相近之处一点也不奇怪，问题是他们的基本思想、语言风格和所体现的人的素质，实在是差别太大了，所以虽然说《刘子》是刘勰作也有某些文献根据，但也决不可能《文心雕龙》和《刘子》是同一人所作。关于《刘子》和刘勰及其《文心雕龙》之间的差别，我在拙作《刘勰及其文心雕龙》一书中已有详细论述，我在这里只想补充说几点看法。

1.《刘子》的基本思想和刘勰及其《文心雕龙》有根本的不同

这点前人早已指出。《刘子》是以道家思想为主的，而《文心雕龙》则是以儒家思想为主的，虽然它也有道家思想影响，如《原道》篇的广义"道之文"之"道"具有"自然之道"的意义，但是说到"人文"的产生和发展,则全是儒家之文,是以"五经"为人文之典范,其"道"是以儒家之道为核心,而可以兼通"佛"和"道"的。《灭惑论》则是批评道教的,但认为从"至道"来说,儒道和佛道、道家之道是可以相通的:"至道宗极,理归乎一。"所以,他在《序志》篇中做的梦,也是梦见孔子,以能在梦中跟随孔子去祭祀为最高荣誉,这也是他写《文心雕龙》的缘起。他离开定林寺进入仕途,一直到晚年出家,说明一生是以儒佛为主要思想的。这和《刘子》"归心道教"(《四库提要》)、"近乎道家"(卢文弨)、"多黄老言"(余嘉锡),是有根本差别的,故其书被收入道藏。王叔岷先生在《刘子集证·自序》中说得好:"《刘子》虽采九流百家之说,然其中心思想实为道家,与《吕氏春秋》《淮南子》相类,故以《清神》为第一篇,又继之以《防欲》第二,《去情》第三,《韬光》第四,皆其验也。末篇《九流》首述道家,正以名其所宗。则此书非宠佛之刘勰所作甚明。"

2.《刘子》作者和刘勰在人格思想素质上不在同一层次

《刘子》一书的内容显示出其作者虽然也算博物多识,但是并无什么深刻见解,不过是杂抄各家之说编纂而成。所以晁公武说《刘子》一书"言修心养身之道,而辞颇薄俗"。王应麟说《刘子》一书"泛论治国修身之要,杂以九流之说"。实在是非常正确而击中要害之论,故清代王旭《春融堂集》卷四十三《跋刘子》说:"晁氏谓其俗薄,则殊有见也。"这种"薄俗"不仅表现在文辞上,首先是体现在内容上。细心检阅《文心雕龙》,几乎篇篇都有发人深省、非常人所能有的独到之见,而读《刘子》一书虽其论述也很周全圆润,但是基本上都是从九流杂家拼凑起来的一般空泛之说,尽管归纳为五十五篇,无论篇目还是内容,均无深刻独创之处,甚至没有什么自己见解。今以起首第一篇《清神》为例,可见一斑。其篇名实自《淮南子·俶真训》"神清者,嗜欲弗能乱"、《文子·九守篇》"神清者,嗜欲不误也"而来。其首谓"形者,生之器也。心者,形之本也。神者,心之宝也"。显然来自《淮南子·原道训》和《文子·九守篇》所说的:"夫形者,生之舍也。"和《淮南子·精神训》:"故心者,形之主也。而神者,心之宝也。"其谓"神躁则心荡,心荡则形伤"。则源于嵇康之《养生论》:"神躁于中,而形伤于外。"而"虚室生白,吉祥至矣",当抄自《庄子·人间世》之

"虚室生白,吉祥止止"。至其"不鉴于流波,而鉴于静水者,以静能清也,镜水以明清之性,故能形物之形"。则是源于《庄子·德充符》"人莫鉴于流水,而鉴于止水"。以及《庄子·天道》篇:"水静犹明,而况精神?圣人之心静也乎,天地之鉴也,万物之镜也。"其谓"故万人弯弧,以向一鹄,鹄能无中乎?万物眩曜,以惑一生,生能无伤乎"?则出自《吕氏春秋·本生篇》:"万人操弓,共射一招,招无不中;万物章章,以害一生,生无不伤。"篇末讲道:"容身而处,适情而游。"则出自《淮南子·精神训》:"容身而游,适情而行。"可以说,全篇都是从各家杂抄而来编撰成文,没有深度,平庸无奇。而且整个《刘子》一书,差不多篇篇都是这样。说这样的书竟会是刘勰所作,岂非糟蹋了刘勰!刘勰并不是没有借鉴前人之处,但是都是经过自己融会贯通,借以更深切地阐述自己独到之见。也就是说,《刘子》和《文心雕龙》两书的作者在基本的人格思想素质上存在明显不同,孰高孰低一看就知道,只要不带有狭隘偏见,凭感觉就可以清楚区别两书水平之高下,怎么可能是同一人所为呢!

3.《刘子》和《文心雕龙》在语言风格上的明显差别

刘勰《文心雕龙》文笔雅丽,出自独创;而《刘子》文笔鄙浅,只是卖弄文辞。刘勰《文心雕龙》作为骈文来看深弘精严,瑰丽雅致;而《刘子》虽然也是骈文,但几乎都是杂抄改编九流百家之言拼凑而成,其格调薄俗,岂能是刘勰之所为?台湾王叔岷先生在《刘子集证》中说:"又卢氏《抱经堂文集》刘子跋云:'其文笔丰美,颇似刘彦和。'然详审二书,颇不相似。《雕龙》文笔丰美,《刘子》文笔清秀;《雕龙》词义深晦,《刘子》词义浅显;《雕龙》于陈言故实多化用,《刘子》于陈言故实多因袭,此又可证《刘子》非刘勰所作矣。"王先生说《刘子》文笔清秀,其实是对他过于溢美了。近人黄云眉在《古今伪书考补证》中说:"就文字论:或谓其丰美,或谓其俗薄,或谓其褥丽轻茜,与《北史》(刘昼)本传所称古拙不类;余谓褥丽轻茜之文字,谓之丰美可,谓之俗薄可,毁誉异辞,诚不足怪,然决非所谓古拙。此盖伪托者未能熟玩本传,以为六朝文字固当如此,而不知刘昼乃非其比也。"《刘子》是否刘昼作是另一个问题,但是其文辞虽丰美褥丽,而同时又俗薄轻茜,则是大家公认的。因此,和刘勰《文心雕龙》之语言风格实是相隔天壤,说它们出自一人之手,真让人瞠目结舌,无言以对。如果我们把两书的语言风格作一个概括的比较的话,那么,《文心雕龙》是深邃典雅,丰厚瑰丽,而《刘子》则薄俗浅显,褥丽轻茜。怎么能和《文心雕龙》同日而语呢?两书确实均用了很多典故,但是正如王叔岷先生所指出,《文心雕龙》多为"化用",诚如《文心雕龙·事类》篇所说:"凡用旧合机,不啻自其口出。"他能够灵活运用典故来更深入地表达自己的独到见解。而《刘子》则像王叔岷先生所说,对陈言故实多为"因袭",更看不到有什么自己的独创之见,说明他虽然也读了不少书,但是并未真正消化,更无自己深切理解,多少有点卖弄学问的味道。把这样两本书硬要说成是同一人所作,实在让人无言以对!

我们的结论是:《刘子》的作者是谁?目前的不同说法,都没有充分根据,应该存疑。但是,说它是刘勰所作,实在是明显不合适的,应该予以否定,因为《刘子》和《文心雕龙》差别太明显了。说《刘子》是刘勰所作,可以成为一家之言,然而,实际上并没有提出任何新的证据,而且其论均不足以说服人,所以,如果把它作为定论强加于人,甚至依此来写《刘勰传》,更是极不严肃的。在学术争论中,我们应该提倡一种尊重客观事实、科学求实的学风,坚决反对采用断章取义、片面夸大、曲解引文、肆意炒作的不良风气,以维护学术讨论的严肃性、科学性,使我们的学术研究能健康地发展。

张少康 2013 年 10 月 1 日于香港宝马山树仁大学寓所
原载《岭南学报》2015 年复刊号

祝贺《中国文学批评通史》的出版
——兼谈中国文学批评史编写的几个问题

中国文学批评史的研究始于本世纪二三十年代,发轫于陈钟凡先生简明的《中国文学批评史》,而后有郭绍虞先生的力作《中国文学批评史》,奠定了中国文学批评史研究的基础。在中华人民共和国成立前还有罗根泽先生的《中国文学批评史》和朱东润先生的《中国文学批评史大纲》以及方孝岳先生的《中国文学批评》,从各个不同角度丰富了中国文学批评史的研究。中华人民共和国成立后的将近半个世纪中,中国文学批评史研究经历了一个曲折的过程,前三十年由于受"左"的思想干扰,特别是"十年浩劫"的影响,研究的进展不大,没有多少新的突破。值得我们庆贺的是在"文化大革命"以后的二十年中,中国文学批评史的研究有了空前的大发展,取得了非常丰硕的成果。在各种专题研究的基础上,产生了许多新的中国文学批评史专著,例如敏泽的《中国文学理论批评史》、复旦大学的三卷本《中国文学批评史》、蔡钟翔等的五卷本《中国文学理论史》,都从当代新的理论视角把中国文学批评史的研究提高了一步,并且补充了原来文学批评史研究中所忽略的近代部分和戏曲、小说理论部分。同时还出现了断代批评史的研究专著,如罗宗强的《隋唐五代文学思想史》,着重于把创作中所体现的文学思想和理论批评结合起来研究,也是很有特色的一本书。但是在二十世纪的后半世纪,中国文学批评史研究的最重大收获当推王运熙、顾易生先生主编的七卷本《中国文学批评通史》的出版,它把文学批评史的研究提到了一个新的高度,为二十世纪中国文学批评史的研究作了一个完美的总结,也为二十一世纪中国文学批评史研究的发展打下了非常厚实的基础。

七卷本《中国文学批评通史》(以下简称《通史》)以极其丰富的资料对中国文学批评发展的历史作了十分详尽的阐述,全面系统地描述了各个历史时期文学批评的状况,发掘出了许多新的重要内容,介绍了许多过去未被注意的文学批评家及其文学批评观点,总结了近年来的研究成果,探讨了文学批评发展中的一些规律性问题,对一些重要的文学批评家和文学批评专著,作了比现有批评史更为深入的研究分析,提出了不少新的富有启发性的见解。这部数百万字的巨著虽然由许多位学者分别撰写,但从总的方面说,体例是比较一致的,论述方法也是很接近的,具有整体的统一性,我以为这是很不容易的。全书的叙述、分析都十分平实、稳妥,而绝没有现时流行的那种逐奇趋新的浮夸之病,体现了严谨、扎实的学风,因此它是有很强的生命力的,将会长远地造福于今后的文学批评史研究。

《通史》的出版以及它所取得的重大成就是值得大大庆贺的,但同时也为我们提出了一个需要认真思考的问题,这就是批评史的研究今后应当怎样进一步深入?在这里我想说一点还不成熟的看法。第一,加强对横向理论问题的研究。史的研究之深化必须在理论上有所提高,对于中国文学批评史上提出的一些具有民族特色的重要理论,我们应当从现代美学和文学理论所达到的高度,参照西方美学和文学理论的发展,对其所包含的理论内涵作符合中国实际的探讨和阐发。第二,加强对文学理论批评发展和艺术理论批评发展之间相互影响的研究。中国古代的许多重要文学理论术语和概念,都是从音乐、绘画、书法等艺术理论批评中移植过来的。文学思想和艺术思想的发展有很多共同性。第三,加强对思想史、文化史、宗教史和文学批评史发展的关系的研究。例如先秦的百家争鸣、两汉经学、魏晋玄学、隋唐佛学、宋明理学、清代朴学等都对文学理论批评产生了巨大的影响,但目前我们对这方面的研究还不够深入。第四,加强对文学理论批评和文学创作实践之间关系的研究。文学史的研究和文学理论批评史的研究要更加紧密地结合起来,只有这样才能使批评史的研究落在实处,而文学史的研究也能从理论上得到提高。第五,我们需要有适合于不同需要的各种形式的文学批评史。既要有博大精深的《通史》,也要有重点突出、简明扼要的《简史》。从文科教学来说,既要有适合综合大学的中型批评史教材,也要有适合一般师范院校的纲要式批评史教材,但目前的有关教材篇幅都太大。如果有一本二三十万字的精练的批评史著作,我想国内外的读者都会很欢迎的,我们需要在学习中国文学批评史方面多做一些普及性的工作。以前周勋初先生写过《中国文学批评小史》,最近我又看到杨星映同志写的《中国古代文学理论批评纲要》,他们都作了非常可贵的努力,十分简洁而又清楚明白地介绍了重点人物和重点著作的文学理论批评观点,给予了恰如其分的正确评价。我以为小而精的批评史著作要写好也是很不容易的,它要求作者高屋建瓴,对整个批评史的发展有深刻的认识,有自己的深入研究和独到见解。此外,我们还要有各种专题的和断代的文学理论批评史。这些多种形式文学批评史的发展,将会从各个不同角度丰富中国文学批评史的研究,并使之越来越深入。

原载《复旦学报(社会科学版)》1996年第6期

祝贺《文心雕龙研究》创刊

《文心雕龙研究》的创刊是一件值得庆贺的事,它标志着《文心雕龙》的研究将进入一个新的阶段。

中国《文心雕龙》学会自1983年在山东青岛成立以来,曾经创办了会刊《文心雕龙学刊》,前后一共出了七辑,发表了许多研究论文和资料,它对促进《文心雕龙》研究的发展起了很大的作用。特别是已故的学会创始人之一、原学会秘书长、著名的《文心雕龙》研究专家牟世金教授,花了大量心血,大部分的会刊都是他亲自编辑的。他去世以后,由于学术著作出版的艰难,以及学会经费的短缺,会刊的出版陷入了困境。第七辑经过上届秘书长马白教授的努力,得到汕头大学学术基金会的赞助才得以出版。此后会刊实际上已停顿了。

从1993年开始,学会挂靠北京大学。在1994年5月山东枣庄第四次学会年会上,进行了理事会换届选举,调整了会刊的编委会。新的学会主要领导人经过郑重研究,为了提高会刊的学术质量,发展海内外的学术交流,推动《文心雕龙》研究的深入,适应当前的新形势,决定不再继续出版《文心雕龙学刊》,而另外编辑一本以发表新的研究成果为主的不定期集刊《文心雕龙研究》,并准备把它发展成为国际性的学术刊物,用相当的篇幅来刊登国外学者和中国台湾、香港地区学者的研究论著,通过它来发展海内外《文心雕龙》研究的交流与合作,以新的面貌和大家见面。学会的这个决定得到了许多专家、学者和会员的支持,学会名誉会长张光年先生还热情地为本刊封面题字。特别应当感谢北京大学出版社,他们不仅愿意接受《文心雕龙研究》的出版,而且一再提出,希望我们把它办成一个有很高学术水平、有国际影响的重要刊物。这自然也是我们共同的心愿。

中国《文心雕龙》学会自成立以来,开过四次年会和两次国际讨论会,现有会员一百五十多人,海内外有很多的学界朋友,我相信新的《文心雕龙研究》将成为我们的共同刊物。这里特别应当提到的是,台湾有许多研究《文心雕龙》的著名专家与学者,出版过许多重要的研究专著,发表过许多水平很高的学术论文,今后希望借助于《文心雕龙研究》,能更加广泛深入地进行海峡两岸的学术交流。台湾著名的《文心雕龙》研究专家王更生教授为《文心雕龙研究》创刊号寄来了重要论文,应当表示衷心的感谢!我相信在"龙学"走向世界的过程中,《文心雕龙研究》将会发挥重要的促进作用。

原载《文心雕龙研究》1995年第1辑

书张健《〈诗家一指〉的产生时代与作者》后

深夜,读毕张健博士的文章,不禁思绪万千,久不能寐。去岁秋冬之际,陈、汪二君提出司空图《二十四诗品》真伪问题后,学界震动。张健博士时正研究司空图,因而对此发生浓厚兴趣,在将近八个月的时间内,他不顾寒冬酷暑,到北京各重要图书馆查阅了大量有关资料,做了详细的摘录,为了确定一些版本的时代,他虚心地向许多版本专家请教,为了解刊刻者的情况,他查找了许多地方志,他夜以继日地工作,进行了深入的钻研和认真的考订。皇天不负苦心人,他终于发现了许多对研究《诗家一指》和《二十四诗品》的时代和作者十分重要、十分珍贵的新材料,如赵㧑谦的《学范》、杨成的《重刊诗法序》、怀悦的《叙》,特别是明正统元年进士史潜所刊《新编名贤诗法》中的《虞侍书诗法》,为考定司空图《二十四诗品》的真伪开拓了新路,把陈、汪二君提出的这个重要问题的研究进一步推向了深入。这篇文章是他根据所掌握的主要资料来写的,此外,他还对司空图《一鸣集》的流传、明清之际人们对《二十四诗品》引述、元人诗法著作状况等作过许多研究,收集了很多材料。他文章中提出的观点是有充分根据的,如对怀悦作《诗家一指》的否定,可说是确凿无疑的,而认为《虞侍书诗法》比杨成本《诗家一指》更接近此书原貌的判断,论证详尽细密,是合情合理的,并为我们解决了杨成本《诗家一指》所存在的许多矛盾和疑点,显然也无可指摘。至于他所提出的《诗家一指》和《二十四诗品》有可能是虞集所作的看法,又是十分谨慎的,也是实事求是的。他认为目前所能找到的材料还不够充分,所以只是提出一种可能性,把自己研究过程中的初步结果提出来向同行请教,供研究者参考,同时把自己的疑点和还没有解决的问题也清楚地摆出来,说明现在还不能对《诗家一指》作者作出完全肯定的结论,也不能绝对排斥《二十四诗品》仍有司空图所作的可能性,这充分体现了一个追求真理的学者的科学精神和求实精神。他在研究和写作的过程中,曾和我进行过多次讨论,我每每为他这种严谨的治学态度所感动。我以为他这篇文章不仅为研究司空图《诗品》的真伪问题作出了重要贡献，而且他文章中所体现的科学求实精神和严谨踏实的治学态度，在当前尤其是值得大大提倡的，近年来，我们学界的不良学风有愈煽愈炽之势：其一曰：变相剽窃。有些文章和著作表面上洋洋大观，似乎颇有深度和创见，实际上并无多少自己的研究成果，只是把别人的观点材料改头换面地组织一番，却又不注明出处，更不说明参考过谁的著作。因为他们善"抄"，故被窃者哭笑不得，敢怒不敢言。其二曰：狐假虎威。有些著作（包括有些文章）为了抬高身价，扩大影响，总要千方百计挂一个名家在实际写作者之前，如果名家真的参与了写作，当然无可厚非，但很多实际上是一个字也没有写的。如果名家审过部分稿件，那就应在前言、后记里实事求是地说明一下，然而狐假虎威者往往是故意含糊其辞或根本不加说明，而名家也怡然自得。说得难听一点这就是互相利用。其三曰："二手"快捷方式。有些文章和著作只根据一些现成的二手材料拼凑而成，作者对第一手原始材料并未认真钻研过，甚至根本没有看过，别人引错了，解释错了，他也跟着错，既拒绝艰苦的努力，却又想一举成名。除了上述这些怪现象外，更有甚者干脆公开大肆抄袭，比如某出版社出版过一本叫《中国艺术的诗心》的书，居然将北大中文系、哲学系十多位硕士研究生的毕业论文窃为己有，几乎是全文照抄地拼成了一本书！学而至此，真可谓一厄也！学风不正，固然与一些青年人的急功近利有关，但一些名家出于私心，姑息纵容，甚至引导暗示，影响更坏。有些出版家为了经济目的往往不择手段，也起了推波助澜的作用。也许正是因为面对这样的现实，我才特别觉得张健博士这篇文章确是可贵的。我不由自主地要发出这样的呼吁：某些名人请自重！某些年轻人请自爱！剽窃者请住手！

原载《北京大学学报（哲学社会科学版）》1995年第5期

一个"多余人"的典型

——谈谈奥勃罗摩夫这个人物

俄国十九世纪杰出的现实主义作家刚察洛夫的《奥勃洛摩夫》，曾经被高尔基称为俄国文学中"最优秀的长篇小说之一"①，它的主要成就是成功地塑造了奥勃洛摩夫这个世界文学史上不朽的艺术典型。

刚察洛夫原来想给自己的小说定名为《奥勃洛摩夫性格》，因为他的小说实际上是对奥勃洛摩夫性格发展历史的形象描绘。小说共分四部，情节很简单：第一部写奥勃洛摩夫躺在床上和沙发里，从他一天的懒散生活过程写奥勃洛摩夫性格的特征及其形成；第二部写他和奥尔伽的恋爱；第三部分写奥尔伽发觉错看了他，两人分了手，这两部表现奥勃洛摩夫性格的发展，着重刻画了他顽固的惰性；第四部写奥尔伽和奥勃洛摩夫的朋友希托尔兹结婚，奥勃洛摩夫和寡妇房东同居，以及奥勃洛摩夫的沉沦和死亡，揭示了奥勃洛摩夫性格必然灭亡的命运。通过这个平凡的故事，刚察洛夫以十分细腻生动的描写，真实而深刻地展现了十九世纪中期俄国的社会生活面貌，提出了当时俄国社会发展中的一个重大问题——封建农奴制已经不能再存在下去了！

那么，究竟什么是奥勃洛摩夫性格，它在当时又有什么样的社会现实意义呢？

奥勃洛摩夫是俄国封建农奴制度孕育出来的一个腐朽寄生的贵族地主典型。我们打开小说，映入眼帘的就是奥勃洛摩夫懒洋洋的形象。小说第一部占了全书将近三分之一的篇幅，写奥勃洛摩夫从早上八点钟醒来，一直到下午快五点钟还没有起身，只是从床上挪到了沙发里。单是这个情节就非常典型地说明了懒惰和倦怠是奥勃洛摩夫性格的基本特征。奥勃洛摩夫饱食终日，无所事事。他成天不是躺着就是卧着，瞌睡和冥想

---

① 高尔基：《论文学》，北京：人民文学出版社，1978年，第168页。

就是他生活的主要内容。任何需要费一点脑筋、动一动体力的事,他都害怕干,也不会干。他从生下来就没有自己穿过袜子,买过东西。他生活的最高理想就是"休息和安静"。他对社会上的任何事情都抱着极端冷漠的态度。不管是做官、经商、社交、读书、科学、时事,他都丝毫不感兴趣。做官,他受不了天天上班、抄写公文的那份忙碌;社交,他害怕天天要穿戴整齐,参加宴会,并对贵族小姐的"无端悲喜"感到恐惧;读书,得动脑子,可他就是不愿动脑子,一本书总是刚看个开头,就扔在一边。按他的话说:"这一切对我有什么用呢?"奥勃洛摩夫过惯了不劳而获的寄生生活,他有祖传的领地,有三百个农奴,每年可以稳稳收入七千至一万纸卢布,身边有查哈尔和其他奴仆服侍,什么也不用他操心,什么也不用他过问。对这种生活他不但不感到羞耻,而且还很欣赏,认为这正是他作为"老爷"和"别人"的不同之处,并为这种"高贵"地位感到自傲。查哈尔有一次在说话中偶然把他和"别人"同等看待,竟使他大发雷霆,觉得损害了他贵族的"尊严"。这里就充分地暴露了他作为农奴主的本性。

长年累月养成的惰性使奥勃洛摩夫变得极其怯懦和无能。他安于宁静不变的生活,因循保守,"不习惯于运动、生活、人多、事忙",害怕任何变动,哪怕是微乎其微的一点小事,例如搬一次家,他也怕得不得了,担心会破坏他的生活常规。这使他得了一种恐惧症,"对于日常生活范围以外的每一件事情,都预期会有危险和灾祸"。在拥挤的人堆里,他怕窒息;坐在船上,他怕到不了彼岸;在马车里,怕马匹会横冲直撞,磕坏车子。他什么事也不会干,给他领地的村长写一封回信和房东要他搬家这两件小事,就使他整整苦恼了一天,要不是希托尔兹及时赶到,他真不知道还要苦恼多少天呢!正像他自己所说的:"我不知道徭役是什么,农事是什么,贫农是什么意思,富农是什么意思;我不知道四分之一普特稞麦或者燕麦有多重,值多少钱,哪一个月播种什么,收割什么,怎样出售和什么时候出售;我不知道我是富还是穷,一年以后是否吃得饱,还是穷得讨饭——我什么都不知道!"他的财产几乎被流氓、无赖塔朗切也父和伊凡·马特威也维奇用欺骗和敲榨掠夺一空,他也并非不知道,但他毫无办法,无可奈何地只好降低伙食标准,过一天算一天。他甚至不会独立生活,离开了查哈尔就过不下去。他曾一口答应希托尔兹要出国去,可是查哈尔断定他是不会去的,没有查哈尔在身边,谁每天替他梳头、穿袜子呢?

奥勃洛摩夫并非一个傻瓜,也不是一个糊涂虫,他是受过教育的、聪明的贵族青年。他也并非对自己的状况没有一点清醒认识,也有过一些"高尚的思想"和积极进取的想法。他"对于全人类的哀痛,也并非无动于衷。有时候为了人类的不幸,在他内心深处,他也会痛苦地流泪","有时候他对人类的罪恶、虚伪、诽谤,在世界上横流的一切邪恶,也充满憎恨,激起一种要把他的创伤指给人看的愿望",可是,他已经习惯了的慵懒生活的惰性,很快便使这一切消散了。他只是沉耽于美好的幻想,而害怕任何行动。其实,他永远也不可能有任何行动。只要一接触到具体实践,他的这些幻想立刻就像美丽的肥皂泡一样破灭了。他设想过整顿和经营领地的计划,这在当时是一种时兴的事,但是始终没有把它具体落实下来,更不要说付诸实践了。他想象过和奥尔伽结婚以后的美满生活状况,但他克服不了一点微小的苦难,于是就把婚期无限期地一拖再拖,最后,还是两人分手完事。

奥勃洛摩夫对于社会没有任何积极作用,他和俄国文学中的"多余的人"是在同样的社会基础上产生的,奥勃洛摩夫性格,简单一点说,就是一种腐朽的寄生虫的典型性格。奥勃洛摩夫不是一个凶残狠毒的地主,也不是一个阴险狡猾的地主,更不是当权的官僚,他是一个普普通通的中等地主,却的的确确是一块"废料",在这一点上,他是他所属那个阶级的十分典型的代表。作者描写这块"废料"的目的,不仅是要证明他是"废料",而且要力图表明"我们这里的人是怎样地,而且为什么会早不早地就变成了废料"①。作者在小说里回答了这个问题:最反动最黑暗的沙俄封建农奴制度就是奥勃洛摩夫性格产生的社会根源。为了突出这一点,作者特别在第一部里写了《奥勃洛摩夫的梦》这一章。全书共四十五章,唯独这一章有小标题,而且在篇幅上占了全书的十分之一。作者通过奥勃洛摩夫在梦中对童年时代生活和家乡奥勃洛摩夫卡的回忆,揭示出了造成奥勃洛摩夫性格的社会原因。这一章是理解奥勃洛摩夫性格的

---

① 刚察洛夫给尼基简科的信,转引自《俄罗斯古典作家论》下册,北京:人民文学出版社,1958年,第746页。

社会内容的关键。

奥勃洛摩夫卡是一个典型的俄国农奴制度下自给自足的宗法式农村。刚察洛夫由于自己的立场和世界观的影响,对它的描写显然是作了诗意的美化的,但作者还是强调指出了它的停滞、保守和落后。这里离开省城、县城都很远,仿佛是一个与世隔绝的孤岛。生产方式是陈旧的,思想观念也是陈旧的,一切都按祖先传下来的规矩办,生活像一潭死水,宁静而闭塞。人们从不到三十俄里以外的地方去,也没有外乡人来到这里。一个外乡乞丐死在村边,成为轰动全村的大事。一封外地来信,也使他们惊恐不已,甚至三天都不敢拆开来看。谁都不习惯生活中的"多样性、变动性和偶然性",这就是列宁指出的那种"静止不动"的封建宗法式生活的典型反映。奥勃洛摩夫家就是这样一个农村里的地主老爷的家,他们是这个小小独立王国的主宰。三百多个农奴无偿地为他们耕种土地、生产粮食和各种生活必需品,还要给他们家服劳役。奥勃洛摩夫一家的生活就建立在对这几百个农奴的剥削之上。奥勃洛摩夫就生活在这样一个贵族地主的家庭里,他从呱呱落地到长大成人都是在一大群保姆和仆役的"照护"之下度过的。从起床到睡觉都有人侍候他,任何事情都不需要他自己动手。他想要什么东西,只要看一眼,就有三四个人为他忙碌。当他自己想做一件什么事情的时候,他的父母和三个叔伯母就同时用五种声调喊:"做什么?上哪里去?要瓦斯卡、万尼卡、查哈尔卡干什么?嗨,瓦斯卡!万尼卡!查哈尔卡!你们在看什么,蠢才!我要给你们颜色看了!"有一次奥勃洛摩夫偷着到村子里去和孩子们打雪仗,全家以为出了大事,全体奴仆被动员起来四处寻找,村童们被毒打,奥勃洛摩夫被好几个人用皮袄、皮外套和两条被子包着抱了回来,立刻给他喝覆盆子水、薄荷和接骨木水,让他在床上整整躺了三天!作者说,奥勃洛摩夫就"好像温室里的外国种的花卉一样被人爱抚,而且也像后者一样在玻璃瓶底下慢慢地毫无生气地生长。在寻求机会、要向外面发挥的精力,就闷在里边,逐渐地枯萎凋谢了"。在作者看来,正是这个农奴制和贵族家庭把奥勃洛摩夫变成了一块十足的"废料"!他的"那种令人嫌恶的习惯,那种不是依靠他自己的努力,而是依靠别人的努力使他的愿望得到满足的习惯",就是在这里养成的,这使"他的心里发展了一种冷淡的、蛰伏不动的性格"①。农奴制统治下的俄国就是奥勃洛摩夫性格滋生的肥沃土壤。所以,作者对奥勃洛摩夫性格的揭示,实际上也就是对沙皇俄国农奴制度的揭露。

  刚察洛夫不仅在小说中剖析了奥勃洛摩夫性格的特征及其形成,而且还用希托尔兹和奥尔伽力图帮助他改变萎靡不振的精神状态和慵懒生活而终于失败的事实,说明奥勃洛摩夫性格已经成为一种彻头彻尾的惰性,从而告诉我们形成这种性格的农奴制度已经到了腐朽不堪的地步。希托尔兹和奥尔伽是小说里的正面人物,他们反映了作者的理想。希托尔兹是奥勃洛摩夫少年时代的同学,是他最信赖的忠实朋友。他坚决果断,精明强干,注重实际,跟奥勃洛摩夫是一个鲜明的对照,这是一个当时俄国资本主义发展过程中的资产阶级企业家的形象。奥尔伽是一个有理想,有毅力,善于思考,意志坚强的姑娘。他们决心把奥勃洛摩夫从泥坑里挽救出来,鼓励他走上"积极的"人生道路。为此,希托尔兹强迫他看书、读报,带他到彼得堡各处游访,并要求他和自己一同出国。但这一切都没有成功,只要希托尔兹一离开奥勃洛摩夫,奥勃洛摩夫就立刻恢复了原状,重新陷入瞌睡和幻想之中。希托尔兹把他介绍给奥尔伽,正是希望他在奥尔伽的影响之下改变自己的精神状态。而奥尔伽也把改造奥勃洛摩夫作为自己的一项崇高的社会职责。奥尔伽爱上了他,不仅因为觉得他诚实、善良,而且是因为她把爱情和改造奥勃洛摩夫的任务结合了起来。奥尔伽火热的爱情确实也一度改变了奥勃洛摩夫的某些慵懒的生活状况,他一连"有两星期不知道昼寝的意义",晚饭也不吃了,还给领地上写了几封信,更换了村长。他经常出现在舞会和音乐会上,"彼得堡的近郊已经玩遍",为了完成奥尔伽交给他的解答问题的"任务",他到处找书查资料,甚至在没有查哈尔的情况下在旅馆住了一宿。然而,也仅仅是这样而已。无论是希托尔兹的热诚友谊,还是奥尔伽的真挚爱情,都未能最终改变奥勃洛摩夫性格。奥勃洛摩夫没有勇气和力量克服他那顽固的慵懒生活的惰性,虽然经过了许多激烈的斗争,仍然是以奥勃洛摩夫性格的

---

① 《什么是奥勃洛摩夫性格》,《杜勃罗留波夫选集》第一卷,上海:上海译文出版社,1983年,第198页。

胜利而告结束。他和奥尔伽爱情的破裂,证明他已经没有办法和奥勃洛摩夫性格一刀两断。外界的力量纵然也能在他心灵深处激起几朵浪花,但那也只是昙花一现罢了。奥勃洛摩夫性格的这种顽固的惰性说明,要使意境腐朽的农奴制度和堕落的贵族阶级变好是完全不可能了。

小说第四部写的就是奥勃洛摩夫性格必然灭亡的结局。奥勃洛摩夫既然在希托尔兹和奥尔伽的全力挽救下还是不能自拔,他就只好进一步沉沦下去。他终于和寡妇、房东太太——一个典型的小市民同居,安于过房东太太为他精心安排的奥勃洛摩夫卡式的宁静生活,到希托尔兹最后一次去看他时,他已经完全毁了,成了一具行尸走肉,一个活死人了。可能有的读者会想,如果希托尔兹早一点把他带走,而不是隔了五年才去,也许还可以有救。然而这毕竟是一种不切实际的想法。即使希托尔兹早几年把他带走,也无法改变奥勃洛摩夫的性格和命运。正像奥勃洛摩夫对希托尔兹所说的:"我已经连我的弱点一起生根在这坑洼里了!若是你试图拔他出来——会死去的。"奥勃洛摩夫只能待在房东太太为他安置的"新的奥勃洛摩夫卡"里腐烂和死亡,决不会有别的前途和出路。这种结局,正是作者对俄国封建农奴制度作出的死刑判决!

俄国文学中像奥勃洛摩夫式的"多余的人",并不是在刚察洛夫的小说中才第一次出现。杜勃罗留波夫在《什么是奥勃洛摩夫性格》这篇著名的文章中曾对此作了详尽而深刻的分析。普希金的奥涅金、莱蒙托夫的皮却林、果戈理的田吉特夫科夫、赫尔岑的别尔托夫、屠格涅夫的罗亭……都是这一类形象。"沉重地压在这些人物身上的,都是同样的奥勃洛摩夫性格,在他们身上烙印下了懒惰、寄生,在世界上毫无用处这些难以磨灭的记号。"但是,如果说二十年代的奥涅金和三四十年代的皮却林还有一些改革社会的愿望和微弱的行动,罗亭还有一些口头的启蒙思想宣传的话,那么,到了五十年代的奥勃洛摩夫,原来十二月党人和贵族革命时期那些进步青年身上的积极因素已经丧失殆尽了,剩下来的只是消极、沉沦和堕落。列宁指出,1825—1861 年是俄国解放运动的第一时期,即贵族革命阶段①。"多余的人"形象主要就属于这一阶段。奥勃洛

---

① 《列宁全集》第二十卷,北京:人民出版社,1985 年第 2 版,第 247 页。

摩夫这个形象说明贵族革命时期已经结束,贵族阶级在俄国已经完全堕落了。

刚察洛夫写《奥勃洛摩夫》前后经历了十年。小说的第一部是在1849年写成的,同年的《现代人》杂志刊登了《奥勃洛摩夫的梦》这一章。其后作者由于回乡和出国作环球旅行,中断了小说的写作,到1859年才最后写完。《奥勃洛摩夫》不是一部暴露小说,但它比一般的暴露小说具有更大的意义和价值。俄国十九世纪四十至六十年代,国内的主要矛盾是资本主义的发展和封建农奴制之间的矛盾。列宁说,这个时期"一切社会问题都归结到与农奴制度及其残余作斗争。新的社会经济关系及其矛盾,当时还处于萌芽状态"①。尤其是到五十年代末,农奴制必须废除已经成为社会一致的舆论。不仅是革命民主主义者,而且连温和的自由主义者,甚至沙皇政府都感到不"改革"不行了。当然他们各自的出发点是不同的。农奴制不仅严重地束缚了生产力的发展,使广大农民生活在最黑暗的底层,使资本主义生产关系的发展受到极大阻挠,而且造成了一批又一批各式各样的奥勃洛摩夫。正如奥勃洛摩夫对希托尔兹所说的,像他那样的人,"又岂止我一个人?瞧,米哈伊洛夫、彼得罗夫、谢苗诺夫、亚力克西也夫、斯节潘诺夫……你数也数不清,我们的姓氏有一大队"!这一大帮寄生虫从领地上得到大量的收入,自己什么也不用干,就可以呼婢使奴,过安静的享乐生活,他们不仅是社会上的"多余的人",也是俄国社会发展中的障碍。列宁在《俄国资本主义的发展》中说:农奴制度下的经济形态的特点是徭役制(或工役制),它"保证奥勃洛摩夫不作任何冒险,不花任何资本,对生产的陈规旧律不作任何改变而获得稳定收入",而资本主义经济发展起来时就不同了,这种"新的经济组织却要求业主有事业心,要求他们了解工人并善于使用他们,了解工作和工作量,熟悉农业技术和它的商业性质——也就是说,要具有那种农奴制乡村或盘剥性乡村的奥勃洛摩夫所没有的而且也不可能有的本领"②。在刚察洛夫的《奥勃洛摩夫》中对这一根本问题反映得很深刻。希托尔兹式的资产阶级企

---

① 《列宁全集》第二卷,北京:人民出版社,1985年第2版,第444、445页。
② 《列宁全集》第三卷,北京:人民出版社,1985年第2版,第185、276页。

业家必然要代替奥勃洛摩夫式的封建农奴主,而成为俄国现实生活的主人。刚察洛夫看到了也肯定了这种历史发展的必然趋向。

《奥勃洛摩夫》的写作是与刚察洛夫的思想和创作的发展密切联系着的。刚察洛夫的全名是伊凡·亚历山大罗维奇·刚察洛夫,1812年6月6日生于俄国西姆比尔斯克(现名乌里扬诺夫斯克)的一个商人兼贵族的家庭。1831年进入莫斯科大学学习。当时,别林斯基、赫尔岑、莱蒙托夫、奥加辽夫等后来俄国著名的进步思想家都在那里学习。刚察洛夫虽然没有参加他们所组织的进步青年小组,但在那个环境里,思想上也受到一定的影响。他特别崇拜的诗人普希金,曾在1832年访问过莫斯科大学,刚察洛夫一生都没有忘记那次见到普希金时的愉快和兴奋的心情。四十年代刚察洛夫和别林斯基及《现代人》杂志有些接触,他的第一部长篇小说就是在《现代人》杂志上发表的,并得到别林斯基和其他革命民主主义者的好评。刚察洛夫从思想上说是站在温和的自由主义一边的。当时俄国的这些温和的自由主义者,大多数是一些贵族出身而倾向于资产阶级改良主义的人。他们反对农奴制,但并不主张暴力革命。他们拥护沙皇,希望他实行资产阶级性的改革。刚察洛夫大学毕业后,长期在彼得堡作财政部的职员,并开始他的文学创作活动。1847年发表长篇小说《平凡的故事》。1852年当海军中将普嘉京的秘书,跟随他乘坐巴拉达号战船作环球旅行,到过中国。1856年当书报审查官。1858年出版了旅途随笔《战船巴拉达号》。1859年发表《奥勃洛摩夫》。1867年退休。1869年发表长篇小说《悬崖》。1891年逝世。他的主要成就是三部长篇小说。刚察洛夫曾经说他的这三部小说是互相联系着的一个整体,"不是三部小说,而是一部。它们是由俄罗斯生活从我所经历过的一个时代到另一个时代的过渡这一条共同的线索,一个首尾一贯的思想联系着"①的。《平凡的故事》主要是批判了四十年代的贵族浪漫主义幻想,描写了这种幻想的破灭,肯定了资产阶级企业家的求实精神。《奥勃洛摩夫》着重描写了五十年代俄国农奴制度下的"沉睡、停滞、静止和死寂的生活"。而《悬崖》则反映了六十年代农奴制废除后的俄国社会生活。《悬崖》中的主人

---

① 《迟做总比不做好》,《古典文艺理论译丛》第一册,北京:人民文学出版社,1962年,第148页。

公莱斯基,按刚察洛夫自己的话说是"觉醒了的奥勃洛摩夫"①。从对农奴制及其残余的批判方面说,这部小说是有积极意义的。但它突出地反映了作者坚持温和的自由主义立场,对革命民主主义者进行讽刺的错误倾向,这是不好的。刚察洛夫这三部作品都是反对农奴制的,但也反映了他贵族资产阶级立场的错误。这在《奥勃洛摩夫》中也有明显的表现。他在描写封建农奴制的必然灭亡和贵族阶级的无可奈何的堕落时,总流露出隐隐的哀伤和惋惜的情绪。他特别强调奥勃洛摩夫在本质上是"崇高的""纯洁的",说他有"一颗诚实、真挚的心",有"一个水晶似的透明的灵魂",是"人中之宝",对他有所美化。同时,希托尔兹这个形象是苍白无力的,作者通过他表现的理想也是模糊的,并且把这个资产阶级企业家"理想化"了。

　　《奥勃洛摩夫》是一部杰出的现实主义作品,有很高的艺术成就。小说所描写的内容,哪怕是一个微小的细节也是非常真实的,而同时又具有高度的典型性。刚察洛夫特别善于从很普通的日常生活现象的描写中,来概括具有深刻典型意义的社会本质特点。乍看起来,他描写的那些内容似乎很琐碎,都是可有可无的,但是当你读完全书之后,就会感到它们都是有意义的,是一幅完整的社会生活图画中的有机组成部分,彼此有十分缜密的联系。杜勃罗留波夫曾经说:"当你开始读它的时候,你会觉得有许多好东西好像都不能证明它们是严格地必要的,好像都不能符合艺术的永久性的要求的。可是很快,你就会习惯于他所描写的世界,就会不由自主地承认所有他所描写的现象的规律性和自然性,就会把你自己也放在剧中人的环境中,那是不可能有别种做法,而且似乎也不应该有别种做法。作者所不断地介绍着的,他所满怀着兴味并以卓越的技巧描写着的琐碎的详细情节,到最后终于产生了一种魅力。你完全转到了作者引导着你去的那个世界里:在这世界里,你找到了一种亲切的东西,在你的面前展开的,不只是每个人,每件事物的外表形式,还有他们的内部,还有他们的灵魂。于是在读完了全部小说以后,你就会感觉,在你的思维领域里已经加上了一种新的东西,在你的灵魂上已经深刻地镌刻着一些新

---

① 《迟做总比不做好》,《古典文艺理论译丛》第一册,北京:人民文学出版社,1962 年,第 159 页。

的形象,一些新的典型。"①这时候,你就会感觉到,这些看来是无关紧要的描写,在刻画人物性格、突出主题思想中所起的独特的重要作用。

比如,小说一开始,作者就写奥勃洛摩夫懒洋洋地躺在床上,然后从他的肖像、身材、表情、衣着,一直到他房间的陈设等,作了非常具体的细致的描写。初看觉得很烦琐,但是当你读完全书,熟悉了奥勃洛摩夫的性格之后,再回忆这一段,就会觉得所有这些描写对刻画奥勃洛摩夫这个形象都有着非常重要的作用,它们从各个生活侧面突出了奥勃洛摩夫的性格特征,都和他慵懒倦怠的生活和精神状态有着不可分割的联系:奥勃洛摩夫有一副恬静的相貌,半张开的嘴,深灰色的眼睛"闪烁着漠不关心的平静的光"。他的身段是柔弱的,刚三十来岁就已经发胖,脖子暗无光泽而又白得过分,小而肥胖的手,软绵绵的肩膀。他的晨衣肥大得能把他裹上两圈,软绵绵的,像个驯顺的奴隶。他的拖鞋也与众不同,是长长的、软软的、肥肥的,他从床上起来,双脚向地板上一落,总是恰好穿进拖鞋里。他的房间的陈设是富有贵族气派的,但是,书架摇摇欲坠,有一张沙发的靠背已经塌了下去,木头也脱胶了。四壁上画幅周围,挂着一簇簇灰蒙蒙的蜘蛛网。镜子已照不出东西了,在它厚厚的灰尘上,可以划划写写作记事牌用。盛着头天晚上啃过的骨头的盘子还放在撒满面包渣的桌子上。几本摊开的书的上面几页都已经发黄了,报纸的日期是去年的。……这一幅生动逼真的图画,就使奥勃洛摩夫的形象深深地印入了读者的脑海之中。

刚察洛夫刻画奥勃洛摩夫的性格,并没有设置什么重大的事件,也没有安排离奇曲折的情节,他所写的只是一些极为平常的生活现象。在《奥勃洛摩夫》第一部中,作者写了他很普通的一天生活。从早晨奥勃洛摩夫醒来写起,接着写先后有五个客人到他家作一般性的访问,奥勃洛摩夫为两件小事(给领地村长回信和房东要他搬家)烦恼,以及为此和查哈尔的争吵。然而,就在对这些生活现象的描写中,奥勃洛摩夫的形象及其性格特征非常生活而清晰地突现了出来。刚察洛夫能够从"把握对象的完整

---

① 《什么是奥勃洛摩夫性格》,《杜勃罗留波夫选集》第一卷,上海:上海译文出版社,1983年,第187页。

形象"出发，去对形象"加以提炼，加以雕塑"。他善于抓住那些能反映本质特征的细节，以细腻的笔触进行逼真的描写，于平凡中见真实，使人物形象鲜明地站立起来。他对给村长写回信和搬家这两件小事在奥勃洛摩夫心中所引起的种种烦恼和忧虑，加以合乎人物性格的渲染，把奥勃洛摩夫那种怯懦无能、因循保守、害怕变动的思想性格刻画得淋漓尽致。

生动丰富的细节描写和深刻的心理描写的紧密结合，是《奥勃洛摩夫》在艺术上的又一显著特色。刚察洛夫曾被誉为世态画家。他对现实生活的观察非常细致，每一个微小的一般不为人注意的地方，他都不放过。比如他写奥勃洛摩夫卡和普希尼钦娜家的小院子，一下子就把俄国封建宗法式的生活图画十分具体生动地呈现在读者面前。只要读过一遍，我们就很难忘记主人公和他那奥勃洛摩夫卡的沉睡不起的情境。一说到查哈尔的形象，我们就会联想到他跳下炉炕的声响和那件膈肢窝底下裂了口、露出一块衬衫来的灰色上衣。刚察洛夫非常擅长描写人物的心理，但是《奥勃洛摩夫》中的心理描写很少有抽象冗长的叙述，而总是和生动丰富的细节描写紧密地结合在一起，使之起到相辅相成的作用。这样细节描写就有了更深刻的含义，心理描写也不失之于抽象。比如第一部中写查哈尔因为无意中将奥勃洛摩夫和"别人"同等看待，使奥勃洛摩夫"老爷"的"尊严"受到了损害。作者就通过一连串生动的细节描写来表现奥勃洛摩夫当时的心理状态。奥勃洛摩夫先是激动得从圈手椅中站了起来，指着门口命令查哈尔"滚出去"，然后又多次站起来，又躺下去，仔细地研究了自己和"别人"的差别，才缓慢而庄严地叫查哈尔进来。查哈尔不敢进来，紧贴着门边。奥勃洛摩夫又两次叫他拿格瓦斯饮料，以后才训斥他，一直到查哈尔哭泣着退出去。这一大段极其生动逼真的细节描写，把奥勃洛摩夫作为农奴主的"高贵"心理和查哈尔身上还没有觉醒的农奴的心理刻画得入木三分。像这一类把细节描写和心理刻画紧密结合的地方在全书中是非常多的。

《奥勃洛摩夫》在塑造人物形象、刻画人物性格方面的另一特点是作者特别善于运用性格的对比描写，来表现人物的独特个性。为了突出奥勃洛摩夫的性格特征，作者把他和好几种类型的人物性格进行了对比。奥勃洛摩夫和希托尔兹是两种完全对立的性格，这是俄国的两个时代、两个阶级的代表人物之间的性格对比。奥勃洛摩夫和查哈尔之间也形成了鲜明的对比。他们都是农奴制度下的产物,查哈尔也具有奥勃洛摩夫性格的一些基本特征,但又和奥勃洛摩夫不同。他是一个奴隶,他的懒惰和倦怠带有奴才的特点,例如用各种借口和说谎,以及针对奥勃洛摩夫的弱点提出一些条件,来达到尽量少做或不做事,能在炉炕上打瞌睡的目的,等等。奥勃洛摩夫和查哈尔之间,在性格上起着一种相反相成的作用,类似于《唐·吉诃德》中的唐·吉诃德和桑丘·潘沙。可以说,如果没有查哈尔的形象,就不会有奥勃洛摩夫这样生动的形象。此外,作者还把奥勃洛摩夫和与他同类的亚力克西也夫、伊凡·盖拉西莫维奇等作了对比。在他们面前,奥勃洛摩夫在精神世界上又显得要高一头。恩格斯曾经特别指出在刻画人物性格时,要"把各个人物用更加对比的方式彼此区别得更加鲜明些"①,刚察洛夫是善于运用这种艺术表现方法的,他小说中的主要和次要人物都有很鲜明的个性。

原载《外国文学评论》1979 年第 1 期

---

① 《马克思恩格斯选集》第四卷,北京:人民出版社,1972 年,第 344 页。

对新事物的既敏锐又深刻的反映

——读屠格涅夫的《处女地》

一个热爱自己祖国和人民的作家,一个时刻关怀祖国前途和人民命运的作家,往往能够十分敏锐而深刻地观察和感受到现实中的新人物和新事件,并把它们迅速地反映到自己的艺术作品中来。我们读屠格涅夫的许多作品,都有这样的感觉,尤其是读他的《处女地》,这种感觉更为强烈。杜勃罗留波夫曾经说过,屠格涅夫之所以能经常获得成功,很大部分是由于他"对于社会动态的那种敏感,对于任何高贵的思想和正义的感情能立刻加以响应的能力"。①

《处女地》写于1876年,它所描绘的就是当时俄国革命发展新阶段中所出现的那些新人物——七十年代初期革命民粹派分子"到民间去"的活动。自从1861年废除农奴制后,俄国就进入了列宁所说的解放运动的第二个时期,即平民知识分子革命时期。"在这个时期,俄国整个经济生活(特别是农村经济生活)和整个政治生活中充满着农奴制度的痕迹和它的直接残余。同时,这个时期正好是资本主义从下面蓬勃生长和从上面培植的时期。"②改革后的俄国并没有给农民带来什么好处,相反的,又给他们加上了资本主义剥削的沉重锁链。屠格涅夫在作品中曾通过涅日达诺夫的诗说:"我回到久别的故乡……看不到一点儿改变。到处都是死气沉沉的景象,房屋没有顶,墙也倾塌了,还是同样的污秽、肮脏、贫穷、苦恼!还是同样时傲时卑的眼光……说是我们的老百姓得到了自由,而他们的自由的胳膊,却像无用的皮鞭下垂。"为了挽救俄国民族的危机,为了广大劳动群众的解放,俄国究竟应该向何处去?俄国革命应该走什么道路?这个问题非常尖锐地摆在一切先进分子的面前。

---

① 转引自《俄罗斯古典作家论》下册,北京:人民文学出版社,1958年,第806页。
② 《列宁论文学与艺术》第一册,北京:人民文学出版社,1960年,第297页。

要认清俄国应该走的革命道路,需要正确对待资本主义发展的问题。列宁说得好:"资产阶级制度'将怎样安排'的问题,即使不是1861至1905年这个时期(甚至现代)的'唯一重要的'问题,至少也是极为重要的问题。"①俄国早期的民粹派是代表广大农民群众利益的,试图把处于苦难深渊中的广大农民解放出来,但是,他们又不懂得资本主义必然会在俄国产生和发展起来,"闭起眼睛来"不去正视这个现实,不承认这个事实,不了解只有与资本主义发展同时成长起来的无产阶级,才能领导农民实现真正的解放。他们幻想通过农民村社去实现社会主义,以为由他们来发动农民暴动就能推翻沙皇专制统治。他们有迫切的革命要求,却不懂得什么才是俄国革命的正确道路。七十年代,在无产阶级革命运动尚未兴起的情况下,民粹派曾起过一定积极作用,他们发动的"到民间去"运动也多少促进了人民的觉醒。按照列宁的一贯思想,对他们应当一分为二地看待。一方面他们是一些"优秀人物",是"英雄",是"光辉的革命家";另一方面,他们对俄国革命缺乏正确理解,不是把"工人"而是把"农夫"当作"俄国将来的主人"。同时他们本身又大多数是和人民有着很大距离的小资产阶级知识分子,虽然他们"到民间去"了,但是"农民并没有跟他们走,因为他们对农民也并不真正熟悉,并不真正了解"②。因此,只能以失败告终。

在长篇小说《处女地》中,屠格涅夫以深刻的现实主义笔触,为我们勾勒了一幅七十年代革命民粹派活动的极为生动的艺术画卷。作者怀着深切的同情,写出了他们渴望改变广大农民群众悲惨生活的真诚愿望,赞扬了他们为革命不惜牺牲个人一切的高尚品格和献身精神;同时也尖锐地批判了他们脱离人民、不了解人民,以及由此而进行的那种幼稚而简单的革命行动和革命方法,揭示了他们不可避免地要遭到失败的结局。虽然由于作者立场世界观的局限,对七十年代民粹派革命的认识有许多错误的地方,但是作品中现实主义的感人力量,那些生动鲜明的艺术形象所体现的客观意义,却明显地占了主导地位,使《处女地》仍不失为一部比较优

---

① 《列宁论文学与艺术》第一册,北京:人民文学出版社,1960年,第313页。
② 《联共(布)党史简明教程》,北京:人民出版社,1975年,第1页。

秀的长篇小说。作者为我们塑造了一批七十年代革命民粹派的形象,这是小说的主要成就。

《处女地》中的主要人物是涅日达诺夫。他虽是一个贵族的私生子,有着贵族的血统和习惯,但是他的生活和遭遇,使他接近的是社会下层。俄国专制统治下的黑暗现实,促使他觉醒,走向了革命。小说中,涅日达诺夫是怀着郁郁不乐的沉重心情出场的。他愤激地对他的同志们说:"俄国的一半都快饿死了。《莫斯科新闻》①胜利了!他们要提倡古典教育;大学生的互助储蓄会禁止了;到处都是侦探、压迫、告密、撒谎、欺骗——我们,连一步也动不得……""住在彼得堡,人一把鼻子伸到街上,就会碰到一些卑鄙、愚蠢的事,碰到岂有此理的不公平事情!"他感到在这个地狱般的社会里简直生活不下去。涅日达诺夫和他的同志们渴望革命,渴望投身到革命的暴风雨中去,用自己的生命和鲜血去换取一个新世界的到来。"什么地方现在发生了人民的战争,我一定跑到那儿去参加……"作者就是这样非常真实地指出了俄国青年们之所以如此向往革命的真正原因。

涅日达诺夫身上最可贵的一点,是他对反动阶级的强烈的恨和对人民群众的真挚的爱。对沙皇制度的社会基础:官僚、贵族、反动地主,涅日达诺夫是极其憎恨的。在西皮雅京家的饭桌上,他看到那个满嘴喷粪的反动地主卡洛美依采夫,一再破口大骂革命派,肉麻地吹捧那些反动分子,怎么也压抑不住心头的怒火,当着御前侍从、枢密顾问西皮雅京的面,拍案而起,痛快淋漓地给予反驳,斥责了卡洛美依采夫所崇拜的那些"大人物",指出他们不过是"天生的走狗""势利小人"而已!他对敌人嫉恶如仇,而对人民却充满了同情和尊敬。当他决定要和马里安娜从西皮雅京家逃出去,一起"到民间去"时,在给他的挚友西林的信中写了这么几句话:"还有你们,我们并不认识你们,可是我们却拿我们的整个身心、我们的每一滴心血爱着你们,你们,俄罗斯人民,请接待我们(不要太冷淡),教导我们吧,我们应当从你们那儿学到什么呢?"在这段情意深长的抒情独白中,作者为我们展现了涅日达诺夫纯朴的内心世界。这些民粹

---

① 《莫斯科新闻》是俄国反动政论家卡特科夫主编的报纸。

派革命青年,确实是热爱人民的。涅日达诺夫换上了普通老百姓的服装,一次又一次"到民间去"散发革命的小册子,发表激进的革命宣传演说。虽然每次都不为群众所理解,甚至被他们用伏特加灌醉,但是他丝毫没有对那些农民不满,而只是责怪自己,埋怨贵族阶级出身给他带来的种种弱点。在处理个人和"事业"的关系上,他能把"事业"放在首位,表现了一种高尚的品德和情操。他和马里安娜的爱情是建立在"事业"和共同的革命理想基础上的。在索洛明的工厂里,虽然马里安娜早已明确表示只要他提出来,马上就可以结合;但他并不要求马上结婚,他想得更多的是"事业"。他认为如果"事业"不成功,他们即使结婚了,也不会幸福的,反而会毁了马里安娜的一生。在个人生活方面,他并没有自私心。

涅日达诺夫这些品质不只是他个人的,也是当时民粹派革命家共有的。这一点我们从作品对其他一些民粹派革命青年的描写中也可以看出来。马里安娜是作者竭力赞美和讴歌的一个优秀的俄国少女形象。她对她伪善、卑劣的舅父母有十分清醒的认识。她在和她舅母那场针锋相对的斗争中,正气凛然地责问道:"难道你们家的面包是好吃的吗?什么样的穷苦都比你们家的富贵好!我跟你们一家人的中间不是隔着一个什么东西、什么东西也盖不住的无底深渊吗?"这些话充分表现了她勇敢坚强的性格。她坚决弃绝了舅父母为她安排的前程,投身革命,怀着极大的热情学习为老百姓做一点事,并且随时准备为"事业"去死。这个形象是十分感人的。另一个民粹派青年马尔凯洛夫,作者对他那种简单化的革命冒险行为是很不赞成的,但对他的个人品质,却很肯定。"对高高在上的人物,对他所谓的'反动'(即反动派),他素来很严厉,甚至很粗鲁;对人民,他便很忠厚;对农民,他却像对待弟兄一样的和气。"特别是当他被不了解他的农民捆送官府后,在省长的审讯和他妹夫西皮雅京的劝降面前,他表现得非常坚强,对革命毫不动摇。另一个女青年马舒林娜也是如此,她虽然深深地爱着涅日达诺夫,但为了"事业"始终隐藏着自己的感情。当她知道涅日达诺夫爱上了马里安娜后,还抑制着自己的痛苦,一心从事革命活动。由此可见,作者认为象涅日达诺夫这样一些民粹派革命青年,他们的精神境界是高尚的、纯洁的,革命事业占有了他们的整个心胸,成为他们生活的唯一目标。作者对他们这方面的表现是钦佩和敬仰的。

然而，涅日达诺夫和他的同志们在"到民间去"的过程中，在他们具体的革命实践中，却是一点也不顺利的。在对民粹派所进行的革命活动的认识上，涅日达诺夫和他的同志们相比，无疑是更善于思考、对现实的复杂性看得更多、头脑也更为清醒的一个。他比较早就预感到像他们这么干，"事业"能不能成功的问题。对此，他是有所怀疑的。但也说不出确切的道理来。他初到西皮雅京家当家庭教师时，就在给西林的信中谈到"赎回了自由的农民好象不大容易接近似的"。他住在西皮雅京的别墅里时，曾竭力设法要和周围的农民接近，"然而他不久就明白他只是尽可能地用自己的观察力去研究他们，并没有做一点宣传工作！他过去差不多都是在城里度过的，因此他和乡下人的中间便有一条他跨不过的大沟"。他感到了问题的症结所在，比起他那班还没有感觉到这一点的同道来说，他是大大前进了一步。他对于"事业"，既不像马尔凯洛夫那样看得太简单，似乎农民正等着他们，只要他们振臂一呼，农民就会跟着他们去暴动；他也不像马舒林娜那样，只满足于忠实履行自己的任务，别的不去多想；他也跟马里安娜不同，后者只是凭着天真的热情和信仰，愿意随时做革命的殉道；他也不同意索洛明的"渐进"道路。因此，他的思想就产生了严重的苦闷和忧郁，恰如巴克林所说的，成了一个"俄罗斯的哈姆雷特"！

马尔凯洛夫对这一点曾有所觉察，并且直率地向涅日达诺夫提出："您对我们的事业很冷淡，您并不相信它！"但是，马尔凯洛夫由于自己失恋，以为是爱情蒙住了涅日达诺夫，使他不愿意牺牲个人幸福去为"事业"奋斗牺牲。其实，这是他的误解。涅日达诺夫恰恰是由于对"到民间去"和民粹派的革命方法能否成功发生了怀疑，才感到矛盾和苦闷；同时也对建立在"事业"基础上的爱情，产生了一种莫名的哀愁。涅日达诺夫所碰到的，实际上就是民粹派本身的致命弱点所面临的局面。但是他不敢想下去，他害怕非常现实地提出问题，这不仅是因为他确实找不到更好的革命道路，同时他的那些同道也不允许他这样提出问题和考虑问题。所以，他只能归结为是贵族阶级遗留给他的恶习，使他不能去完成"事业"。"这是我的错，不是工作本身的错"——他给西林的信中这样写道。其实不只是他,别的民粹派革命分子在遭到失败时,也是这样想的。马尔凯洛夫被捕后就认为:"我没有做得对!"他认为:"这只是他个人的不幸,跟共同的事业没有关系。"但是,有一点他没有想通:为什么恰恰是他最信赖的叶列美依出卖了他!实际上,他们都不了解,这并不是他们个人的过错,而是民粹派本身的错误和局限所决定的!

涅日达诺夫不愿意他的同伴们说他不坚定,何况他的革命愿望又是那样的强烈,所以他常常在激情的支配下发表很激烈的演说和意见。他虽然有所怀疑,但仍然要"到民间去",要再试一试同命运的搏斗。然而,当他接触到的现实更引起他的怀疑时,他的思想矛盾就发展到了顶点,使他变得更加忧郁和神经质,更深地陷入了悲观主义的泥坑,甚至达到了精神上不能自拔的地步。这时,他和马里安娜的爱情,不仅不能助他一臂之力,使他精神振作起来,反而给了他更沉重的精神负担。他害怕自己思想上的危机所造成的不幸后果,会连累马里安娜。在这种错综复杂的精神状态下,他只好硬着头皮再去为"事业"冒险,最后无可奈何,绝望已极,就在苹果树下开枪自杀了。

涅日达诺夫的悲剧,虽然也有他出身、性格等方面的因素,但从根本上说,这不是他个人的悲剧,而是当时整个民粹派的悲剧的一个缩影。这个悲剧的根源就在于:他们"否认资本主义在俄国的统治;否认工厂工人作为整个无产阶级的先进战士的作用;否认政治革命和资产阶级的政治自由的意义;鼓吹立刻从小农经济的农民村社出发来实行社会主义革命"。[①] 这就完全脱离了俄国革命的实际。他们看不到广大农民还不觉悟,有很多还在祈祷上帝,还对沙皇抱有幻想。作者在小说中曾借巴克林之口说:"要想煽动俄国的农民起来反抗,除了利用他们对最高当权者,对沙皇的忠心这一点外,再没有别的办法。"民粹派对农民当时的迫切要求并不理解,涅日达诺夫在给西林的信中就说,一个"性情暴躁"的农民对他说:"实在,你,老爷,不要啰嗦了,你干脆地说吧,你肯不肯把你的地全交出来?"土地问题是当时农民最关心的问题,可是民粹派却不懂这一点。他们单凭一股子革命热情,按照他们错误的药方,去鼓动农民造反,结果

---

① 《列宁选集》第一卷,北京:人民出版社,1960年,第638页。

当然只能是适得其反，农民们甚至怀疑他们究竟是出于什么动机。涅日达诺夫的失败，马尔凯洛夫被关进监狱，这是民粹派不可避免的悲剧结果。屠格涅夫对民粹派的评价虽然有偏颇之处，但他是同情民粹派的，对民粹派的弱点是有认识的，他通过涅日达诺夫的悲剧，对民粹派所作的暴露和批判，是小说的现实主义的重大胜利。

但是，屠格涅夫在对民粹派的弱点进行批判的同时，又走向了另一极端，他否定了革命的道路，提倡通过教育来进行改良，这就使小说在思想内容和艺术描写上出现了一些复杂情况。因此反映在涅日达诺夫的形象上，就有这样两个问题：一是作者竭力把涅日达诺夫的悲剧描写成是他身上贵族阶级劣根性造成的，把他描写成一个"多余人"的典型。小说中的涅日达诺夫在给西林的遗书中就把自己比作《叶甫盖尼·奥涅金》中的连斯基。把他的贵族出身当成使他不能成为真正民主主义者的根源，从而使作品带上了几分宿命论的色彩。二是让涅日达诺夫在绝望自杀时，全面地否定了革命的道路，承认索洛明道路的正确。他把马里安娜托付给索洛明，相信他们会很幸福，然后闭上眼死去，就是最好的说明。

屠格涅夫在《处女地》中千方百计地突出索洛明的形象，把他描写成一个理想化的人物，是为了表明他自己对俄国应当向何处去，应当走什么道路的看法。从艺术上说，索洛明这个形象是比较苍白、抽象的，也是不成功的。因为他不是从生活实际中概括出来的，而是按照作者自己的一些抽象观念衍化出来的。小说中的索洛明是一个商人办的工厂的经理，在英国留过学。他虽然也是民粹派的成员，但是他所走的道路和涅日达诺夫等是完全不同的。他主张"渐进"，不是搞革命而是通过教育和办企业来进行改革。不过，他不是自由主义的渐进论者，而是民主主义的渐进论者。他说："以前的渐进派都是从上面来的，我们要从下面做起。"也就是说，他反对自由主义者自上而下的改革，而主张民主主义者领导的自下而上的改革。这其实也就是屠格涅夫本人的思想观点。从这一点上说，屠格涅夫的思想是比以前有进步的。在1861年改革前后，屠格涅夫对自由主义的渐进论是抱有幻想的。那时他曾经"私人上书亚历山大二世，表示忠于皇朝，并且捐了两个金币来慰劳那些因镇压波兰起义而受伤的士兵"。① 但是改革后的现实使他这种幻想破灭了,事实证明自由主义渐进论者所吹嘘的改革,不过是掩盖沙皇专制统治的一块遮羞布而已。屠格涅夫看清了自由主义从上面进行的改革是一种欺骗,对他们已经不抱希望了。所以在小说中他对西皮雅京办工厂也是根本否定的。他通过索洛明的口说道:"贵族管理不了这种企业。""因为他们毕竟是官僚。"然而,他的进步毕竟是有限的。他认为要使俄国得救,只能由索洛明那样的平民知识分子自下而上地来进行改革,而不应该走革命的道路。索洛明说:"我的目的和马尔凯洛夫的目的一样,只是走的路不同。"屠格涅夫还通过索洛明对马里安娜的教导,说明要实行"渐进"式的改良,应该像"人民公仆"一样,扎扎实实地为老百姓做点事,这才是有意义的,才算是走了正路。索洛明反对马里安娜跟涅日达诺夫他们一起"到民间去",他对她说:"您现在应当干的,倒是找个路凯利雅②什么的来教她学点儿有用的东西。""给一个长头癣的孩子梳头——也是牺牲,而且是许多人都做不了的大牺牲。""您要做个洗锅子、拔鸡毛的邋遢姑娘。……谁知道,您也许就会拯救祖国呢!"索洛明不同意涅日达诺夫在他的工厂里散发宣传革命的小册子,因为他已经在工厂里办起了学校,涅日达诺夫一去是会"把这一切弄糟的"。可见,屠格涅夫所推崇的"清醒"的索洛明的道路,实质上就是资产阶级改良主义的道路,而并不是革命的道路。

屠格涅夫在这部小说的题词中,也非常集中地反映了这种错误观点。他看到俄罗斯这块处女地需要深翻,他说:"要翻处女地,不应当用仅仅在地面擦过的木犁,必须使用挖得很深的铁犁。"当然,他把革命民粹派的活动看作是"仅仅在地面擦过的木犁",是有道理的。但他所说的"铁犁",指的就是像索洛明主张的渐进道路,而并非正确的革命道路。1876年8月7日他在给友人斯塔修列维奇的信中曾经明确地说过:"我题词中的'铁犁'不是指革命,而是指教育。"③也正是这一点,使他受到了当时革命阵营的严厉批评,以致使屠格涅夫本人也感到很伤心,认为他的这部作

---

① 《列宁论文学与艺术》第一册,北京:人民文学出版社,1960年,第260页。
② 俄罗斯普通女人的名字。
③ 屠格涅夫致斯塔修列维奇的信,1876年10月6日。《古典文艺理论译丛》第三册,北京:人民文学出版社,1962年,第194页。

品写失败了。但从总的方面来看，这些缺点和错误只是支流，小说的主要方面是好的、有价值的。

屠格涅夫在《处女地》中除了正面描写了革命民粹派的活动外，还对当时的反动阶级的代表人物作了十分深刻的暴露和讽刺。值得指出的是，屠格涅夫在对自由主义贵族西皮雅京和反动地主卡洛美依采夫的形象的刻画中，突出了改革后俄国反动派的一些特点，这也说明作者对现实的观察确实是十分敏锐而深刻的。

西皮雅京是沙皇御前的显赫人物，未来的大臣。他是一个地道的官僚贵族，可又处处摆出一副自由主义者的面孔，总喜欢在大庭广众之下显示他是十分开通的。在戏院的贵族包厢里，他不摆架子，居然和一个寒酸的平民知识分子攀谈起来，听取他激进的意见。他亲自跑到涅日达诺夫的住处拜访，敢于把这样一位"危险分子"邀请到家里来做儿子的家庭教师，并给以相当的礼遇。他允许顽固派和革命派在他的饭桌上各自发表不同意见，当他们争吵起来时，他总以"公正"的面貌出现，进行调解，宣布"在西皮雅京的屋檐下，既没有雅各布宾派，也没有走狗，有的都是诚实的人"。他甚至还想请索洛明来管理他的工厂，用一切方法对他献殷勤。从外表上看，仿佛是一位高尚的人物。然而，作者把他抬得越高，正是为了把他摔得更重。随着小说中情节的发展，矛盾的尖锐化，作者无情地一层层剥去西皮雅京的假面具，把他丑恶、反动的本质揭露得淋漓尽致，使我们看到他和那个张牙舞爪的卡洛美依采夫都是一丘之貉。当他听到内兄马尔凯洛夫被捕的消息时，就急不可待地要连夜坐车到城里去见省长。他是要去替内兄讲情吗？不是。他自己说得很清楚："我进城去，并不是去救他！"他是要借此机会讨好省长，表示他效忠沙皇的决心，以免因马尔凯洛夫的被捕而影响他的前程，使他当大臣的希望落空。后来，当他听了妻子劝告，决定第二天再去时，又想出了一条更为卑鄙的毒计。他扣下巴克林，用上等雪茄诱出了涅日达诺夫和马里安娜的地址，准备向省长告密，好向他反动主子邀功请赏。在省长公署里，他不仅当面向马尔凯洛夫诱降，而且叫省长立即派人去抓涅日达诺夫和索洛明。他的阴险、毒辣、卑鄙、无耻的面目赤裸裸地亮了出来。这时我们看到的西皮雅京不过是沙皇的忠实鹰犬，一个无耻的高级暗探！西皮雅京的形象，使我们看到了改革后俄国那些大唱自由主义高调的官僚贵族的伪善本质。

卡洛美依采夫是一个顽固的反动地主阶级代表人物,在他身上非常典型地体现了俄国改革后国内矛盾进一步尖锐化、革命形势发展到高潮的情况下,反动派那种唯恐失去自己天堂、近乎疯狂的对革命的仇恨。卡洛美依采夫"虔诚地信仰宗教",钦佩统治者的"铁腕",迷信皮鞭,崇拜"笞刑"。他主张禁止书报上的言论自由,禁止虚无主义者办学校,攻击进步作家和文学。他曾经在莫斯科总督手下当过密探,对于进步分子,他有一种反革命的嗅觉和敏感。他根据涅日达诺夫"从不先向人行礼",就断定他毫无疑义的"是个赤色分子"!并且咬牙切齿地说:"倘使这个家庭教师落到我的手里——我倒要治他一下!我真要治他一下!我要叫他换一种调子来唱;看见他向我恭恭敬敬地脱帽鞠躬,多妙!"只要一有机会,他就要辱骂雅各布宾派,辱骂革命派。他出于本能地积极参与西皮雅京卑鄙的告密活动,心甘情愿地充当"秘密警察局的官员"和反动当局的打手角色。他目空一切,狂妄到了极点。作者把他当作一个被批判的反面典型,给以辛辣的讽刺和深刻的揭露,充分体现了作者对俄国农奴制残余势力的愤恨。

屠格涅夫在对西皮雅京和卡洛美依采夫这两个反面典型的塑造中,很成功地运用了讽刺的艺术手法,这是他以前的作品比较少见的。这很可能和他在这个时期同谢德林的接近,受谢德林的作品影响有关。这种讽刺手法,使这两个反面形象在艺术上放出了光彩。作者在运用讽刺手法描写这两个形象时,又各有特点。对西皮雅京的讽刺描写,把他高谈阔论的自由主义外表和反动官僚、沙皇走狗的内心世界赤裸裸地摆在读者面前,形成讽刺性的鲜明对照,而对卡洛美依采夫,则主要透过他那高尚的外貌来揭露他种种可耻的反动言行。卡洛美依采夫为了表白自己对反动阶级的忠心,他在饭桌上带着哭声诉说那个送过他一支枪的公爵被人暗杀的事情,一定是革命派干的。他一边说一边抓起一块白面包在汤盘上掰成两半,好象非把革命派全都砸碎,捣成粉末不可。他津津有味地谈论他怎样带着警察去抓一个分离派教徒,逼得老头儿差点跳窗户。他洋洋自得地夸耀他能用鼻子闻出赤色分子来。作家在这里对这个人物的丑恶表演描绘得有声有色。鲁迅先生曾在一篇文章里说过:"'讽刺'的生命是真实的。"屠格涅夫并没有什么故意的夸张,他只是如实地描写那些富有本质特征的细节,通过生动的白描,流露出了强烈的讽刺意味。

在批判民粹派的缺点和错误时,作者也同样运用了讽刺的手法。在描写民粹派分子的那些幼稚而简单的革命活动时,他采取漫画的笔法,使读者感到既可笑又可爱。例如他在描写涅日达诺夫"到民间去"活动时,曾写了这么一段:"他们还没有到'妇女泉'的时候,涅日达诺夫就看见在路边一座仓门大开的谷仓前面站着八个农民;他马上跳下火车,向他们跑去,他一面叫嚷,一面使劲地挥动胳膊,对他们急急忙忙地讲了五分钟光景。在他那许多含糊不清的话中间,只有他的嘶哑声音叫出来的'为着自由!前进''挺起胸膛!向前'这些句子听得见。那些农民聚集在谷仓前面,正在商量怎样才可以把谷仓装满,即使只是做个样子敷衍一下也行(这是公仓,所以它是空的),他们不转眼地望着涅日达诺夫,好像非常注意地在听他的演说。可是他们也许懂得并不多,因为等他末了嚷出最后一声'自由',从他们那儿跑开的时候,他们里面一个最聪明的便带着深思的神气摇着头说:'多厉害的人?'另一个接着说:'一定是一位长官!'那个聪明的农民又说:'不错——他不会白白地把他的喉咙喊哑的。现在要掏我们的腰包了!'"作者在这里只略略几笔就使民粹派不了解农民,农民也不了解他们的情况跃然纸上。这是一幕喜剧,又是一幕悲剧!屠格涅夫在运用讽刺手法时,能很好地把对反动派的讽刺和对民粹派革命弱点的讽刺加以区别,对后者的讽刺是善意的,并且带着同情,而不是像对反动阶级那样,是一种尖锐的、无情的揭露和鞭挞。

屠格涅夫的小说,历来是以抒情描写见长的,具有浓浓的诗情画意。这种特色在《处女地》中也同样有明显的表现。作者在描写民粹派革命青年的高尚情操和献身精神时,在描写他们对祖国对人民的深厚感情时,抒情色彩就非常强烈。比如小说中刻画涅日达诺夫的心理和写他给西林写的信,就具有这种鲜明的特色。《处女地》是屠格涅夫后期写的一部作品,它在艺术结构、人物性格的刻画以及文学语言方面也都达到了相当高的水平。

原载《外国文学评论》1980年第2期

宏博精深

——读贻焮先生《论诗杂著》

陈贻焮教授继《唐诗论丛》《杜甫评传》后又一部新作《论诗杂著》问世了,我有幸较早地拜读全书,深感受益非浅。本书汇集了贻焮先生近十年来的重要研究论文二十余篇,仍以唐诗研究为中心,兼及六朝重要诗人与其他有关古典文学的研究,范围比《唐诗论丛》更广。要全面评价这部内容丰富的学术专著,实非我学力所能及,这里,我想谈几点初步的读后体会。

一是识见宏卓。袁行霈先生在本书序中说得好:"其文气盛言宜,每能于人皆以为无可置论之处,发挥宏见卓识,浩浩瀚瀚,不能自已。"贻焮先生的文章,不论是对诗人生平思想的探索考订,还是对诗歌思想艺术的评论分析,都有与众不同的宏见卓识。《评曹孟德诗》一文,是本书力作之一。对曹操这个著名的历史人物,学术界研究得相当多了,治古典文学者对其诗作也有不少评论,一般人总觉得似乎已"无可置论"了。但是,贻焮先生却独不然。他在对诗篇细致疏解的基础上,将其思想内容和曹操所处的历史环境、他的政治军事活动,以及他在做不做皇帝、立嗣、报父仇等重大问题上的态度和做法,紧密地联系起来,从而对曹操诗篇中所体现的政治理想、英雄情怀、"奸雄"性格、人生观世界观,及其现实主义的思想艺术特色,作了新颖的透彻的剖析,使我们对这位雄才大略的政治家兼出色的诗人有了更进一步的深刻认识。文章提出了很多令人信服的精辟见解,这里略举二例,以见一斑。其一,对曹操的政治态度与理想抱负,贻焮先生避开了已经说滥的内容,而从分析较少为人所提及的一首歌颂周文王、齐桓公、晋文公的《短歌行》入手,联系曹操当时的处境和地位,指出他公开表示不做皇帝而愿当周文王,是有"权衡得失的策略考虑"的,是煞费苦心的,在当时复杂的政治形势下不得不如此。他在诗中赞美这三位古代圣贤,"决非一般地发思古之幽情,而是具有很强烈的现实意义和很明确的政治目的的"。这首诗既可以对别人忖度、议论他要篡汉辟谣,又可以收到他似乎是忠于汉室的邀誉之效,同时也真实地体现了他欲建王霸之业的英雄抱负。这样,就把曹操的特殊思想性格清晰地呈现出来了。其二,对曹操信不信神仙方士的问题,从曹操的诗作及古代有关记载,以至今人评论来看,都是有矛盾和分歧的。贻焮先生在分析曹操的游仙诗时,没有简单地说他信还是不信,而是根据曹植《辨道论》和《释疑论》中的有关论述,指出曹氏父子对神仙方士的看法是有一个发展变化过程的,并结合《秋胡行》等诗篇,作了很实在很辨证的分析。他指出:"曹操先不信神仙,后受方士影响,又迫于桑榆暮景,曾一度寄妄想于求仙。几经挫折,待道出'存亡有命,虑之为蚩'时,已是迷梦方醒,有所觉悟了。"而等到他创作出《龟虽寿》,懂得"盈缩之期,不但在天;养怡之福,可得永年"的道理,才"真正摆脱因'沉吟不决'而引起的迷惘和烦恼,终于对生死问题有了正确的看法,抱着乐观的态度"。这就很具体很贴切地解释清楚了这一疑难问题。除此文外,本书论陶渊明、卢照邻、孟浩然、王维、李白、杜甫等文章,也都有不少富有新意的创见。

二是学问广博。贻焮先生的文章不论大小,都没有泛泛空论,更无臆测之言,他对每个问题的论述,包括对一句诗的解释,都有极其丰富的确切的材料为依据,能自由畅快地谈开去,使各个疑难之点,随之迎刃而解,给人以特别充实之感,显示出贻焮先生学识之广博,功力之深厚。《杜甫壮游踪迹初探》一文,钩深抉隐,找出杜诗中各种有关壮游的记述和回忆,细致地清理其线索,对诗中涉及壮游的每一件事、每一个人、每一处名胜古迹,都作了详尽的疏证,并联系唐代的社会政治、民情风俗、历史地理、文化艺术等状况,加以展开。为我们描绘出了一幅十分生动形象的杜甫壮游图,同时也揭示了壮游对杜甫的思想及其诗歌创作所产生的深刻影响。文中叙述杜甫游瓦官寺欣赏顾恺之著名的维摩诘壁画、到苏州虎丘游览剑池石壁、在洛阳龙门奉先寺观看石窟艺术时,还介绍了这些名胜古迹、艺术宝库的历史及其重要价值,使我们对杜甫所受古代文化艺术的熏陶有很具体的感受,并且也增长了许多知识。《盛唐七绝刍议》是本书又一重要力作。盛唐七绝是唐诗精华,最为人所喜爱,由于它集中体现了

"盛唐气象"，代表了唐诗最高艺术成就，而且名家辈出、佳作众多、题材不一、风格迥异，因此要综论七绝是很不容易的。贻焮先生的文章详细地论证了七绝产生和发展的历史，绝句格律的形成及其特点，盛唐七绝创作的盛况，进而说明正是在这个基础上出现了王维、李白、王昌龄三位有代表性的大家，然后把这三家的创作放在盛唐政治经济、社会风尚、时代精神、文化艺术的背景下，分别论述其七绝的思想艺术成就，阐明了这三大家的不同艺术特色和各自的贡献。特别是对那些历来为人们所传颂的名篇，一一作了精湛的艺术分析，使人读了真正感到解渴。这种宏观和微观相结合的研究，如果没有对我国古代诗歌发展、对唐诗全面情况的深入把握，没有深广的古典诗歌艺术修养，没有丰富的历史文化知识，不熟悉我国文艺美学的传统，恐怕是很难做到的。

三是考订精审。研究中国古典文学尤其是古典诗词，和研究现当代文学不同，由于历史久远、资料欠缺、文献错乱，以及古人诗词用典较多等等原因，没有精审的考订，研究工作是不容易深入的。贻焮先生历来善于把对诗人生平事迹与诗篇背景典故的考订，和对诗人思想与诗篇内容、艺术特征的研究，紧密地结合起来，运用前者的成果对后者作出深刻的分析。他在考订方面总是广泛收集各种材料，努力客观地作出符合实际的判断，从不妄下断语，态度是十分严肃的。比如《卢照邻》一文对这位诗人的生平梗概，贻焮先生指出"由于史料不足，难以详考"，但是他经过对卢照邻文集的钻研和参考各种文献材料，仍然对《唐书》本传的记载作出了重要补充。他考证出卢照邻因遭"横事被拘"，经友人相救后不得不离开邓王府赴梁蜀一带找事，并对傅璇琮先生《卢照邻杨炯简谱》中关于卢照邻任新都尉的时间问题作了辨正，使我们对诗人惨淡的一生有了更为具体、确切的了解。特别是对卢照邻两篇骚体《释疾文》和《五悲》的详细考释，说明它们是诗人"呕心沥血"的"忧患之作"，表现了"他不甘心为病魔所折服而有所追求、有所著述"的高尚精神，更使我们对这位"初唐四杰"之一的著名诗人由衷地感到尊敬。本书中还收入了贻焮先生三十多年前在李白氏族问题上对陈寅恪先生提出商榷意见的文章《太白氏族管见》。陈寅恪先生是一位有贡献的大学问家，尤以考证见长。然而，智者千虑，必有一失。他考定李白出身西域胡人，是显然有疏漏不确之处的。贻焮先生引用戚惟翰《李白研究》分析,指出李阳冰《草堂集序》和范传正《李公墓碑》有关李白祖先窜贬之地的记载是不可靠的,他根据李白诗文中许多对胡人描写及对自己身世的记叙,用大量事实证明李白绝非西域胡人出身,对陈寅恪先生的论断作了极有说服力的辨正。由此可见,贻焮先生考订之精审,是数十年一贯的。

四是赏析独到。刘勰在《文心雕龙·知音》篇中曾深深地感叹"知音其难",他说:"音实难知,知实难逢,逢其知音,千载其一乎!"一个文学批评家、鉴赏家怎样才能成为真正的"知音"者呢?刘勰曾引用屈原《怀沙》云:"文质疏内,众不知余之异采。"然后指出:"见异,唯知音耳。"真正的"知音"就要善于"见异",即善于把握每一个作家、每一篇作品之不同于其他作家、作品的独特之处。贻焮先生对诗歌的赏析,正是这样善于"见异"的"知音"。试看本书首篇《妙在"取影"》。《诗经·豳风·东山》是一首比较有名的诗,但过去人们对它的理解往往拘于表面文字,如说"这是士兵出征三年后回家而作的诗。写他们在途中及到家后的景况和心情"(高亨《诗经今注》)。其实对诗意理解并不准确,关键是因为没有弄清楚这首诗在艺术表现上的特点。贻焮先生独具慧眼,他指出《东山》的妙处正如王夫之在《诗绎》中对《诗经·小雅·出车》的分析一样,乃在"善于取影"。《东山》并非实写士兵归途上的凄苦及到家后所看到家园苍凉冷落的情影,而是表现戍归征人复杂的心理活动的,诗中描写的具体景象都是主人公想象中的内容。一章写他回忆征戍时期露宿车下等片断,二章写他想象家乡庭院的荒芜败落,三章写他想象妻子在家的辛勤劳苦及对自己的思念,四章由对妻子的思念而回忆到出征前新婚燕尔的幸福欢乐。所谓"善于取影",是指诗人善于选取主人公想象活动中的思维内容,加以展开,作细腻描绘。而且《东山》在这方面比王夫之说的《出车》及王昌龄之《青楼曲》要运用得更好。抓住了"取影"之"异",遂使《东山》艺术特色一目了然。《陶渊明〈杂诗〉二首评析》则又是另一种类型。陶诗之妙在"质而实绮",而对陶诗的赏析,首先要深刻理解渊明的精神品格。《杂诗》第一首和第二首着重在抒发其日月飘忽、壮志未酬的感慨:"及时当勉励,岁月不待人。""日月掷入去,有志不获骋。"要把这两首诗解深解透,关键是要弄清楚陶渊明经常想起来就睡不着觉的未酬之志究竟有些什么具体内容。显然,陶渊明之"志"和一般的儒家之志与道家之志都不尽相同。贻焮先生对陶渊明知之甚深,他引用陶渊明《拟古九首》中的第二首,指出他之所以热情歌颂曹魏时期的田子泰(即田畴),是"无疑寄托了他的理想与抱负"的。为此他具体论述了田畴的事迹,提出有四点值得注意:"一、有理想有才能,身逢乱世,还能组织人民内兴政教、外御侵凌;二、为国立功,不受封赏;三、以退隐深山的出世方式,努力在乱世创造条件,哪怕极有限地施展自己救世济人的抱负也好;四、虽然各方面的封赏都固辞不受,他尊崇汉室的正统政治倾向还是可以察觉出来的。"陶渊明之所以如此强烈地向往、仰慕田畴,正是因为他们的志向有共同之处。了解了陶渊明"志"的特点,再读这两首《杂诗》,体会自然就要深刻得多,透彻得多了。

贻焮先生善作古体诗词,他能以诗人之心去逆古人诗篇之志,所以很能体会其艺术的妙处。他在评析王昌龄《出塞》二首之一"秦时明月汉时关"时,对沈德潜解释发端句谓"防边筑城,起于秦汉,明月属秦,关属汉,诗中互文"之说,提出了异议。他说:"所谓互文,即谓秦汉时的明月秦汉时的关,这么说有助于理解字面意思,但作为诗读却不宜如此。'江畔何人初见月?江月何时初照人?人生代代无穷已,江月年年只相似。'(张若虚《春江花月夜》)人事代谢而明月依然,难免生此奇想。此亦近似:今时明月亦即秦时明月,想它当时必定照见过征人久戍无还的悲惨景象。这样,就可凭借月光而神驰千载之上,加强真切的感受。'汉时关'所起作用亦然,同是'万里长征人未还'的历史见证。秦汉相连,见长时期边氛不靖,从而生出思名将御边之想。"这样一解便把原作浓郁的诗味、不朽的艺术魅力充分体现出来了,自然比沈德潜之说要高出一头。

最后,我想说的是本书除了有很高学术水平外,还有很重要的一点是,它为我们树立了严谨、扎实、一丝不苟的学风。针对当前我们文学研究中存在的某些尚虚谈而少实绩的不良风气,我以为贻焮先生这部新作的出版,对于促进我们文学研究的健康发展,是有其特别的现实意义的。

原载《北京大学学报(哲学社会科学版)》1989年第6期

宽厚仁慈的长者,广博精深的学者
——忆贻焮先生

陈先生大我十一岁,在北大中文系,我们有四十多年的师友之情。他在我心目中一直是一位宽厚仁慈的长者,广博精深的学者。

1955年,我考入北大中文系,就听说陈贻焮先生的名字,知道他是林庚先生的高足,但没有见过面。1957年反右派,文学史教研室的青年教师除陈先生外,都被划了右派,听说陈先生是因为一心一意做学问,不介入复杂的政治斗争,才得免罹其难。然而,我还是不认识陈先生。

1958年,我们55级同学集体编写文学史,系里派了几位年轻教师做我们的参谋,其中就有陈先生,这时我才第一次认识陈先生。高大的身材,憨厚的气质,给我留下了深刻的印象。陈先生是研究唐诗的,我当时负责唐代文学编写小组的工作,同时又是六个编委会成员之一,陈先生也参加编委会的工作,所以我和陈先生接触就比较多。在当时的社会环境和极左思潮影响下,我们这些学生大都脑子发热,思想比较简单,为了响应上面提出的批判资产阶级学术思想的号召,在文学史的编写中有许多过激的表现。比如开大会批判王维诗歌的反现实主义倾向,认为他的田园山水诗粉饰现实,抹杀了阶级斗争。当时陈先生正在撰写他的《王维诗选》,他自然是不同意我们这种所谓"批判"的,但他什么也没有说。后来我们曾谈起这件事,陈先生说:那时一方面是怕说了受同学们批判,另一方面他觉得青年学生在当时的氛围下所表现的过火行为也是可以理解的,大家有勇气自己来编写文学史,总可以丰富知识,学到不少东西。他决不违心地附和我们的偏激思想和行为,也并不因此而贬斥我们,总是很温和很亲切地在具体知识方面给我们以指点和帮助,他对年轻人是非常真诚地关心和爱护的。我们的两本红皮文学史出版后不久,与社会上极左思潮有些降温的形势相联系,我们也感到了它明显的简单化、不科学的弊病,于是在1959年进行了全面的修改,抛弃了所谓"现实主义和反现实主义斗争"的错误公式,比较注重了科学性,于是就有四大本黄皮文学史的出现。这个过程中,陈先生给了我们很多切实的指导和帮助,陈先生还把他尚未出版的《王维诗选》的"后记"给我看,我就是参照陈先生的"后记"来写王维那一部分的,像其中有关王维和张九龄的关系等论述,其实就是陈先生"后记"中的研究成果。这年9月15日,陈先生送给我他新出版的《王维诗选》,至今我一直珍藏着这本象征我们早年师友情谊的小书。在我毕业留校工作后,因为不在一个教研室,各人忙于自己的教学和科研,平常的往来不太多,但是由于我的专业是古代文论,和古代文学的联系非常密切,遇到不清楚的问题,我常常去请教陈先生,每次他都非常热情地帮助我解决疑难,开拓思路。

从二十世纪六十年代中期到七十年代后期,是中国知识分子灾难最深重的年代。也许是一种巧合,或者说是一种缘分吧,无论是"四清",还是"清理阶级队伍",还是下放鲤鱼洲,我都和陈先生在一起。"四清"时,我们都被安排在湖北沙市张黄公社的张黄大队,我在四小队,陈先生在五小队,我们是近邻,经常见面。那时每一个生产小队的工作组除天门县的干部外,北大的人都是一个学生、一个老师,其中有一个是负责人。我和小罗在一起,陈先生和小朱在一起,小朱是负责人。小罗单纯热情,温和谦虚;而小朱则盲目自大,傲气十足,自恃出身贫农,政治上有优越感,摆出一副教训人的架势,对老师很不尊重,对陈先生说话,经常像训斥一样,去大队开会,甚至自己在前面走,让陈先生在后面替他拿提包和大衣,我们对此都很气愤,然而陈先生对这一切都默默地忍耐了。有一次,我去陈先生那里,对陈先生说:"朱××,太不像话了,你不要对他太客气,别给他拿东西。"陈先生说:"算了,这点小事,不必和他计较,他还是个学生,不要和他一般见识。我们一起在这个队里工作,还是团结为重。"为此,我还和当时中文系的一位负责人说过此事,但在那个师生关系错位的时代,又能起什么作用呢!但从此事中却可以清楚地看出陈先生宽广的胸怀和高尚的精神境界。君子和小人的对照是如此的鲜明!

在"文化大革命"那个黑白颠倒的年代,老师都被分到学生的班上,让学生来监督、审查和管理。我和陈先生又被分到同一个班里。我和陈先生都属于黑五类出身，当然都是被监督、审查的对象，因为陈先生年龄比较大一点，是解放前上的大学，几个红卫兵就整天审问陈先生，要追查他有什么历史问题。陈先生本来是清清白白的，又能问出什么来呢！那时，陈先生的心情不太好，也很紧张，因为只要有一句话说得不合适，就有可能被上纲上线，拉出去批斗，而那些红卫兵又经常想法引诱你说错话。不过，陈先生本着实事求是的态度，有就有，没有就没有，从不为了过关而乱说。他说："我心里还是很坦然的，本身没有问题就不怕。"陈先生担心的是他们如果无中生有，那就有理也说不清了。清理阶级队伍的时候，根据工宣队的规定，在家属区住的老师都要集中住到十九楼的单身宿舍里。本来我们单身宿舍只住一两个人，这时八九平米的小房间，就都放进两个上下铺的双人床，每间屋住四个人，陈先生和季镇淮先生就住在我住的103号。大家都小心翼翼，谁也不敢多说话，陈先生本来是很喜欢聊天的，但那时几乎从来不说什么。每到星期六，规定下午五点可以回家，如果开会提前结束，陈先生总是准备好要带回家的东西，静静地坐着等待五点的到来；星期天晚上七点以前规定必须回来，陈先生总是提前十多分钟就回来了。陈先生对一切规定，不管它合理不合理，都是老老实实地严格遵守的，虽然他有自己的看法，对那些极左的东西很反感，但他总是从积极方面来作宽慰的解释。因为和陈先生住在一个房间，相互比较熟悉，陈先生给我最深刻的印象是他从来不说一句违心的话，不做一件违心的事，在那些艰难的日子里，他能想得开，心情还是比较平和的，晚上睡得很香，还打呼噜。因为陈先生为人与世无争，无论是军工宣队还是红卫兵的粗暴批评和训斥，他都能泰然处之，不和他们计较。在那个时代，他的忍耐自然也有言行谨慎的一面，这是当时绝大多数知识分子都不得不采取的态度，但在陈先生身上更多的还是体现了他为人处世宽厚仁慈的胸怀，和比一般人高出一头的精神境界。

在鲤鱼洲，由于中文系和校医院、图书馆分在一个连队（七连），陈先生的夫人李庆粤大夫也和我们在一起，陈先生有李大夫的照顾，心情也好了许多。陈先生和陈铁民是我们连里管牛的，他们不仅放牛，而且会使牛，是连里耕田、耙田的技术能手。尤其是耙田，人要站在耙上，吆喝牛往前走，没有相当的技术是不行的，万一站不稳还会有危险。但是陈先生干得非常出色,站在耙上吆喝牛往前走,姿态还很潇洒。陈先生不管干什么,都十分细致认真,勤于思考,善于钻研,好像他做学问一样。他对牛的脾气、习性,了解得非常清楚,同时对他和铁民一起精心畜养的耕牛也十分爱护,虽然农活很多,但尽量不让牛超时服役。鲤鱼洲是知识分子的炼狱,实际上就是劳改农场,生活非常艰苦,劳动量非常大,但是陈先生不仅善于吃苦,而且仍然乐观开朗,也许他是将之当作陶渊明、王维的田园生活一般来求得自己心灵上的超脱的。陈先生的《鲤鱼洲竹枝词》三首中的第二首就是写当时使牛的情景的:"风雨江村忽放晴,桃腮柳眼日分明。春流活活农时急,新驯牯牛傍母耕。"这样的描写真有点像桃花源了,似乎看不到鲤鱼洲农场的种种黑暗和苦难,但是谁又能够像陈先生那样身处艰危而把世事看得这样淡泊呢! 鲤鱼洲生活后期,中文系招收了三十位工农兵学员,连里挑选了几位老师担任"五同教师",陈先生亦在其中。为此,陈先生遇到一次大惊险。当时的军工宣队领导,不管连日阴雨,泥泞路滑,非要"五同教师"带着学生到一个铁路工地去开门办学,汽车在鄱阳湖边大堤上陷入泥坑,在用东方红拖拉机去拉的时候,汽车翻了,倒扣在大堤的斜坡上,张雪森老师和一位上海来的同学当场被压死,还有一些老师和同学受了伤,陈先生幸无大碍,正像他后来所说,真是"命大"。

"文化大革命"以后,陈先生才有了一个安定的环境,能够专心致志地从事学术研究。由于十多年的浩劫夺去了我们最佳的学术研究岁月,这时我们大家都拼命地埋头于读书、研究和写作。陈先生正在写作他的《杜甫评传》,在四五年的时间里,他写出了一百万字的三大本皇皇巨著。为此,他几乎丧失一只眼睛的视力。香港曾有篇报道,说陈先生为杜甫贡献出了一只眼睛,陈先生几次对我说,他对这篇报道不太满意,不应该这样写,但他确实为写《杜甫评传》付出了巨大的心血。那几年大家都忙,我和陈先生见面聊天的机会不太多,但是有了疑难问题,我还是经常去请教陈先生。陈先生对我的学术研究是非常关心的,他不光是给我具体的指导,而且还热情地鼓励我。他常常和我说,研究古典文学和古代文论的人要有艺术的悟性,能体会到古代诗词的美之所在,这种悟性自然和人的天资有关,但更主要是和每个人的修养学识分不开的,多读熟读古代诗词,就会提高自己的艺术悟性。我在研究古代文论的过程中,比较注意学习和研究古代诗词的创作实际,是和陈先生的教导分不开的。1986年中国社会科学出版社准备出版我的学术论文集《古典文艺美学论稿》,我把校样送给陈先生审阅,并请他为论文集写一篇序。陈先生特别高兴,看得非常细致,竟为我写了六七千字的长序!这是我完全没有想到的,陈先生奖掖后进的热心由此可见一斑。其实,不光是我,只要是认真努力作学问的人,陈先生总是非常高兴地尽一切力量给予力所能及的帮助。不管是系内的还是系外的,不管是中国的还是外国的,都是如此。我指导过一位以色列的进修生尹婷(伊丽娜),她在东语系教希伯来文,住在北大招待所,离陈先生家比较近,经常得到陈先生的指导和帮助,每次到我那里都对陈先生的人品、学问赞不绝口。前年她从美国来北京,当时陈先生病情已经恶化,严重丧失记忆力,我带尹婷去看望陈先生,虽然陈先生说话非常困难,还是叫出了尹婷的名字。陈先生的知识面很广,不仅古典文学的修养深厚,而且对中国古代的历史文化、宗教艺术都非常熟悉,包括西方的、现代的理论和创作他也是比较了解的。陈先生是性情中人,和陈先生在一起聊天是非常愉快的,他博学多识、风趣健谈,而且童心未泯、真率热忱,使人尘心顿消,精神境界也就高了许多。陈先生是校、系两级学术委员,八十年代后期我担任文艺理论教研室主任时,也是系学术委员。当时的系主任是严家炎先生,办事公正,原则性强,对陈先生是很尊重的。而陈先生在学术委员会内,无论是研究评奖资格,还是考核职称的提升,都是非常严格地以真正的学术水平与严谨踏实的学风作为最重要标准的,是非常客观的,而且敢于为一些作学问扎扎实实而不受重视的人说话,决不把政治观点的异同或与自己关系的亲疏,是不是与自己同一专业、同一教研室作为考虑问题的出发点。陈先生是一位正直的学者,他非常痛恨和鄙视学界一些污浊卑劣的风气和行为,这也是我和陈先生在平常聊天中谈得最多、谈得特别投机的内容之一。学问做得深不深,除了自己的努力够不够、方法对不对外,也是和人的天赋才能有关的,但走不走正道则是一个人品问题。陈先生胸怀坦荡,一身正气,非常看不起钻营、攀附权贵,不择手段地往上爬,而只把做点学问当作敲门砖的人。他也很讨厌为了从学术上获取名利地位,或勾心斗角,或低三下四的人。当许多人为争夺学会的会长、理事而挖空心思地施展各种手段时,陈先生觉得他们很可怜,也很可笑,陈先生对名利地位看得很淡,对那些别人为之趋之若鹜的东西,他毫不感兴趣。从这些地方,我们可以清楚地看出陈先生的高尚情操和人格精神。他的道德文章为后学树立了光辉的典范,在他的纯洁高大形象面前,足以使那些沽名钓誉、蝇营狗苟之辈自惭形秽,无地自容。

  从二十世纪八十年代中期到九十年代中期,我有幸两次陪同陈先生一起到外地讲学。第一次是1987年春天,我们应福建师范大学的邀请去闽中,因为福州没有机场,只能先坐飞机到厦门。出行时不太顺利,去厦门的飞机因为天气原因不能起飞,陈先生和夫人与我三人,只好由民航安排在机场附近住了一天。第二天飞机在厦门上空转了两圈,还是不能降落,于是又转飞广州,在民航安排下,我们在一个部队招待所住了一夜,李大夫和女客人在一起住,我和陈先生与一个买卖珍珠的商人住在一个房间。那天晚上,陈先生不顾旅途劳累,仍然饶有兴趣地听那个商人讲他们如何把人工培植的珍珠走私到海外,在广州如何买通警方为他们传递有关缉私的消息。第三天我们在广州机场等了很久,下午才坐飞机到了厦门。陈先生对这些周折毫无怨辞,反而很风趣地说,我们不花钱到了一次广州,还长了不少见识! 在厦门短暂停留期间,周祖譔先生和厦门大学的朋友们听说陈先生来了,非常热情地接待了我们。周先生邀请我们到家做客,并陪我们参观了鼓浪屿。第二天,厦门大学的王枚和贾晋华女士又分别带我们游览万石岩、南普陀等名胜,陈先生以诗人的气质兴致勃勃地观赏各处景色,时而探讨花木的性质特色,时而凝神遐想构思诗句,这些在他的七绝《闽中纪行十二首》中都有生动的描写。到了福州后,陈先生就非常认真地为福建师范大学中文系助教班讲课,听讲的大都是教古典文学的青年教师,他们在课后还有不少问题向陈先生请教,有时晚上专门到陈先生住处拜望,陈先生不顾疲劳,总是非常热情地接待他们。陈先生平易近人的和蔼态度和诲人不倦的感人精神,使他每到一地都深深地吸引着广大学子。

  1995年春陈先生从美国斯坦福大学讲学归来,健康状况不太好,记忆力有些衰退,但当时没有查出是什么原因。5月,云南大学张文勋教授邀请陈先生和我到云南楚雄、大理等地访问讲学,同时受邀请的还有华东师范大学徐中玉先生、钱谷融先生、马兴荣先生,复旦大学王运熙先生,香港中文大学吴宏一先生,山东大学周来祥先生,人民日报缪俊杰先生等,我建议陈先生出去会会老朋友,散散心,李庆粤大夫也很同意,我们想这样也许对陈先生的身体有好处,陈先生没有去过云南,也一直想去看看,于是,我们就一起到了昆明,然后坐汽车去楚雄。在楚雄师专开了一个小型的有关各民族文学交流的会议,陈先生因为身体状况不好,只在会上即兴讲了几句话,他的精力已经不允许再作长篇学术报告了。但陈先生和许多朋友的交谈,仍然和往常一样率真热情,心情也很好,能和这么多老朋友相聚,感到十分高兴。可惜,由于身力的限制,陈先生不能和大家一起尽兴地在当地参观,也没有和大家一起去大理。要从楚雄坐六七个小时的汽车到大理是很累的,陈先生接受大家的建议,不再去大理,而由夫人李庆粤大夫陪同直接回到昆明,决定在昆明交通比较方便的条件下,比较从容地游览一些周围的山水名胜。云南之行虽然远不如闽中之行那么理想,但陈先生大体还是满意的,多少还了想去去云南之愿。本来,陈先生还想和我一起去一趟韩国,那是陈先生代我招收的一名韩国博士生朴均雨提出来的。朴均雨报考古代文论博士生时,我刚通过指导博士生资格审批,没来得及登上招生简章,系里请陈先生替我招收,陈先生很爽快地答应了。考试时陈先生请我一起参加,后来由我具体指导。朴均雨毕业于韩国岭南大学本科,是韩国著名汉学家李章佑的学生,李章佑先生与我也熟识。朴均雨为此也做过一些努力。陈先生没有去过韩国,很希望有机会去看看。原想等陈先生好转后再安排,没想到陈先生病情逐渐加重,也就未能成行。现在,这件事也就成了永久的遗憾了。

陈先生是在大雪纷飞的严冬离开我们的,现在已经到了风和日丽的春天,然而我的内心仍然时时感到一种说不出的寂寞和凄凉,失去了陈先生这样一位热情、爽朗、童心未泯的"大师兄",周围似乎变得那么冷清。陈先生在古代文学研究,特别是唐诗研究上所作出的重大贡献,是海内外学术界所公认的。陈先生虽然一生清贫,但他的人品著作光辉如日月,将永远得到一代代学人的无限崇敬。陈先生平静地走了,但他的音容笑貌却永远活在我们心里,使我们在感情深处不断掀起阵阵波浪,激励我们奋进。

张少康 2001 年 3 月 17 日写于北大蓝旗营寓所
原载《陈贻焮纪念文集》,北京大学出版社,2002 年

元化先生和中国《文心雕龙》学会

元化先生是一代哲人,他学识之渊博,思想之精深,眼界之开阔,为人之平易,实为当代学者难以企及的楷模。

我之认识元化先生是缘于《文心雕龙》。我自从1960年大学毕业,留在北大任教之后,一直从事中国古代文学理论批评的研究和教学,《文心雕龙》是我学习和研究的重点。"文化大革命"结束后,元化先生出版了他的研究专著《文心雕龙创作论》,这是我非常钦佩的学术名著,从中得到很多教益,但是那时我还不认识元化先生。随着中国《文心雕龙》学会的成立和各种活动的开展,我才和元化先生有了很多接触。

元化先生是中国《文心雕龙》学会的发起人和领导人,他不仅在《文心雕龙》的学术研究方面有重大成果和广泛影响,而且对《文心雕龙》研究的繁荣发展和国际性的学术交流的深入展开,作出了无人可与比拟的巨大贡献。1982年在牟世金先生的热情发起和组织之下,在山东济南召开了第一次全国性的《文心雕龙》学术研讨会,那也是为中国《文心雕龙》学会的成立作准备的会议,元化先生虽然没有参加这次会议,但是会后成立了以王元化先生为首的学会筹备组。应该说,学会的成立是王元化先生和牟世金先生努力的结果。牟世金先生奔走呼吁和积极活动,都是在元化先生的有力支持下才得以有所成就的。那时要成立学会要得到中央有关方面的批准,正是元化先生出面,带领一批著名专家的上书,才使《文心雕龙》学会在1983年夏天就正式成立了。而且正是在元化先生的影响和策划下,才得到当时中央宣传部和中国文联与作家协会的支持,周扬答应担任学会名誉会长,并出席了在青岛的学会成立大会,大家推举著名诗人和作协书记张光年先生出任会长,元化先生和杨明照先生任副会长,牟世金先生任秘书长。这样,《文心雕龙》学会才成为中国的全国性一级学会,具有了相当大的声誉和影响。我就是在这年8月青岛的学会成立大会上第一次认识元化先生,他作为一位著名学者的渊博精深学识和平易朴实的为人,特别是对后学的热情提携,给了我非常深刻的印象。9月,元化先生和牟世金先生、章培恒先生组成《文心雕龙》学术访问团赴日本,他们在北京出发的前夕,我曾到宾馆去看望元化先生和世金、培恒先生,元化先生对我给予了很多热情的鼓励。随后,我也离开北京,去埃及开罗的一所大学担任客座教授一年。1984年秋,我从开罗回来,曾应日本京都大学兴膳宏教授的邀请,到日本作短期访问。不久,就到上海参加龙柏饭店的中日学者《文心雕龙》学术研讨会。这次会议是由复旦大学主办的,李庆甲先生为会议的筹办付出了辛勤的劳动,但是它也是在元化先生倡议并竭力推动下产生的,同时也是元化先生带团去日本访问的积极成果之一。参加龙柏饭店会议的有日本老一辈的著名研究《文心雕龙》学者,如户田浩晓、目加田诚、冈村繁、小尾郊一、古田敬一等,还有中年的著名学者兴膳宏、伊藤正文等,中国方面除元化先生、世金先生外,尚有饶宗颐、王达津、周振甫、祖保泉、王运熙等,可以说汇集了《文心雕龙》研究最有名的学者和一批有发展前途的中青年学者。在进行学术研究成果报告的同时,还研究了如何进一步推动和发展《文心雕龙》的学术研究,如何促进更大范围内的国际学术交流,而元化先生无疑是这次会议的核心人物,是在他的具体指示下由李庆甲先生组织安排,从而圆满地开好了这次在《文心雕龙》研究史上具有里程碑意义的极为成功的国际会议。

1986年4月,中国《文心雕龙》学会在安徽屯溪召开了第二次年会。会议是由安徽师范大学主办的,祖保泉先生为会议的召开花费了很多精力。元化先生和光年先生不辞辛劳,也都出席了会议。记得那时还没有飞机到屯溪,需要从南京坐火车去。在南京买火车的卧铺车票非常困难,那次是依靠了光年先生有中央顾问委员会的委员证给了一间软卧房间,元化先生和光年先生才顺利到达屯溪。屯溪会议上对《刘子》一书是否为刘勰所作展开了热烈的争论。当时学会的领导意见也很不同,光年先生是赞同《刘子》为刘勰所作的看法的,杨明照先生是竭力反对的,杨先生在早年就专门作过《刘子》的校注。元化先生没有对这个问题发表意见,不过,我在会下专门就这个问题和元化先生交谈过。我的感觉是《刘子》不可能为刘勰所作,因为无论是思想还是文字差距都太大了。我和元化先生谈了我的感觉,并询问他对这个问题的看法。元化先生说他也感到《刘子》不像是刘勰所作,但是他非常支持各种不同学术见解的自由争论,我们也谈到光年先生在会上对《刘子》作者的看法,元化先生微笑着对我说,他很了解光年先生,和光年先生是很要好的朋友,他说光年先生是一位非常热情的诗人,又特别关心青年学子的成长。我知道元化先生作为《文心雕龙》学术研究方面的权威,他是不愿意因为自己的看法而影响争论进行的,而且他治学的态度十分严谨扎实,也是相当审慎的,没有充分的根据是不会随意发表看法的。因为我们是私下交谈,而他对我又非常的热忱和关心,才说了这些话。那次交谈后我更加钦佩元化先生的为人和治学,他真不愧为一位慈祥的前辈,学识渊博的学者。屯溪会议后,我应陕西师范大学中文系主任寇效信先生的邀请,到西安为他的研究生讲了几次课,寇效信先生也是研究《文心雕龙》的学者,我们一起参加过上海龙柏饭店会议和屯溪会议,在西安谈起《文心雕龙》研究,寇效信先生说他最佩服元化先生,元化先生不仅国学基础深厚,而且理论修养极深,对中西思想文化都十分熟悉,是现在的学者很难达到的。

1988年在广州暨南大学的《文心雕龙》国际学术讨论会上,在元化先生的指示和推荐下,会议有更多的国际学者参加,如意大利的兰珊德,瑞典的夏谷,俄罗斯的李谢维奇,中国台湾的王更生先生还请香港大学陈耀南先生代为宣读了他的长篇论文。会议的圆满成功,除具体负责的饶芃子教授之辛勤劳苦外,元化先生其实是会议的灵魂,学术讨论正是在他的指导下得到顺利发展的。那次会议时学会的秘书长牟世金先生不幸得了癌症,他带病赴会,元化先生是特别的关切,那种情状我们都是非常之感动的。由于牟世金的病,学会的工作陷入了比较困难的境地,尤其是牟世金先生1989年6月病逝后,附设在山东大学的中国《文心雕龙》学会没有了具体负责人,工作实际上瘫痪了。元化先生对此是非常的焦急,他一直在思索着学会的前景和发展。他在给我的信中特别讲到《文心雕龙》学会会风正派、学风严谨,成员努力于学术研究,没有有些学会那种争名夺利的坏风气,如果垮了就太可惜了。他征求我的意见,然而,我1990年初要赴日本九州大学任客座教授,也没能提出好的建议。所以当时汕头大学马白教授主动提出可以把学会迁移到汕头大学,他愿意负责具体工作时,元化先生是非常高兴的。他也觉得汕头大学地点太偏僻,交通不大方便,又是新建不久的学校,但是总不能让学会处于无人管理的状态,所以就把具体负责学会工作的重担交给了马白教授。马白教授继牟世金担任学会秘书长,接受了这项任务,把学会转到汕头大学,他是非常认真和努力的,并且在汕头大学举办了学会第三届年会。元化先生对学会的工作的发展真是费尽心思,想了各种办法,并给了马白很多具体的指示。因为我和马白教授非常熟悉,联系也很多,所以虽然我在日本,马白总是通过电话和书信把学会的情况和元化先生的意见很详细地告诉我,我们还一起促成了在日本福冈召开了一次小型的《文心雕龙》国际学术讨论会,马白和台湾的王更生先生都参加了会议。并由王更生先生负责在台湾文史哲出版社出版了会议的论文集。这些情况马白和我都向元化先生汇报过,元化先生虽未能参加日本的会议,但他是非常高兴的。

1992年4月我结束了在日本两年的讲学回到北京。那时,马白先生从汕头大学退休了。于是,学会的工作和发展又遇到了严重的困难。汕头大学那边已经没有人来负责学会的工作,学会又面临瘫痪的局面。元化知道我由日本回到北京,就给我写信,希望我考虑能不能担负起这个工作,并且说当年牟世金病危之际曾给元化先生写信,建议把学会挂靠到北京大学,由我来负责学会的具体工作,继他担任学会秘书长,因为那时我要去日本,所以元化先生没有向我提出,恰好马白又主动提出,就同意学会改设到汕头大学。我在给元化先生的回信中说,我也觉得《文心雕龙》学会风气纯正,是一个很有生气的学会,垮了很可惜,但是我因为是一个普通的教师,不担任任何行政领导工作,而且学识和资历都很浅,很难胜任此工作。元化先生又一再鼓励我来承担学会的工作,并说经费等问题他和光年先生都会努力支持的。元化先生还特别请光年先生召集学会在京的常务理事一起商议,那时是缪俊杰、刘文忠、蔡钟翔和我一起到光年先生家里,光年先生说了元化先生的意思,并当着我们几个念了元化先生给他的信。光年先生表示他非常赞同元化先生的意见。我就是在那次聚会后义不容辞地答应了筹备学会迁移北京大学的有关事宜,其实也是被元化先生和光年先生的热忱所感动,也可以说是临危受命吧。在缪俊杰的推荐和帮助下,我们准备在山东枣庄召开学会第四次年会。因为缪俊杰在中央党校学习时认识了枣庄的市委宣传部长杜学平先生。杜学平先生热心于文化和学术活动,答应由他们出资来办会,那里离刘勰的祖籍山东莒县也比较近。元化先生没有能来参加会议,但是他专门给会议写了信,对学会的设置地和具体负责人发表了意见,转达了牟世金临终前遗书的意见。元化先生明确提出因为他和光年先生年事已高,不再担任学会的领导,建议由我担任学会会长并兼任秘书长,把学会设立到北京大学。枣庄会议改选了学会理事会,元化先生和光年先生为学会名誉会长,我推荐王运熙先生担任会长。不过,王运熙先生也只能做原则上的指导,会议选举我担任常务副会长,具体负责学会的工作,我建议选举刘文忠为秘书长,协助我工作。事情就这样定了。和北京大学方面商量后,北京大学同意把学会挂靠在北京大学。这样,在元化先生的努力下,学会终于走出困境,得到较为正常和健康的发展。我给元化先生写信说我按照他的意愿,将会尽一切力量维护学会的良好风气,努力推进《文心雕龙》研究的发展和开展国际学术交流。

学会的工作是由我和文忠具体安排,并且会同在京的缪俊杰和蔡钟翔一起讨论决定的。我们觉得要扩大学会的影响,发展《文心雕龙》研究和开展国际学术交流,需要组织一次大型的《文心雕龙》国际学术研讨会,我向元化先生汇报,得到元化先生热情的支持,并说他将会想办法寻找经济资助。经过很长时间的努力,我们争取到韩国岭南中国语文学会、山东日照市委宣传部、高校古委会、台湾王更生先生的学生李青春先生等的赞助,元化先生特别从他在上海负责的一个机构转来一笔经费,支持会议的筹备。在筹备期间,我一直保持和元化先生的联系,对筹备进展的情况都及时向他汇报,并征求他的意见。元化先生对我是非常的信任,同时也给了我很多重要指示,包括一些国外学者的联络地址也是他亲自提供的。会议于1995年在北京皇苑饭店胜利召开。这次会议是《文心雕龙》学会历史上规模最大,也最为隆重的国际学术会议,参加会议的学者有一百二十多人,中国台湾有将近三十位,韩国有十多位,还有日本、美国、新加坡、马来西亚、中国香港、澳门,以及欧洲的学者,超过八十岁的老一辈《文心雕龙》研究专家有八位:杨明照、王达津、詹锳、王利器、张敬、周振甫、徐中玉、吴林伯。元化先生和光年先生都亲临主持会议。这次会议不仅交流了《文心雕龙》研究的新成果,而且对《文心雕龙》研究的进一步深入提出了很多有益的建议。当时,可以说已经把国内外研究《文心雕龙》的主要专家都请到了,这是很不容易的,也可以说是空前绝后的了。现在这八老中除徐中玉先生健在外,其他七位和元化先生都已经不在了,回想起来真是感慨良深！会议期间我累病了,心脏不好,元化先生亲自到我住的房间来看我,给了我很多安慰和鼓励,我真的是非常感动！皇苑会议由于得到广泛的、多方面的支持,经费很充裕,还节约出十余万元,后来成为《文心雕龙》学会的基本经费(民政部后来重新登记社团,每个学会起码要有十万元经费才可以登记)。

北京皇苑国际会议后,我们又接着组织了第五、第六、第七届年会,分别在山东日照、湖南怀化、河北保定召开。元化先生由于年事已高,那些地方交通也不很方便,所以都没有参加,但是他都是非常关心,并且也提供了很多好的意见的。2000年在镇江原市委书记、人大常委会主任钱永波先生的主持下,镇江方面和学会联合在镇江南山风景区召开了一次盛大的《文心雕龙》国际学术研讨会,这也是元化先生非常关心的。元化先生曾专门访问过刘勰出生地——镇江,他和钱永波先生有十分友好的交往。镇江设立《文心雕龙》资料中心也是在王先生和其他学者的倡议下,由钱永波先生亲自主持建成的。我非常钦佩钱永波先生,他是我所见到的最热心于文化教育事业、最关心历史文化的地方领导人,他对元化先生是非常尊敬的。镇江的国际会议在钱永波先生的主持下办得非常成功,虽然到会的学者没有北京皇苑饭店会议那么多,一些老专家已经去世,北京皇苑会议时八十岁以上的八位研究《文心雕龙》著名专家中只有徐中玉先生到会,其他几位当时还健在的也有事没能出席,然而,王元化先生来了,他的讲话使会议更增光辉,使会议的学术规格一下子提高了很多。当时真不会想到这就是元化先生最后一次参加学会的会议。后来由于元化先生的身体状况,和会议地点比较边远,他就没有再参加了。镇江这样的盛会显然后来也很难再有了。那次会议上,由于王运熙先生年事已高,不再担任学会会长,在元化先生支持下,大家选我担任会长。其实,我已不想再继续做了,由于我只是一个普通教师,学会的工作全部要我具体去做,包括打印寄发开会通知,以及各种联络工作,我为元化先生的精神所感动,用了很多的时间精力去做,到镇江会议时,真的已经精疲力尽,可是想到元化先生当年对我说的意味深长的话,在他亲自参加的会议上,我实在无法推辞,最后我还是答应了担任会长,一直到2003年深圳会议。

回想从1993年接受元化先生的重托,负责学会的具体领导工作,到2003年深圳会议,已经整整十年,我总算没有辜负元化先生的嘱托,坚决维护学会的优良学风和纯正会风,努力抵制那些不良习气,发展《文心雕龙》的国际交流,促进《文心雕龙》研究的发展。但是,到深圳会议前后,随着学会的发展扩大,学会的成员和结构已经发生了很大的变化,老的大都已退休,理事会的变动更大,一些资历较深、作风正派的成员或退出、或挂名,学会整体情况也比较复杂了,有一些成员的素质和作风不是太好,个人名利之心很重,并且还浸入到理事会内部。我真的感到局面已经难以控制,作为一个民间学术团体,都是自由参加的,你能说什么呢?所以我决定辞去学会领导职务,但是元化先生肯定是不会同意的,很多学会的老会员也是不会同意的,然而,我真的感到无可奈何了,而且我也已经退休,当然我更不愿意在我的任内使学会的风气和名声变坏,我在不得已的情况下,我向元化先生写信报告我决定辞去会长工作,并且退出学会,在没有得到元化先生回信的情况下,直接在深圳会议上宣布。回忆起来,我的做法可能是对元化先生不够尊重的,因为我的信是有意识地晚寄出,估计元化先生看到信的时候,我们的会议已经召开,我已经宣布我的决定,而并不是在可以得到元化先生回信或电话后再宣布我的决定的。我知道这是不对的,但是实在是出于迫不得已。我想,如果元化先生先在会议前看到我的信,他一定会反对我这样做,肯定会想一切办法要我继续担任下去的。但是我真的感到必须急流勇退了,而那些让我无可奈何的事,一时也很难和元化先生说清楚。因为学会中出现的一些复杂情况,通过信和电话是无法向元化先生讲的。不过我觉得在我已经失控的情况下,这样宣布我的决定,是可以让学会中很多正派成员了解到学会中存在的问题,并引起警觉,也算是我对学会所做的最后一点贡献吧!对于我个人来说,任人毁誉是无所谓的。

我想我是会有机会向元化先生说明的。我等着这一天。两年以后,2005年8月,我在由北京返回香港的途中,专门到上海去看望元化先生。元化先生当时住在医院里，不过他的精神非常好，对我的到访，他特别高兴。我本来是准备着他批评我的，但是结果却出乎我的意料，我刚刚提到辞去学会会长和退出学会的做法时，元化先生就说："看来你是控制不住了，不做就不做了吧！现在各种学会都是这样，风气都很不好，老的都退了，也是没有办法的。我非常理解你！"这样，我才很平静地向元化先生具体细致地谈了学会的种种情况，以及我所以不得不这样做的原因。元化先生还安慰我说："你已经做了很多工作，现在整个社会风气不好，学术界也是这样，也不是一个《文心雕龙》学会的事，我们谁也没有办法。"我和元化先生推心置腹地谈了很久，我记得还谈到裘锡圭先生离开北大去复旦的事，元化先生也是感慨良深。总之，很多事情不是个人的力量能够改变和挽回的。我回到香港后还和元化先生通过电话，可真没有想到那次去看望元化先生竟会是最后一次相见！

和元化先生相识、交往二十多年，他作为一个和蔼慈祥的师长，一个诲人不倦的前辈，总是对我循循善诱，反复指点，热情关怀，真诚相待。他的高操风范，他的善良正直，他的坚定原则，他的深邃识见，深深地印在我的心坎里，激励着我正义凛然地去面对邪恶，鼓舞着我胸怀坦荡地去蔑视丑陋。只要想起元化先生的高大形象，我就感到有无穷无尽的力量，去走完不平坦的漫长人生道路。

元化先生安息吧！你将永远活在每一个正直学者的心里。

原载《书城》2009年第4期

两岸《文心雕龙》研究的交流和发展
——追忆我和王更生先生的深厚友谊

二十世纪八十年代,中国大陆成立了《文心雕龙》学会,并与海外有了学术交流活动。1989年夏,北大经济系的巫宁耕教授带了一位台湾师范大学的博士生蔡璧名小姐来访问我,我送给她我关于《文心雕龙》的著作,并请她代我送一本给我仰慕已久的王更生教授,这样我和更生先生就开始了通信联系。

1990年初,更生先生带了几位学生首次返回大陆,住在北京国家图书馆对面的奥林匹克饭店。那是一个大雪纷飞的上午,我去看望更生先生。更生先生的几位学生从未见过下雪,在室外冒着大雪欢呼雀跃,让棉球似的雪花落满全身,兴奋异常。那次我和更生先生尽情交谈,各自介绍了《文心雕龙》研究的情况,以及两岸如何进行《文心雕龙》的研究与合作问题。彼此毫无隔阂,一见如故。那年三月末我应日本九州大学邀请,前往福冈任九州大学文学部客座教授两年。在日本再次遇见著名中国文学学者冈村繁教授,特别是和曾经接待过以王元化先生为首的中国《文心雕龙》学术代表团的刘三富教授,成为无话不谈的好朋友。三富原籍中国台湾,留学日本,获得博士学位,是冈村繁先生学生,时为福冈大学教授。在一次九州中国学会会议上,刘三富先生和九州大学的町田教授发起在学会会议后召开一次小型的《文心雕龙》学术研讨会,以冈村繁教授为主持人,并邀请了台湾黄锦鋐教授、王更生教授,大陆的马白教授(时任《文心雕龙》学会秘书长),韩国首尔大学的李炳汉教授等来参加,会议上的论文由王更生教授带到中国台湾,联系文史哲出版社出版,我帮助王先生负责联系大陆学者的文章。这样就开始了中国大陆和台湾地区,及日本、韩国的《文心雕龙》学术研究的交流。详情见文史哲出版社出版的论文集。

1992年我回到北京,继续在北京大学任教,由于马白教授退休,王元化先生和张光年先生决定由我来负责学会的常务工作,在1993年山东枣庄的学会年会上,选举我担任学会常务副会长,刘文忠为秘书长,由我们两人来具体领导学会的各项事务,并把学会挂靠在北京大学。而学会和海外研究《文心雕龙》学者的联系是由我负责的。因此我和更生先生的联系就非常之频繁。枣庄会议后,我和文忠就想召开一次规模较大的《文心雕龙》国际学术研讨会,我和更生先生提出后,更生先生非常高兴,并且告诉我,他愿意联系台湾地区的有关学者来参加,并在经费方面设法募集资助,帮助会议解决部分经费问题。我非常感激王先生,因为会议的经费筹集是关键。王先生请他的学生宋春青先生为大会捐助了五千元人民币,宋先生是一位擅长看风水的堪舆学专家,他对《文心雕龙》研究的发展非常之热心。1995年暑假学会在北京皇苑饭店召开了一百五十余人的规模空前的学术会议,台湾地区方面以王更生先生为首,一共来了几十位学者,最年长的是台湾大学的张敬教授,已年过八十。张敬教授还向我推荐了她在美国的公子林中明先生,林先生是企业家,但是非常喜欢《文心雕龙》,而且有很深入的研究,并和《孙子兵法》相比较,后来专门出版过学术专著《斌心雕龙》。张敬先生一直嘱咐林中明先生,要多多帮助和支持《文心雕龙》学会,她逝世后,林先生一直热心帮助《文心雕龙》学会,多次捐助经费给学会组织学术会议,还为大陆学者去台湾地区参加《文心雕龙》学术会议提供经费援助,并出资帮助多位大陆学者在台湾地区出版学术专著。1995年的皇苑会议是《文心雕龙》研究史上最为辉煌的一次国际会议,差不多把海内外研究《文心雕龙》最著名的学者都请到了,有八位学者年龄超过八十,他们是:杨明照、王利器、詹锳、王达津、张敬、吴林伯、周振甫、徐中玉。日本的知名学者如兴膳宏、冈村繁,还有美国、韩国、新加坡、马来西亚等国的学者都参加了会议。皇苑会议实际上也可以说是我和王更生先生共同策划的。这也是台湾地区学者参加最多的一次学术会议。会议上王先生还提出为《文心雕龙》学会捐助经费,在王先生的带动下,很多与会学者为学会捐赠了不少经费,这为后来学会开展学术活动打下了经济基础。

皇苑会议后,王更生先生积极奔走,决定在台湾地区筹备召开一次《文心雕龙》学术会议。1999年5月,在王更生先生的努力下,王先生的学生、台湾师范大学文学院院长蔡宗阳教授积极响应,在台湾师范大学召开了《文心雕龙》国际会议。参加这次会议的大陆学者,是王先生要我推荐的,最后大约有将近二十位大陆学者参加了会议。会议也非常之成功,很多大陆学者是第一次到台湾,由此和台湾学术界有了更加广泛的联系,对台湾有了进一步的了解,也交了很多台湾朋友。王先生为大陆学者的交通、住宿、生活多方加以关照,蔡宗阳教授为大家安排得非常周到,使大家过得十分愉快。王先生还和林中明先生商议,为大陆学者资助了部分旅费。此后王先生还为多位大陆学者联系在台湾出版其《文心雕龙》学术著作。大陆的《文心雕龙》学者都知道王先生是最亲密、最值得信赖的慈祥长辈和真诚朋友。自从1995年皇苑会议后,《文心雕龙》学会的每次年会,王先生都会不辞辛苦,带学生一起来参加。在山东日照的会议上,王先生和他的学生,一起极其兴奋地参观了刘勰家乡山东莒县的定林寺。他虽然不是我们学会的会员,但实际上是我们学会最积极、最热心、最核心的成员。我们学会的每个领导人都把王先生作为最好的长者、顾问和参谋。我和王先生之间不但联系频繁,而且具有极其深厚的友谊。

如果说山东莒县是刘勰的祖籍,那么,江苏镇江则是刘勰实际的出生地和居住地,是刘勰真正的家乡。镇江的前领导人钱永波先生非常熟悉和热爱中国传统文化,也是一位为保护传统文化作出了重大贡献的地方领导人。在钱永波先生的倡导和努力下,镇江对研究刘勰和《文心雕龙》非常重视,并且邀请了王元化、杨明照、王更生等先生专门去访问指导。收集了很多资料,在镇江图书馆建立了"《文心雕龙》资料中心",在镇江著名的风景区——南山修建了文苑,这是以刘勰和《文心雕龙》为核心的主题公园。它的主要建筑——文心阁,里面有刘勰的画像、著作等。旁边是雕龙池,池中有知音亭。王更生先生为资料中心捐献了很多他自己和台湾学者研究《文心雕龙》的著作。在二十世纪末,我曾经和几位年轻的博士和教授一起编写《文心雕龙研究史》,为了广泛收集台湾研究《文心雕龙》的资料,我曾在一次去台湾参加学术会议时,求助于王更生先生。正好那时王先生也在收集台湾研究《文心雕龙》的论文,一共有二三百篇,王先生特别让他的学生刘渼教授全部拷贝了一份送给我。我在《文心雕龙研究史》后记中特别说到,这本书实际上是我们和以王先生为首的中国台湾研究《文心雕龙》学者和日本等国外学者共同合作的产物。后来，我又让镇江图书馆的《文心雕龙》资料中心负责人到北京，我把王先生的这批资料以及我从日本和台湾所收集到的《文心雕龙》版本和研究专著，复印了一份回去。前几年，资料中心还把收集到的资料编辑成一张光盘出版。2000年春天我们学会和镇江合作在镇江南山召开了一次盛大的《文心雕龙》国际学术研讨会。王先生带着他的学生和其他台湾学者一起来参加会议，虽然1995年皇苑会议后一些著名的老专家已经去世，但是会议还是邀请到了当时健在的绝大部分研究《文心雕龙》的学者，所以学术规格还是很高的，参加人数也非常之多。王先生当然是会议的核心人物之一，为会议的顺利进行起到了极为重要的作用。钱永波先生为会议的筹办、经费的收集、具体的安排付出了巨大的努力，住宿、膳食、交通、参观安排得非常之好，会议代表都十分满意。镇江方面还在文心阁旁的坡上立了一块扇形碑，上面刻有参加会议代表的名字，那里可以看到王先生刚劲有力的签名。那次会议上我被选为《文心雕龙》学会会长，并且和王更生先生进一步商讨了发展《文心雕龙》研究的国际合作问题，王先生也表示要积极在台湾筹建《文心雕龙》学会，以便更好和大陆的学会合作。

进入二十一世纪，王更生先生对大陆的《文心雕龙》研究和学会工作更加关心。2003年专门到深圳大学参加《文心雕龙》学会和深圳大学合办的学术研讨会。由于我已经在前一年从北京大学退休，并且到香港树仁大学任教，所以，就在深圳会议上辞去了学会会长的工作。王先生很不愿意我辞去学会工作，但是我实际上已经没有精力和条件再承担学会工作。不过，王先生已经和学会的很多会员成为亲密的朋友，所以在我辞去《文心雕龙》学会会长以后，并没有影响王先生和他的学生，以及其他台湾的《文心雕龙》研究者和大陆《文心雕龙》学会的联系。我自从辞去会长职务之后，就没有再参加学会的活动。后来学会挂靠首都师范大学，由首都师范大学文学院院长左东岭任常务副会长，我的学生、首都师范大学文学院副院长陶礼天任秘书长，他们曾筹办了多次《文心雕龙》学术研讨会，王先生不顾高龄，都带着他的学生去参加。2007年他参加了南京的《文心雕龙》国际会议，他非常关心那次会议上对南京定林寺遗址的考证。2009年他又去了安徽芜湖安徽师范大学，那年安徽师范大学著名学者祖保泉教授九十高龄,祖先生也是《文心雕龙》研究专家,王先生参加由芜湖安徽师范大学召开的《文心雕龙》会议,同时也是看望祖先生。前年又到北京首都师范大学参加《文心雕龙》学术会议。我因为在香港教务繁忙,都没有去。对于大陆《文心雕龙》学会的学术活动,王先生可以说是最积极的参与者,几乎是每次必到。他对大陆学会的关心和热情,甚至没有一个大陆学者能够比得上。由于王先生的参与,两岸的《文心雕龙》研究实际已经融为一体。

不过,我和王更生先生的联系,却并没有因为我不担任学会领导工作而有所减少,我们在交往十多年后早已成为无话不谈的亲密朋友。特别是关于《文心雕龙》研究的交流和合作,仍然是我们经常讨论的的内容。在王先生八十高龄前一年,王先生的学生、台湾中山大学的廖宏昌教授,在高雄筹备了一次《文心雕龙》的国际学术研讨会,与会的大陆学者是按王先生亲自提出的邀请名单来确定的,大约有十几位。那次会议也是祝贺王先生八十寿辰的盛会。我在会上宣读论文,是由王先生亲自讲评的。2005年我应台湾淡江大学邀请到台北,在淡江大学作十二天的短期访问讲学,并和也在淡江讲学的日本长崎大学连清吉教授(华裔)一起和王先生相聚,同时还有王先生的学生刘渼教授和方元珍教授。连清吉教授提出可以再次在福冈举办小型《文心雕龙》学术研讨会,并由他负责筹办,我们都非常支持。王先生还提出请林中明先生给予大陆学者以适当资助,主动提出由他和林先生商量。中国台湾方面参加的学者由王先生提名,中国大陆参加的学者由我提名,日本方面则由连清吉负责邀请。2006年春天,正当樱花盛开之际,我们又在福冈大学的招待所相聚。到会的二十多位学者,包括了中国大陆、台湾、香港,以及日本等地的学者,大家都是老朋友,相聚研讨十分愉快。晚上我们还专门去观赏樱花。这次会议的论文也是由王先生带回台北,很快由文史哲出版社出版。

去年5月我在香港中文大学参加古代文学理论的国际会议,见到前来参加会议的台湾高雄中山大学的廖宏昌先生。他告诉我王先生日前突然发现得了胰腺癌,正在治疗中。这使我非常吃惊,因为王先生身体一直非常健康,而且虽然年过八旬,仍然在几个大学教《文心雕龙》课。为了不加重王先生的精神负担,我没有敢打电话问候。而且廖宏昌教授和我说,他正在准备筹建台湾《文心雕龙》学会,由于王先生得病,打算提前到今年初开成立大会,希望请王先生来主持。我非常支持他的想法,期望着能亲自去台湾和王先生相聚。7月,我正在美国访问,突然接到廖宏昌教授和方元珍教授的电讯,说王先生已经去世。王先生这么快离开我们这是我万万没有想到的!深沉的悲哀很长时期一直笼罩在我的心头。真没想到在福冈会议上一别,竟成为永诀!更没有想到王先生得病不到三月就与世长辞!不仅台湾的《文心雕龙》研究失去了龙头,而且大陆研究《文心雕龙》的学者也失去了一位令人敬仰的长者和待人热忱的挚友!

大陆的《文心雕龙》学会成立于1983年。在八十年代两岸关系还比较紧张,来往很少,也很艰难。我们连台湾研究《文心雕龙》的著作也很不容易买到。我记得曾经是《文心雕龙》学会的发起人和初期的学会秘书长、学会常务主持人、山东大学著名的《文心雕龙》专家牟世金教授,是我的好朋友,他在写作《刘勰年谱汇考》一书时,曾经问我有没有见到过王金凌先生和华仲麐先生写的刘勰年谱,我当时也在找这两本书,但是没有能找到,我是一直到写《文心雕龙研究史》前才在台湾找到的。不过,在八十年代王更生先生已经是我们十分心仪的学者。我在1988年去济南,参加牟世金的研究生论文答辩时,老牟就和我说过,他最大的心愿是想见到王更生先生,可惜未能如愿。他当时已经身患癌症,而两岸关系还没有开放迹象,他没有机会去台湾访问。1989年牟世金因癌症去世前曾经和王更生先生通过书信,但始终未能和王先生见面,这成为他终身的遗憾。从九十年代开始,由于大陆改革开放政策的推行,两岸研究《文心雕龙》的学者才有见面交流的可能。九十年代初,王更生教授访问大陆是两岸《文心雕龙》研究和发展的开始,此后,不仅大陆学者和王先生以及台湾研究《文心雕龙》的学者有了广泛的联系,而且王先生和台湾研究《文心雕龙》的学者也相当全面地认识了大陆主要的研究《文心雕龙》学者,并且有着非常友好的关系。王先生曾告诉我,他非常高兴的就是见到并和大陆的著名研究《文心雕龙》学者,如杨明照、王元化、周振甫、詹锳、王利器等相识。虽然《文心雕龙》研究只是两岸学术文化交流发展浪潮中的一个浪花,但是从这二十年的《文心雕龙》研究交流和发展中,却可以看出两岸学者的亲密无间关系,同时也是学术文化发展的需要。我记得在一次和王更生先生有关《文心雕龙》版本问题的交谈中，王先生曾经说，两岸都有《文心雕龙》珍贵的版本，但只有合在一起才能了解到《文心雕龙》版本发展的全部过程。二十年来，两岸《文心雕龙》研究的交流和合作，不仅大大地推动了两岸《文心雕龙》研究的发展，也促进了《文心雕龙》研究的国际交流和合作，这都是和王先生的辛勤耕耘分不开的。去年王先生不幸过早逝世，不仅是台湾《文心雕龙》研究界的重大损失，也是大陆《文心雕龙》研究界的重大损失。不过，由王先生和大陆学者一起开发的《文心雕龙》研究和合作，一定会有更加繁荣昌盛的新发展，必将沿着已有的道路走得更远更远！

纪念"《文心雕龙》的功臣"

——牟世金的《文心雕龙》研究

好像人们把《红楼梦》研究称为"红学"一样,我们也把《文心雕龙》的研究称为"龙学"。今年是中国《文心雕龙》学会成立三十周年,我们不应忘记创办《文心雕龙》学会和为《文心雕龙》研究作出重大贡献的两位著名的"龙学家"——王元化先生和牟世金先生。关于王元化先生和《文心雕龙》学会,我已经写过文章。今年在山东大学举行"龙学"研究三十年的盛大会议,我想专门谈谈牟世金在这方面的成就和贡献。

世金是我的好朋友,他不幸因癌症去世已经二十多年了。记得我最后一次去济南参加世金研究生的论文答辩,世金已经到了癌症的晚期,疲惫消瘦的身形至今仍在我脑海中。当时他是山大中文系主任,他已经感觉可能将不久于人世,但是他最后还在努力工作,仍在研究《文心雕龙》,他告诉我他的《文心雕龙研究》已经快完稿,然而也许他看不到它的出版了。我是强忍着眼泪离开济南的。

《文心雕龙》学会之成立,牟世金是最主要的功臣。二十世纪五十年代,他跟随陆侃如先生研究《文心雕龙》,在六十年代前期,就出版了他和陆先生一起署名的《文心雕龙选译》,其实主要是他写的,陆先生去世后,他完成了全部《文心雕龙》的译注,这就是我们大家都知道、产生过重大影响的《文心雕龙译注》,它现在还有着不朽的生命力。世金把《文心雕龙》研究看作是他整个生命的主体,所以在八十年代初就在酝酿着创办《文心雕龙》学会,来推动《文心雕龙》的研究。而元化先生的《文心雕龙创作论》则是当时在《文心雕龙》理论研究方面成就最高、影响最为深远的著作,特别是元化先生在思想文化界的名望和地位,由他们两位发起和创办《文心雕龙》学会确实也是最理想的了。1982年,世金在山东济南举办了第一次《文心雕龙》学术研讨会,这是为成立《文心雕龙》学会作准备的。当时我也参加了这次会议,会上就成立了以元化先生为首的创建《文心雕龙》学会筹备组,而世金则是实际的具体操办人。为此,世金付出了巨大的努力,终于于1983年在山东青岛成功地举办了中国《文心雕龙》学会的成立大会。中共中央宣传部部长周扬和作家协会书记张光年先生也在元化先生的邀请下参加了会议,并荣任学会的名誉会长和会长。这年夏天,以元化先生为团长,带领章培恒先生和牟世金先生访问日本,在关西和九州与日本的著名"龙学"家相聚,这就为1984年秋的中日学者《文心雕龙》学术研讨会奠定了基础。1984年秋的上海龙柏饭店会议具体是由复旦大学李庆甲先生主持筹办的,但都是在王元化先生指导和《文心雕龙》学会秘书长牟世金先生的协助下进行的。这是《文心雕龙》学会成立后的第一次国际会议,它为《文心雕龙》研究的发展和开展国际交流合作起了重要的推动作用。紧接着就是1986年在安徽屯溪召开的第一次学会年会,会长张光年,副会长王元化、杨明照等主要学会领导均到会。安徽师范大学祖保泉教授为大会召开作出了重大贡献,而世金作为学会实际管事的秘书长,为会议的筹办和学术讨论的安排付出了很多的心血,使会议在百家争鸣、自由讨论的风气下顺利圆满地完成。会上展开了关于《刘子》是否为刘勰所作的学术论争。尽管对立双方的意见很尖锐,但是对学术发展是有好处的。随后就是1988年在广州暨南大学召开的《文心雕龙》会议,这时世金已经病重,他也清楚地意识到可能将不久于人世,因此是带着重病参加会议的。我记得那年初夏他曾对我说,这可能是他最后一次参加《文心雕龙》的学术会议了,所以无论如何是一定要去的,他的表情和话语,我是很悲哀和伤心的,但也让我深切地感到一个真正的学者对学术的深厚感情,体会到世金对《文心雕龙》研究的执着,他把《文心雕龙》研究看得比他生命还要珍贵。在《文心雕龙》学会的产生和发展过程中,世金是主要的核心人物和真正的功臣。在无数种类的学会中,《文心雕龙》学会是一个作风比较正派、学术气氛比较浓厚、很少有争名夺利现象的学会,记得九十年代初,由于牟世金去世、接任的马白退休,学会处于接近瘫痪的状况,王元化先生一再要我来管学会工作时,主要就是讲的这点,说这样的学会如果散了很可惜,我也是基于这一点才接手管了十年学会工作。而学会这种优良的风气之形成,是和元化先生的指导和威望分不开的，也是和世金的辛勤努力分不开的。元化先生在为牟世金的《文心雕龙研究》写的序言中说："我尝戏言，世金同志可以说得上是《文心雕龙》的功臣。这一点，有他的大量论著可以为证。他也是全国《文心雕龙》学会的倡议筹建者，学会的繁杂事务几乎都是由他承担起来的，因此学会倘在学术界有所贡献，首先得归功于他。"

牟世金能够在学会的成立和发展中起这么大的作用，又是和他在《文心雕龙》研究中的成就紧密相关的，如果没有一定的学术威望，他也起不到这样的作用。中华人民共和国成立后，《文心雕龙》研究的发展在六十年代前期是比较活跃的，牟世金教授的《文心雕龙选译》就是比较有影响的一部书。经过"文化大革命"的沉寂，至八十年代，《文心雕龙》研究开始繁荣，特别是王元化先生《文心雕龙创作论》的出版，使《文心雕龙》理论研究进入了一个新的高度。牟世金对《文心雕龙》研究和筹备成立《文心雕龙》学会也主要是在八十年代，虽然他在1989年过早逝世，但是，他为后来《文心雕龙》研究的发展所作出的贡献是巨大的，也是影响深远的。

世金从六十年代到八十年代，是研究《文心雕龙》的学者中非常杰出的一位，他的成就比较集中地体现在三部主要著作中，这就是《文心雕龙译注》《刘勰年谱汇考》《文心雕龙研究》。我在这里想就他这三部书的学术成就说一点看法。

牟世金在他的老师陆侃如先生指导下，以陆先生和他合作名义出版的《文心雕龙选译》，既有很高的学术水平，又有通俗普及的意义。《文心雕龙》的翻译在大陆最早是张光年先生，他在六十年代初给文艺报编辑、记者内部讲授《文心雕龙》时，曾以优美的现代骈文翻译了《文心雕龙》最重要的六篇论创作的篇章。可是并没有正式发表。台湾六十年代后期也有李景溁先生的《文心雕龙新解》，可惜影响不大。大陆当时主要的译注本就是陆侃如、牟世金的《文心雕龙选译》和郭晋稀先生的《文心雕龙十八篇译注》，而比较早的、流行较广的还是陆、牟本。《选译》实际上已经包括了《文心雕龙》中最重要的篇章，"文化大革命"结束后，牟世金把《文心雕龙》全部译注出来，成为一直到现在还很有影响的《文心雕龙译注》。自六十年代以来的五十多年中，有关《文心雕龙》的译注本是非常之多的，出了很多高水平的译注本，例如周振甫先生的《文心雕龙今译》、祖保泉先生的《文心雕龙解说》、王运熙及周锋的《文心雕龙译注》等等，世金虽然早在1989年去世，但是他的译注本至今仍然为大家所重视，盛行不衰，就是因为它确实有它明显的优点，这些我们可以用正确、精练、通俗六字来概括，具体说起来大致有以下几点：第一，本书体现了牟世金严谨的学风，译注的注释虽然简要，但要言不烦，基本上都是比较确切的；译文采用直译，我想是为了努力忠实于原著，没有主观的随意发挥。忠实于原著是注释的生命，例如他对"风骨"的解释，可能不一定为大家所认同，但是他的确是研究了众家之说后比较稳妥地提出自己看法的。他说："欲得确解，唯一的办法是考察刘勰自己是怎样地讲的，看他自己对'风骨'二字的命意何在。"他在《辨骚》中对"博徒"的解释，是按照一般的理解来说的，也就是"赌徒""贱者"，我认为这是符合原意的，而我们现在有的把它解释为博学之徒，是为了强调刘勰对"四异"是肯定的，其实是不太妥当的。第二，世金是新中国培养起来的学者，他对现代文学理论还是比较熟悉的，因此他的译注在当时还是有相当的理论深度的。他能够对《文心雕龙》中的一些理论内容作出比较符合实际的翻译和注释。第三，它的注释和翻译都有较高的学术水平，反映了他对《文心雕龙》的相当深刻的认识。可以看出他是非常努力地要把《文心雕龙》的真实思想用今天的话语通俗地阐说清楚。第四，它在翻译和注释中不回避难点，尽管他的解释不一定会让大家都满意，也可能认识很不同，但是他都尽量给以了较为稳妥的回答。第五，他的注译本并不引用过多的材料，但是可以看出他是广泛研究了各家之说，在此基础上提出自己的解释的。

世金的《刘勰年谱汇考》出版于1988年，但是它的实际写作时间还要早些。此书详细考辨了刘勰的生平事迹，在各家研究基础上作出了刘勰的新年谱，是继杨明照《梁书刘勰传笺注》后最为重要的有关刘勰生平事迹考证的专著。他所收集的历史和现实的有关刘勰的生平和家世资料在当时是最齐全的。关于近人对刘勰年谱的研究，他一共汇总了十六种，其中有两种台湾学者编著的年谱，他没有具体看到，用的是别人转引的资料，这就是华仲麐先生的《刘彦和简谱》和王金凌先生的《刘勰年谱》。他曾经写信问我，是否有见到。但是当时我也没有见到，我是九十年代去台湾时在王更生先生帮助下才找到的。他当时已经找到的十四种，有好些我当时是没有看到的。他用力之勤和做学问的严谨踏实，我是非常钦佩的。《刘勰年谱汇考》不仅把各家对刘勰生平思想研究的见解作了综合分析，而且根据对大量历史材料的分析，对很多重要问题提出了自己的新见。例如引《梁书·刘勰传》和《南史·刘勰传》之差异，及《南史·文学传》把很多人合入家传，而保留《刘勰传》等，提出刘穆之、刘秀之和刘勰"本非同宗"，就是很有根据的。《汇考》对刘勰父亲刘尚的卒年及其事迹的考证，也是他独到的新见。我虽然不同意世金的说法(见拙作《刘勰的家世和生平》，载《文心与书画乐论》)，但是他的说法也可以成为一家之言，而且关于刘尚的情况是从来没有人论说过的。同时他对刘勰在任东宫通事舍人及其前后的事迹，以及刘勰的卒年等，也作了非常细致的考辨，而且都是有相当充分资料根据的。我们同不同意是可以研究的，但是他确实在杨明照先生《梁书刘勰传笺注》的基础上，对刘勰的生平家世作了更进一步详细深入的论证，至今还是研究刘勰生平家世最为重要的研究成果。

牟世金的《文心雕龙研究》是一部全面系统探讨《文心雕龙》理论体系的著作。可惜他还没有等到这部著作的出版就去世了，我想这也是他一生中最大的遗憾。世金对《文心雕龙》文学理论的看法，基本观点已经在他的《文心雕龙译注》的"引论"中做了说明。但是他的《文心雕龙研究》则是从各个方面更加深入具体地对《文心雕龙》中提出的重要理论内容作了很有深度的阐述。全书除绪论外，分别从刘勰的生平家世、《文心雕龙》的理论体系、文之枢纽、论文叙笔、创作论、批评论六个部分来论述，最后还有四个专题研究，对《文心雕龙》的现实主义理论性质、《文心雕龙》文学理论的民族特色、从"范注补正"看《文心雕龙》的注释、台湾《文心雕龙》研究鸟瞰，逐个作了论述。从二十世纪《文心雕龙》的研究来看，校勘、译注、考证的成就是比较大的，而在理论研究方面则相对来说是深度不太够的。到八十年代末九十年代初也只有王元化先生的《文心雕龙创作论》和牟世金的《文心雕龙研究》最为突出。王书主要是创作论，偏重在中西比较；牟书则是比较全面的综合性理论研究，也是二十世纪最完整的一部对《文心雕龙》的系统的理论研究专著。牟书收集了八十年代以前各家研究《文心雕龙》的丰富资料，考察了各家的研究成果，融会贯通加以评析，根据自己长期研究的心得，从正面阐述了自己很有深度的见解。从二十世纪九十年代以后，《文心雕龙》研究在理论上无疑有了很大的进展，有很多学者从各个方面作了十分深入的研究，也有很多重要的专著和论文发表。也许大家觉得牟世金《文心雕龙研究》的论述已经不能满足要求了，然而这并不奇怪，学术研究总是在不断发展的，长江后浪推前浪，很多年轻学者必然要青出于蓝而胜于蓝。可是，这种发展是不能脱离已有的研究成果的，我们总是在前人研究成果的基础上前进的。所以，我们不能不充分地估计到牟世金《文心雕龙研究》一书的历史功绩。更何况，牟世金的这本书现在还没有过时，我们目前有很多著作，从对刘勰《文心雕龙》的整体认识和理论深度上看，还远远达不到牟书的水平。对于牟世金《文心雕龙研究》中提出的有些看法，我也并不同意，譬如关于《辨骚》篇的归属问题，我认为它应该是属于总论的一部分，而不能归为文体论。但是，我们又应该看到世金在论述这个问题时，他是非常全面地研究了各家的不同意见的。他列举了刘师培、梁绳祎、范文澜、刘永济、段熙仲、马茂元、王运熙、周振甫、詹锳、郭晋稀、朱东润、黄海章、赵仲邑、陆侃如、杨明照、杜黎均等十六家的说法，来加以综合分析。这就可以充分说明他的研究不是一般泛泛之论，而是在广泛地搜集资料、进行综合评议、参考各家之说后提出的。全书大都是这样来论述的。我想再引元化先生在序中的一段话："他在搜集资料上，用力甚勤，继承了清人不病琐、获之创的求实学风，决不贪图省力，以第二手资料充数。"这也正是我们现在某些年轻人特别值得借鉴的。世金对《文心雕龙》是情有独钟，诚如元化先生说的："世金同志对于《文心雕龙》怀有深厚的感情，他的研究工作数十年如一日，从未中辍，这种孜孜不倦的钻研精神，使我感到钦佩，也使我感到愧然。"

世金有关《文心雕龙》的著作是很多的，但是我以为上述三部书可以代表他在《文心雕龙》研究上的主要成就。说明他对刘勰生平家世的研究、《文心雕龙》文本的研究、《文心雕龙》理论体系的研究都有相当突出的成就和贡献。他不愧是"龙学"发展的一位卓越的功臣，在中国《文心雕龙》学会成立三十周年之际，我们不应当忘记牟世金的功绩，让我们永远纪念他！

原载《文史哲》2014年第1期

附 录

书 序

1.《马振方文集》序

振方兄与我已有六十余年深厚友谊,从先后同学到同系工作,到一个教研室同事,平时生活上也互相帮助、互相照顾,情如手足,实非同一般。欣闻振方兄文集出版,我很高兴受振方兄邀请作序。振方兄长我两岁,他在入大学前已经工作,并且钟情于小说创作,发表过多篇生活气息浓厚的小说作品。为了深造,1957年考入北京大学中文系,比我晚两届。我们的认识是从他们年级编写《中国文学简史》时开始的。那时我们年级刚刚编写完《中国文学史》,我是编委会成员之一,受年级委托代表我们年级参加他们编写《中国文学简史》的工作,目的是把我们编写《中国文学史》的经验教训告诉他们作为参考,所以我和他们年级的同学非常熟悉,和振方兄就是在那时认识的。在我大学毕业留校工作后,因为负责准备开设《中国文学批评史》的学科建设,并于1961年开始和邵岳先生一起为高年级同学上"中国古典文论选"一课,最早就是为振方兄他们年级开设的。我和邵岳原来都没有学过文学批评史,为了教学需要,勉强在系主任杨晦教授指导下边学边教。振方兄对任何课程学习都是特别认真的,他经常在下课后向我提很多问题,我大都回答不出来,感觉非常尴尬。但也因为这样,我们接触越多就逐渐熟悉起来,并成为最要好的朋友。振方兄在大学期间就是勤于钻研、学习非常突出的学生,毕业后留在系里当教师。在十九楼的单身教师宿舍住的时候,恰巧我们又同住一室!振方兄研究学问非常专注,有时外出因为一直在思考研究问题,竟忘了同房间的我还在室内,从外面锁上门走了!我不得不赶紧从大门上方气窗拼命大声把他叫回来!回想起来真的非常有意思,由此也可以看出他一心一意认真钻研学问的状况。振方兄先在写作教研室,后来转到我们文艺理论教研室,我们就一直在一起工作,他专门负责文学创作理论方面课程,并开始讲授《聊斋志异》专题。

振方兄入学和留系工作后,在继续小说创作的同时,尤为重视小说创作理论的专门研究,其后逐渐将重心转到古典小说艺术和《聊斋志异》以及古典小说史的研究。他是国内外著名的《聊斋志异》研究专家,但他的研究领域是很宽广的:一则十分重视包括古今中外小说创作理论的研究,二则十分重视中国小说发展历史的探索研究,三则以《聊斋志异》为典范,对这部伟大的中国古典短篇小说集做了全面深入的研究。对《聊斋志异》作者和作品的各个方面,从作者的生平思想、作品的版本和背景资料考证、篇目的收集和整理、全书总体的思想和艺术、重点篇章的专门研究、《聊斋志异》的艺术鉴赏等等,都有深刻的分析和独到的见解。

经过六十多年的惨淡经营,振方兄在上述三个领域均有杰出贡献,其成果是极其丰硕的,造诣是非常之高的。振方兄的学术研究有其非常突出的特点,不仅是孜孜以求、勤奋探索,而且扎扎实实、绝无水分,眼光敏锐,逻辑严密,善于发现问题,抓住关键,并从理论和实践两方面深入钻研,不放过任何一个疑难之处,在掌握大量资料的基础上,再从理论上作深入的阐述,他的论断都有极为充分的论据和全面精当的分析,所以是很有说服力的。

振方兄文集的第一卷是对中国古代小说的起源、发展、演变的探讨。中国古典小说源远流长,与中国古代文化历史的发展有密切的联系,小说的概念很早就出现了,但是它和后来小说的含义是不同的,然而又有着内在的密切联系。振方兄从对大量古代文史哲著作的分析中,深入地探索了小说的起源,辨析了小说怎样从古代文史哲的发展中逐渐分化出来,从而形成了自己独立的地位与形态。而由此又可以认识中国古典小说的民族特点,它和中国古代的历史、政治、哲学等有着不可分割的紧密联系。振方兄非常深刻地强调了小说的虚构特点,他从各类文史典籍中探索了其中的虚拟成分,考察了它们对小说产生、发展的影响。他细致地分析了《穆天子传》《尚书》《左传》《国语》《庄子》《战国策》《管子》《礼记》《说苑》《新序》等几十种古代典籍,辨析其与小说的异同,研究它们所包含的接近于小说的叙事、虚拟、表现方法等成分,考察它们对小说的形成和发展所起到的重要作用。这样,他就把对古代小说的研究放在了一个十分广阔的历史文化背景中。他的《中国早期小说考辨》《中国古代小说散论》为我们展示了中国古典小说怎样从极其丰富的历史、哲学、政治等等著作中脱胎出来,从而形成自己的独特体系,并且发展、壮大、成长的生动景象。能够从这样广阔的历史文化发展中去研究古典小说产生发展的研究者实在是不多见的,这也说明振方兄的博学多识和深厚的国学根底。不仅如此,振方兄还对中国小说史上很多重要作品做了专题研究,如《穆天子传》《列仙传》《燕丹子》《古镜记》《游仙窟》《李娃传》《霍小玉传》,乃至《剪灯新话》《西游记》《儒林外史》等等,都写过很有份量的研究论文。

振方兄文集的第二卷是他研究《聊斋志异》成果的汇集。《聊斋志异》作为一部文言短篇小说集的杰作,一向为大家所特别称誉,研究者也非常之多。然而,振方兄对《聊斋志异》的研究不仅非常全面而且有他特有的独到之处。他的《聊斋艺术论》可以说是至今无人能及的对《聊斋志异》艺术的最为出色的深刻分析。我们已故的大师兄陈贻焮先生在为振方兄书所写的序中给予了非常中肯的评价,我在这里只是略为再补充几句。《聊斋志异》产生后,影响极大,清人王士禛、但明伦等都有过评点,还有不少人通过序跋等作了评论,如冯镇峦就有过长篇精彩评论《读聊斋杂说》,他们大都集中在《聊斋志异》的艺术特色上,如高珩所说:"驰想天外,幻迹人区。"不过,清人的评点只是简略点到,并未能结合作品给以深入的剖析,同时也缺乏理论的高度。振方兄在充分吸收古人的评点精华后,又运用了当代文学理论,通过对具体篇章的细致分析,给予了《聊斋志异》艺术特色以确切深刻的理论概括。例如他提出的《聊斋志异》处理"幻想和现实的关系"时,善于把"神话现实化"和把"现实神话化",既是"神话",又是"人话",而且还充分地运用了象征的方法,很多花妖狐鬼的形象更是作者自己美好理想的化身。特别对《聊斋志异》中人物形象塑造的艺术特色,从具有民族特色的中国古典美学高度,用"传神写照""穷形尽相"来加以概括,并以思想和艺术关系来分析《聊斋志异》中各种不同的艺术结构形态。

振方兄不仅对《聊斋志异》的艺术有深刻的理解,而且对《聊斋志异》

思想意义也有着全面确切的认识。他在《〈聊斋志异〉面面观》中非常贴切地从以下六个方面阐述了《聊斋志异》的思想内容：一、刺贪刺虐入骨三分；二、抨击科举痛快淋漓；三、讽喻事情奇趣横生；四、讴歌爱情美不胜收；五、为巾帼奇人立传；六、偶述琐闻一目传神。

振方兄对蒲松龄和《聊斋志异》的研究是十分全面的，他对蒲松龄的生平、思想和为人都作了极为中肯的分析，对他的重要事迹进行了细密的考证。他在日本讲学期间，还专门到日本庆应大学的图书馆收集了国内已经没有了的蒲松龄遗文，经过严格考辨，编辑成《聊斋遗文七种》，在北京大学出版社出版。振方兄对很多篇《聊斋志异》名作写过专门的分析研究文章，还主编了卷帙浩繁的《聊斋志异评赏大成》，对每一篇作品都精心选择了有关的评赏概要和现代汉语翻译，全书达到二百四十万字。由此，我们可以看到振方兄对《聊斋志异》研究确是做出了不可磨灭的重大贡献。

振方兄文集的第三卷收的是他对小说艺术和创作理论的研究著作。振方兄对古代小说特别是《聊斋志异》艺术的分析是如此之深刻、贴切、具体，很重要的原因之一是他对文学创作理论，尤其是小说创作艺术有着十分深广的研究。深厚的理论素养是他研究《聊斋志异》艺术和中国古典小说之所以能取得很高成就的保证。他对世界小说名家的作品都曾经认真地钻研阅读，他的《小说艺术论稿》不仅是他数十年教学成果的总结，也是在广泛研究中国古典小说、中国现当代小说和世界古今小说名家名作的基础上，结合自己创作小说的体会心得而归纳出来的实实在在的理论成果。严家炎教授在为《小说艺术论稿》写的序中对其成就和意义价值已经做了很全面的分析。我想要说的是振方兄对小说艺术和创作理论的探讨和研究，可以说是付出了毕生的精力。他考入北大之前在创作短篇小说的同时，已经开始了对小说创作理论和小说艺术的研究，留校工作之后，一直从事系里文学创作方面的课程教学，先后开设过"文学创作论""小说创作论""小说艺术论""小说艺术形态"等很多门课程，六十年来他不断从中外小说创作实践和小说发展历史，从宏观到微观各个方面探索，写了很多专门的研究文章，因此他对小说理论和小说艺术的研究是非常精深确切且有独到见解的，决不是泛泛空论，是对大量古今中外名家名作创作经验的总结，是从各种类型小说创作实践中提炼出来的，诚如家炎兄所说,他是"站在世界文学的珠穆朗玛峰巅上俯览众山,视野开阔而无粗疏之弊,标准高远却不失之空泛,概括精当而又免于琐屑"(见严家炎《小说艺术论稿序》)。他的《小说艺术论稿》和许多论述小说创作艺术的文章都是浓缩的精油,含金量是很高的。所以像林斤澜这样著名的作家之所以非常欣赏他对艺术构思的分析也决不是偶然的。本卷中还有很值得我们重视的是他对历史小说的一系列研究论著。小说和历史的关系在中国古代尤为密切,所以小说被称为稗官野史。历史小说在中国古代小说的发展中,不仅数量众多,而且占有特别重要的地位。因为历史小说既是历史题材,又是小说。历史是纪实的,小说是可以虚拟的,甚至必然有虚拟的特点,因此也就产生了很多的复杂理论问题。振方兄在《在历史和虚拟之间》(内容均收入文集第三卷)一书和其他有关论述中,非常切实地阐述了历史小说创作的一系列理论问题,提出了很多精彩的、实事求是的、符合实际的独特见解。并由此涉及当代纪实文学的创作,阐述了不少值得我们深思的问题。

  振方兄三卷文集的内容是非常丰富的,我所说到的不过是冰山之一角。我还特别钦佩的是振方兄无比严谨扎实的治学态度,在治学过程中他对任何问题,不管大小,哪怕是一个不涉及他研究主题的问题,即使是一字一句,他都务求透彻地弄明白,绝不含混过去。对任何课题都极其详尽地收集各种资料,一切都凭事实说话,绝无半句空论。他善于把扎实的史的研究和深入的理论分析密切结合起来,因此他的著作不仅资料丰富,而且有理论深度。振方兄虽已八十五岁高龄,仍孜孜不倦地埋头治学,作为一个知名学者,是非常值得我们尊敬和学习的。中国古代讲究人品和文品的一致,这在振方兄身上体现得最为明显,他是这方面的杰出典范。他的治学和他的为人处事是完全一致的,他对任何人都是真诚相待的,对朋友满腔热忱,一片赤诚,真正是两肋插刀,永远是一心一意为对方着想,非常周到,而且诲人不倦,助人为乐。在我们半个多世纪的交往中,我一直为有振方兄这样一个亲密的朋友而感到无比的欣慰和骄傲!

  振方兄的文集要出版了,我仅以此文表示最最衷心的祝贺!

张少康 2018 年 2 月 22 日于北大蓝旗营寓所

2. 邓国光《〈文心雕龙〉文理研究》序

国光先生研究《文心雕龙》的新著即将问世，我能先睹为快，是非常高兴的！

我和国光先生相识近二十年，可谓莫逆之交，而《文心雕龙》则是我们相交的桥梁。我在1993年至2003年主持中国《文心雕龙》学会工作的十年中，曾经举办过多次《文心雕龙》的国际学术研讨会和学会的学术研讨年会，而国光先生几乎是每次必到的。而他每次发表的论文，都是很有新意和特点，与众不同的。也正是在这样的过程中，我们建立了深厚的友谊。特别是1998年秋，国光先生担任澳门大学教育学院副院长时，还专门邀请我到澳门，为教育学院中文系学生讲课三个月，我和国光先生朝夕相处，对他的治学和为人更有了深切的了解。我非常钦佩他夜以继日、废寝忘食、勤奋钻研、孜孜不倦的治学精神。国光先生是一位真正的学者，视学术为生命，而又勤于写作。他在《文心雕龙》和古代文学的研究中，都有自己独到的见解，而决不随意附和世俗之见。比如本书中关于"假纬立义"的观点，他早在二十世纪九十年代中期就已经提出来了。这在当时一般研究者从《文心雕龙·正纬》篇对纬书的批评出发，认为刘勰是否定纬书的普遍认识相比，确实是石破天惊之论！但是只要细读国光先生的《〈文心雕龙〉假纬立义初探》（载《文心雕龙研究》第三期）一文，就会感到他所论不仅是有充分根据的，而且是很有深度的，是符合刘勰本意的。现在他在这本新著中对此又作了更加深入全面的论述。他的很多新观点都是经过长期的思考和酝酿，而越来越成熟的。例如本书中"本经制式"的思想，早在2001年镇江的《文心雕龙》国际学术研讨会上就提出来了，并在《文心雕龙研究》第五期上正式发表了论文。《文心雕龙》的枢纽论毫无疑问是全书的核心部分，体现了刘勰写作《文心雕龙》的基本思想，研究者对此论述已经相当多，但是以孔子和屈原为文理轴心来研究枢纽论则还没有人提出过。我对这个研究角度是非常赞赏的！我认为国光先生这样的研究才是真正深刻地把握了枢纽论的关键。文学创作既要继承我们民族的优良传统，又要懂得创新变革，而刘勰正是以孔子和屈原为正变、正奇之代表来提出他的文学创作和文学批评理论的！以孔子和屈原的文理为轴心，才抓住了枢纽论的核心内容，才真正懂得刘勰文学思想的要领。纵观国光先生全书，新意迭出，令人目不暇接，特别是探讨一些重要的理论概念，极为细致深入，如对"神理"含义的研究，全面介绍了各家的不同观点，然后从中国传统的历史文化分析出发，研究了"神理"的历史发展和当时佛学界对"神理"的理解，特别从僧祐的佛学著作中探索"神理"的含义，从而一步步贴近刘勰。再从刘勰的两篇佛学著作和《文心雕龙》中探讨"神理"的含义，并提出自己独到的见解。国光先生有非常深厚的国学根底，对经学有精湛的研究，而且不局限于某一断代，对我们几千年的学术文化有系统的完整的深刻的了解，他的这本《〈文心雕龙〉文理研究》就是在这样的基础之上写出来的，所以就有不同一般的崭新认识，是《文心雕龙》研究发展的重大成果。自从进入二十一世纪以来，有关《文心雕龙》的论述非常之多，这十几年中仅论文就多达两千多篇，但是真正有新颖独到创见的，其实并没有多少，我们真的特别需要有像国光先生这样有分量的著作，而不是一些空洞的泛泛之论。港澳地区本来对《文心雕龙》的研究发展是很有贡献的，但是，饶宗颐先生年事已高，多年以来没有再做《文心雕龙》方面的研究，陈耀南先生退休后去了澳洲，罗思美先生退休后回了马来西亚，中年已上的只有国光先生一直坚持研究《文心雕龙》，而且不断有新著问世，实际上已经成为港澳地区研究《文心雕龙》的中坚，国光先生还指导了一些年轻的研究《文心雕龙》的博士。国光先生这本新著的出版，说明港澳地区《文心雕龙》研究不仅后继有人，而且让我们看到港澳地区《文心雕龙》研究生气勃勃的新曙光！

张少康 2012 年 8 月于香港树仁大学寓所

3. 王英志《续诗品注评》序

我以极其兴奋的心情读完了英志同志的《续诗品注评》书稿，这是一部很有价值的学术著作，也是英志同志为我国古代文论研究作出的又一个新贡献。

近几年来，英志同志发表了许多研究清代诗论以及其他古代文论方面的有份量的文章。英志同志是勤奋的、刻苦的，又是善于思索的、有独立创见的，是我们古代文论研究队伍中一位有成效的研究工作者。作为一个古代文论的研究工作者,我以为应当有两个方面的基本素质:一是要有坚实的国学底子,二是要有深厚的理论修养。两者缺一不可,否则就难以在古代文论的研究上有新的突破,并把它推向前进。所谓国学底子,我指的是对中国古代的历史、哲学、文学、语言等的熟悉和掌握程度;所谓理论修养,我指的是对文学理论,特别是现代科学的文学和美学理论的熟悉和掌握程度。对任何一方面的轻视,都将使我们在古代文论的研究中遇到重重困难,无法深入。只有这两方面的紧密结合,才有可能使我们的研究工作结出丰硕的果实。英志同志的这部著作恰好表现出了这样的特点:他既引用了相当丰富的历史材料,对袁枚《续诗品》作了详尽的、确切的注释;又对它作出了比较深入的理论分析,并且按照现代科学的文学理论观点,从总体上对《续诗品》作了分类研究。真正做到了观点和材料的统一。当然,我不是说英志同志的研究已经达到了顶点,而是说他这种观点和材料并重的扎扎实实的研究,其方向和道路是正确的,是应该加以大力提倡的。

袁枚是清代的一位诗论大家,他的著作是非常浩瀚的,其中文学理论(尤其是诗歌理论)论著也是十分丰富的,除了《随园诗话》以外,他的《小仓山房文集》《诗集》和其他杂著中也有大量的论述。过去研究袁枚诗论的人,一般都以《随园诗话》为主,而对其《续诗品》重视不够。其实,从某个角度来说,《续诗品》是相当集中地系统地反映袁枚的诗论主张的,而《随园诗话》则不能不使人有芜杂之感。可是,《续诗品》由于仿效司空图《诗品》的形式,以诗体论诗,不能不受形式的局限,而不易对其中观点作透彻的充分的阐述,因此,一些基本思想就不如《随园诗话》或文集中的有关论述来得更为尖锐、明朗、突出。联系袁枚《随园诗话》及诗文集中有关论述来注释和评论《续诗品》是一件很有意义的工作,可以使我们完整而扼要地把握袁枚的诗论体系。郭绍虞先生《续诗品注》正是这样做的,它为我们理解袁枚《续诗品》奠定了基础。可惜,郭绍虞先生对《续诗品》的典故及文字疑难均未作注,引证诗话、文集中论述又未加按语分析,这就使我们感到有所不足。英志同志这部书在郭先生《续诗品注》的基础上,不仅比较圆满地完成了郭先生所未做的工作,而且有自己的许多研究心得,并联系我国古代文论中的有关论述,探讨了《续诗品》的理论体系,这是难能可贵的。为有利于普及,英志同志还对《续诗品》作了今译,以诗体形式努力保持原作之韵味,这也是很不容易的。英志同志发表过好几篇研究袁枚诗论的文章(收入其《清人诗论研究》一书),其中的许多成果也都吸收到这部著作中来了。我们期待着英志同志在研究袁枚和清代其他诗论方面作出更大的贡献。

英志同志嘱我为他这部新著写序,按照现行的规矩,我是没有资格写的,因为一般人认为序应当是由前辈或名家来作的。不过,据我国古代的传统,却并非都是如此,许多序是由作者的朋友来写的,我就是属于这一种情况。我和英志同志先后毕业于北京大学中文系,由于是同行,所以在学业上通过书信往来,颇多切磋琢磨之处。作为同志和朋友,我对他在学业上的迅速成长,是分外高兴的,也为他给母校增添荣誉而感到骄傲。因此,我也就乐意勉为其难而作是序。

张少康 1987 年 8 月 10 日于北京大学燕东园

4. 何祥荣《四六丛话研究》序

祥荣博士的新著《四六丛话研究》即将问世,我能先睹为快,感到十分高兴!

中国古代文论的研究近三十年来发展极快,非常繁荣,出现的高质量研究专著和论文真是不胜枚举。但是,对古代有关骈文理论批评的研究则是相对被忽视了,很多有影响的文学批评史著作也很少提到,或者没有提到。其实这是一个很不正常的现象。在中国古代文学的丰富遗产中,骈文实际占有很重要的地位。在我国极其丰富的古代散文中,它和韩、柳所提倡的散体古文具有同样重要的地位。如果说,散体的古文比较偏重实用的话,那么骈俪的散文则更偏向于美文。骈文的基本艺术表现方法是规整的四六句式和对偶、声律、用典,而这些又是和我们汉语的特点分不开的。所以从某种意义上说,骈文更具有突出的民族传统特色,可以说它是其他任何国家所没有,也不可能有的一种文学形式。韩、柳提倡从先秦两汉学习散体古文,反对骈文,是有道理的,因为实际上很多实用的文章如果都用骈俪的形式确实不是很方便,而且还会以辞害意,何况用散体古文也同样可以写出优美的文学作品,如柳宗元的山水游记等。但是，决不能因此而否定骈文，实际上骈文也是否定不了的。它的繁荣发展有它自己的生命力。不过自唐宋八大家出现之后，骈文似乎已经不为人们所注意，这也是一个不正常的现象。因此，骈文理论就更不为人们所重视。近十年来虽然也有一些零星的研究文章，但是没有很有份量的著作。祥荣博士的新著对纠正文学史研究和文学批评史研究中的这种偏向有十分重要的作用，也可以说是填补了中国古代文论研究中的一个空白。

孙梅的《四六丛话》是有关骈文理论批评的总汇，同时他写的二十篇序论则是对骈文的创作和历史发展的全面评论。所以，《四六丛话》既是一本骈文理论批评的资料总集，又是一本重要的骈文理论批评专著。然而，对这样一部重要的集大成的骈文理论批评著作，却并没有人对它作过深入的专门的研究。祥荣博士的新著全面而细致地论述了《四六丛话》在资料收集和理论阐述上的成就，他不仅深入分析了《四六丛话》产生的学术背景，认真地研究和考证了孙梅生平思想，而且把《四六丛话》放在骈文理论批评历史发展中加以考察，深刻地揭示了它在骈文理论批评方面的重要贡献，以及孙梅的独到见解。在具体阐述孙梅的骈文创作理论时，又善于联系古代文论来说明孙梅对传统文论的继承和发展。特别是对孙梅有关骈文文体论的剖析，不仅和古代著名的文学批评著作《文心雕龙》《昭明文选》等的分类作比较，还在介绍孙梅对各类文体特征的论述时说明了他对古代文论中有关文体论的继承和发展。资料丰富、引证广博、辨析细腻、逻辑严密，则又是祥荣博士新著在学术著作写作上的显著特色。

研究文学理论批评史是不能离开文学史的，只有把两者密切结合起来，才有可能使研究具有深度。我记得1979年和我的老师、著名的作家和文学史家吴祖缃教授一起到云南参加中国古代文学理论学会第一次会议时，吴先生在路上一再叮嘱我，一定要有深厚的文学史功底，才能使文学理论批评的研究真正深入下去。三十多年来我一直牢记着吴先生的教导。文学理论批评是从文学史发展中逐渐形成的，如果不懂文学史，也就无法理解文学理论批评。祥荣博士能够把《四六丛话》的研究做得这样好，是和他非常熟悉骈文、长期研究骈文分不开的。祥荣博士在北大攻读博士学位时，他的博士论文就是研究六朝骈文。当时我应他的导师袁行需教授的邀请,也参加了他的博士论文答辩,他的文章在研究六朝骈文方面是很有水平的。我记得当时参加论文答辩的曹道衡、白化文等著名教授都给予了很高的评价。此后,他回到香港任教于树仁大学,并担任中文系的领导,在繁忙的教学和行政工作之余,他始终孜孜以求地坚持学术研究,不但修改出版了他的博士论文,而且写了不少学术论文,并一直担负着骈文的教学,成为在骈文的教学和研究方面一位杰出的青年学者。同时他又是一位骈文和古代诗词的积极创作者。因此,他对骈文的历史发展和创作艺术是很精通的,现在他又把研究领域扩大到骈文理论领域,把文学史的研究和文学理论批评的研究结合起来,这个方向是很正确的。我为他的新成就感到高兴!

祥荣博士是一位十分勤奋的青年学者,我相信他会不断有新的学术著作问世,为推进香港和全国的古代文学和文学理论批评研究作出更大的贡献!

张少康 2008 年 7 月 31 日于香港树仁大学寓所

5. 杨子彦《纪昀文学思想研究》序

子彦的书即将出版,嘱我为序,我很高兴地答应了。

子彦在读博士时的指导老师本是陈熙中教授,后因熙中外出讲学,她又由张健教授指导。虽然在她论文的最后阶段我也参与提了一些修改建议,但是我实在没有做什么工作,只是那时我尚未退休,还在北大中文系文艺理论教研室,所以也了解她的论文情况。她选择纪昀为题,我是很赞成的,因为大家都知道纪昀是《四库全书》总编,是一位大学者,也是一位名臣,也知道他评点过《文心雕龙》,但是对他的文学思想的全面研究则是不够的,而实际上他是乾隆时期非常重要、也很有成就的文艺批评家。我原来在拙作《中国文学理论批评史》中是没有写到纪昀的,后来因为参与帮助子彦博士论文提意见,逐渐体会到纪昀在文学批评史中的地位和作用,所以在修改此书时增加了有关纪昀的一节。

纪昀的文学思想核心是注重传统诗教的,但是他对文学的艺术审美特性又是非常懂得的。因此决不可因为他强调"发乎情,止乎礼义",就把他当作一个封建保守派的文学批评家,而应该更多地看到他对文学的艺术审美特性的深刻理解和认识。同时,他对中国古代文学思想发展中的主线又有十分清醒的认识,特别是他在《云林诗钞序》中对古代文学思想发展中的对立和斗争作了非常精确的概括,并且展示了他在提倡"发乎情,止乎礼义"的过程中,已经不再是简单的回归"诗教"传统,而是对传统诗学作了一种新的解释,发扬了其中的积极方面,对文学中的理性和感性、说理和抒情、艳情和色情、华丽和淫靡关系进行了相当深入的剖析。子彦的书中对纪昀的文学思想之阐述是非常全面和深刻的,不仅正确地把握了纪昀文学思想的基本核心,而且从各个不同角度和侧面展开和发挥了纪昀文学思想的精粹内核,对纪昀在文学批评史上的重要地位和积极贡献论说得非常之清楚。她的博士论文从通过到现在虽然已经过了十一年,但是现在的这本书和她原来的博士论文,已经今非昔比,早就大大地超越了原来的论文,不仅分析更加全面深入,而且内容也更加丰富广博了。这十一年来她一直没有停止努力,而是不断在学术上向前推进,把她的成果也贯穿到了对原来博士论文的修改中。我看到她的成长,她的坚毅的钻研精神,十分感佩,相信她会继续奋进,百尺竿头更进一步。我祝贺她的成功!

张少康 2014 年 1 月于香港北角宝马山

6. 李瑞卿《朱彝尊文学思想研究》序

瑞卿和赵建章是我在退休前带的最后两位古代文论博士,此后虽然还有以我的名义招的学生,不过,我已经不再管了。瑞卿入学后一直非常努力,由于他原来是教古代文学的老师,对古代文论接触并不多,尤其对清代的诗文也并不是很熟悉。朱彝尊是清代的大家,和王士禛一起成为康熙时期声名卓著的诗人和文学家,人称"南朱北王"。然而,他们两人在文学思想上的特点不同,王士禛重才情,朱彝尊重学问;王士禛提倡清远,朱彝尊提倡雅正。两人也有共同之处:都注重学唐,崇尚天成自得。可是,由于两人诗学旨趣的差异,在如何学唐和如何获得天成自得境界上,也是各有自己主张的。朱彝尊在诗、词、文各个方面都很有成就,同时也是一个学者。他著作丰硕,有关的资料也非常之多,瑞卿选朱彝尊的文学思想做博士论文,开始我是比较担心的,怕他啃不下这块硬骨头。但是他有非常强的自信心和意志力,以乐观的心态全力去拼搏,碰到困难他没有任何的畏难情绪,总是主动迎上去克服它。他终于把握准朱彝尊文学思想的特点,而且作了相当细致而深入的剖析。在这个过程中,他很虚心地听取各方面的意见,不断地补充修改,论文不仅通过了,而且得到参加答辩的老师和专家的赞扬。我很钦佩他的这种精神和毅力,我以为这对于一个青年学者来说,是他能否使自己走上成功之路的关键所在。瑞卿毕业后,在繁忙的教学之余,一直坚持学术研究,已经有了很多成果。现在他的论文经过认真的修订即将出版,我真的是非常高兴!一个年轻人要有顽强的拼搏精神,这是很不容易的,而更为可贵的是,他能一直把这种精神坚持下来,从不懈怠。我相信他一定能在古代文论和古代文学的研究领域作出自己应有的贡献,使自己的学术研究道路越走越宽,攀登上瑰丽的学术天堂。

张少康 2006 年 11 月于香港宝马山

7. 马云骎《李东阳诗学新探》序

马云骎博士的博士论文即将付梓,嘱我为序。

我和云骎相识于十五年前,1998 年 9 月我应邓国光教授邀请赴澳门大学教育学院任教一学期。当时云骎是教育学院中文系四年级学生,是班上非常优秀的学生,她非常希望在大学毕业后到北京大学攻读研究生,我很支持她的想法。我回到北京的第二年秋,云骎以很优秀的成绩考取北大中文系研究生,并由我指导研究中国古代文论。那时我的工作主要是指导博士生,硕士生已经不管了,但是云骎的指导工作仍归我管,她是我指导的最后一个硕士生。云骎硕士毕业后,随即考取了我的博士生,本来也应该由我指导。但是,2002 年我退休离开北大,到香港树仁大学任教,所以云骎的指导工作由张健教授担任。张健教授专门研究元明清诗学,出版过很有影响的专著,如《清代诗学研究》《元代诗法校考》等,而云骎的课题——李东阳诗学正是张健的专业研究范围,因此比我指导更好,我对明代诗学并无深入研究。

明代诗学虽然不如清代成就高,却是清代诗学发展的前奏。李东阳是明初的重要诗人与诗学批评家,研究他的诗学对了解明代诗学发展是非常关键的,李东阳确实是一个对明代诗学影响深远的重要人物。云骎的论著从研究整理李东阳的《麓堂诗话》入手,对他诗学的各个方面作了认真细致的探索,提出了自己很多有独立见解的看法,是很有意义的。研究李东阳的诗学是有难度的,因为他不仅是一位诗人、诗歌理论批评家,也是一位政治人物,接触面很广,特别在明代门户林立的局面下,要正确地阐明他的诗学特点和影响是不容易的。云骎不畏艰难,把李东阳诗学的基本方面作了简练而明确的分析,清楚地说明了李东阳诗学的内容、意义和价值。现在她的著作即将出版,我衷心祝贺她的成功。

在港澳地区的中文界,澳门大学在中国古代文学学科的研究上是很有成就的,如施议对教授、邓国光教授等,都是古代文学和古代文学批评方面水平很高的著名学者,他们都是云骎的老师,我相信云骎在这样一个环境里工作、学习和研究是很幸运的。云骎作为在澳门本土成长起来的青年学者,现在又继续在澳门服务,在自己的母校工作,为澳门的学术发展和教育事业努力贡献自己的力量。我相信她会不断在学术上获得新的成果。

张少康 2013 年 7 月 13 日于香港树仁大学寓所

8. 邓程《论新诗的出路》序

我是研究古代文学和文学批评的,所以对新诗不熟悉,更没有研究。但是从中国诗歌发展的历史来看,新诗虽然主要是在西方文明输入后发展起来的,受西方文学的影响更为直接,却也不能完全和传统割断联系。特别是"五四"以来的诗人和文学家,大都有深厚的中国古代文学修养,他们的诗歌创作中多少还是可以感觉到古代诗词的某些养分。特别是他们的诗论,也往往潜移默化地受到古代诗学传统的影响,有着不可分割的联系。因此研究新诗诗论和古代诗学传统的关系,毫无疑问是一个非常有意义的课题。邓程博士的著作《论新诗的出路》在这方面做出了很有价值的贡献。

中国古代诗学传统是有自己的鲜明特点的,但是究竟怎样从理论上去概括,则是一个很复杂、也很不容易解决的问题。邓程博士的著作从实和虚、意象和意境、形式和语言三个方面去考察古代诗词发展中的特点,研究中国古代诗歌传统及其和现代新诗发展的联系,我认为是很有启发性的。这三个方面应该说都是我国古代诗学传统中非常重要的、带有根本性的专门问题。文艺上的虚实关系是从哲学上的虚实关系派生出来的,它的根源是在老庄哲学中对无和有关系的论述,它不仅体现在诗学理论中,也表现在诗歌创作中。当然,如何具体地去阐说分析,可能是会有很多不同见解的,但是,虚实关系在文学理论和创作中的发展确实是促使中国诗学形成自己特殊审美传统的一个关键。中国古代诗词是以创造意境为其基本特色的,而意境的美学特征之核心,就在于对虚实关系的运用。意象的构成和意境的创造,都是要通过具体的形式和语言来表达的,汉语是我们民族非常有特色的语言,它形成了骈俪、对偶、平仄等许多独有的表现方法。这些也是现当代文学很值得借鉴的地方。

邓程博士对中国古代的诗词非常熟悉,对中国古代诗学传统也有较为深入的研究,并且对其中的一些重要问题进行了很认真的思考,他能够从理论和创作相结合的角度来进行分析,有很严谨的学风。他虽然着重的是研究新诗诗论对传统的态度,但对新诗和西方文学的关系也是很了解的,所以他的著作能够把古今中外融为一体来加以论述。我对他勤奋踏实的学习态度和孜孜不倦的钻研精神表示真诚的钦佩,期盼他在学术研究中不断有新的、更加优秀的著作问世。

张少康 2003 年 5 月 28 日于香港宝马山

9. 陈允锋《禽语木歌》序

允锋的诗集《禽语木歌》即将出版,嘱我作序,我感到十分高兴。

我和允锋相识于二十世纪八十年代中期。他 1985 年夏从厦门大学中文系毕业,任教于北航,讲授大一语文,曾来找过我询问考研究生的事。我第一眼见到,就感觉他非常诚挚朴实,话语不多,但思想深沉,内藏睿智。1988 年允锋考入北大中国文学批评史硕士研究生,我是他的指导教师,我们相互联络、研讨学术就比较多了,遗憾的是,我因为 1990 年 3 月赴日本九州大学讲学,只带了他一年半,后来由熙中教授接替,一直到他毕业。数十年来,我们虽然接触并不是很多,但是还是相当熟悉、关系亲密。我对他的印象一直非常好,允锋上学时是一位刻苦努力的好学生,为人谦虚平易,十分低调,但对学术研究有浓厚兴趣,极富钻研精神。毕业后他先到中央音乐学院美学教研室工作,但一直念念不忘继续在学业上深造！几年后考入南开大学,在王达津先生门下读博士,最后任教于中央民族大学。他在教学之余,潜心研究,发愤著述,出版了《唐诗美学意味》《中唐文论研究》《〈文心雕龙〉疑思录》《古典诗学述论》等许多很有份量的学术专著,撰写了大量有真知灼见的学术论文,还和我、汪春泓、陶礼天一起编撰了《文心雕龙研究史》,成为一位成就卓越、学识渊博的中年学者,可是我却一直不知道他还是一位杰出的古体诗词作者！只是近两年在微信的朋友圈里有时看到他写的若干古体诗词,才感觉到他不只是学术研究好,而且有诗人的天生禀赋,但还真没想到他已经创作了这么多精彩的作品！

　　古人说"文如其人""诗如其人",允锋的古体诗词确实是他为人处事、个性气质的形象再现。诗集的第一首《丁亥年孟秋下澣赠新进诸生》,虽是勉励新进学生,实际也是说他自己的人生:"恭以事师,黾勉自立;和以处友,谦冲转益。维德是种,弘毅笃实;维业是耘,文华熠熠。"这正是允锋对前半生最好的自我概括！允锋热爱的专业是魏晋隋唐的古典文学和文学批评,这也许和他的大学学习环境有关,厦门大学中文系是研究魏晋隋唐古典文学的重镇,1987年我和陈贻焮教授曾一同去厦门大学访问,周祖譔先生和他的弟子吴在庆、贾晋华、王玫等热情接待了我们,他们都是研究魏晋隋唐古典文学的专家。所以允锋的诗词颇有唐诗的骨气和韵味,既有工部之沉郁,又具太白之飘逸;既富渊明之洒脱,复兼王维之静默。在他对人生之感叹、风俗之浇薄、亲情之眷恋、研学之执着、朋辈之友谊、风物之徜徉……满怀深情、真挚热烈的讴歌中,处处可见其思想之深邃、识见之宽广、观察之细腻、描绘之生动,似乎可以看到杜甫的影子,又隐约有陶渊明、王维的痕迹。如《戊戌孟冬十月十五日时值小雪节气偶忆杜甫"浩歌弥激烈"句感兴生焉遂依入声屑韵成古风一首》:"孟冬已半无风雪,独月临窗话愁绝。气抑寒凝天地闭,贞衰俗薄纲维裂。横行霜蟹炫钳螯,淡荡竹枝秉直节。岁暮莫伤颜鬓老,浩歌声起弥激烈。"允锋因杜甫身处乱世坎坷潦倒而充满壮志胸怀愤激的诗句,引发强烈创作灵感,不是偶然的,而是因为他自己就是这样一个人,没有背景,没有后台,不恋官位,不攀权势,清贫逸乐,心灵高洁,胸怀壮志,以诗自娱。其实允锋是极有抱负的,不过他在当今世道却难以充分施展,因为他绝不会违心地去吹拍逢迎,更对追逐名利嫉恶如仇。所以他很喜欢杜甫,如《月下偶忆杜少陵"斫却月中桂,清光应更多"句嗟叹再三因成二绝聊以解闷》:"泠泠素月镜新磨,桐影摇扬蛩自哦。毕竟成心淤宿垢,清光不似少时多。""莫叹桑榆老钓蓑,无声岁月总成歌。独怜浊俗埋豪兴,袅袅清光枉自多。"他内心"豪兴"蓬勃,然而"清光"已"不如少时多"!这并非缘他年岁增长,而是现在一尘不染、光明磊落的人愈来愈少了,他不能不有孤独之感。少陵壮志难酬,无奈只能借陶潜宽慰,允锋何尝不是如此?再看他的《时近重阳读陶潜〈九日闲居〉成习作一篇》:"陶公守蓬庐,高逸垂清名。南窗咏闲居,悠然见深情。栖迟鬓毛霜,延年啜菊英。伊苦百岁短,壶空难杯倾。泠泠秋风至,淡淡长空晴。奈何当季世,喈喈闻鸡鸣。梁燕各纷飞,术巧费经营。丘岩松竹秀,淹留幽绪萦。"允锋学陶诗,更学渊明为人处世,在时时处处沽名钓誉的浇薄世风中,秉高风亮节,愿清名垂世,渊明乎?允锋乎?于此可见一般。他的《山间晨兴》云:"登高沐景风,云海正冲融。鸥白千帆外,山青一望中。偶闻人语响,不觉世情空。何处寻归路,碧枝嘉果红。"心仪辋川恬静,喜得禅家空无,视功名利禄若浮云,嘉碧枝红果之清纯,岂非"行到水穷处,坐看云起时"之王维趣味?我在允锋《唐诗美学意味》一书序言中曾说他:"甘心于清贫的生活,淡薄名利,孜孜不倦地一心一意从事艰苦的学术研究,自有颜回之乐,始终保持着十分平静的心态。"我现在还是这样看的,他也一直没有变,不过现在应该加上一句:"出色地借古体诗词抒发了他内心的豪壮情怀与无尽感慨。"距允锋入京已经三十七年了,虽然岁月坎坷,风云变幻,然而允锋的初心未改,尽管年过半百,而节操弥固,识见弥深,心志愈坚,情趣愈高。他的《丁酉冬紫竹院筠石苑漫吟》云:"忽念起、家山故俗。正蟹肥鱼美,桂柚香续。门外悠悠闽水,浪鸥嬉逐。卅年忝作京华客,似浮云一瞬惊倏。壮颜难再,方音未改,素襟弥笃。""素襟弥笃"说得真好!

允锋的诗词非常真实地展示了他的心灵世界,和他为人一样,没有一丝一毫的虚伪做作,没有刻意而为的雕琢纤巧,有的只是真诚恳切、胸怀坦荡,如闻其声,如见其人。现在古体诗词的创作相当繁荣,但许多并非性情中人,文辞虽然华艳,声韵亦见工巧,然诚如王国维所说"雾里看花,终隔一层"。我读允锋诗作,却绝没有这种感觉,而是十分亲切,十分真率,就好像他和我对坐叙谈,敞开心扉,诉说衷肠。他的诗词朴素雅丽,清静爽朗,自然和谐,想象开阔。他对佛学禅宗有心领神会之妙,将之融入诗情画意,使其精神境界和艺术境界都提到一个新的高度。他热心禅学是我以前不了解、也没有想到的,而他坦荡的人生态度,潇洒的社会观察,仿佛领悟了涅槃的真谛。《谒京西凤凰岭龙泉寺》:"古树贮清阴,禅堂起梵音。浮嚣随水去,素色共云临。面壁玄思远,闻经百虑沉。踏枝多雀跃,入耳尽高吟。"释迦的幽冥心境,佛经的思想宝库,使允锋的"颜回之乐"有了充实的哲理依据,也在他诗词中留下了隐秘的禅意,恰如唐代诗僧灵澈上人所说:"律仪通外学,诗思入玄关。烟景随缘到,风姿与道闲。"(《送道虔上人游方》)这恰可以体现允锋古诗词的风貌。

允锋正当壮年,他的学术研究和诗词创作必将登上更加俊伟的高峰。我虽已进入耄耋之年,仍期望在有生之年再看到他的新作!

张少康 2022 初于北京蓝旗营寓所

开罗讲学追记

1983年9月我由北大派遣前往埃及开罗的艾因·夏姆斯大学讲学一年。这个大学历史悠久,开办时间比开罗大学还要长远。那里有中东地区唯一的一个大学中文系,我去时已经有十多年历史,是由中国帮助埃及开办的,每年要派四到六位中国教师前去教学。我们一行六人来自三个学校(北京大学、北京语言大学、上海外国语学院),由北京出发去开罗,当时没有直达飞机,要在罗马尼亚的首都布加勒斯特等一天,再转机去开罗。当飞机在开罗上空盘旋时,我看到一种当时无法理解的景象:这个一千多万人口的城市,大部分房屋的顶上都耸立着一条条钢筋,好像没有盖完的建筑,还有不少在钢筋上拉着绳索,晒了很多衣服,还有饲养的猫狗等。两位去过埃及的同事就告诉我说,埃及人盖房子都是先建几层,等有钱了再往上续建,所以顶上都簇立着钢筋。有的不顾地基情况不断往上建,所以常有房屋倒塌的事件,我在开罗的一年中就亲眼看到两处倒塌,我们大学的一位老师就死于倒塌的房屋中。

在我们同行的六人中,只有我不会阿拉伯语,其他几位都是学阿拉伯语的。好在中文系的学生中,除一、二年级外,三、四年级和研究生都会说汉语。因为他们在一、二年级时是由中国老师教中文,三年级是到北京语言大学留学一年,四年级回到开罗,汉语已经说得不错了。我的工作是教四年级和研究生中国文学。那时中文系的本科生是不多的,每个年级都不到十个人,研究生也只有三个年级,人数就更少了。埃及人因为大多数信仰伊斯兰教(也有一些是信仰基督教的),特别注重友爱、互助,一个外国人在开罗的大街上如果左顾右盼,马上会有一些埃及人围上来,问你需要什么帮助,并表示很愿意帮助你。我们第一次去中国大使馆时,因为大使馆在穿过开罗市的尼罗河中一个大岛上,很难找,于是就东张西望,这时就有埃及人来问,并且热心地带我们去找。找了两个钟头也没找到,原来这个埃及朋友也不知道中国大使馆在哪里!由于伊斯兰教义的影响,学生之间、师生之间的关系是非常友善、融洽的。埃及学生一般都在上课前就到学校了,不过他们不是在教室里,而是在校园的花间、树荫下,一起扎堆儿喝咖啡、聊天。上课铃响了,他们也不进教室,总在没完没了地聊……他们特别调皮,老师经常要去把他们抓到教室里,有时老师去抓别个时,先抓来的又溜出去了!一般总要过二十多分钟,才能开始上课。等离下课还有半小时左右,他们又坐不住了,于是一个接一个笑眯眯地和老师说:"老师,够了,你累了!"有的就站起来说,要出去方便一下。这样课也就结束了。如果说用功的话,那么埃及学生真是没有一个用功的,但是他们都很聪明,记忆力、背诵功夫都很厉害。考试时他们可以把老师指定的重点部分大段大段地背下来。他们非常尊敬老师,可是又淘气得不得了,真让老师拿他们没办法!埃及学校的考试也是很特别的。管理得出奇严格,考场不在教室里,而是在操场上用帆布围一块很大的地方,上面搭起顶棚,一排排桌椅,每行每个都是隔开的,每个学生周围都是别的系的学生。考场外是全副武装的警察负责巡逻,老师不可以进去,都在指定的教室里坐着。如果学生有问题,由所属学院的院长批准,让系主任到教室里问有关的老师,然后由考场负责人告诉学生。我不知道非洲和中东其他国家是不是这样,大概东亚和欧美是不会有的。

埃及学生对老师非常热情,有什么事都很乐意帮忙。我记得我回国时,因为要到日本访问,需要买一张由开罗到东京,在日本停留半个月再回北京的机票。因为我们中国老师的机票都是由埃及学校出钱的,必须要坐埃及航空公司班机。那时埃及政府规定,可以在机票规定的行李外,多加三十公斤的超重行李费,也就是说,可以允许我们带五十公斤行李。因为埃及靠近苏伊士运河口的塞得港是免税城市,东西很便宜。他们认为我们会买很多东西回去,所以这也是一种优惠照顾。我没有买什么东西,就想把这三十公斤超重行李费,用来抵消我要从东京转北京需补加的机票费。这样手续就很复杂了,而且埃及人的行政办事程序相当繁杂和缓慢,我又不懂阿拉伯语,只好请一位研究生帮我去办。这是埃及学生里最老实、最认真的学生,他前前后后为我奔走了将近一个月才办成了。他经常满头大汗地来问我各种有关问题,告诉我进展情况,真是苦了他了,可是他一点怨言也没有,总是安慰我说他一定会办好。我真的是非常感谢他！九十年代他曾考取北京大学现代文学的博士生，师从我的同学、著名的研究新诗学者谢冕教授。

埃及离赤道不远，天气非常炎热干燥，全国绝大部分地区是一望无际的大沙漠，只有尼罗河流域两边可以住人，几个大城市都在尼罗河边。我在开罗的一年中只有一次下过二十几分钟的雨。所以，开罗市的树木都是黄灰色的，因为树枝和树叶上全是灰沙，没有雨水无法冲洗掉。夏天有四五个月气温都在四五十度，温差非常大，晚上十一点以后开始凉快，可以不用凉席睡觉。所以我们要上街卖菜、买东西，都在晚上十一点以后。每年的一个月"斋月"，信仰伊斯兰教的埃及人从天亮到太阳落山，是绝对不允许喝水和吃东西的。所以在天亮以前和太阳落山后，你可以听到家家户户忙碌的洗菜、做饭声音，锅碗瓢盆敲得叮当响。伊斯兰教信仰真主安拉，经常要去清真寺祈祷。开罗又称"千塔之城"，因为它有一千多个清真寺，每个清真寺的建筑特色都不同，显示了十分雄伟壮阔的伊斯兰建筑风格。我去游览过很多大的清真寺，深深感受到伊斯兰艺术的博大精深和庄重、肃穆的美。

埃及学校的假期很多，放假时埃及学生就会来约老师一起出去旅游。一出开罗市就是沙漠，世界闻名的金字塔和狮身人面像就在开罗市的旁边。金字塔其实就是埃及古代法老（国王）的坟墓，但是它是很深的地下宫殿，在埃及有很多金字塔，还有些没有开发出来，不过开罗旁边那个是最大的。进去以后要从开发后新修的圆形盘旋楼梯走下去，有好几十级，墓葬的宫室有很多，墙上都是壁画，距离现在已经有好几千年了。金字塔在地面部分是用很多巨大的砖块堆积起来的，到了金字塔旁边，你才会知道那些砖块有多大！每一块的厚度就有一个多人那么高，长度有两三个人那么长，所以对于在几千年前是怎么把这些大砖块堆积起来的，就成了科学研究者一个无法解答的谜！其实埃及古文化最丰富的地方是在尼罗河上游的卢克索，那里不仅有很多的地下宫殿，而且有很多极为古老的神庙。从卢克索到阿斯旺水库一带，那些神庙都十分神奇壮观，用极其巨大的石块堆积起来的神庙，每个大石柱上四面都是以埃及古代神话为内容的精彩浮雕，还有一些象形文字。有的距今已经有四五千年。神庙门前有方尖碑，那是用完整的花岗岩雕琢而成的高达数十米的细长的纪念碑,碑顶是金字塔形的,四周刻的都是象形文字,气势雄伟。后来各国有仿作,我在美国首都华盛顿离白宫不远的地方也看到有方尖碑。

开罗是一个蕴藏着丰富古埃及和伊斯兰文明的城市,也是一个很现代化的城市。因为有百分之九十的埃及人是在开罗生活和工作,也是尼罗河流域最繁华的地方。特别是新开罗区,其汽车流量之大在世界上也是很少见的,公共汽车因为开不快,门总是开着的,人们随时可以上下,这大概也是世界少有的。二十多年来,我一直很想再回到开罗去看看,重温一下伊斯兰的风俗人情,看看我工作过的艾因·夏姆斯大学,见见我教过的学生,不知道他们现在做什么工作。可是这也许是很难的了!那么让我保留一个美好的回忆吧。

淡江访学记

2004年6月上旬应台湾淡江大学文学院高柏园院长的邀请,我到台北作为期十天的短期讲学。这是我第五次去台湾了,不过,前四次都是去开学术会议,日程安排非常紧,来去匆匆,会议期间还有参观活动,几乎没有自由活动时间。这次是去讲学,十天中只讲三次,相对来说比较悠闲,有机会到各处去走走、看看。

淡江大学是台湾很有名的一所私立大学,已创办五十多年,有悠久的历史。学校地处台北县淡水镇,接近淡水的入海口,校园在舒缓的山坡上,风光秀丽。从一些大楼的高层远眺淡水入海处,天水相连,一望无际。淡水对岸的观音山,绿树青葱,高耸入云。淡江大学的校园是开放型的,周围没有围墙,可以自由出入。校门口一条宽阔的大道顺着山坡蜿蜒而上,左边是风格别致的一栋栋教学楼,右边是一排古老的宫灯教室,一个个独立于树丛,又整齐地排列在路旁绿茵之中。宫灯教室右边则是一片精致的花园,曲折的回廊,奇特的假山,与宫灯教室的红墙绿树相映成辉。早晨有很多周围的居民在这里健身、做操,傍晚有不少学生、老师在这里散步、闲谈。

我住的会文馆是淡江大学很著名的接待外来学者的宾馆,虽然只有四层,但修造得很有特色,是一栋方形的别墅式建筑。楼前是假山、水池,大群的金鱼在来回追逐游动。宾馆一层是办公用的,二、三、四层是住房。每层中间是一个很宽敞的客厅,客厅右边是古色古香的楼梯,四周才是一套套住房。文学院大楼就在会文馆后面,淡江的教学楼、行政楼和图书馆等都是乳白淡灰色的,也许是和学校的名称相配的原因吧。

到淡江的第二天,连清吉教授陪我去参观图书馆。清吉是我十多年前在日本时的好朋友,在日本九州大学获得中国哲学博士学位后,一直在日本长崎大学任教。他是淡江大学的校友,此时正好在他的母校任客座教授。淡江大学图书馆据说是台湾各大学图书馆中现代化程度最高的，不仅藏书丰富，而且借阅十分方便，全部是电子化的。我感觉最为突出的是，有一层是专门的视听阅览室，里面有各种音像制品，教学参考的、艺术欣赏的、实践操作的，应有尽有，非常齐全。大厅里一排排、一格格都有电视机，可以随意观看。旁边有很多小包间，里面有舒适的半圆形沙发，可以三四个人一起观赏、讨论。沿着窗户是一长排宽敞的沙发，背后是音响设备，可以一边欣赏音乐，一边从落地玻璃窗观看远方淡水入海处辽阔旖旎的美丽景色。

中午是中文系的欢迎宴会，我有幸见到许多知名的学者、教授：吴哲夫教授本是台北故宫博物院的文物专家，现在退休后在淡江的文献汉籍研究所任所长，我们也是老朋友了，再次见面非常兴奋！王邦雄教授是台湾地区著名的研究中国思想史专家，现在也在淡江任教。十多年前，王邦雄教授去访问日本九州大学时，我正在九州大学任客座教授，我们曾和九州大学的町田三郎教授一起吃饭。町田先生也是研究中国思想史的著名学者，当时兼任九州大学中国文学研究室主任，是我的"领导"。淡江的曾昭旭教授也是台湾地区研究中国思想史的著名学者，这次我们是第一次见面。除了我们这几个年岁接近的老人外，文学院院长高柏园教授、中文系主任崔成宗教授和许多中年教授也在座，大家愉快地交谈，边吃边欣赏着淡水对面观音山的风光。陈冠甫教授因为有课来得晚一点，他在古典诗词的研究和创作上都有很高的造诣，又非常热情好客。我们原来不认识，我刚到淡江，崔成宗主任就送给我陈冠甫教授特地为我到淡江写的对联：

少康教授莅台演讲志念
少微星转三光耀
康乐诗开大地奇
淡江大学中文系主任崔成宗敬赠陈冠甫撰句并书

对联首字暗藏我的名字。宴会上见面，陈教授风姿儒雅，内涵聪慧，既有学者的庄重，又有诗人的潇洒。高院长坐在我旁边，细致地询问我目前研究的课题，并且恳切地盼望两岸学者能共同研究一些课题，他建议我和淡江研究唐诗和杜甫的专家陈文华教授一起组织两岸年轻学者的合作,交流和促进古代文学学术研究的发展。

我的三次演讲都是在不同的场合进行的。第一场演讲是在吴哲夫教授的研究生课上,我讲的题目是"司空图的生平思想、诗论著作和《二十四诗品》的真伪问题"。台湾学者对大陆探讨已久的司空图《二十四诗品》的真伪问题似乎不是很感兴趣,我还没有看到台湾学者有关这个问题的文章,这可能是和台湾专门研究中国文学批评史的学者比较少有关。不过,他们对司空图《二十四诗品》还是很熟悉、很有兴趣的,有的学者对司空图的生平和思想都作过深入研究。所以在我讲完后,有不少年轻学者提出问题和我讨论。第二场演讲是在文学院院长高柏园教授的研究生课上,我讲的题目是"中国古代文学观念的演变和文学的自觉"。关于这个问题我写过几篇文章,都是不同意鲁迅根据二十年代日本学者的看法所提出的魏晋文学自觉说的,这次演讲则着重对大陆最近两部有代表性的中国文学史中有关这个问题的看法,发表了我自己的见解。台湾学者对这个问题非常感兴趣,有同意我观点的,也有不同意我观点的,在演讲后讨论得很热烈。最后因为已经到吃午饭时间不得不终止。我第三次演讲的题目是"中国古代诗论发展和书、画、乐论的关系",是在连清吉教授的夜班课上,崔成宗主任把他班上的学生也带到会场来听讲,所以人数相当多。著名的台湾研究《文心雕龙》和修辞学的专家、玄奘大学教授沈谦先生也来了。沈先生原来是台湾空中大学的教授,是台湾的"名嘴",所以我就有点紧张,好在沈先生和我是多年的知交,所以在我讲完后,不但没有揭发我的漏洞,还大大表扬了一番,使我反倒不好意思了。会后,沈先生、崔主任、连清吉教授和其他几位学者一起带我去淡水镇著名的"名厨"烧烤店吃饭。这家店很特别,半圆形的餐桌中间就是烧烤铁板,大师傅就对着我们当场制作,烧烤好后分别放到我们各自的盘子里。这个大师傅的手艺非常高明,他那些灵活轻快的动作,十分熟练,十分到位,看他的现场烧烤实在是一种艺术享受!我们不仅饱尝了美味,而且交谈气氛极为热烈,当然,"名嘴"沈先生是核心。在沈先生诙谐风趣的谈话中,我知道了他在我演讲后"饶恕"我的原因:原来他是要我去参加他主办的十一月在新竹的修辞学国际会议!

完成了在淡江的演讲任务后,我还有几天自由活动的时间,这是十分难得的。我有机会与一些台湾的老朋友相聚畅谈,周六下午我和清吉教授与台湾师范大学著名的《文心雕龙》研究专家王更生教授约好,一起去看望身体欠佳的黄锦鋐先生。黄锦鋐教授是台湾老一辈学者,已经八十多岁,曾在淡江大学和台湾师范大学任教,对中国思想史和《文心雕龙》都有很深入的研究,前年因为突然中风失去语言能力,不过,脑子还非常清楚。那天正是黄老的生日,除我们几个外,还有台湾师范大学的赖明德教授、刘渼教授,空中大学的方元珍教授,淡江大学的崔成宗教授等。黄锦鋐先生刚从荣民总医院出来,显得很憔悴,虽然说不出话,但是可以看到他心情非常激动。亲自让看护他的林小姐搀扶着,拿出他的译作——日本斯波六郎的《文选诸本之研究》送给我们。黄老师的身体比前年我去看他时差很多,真的让我们心情很沉重。黄老师是一位慈祥的长者,对学术活动极为热心。记得 1995 年在北京我主持的《文心雕龙》国际会议上,黄老师知道大陆《文心雕龙》学会经费困难,很慷慨地捐助了一千美元,在他的倡议下,还有很多学者也纷纷为《文心雕龙》学会捐款,后来学会就靠这些经费顺利通过重新登记的手续,出版会刊,组织各种学术会议。当我们和黄老师告别的时候,看到黄老师惋惜、怅茫的神情,我的眼眶不禁充满了泪水。

从黄老师家出来后,已经是傍晚时分。按照王更生先生原定的计划,是请我们在台北的凯悦饭店吃饭。可是,我们出发时王先生告诉我们,这次请吃饭被刘渼教授抢去了!刘渼教授是王先生的学生,也是台湾研究《文心雕龙》的专家,不久前还出版了《台湾文心雕龙研究史》,收集了相当丰富的材料。凯悦饭店的自助日本料理是很高档的,品种非常之多,生鱼片尤其新鲜。一起吃饭的还有台湾文史哲出版社的老板彭正雄先生,彭先生热心学术事业,他的出版社已经出了数百种文史研究专著,为台湾和大陆的文史研究作出了很大的贡献。因为参加晚宴的大都是研究《文心雕龙》的学者,所以很自然地商谈起这方面的问题。根据连清吉教授的建议,大家希望在明年樱花开放的时候,到日本福冈组织一次《文心雕龙》国际研讨会,同时也是庆祝日本著名的研究中国文学和《文心雕龙》专家、八十多岁的冈村繁教授的全集的出版。

在台北的最后两天,我还应佛光大学龚鹏程教授和杨松年教授的邀请,在连清吉教授的陪同下,去宜兰县参观了佛光大学,并和佛光大学文学院研究所的同学一起座谈,交换了有关文学研究方法问题的看法。佛光大学虽然创办还没有几年,但是校舍建在风景优美的山上,楼房相当漂亮,设施也很现代化,有很多著名的教授在这里任教,前途自不可限量。离开佛光大学,我又在连清吉教授的陪同下到花莲县参观了太鲁阁公园。我前几次到台湾开会,分别到过台北、台中、高雄,就是没有到过台湾东部,我听说东部花莲一带自然风景非常美,所以这一次有空闲时间就希望来看看。台湾东部多山,由花莲往台中的东西横贯公路适逢高山峡谷、悬崖峭壁,所以沿公路两边有很多惊险的景观,如燕子口、九曲洞等,有时两峰对峙,中间形成狭长的一线天;或者高山急流,喷薄而出,倾泻到低谷,形成一片洁白的瀑布;从半山公路俯视狭谷溪水,清澈见底,五彩缤纷的水晶石子,在阳光照耀下分外夺目。我真的没有想到台湾有这么壮丽诱人的自然风景,所以我和连清吉教授说:不到花莲不能说真正到过台湾!由于我们的时间有限,车子只到天祥就返回花莲了,但是我从太鲁阁公园简图上知道,再往西一直走,在到梨山的路上,还有很多很多优美的景点,希望我有机会再来!诚如连清吉教授所说,留一点期待不是更好吗?它会让我盼望再来台湾,再来花莲!

当我踏上归程,坐在飞机里冥想的时候,我仿佛又来到了美丽的宝岛——台湾,又来到了热情好客的台湾朋友中间,又来到了淡江,又看到了台北101层的亚洲最高建筑,又看到了星光三越周围的热闹街市……这时我听到台湾空姐清爽柔和的声音:我们的飞机已经停在香港国际机场。是的,我已经回到东方最繁华的香港!

张少康 2005 年 6 月于香港宝马山

与吕德申先生相处半世纪

吕先生走了,我在海外,没有能送他一送,心里的滋味真不好受。五十多年的师生情谊,又共处一个教研室工作,吕先生对我一直关怀备至,他是一位和蔼亲切的师长,一位慈祥善良的长者。

记得我1955年上北大,一年级的文学概论课就是吕先生上的。我因为是班上的学习干事,所以经常代表我们班和吕先生商量课程学习的问题。那时吕先生住在未名湖旁边才斋的单身教师宿舍,我每次去找他,他总是非常细心地询问我们的学习情况,了解同学们有什么要求。吕先生以前是西南联大的学生,做学问特别细致认真,知识学问非常渊博,他讲课思路非常清楚,有条不紊,同学们和他的关系很好。吕先生为人平易,生活简朴。那时他还没有成家,所以经常是在学校东门外一家很小的饭馆"义和居"吃饭,我们这些学生有时也去那里"打牙祭",经常会碰到吕先生。大家还开玩笑说,吕先生是"义和居"的常客。

1960年我毕业后留校,被分配到文艺理论教研室工作。那时教研室主任是系主任杨晦先生兼的,副主任是吕先生。不过,杨先生工作忙,教研室的具体工作都是由吕先生主持的。我当时是做杨先生的助教,跟随杨先生学习和研究中国古代文学理论批评,同时又担任教研室秘书,经常奔走于杨先生和吕先生之间。吕先生对杨先生是非常尊重的,虽然教研室的具体工作都是吕先生负责的,但是,凡是比较重要一点的事,他都要我和杨先生汇报,并征求杨先生的意见,而且努力按照杨先生的意见去做。杨先生对吕先生也是非常满意的,经常和我说,有什么事可以直接按吕先生的指示做,不必都去问他。还说,吕先生做事是非常细心认真的,考虑得很周到,要我们好好向他学习。吕先生是个非常谦和的人,1960年杨先生招收的五名研究生都是属于当代文艺理论方向的,由于杨先生当时主要是研究古代文学理论批评,教研室里当代文艺理论的教学和研究是由吕先生负责的,所以嘱咐他们要好好向吕先生学习,听从吕先生的指导。但是，吕先生在告诉我如何确定对他们的培养计划时，总是一再说明他是帮助杨先生做点具体工作，要在征得杨先生同意后再向研究生布置。其实，在培养这些研究生的过程中，吕先生是花费了很多心血的，然而，他从不以导师自居，总是要他们一切听杨先生的安排。为了做好教研室的工作，吕先生还经常带我一起到杨先生家去汇报情况，商量下一步的工作安排。这些也许只有我这个教研室秘书了解得最为具体深刻，我那时对吕先生是非常钦佩的。吕先生对任何工作都有高度负责的精神，一丝不苟，记得六十年代"文化大革命"开始前，周扬主持文科教材的编写工作，吕先生被调去参加蔡仪主编的《文学概论》撰写工作，住在中共中央党校，但是他经常不辞辛劳，骑着自行车回北大来安排教研室的教学研究和培养研究生工作。吕先生是非分明，原则性很强，但是他对教研室的同事从来没有架子，对一些错误的事情，或是对他很不尊重的行为，他也总是耐心地启发解释，从来不生气，更不发火，是非常有修养的。当时教研室刚调进几位年轻教师，如黄书雄、陈德礼他们，吕先生非常关心他们在业务上的发展和成长，曾多次和我商量要采取些什么措施，才能帮助他们提高业务水准，在文艺理论领域里有充分展示自己才华的机会。

当"文化大革命"风暴席卷北大的时候，吕先生也受到冲击，不过他平时处事谨慎，待人平易和蔼，又从不张扬，所以还不算很严重。在那些艰难的日子里，吕先生一直关心着教研室的每个成员，坚持教研室业务培养和教材建设。"文化大革命"后期我被工宣队指定教马列文论，那时我在教学的同时负责《马恩列斯论文艺》教材的编撰，就是在吕先生的亲切关怀下开始的，有了一个初稿后，我请吕先生来主持这件工作，并请他修改审定。吕先生非常细致地核对每一个注释，作了很多修改，纠正了不少错误不当之处，有很多是他重新撰写的。这本教材正式出版时"文化大革命"已经结束，我又回到教学和研究古代文学理论批评的领域，后来这本教材因为被教育部指定为高校教材，又经过多次的修改补充，这些全部是吕先生亲自完成的。这本教材印了很多次，至少有二三十万册吧，它虽然是以教研室的名义出版的，但是实际上吕先生不仅是主编，还是付出辛勤劳动最多的主要编撰者。在和吕先生合作的过程中，我深深体会到吕先生严谨的治学态度，一丝不苟的研究精神，吕先生常常为了一个字、一个地名或人名,要查证很多的资料,一直到证据确凿才定下来,我为他的这种严谨的学风所感动,常常对自己的治学提出警戒。吕先生以自己的身体力行为教研室的同事树立了典范。

在"文化大革命"结束后的两三年,我对当时北大的环境很不满意,曾经想离开北大。吕先生很同情我,但又真诚地挽留我。记得那时外单位的调令已经到了,吕先生很惋惜地对我说,希望我再考虑一下,最好还是留在北大。我最终还是没有走,我想除了当时的副系主任向景洁先生对我说的一席肺腑之言外,很重要的一个原因,是我真的舍不得离开吕先生主持的文艺理论教研室,舍不得离开相处那么久,对我又那么亲切关怀的吕先生。本来因为我要走,吕先生也准备着调整古代文论的教学力量,由于和我一起从事古代文论教学的邵岳先生病逝,如果我一走,北大的古代文论就没有人了。所以吕先生决定自己改教古代文论,并且开始做《锺嵘〈诗品〉校释》。吕先生一直从事文学原理的教学,但是他有很深厚的国学基础,做古代文论方面的教学和研究,也是非常内行的。所以他的《锺嵘〈诗品〉校释》一出来就受到古代文论界的好评,无论在校勘的精严,还是注释的确切和理论阐述的深度上,都超越了以前各种《诗品》的注本,在当时是学术水准最高的一个校释本。后来虽然有曹旭的《诗品集注》出版,但是吕先生的书仍是一本有自己独特价值的重要著作,曹旭的书也从吕先生的书中获得不少启发。在我决定留在北大的时候,吕先生是非常高兴的,他马上把古代文论的教学和研究方面的工作托付给我,自己仍回到文学原理和马列文论的教学和研究方面,为了充实古代文论的教学力量,他还和我商量决定从留学生办公室的汉语教师那里调来陈熙中先生。我知道熙中的古代文史基础非常好,也非常赞同吕先生的决定。吕先生又从系里要来了青年教师卢永璘,这样就在文艺理论教研室建立了一支古代文论的教学和研究队伍。这是吕先生苦心经营的结果,如果不是吕先生那么重视古代文论的教学和研究,为建设这支队伍费尽心力,那么北大的古代文论也不会发展到后来那样,得到学术界的很高评价,得到教育部的国家级教学优秀二等奖。我想这一切大概只有我是最清楚的。

吕先生对我、对古代文论教学和研究的发展,是付出了很多精力的。

最使我感动的是八十年代初,中国古代文论学会在武汉召开第二次年会。第一次在云南的成立大会,北大是吴组缃先生、袁行霈先生和我去参加的。武汉的会议,我因事没有去,吕先生听说我不去,为了及时了解古代研究发展的现状,吕先生决定亲自去参加会议。吕先生刚从武汉开会回来,就急急忙忙骑自行车赶到我家里,告诉我会议的情况。那时我住在燕东园32楼,吕先生是下午来的,谈完会议情况,回去时天已经黑了。吕先生在骑车进中关园时,前面一辆大汽车突然开了大灯,吕先生被强烈灯光照射,在匆忙下车时摔了一跤,起不来,经送北医三院检查,说是膝盖韧带受伤,要打石膏,三个月不能动。打石膏时间长了肌肉就有萎缩。后来到积水潭医院检查才发现实际是胯骨骨折,北医三院是误诊了。由于骨折处没有矫正,已经自然长合,吕先生从此腿就瘸了,需要扶着拐杖慢慢行走。每次看见吕先生扶着拐杖艰难地行走,我的心里真是难受到了极点,常常眼睛湿润,忍不住涌出泪水。如果我去参加了那次会议,或是我能骑车送吕先生回家,也就不会有这样的灾难了。如果三院不误诊,吕先生也不至于会产生这样的后遗症。但是灾难就这样发生了,它造成吕先生后半生生活上的很多不便,究其原因就是因为我没去参加那次会议。这在我的一生中也是始终感到非常内疚、非常遗憾的一件事,也是一块永远无法消除的心病。

从八十年代开始,我听从向景洁副主任的诚挚建议,一心一意钻研业务,努力在自己的专业领域里日以继夜地拼搏,连续出版了好几部著作,如《先秦诸子的文艺观》《文赋集释》《中国古代文学创作论》《文心雕龙新探》等,我每次把自己写的书送给吕先生时,吕先生都是特别高兴的,总是给我很多的鼓励,我感觉吕先生是看到他的努力终于有了结果,为我没有辜负他的一片栽培苦心而喜悦。吕先生总是期盼着教研室的每一个成员都能在学术领域里有所成就,能开创出自己的一个局面来。"文化大革命"后,杨先生由于年事已高,不再担任行政工作,教研室主任一直是吕先生。系里考虑到杨先生身体情况,招收研究生都是以杨先生和吕先生联合的名义录取的。杨先生实际已经没有精力具体指导研究生,真正的指导工作都是吕先生承担着。然而,吕先生总是非常谦虚地说,他是代杨先生指导的。包括像杨星映这样以研究古代文论为主的研究生,也是吕先生具体指导的。吕先生一生为人从来不要虚名,始终像老黄牛一样,默默无闻地辛勤耕耘,他做了很多很多,但是大家都不知道,他也不需要别人知道。和那些做了一点点事就大肆张扬、锋芒毕露、造煊赫声势的人相比,吕先生真不知要高尚纯洁多少倍呢!

律己甚严,是吕先生一贯的作风。1986年吕先生因为年事已高,从教研室主任的位置上退下来。根据当时系主任严家炎教授的意见,让我接替吕先生担任教研室主任的工作。我在担任教研室主任的四年中,一直非常尊重吕先生,不管什么工作,我都会去吕先生家,向他汇报,先听取他的意见。我还常常和吕先生说,他身体不好,行走不便,教研室的会议他可以不来,有什么事告诉我就行了。但是吕先生实际上每次开会都准时到会,从不缺席,要求自己比一些年轻教师还要严格。他是老主任,教研室的所有人都是他的学生,但是他只把自己看作是教研室的一个普通成员,非常认真地按照校、系和教研室的规定做每一件事。

在我们当前的社会里,实际存在这样一种让人气愤又无可奈何的风气:凡是能够奉承领导的人,能够说些让领导喜欢的话、做些让上面高兴的事的人,可以一帆风顺,青云直上,名利双收,红得发紫。而很多勤勤恳恳、踏踏实实,为国家、为人民做了大量贡献的人,却总是无声无息,不为人们所重视的,虽然他们并不在乎这些,他们觉得自己是做了应该做的事,但是对他们实在是很不公平的。吕先生就是这后一种人,半个多世纪来,吕先生执教在北大,为北大中文系的文艺理论教学和研究,为文艺理论学科建设和师资队伍培养,为研究生的指导和培养,辛勤工作,鞠躬尽瘁,默默无闻地贡献出了自己毕生的精力,他参加编写的《文学概论》,他主编的《马克思主义文艺理论发展史》,他主持编撰的《马恩列斯论文艺》,他撰写的《锺嵘〈诗品〉校释》等著作,都是我国文艺理论界扎扎实实的重要教材和研究专著,是掷地有声、经得起时间考验的,不是那种浮夸的、昙花一现的时髦之作。北京大学的文学理论和古代文论,在全国学术界有很大的影响,是受到很多同行的充分肯定和推崇的。但是,在北大,在中文系,文艺理论一直是不受重视的,只有严家炎教授担任系主任时才比较关心,可惜他担任主任时间很短,中间又到美国去了很长时间,此后就越来越被冷落了。后来吕先生退休了,但是他的心没有一时一刻离开过文艺理论教研室,只要见到教研室的同事,他总会详细地询问教研室的教学和研究情况,询问大家的近况。

  吕先生是系里为数不多的西南联大老人,从中华人民共和国成立起,一直奋斗在文学理论战线上,六十年的风风雨雨,他始终坚守在自己的岗位上,尽心尽力,辛勤耕耘,多么不容易呀!我可以确凿无疑地说:吕先生不仅是北大文艺理论学科、也是我国文艺理论界的一位卓有成就的前辈和功臣,可是,无论在吕先生退休前还是退休后,无论是吕先生生前还是他辞世后,在北大从来没有人公正地评价过吕先生的贡献,更没有给他应有的最起码的荣誉。记得我每次在蓝旗营楼上的窗户里看到吕先生坐着轮椅,在社区院子里慢慢行进时,我都觉得有无穷的感伤涌上心头。我在香港得到吕先生辞世的消息后,曾经连续几天打开北大和中文系的网页,希望看到有些应该有的反应,可是我没有找到,当我气愤地关上电脑时,我久久不能平静下来。吕先生走了,他平静地离开了这个人世,可是他平易谦和、善良正直、淡泊名利、与世无争的高尚人格,他作为学者的严谨扎实的学风,细致认真的精神,学识渊博而从不张扬的态度,将永远留在每一个正派学人的心里。

  哲人已去,风范长存。吕先生走好!

牢记恩师教导,发扬杨晦先生科学创新的学术思想和文艺思想

——纪念杨晦先生诞辰120周年

今年是杨晦先生诞辰120周年。杨先生是学识渊博的著名学者,也是十分有骨气的正直知识分子典型。杨先生自中华人民共和国建立起,到"文化大革命",一直是北大中文系主任兼文艺理论教研室主任。我在1960年大学毕业后,留校在文艺理论教研室担任古代文论的教学工作,是杨先生的助教,给杨先生当助手,同时又是文艺理论教研室秘书,所以和杨先生接触非常多,直接在杨先生指导下进行教学和科学研究。当时,中文系还没有古代文论的学科,也没有古代文论的课程。杨先生指定邵岳和我负责建设古代文论学科,并且由杨先生直接指导,我们遵照杨先生的安排,先为1956级同学开设"中国文艺思想史"讲座,邀请社会上名家作专题演讲,由于邵岳同志有很多党的工作,这个工作是由我负责的。我们邀请了很多校外专家来讲课,如周振甫、唐弢等,杨先生则亲自为大家讲授《礼记·乐记》,从1957级开始,我们准备为高年级学生开设"古代文论选讲"一课,由邵岳和我共同讲授。我们每周讲一篇,讲课之前杨先生都亲自为我们辅导一次,每周都有,每次最少两个小时,一般都是三四个小时,常常从下午两点半以后,一直要到晚上六七点。杨先生的辅导不只是讲我们将要讲的某一篇,一般都是由此申发开来,讲很多文艺和美学的重要问题。邵岳和我虽然都没有在大学期间上过古代文论方面的课程,但是,在杨先生的具体指导下,我们安排了自学,同时也比较满意地完成了课程教学。杨先生为此付出了辛勤的努力,我们能担当起教学和科研任务,在北大建设起中国古代文论的学科,都是杨先生谆谆教导的结果。由于邵岳同志过早去世,后来这方面的工作只好由我独立担当,一直到八十年代,才有陈熙中、卢永璘同志加入。

由于我进入文艺理论教研室后,曾担任教研室秘书,帮助杨先生和副主任吕德申先生做一些具体的科研教学和培养研究生的教务工作,所以我对杨先生指导培养年轻文艺理论人才的意图和思想是比较熟悉的。杨先生一共招过四届研究生,第一届是1956年按照苏联办法招收副博士研究生,杨先生共招了四名,但是只有胡经之和王世德两位完成全部学业毕业,严家炎和其他一位都中途因为工作需要而转入新的工作。第二届是1960年招收了五名当代文艺理论研究生,他们是:吴泰昌、毛庆耆、王怀通、向光灿、徐汝霖。第三届是1962年招收了一名中国文艺思想史研究生郁源。第四届是"文化大革命"以后招的董学文、曾镇南、郭建模、杨星映,不过这几位是以杨先生和吕先生共同名义招的,由于杨先生年岁大了,实际由吕先生具体指导。杨先生对研究生培养的基本想法是和当时一般人的想法不同的,杨先生的指导原则可以用四句话来概括:中西并重,古今结合,理论和创作兼通,以文学为主又熟悉艺术。杨先生要求研究生不管是研究当代文学理论,还是研究中国古代文学理论批评,都要同时认真学习研究中国古代文艺理论史和西方文艺理论史。既要研究古代的文艺思想史,也要研究当代文艺思想,特别是马克思主义文艺理论。研究文艺理论同时要研究创作实际,没有对中国文学史的深入研究,就不可能研究好古代文艺思想,所以杨先生要求研究生在钻研中外古今文艺理论专著的同时,要深入学习古今中外有代表性的作家作品,要求研究生要深入研读《诗经》《楚辞》,而且要读十三经中的《毛诗》孔颖达《正义》,清代马瑞辰的《毛诗传笺通释》、方玉润的《诗经原始》等,研读《楚辞》要读王逸注洪兴祖补注的《楚辞》,要读仇兆鳌的《杜诗详注》,读王琦注的《李太白集》,等等。杨先生不仅是作家,写过很多戏剧作品,而且是造诣深厚的学者,他对曹禺的戏剧,关汉卿的戏剧,以及西方的很多著名作家、戏剧家,都有相当深入的研究,发表过影响深远的重要论文。还翻译过莫里哀的戏剧十五种。特别强调要把理论学习和作家作品的学习密切结合。所以他坚持把中国古代文论放在文艺理论教研室,而不放在古代文学教研室。而且认为只研究文学批评史是不够的,要研究文艺思想史,研究和熟悉艺术理论批评,研究音乐、绘画等理论批评史,十分重视《乐记》《声无哀乐论》等重要音乐美学著作,及其对古代文艺思想和文艺创作所产生的深刻影响。可惜的是杨先生没有能完成《中国文艺思想史》的写作,杨先生已经收集了大量的资料,如果没有"文化大革命"的干扰,杨先生一定会完成他毕生的心愿。

杨先生在学术上有自己的很多独到见解。比如他对流行的"中国古代是所谓大文学观念"很不赞成。他认为研究中国古代文论一个很大的问题是要弄清楚什么是文学。很多人把一般的文章都说成是文学,全给搅浑了。所以他在给我和邵岳讲《文选序》时就十分深刻地指出,这篇文章的关键是提出了什么是文学的问题,虽然他并没有解决这个问题,但是比同时代的其他人要深入得多。他常常告诉我和邵岳,要懂得中国文艺史上,凡是受儒家思想影响特别深的时候,往往文学创作上的成就不高,艺术水平比较一般。他很重视探讨杂文的文学性和书法的艺术性问题。凡此等等,都与一般常人的理解不同,而给我们一种十分值得探讨的启发性。不仅在学术上有自己的独立见解,杨先生在政治上也是有自己独到见解的,始终坚持科学的原则,决不随风飘摇。虽然杨先生在"文化大革命"前后受到不应有的批判,被戴上修正主义的帽子,但是他从不妥协屈服。杨先生是一个非常有骨气的学者,无论政治上还是学术上,都善于清晰地辨别是非,坚守正确的原则立场。今天我们纪念杨晦先生,应该深入研究他的学术思想、文艺思想,这对于我们在学术上、文艺上走坚实的创新道路,培养新一代有独立创见的学术队伍,有非常重要的意义。由于杨先生很多思想见解并没有见诸文字,而是体现在对朋友的交谈和对学生的培养教导过程中,因此我们需要在可能的条件下,多方面地采访收集,让这些发光的金子不被埋没,而得到发扬光大。谨以小文深切怀念我的恩师——杨晦先生。

张少康 2019 年 11 月 9 日于蓝旗营寓所